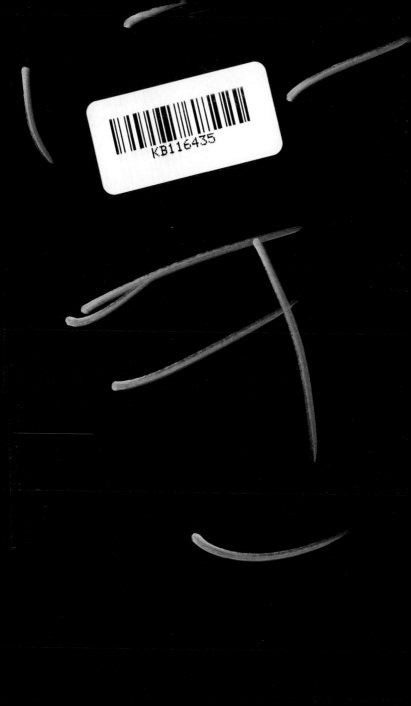

KB116435

여인의 초상

여인의 초상 ^하

The Portrait of a Lady

헨리 제임스 장편소설   정상준 옮김

THE PORTRAIT OF A LADY
by HENRY JAMES(1881)

이 번역서는 2007년 교육과학기술부의 재원으로 한국연구재단의 지원을 받아
수행된 연구 과정을 거쳐 출간되었습니다. (NRF-2007-361-AL0016)

이 책은 실로 꿰매어 제본하는 정통적인 사철 방식으로 만들어졌습니다.
사철 방식으로 제본된 책은 오랫동안 보관해도 손상되지 않습니다.

여인의 초상 하

519

제28장

이튿날 저녁에 워버턴 경은 다시 벗들을 만나러 그들의 호텔에 갔고 그들이 오페라를 보러 갔다는 말을 들었다. 그는 느긋한 이탈리아인들의 관습에 따라 그들의 특별 관람석으로 찾아가려고 마차를 타고 오페라 극장에 갔다. 이류 극장인 그곳은 널찍한 데다 휑뎅그렁하고 어둠침침했다. 방금 한 막이 끝났으므로 그는 마음대로 그 벗들을 찾아갈 수 있었다. 두세 층에 걸쳐 늘어서 있는 특별 관람석들을 바라본 후에 가장 넓은 곳 중 한 군데에서 쉽게 알아볼 수 있는 여성을 찾아냈다. 아처 양은 무대 쪽을 바라보며 앉아 있었는데 관람석의 커튼에 모습이 약간 가렸다. 그녀 옆에는 길버트 오즈먼드 씨가 앉아서 의자에 기대고 있었다. 그 관람석에는 그 두 사람만 있는 것 같았다. 그들의 벗들은 막간의 휴식 시간을 이용해서 비교적 공기가 맑은 로비에 나가 있을 거라고 그는 생각했다. 그는 잠시 서서 흥미로운 두 사람을 바라보았다. 자신이 그곳으로 올라가서 그들이 이루고 있는 조화를 깨뜨릴 것인지를 자문해 보았다. 마침내 이사벨이 자기를 본 것 같았고, 그래서 마음을 결정할 수밖에 없었다. 유별나게 피하는 듯이 보여서는 안 된다. 그는 위층으로 올라가다가 계단에서 천천히 내려오던 랠프 터치트와 마주쳤다. 그의 모자는 권태로운 듯 기울어져 있고, 그의 손은 늘 그렇듯 호주머니에 넣은 채였다.

「조금 전에 아래층에 있는 자네를 보았네. 그래서 자네에게 가던 참이지. 쓸쓸한 기분이라서 말상대가 필요해.」 랠프가 이렇게 인사했다.

「아주 좋은 말 상대를 방금 두고 온 것 같은데.」

「내 사촌 말인가? 아, 그녀는 손님이 있어서 나를 필요로 하지 않네. 스택폴 양과 밴틀링은 아이스크림을 먹으러 카페에 갔고. 스택폴 양은 아이스크림을 좋아하거든. 그들도 나를 필요로 하지 않는다네. 오페라는 형편없고. 여자들은 세탁부처럼 보이는 데다 공작처럼 노래한다네. 기분이 아주 울적하군.」

「집으로 가는 것이 좋겠네.」 워버턴 경이 가식 없이 말했다.

「그래서 저 아가씨를 이 형편없는 곳에 남겨 두라고? 아, 아니, 그녀를 지켜보아야 하네.」

「그녀에게는 벗이 많은 것 같은데.」

「그래, 그래서 더욱 내가 지켜봐야지.」 랠프는 여전히 우울함을 드러내며 말했다.

「그녀가 자네를 필요로 하지 않는다면, 아마 나도 필요로 하지 않겠지.」

「아니, 자네는 다르지. 내가 좀 걸어다니는 동안 저 관람석에 가서 있어 주게나.」

그곳에 갔을 때 이사벨이 아주 오랜 벗을 맞이하듯이 자신을 환영했기에 워버턴 경은 그녀가 일시적으로 어떤 기묘한 영역을 자기 것으로 합치고 있는 것일까 하는 막연한 생각이 들었다. 그는 전날 소개받은 오즈먼드 씨와 인사를 나누었다. 그가 들어온 후 오즈먼드 씨는 덤덤하게 떨어져 앉아서 입을 다물었고, 이제는 언급할 만한 주제를 암시할 능력이 없다고 말하는 것 같았다. 워버턴 경은 오페라 덕분에 이사벨의 얼굴에서 빛이 나고 심지어 약간 흥분한 상태라는 것을 알아차렸다. 하지만 그녀는 언제나 눈빛이 예리하고 동작이 재빠르고 생기발랄한 아가씨였으므로 이 점에 있어서 그가 착각했을 수도 있다. 게다가 그에게 건넨 그녀의 말은 차분한 마음을 드러냈다. 그녀의 말은 그녀가 친절하게 대하려는 마음을 갖고 있음을 풍부히 드러내면서 그녀 자신은 조금도 혼란을 느끼지 않고 온전한 정신을 유지하고 있음을 보여 주었다. 가엾은 워버턴 경은 순간적으로 당황했다. 그녀는 여자들의 기지를 한껏 발휘해서 정식으로 그를 단념시켰다. 그렇다면 그녀가 그렇게 교묘하고 적절한 표현을 쓰고, 특히나 그처럼 보상해 주고 준비하려는 어조를 띨 까닭이 무엇일까? 그녀의 목소리에는 달콤한 속임수 같은 것이 있었는데, 왜 그에게 그런 속임수를 쓰는 것일까? 다른 사람들이 자리로 돌아왔고, 오페라가 다시 시작되었다. 무대는 살풍경하고 자주 상연되는 보잘것없는 오페라였다. 특별 관람석은 넓었기 때문에 워버턴 경이 약간 뒤쪽으로 어두운 곳에 앉는다면 앉을 공간이 충분했다. 그는 30분간 그곳에 머물러 있었다. 오즈먼드 씨는 이사벨의 바로 뒤에 앉아서 팔꿈치를 무릎에 올린 채 앞으로 기대고 있었다. 워버턴 경의 귀에는 아무 소리도 들리지 않았다. 어둑한 구석 자리에 앉아서 극장의 침침한 조명에 윤곽이 드러난 이 아가씨의 옆얼굴을 쳐다보았을 뿐이었다. 다시 휴식 시간이 되었을 때 아무도 움직이지 않았다. 오즈먼드 씨는 이사벨에게 말을 걸었고, 워버턴 경은 구석 자리에 가만히 앉아 있었다. 하지만 오래지 않아 그는 자리에서 일어섰고 아가씨들에게 작별 인사를 건넸다. 이사벨은 그를 붙잡으려는 말을 한 마디도 하지 않았지만, 그는 또다시 어리둥절해지지 않을 수 없었다. 그녀는 왜 그의 가치들 중 한 가지, 전혀 그릇된 가치에 무척 주목하면서 다른 가치, 전적으로 올바른 가치에 대해서는 전혀 개의치 않는 것일까? 그는 자신이 어리둥절해하고 있는 것에 화가 났고, 그런 다음에는 화가 났다는 사실에 대해서 화가 났다. 베르디의 음악은 그에게 거의 위안이 되지 않았다. 그는 극장을 나와서 길도 모르는 채 로마의 구불구불하고 참담한 거리를 따라서 집 쪽으로 걸어갔다. 그 거리는 그의 슬픔보다 더 큰 슬픔을 안은 사람들이 별빛을 받으며 걸었던 곳이었다.

「저 신사는 어떤 성격을 가진 분입니까?」 그가 떠난 후 오즈먼드가 이사벨에게 물었다.

「나무랄 데 없는 분이에요. 그렇게 보이지 않으세요?」

「그분은 영국의 절반을 소유하고 있어요. 그것이 바로 그의 성격이지요.」 헨리에타가 말했다. 「그런데도 그 나라가 자유국가라고 불리다니!」

「아, 대단한 갑부라고요? 행복한 사람이군요!」 길버트 오즈먼드가 말했다.

「그걸 행복이라고 하시는 건가요? 비참한 인간들을 소유하고 있는 것을?」 스택폴 양이 소리쳤다. 「그는 소작인들을 소유하고 있어요. 그 사람들이 수천 명이나 되지요. 무언가를 소유하는 것은 즐거운 일이지만, 나는 무생물을 소유하는 것으로 충분해요. 피와 살과 마음과 양심까지 소유할 생각은 없어요.」

「내가 볼 때 당신은 인간 한두 명을 소유하고 있는데요.」 밴틀링 씨가 익살스럽게 말했다. 「워버턴도 당신이 내게 명령하는 방식으로 소작인들에게 명령하지는 않을 겁니다.」

「워버턴 경은 대단한 급진주의자예요.」 이사벨이 말했다. 「그분은 매우 진보적인 생각을 갖고 계시죠.」

「그분은 매우 진보적인 돌담을 갖고 있죠. 그의 파크는 30마일 둘레의 거대한 철책으로 둘러싸여 있고요.」 헨리에타가 오즈먼드 씨에게 알려 주려고 말했다. 「그분이 보스턴에 있는 우리의 급진주의자 몇 명과 이야기를 나누면 좋을 텐데.」

「미국 급진주의자들은 철책 울타리를 쓰지 않나요?」 밴틀링 씨가 물었다.

「사악한 보수주의자들을 가둘 때만 쓰지요. 나는 당신과 이야기할 때 늘 부서진 유리의 윗부분을 갈아서 붙인 유리창 너머로 말하는 느낌이에요.」

「그분을, 이 개혁되지 않은 개혁가를 잘 알고 계십니까?」 오즈먼드가 말을 이으며 이사벨에게 물었다.

「필요한 만큼은 알고 있어요.」

「그 필요가 어느 정도나 됩니까?」

「글쎄요, 저는 그분에게 호감을 느끼는 것이 좋아요.」

「〈호감을 느끼는 것이 좋다〉고요. 아니, 그렇다면 열렬하겠군요!」 오즈먼드가 말했다.

「아뇨.」 그녀가 잠시 생각했다. 「그 단어는 반감을 느끼는 것을 좋아하는 경우에 붙여야지요.」

「그렇다면 제가 그분에 대해서 열렬한 감정을 갖도록 자극하고 싶으세요?」오즈먼드가 웃었다.

그녀는 잠시 가만히 있다가 그 가벼운 질문에 맞지 않는 심각한 어조로 대답했다. 「아뇨, 오즈먼드 씨. 당신을 감히 자극할 생각은 전혀 없어요.」그녀는 좀 더 편안한 어조로 덧붙였다. 「어떻든 워버턴 경은 대단히 훌륭한 분이에요.」

「능력이 대단하시고요?」그녀의 상대가 물었다.

「탁월한 능력을 갖고 계신 데다 겉으로 보이듯이 좋은 분이시죠.」

「잘생긴 만큼 좋은 사람이라는 뜻인가요? 매우 잘생긴 분이죠. 몹시 혐오스럽게도 운 좋은 사람이군요! 영국의 대단한 권력가인 데다 더욱이 머리가 좋고 잘생겼고, 마지막으로 당신의 큰 호감까지 받고 있으니 말입니다! 내가 질투를 느낄 만한 사람입니다.」

이사벨은 흥미롭게 그를 바라보았다. 「당신은 늘 누군가를 질투하시는 것 같아요. 전에는 교황을 질투하시더니 오늘은 가엾은 워버턴 경을 질투하시고요.」

「내 질투심은 위험하지 않습니다. 생쥐 한 마리도 해치지 못하니까요. 나는 사람들을 해칠 생각이 없고, 다만 그들처럼 되기를 바라는 겁니다. 그래 봐야 해를 입는 것은 나 자신뿐이지요.」

「교황이 되고 싶으세요?」이사벨이 물었다.

「그렇다면 좋겠지요. 하지만 그렇게 되려면 일찌감치 그쪽으로 들어갔어야지요.」오즈먼드는 처음 얘기로 되돌아갔다. 「그런데 왜 그 벗을 가엾다고 하는 겁니까?」

「여자들은 아주 착한 마음이 들 때 자기들이 상처를 준 남자들을 때로 동정하거든요. 그런 식으로 친절함을 보여 주는 겁니다.」랠프가 처음으로 그 대화에 끼어들었다. 실제로 아무런 해가 되지 않을 정도로 너무나 명료하게 드러낸 교묘한 냉소였다.

「아니, 내가 워버턴 경에게 상처를 주었어요?」이사벨은 그 말에 금시초문이라는 듯이 눈썹을 치켜 세우며 물었다.

「만일 네가 그랬다면 그 사람은 꼴좋게 된 거지.」막이 올라 발레가 시작되는 동안 헨리에타가 말했다.

이사벨은 자신이 희생양으로 만들었다는 그 사람을 이후 스물네 시간 동안 보지 못했다. 그러나 오페라에 다녀오고 이틀째 되는 날에 카피톨의 화랑에서 그와 마주쳤다. 그는 그곳의 소장품 가운데 가장 유명한 「죽어 가는 검투사」상 앞에 서 있었다. 그녀는 벗들과 함께 들어섰고, 이번에도 그 가운데 길버트 오즈먼드가 끼어 있었다. 그 일행은 층계를 올라가 바로 나오는 가장 훌륭한 전시실에 들어섰다. 워버턴 경은 민첩하게 그녀에게 말을 걸었지만 화랑을 나설 거라고 곧 말했다. 「그리고 로마를 떠날 겁니다.」그가 덧붙였다. 「당신에게 작별 인사를 해야겠어요.」이 말을 듣자 꽤 모순되게도 이사벨은 섭섭한 기분이 들었다. 어쩌면 그가 청혼을 되풀이하리라는 걱정을 하지 않아도 되었기 때문일 것이다. 그녀는 뭔가 다른 것을 생각하고 있었다. 섭섭한 마음을 표현하려다가 그녀는 그 말을 억누르고 그저 즐거운 여행이 되기를 바란다고 말했다. 그 말에 그는 다소 어두운 표정으로 그녀를 보았다. 「제가 무척 〈변덕스럽다〉고 생각하실까 걱정이 군요. 며칠 전에는 여기에 머물고 싶다고 말씀드렸더랬죠.」

「아, 천만에요. 마음은 쉽게 바꿀 수 있으니까요.」

「그렇게 했습니다.」

「그럼 즐거운 여행이 되시기를.」

「몹시 서둘러서 저를 쫓아 보내시려는 것 같군요.」 그가 매우 우울하게 말했다.

「전혀 그렇지 않아요. 저는 다만 작별 인사를 싫어해요.」

「내가 무슨 일을 하든지 당신은 조금도 개의치 않는군요.」 그가 애처롭게 말했다.

이사벨은 그를 잠시 바라보았다. 「아, 약속을 지키지 않으시네요!」 그녀가 말했다.

그는 열다섯 살 먹은 소년처럼 얼굴을 붉혔다. 「내가 약속을 지키지 않는다면, 그건 지킬 수 없기 때문입니다. 그래서 떠나는 것이고요.」

「그럼 안녕히 가세요.」

「안녕히.」 하지만 그는 여전히 머뭇거렸다. 「당신은 언제 다시 만날 수 있을까요?」

이사벨은 주저했지만 행복한 영감이 떠오른 듯 곧 말했다. 「경이 결혼하신 후 언젠가 만나게 되겠지요.」

「그런 일은 결코 없을 겁니다. 당신이 결혼한 다음이겠지요.」

「그것도 괜찮겠군요.」 그녀가 미소를 지었다.

「그래요, 괜찮겠지요. 안녕히.」

그들은 악수했고, 그는 그 화려한 방의 빛나는 고대 대리석 조각들 사이에 그녀를 두고 떠났다. 그녀는 모여 있는 조각들 사이에 앉아서 멍하니 그것들을 바라보았다. 그 아름답고 생기 없는 얼굴에 눈길을 고정시키고 마치 그 영원한 침묵에 귀를 기울이는 것 같았다. 적어도 로마에서는 위대한 그리스 조각품들을 한참 바라보고 있으면 그들의 고귀한 정적이 일으키는 영향을 느끼지 않을 수 없다. 어떤 제식이 끝나고 커다란 문이 닫히듯이 그 정적은 크고 흰 평화의 망토로 서서히 정신을 덮으며 감싼다. 특히 로마에서 그렇다고 말할 수 있는데, 그것은 로마의 공기가 그런 인상을 전달하는 절묘한 매체이기 때문이다. 황금빛 햇살이 그런 인상과 뒤섞이고, 아직 선명하게 남아 있는 과거의 깊은 정적은 무수한 이름들로 가득 찬 공백일 뿐이지만 그런 인상에 엄숙한 마력을 던지는 것 같다. 카피톨의 창문에 부분적으로 내려진 블라인드가 조각상들에 선명하고 따뜻한 그림자를 드리워서 더욱 부드럽고 인간적인 모습으로 보이게 했다. 이사벨은 움직임이 없는 조각상들의 우아한 모습에 매료되어 한참 앉아 있으면서, 보이지 않는 그들의 눈이 자신들의 경험에서 무엇을 보고 있는지, 그들의 이질적인 입술이 내는 소리가 우리의 귀에는 어떻게 들릴지를 궁금하게 생각했다. 그 방의 검붉은 벽 덕분에 그 조각상들은 더욱 선명하게 보였다. 윤이 나는 대리석 바닥은 그 조각들의 아름다움을 반사해 주었다. 그녀는 그 모든 것들을 전에도 보았지만 그 즐거움을 또다시 느낄 수 있었고, 얼마간 혼자 있는 것이 좋았기에 그 즐거움은 더욱 커졌다. 하지만 마침내 그녀의 관심은 보다 더 깊은 삶의 흐름에 이끌려서 조금씩 다른 곳으로 빠져들었다. 이따금 여행객이 들어와서 걸음을 멈추고 「죽어 가는 검투사」를 바라본 후에 그 매끄러운 바닥에 삐걱거리는 소리를 내면서 다른 문으로 나갔다. 30분쯤 지났을 때 길버트 오즈먼드가 분명 일행보다 앞서서 다시 들어왔다. 그는 뒷짐을 지고 평소처럼 물어보는 듯이, 하지만 그리 매력적이지는 않은 미소를 띠고 천천히 그녀에게 다가왔다. 「혼자 계시다니 놀랍군요. 동무가 있는 줄 알았어요.」

「그랬어요. 최고의 벗이죠.」 그녀는 「안티노오와 목신」을 바라보았다.

「저 조각이 영국 귀족보다 더 나은 동무라는 겁니까?」

「아, 영국 귀족은 조금 전에 떠났어요.」 그녀는 일어서면서 의도적으로 약간 냉담하게 말했다.

오즈먼드 씨는 그녀의 냉담한 말투를 알아차렸다. 그 말투 때문에 그의 질문은 더욱 흥미로워졌다. 「전날 저녁에 들은 이야기가 사실일 것 같아 유감이군요. 당신이 그 귀족에게 다소 잔인하게 대했다고요.」

이사벨은 정복된 검투사의 조각상을 잠시 바라보았다. 「그건 사실이 아니에요. 저는 한결같이 친절하게 대했어요.」

「제 말이 바로 그런 뜻입니다.」 길버트 오즈먼드가 대답했다. 그가 무척 행복하고 유쾌한 기분으로 대답했으므로 그의 농담에 대해서는 좀 설명할 필요가 있을 것이다. 우리가 알다시피 그는 원본을 좋아했고, 희귀한 물건이나 탁월하고 정교한 것들을 좋아했다. 그런데 이제 영국인과 귀족 계층의 훌륭한 표본으로 간주될 만한 워버턴 경을 보았으므로, 그처럼 고귀한 남자의 청혼을 거절함으로써 자신이 까다롭게 수집한 물건들 속에 한 자리를 차지할 자격을 갖춘 아가씨를 자기 것으로 만든다는 생각이 더욱 새롭게 매력적으로 보였던 것이다. 길버트 오즈먼드는 이 특별한 귀족 계층을 대단히 존중했다. 그것은 자신이 쉽게 능가할 수 있다고 생각한 그 계층의 두드러진 명예 때문이 아니라 그 계층의 확고한 실체 때문이었다. 그는 자신을 영국의 공작으로 만들어 주지 않은 자신의 운명을 절대로 용서할 수 없었다. 그리고 이사벨의 행동처럼 예상에 벗어난 행동을 좋게 평가해 줄 수 있었다. 자신이 결혼하려는 여자가 그런 행동을 했다는 것은 매우 적절한 일이었다.

제29장

앞서 자신의 탁월한 친구와 이야기를 나누면서 랠프 터치트는 우리가 알고 있다시피 길버트 오즈먼드의 성격적 장점에 대해서 다소 두드러지게 제한적으로만 인정했다. 하지만 그 신사가 로마에 체류하는 동안 그가 보여 준 행동에 비추어 볼 때 랠프는 실로 자신의 도량이 좁았다고 느꼈을지도 모른다. 오즈먼드는 매일매일 이사벨과 그녀의 벗들과 함께 어느 정도 시간을 보냈고, 결국에는 함께 어울리기에 가장 편안한 사람이라는 인상을 주었다. 그가 실로 재치를 부리면서도 명랑하게 처신할 수 있다는 것을 알지 못할 사람이 어디 있겠는가? 어쩌면 바로 이렇기 때문에 랠프는 예전에 오즈먼드가 천박하게 사교적으로 보인다고 비난했을 것이다. 그에 대해서 차별해 온 랠프조차도 지금은 그가 같이 어울리기에 유쾌한 사람이라는 것을 인정해야 했다. 오즈먼드는 한결같이 즐거운 기분이었다. 그가 정확한 사실을 알고 있고 올바른 단어를 적절히 제시하는 것은 담배를 피울 때 친절하게 성냥불을 붙여 주는 것처럼 편리한 일이었다. 확실히 오즈먼드는 즐거워하고 있었다. 뜻밖의 놀라운 일이 거의 없었던 사람으로서 더없이 즐거워했고, 그래서 그는 박수를 치고 싶은 심정이었다. 그렇다고 해서 그가 눈에 띄도록 신나는 기분을 드러냈던 것은 아니다. 그는 그 즐거운 기분을 연주하면서 큰북을 손가락 마디로도 건드리지 않을 것이다. 그는 귀에 거슬리는 고음을 몹시 싫어했고, 마구 터져 나오는 헛소리라고 생각하는 것을 몹시 싫어했다. 그는 아처 양이 때때로 너무 조급하게 신속한 반응을 보인다고 생각했다. 그녀에게 그런 결함이 있다는 것은 유감이었다. 그 결함만 아니었다면 그녀에게는 실로 결함이 하나도 없었을 테니까. 손바닥에 매끄럽게 느껴지는 잘 다듬어진 상아처럼 그가 그녀에게 요구하는 전반적인 것에 매끄럽게 들어맞았을 것이다. 그는 겉으로 요란스럽게 기쁨을 드러내지 않았지만, 속으로는 깊은 즐거움을 느끼고 있었다. 로마의 5월이 끝날 즈음에 그는 빌라 보르게스의 소나무 숲이나 작고 아름다운 초원의 꽃들과 이끼 낀 대리석들 사이를 이따금씩 천천히 산책하면서 그에 어울리는 만족감을 느꼈다. 그는 모든 것에서 즐거움을 느꼈다. 전에는 그렇게 많은 것에서 동시에 즐거움을 느낀 적이 없었다. 예전에 받은 인상들과 예전의 즐거움들이 새롭게 느껴졌다. 어느 날 저녁에는 여관의 자기 방으로 돌아가서 짤막한 소네트를 썼고 〈다시 방문한 로마〉라는 제목을 앞에 붙였다. 하루나 이틀쯤 지났을 때 그는 이 정확하고 독창적인 시를 이사벨에게 보여 주었고, 이탈리아인들은 인생의 중요한 시기를 기념하기 위해서 시의 여신에게 경의를 표하는 관습을 갖고 있다고 설명했다.

그는 즐거움을 대체로 홀로 누려 왔다. 스스로도 인정했겠지만, 그는 어떤 잘못된 일이나 추한 것을 너무 쓰라리게 의식하는 일이 지나치게 빈번했다. 상상할 수 있는 행복의 풍요로운 이슬이 그의 정신에 내리는 일은 너무나 적었다. 그러나 지금 그는 행복했고, 과거 그 어느 때보다도 행복했으며, 그 행복은 충분한 근거가 있었다. 그것은 바로 성공했다는 느낌, 즉 인간의 가슴이 품을 수 있는 가장 유쾌한 감정이었다. 오즈먼드는 그런 감정을 만끽한 적이 한 번도 없었다. 그가 잘 알고 있었고 종종 스스로도 생각해 왔듯이, 이 점에 있어서 포만감을 느끼지 못해 늘 초조하게 안달했던 것이다. 〈아, 아니야, 운명은 나를 떠받든 적이 없었어. 정말이지 나를 응석받이로 만든 적이 없었다고.〉 그는 속으로 중얼거리곤 했다. 〈내가 만일 죽기 전에 성공한다면, 그건 철저히 내 노력으로 얻은 것이겠지.〉 성공이라는 혜택을 자기 〈노력으로 얻기〉 위해서는 무엇보다도 그것을 속으로 동경하고, 그런 노력을 기울이기만 하면 된다고 그는 생각하곤 했다. 또한 그의 생애에서 성공이 전혀 없었던 것은 아니었다. 실로 그를 관찰하는 사람에게 그는 자신이 이미 얻은 모호한 성공에 안주하고 있다고 여기저기에서 암시했을 것이다. 그러나 그의 승리라는 것이 어떤 것은 이제 너무 낡아빠졌고, 다른 것은 너무 수월한 것이었다. 현재의 승리가 예상보다 힘든 것은 아니었지만 수월하게, 다시 말해 신속하게 성공을 거둘 수 있었던 것은 그가 순전히 이례적인 노력을 기울였기 때문이었다. 자기로서는 상상할 수 없었던 큰 노력이었다. 이런저런 것을 통해 자신의 〈재능〉을 내보이려는 욕망, 어떻게든 남에게 보여 주려는 욕망은 그가 젊은 시절에 품었던 꿈이다. 그러나 세월이 흐르면서 희귀한 재능을 뚜렷이 입증하는 증거에 딸린 조건이 점점 더 조잡하고 혐오스럽게 보이게 되었다. 사람이 어느 정도나 〈견딜 수〉 있는지를 선전하기 위해서 맥주를 몇 잔이고 마구 들이키는 것과 마찬가지였다. 만일 박물관 벽에 걸린 작가 미상의 그림이 의식을 가지고 주의를 기울여 왔다면, 너무나 고귀하면서도 전혀 주목받지 못했던 스타일 덕분에 그것이 마침내 위대한 화가의 작품으로 갑자기 정체가 밝혀지는 이 특별한 기쁨을 알게 되었을 것이다. 그 아가씨가 약간 도움을 받아서 발견한 것은 바로 그의 〈스타일〉이었다. 그러니 이제 그녀는 스스로 그 스타일을 즐길 뿐 아니라, 그가 전혀 노력하지 않아도, 그 스타일을 세상에 널리 알려 줄 것이다. 그녀는 그를 대신해서 그 일을 할 것이다. 그러므로 지금까지의 기다림은 헛된 노고가 아닐 것이다.

그녀가 피렌체로 출발하기로 예정했던 때가 되기 바로 전에 이 아가씨는 터치트 부인의 전보를 받았다. 그 내용은 다음과 같았다. 〈6월 4일에 피렌체를 출발하여 벨라지오로 향함. 네게 다른 계획이 없다면 너를 데리고 갈 예정. 그러나 네가 로마에서 꾸물거린다면 기다릴 수 없음.〉로마에서 꾸물거리는 것은 무척 유쾌한 일이었지만 이사벨은 다른 것을 염두에 두었기에 곧장 돌아가겠다고 이모에게 답신을 보냈다. 그녀가 이 결정을 길버트 오즈먼드에게 말해 주었을 때 그는 자신이 겨울철뿐 아니라 여름철도 이탈리아에서 많이 보내기 때문에 성 베드로 성당의 시원한 그늘에서 조금 더 빈둥거리겠다고 대답했다. 그는 열흘 후에 피렌체로 돌아갈 것이고, 그때쯤 그녀는 벨라지오로 출발했을 것이다. 이렇게 되면 그가 그녀를 다시 만날 때까지 몇 달이 걸릴 수도 있었다. 그들은 우리의 벗들이 묵고 있던 호텔의 널찍하고 장식이 많은 거실에서 이런 대화를 나누었다. 늦은 저녁 시간이었고, 랠프 터치트는 다음 날 사촌 동생을 피렌체로 데려갈 예정이었다. 오즈먼드가 찾아갔을 때 그 아가씨는 혼자 있었다. 스택폴 양은 4층에 묵고 있는 유쾌한 미국인 가족과 친해져서 그들을 방문하려고 수많은 계단을 올라간 다음이었다. 헨리에타는 여행하는 동안 아주 스스럼없이 사람들과 사귀었고, 기차간에서 만난 사람들 중에서 몇몇 사람들과 맺은 유대를 가장 소중하게 생각하기도 했다. 랠프는 이튿날의 여행을 위해 준비하고 있었고 이사벨은 어수선한 노란색 가구들 사이에 혼자 앉아 있었다. 의자들과 소파들은 주황색이었고, 벽과 창문은 자주색과 금박을 입힌 천으로 치장되어 있었다. 거울들과 그림들에는 크고 현란한 테두리가 둘려 있었다. 깊고 둥글게 파인 천장에는 벌거벗은 여신들과 아기 천사들이 그려져 있었다. 오즈먼드의 눈에 그 거실은 고통스러울 만큼 추하게 보였다. 적절치 않은 색채와 겉만 번드레한 화려함은 잘난 체하는 천박한 거짓말 같았다. 이사벨은 그들이 로마에 도착했을 때 랠프가 준 앙페르[29]의 책을 들고 있었다. 그 책을 무릎에 올려놓고 손가락을 끼워 넣어 막연히 읽던 곳을 표시했지만 그것을 읽으려는 조급한 마음은 전혀 없었다. 그녀 옆의 작은 탁자에 늘어진 분홍빛 박엽지 갓이 씌워진 램프 불이 타오르며 그 방 안을 기이하게도 연한 장밋빛으로 물들였다.

「당신은 돌아오시겠다고 말씀하시지만, 누가 알겠습니까?」 길버트 오즈먼드가 말했다. 「당신이 세계 일주를 떠날

---

29 Jean-Jacques Ampère(1800~1864). 19세기 프랑스의 역사가, 철학자.

가능성이 더 크겠지요. 돌아와야 할 의무가 없으니까요. 당신은 원하는 대로 무엇이든지 할 수 있어요. 세계를 방랑할 수도 있고요.」

「글쎄요, 이탈리아는 세계의 한 부분이지요.」이사벨이 대답했다. 「도중에 이탈리아에 들를 수도 있겠지요.」

「세계 일주를 하는 도중에요? 아니, 그렇게는 하지 마세요. 우리를 중간의 여담에 넣지 말고, 우리에게 한 장(章)을 통째로 할애해 주세요. 나는 여행 중의 당신을 보고 싶지 않습니다. 여행이 다 끝났을 때의 당신을 보는 편이 좋겠어요. 지치고 물리도록 여행을 하고 난 후의 당신을 보고 싶습니다.」 오즈먼드는 즉시 덧붙였다. 「그런 상태의 당신을 보는 쪽이 더 좋겠어요.」

이사벨은 눈을 내리깔고 앙페르 씨의 책을 만지작거렸다. 「조롱하는 듯이 보이지 않으면서도 조롱하시는군요. 그럴 의도가 없는 것은 아닌 것 같아요. 제 여행을 조금도 존중하지 않고, 우스꽝스럽다고 생각하시죠.」

「왜 그렇게 생각하시나요?」

그녀는 종이를 자르는 칼로 책의 모서리를 긁으면서 똑같은 어조로 말을 이었다. 「당신은 제 무지와 실수를 보시고, 제가 마치 세상이 내 것이라도 되는 양 세상을 돌아다니는 것 — 그것도 그렇게 할 수 있는 능력이 주어졌기 때문에 — 을 보시면서, 여자가 그렇게 해서는 안 된다고 생각하시지요. 그것이 대담하고 천박한 일이라고 생각하시지요.」

「아름다운 일이라고 생각합니다.」 오즈먼드가 말했다. 「당신은 내 생각을 알고 있어요. 내 의견을 충분히 알려 드렸으니까. 사람은 자신의 삶을 예술 작품으로 만들어야 한다고 내가 말했던 것을 기억 못 하세요? 그 말을 들었을 때 당신은 다소 충격을 받은 것 같았어요. 하지만 그다음에 제가 당신이 당신의 인생으로 바로 그런 일을 하시려는 것 같다고 말했지요.」

그녀는 책에서 고개를 들고 올려다보았다. 「당신이 세상에서 가장 경멸하시는 것은 서툴고 하찮은 예술품이죠.」

「어쩌면 그럴 겁니다. 하지만 당신이라는 작품은 매우 깨끗하고 대단히 훌륭하게 보입니다.」

「제가 올겨울에 일본에 간다면 당신은 저를 비웃으시겠지요.」 그녀가 말을 이었다.

오즈먼드는 미소를 지었다. 열성적으로 미소를 지었지만 활짝 웃은 것은 아니었다. 그들이 나누고 있는 대화는 농담조가 아니었던 것이다. 이사벨은 사실 엄숙한 기분이었고, 그는 그런 표정을 예전에 본 적이 있었다. 「당신은 사람을 깜짝 놀라게 하는 상상력을 갖고 있군요!」

「제가 말하려는 것이 바로 그 점이에요. 당신은 그런 생각을 터무니없다고 여기시는 거죠.」

「내가 일본에 갈 수 있다면 새끼손가락을 잃어도 좋습니다. 그곳은 가장 보고 싶은 나라들 가운데 하나니까요. 내가 옛 칠기를 좋아하는데 이 말이 진담이 아니겠어요?」

「저는 옛 칠기에 대한 취향이 없으니 그곳을 여행할 구실이 없겠군요.」 이사벨이 말했다.

「당신에게는 더 나은 구실이 있습니다. 여행을 할 수 있는 수단이 있지요. 내가 당신을 비웃는다는 생각은 잘못된 것입니다. 당신이 왜 그런 생각을 하게 되었는지 모르겠군요.」

「당신에게는 여행 수단이 없는 반면에 제게는 그런 수단이 있다는 것을 당신이 우습게 여기더라도 놀라운 일이 아니겠지요. 당신은 모든 것을 알고 있지만 저는 아는 것이 전혀 없으니까요.」

「당신이 여행을 하면서 견문을 쌓아야 할 이유가 더 많아지는 거지요.」 오즈먼드가 미소를 지었다. 「게다가,」 그는 반드시 밝혀야 할 사항인 양 덧붙였다. 「내가 모든 것을 알고 있는 것은 아닙니다.」

이사벨은 그가 심각한 어조로 이렇게 말한 것이 기묘하다는 인상을 받지 않았다. 그녀는 자신의 인생에서 가장 즐거운 사건이 — 그녀는 로마에서 보낸 너무나 짧았던 날들을 즐겨 이렇게 불렀을 것이다. 그녀는 꿈을 꾸듯이 생각에 잠겨 로마를 호화로운 망토에 감싸이고 시종들이나 역사가들이 질질 끌리는 옷자락을 들어 올려야 하는 드레스를 입던 시대의 작은 공주의 모습에 비유했을 것이다 — 이 더없는 행복이 끝나 가고 있다고 생각하고 있었다. 지금 그녀는 그 시간이 흥미로웠던 것이 대부분 오즈먼드 씨 덕분이라고 구태여 생각하지는 않았다. 이미 그 점을 충분히 인정했다. 하지만 그들이 다시는 만나지 못할 가능성이 있더라도 어쩌면 결국 그래도 괜찮으리라고 스스로에게 말했다. 행복한 일들은 두 번 다시 되풀이되지 않는다. 그리고 그녀의 모험은 벌써 어떤 낭만적 섬의 이미지로 바뀌어 바다를 향하고 있었다. 그곳에서 자줏빛 포도를 실컷 먹은 후에 산들바람이 부는 동안 출항할 것이다. 그녀가 다시 이탈리아에 돌아올 때 그는, 있는 그대로의 모습으로 그녀를 즐겁게 해주었던 이 낯선 남자는 달라져 있을지도 모른다. 그런 것을 알게 될 위험을 무릅쓰기보다는 돌아오지 않는 편이 더 나을지도 모른다. 하지만 자신이 돌아오지 않는다면 이제 이로써 관계의 한 장(章)이 끝나 가고 있다는 것은 더욱 유감스러운 일이었다. 그녀는 잠시 고통을 느꼈고 그것이 눈물샘을 자극했다. 이런 느낌으로 그녀는 말없이 앉아 있었고, 길버트 오즈먼드도 말이 없었다. 그는 그녀를 바라보고 있었다. 「어디든지 가세요.」 마침내 그가 낮고 친절한 목소리로 말했다. 「무엇이든 하십시오. 인생에서 모든 것을 얻으세요. 행복하고 — 승리하십시오!」

「승리하다니 무슨 뜻인가요?」

「당신이 좋아하는 일을 하는 겁니다.」

「그렇다면 승리란 실패처럼 여겨지는군요! 자신이 원하는 온갖 공허한 일을 하다 보면 매우 싫증이 날 때가 종종 있을 테니까요.」

「맞습니다.」 오즈먼드는 조용히 재빠르게 대답했다. 「조금 전에 암시했듯이 당신은 언젠가 지치게 될 겁니다.」 그는 한순간 말을 끊었다가 다시 이었다. 「당신에게 하고 싶은 말을 그때까지 기다리는 편이 더 나을지 어떨지 모르겠어요.」

「아, 무슨 말인지를 알지 못하기 때문에 뭐라고 말씀드릴 수 없군요. 하지만 저는 지치게 되면 몹시 불쾌하게 군답니다.」 이사벨은 상당히 모순되는 말을 덧붙였다.

「그 말은 믿을 수 없어요. 당신은 때로 화를 내겠지요. 그럴 수는 있다고 믿어요. 비록 본 적은 없지만. 하지만 당신이 〈심술궂게〉 구는 일은 절대 없다고 믿습니다.」

「제가 화를 낼 때도요?」

「당신이 화를 내는 것이 아니라 — 당신의 기질을 발견하는 것이고, 그것은 아름다울 겁니다.」 오즈먼드는 고상하고 진지하게 말했다. 「그것을 보게 된다면 대단한 순간일 겁니다.」

「지금 그럴 수만 있다면!」 이사벨은 불안하게 소리쳤다.

「나는 겁나지 않습니다. 팔짱을 끼고 당신을 바라보며 경탄할 테니까요. 매우 진지하게 말씀드리는 겁니다.」 그는 양무릎에 손을 올려놓고 몸을 앞으로 숙였다. 잠시 그는 눈길을 숙여서 바닥을 바라보았다. 「내가 당신에게 말하고 싶은 것은,」 마침내 그는 시선을 들면서 말했다. 「내가 당신을 사랑한다는 것을 알게 되었다는 것입니다.」

그녀는 즉시 일어섰다. 「아, 제가 지칠 때까지 그런 말씀은 간직해 두세요!」

「다른 사람들에게서 그런 말을 듣는 데 지칠 때까지요?」 그는 거기 앉아서 눈을 들어 그녀를 바라보았다. 「아뇨, 당신은 마음이 내키는 대로 지금 이 말에 관심을 기울이거나 아니면 결코 관심을 기울이지 않겠지요. 하지만 어찌 되었든 지금 그 말을 해야겠습니다.」 그녀는 얼굴을 돌렸다. 하지만 그러다가 동작을 멈추고 그를 내려다보았다. 그들은 이런 상태로 잠시 가만히 서로를 오래 바라보았다. 인생의 결정적인 순간을 의식하고 있는 커다란 눈으로. 그러고 나서 그는 일어서서 마치 자신이 너무 스스럼없이 구는 것을 염려하듯이 깊이 존중하는 태도로 그녀에게 다가왔다. 「나는 절대적으로 당신을 사랑하고 있습니다.」

그는 기대하는 바가 거의 없지만 자신에게 필요한 안도감을 얻기 위해서 말하는 사람처럼 감정이 거의 섞이지 않은 신중한 어조로 되풀이했다. 이사벨의 눈에 눈물이 고였다. 이번에는 예리한 고통에 반응하면서 솟아오른 눈물이었다. 그 고통은 어쩐지 가느다란 빗장이 뒤쪽인지 앞쪽인지 모르지만 어느 쪽으론가 미끄러져 들어간 듯한 느낌을 일으켰다. 그의 입에서 나온 말들은 거기 서 있는 그를 아름답고 관대한 모습으로 만들어 주었고, 초가을의 금빛 찬란한 공기로 그를 감싼 것 같았다. 그러나 사실대로 말하자면 그녀는 여전히 그를 바라보면서도 그 말 앞에서 뒷걸음질을 쳤다. 다른 경우에도 이와 비슷하게 부딪쳤을 때 뒷걸음질을 쳤듯이. 「아, 제발 그런 말씀은 하지 마세요.」 그녀는 강렬한 목소리로 이번에도 선택하고 결정해야 한다는 두려움을 드러내며 대답했다. 그 두려움이 커졌던 것은 바로 온갖 불안감 — 자기 내면의 깊은 곳에서 일깨워진 신뢰에 찬 열정이라고 여겨지는 것에 대한 의식 — 을 힘차게 떨쳐 버려야 했기 때문이었다. 그 열정은 마치 은행에 예치된 거금처럼 마음속에 자리 잡고 있었다. 그것을 꺼내기 시작해야 한다면 무시무시한 일이 벌어질 것이다. 만일 그것에 손을 대기 시작하면 전부 다 쏟아져 나올 것이다.

「제 말이 당신에게 그리 중요하리라고는 생각하지 않습니다.」 오즈먼드가 말했다. 「나는 당신에게 드릴 것이 거의 없어요. 내가 가진 것들이 내게는 충분하지만, 당신에게는 충분하지 않겠지요. 큰 재산도, 명예도, 그 어떤 외적 장점도 없습니다. 그러므로 당신에게 아무것도 드리지 못합니다. 내가 그 말을 한 것은 단지 당신이 그 말에 불쾌감을 느낄 수 없고 언젠가는 기쁨을 느낄 수도 있으리라고 생각하기 때문입니다. 정말이지 나는 그것에 기쁨을 느낍니다.」 그는 그녀의 앞에 서서 그녀 쪽으로 상당히 몸을 굽힌 채 말을 이었다. 모자를 집어 들어 천천히 돌리고 있었는데 그 동작은 약간 거북한 기색으로 우아하게 떨리면서도 전혀 기묘하지 않게 보였다. 그는 확고하고 섬세하며 세파에 조금 찌든 얼굴을 그녀에게로 향했다. 「그 말이 내게는 조금도 고통을 주지 않습니다. 더없이 단순한 일이니까요. 당신은 내게 언제까지나 이 세상에서 가장 중요한 여자일 겁니다.」

이사벨은 그러한 여자로서 자신을 바라보았다. 여념이 없이 바라보면서 자신이 그 인물에 어느 정도 우아하게 잘 들어맞는다고 생각했다. 하지만 그녀의 말은 그런 만족감을 조금도 드러내지 않았다. 「당신의 말을 불쾌하게 느끼는 것은 아닙니다. 하지만 불쾌감을 느끼지 않더라도 불편하거나 난처하게 느낄 수 있다는 것을 아시겠지요.」〈불편〉하다는 말을 입에 올리는 자신의 목소리를 들으면서 그 단어가 우스꽝스럽다는 생각이 들었다. 하지만 어리석게도 그녀의 마음에 떠오른 것은 그 단어였다.

「잘 알고 있습니다. 물론 당신은 놀라셨겠지요. 하지만 단지 놀라움뿐이라면 그 감정은 곧 사라질 겁니다. 그리고 어쩌면 뭔가 남을 것이고, 나는 그것을 부끄러워하지 않을 것입니다.」

「그 말에서 무엇이 남을지 모르겠군요. 어떻든 간에 제가 당혹감에 압도되지는 않았다는 것을 아시겠지요.」 이사벨은 어렴풋이 미소를 지으며 말했다. 「너무 곤혹스러워서 생각을 할 수 없는 정도는 아닙니다. 그리고 이제 헤어지는 것을, 제가 내일 로마를 떠나는 것을 다행이라고 생각하고 있습니다.」

「물론 나는 그 점을 당신처럼 생각할 수 없습니다.」

「저는 당신을 전혀 모릅니다.」 그녀가 갑자기 덧붙였다. 그러고 나자 거의 1년 전에 워버턴 경에게 했던 말을 다시 되풀이하는 자신의 목소리를 들으며 얼굴을 붉혔다.

「당신이 떠나지 않는다면 나를 더 잘 아실 수 있을 텐데요.」

「언젠가 다른 때에 알게 되겠지요.」

「그렇기를 바랍니다. 나는 아주 쉽게 알 수 있는 사람입니다.」

「아뇨, 그렇지 않아요.」 그녀는 힘주어 대답했다. 「그 말씀은 진실하지 않아요. 당신은 쉽게 알 수 있는 분이 아니니까요. 당신처럼 알기 어려운 사람도 없을 거예요.」

「글쎄요.」 그가 웃었다. 「내가 그렇게 말한 것은 나 스스로를 알기 때문입니다. 자랑처럼 들릴 수도 있겠지만, 사실 잘 알고 있습니다.」

「그러시겠지요. 하지만 당신은 매우 현명하신 분이지요.」

「당신도 그렇습니다, 아처 양!」 오즈먼드가 큰 소리로 말했다.

「지금은 전혀 그렇게 느껴지지 않아요. 하지만 이제 돌아가시는 것이 좋겠다고 생각할 정도로는 현명한 것 같습니다. 안녕히 가세요.」

「하느님의 축복이 있기를!」 길버트 오즈먼드는 그녀가 내밀지도 않은 손을 잡으며 말했다. 그런 다음에 덧붙였다. 「우리가 다시 만나게 되면, 내가 지금 당신이 떠날 때와 똑같은 상태라는 것을 아시게 될 겁니다. 혹시 다시 만날 일이 없더라도 내 마음은 늘 변함이 없을 겁니다.」

「매우 감사해요. 안녕히 가세요.」

이사벨의 손님에게는 무언가 은근히 끈질긴 점이 있었다. 그는 자신의 뜻에 따라 움직이지, 다른 사람의 의지에 따라서 쫓겨나지는 않으려 했다. 「한 가지 더 말씀드릴 것이 있습니다. 나는 당신에게 어떤 것도 부탁하지 않았어요. 심지어 미래에 대해 생각해 주십사 하는 부탁도 하지 않았어요. 이점에 대해서는 인정해 주셔야 합니다. 하지만 한 가지 작은 부탁을 드리고 싶어요. 나는 앞으로 여러 날 동안 집으로 돌아가지 않을 겁니다. 로마는 즐거운 곳이고, 나와 같은 마음 상태에 있는 사람에게는 좋은 곳입니다. 아, 당신은 로마를 떠나게 되어 섭섭하시겠지요. 하지만 이모님의 뜻에 따르시는 것이 옳을 겁니다.」

「이모님께서는 그것을 바라지도 않으세요.」 이사벨이 느닷없이 생소한 이야기를 꺼냈다.

오즈먼드는 분명 이 대답에 어울릴 말을 하려고 했지만 마음을 바꾸고는 그저 이렇게 대답했다. 「아, 네, 이모님과 동행하시는 것이 적절한 일입니다. 법도에 맞는 일이지요. 무엇이든 예의 바른 일을 하십시오. 나는 그것에 찬성합니다. 내가 이처럼 예절을 강조하는 것을 용서하세요. 당신은 나를 모른다고 하시는데, 나를 잘 아시게 되면 내가 예절을 대단히 숭배한다는 것을 알게 될 겁니다.」

「당신은 인습적인 분이 아니잖아요?」 이사벨이 진지하게 물었다.

「당신이 그 단어를 발음하는 방식이 마음에 드는군요! 네, 나는 인습적이지 않습니다. 나는 인습 그 자체이니까요. 그 점을 모르시겠어요?」 그런 다음 그는 잠시 말을 멈추고 미소를 지었다. 「그것을 설명하고 싶습니다.」 그러더니 갑자기 재빨리 밝게 자연스러운 태도로 말했다. 「다시 돌아와 주세요.」 그가 간청했다. 「우리는 나눌 이야기가 아주 많이 있습니다.」

그녀는 눈을 내리깐 채 서 있었다. 「방금 무슨 부탁에 대해서 말씀하셨죠?」

「피렌체를 떠나기 전에 내 어린 딸을 만나러 가주세요. 그 애는 빌라에 혼자 있습니다. 아이를 내 누이에게 보내지 않기로 했거든요. 누이의 생각이 나와 전혀 다르기 때문에요. 그 애에게 가엾은 아빠를 많이 사랑해야 한다고 말씀해 주세요.」 길버트 오즈먼드가 부드럽게 말했다.

「그곳에 간다면 무척 기쁠 거예요.」 이사벨이 대답했다. 「말씀을 따님에게 전하겠어요. 다시 작별 인사를 해야겠군요.」

이 말에 그는 신속히 정중하게 인사했다. 그가 나간 다음에 그녀는 잠시 주위를 돌아보며 서 있다가 천천히 생각에 잠긴 태도로 자리에 앉았다. 그녀는 양손을 포개고 앉아서 보기 흉한 카펫을 바라보며 벗들이 돌아올 때까지 기다렸다. 마음의 동요가 가라앉지 않은 채 매우 고요하게, 매우 깊이 남아 있었다. 방금 일어난 일은 그녀가 지난 일주일 동안 상상 속에서 그려 보았던 것이었다. 그러나 막상 그 일이 일어나자 그녀의 상상력은 멈추고 말았다. 어찌된 일인지 상상력의 숭고한 날개가 부서져 버렸다. 이 아가씨의 마음은 기묘하게 작동하고 있었다. 나는 다만 보이는 대로 독자에게 전달할 수 있을 뿐이니 그녀의 마음이 전적으로 자연스럽게 보이도록 만들기를 바랄 수 없다. 이미 말했듯이, 그녀의 상상력은 이제 주춤하며 물러섰다. 그 상상력이 넘어설 수 없는 마지막 모호한 공간이 있었다. 겨울의 황혼에 잠긴 습지처럼 불분명하고 약간 위험하게 보이는 어둑하고 불확실한 땅이었다. 그러나 그녀는 이제 그곳을 건너야 할 것이다.

제30장

    다음 날 그녀는 사촌 오빠와 함께 피렌체로 돌아갔다. 랠프 터치트는 대개 기차를 타면 행동이 억제되어 침착하지 못했지만, 이제 사촌 동생을 길버트 오즈먼드가 좋아하기 때문에 각별해진 도시에서 서둘러 떼어 내어 기차에서 몇 시간을 보내게 된 것을 매우 흐뭇하게 생각했다. 그 몇 시간은 더 긴 여행의 첫 단계가 될 것이다. 스택폴 양은 로마에 남았고, 밴틀링 씨의 도움을 받아 나폴리로 짧은 여행을 떠날 계획을 세우고 있었다. 이사벨은 터치트 부인이 출발 날짜로 정한 6월 4일까지 피렌체에서 3일간 머물 수 있었다. 그녀는 그 사흘 중 마지막 날에 팬지 오즈먼드를 방문하겠다는 약속을 지키려고 마음먹었다. 하지만 그녀의 계획은 마담 멀의 의사를 존중해서 변경될 수 있을 것 같았다. 이 숙녀는 아직 터치트 부인의 저택에 있었지만 곧 피렌체를 떠날 예정이었다. 그녀가 다음에 머물 곳은 이탈리아의 어떤 귀족 가문이 살고 있는 토스카나 산속의 고성이었다. 그녀가 이사벨에게 보여 주었던 성벽에 총안이 설치된 그 거대한 저택의 사진으로 미루어 볼 때 그들과 맺어 온 친분은(마담 멀은 그들과 〈죽〉 아는 사이였다고 말했다) 고귀한 특권으로 여겨질 것이었다. 이처럼 운이 좋은 부인에게 이사벨은 오즈먼드 씨에게서 자기 딸을 만나러 가달라는 부탁을 받았다고 말했다. 하지만 그가 사랑을 고백했다는 이야기는 하지 않았다.

「아, 우연의 일치로군요*comme cela se trouve*!」 마담 멀이 큰 소리로 말했다. 「나도 떠나기 전에 친절을 베풀 겸 그 아이를 잠시 방문해야겠다고 생각하고 있었어요.」

「그러면 같이 가시면 되겠군요.」 이사벨은 온당하게 말했다. 〈온당하게〉 말했다는 표현을 쓴 것은 열성적인 기분으로 제안한 것이 아니기 때문이었다. 그녀는 그 아이를 만나러 혼자 가려고 생각하고 있었고 그 편이 훨씬 더 좋았다. 그렇지만 친구를 대단히 존중했기에 이처럼 모호한 감정을 기꺼이 희생할 생각이었다.

그 부인은 곰곰이 생각에 잠겼다. 「어쨌든 우리 둘 다 가야 할 이유는 없을 것 같아요. 남은 몇 시간 동안 각자 해야 할 일이 무척 많으니까.」

「좋아요. 제가 혼자 가더라도 문제없어요.」

「당신이 혼자 가는 것이 어떨지 모르겠네요. 잘생긴 독신 남자의 집에. 그는 결혼했던 사람인 데다 — 하지만 너무 오래전 일이기는 하죠!」

이사벨은 눈을 동그랗게 뜨고 바라보았다. 「오즈먼드 씨가 집에 계시지 않은데, 그것이 무슨 상관인가요?」

「그분이 집에 없다는 것을 그들이 모르잖아요.」

「그들이라니요? 누구를 말하시는 거죠?」

「모든 사람요. 하지만 어쩌면 문제가 되지 않겠지요.」

「부인도 가실 생각이었으면서 왜 나는 안 된다는 건가

요?」이사벨이 물었다.

「나는 초라한 노파에 불과하지만 당신은 아름다운 아가씨니까요.」

「그 말씀을 인정하더라도, 부인은 약속하신 것이 아니잖아요.」

「당신은 약속을 대단히 중요하게 생각하는군요!」부인이 약간 조롱하듯이 말했다.

「제가 한 약속에 대해서는 대단히 중요하게 생각해요. 그것이 놀라운 일인가요?」

「당신이 옳아요.」마담 멀은 자기 생각을 소리 내어 말했다.「당신은 그 아이에게 친절하게 대해 주고 싶어 한다고 믿어요.」

「그러기를 무척 바라고 있어요.」

「그렇다면 그 아이를 만나러 가세요. 아무도 모를 거예요. 그리고 당신이 가지 않았더라면 내가 갔을 거라고 말해 주세요. 아니, 차라리,」마담 멀이 덧붙였다.「아무 말도 하지 말아 줘요. 그 애는 개의치 않을 테니까.」

이사벨은 지붕이 없는 마차를 타고 훤히 모습을 드러낸 채 오즈먼드 씨의 언덕 꼭대기 집으로 이르는 구불구불한 길을 따라갔다. 그러면서 아무도 모를 거라는 친구의 말이 무슨 뜻인지를 생각해 보았다. 이 부인은 조심성이 있는 성격이라서 대체로 항해를 할 때 위험한 해협보다는 훤히 트인 바다를 택하는 사람이었지만 어쩌다 한 번씩 한참 뜸을 들인 후에 모호하게 들리는 말을 하거나 당치도 않은 말을 하기도 했다. 이사벨 아처가 잘 알지 못하는 사람들의 천박한 판단에 대해서 무슨 관심이 있다는 말인가? 그녀가 남들에게 숨겨야 할 비열한 일을 저지를 수 있는 여자라고 마담 멀이 생각한 것일까? 물론 그렇지 않았다. 그녀는 뭔가 다른 의미를 염두에 두었음이 틀림없다. 출발을 앞두고 시간에 쫓겨서 자세히 설명할 수 없었을 것이다. 이사벨은 언젠가 다음에 이것에 대한 이야기를 꺼낼 것이다. 명확히 해두고 싶은 일들이 몇 가지 있었다. 그녀가 오즈먼드 씨의 응접실에 들어섰을 때 다른 방에서 팬지가 피아노를 치는 소리가 들려 왔다. 그 어린 소녀는 피아노 〈연습〉을 하고 있었고, 이사벨은 그 아이가 자기 의무를 충실히 수행하고 있다고 생각하니 기분이 좋았다. 팬지는 곧 들어왔다. 드레스를 손으로 쓸어내리면서 눈을 크게 뜨고 정중하게 절하며 아버지를 대신하여 손님을 맞았다. 이사벨은 30분간 앉아 있었다. 팬지는 무언극에서 보이지 않는 줄에 매달려 날아오르는 날개 달린 작은 요정처럼 손님을 맞았고, 수다스럽게 재잘거리는 것이 아니라 친밀하게 대화를 나누면서, 이사벨이 자기에게 친절하게도 관심을 기울여 주는 만큼 이사벨의 일에 정중한 관심을 드러냈다. 이사벨은 그 아이를 보고 놀라운 마음을 금할 수 없었다. 잘 가꿔진 하얀 꽃의 달콤한 향기를 이렇게 가까이에서 직접 코에 대고 맡아 본 적이 없었다. 이 아이는 무척 좋은 교육을 받았다고 우리의 아가씨는 찬탄했다. 그 아이는 대단히 훌륭한 지도를 받으며 형성되었고, 그러면서도 너무나 소박하고 자연스럽고 순진한 자질을 잃지 않았던 것이다! 이사벨은 늘 사람의 성격과 자질이라는 문제에 관심을 갖고 있었고, 흔히 말하듯이 깊고 신비로운 성격을 타진하는 것을 좋아했다. 그리고 어린애의 앞치마를 두르고 있는 이 연약한 아이가 실제로는 모든 것을 알고 있지 않은지 지금까지 즐겨 의혹을 품었다. 이 아이의 지극히 솔직한 태도는 그저 자의식의 극치가 아니었을까? 그 솔직함이 아버지의 손님을 기쁘게 해주려는 겉치레일까, 아니면 오점이 전혀 없는 본성을 그대로 드러내는 것이었을까? 아름답고 텅 비어 있으며 어둑한 오즈먼드 씨의 방 — 열기를 몰아내기 위해 창문의 블라인드가 반쯤 내려져 있고 여기저기 블라인드의 벌어진 틈으로 여름날의 빛나는 햇살이 스며들어 풍부한 어스름에 잠긴 빛바랜 가구나 녹슨 금박의 어렴풋한 광택을 빛내 주었다 — 에서 그 집의 딸과 대화를 나누며 시간을 보내면서 이사벨은 이 문제에 대해서 확실한 결론을 내릴 수 있었다. 팬지는 실로 아무것도 쓰여 있지 않은 백지였고, 순백의 표면을 그대로 간직하고 있는 아이였다. 그녀에게는 기교도, 교활함도, 성미도, 재능도 없었다. 다만 두세 가지 작고 섬세한 본능이 있을 뿐이었다. 친구를 알아내고, 실수를 저지르지 않고, 오래된 장난감이나 새 옷을 잘 간수하는 본능 말이다. 하지만 그토록 연약하다는 것은 한편으로 애처로운 일이었다. 그래서 그 아이가 운명이 아무렇게나 꺾어 버릴 수 있는 손쉬운 희생양이 될 수 있으리라는 느낌을 받았다. 그녀에게는 저항하려는 의지나 힘도 없을 것이고, 자신이 중요한 존재라는 의식도 없을 것이다. 그녀는 그저 어리둥절해하면서 쉽게 꺾일 것이다. 그녀에게 힘이 있다면 그것은 언제 어디에 매달려야 하는지를 본능적으로 아는 것뿐이리라. 팬지는 다른 방들을 돌아보고 싶다는 손님의 요청에 함께 집 안을 돌아보면서 몇몇 골동품에 대한 자기 생각을 이야기했다. 또한 자신의 앞날과 자기가 하는 일들, 아버지의 의도에 대해서 말했다. 그녀는 자기중심적으로 자기 생각만 했던 것이 아니라 이사벨처럼 각별한 손님이 당연히 기대할 일을 알려 주는 것이 예의에 맞는다고 생각하고 있었다.

「말씀해 주세요.」팬지가 말했다. 「아빠가 로마에서 카트린 수녀님을 만나러 가셨나요? 시간이 있으면 그렇게 하겠다고 말씀하셨어요. 어쩌면 시간이 없으셨을 거예요. 아빠는 시간이 넉넉한 것을 좋아하시거든요. 제 교육에 대해서 말씀을 나누고 싶어 하셨어요. 아시다시피 제 교육이 아직 끝나지 않아서요. 수녀원에서 제가 어떤 교육을 더 받을 수 있을지 모르지만 아직 끝나지 않은 것 같아요. 전에 아빠께서는 직접 제 교육을 마무리하겠다고 말씀하셨어요. 지난 1~2년간 상급반 학생들이 수녀원에 내는 수업료가 무척 비쌌거든요. 아빠는 부자가 아니에요. 아빠가 저 때문에 많은 돈을 내야 한다면 마음이 무척 아플 거예요. 저는 그만한 가치가 없다고 생각하니까요. 저는 빨리 배우지도 못하고 기억력도 좋지 않아요. 직접 들은 말이나 특히 즐거운 내용일 때는 잘 기억하지만, 책에서 배우는 것은 잘 기억하지 못해요. 가장 친한 친구가 있었는데 열네 살 때 수녀원 학교를 그만두고 집으로 돌아갔어요. 말하자면 — 영어로 뭐라고 하더라 — 지참금을 마련하기 위해서였어요. 영어로 지참금이라고 말하지 않나요? 그 표현이 틀리지 않았으면 좋겠어요. 제 말은 제 친구의 가족이 그 애를 결혼시키기 위해서 돈을 아끼려 했다는 거예요. 아빠도 그 때문에, 저를 결혼시키기 위해서, 돈을 아끼려 하시는지 어떤지 모르겠어요. 결혼하는 데 돈이 너무 많이 들어요!」팬지는 한숨을 쉬면서 말을 이었다. 「그래서 아빠가 절약하고 계실 거예요. 어떻든 저는 너무 어려서 아직은 그런 일에 대해 생각하지 않아요. 좋아하는 신사도 없고요. 아빠만 빼고 아무도 없다는 말이에요. 아빠만 아니라면 아빠와 결혼하고 싶을 거예요. 저는 낯선 사람의 아내가 되기보다는 그분의 딸로 있고 싶어요. 아빠가 무척 보고 싶지만, 당신이 그럴 거라고 생각하실 만큼 몹시 그리워하는 것은 아니에요. 아빠와 떨어져서 지낸 적이 무척 많았거든요. 아빠와는 주로 휴일에 함께 지냈어요. 카트린 수녀님이 더 그리워요. 하지만 아빠에게 이 말씀을 하시면 안 돼요. 아빠를 다시 만나지 못하실 거라고요? 무척 섭섭하군요. 아빠도 섭섭해하실 거예요. 우리 집에 오시는 분들 중에서 당신이 제일 좋아요. 여기 오시는 분들이 많지 않으니 그건 큰 칭찬이 아니겠지요. 오늘 와주셔서 정말 감사해요. 당신의 집에서 무척 먼 곳인데. 사실 저는 아직 어린애에 불과하잖아요. 아, 네, 어린애들이 하는 일만 하고 있어요. 당신은 그런 일을 언제 그만두셨어요? 몇 살이신지 궁금해요. 하지만 그런 것을 여쭤 봐도 괜찮은지 모르겠어요. 나이를 물어보면 안 된다고 수녀원에서 배웠거든요. 저는 남들이 예상하지 않는 일은 하고 싶지 않아요. 그렇게 하면 교육을 잘 받지 못한 것처럼 보이니까요. 저 자신도 — 뜻밖의 일로 놀라게 된다면 기분 좋지 않을 거예요. 아빠가 모든 일을 지시하고 가셨어요. 저는 아주 일찍 잠자리에 들어요. 해가 저쪽으로 넘어가면 정원에 산책을 나가고요. 햇볕에 그을어서는 안 된다고 아빠가 엄명을 내리셨어요. 저는 늘 경치를 구경하는 것을 좋아해요. 산들이 무척 아름답고요. 로마의 수녀원에서는 지붕과 종탑밖에 보이지 않았어요. 저는 세 시간씩 피아노를 연습해요. 연주를 아주 잘하지는 못해요. 당신은 피아노를 치시나요? 피아노 연주를 들려주시면 무척 좋겠어요. 아빠는 제가 좋은 음악을 들어야 한다고 생각하세요. 마담 멀은 몇 번 들려주셨어요. 제가 마담 멀에게서 제일 좋아하는 점이 바로 그거예요. 그 부인의 연주 솜씨가 뛰어나거든요. 저는 절대로 뛰어난 솜씨를 갖지 못할 거예요. 그리고 제 목소리도 좋지 않아요. 석필로 휘갈겨 쓸 때처럼 끽끽거리는 작은 소리가 나거든요.」

이사벨은 이 정중한 소원을 들어주었다. 장갑을 벗고 피아노에 앉았고, 그동안 팬지는 그녀의 옆에 서서 그녀의 흰 손가락들이 건반 위를 재빨리 움직이는 것을 바라보았다. 그녀는 연주를 끝내고 그 아이에게 작별 인사로 입을 맞추고 꼭 끌어안고는 오래도록 바라보았다. 「아주 좋은 사람이 되어서 아버지에게 기쁨을 드리도록 해.」

「바로 그렇게 하기 위해서 살고 있다고 생각해요.」 팬지가 대답했다. 「아빠에게는 즐거운 일이 별로 없어요. 좀 슬프게 지내세요.」

이사벨은 이러한 주장을 관심 있게 들었다. 그 관심을 드러내지 않으려니 거의 고통스러울 지경이었다. 어쩔 수 없이 그것을 숨겨야 했던 것은 그녀의 자존심과 체면 의식 같은 것 때문이었다. 그녀는 팬지에게 그녀의 부친에 대해서 머릿속에 떠오르는 생각들을 말하고 싶은 강렬한 충동을 느꼈지만 즉시 억제했다. 어떤 일들에 관해서 그 아이의 말을 듣고, 그 아이에게 말을 시킨다면 무척 즐거웠을 것이다. 그러나 그런 충동을 깨닫자마자 그녀의 상상력은 자신이 어린 소녀를 이용한다 ─ 이 점에 대해서 그녀는 스스로를 비난했을 것이다 ─ 는 생각과 그가 여전히 미묘하게 감지하고 있을지 모를 공기에 매혹에 빠진 자신의 숨결을 조금이라도 내뿜는다는 생각에 두려움을 느끼며 숨을 죽였다. 그녀는 찾아왔고, 그의 집을 찾아왔던 것이다. 하지만 딱 한 시간만 머물렀다. 그녀는 피아노 의자에서 재빨리 일어섰다. 하지만 그렇게 일어서서도 잠시 머뭇거리면서 그 어린 소녀를 끌어안았고, 그 가냘픈 몸을 더 가까이 끌어당기면서 질투하듯이 아이를 내려다보았다. 그녀는 그것을 스스로에게 고백해야 했다. 길버트 오즈먼드와 너무나 가까운 이 순진한 어린아이에게 그에 관한 이야기를 할 수 있었더라면 열렬한 기쁨을 느꼈을 거라고. 그러나 그녀는 더 이상 다른 말을 하지 않고, 그저 팬지에게 다시 입을 맞추었다. 그들은 함께 현관을 지나 뜰 쪽으로 나 있는 문으로 갔다. 그곳에서 어린 안주인은 걸음을 멈추고 다시 동경하는 눈길로 그 너머를 바라보았다. 「저는 더 나갈 수 없어요. 이 문 밖으로 나가지 않겠다고 아빠와 약속했거든요.」

「아버님의 말씀에 따르는 것이 옳은 일이지. 그분은 네게 불합리한 것을 요구하지 않으실 테니까.」

「저는 언제나 아빠의 말씀에 순종할 거예요. 그런데 언제 돌아오실 거예요?」

「오랫동안 오지 못할 거야.」

「될 수 있는 대로 빨리 돌아오시기를 빌겠어요. 저는 어린 애에 불과하지만,」 팬지가 말했다. 「돌아오시기를 늘 기다릴 거예요.」 그 조그만 아이는 높고 어두운 문간에 서서 이사벨이 그림자가 드리워진 깨끗한 안뜰을 지나 큰 이중문을 넘어 밝은 곳으로 사라지는 것을 지켜보았다. 그 문이 열리자 눈부시게 빛나는 넓은 광경이 눈에 들어왔다.

제31장

　이사벨은 피렌체에 돌아왔다. 하지만 겨우 몇 달밖에 지나지 않아서였다. 그 사이의 시간에 여러 가지 사건들이 충분히 일어났다. 하지만 이 기간 동안의 그녀에 대해서 우리는 세밀한 관심을 갖지 않을 것이다. 우리가 다시 관심을 집중해서 보려는 것은 조금 전에 기술한 사건이 일어나고 1년쯤 지나서, 그녀가 팔라초 크레센티니로 돌아온 직후인 늦봄의 어느 날이다. 지금 그녀는 터치트 부인이 손님 접대용으로 정해 놓은 여러 방들 가운데 한 작은 방에 혼자 있었다. 그녀의 표정과 태도에는 손님을 기다리고 있는 듯한 기미가 역력했다. 높은 창문은 열려 있고 연두색 덧문은 일부 닫혀 있었지만 정원의 화사한 공기가 넓은 덧문 틈새로 들어와서 방 안을 따뜻하고 향기롭게 채워 주었다. 우리의 아가씨는 잠시 창문 옆에 서서 뒷짐을 진 채 막연히 불안한 눈으로 밖을 내다보았다. 관심을 집중하기에는 너무나 심란한 마음이었기에 그녀는 공연히 제자리를 맴돌았다. 하지만 그녀가 집 안으로 들어오려는 손님을 먼저 훔쳐 보려고 생각했을 리는 없었다. 그 저택의 현관은 정원을 가로질러 들어갈 수 있게 되어 있지 않았으므로 정원에는 늘 고요함과 사적인 자유로움이 감돌고 있었다. 오히려 그녀는 그 남자가 도착하기에 앞서서 여러 가지를 추측해 보려 하고 있었다. 그녀의 표정으로 판단해 볼 때 추측해야 할 것이 많이 있는 것 같았다. 그녀는 자신이 엄숙한 표정을 짓고 있다는 것을 알았고, 세상을 돌아보며 한 해를 보내는 사이에 여러 가지 경험이 그렇게 만들어 주듯이 더욱 진중해졌다고 생각했다. 그녀는 세계를 돌아다니면서 많은 인간들을 관찰했다고 말했을 것이고, 그러므로 이제 스스로 생각하기에 자신은 2년 전에 가든코트의 잔디밭에서 유럽을 처음으로 가늠하기 시작했던 올버니 출신의 경박한 젊은 아가씨와는 상당히 다른 인물이었다. 그녀는 자신이 지혜를 얻었다고 생각했고, 그 경박한 인물이 상상했던 것보다 인생에 대해서 더 많이 알게 되었다고 속으로 자부했다. 만일 그녀의 생각이 지금처럼 불안하게 현재를 에워싸고 날개를 퍼덕이지 않고 과거에 대한 회상에 빠져들었더라면 흥미로운 그림들을 많이 불러내었을 것이다. 이 그림들에는 풍경도 있고 인물도 있었지만, 인물 쪽이 더욱 다양했을 것이다. 우리는 그런 그림에 투영되었을 몇몇 이미지들을 이미 잘 알고 있다. 예컨대 타협적인 기질의 릴리가 있다. 우리 여주인공의 언니이자 에드먼드 러들로의 아내인 그녀는 뉴욕에서 건너와서 동생과 다섯 달을 함께 지냈다. 남편은 두고 왔지만 아이들을 데려왔기에 이사벨은 결혼하지 않은 이모로서 조카들에게 아낌없이 다정하게 대해 주었다. 그 기간이 끝날 무렵 러들로 씨는 법정에서 승리를 거둔 후 운 좋게 몇 주일간 짬을 낼 수 있었으므로 급히 대서양을 건너왔고, 파리에서 두 숙녀와 함께 한 달을 지낸 후에 아내를 집으로 데려갔다. 러들로 집안의 아이들은 미국인들의 관점에서 보더라도 아직 여행을 하기에 적합한 나이가 되지 않았으므로 언니와 함께 지내는 동안 이사벨의 행동반경은 제한될 수밖에 없었다. 그녀는 언니와 조카들을 7월에 스위스에서 만났고, 그들은 알프스의 한 계곡에서 여름철을 보냈다. 맑은 날들이 이어졌고 초원에는 꽃들이 만발했으며 큰 밤나무들이 그늘을 드리우고 있었고, 그 숙녀들과 아이들은 더운 오후에 계곡을 오를 때 그 그늘에서 쉴 수 있었다. 그 후 그들은 프랑스의 수도에 도착했다. 릴리는 파리를 숭배하며 값비싼 의식을 치렀지만, 이 당시 덥고 혼잡한 방에서 손수건에 숨긴 자극적인 향수병을 이용하듯이 로마의 기억을 떠올렸던 이사벨은 그 도시가 시끄럽고 공허하다고 생각했다.

이미 말했듯이 러들로 부인은 파리에 제물을 바쳤지만 그래도 그 제단에서 달래지지 않는 의혹과 의심을 느꼈다. 남편이 미국에서 건너온 후에 이런 의혹에 동조하지 않았기에 그녀는 더 섭섭했다. 그 의혹은 전부 다 이사벨을 둘러싼 것이었다. 하지만 에드먼드 러들로 씨는 전에도 그랬듯이 처제가 어떤 일을 하든지 하지 않든지 간에 놀라거나 고민하거나 이상하게 여기거나 의기양양해하는 일이 없었다. 러들로 부인의 생각은 여러 갈래로 나아갔다. 어떤 순간에는 그 젊은 아가씨가 고국에 돌아와서 뉴욕에 집을 마련하는 것이 아주 자연스러운 일이라고 생각했다. 가령 로지터 씨의 집은 우아한 온실이 구비되어 있고 자기 집에서 모퉁이만 돌아가면 되는 곳이었다. 그러나 다른 순간에는 그 아가씨가 어떤 대단한 귀족과 결혼하지 않는 것이 놀랍기 그지없었다. 전체적으로 보아, 내가 이미 말했듯이, 릴리는 가능성을 진지하게 심사숙고하는 점에서는 부족했다. 그녀는 이사벨이 큰 재산을 얻은 것을 자신이 받았을 경우보다 더 흐뭇해했다. 그 재산은, 약간 마르기는 했지만 그렇더라도 두드러진 동생의 몸매에 딱 어울리는 배경을 제공한 것 같았다. 하지만 이사벨은 릴리가 예상했던 것만큼 발전한 것은 아니었다. 왜 그런지 설명할 수 없지만 릴리는 발전이라는 것을 아침나절의 방문과 저녁나절의 파티와 관련된 것으로 생각하고 있었다. 지적인 면에서 이사벨이 엄청난 발전을 이루었다는 것은 의심할수 없었다. 하지만 러들로 부인이 찬탄하게 되리라고 예상했던 사교적인 면에서의 정복은 거의 없는 것 같았다. 그런 성취에 대한 릴리의 생각이 대단히 막연한 것이기는 했지만, 그녀가 이사벨에게 기대한 것은 바로 그것이었고 그러한 기대에 실체를 제공하는 것이었다. 이사벨은 뉴욕에서 잘 해냈듯이 여기서도 잘할 수 있었을 것이다. 러들로 부인은 남편에게 이사벨이 파리의 사교계에서 누리지 못하는 특권을 유럽의 다른 곳에서 누린 적이 있는지를 알아봐 달라고 호소했다. 우리는 이사벨이 이미 사교적인 면에서 승리를 거머쥐었음을 알고 있다. 그것이 그녀가 고국에서 얻은 것보다 더 못한 것인지 더 나은 것인지는 판단하기 미묘한 문제일 것이다. 그리고 이사벨이 이 명예로운 승리를 남들에게 말해 주지 않았다는 사실을 다시 언급하면서 내가 전적으로 만족스럽게 느끼는 것은 아니다. 그녀는 언니에게 워버턴 경에 대해서 이야기하지 않았고 오즈먼드 씨의 마음 상태에 대해서도 암시하지 않았다. 그녀가 이런 문제에 대해 입을 다물었던 데에는 그저 말하고 싶지 않다는 것 외에 다른 이유가 없

었다. 아무 말도 하지 않는 것이 더욱 낭만적이었다. 혼자서
마음속으로 로맨스를 깊이 들이마시면서 그 진기한 로맨스
책을 영원히 닫아 버릴 마음이 거의 없었던 것처럼, 가엾은
언니에게서 조언을 구할 마음도 거의 없었다. 하지만 릴리는
동생이 이처럼 비밀을 털어놓지 않았다는 것을 모르고 있었
으므로, 동생의 인생이 터무니없이 퇴보하고 있다고 말할 수
밖에 없었다. 그런 인상이 더욱 확고해졌던 것은 이사벨이
가령 오즈먼드 씨에 대한 생각에 빠져드는 횟수에 비례해서
침묵을 지키는 일이 많아졌기 때문이었다. 이런 일이 매우
빈번해졌으므로 러들로 부인은 이사벨이 상심하고 있다는
느낌을 종종 받았다. 재산 상속이라는 기분 좋은 사건에서
이처럼 기분 나쁜 결과가 나온다는 것은 쾌활한 릴리에게는
당연히 이해하기 어려운 일이었다. 그것은 이사벨이 보통 사
람들과 전혀 다르다는 그녀의 평소 생각을 더욱 확고하게 해
주었다.

하지만 우리의 아가씨는 친척들이 고국으로 돌아간 후에
용기를 한껏 내게 되었다고 생각할 수 있을 것이다. 그녀는
겨울철을 파리에서 지내는 것 — 파리는 뉴욕과 매우 흡사
한 점들이 있어서 말끔하고 산뜻한 산문 같았다 — 보다 더
용감한 일을 상상할 수 있었는데, 마담 멀과 주고받은 다정
한 편지들이 그녀의 상상력을 자극하여 비약하도록 도와주
었다. 11월 말의 어느 날 유스턴 역의 승강장에서 가엾은 릴
리와 그 남편, 아이들을 리버풀의 항구로 실어 갈 기차가 출
발한 후에 몸을 돌리며 그녀는 그 어느 때보다도 예리하게
자유롭다는 느낌을 만끽했고, 오로지 대담하고 자유분방한
느낌에 사로잡혔다. 친척들을 대접하는 것은 그녀에게 좋은

일이었다. 그녀는 그 사실을 잘 의식하고 있었다. 우리가 알고 있듯이 그녀는 자기에게 무엇이 좋은 일인지를 주의 깊게 관찰했고, 좋은 것을 찾아내기 위해서 끊임없이 노력을 기울였다. 현재의 유리한 상황에서 마지막 순간까지 덕을 입으려고 그녀는 조금도 부러울 것 없는 언니 식구들과 함께 파리에서 영국으로 여행한 것이었다. 그들을 따라 리버풀까지 기꺼이 갈 마음이 있었지만, 에드먼드 러들로가 그렇게 하지 말아 달라고 미리 부탁했다. 그러자 릴리는 너무나 조바심을 내면서 터무니없는 질문들을 해댔다. 이사벨은 멀어지는 기차를 바라보았고 가장 큰 조카에게 손을 들어 키스를 보냈다. 수선을 부리기 좋아하는 이 아이는 위험하게도 창밖으로 몸을 잔뜩 내밀어서 이별의 순간을 떠들썩한 수라장으로 만들었다. 그 후에 그녀는 돌아서서 안개 낀 런던 거리에 발걸음을 내딛었다. 그녀의 앞에 온 세상이 펼쳐져 있었다. 그녀는 자신이 선택하는 대로 무엇이든지 할 수 있었다. 그 모든 것에는 가슴 깊이 떨리는 전율이 있었다. 하지만 지금으로서 그녀가 선택한 일은 꽤 신중한 것이었다. 그저 유스턴 광장에서 호텔까지 걸어가기로 결정한 것이다. 11월 오후의 이른 땅거미가 이미 내려앉고 있었다. 짙은 안개가 낀 가무스름한 공기에 거리의 등불 빛이 흐릿하게 붉은 색을 보냈다. 우리의 여주인공은 동행이 없었고, 유스턴 광장에서 피카딜리까지는 먼 길이었다. 그러나 이사벨은 위험을 즐겁게 받아들이면서 그 길을 걸었고, 더 큰 흥분을 맛보려고 일부러 길을 잃고 헤매기도 했다. 그래서 친절한 경관이 올바른 길을 쉽게 알려 주었을 때 실망감을 느끼기도 했다. 그녀는 사람들이 살아가는 광경을 보는 것이 너무나도 좋았기에 어스름이 짙어지는 런던의 거리를 즐겁게 바라보았다. 이리저리 움직이는 군중들, 서둘러 지나가는 마차들, 불이 켜진 상점들, 현란한 상품 진열대, 도처에서 어둡게 빛을 발하는 습기도. 그날 저녁 호텔에서 그녀는 마담 멀에게 하루 이틀 내에 로마로 출발하겠다고 편지를 썼다. 그녀는 피렌체에 들르지 않고 곧장 로마로 내려갔다. 처음에 베네치아에 갔다가 다음에 남쪽으로 안코나에 들렀다. 하인 외에는 동행하는 벗 없이 혼자서 여행했다. 랠프 터치트는 겨울을 케르키라 섬에서 보내고 있었고, 스택폴 양은 지난 9월에 『인터뷰어』에서 보낸 전보를 받고 미국으로 돌아갔다. 그 잡지사는 그 뛰어난 통신원에게 몰락하고 있는 유럽 도시들보다 그녀의 재능을 한층 잘 살릴 수 있는 새로운 분야를 제공했다. 헨리에타는 자기를 만나러 곧 가겠다는 밴틀링 씨의 약속을 받고 기운을 내서 돌아갔다. 이사벨은 피렌체에 가지 못한 것에 대한 사과의 편지를 터치트 부인에게 보냈고, 그 이모는 자기 성격을 잘 드러내는 답장을 보내왔다. 자기가 보기에 사과란 거품처럼 쓸데없는 것이라고 암시했고, 자신은 절대로 그런 것을 상대하지 않는다고 했다. 어떤 일을 하든지 하지 않든지 둘 중 하나, 하고 〈싶었다〉는 말은 미래의 삶이나 사물의 기원처럼 도통 아무 상관도 없는 영역에 속한다는 것이었다. 그녀의 편지는 솔직했다. 하지만 (터치트 부인에게 있어서는 드문 일이었는데) 겉으로 주장하는 것만큼 솔직한 것은 아니었다. 그녀는 조카딸이 피렌체에 들르지 않은 것을 쉽게 용서했는데, 그것은 길버트 오즈먼드를 예전만큼 중요하게 여기지 않는다는 사실을 드러내는 증거라고 여겼기 때문이었다. 터치트 부인은 물론 그가 이제 로마에 갈

핑계를 찾아내고 있는지를 알아내려고 주시했고, 그가 피렌체를 떠나지 않았다는 것을 알고 약간 마음을 놓았다.

이사벨은 로마에 머문 지 채 2주일도 되지 않아서 동양으로 짧은 순례 여행을 떠나자고 마담 멀에게 제안했다. 마담 멀은 그 젊은 친구가 들떠 있다고 말했지만 자기도 늘 아테네와 콘스탄티노플을 보고 싶은 열망을 느껴 왔다고 덧붙였다. 따라서 두 숙녀는 이 여행에 착수했고 석 달간 그리스와 터키, 이집트를 여행했다. 이사벨은 이 나라들에서 흥미로운 점을 많이 발견했지만, 마담 멀은 가장 전통적인 유적지, 평안과 명상을 가져다준다고 여겨지는 장소에서도 어떤 모순적인 느낌이 자기를 압도한다고 끊임없이 말했다. 이사벨은 무모할 정도로 신속하게 여행했다. 마치 갈증으로 목이 타서 연거푸 잔을 비우는 사람 같았다. 그동안 마담 멀은 신분을 숨기고 돌아다니는 공주를 수행하는 시녀처럼 그녀의 뒤에서 숨을 헐떡거리며 따라갔다. 그녀는 이사벨의 초대를 받아서 온 것이고, 낯을 세워 줄 동행이 없는 그 아가씨에게 부족한 품위를 모두 제공해 주었다. 그녀는 자기에게 기대될 만한 재치를 발휘해서 자기 역할을 잘 해냈고, 스스로 나서지 않으면서도 여행 경비를 풍부히 제공받는 말벗의 지위를 받아들였다. 하지만 이런 상황에 거북한 점이 전혀 없었으므로, 차분하면서도 눈에 띄는 이 두 명의 숙녀가 여행하는 것을 본 사람이라면 어느 쪽이 경비를 대고 있고 어느 쪽이 그 혜택을 받고 있는지를 분간할 수 없었을 것이다. 마담 멀이 사귈수록 좋은 사람이라고 말한다면 그녀가 그 친구에게 준 인상을 충분히 진술하지 못하는 말이 되고 만다. 이사벨은 처음부터 그녀의 마음이 너무나 넓고 느긋하다고 생각했다.

친밀하게 어울리면서 석 달을 보냈을 무렵 이사벨은 그녀를 더 잘 알게 되었다고 느꼈다. 그녀의 성격이 저절로 드러나기도 했고, 그 탁월한 여인은 또한 자신의 관점에서 자기 생애를 말해 주겠다는 약속을 마침내 지켰던 것이다. 이사벨이 이미 다른 사람들의 관점에서 구술되는 그 이야기를 들은 적이 있었기 때문에 그처럼 약속을 지킨 것은 더 바람직한 일이었다. 그녀의 생애는 무척 슬픈 이야기였다. (작고한 멀 씨에 관련된 부분에 있어서는 그러했다. 그가 원래는 말재주가 무척 좋은 사람이었지만 이른바 의문의 여지가 없는 협잡꾼이어서, 현재의 마담 멀만 알고 있는 사람이라면 도저히 믿을 수 없을 정도로 무분별하고 세상 물정 몰랐던 그녀의 젊은 시절의 미숙함을 오래전에 이용했던 것이다.) 과거에 그녀의 인생에 너무나 놀랍고도 탄식할 만한 사건들이 많이 일어났기 때문에 이사벨은 그런 일을 경험한 사람이 아직도 생기에 차 있고 삶에 대한 관심을 많이 간직할 수 있다는 것이 놀라울 따름이었다. 이사벨은 마담 멀의 생기를 매우 깊숙이 꿰뚫어 보았다. 그 생기는 직업적이거나 좀 기계적인 데가 있는 것 같았다. 마치 대가의 바이올린처럼 케이스에 담겨 있거나 아니면 경마의 기수가 아끼는 우승 후보 말처럼 고삐에 매인 채 담요에 싸여 있는 것 같았다. 이사벨은 마담 멀을 예전처럼 무척 좋아했다. 그러나 커튼의 한쪽 귀퉁이는 결코 걷히지 않은 채 그대로 드리워져 있었다. 마담 멀에게는 결국 대중적인 연기자의 속성이 남은 것 같았고, 오로지 정해진 인물로서 그에 맞는 의상을 걸치고 등장하도록 운명 지어진 것 같았다. 언젠가 한번 그녀는 자신이 먼 곳에서 왔으며 〈과거의 낡은〉 세계에 속한다고 말한 적이 있었다. 이사벨은 그녀가 자신과 다른 도덕적, 사회적 분위기의 산물이며 다른 별들 밑에서 성장했다는 인상을 지울 수 없었다.

그래서 이사벨은 본질적으로 마담 멀이 자신과 다른 도덕을 갖고 있다고 믿었다. 물론 교양 있는 사람들의 도덕이란 공통점이 많이 있기 마련이다. 그러나 우리의 아가씨는 마담 멀에게서 잘못된 가치관이나, 아니면 상인들의 표현처럼, 떨어진 값어치를 의식했다. 젊은이들이 흔히 건방지게 생각하듯이 이사벨은 자신의 도덕과 다르다면 틀림없이 그보다 떨어지는 도덕이라고 간주했다. 그리고 이렇게 확신했기 때문에 그녀는, 자상한 친절을 예술의 수준으로 끌어올렸고 기만이라는 옹졸한 방법을 쓰기에는 너무나 자부심이 강한 그 부인의 이야기에서 이따금 번득이는 잔인함을 느꼈고 때로 성식에서 벗어나 거짓에 빠져드는 것을 감지할 수 있었다. 그 부인이 갖고 있는 인간의 동기에 대한 생각은, 어떤 점에서 보면, 어떤 타락한 왕국의 궁정에서 얻은 것이었으리라. 그녀가 열거한 동기들 가운데 몇 가지는 이사벨이 들어 본 적도 없는 것이었다. 이사벨이 모든 것을 다 들어 본 것은 아니었다. 그 점은 물론 분명했다. 그리고 분명 세상에는 들어 보았다는 사실이 결코 이로울 것 없는 일들도 있었다. 이사벨은 한 번인가 두 번인가 더럭 겁이 난 적도 있었다. 자기의 벗에 대해서 〈맙소사, 그녀가 나를 이해하지 못하고 있어!〉라고 말해야 해서 몹시 충격이었기 때문이다. 터무니없게 들릴지 몰라도 그것은 충격적인 발견이었고, 이사벨에게 모호한 경악감을 느끼게 했으며, 그 안에는 일말의 불길한 예감도 끼어 있었다. 그러나 마담 멀의 놀라운 지성이 갑자기 드러났을 때 그 경악감은 당연히 가라앉았다. 하지만 그런 때는 조수처럼 높아졌다가 낮아지는 신뢰도에 있어서 최고 수위에 달한 점이었다. 마담 멀은 우정이 더 커지지 않을 때 즉시 작아지기 시작한다고 말한 적이 있었다. 더 좋아하는 것과 덜 좋아하는 것 사이에는 평형점이 없다는 것이었다. 다시 말해서 정체되어 있는 애정이란 불가능하고, 이쪽으로나 저쪽으로나 움직여야 한다는 것이다. 어떻든 간에 이 당시 이사벨은 과거의 어느 때보다도 활발한 자신의 낭만적 의식을 수없이 일깨웠다. 카이로에서부터 여행하는 도중에 피라미드를 보았을 때나 혹은 아크로폴리스의 부서진 기둥들 사이에 서 있었을 때, 살라미스 해협이라고 가리켜진 지점을 뚫어지게 바라보았을 때 그 낭만적 의식이 받아들인 감정들은 기억에 깊이 남았지만 내가 그런 충격적 감정을 언급하려는 것은 아니다. 그녀는 이집트와 그리스 여행을 끝내고 3월 말에 돌아왔고 다시 로마에 머물렀다. 그녀가 도착한 지 며칠 후에 길버트 오즈먼드가 피렌체에서 로마로 내려왔고 3주일을 머물렀다. 그동안 그녀는 그의 옛 친구인 마담 멀의 집에서 함께 지냈으므로 사실 그를 매일 만나지 않을 수 없었다. 4월 말이 되었을 때 그녀는 터치트 부인에게 편지를 보내어 오래전에 받은 초대를 이제 기꺼이 받아들이겠다고 말했고 팔라초 크레센티니를 방문하러 갔다. 이번에 마담 멀은 그녀와 동행하지 않고 로마에 남아 있었다. 이사벨이 피렌체에 도착했을 때 그녀의 이모는 혼자 있었다. 사촌은 아직 케르키라 섬에 있었다. 하지만 랠프가 오늘이고 내일이고 도착하리라고 예상되고 있었다. 1년이 다 되도록 그를 보지 못했던 이사벨은 그를 더없이 다정하게 환영하려고 마음먹고 있었다.

제32장

그렇지만 우리가 조금 전에 보았듯이 이사벨이 창가에 서서 생각하고 있던 사람은 랠프가 아니었고, 내가 간략하게 기술한 그 어떤 문제도 아니었다. 그녀는 과거를 향하고 있는 것이 아니라 당장 앞으로 다가올 시간을 생각하고 있었다. 한바탕 소동이 일어나리라고 예상할 만한 이유가 있었고, 그녀는 소동이 일어나는 것을 좋아하지 않았다. 그녀가 곧 방문할 사람에게 뭐라고 말할 것인지를 속으로 묻고 있는 것은 아니었다. 이 물음에 대해서는 이미 대답을 했다. 그가 그녀에게 뭐라고 말할 것인가, 그것이 흥미로운 문제였다. 그의 말이 조금이라도 자신의 마음을 편하게 해줄 리는 없었다. 그녀는 이 점에 대해서 확신하고 있었다. 그리고 그녀의 이마에 드리워진 어두운 기색에서 그 확신이 분명히 드러났다. 하지만 그녀의 다른 점들은 전부 산뜻했다. 그녀는 상복을 벗었고, 꽤 은은히 반짝이는 화려한 옷을 입고 있었다. 그녀는 다만 나이가 많이 든 느낌이었다. 그리고 골동품상의 수집품들 중 어떤 희귀한 물건처럼 나이가 들어서 〈더 가치가 높아진〉 기분이었다. 어떻든 그녀가 끝없이 걱정하며 서 있어야 했던 것은 아니었다. 이윽고 하인이 명함이 놓인 쟁반을 들고 그녀의 앞에 와서 섰던 것이다. 「그 신사분을 들여보내세요.」 그녀는 이렇게 말하고 시종이 나간 후 계속 창밖을 바라보았다. 이내 방 안에 사람이 들어와서 문을 닫는 소리가 들렸을 때에야 비로소 몸을 돌려 바라보았다.

캐스퍼 굿우드가 거기 서 있었다. 거기 서서 그는 한순간 그녀가 인사도 하지 않으면서 화사하고 냉담하게 머리끝부터 발끝까지 바라보는 시선을 받았다. 자신이 성숙해졌다는 그의 의식이 이사벨의 의식에 뒤지지 않는 것인지 우리는 곧 알게 될 것이다. 그 사이에, 그녀의 비판적인 눈에 들어온 그의 모습은 시간이 흘렀어도 전혀 해를 입지 않았다는 것만 미리 말해 두겠다. 그의 곧은 자세며 튼튼하고 억센 외모에는 젊음이나 나이듦을 명확히 알려 주는 기미가 전혀 없었다. 순진하거나 나약한 면모가 없듯이 또한 노련하게 달관한 듯한 면도 없었다. 그의 턱은 예전과 마찬가지로 자발적인 의지를 드러냈지만 현재와 같은 위기에서는 당연히 엄숙하게 보였다. 그는 힘겹게 여행한 사람 같은 분위기를 띠고 있었다. 처음에는 숨이 찬 듯 아무 말도 하지 않았다. 그래서 이사벨은 생각에 잠길 여유가 있었다. 〈가엾은 사람, 대단한 일을 할 수 있는 사람인데. 자신의 훌륭한 힘을 이렇게 형편없이 소모해 버리다니 몹시 안된 일이야! 한 사람이 누구에게나 만족감을 줄 수 없다는 것도 안쓰러운 일이지!〉 그러고도 시간이 남아서 그녀는 1분이 지난 다음에 이렇게 말할 수도 있었다. 「당신이 오시지 않기를 얼마나 바랐는지 몰라요!」

「틀림없이 그러셨겠지요.」 그리고 그는 주위를 둘러보며 앉을 자리를 찾았다. 그는 그녀를 찾아왔을 뿐 아니라 문제를 해결할 작정이었던 것이다.

「몹시 피곤하시겠어요.」 이사벨은 자리에 앉으면서 그에게 기회를 주기 위해 너그럽게 말했다고 생각했다.

「아뇨, 전혀 피곤하지 않습니다. 내가 지친 것을 본 적이 있습니까?」

「한 번도 없었어요. 그걸 보았으면 좋겠네요. 언제 도착하셨어요?」

「어젯밤 늦게 왔습니다. 여기 사람들이 특급이라고 부르는 달팽이처럼 굼뜬 기차를 타고 왔어요. 이탈리아의 기차들은 미국의 장의차처럼 천천히 움직이더군요.」

「그 말은 잘 어울리는 표현이군요. 당신은 나를 매장하러 오는 기분이셨을 테니까요!」 그리고 그녀는 자신들이 처한 상황을 편안하게 여기도록 고무하려는 듯이 억지로 미소를 지었다. 그녀는 이 문제에 대해서 논리적으로 충분히 생각했고, 자신이 맹세를 어긴 적이 없으며 계약을 위반한 것도 아니라는 점을 스스로에게 분명히 납득시켰다. 그랬어도 그녀는 이 방문객이 두려웠다. 자신이 이렇게 두려움을 느끼는 것은 부끄러운 일이었지만, 그 외에는 부끄러운 점이 전혀 없다고 생각하며 진심으로 다행스럽게 여겼다. 그는 완강하고 고집스러운 눈으로 그녀를 바라보았다. 그 고집에는 요령이나 재치가 너무나 부족했다. 특히 활기가 없고 어두운 그의 눈빛은 무거운 물건처럼 그녀를 짓눌렀다.

「아뇨, 나는 그렇게 느끼지 않았습니다. 당신이 죽었다고는 생각할 수 없었어요. 그럴 수 있으면 좋으련만!」 그가 솔직하게 털어놓았다.

「대단히 고마워요.」

「당신이 다른 사람과 결혼했다고 생각하느니 차라리 죽었다고 생각하는 편이 나을 테지요.」

「그건 매우 이기적인 생각이에요!」 그녀가 진정으로 확신하듯이 열렬한 말투로 대답했다. 「당신 자신은 행복하지 않더라도 다른 사람들은 행복할 권리가 있어요.」

「이기적일 가능성이 크겠지요. 하지만 당신이 그렇게 말하더라도 나는 전혀 개의치 않습니다. 지금 당신이 무슨 말을 하더라도 개의치 않아요. 그것을 느끼지 못하니까요. 당신이 아무리 잔인한 말을 생각해 내더라도 콕콕 찌르는 정도에 불과할 테니까요. 당신이 그런 일을 저질렀으니 나는 아무런 느낌도 없을 겁니다. 그 일을 빼놓고는요. 그것은 내 평생 느낄 겁니다.」

굿우드 씨는 이처럼 무뚝뚝하고 신중하게 초연함을 주장했다. 딱딱하고 느린 그의 미국식 억양은 워낙에 투박한 이 말에 정감 어린 색채를 조금도 더해 주지 못했다. 이사벨은 그 말투에 감동하기보다는 화가 났지만, 차라리 화가 난 것이 다행이었다. 자신이 침착해야 할 이유가 더 생겼기 때문이었다. 이처럼 침착해지겠다는 마음으로 그녀는 잠시 후 아무 관련도 없는 질문을 할 수 있었다. 「뉴욕을 언제 떠나셨어요?」

그는 계산하는 듯이 고개를 쳐들었다. 「17일 전에요.」

「기차가 늑장을 부렸는데도 무척 빨리 오셨군요.」

「최대한 빨리 왔습니다. 할 수만 있었다면 5일 전에 도착했을 겁니다.」

「그래도 전혀 차이가 없었을 거예요, 굿우드 씨.」 그녀가 차갑게 미소를 지었다.

「당신에게는 그렇겠지요. 하지만 내게는 그렇지 않습니다.」

「내가 보기로는 당신에게 아무 이득도 없었을 거예요.」

「그건 내가 판단할 일입니다!」

「물론 그렇지요. 내게는 당신이 그저 스스로를 괴롭히는 듯이 보여요.」 그리고 나서 화제를 바꾸려는 듯 그녀는 헨리에타 스택폴을 만난 적이 있는지 물었다. 그는 헨리에타 스택폴에 대해서 이야기하려고 보스턴에서 피렌체까지 온 게 아니라는 표정이었다. 하지만 그가 미국을 떠나기 직전에 그 아가씨를 만났다고 꽤 분명하게 대답했다. 「헨리에타가 당신을 만나러 갔던가요?」 이사벨이 물었다.

「그래요. 그녀가 보스턴에 왔어요. 내 사무실로 찾아왔더군요. 당신의 편지를 받은 날이었지요.」

「그녀에게 말해 주셨어요?」 이사벨은 약간 걱정스러운 듯이 물었다.

「아뇨.」 캐스퍼 굿우드가 간단히 대답했다. 「그런 일은 하고 싶지 않았어요. 그녀는 곧 듣게 될 겁니다. 그녀는 온갖 소문을 다 들으니까요.」

「그녀에게 편지를 쓸 거예요. 그러면 그녀는 나를 꾸짖는 답장을 쓰겠지요.」 이사벨은 다시 미소를 지으려고 애쓰면서 말했다.

하지만 캐스퍼는 엄숙하고 진지한 표정을 풀지 않았다. 「그녀는 곧 유럽에 올 겁니다.」

「나를 꾸짖으려고요?」

「모르겠어요. 유럽을 샅샅이 보지 못했다고 생각하는 것 같더군요.」

「그 말을 해주셔서 기뻐요.」 이사벨이 말했다. 「그녀를 맞을 준비를 해야겠군요.」

굿우드 씨는 잠시 바닥에 시선을 고정시키고 있었다. 그러다가 마침내 눈을 들고 물었다. 「스택폴 양은 오즈먼드 씨를 알고 있습니까?」

「조금 알아요. 그리고 그를 좋아하지 않아요. 그렇지만 물론 내가 헨리에타를 기쁘게 해주려고 결혼하는 것은 아니죠.」 그녀가 덧붙였다. 그녀가 스택폴 양을 기쁘게 해주려고 조금 노력했다면 가엾은 캐스퍼에게는 더 나았을 것이다. 그러나 그는 그런 말을 하지 않았다. 이어서 그는 그녀의 결혼식이 언제 있을지를 물어보았을 뿐이었다. 그에 대해 그녀는 아직 알지 못한다고 대답했다. 「곧 하게 되리라고만 말할 수 있어요. 그 사실을 알고 있는 사람은 당신과 오즈먼드 씨의 옛 친구 한 사람뿐이에요.」

「당신의 친척들은 그 결혼을 찬성하지 않습니까?」 그가 물었다.

「정말이지 전혀 모르겠어요. 이미 말했다시피, 내가 친척들을 위해서 결혼하는 건 아니에요.」

그는 거칠게 불만의 소리도 내지 않고 자기 의견을 덧붙이지도 않으면서 그저 질문을 계속했다. 그 질문들에 섬세한 점이라고는 전혀 없었다. 「그런데 길버트 오즈먼드 씨라는 사람은 누구고 뭘 하는 사람입니까?」

「누구고 무엇을 하느냐고요? 아무도 아니고, 아무것도 하지 않아요. 다만 매우 좋은 분이고 대단히 명예로운 분이에요. 사업가는 아니에요.」 이사벨이 말했다. 「그는 부유하지 않아요. 어떤 특별한 것으로 알려진 분도 아니에요.」

이사벨은 굿우드 씨의 질문이 마음에 들지 않았지만, 그의 호기심을 가급적 채워 줄 의무가 있다고 다짐했다. 하지만 가여운 캐스퍼는 그리 만족하는 기색을 보이지 않았다. 그는 똑바로 앉아서 그녀를 바라보았다. 「그는 어디 출신입니까? 어디에 속하는 사람이지요?」

그녀는 그가 〈소옥하는〉이라고 발음한 방식에 그 어느 때보다도 불쾌했다. 「그분은 어디 출신도 아니에요. 인생의 대부분을 이탈리아에서 살아오셨어요.」

「그가 미국인이라고 당신이 편지에 쓰셨지요. 그곳에 고향이 없다는 말입니까?」

「있겠지만 잊으셨어요. 어릴 적에 그곳을 떠나왔으니까요.」

「한 번도 돌아간 적이 없었고요?」

「왜 돌아가야 하지요?」 이사벨은 변명조로 얼굴을 붉히며 물었다. 「그분은 전문직을 갖고 있지 않아요.」

「즐거움을 위해서라도 돌아살 수 있었겠지요. 미국을 좋아하지 않는 모양이지요?」

「미국을 알지 못하세요. 그리고 그분은 매우 조용하고 아주 소박하신 분이에요. 이탈리아에 만족하고 계세요.」

「이탈리아와 당신에게 만족하고 있겠지요.」 굿우드 씨는 우울한 어조로 간단히 대답했고, 재치 있는 말을 하려고 애쓰는 것 같지도 않았다. 「그는 대체 무슨 일을 했습니까?」 그가 갑자기 덧붙였다.

「그분이 무엇을 했기에 내가 그분과 결혼하느냐고요? 아무 일도 하지 않았어요.」 이사벨은 대답했고 차차 냉정해지면서 참을성을 유지할 수 있었다. 「그분이 위대한 일을 한 사람이라면 당신은 나를 더 쉽게 용서하시겠어요? 나를 포기하세요, 굿우드 씨. 나는 전혀 이름 없는 사람과 결혼하는 거예요. 그분에 대해서 관심을 갖지 마세요. 당신은 할 수 없어요.」

「내가 그를 이해할 수 없다, 이런 뜻이겠지요. 그리고 당신은 그가 전적으로 보잘것없는 사람이라고는 생각하지 않겠지요. 그를 숭고한 사람이라고 생각하니까. 남들은 그렇게 생각하지 않더라도.」

이사벨의 얼굴이 붉어졌다. 그녀는 상대방의 이 말이 대단히 예리하다고 느꼈다. 섬세한 인식을 갖고 있으리라고 한 번도 생각해 본 적이 없었던 이 남자가 열정 덕분에 날카롭게 꿰뚫어 볼 수 있다는 증거였다. 「당신은 왜 늘 남들이 뭐라고 생각하는지를 문제 삼는 거죠? 오즈먼드 씨에 대해서는 당신과 이야기할 수 없어요.」

「물론 그렇겠죠.」 캐스퍼가 합리적으로 대답했다. 그리고 그는 이 말이 사실일뿐더러 그들이 논의할 다른 일도 없다는 듯이 완강하고 무력한 태도로 앉아 있었다.

「보시다시피 당신은 얻을 것이 거의 없어요.」 따라서 그녀가 말을 꺼냈다. 「나는 당신에게 위로도 할 수 없고, 만족감도 줄 수 없어요.」

「당신이 내게 많은 것을 주리라고 기대하지도 않았어요.」

「그렇다면 왜 오셨는지 모르겠군요.」

「당신을 한 번 더 보고 싶었기 때문에 온 겁니다. 지금 있는 그대로라도.」

「그것은 고맙게 생각해요. 하지만 당신이 조금 기다렸더라면, 조만간 우리는 틀림없이 만났을 거예요. 그렇게 만났더라면 우리 두 사람에게 지금보다는 더 유쾌했을 테고요.」

「당신이 결혼한 후까지 기다리라고요? 그야말로 바라지 않는 일입니다. 그때는 당신이 달라졌을 테니까요.」

「그리 달라지지 않을 거예요. 나는 당신에게 변함없이 좋은 벗일 테니까요. 앞으로 아시게 될 거예요.」

「그렇다면 상황이 더 고약해질 겁니다.」 굿우드 씨가 험상궂은 얼굴로 말했다.

「아, 고집을 부리시는군요. 당신이 체념할 수 있도록 돕기 위해서 당신을 미워하겠다고 약속할 수는 없어요.」

「당신이 미워하더라도 상관없습니다!」

이사벨은 조급한 마음을 억누르려는 태도로 일어서서 창가로 걸어갔고 그곳에서 잠시 밖을 내다보며 서 있었다. 그녀가 돌아섰을 때 그 손님은 여전히 꼼짝하지 않고 가만히 앉아 있었다. 그녀는 다시 그에게로 걸어가서 조금 전에 앉아 있었던 의자의 등받이에 손을 올려놓았다. 「그저 나를 보기 위해서 왔다는 말씀이세요? 그것이 나보다는 어쩌면 당신에게 더 낫겠군요.」

「당신의 목소리를 듣고 싶었어요.」 그가 말했다.

「이미 들으셨어요. 그리고 보시다시피 그 목소리는 상냥한 말을 전혀 하지 않았어요.」

「그래도 그 목소리는 내게 기쁨을 줍니다.」 이렇게 말하면서 그는 일어섰다.

그날 아침 일찍 그녀는 그가 피렌체에 있으며 그녀가 허락한다면 한 시간 내로 그녀를 방문하겠다는 전갈을 받고 고통과 불쾌감을 느꼈다. 그에게 언제 와도 좋다는 전갈을 보냈지만 짜증스러웠고 곤혹스러웠다. 그를 보았을 때도 기분이 나아지지 않았었다. 그가 그곳에 있다는 사실만으로도 마음을 무겁게 짓누르는 여러 의미들이 함축되어 있었다. 그녀가 동의할 수 없는 것들, 곧 권리라든가 비난, 항의, 질책,

그녀의 의도를 바꾸려는 기대 같은 것들이 내포되어 있었다. 그러나 이런 것들은 내포되어 있었을지 몰라도 그 어느 하나 말로 표현되지 않았다. 그리고 이제 우리의 아가씨는 참으로 묘하게도 이 손님의 놀라운 자제심에 화가 나기 시작했다. 그가 이루 말할 수 없이 비참한 기분에 빠져 있었기에 그녀는 속이 탔다. 그가 남자답게 스스로를 억제했기에 그녀의 심장은 더 빨리 뛰었다. 그녀는 마음속에 격렬한 소용돌이가 이는 것을 느꼈다. 잘못을 저지른 여자들이 오히려 화를 내듯이 자신이 화를 내고 있다고 속으로 말했다. 그녀가 잘못을 저지른 것은 아니었다. 다행히도 자신이 그런 점에서 쓰라린 양심의 가책을 받아야 할 필요는 없었다. 하지만 그럼에도 그가 자기를 조금은 비난해 주기를 바랐다. 그녀는 원래 그의 방문이 짧게 끝나기를 바랐다. 그 방문은 아무런 목적도 없었고, 타당한 이유도 없었다. 하지만 이제 그가 돌아서서 가려는 듯이 보이자 갑자기 그녀는 스스로를 변호할 기회를 주지 않고 그가 떠나려 한다는 데 두려움을 느꼈다. 한 달쯤 전에 고르고 고른 단어 몇 개로 자신의 약혼 사실을 알리는 편지를 보냈을 때 스스로를 변호한 것이 전부였다. 하지만 그녀가 잘못을 저지르지 않았다면 왜 스스로를 변호하고 싶은 것일까? 굿우드 씨가 화를 내기를 바란 것은 이사벨 자신이 너무 너그러웠기 때문이었다. 그리고 그는 지금까지 무척 힘들여 자제하고 있었지만 만약 그렇지 않았다 해도 큰 소리로 외치는 그녀의 목소리를 들었을 때에는 확실히 그렇게 했을 것이다. 그녀는 마치 그가 자신을 비난했다고 그를 비난하는 것 같았다. 「나는 당신을 속이지 않았어요! 나는 완전히 자유로워요!」

「그래요, 알고 있습니다.」 캐스퍼가 말했다.

「내가 선택하는 대로 하겠다고 일찍이 당신에게 충분히 예고했어요.」

「당신은 아마 절대로 결혼하지 않을 거라고 말했지요. 내가 그 말을 충분히 믿을 수 있도록 분명히 말하셨어요.」

그녀는 잠시 그 말에 대해 생각해 보았다. 「현재의 내 상황에 누구보다도 놀란 사람은 바로 나일 거예요.」

「당신이 약혼했다는 소문을 듣게 되면 그런 소문을 믿지 말라고 당신이 말했지요.」 캐스퍼가 말을 이었다. 「20일 전에 그 말을 바로 당신에게서 들었지만, 나는 당신이 예전에 하신 말을 기억했습니다. 뭔가 잘못되었으리라고 생각했어요. 부분적으로는 그 이유 때문에 여기에 온 겁니다.」

「내 입으로 그 말을 되풀이하기를 바라신다면, 금방 끝낼 수 있어요. 잘못된 일은 전혀 없습니다.」

「이 방에 들어서자마자 그것을 알았습니다.」

「내가 결혼을 하지 않더라도 당신에게 무슨 도움이 되겠어요?」 이사벨이 사나운 기색을 띠고 물었다.

「지금의 이 상태보다는 더 나을 겁니다.」

「아까도 말했듯이 당신은 매우 이기적이에요.」

「알고 있습니다. 나는 쇠처럼 냉혹하고 이기적입니다.」

「쇠도 때로 녹아 버리지요! 당신이 분별 있게 행동하신다면 다시 만나겠어요.」

「지금 내 태도가 분별이 없다고 생각하십니까?」

「당신에게 무슨 말을 해야 할지 모르겠군요.」 그녀는 갑자기 겸손하게 말했다.

「앞으로 오랫동안 당신을 성가시게 하지 않을 겁니다.」 그 젊은이는 말을 이었다. 그는 문 쪽으로 한 걸음을 내디뎠지만 곧 멈추었다. 「내가 여기 온 또 다른 이유는 당신의 마음이 바뀐 것에 대한 설명을 듣고 싶었기 때문입니다.」

그녀는 갑자기 겸손한 말투를 저버렸다. 「설명이라고요? 내가 설명해야 할 의무가 있다고 생각하세요?」

그는 말없이 그녀를 한참 바라보았다. 「당신은 매우 단정적으로 말하셨어요. 나는 그 말을 믿었고요.」

「나도 믿었어요. 내가 설명하려 한다면 할 수 있으리라고 생각하세요?」

「아뇨, 그렇게 생각하지 않습니다. 자,」 그가 덧붙였다. 「내가 원했던 것은 모두 다 했습니다. 당신을 보았으니까요.」

「당신은 그 험한 여행을 하찮게 여기시는군요.」 그녀는 자신의 대답이 형편없다고 느꼈다.

「내가 어떤 식으로든 기진맥진해졌을까 봐 염려되신다면, 마음을 놓으셔도 됩니다.」 그는 이번에는 진지하게 돌아섰다. 그들은 악수도 하지 않았고, 어떤 식으로도 작별 인사를 나누지 않았다. 문의 손잡이에 손을 올려놓고 그가 걸음을 멈췄다. 「내일 피렌체를 떠날 겁니다.」 그는 떨리지 않는 목소리로 말했다.

「그 말씀을 들으니 기쁘군요!」 그녀가 열렬하게 대답했다. 그가 나간 지 5분 후에 그녀는 울음을 터뜨렸다.

제33장

하지만 그녀의 발작적인 울음은 곧 억제되었다. 한 시간 후에 그녀가 이모에게 그 흉보를 알려 주었을 때 눈물 자국은 완전히 사라져서 전혀 보이지 않았다. 내가 흉보라는 표현을 쓴 것은 터치트 부인이 기뻐하지 않으리라는 것을 그녀가 확신하고 있었기 때문이었다. 이사벨은 굿우드 씨를 만난 다음에 그 소식을 알리려고 기다렸을 따름이었다. 굿우드 씨가 그 일에 대해서 뭐라고 말하는지를 듣기 전에 그 소식을 다른 사람들에게 알리는 것은 옳지 못하다는 기묘한 느낌이 들었던 것이다. 그가 한 말은 그녀의 예상에 미치지 못했기에 이제 그녀는 공연히 시간을 낭비한 것 같아서 약간 화가 났다. 이제는 시간을 더 이상 낭비하지 않을 것이다. 그녀는 터치트 부인이 정오의 아침 식사 전에 응접실로 들어오기를 기다렸다가 마침내 말을 꺼냈다. 「리디아 이모님, 말씀 드릴 것이 있어요.」

터치트 부인은 약간 움찔하면서 거의 사나운 눈길로 조카딸을 바라보았다. 「말할 필요 없다. 무슨 이야기인지 알고 있으니.」

「어떻게 알고 계신지 모르겠어요.」

「외풍을 느끼면 창문이 열려 있다는 것을 알게 되듯이 아는 거지. 너는 그 남자와 결혼하려는 거지.」

「어느 남자를 말하시는 거죠?」 이사벨은 매우 당당하게 물었다.

「마담 멀의 친구 말이다. 오즈먼드 씨.」

「왜 그분을 마담 멀의 친구라고 부르시는지 모르겠어요. 그분에 대해서 가장 중요한 점이 그것인가요?」

「마담 멀의 친구가 아니라면 앞으로 친구가 되어야겠지. 그녀가 그를 위해서 엄청난 일을 해줬으니까!」 터치트 부인이 큰 소리로 말했다. 「그녀가 그런 일을 하리라고는 생각지도 못했어. 정말로 실망했다.」

「마담 멀이 제 약혼과 조금이라도 관련이 있다는 말씀이라면, 이모님께서 큰 착각을 하신 거예요.」 이사벨은 격렬하고도 냉정하게 소리쳤다.

「그 신사를 옆에서 부추기는 사람이 없었어도 그가 네게 끌릴 정도로 네 매력이 충분하다는 말이냐? 네 말이 맞기는 하다. 네 매력이 엄청나지. 그렇지만 그 부인이 부추기지 않았더라면 그 신사는 감히 너를 생각할 수 없었을 거야. 그는 스스로를 대단하게 생각하고 있지만 성가신 노력을 들일 사람은 아니거든. 마담 멀이 그 남자를 위해서 수고를 아끼지 않은 거지.」

「그분 스스로도 대단히 노력하셨어요.」 이사벨은 일부러 웃으면서 소리쳤다.

터치트 부인은 짧게 고개를 끄덕였다. 「결국에는 그랬겠지. 네가 자기를 그렇게 좋아하도록 만들었으니.」

「그분이 이모님의 호감을 받고 있는 줄 알았어요.」

「한때는 그랬지. 그래서 그에게 화가 나는 거야.」

「그분에게 화내지 마시고 저에게 화를 내세요.」 이사벨이 말했다.

「아, 난 늘 너에게 화가 나 있어. 그건 전혀 만족스럽지 못한 일이야! 고작 이런 것을 위해서 워버턴 경을 거절했단 말이냐?」

「제발 그 이야기로 돌아가지 마세요. 제가 왜 오즈먼드 씨를 좋아해서는 안 되지요? 다른 사람들도 그분을 좋아했는데.」

「가장 얼빠진 순간에도 그와 결혼하기를 바라는 사람은 없었어. 그에게는 아무것도 없어.」 터치트 부인이 설명했다.

「그렇다면 그분은 제게 상처를 줄 수 없어요.」 이사벨이 말했다.

「네가 행복할 거라고 생각하니? 그런 식으로 해서는 누구도 행복하지 않아. 그걸 알아야지.」

「그럼 제가 그런 방식을 만들겠어요. 사람이 무엇을 위해 결혼하는데요?」

「네가 무엇을 위해 결혼하는지는 누구도 모르지. 사람들은 흔히 협력 관계에 들어서서 집안을 일으킬 때 결혼하지. 하지만 네 협력 관계에서는 네가 모든 것을 가져가야겠지.」

「그 말씀은 오즈먼드 씨가 부자가 아니라는 뜻인가요? 이모님께서 말씀하시는 것은 바로 그 점인가요?」 이사벨이 물었다.

「그는 돈도 없고, 명예도 없고, 봐줄 만한 지위도 없어. 나는 그런 것들을 중요하게 생각하고, 그렇게 말할 용기도 있어. 그런 것들이 매우 중요하다고 생각하니까. 나와 똑같이 생각하는 사람들이 많이 있고. 그런 생각을 드러내기는 하지만 다른 이유를 갖다 붙이지.」

이사벨은 약간 주저했다. 「저는 중요한 것을 모두 귀하게 여긴다고 생각해요. 저는 돈을 무척 소중하게 생각하고, 그래서 오즈먼드 씨가 돈을 좀 갖게 되기를 바라요.」

「그렇다면 그에게 돈을 줘라. 하지만 결혼은 다른 사람과 하고.」

「그분의 이름은 제게 충분해요.」 이사벨이 말을 이었다. 「아주 아름다운 이름이고요. 저 자신은 그렇게 멋진 이름을 갖고 있지 못하잖아요?」

「그럴수록 그 이름을 더 낫게 만들어야지. 미국에서 훌륭한 가문의 이름은 열두어 개에 불과해. 너는 자선할 생각으로 그와 결혼하는 거냐?」

「제 약혼 사실을 말씀드리는 것은 제 의무라고 생각해요, 리디아 이모님. 하지만 제가 설명을 드려야 할 의무는 없다고 생각해요. 그것이 의무라 하더라도 설명할 수 없을 거예요. 그러니 제발 질책하지 말아 주세요. 그것에 대해 말씀드리려면 제 입장이 난처해요. 설명할 수 없으니까요.」

「나는 질책하는 게 아니야. 네 말에 대답하고 있을 뿐이지. 내게 사고력이 있다는 것을 드러내지 않을 수 없으니까. 나는 그 일이 닥치고 있다는 것을 알았지만 아무 말도 하지 않았어. 나는 절대로 간섭하지 않으니까.」

「이모님께서는 간섭하지 않으셨어요. 그리고 그 점에 대해 무척 감사드려요. 이모님께서 무척 사려 깊게 대해 주셨어요.」

「그것은 사려가 깊은 것이 아니라, 편리한 거였어.」 터치트 부인이 말했다. 「하지만 마담 멀에게는 한마디 할 거야.」

「왜 마담 멀을 계속 끌어들이시는지 모르겠어요. 그 부인은 제게 무척 좋은 벗이었어요.」

「어쩌면 그렇겠지. 하지만 내게는 형편없는 벗이었어.」

「그 부인이 이모님께 무슨 일을 했기에?」

「나를 속였지. 네 약혼을 막겠다고 약속한 거나 다름없었으니까.」

「마담 멀은 제 약혼을 막을 수 없었을 거예요.」

「그녀는 무슨 일이든 할 수 있어. 바로 그 때문에 내가 그녀를 항상 좋아했고. 그녀가 어떤 역할이라도 할 수 있다는 것을 알고 있었어. 하지만 그녀가 하나씩 할 거라고 생각했지, 동시에 두 가지 역할을 할 줄은 몰랐어.」

「마담 멀이 이모님에게 어떤 역할을 했다고 하시는 건지 모르겠군요.」 이사벨이 말했다. 「그것은 두 분 사이의 일이에요. 그 부인은 제게 정직하고 친절하고 헌신적이었어요.」

「물론 헌신적이었겠지. 자기가 내세운 사람과 너를 결혼시키기를 바랐으니까. 너를 잘 지켜보다가 개입하겠다고 내게 말해 놓고.」

「이모님을 기쁘게 해드리려고 그렇게 말했겠지요.」 이사벨이 대답했다. 하지만 그 설명이 부적절하다는 것을 의식했다.

「나를 속임으로써 나를 기쁘게 해준다고? 그녀가 내가 어떤 사람인지를 그 정도로 모르지는 않아. 내가 지금 기뻐하는 것 같니?」

「그리 즐거우신 것 같지 않아요.」 이사벨이 어쩔 수 없이 대답했다. 「이모님이 사실을 알게 되실 것을 마담 멀이 알았다면, 이모님을 속이는 위선적인 행동으로 그 부인이 무엇을 얻을 수 있겠어요?」

「시간을 벌었지. 그녀가 개입하기를 내가 기다리는 동안에 너는 점점 더 멀리 행진해 갔고 그녀는 사실 옆에서 북을 치고 있었던 거야.」

「좋아요. 하지만 이모님께서 인정하셨듯이 이모님은 제가 앞으로 나아가고 있는 것을 보셨지요. 그리고 마담 멀이 경고를 해주었더라도 이모님은 저를 막으려고 노력하지 않으셨을 거예요.」

「그랬겠지. 하지만 다른 사람은 했을 거다.」

「누구를 말씀하시는 거예요?」 이사벨은 이모를 집어삼킬 듯이 쳐다보며 물었다.

터치트 부인의 작고 반짝이는 눈은 평소처럼 기민했지만, 이사벨의 눈빛을 되받아 쏘아보기보다는 참아내고 있었다. 「네가 랠프의 말이라면 귀담아들었을까?」

「랠프 오빠가 오즈먼드 씨를 비난했다면 듣지 않았을 거예요.」

「랠프는 사람들을 비난하지 않아. 너도 그 점은 잘 알고 있을 거야. 그 애는 너를 무척 소중하게 생각하고 있어.」

「저도 알고 있어요.」 이사벨이 말했다. 「이제 사촌 오빠의 그런 마음을 소중하게 느낄 거예요. 제가 어떤 행동을 하든지 분명한 이유가 있다는 것을 오빠는 알고 있으니까.」

「그 애는 네가 이런 일을 하지 않으리라고 믿었어. 나는 네가 그렇게 할 수 있다고 말했지만 그 애는 반대로 주장했지.」

「오빠가 말을 하다 보니 그렇게 주장했겠지요.」 이사벨이 미소를 지었다. 「오빠가 이모님을 속였다고 비난하시지는 않겠죠. 그럼 왜 마담 멀을 비난하시는 거예요?」

「그 애는 그 일을 막겠다고 말한 적이 없어.」

「다행이군요!」 이사벨이 명랑하게 소리쳤다. 「오빠가 오거든 무엇보다 먼저 제 약혼에 대해서 말씀해 주시면 좋겠어요.」 그녀가 곧 덧붙였다.

「물론 얘기할 거다.」 터치트 부인이 말했다. 「이 문제에 대해서 너에게는 더 이상 말하지 않겠지만, 다른 사람들에게는 이야기하겠다고 미리 알려 주겠다.」

「좋으신 대로 하세요. 저보다는 이모님께서 약혼 발표를 하시는 것이 더 낫겠다는 뜻이었어요.」

「그 말에는 전적으로 동의한다. 그 편이 더 적절하겠지!」 이렇게 말하고 그 이모와 조카딸은 아침 식사를 하러 식당에 들어갔고, 식사를 하는 동안 터치트 부인은 자기 말을 충실하게 지켜 길버트 오즈먼드에 대해서는 일언반구도 하지 않았다. 하지만 잠시 침묵을 지킨 후 그녀는 한 시간 전에 누구의 방문을 받았는지를 물어보았다.

「옛 친구였어요. 미국인 신사예요.」 이사벨은 얼굴을 붉히며 대답했다.

「물론 미국인 신사겠지. 아침 10시에 방문하는 사람은 미국인 신사밖에 없으니까.」

「10시 반이었어요. 그는 무척 서둘러야 했어요. 오늘 저녁에 돌아가거든요.」

「어제 일상적인 방문 시간에 올 순 없었다니?」

「그는 어젯밤에 도착했어요.」

「그리고 피렌체에서 스물네 시간만 보낸다고?」 터치트 부인이 소리쳤다. 「정말로 미국인 신사답구나.」

「정말 그래요.」 이사벨은 자기를 위한 캐스퍼 굿우드의 행동을 비꼬듯이 찬탄하면서 말했다.

　이틀 후에 랠프가 도착했다. 이사벨은 터치트 부인이 지체 없이 그 엄청난 소식을 랠프에게 알려 주었으리라고 생각했지만, 랠프는 처음에 그 사실을 알고 있다는 기색을 전혀 드러내지 않았다. 그들이 처음에 나눈 이야기는 당연히 그의 건강에 관한 것이었고, 이사벨은 케르키라에 대해 이것저것 물어보았다. 그가 방에 들어섰을 때의 모습에 그녀는 충격을 받았다. 그의 얼굴에 병색이 완연했던 것을 잊고 있었던 것이다. 케르키라에서 요양을 했는데도 그날 그는 무척 아픈 얼굴이었다. 이사벨은 그의 병세가 실제로 더 악화된 것인지 아니면 그녀 자신이 환자와 함께 지내는 데 익숙하지 않게 되었기 때문에 그렇게 보인 것인지 의아했다. 가엾게도 랠프는 나이를 먹으면서 흔히 얻게 되는 원숙한 풍채를 전혀 갖추지 못했다. 이제 분명 건강을 완전히 잃었으므로 타고난 기묘한 외모가 조금도 나아지지 않고 그대로 드러났다. 말라서 쭈글쭈글하지만 아직도 민감하게 반응하고 여전히 빈정거리는 듯한 그의 얼굴은 종이로 만든 갓을 엉성하게 붙여 놓은 등잔불 같았다. 성긴 구레나룻은 여윈 뺨에 힘없이 붙어 있었고, 지나치게 구부러진 코가 더욱 선명히 드러났다. 전체적으로 몸이 여위었고, 바짝 마른 데다가 큰 키에 엉성하게 사지가 붙어 있고, 늘어진 관절들은 아무렇게나 이어진 것 같았다. 그는 늘 벨벳으로 만든 갈색 재킷을 입었고, 손을 호주머니에 집어넣고 있었다. 몸에 기운이 하나도 없는 듯이 발을 질질 끌고 비틀거리며 걸어다녔다. 어쩌면 이 별난 걸음걸이 때문에 그가 익살스러운 환자라는 특징이 더욱 두드러져 보였을 것이다. 그는 자신의 신체적 장애까지도 어디서

나 농담거리로 삼는 환자였다. 실로 랠프에게 있어서 이 장애야말로 자신이 계속 살아가야 할 이유를 더는 찾을 수 없는 세상을 진지하지 않은 시각으로 바라보게 된 가장 큰 이유였을 것이다. 이사벨은 그의 추한 모습을 좋아하게 되었고 그의 어색한 몸짓도 소중하게 여겼다. 그와 어울리면서 그런 모습들이 보기 좋아졌고, 바로 그런 조건에서만 그가 매력적으로 보일 수 있는 것 같았다. 그는 무척 매력적이었기에 지금까지 그가 병자라고 생각하면 그 사실에 위안이라고 볼 만한 점도 있는 것 같았다. 그의 건강 상태는 그를 억제하는 한계가 아니라 일종의 지적인 장점처럼 보였다. 그 때문에 그는 직업적이거나 직무상의 감정에서 벗어났고 오로지 사적인 생활이라는 사치를 누릴 수 있었다. 그렇게 해서 생겨난 랠프의 성품은 매우 유쾌했다. 그의 마음은 질병으로 고루해지지 않았다. 안타깝게도 질병을 앓고 있다는 사실에는 동의할 수밖에 없었지만, 그래도 어째서인지 겉으로는 환자처럼 보이지 않았다. 사촌에 대해 이사벨이 받은 인상은 그러했다. 그러므로 그녀는 그가 환자라는 생각을 떠올릴 때에만 그를 동정했다. 그에 대해서 생각을 많이 했으므로 그에게 동정심을 다분히 느낀 것은 사실이지만, 그녀는 늘 그 감정의 진수를 허비하게 될까 봐 염려했다. 동정심이라는 고귀한 감정은 그것을 받는 사람보다 그것을 느끼는 사람에게 더 가치 있는 것이므로. 하지만 이제 가엾은 랠프의 목숨이 얼마 남지 않았다는 사실은 그리 예민하지 않은 사람이라도 느낄 수 있었다. 그는 밝고 자유롭고 관대한 영혼을 가진 사람이었다. 그는 지혜의 빛을 모두 갖고 있으면서도 아는 체하는 구석이라고는 전혀 없었다. 그러나 괴롭게도 그는 죽어 가고 있는 것이다.

이사벨은 인생이 어떤 사람들에게는 분명 가혹하다는 사실을 다시금 주목했다. 이제 자신에게는 앞으로 무척 편안한 인생이 펼쳐질 거라고 생각하면서 미묘한 수치심으로 얼굴이 붉어졌다. 그녀는 랠프가 자신의 약혼을 반갑게 받아들이지 않으리라는 것을 각오하고 있었다. 하지만 그에 대한 애정을 갖고 있더라도 그가 찬성하지 않는다는 사실 때문에 사태를 망쳐 놓을 생각은 없었다. 그에게 공감이 부족하다고 화를 낼 마음도 없었다. 아니, 적어도 그렇게 생각했다. 그녀가 결혼을 하기 위해 어떤 행동을 하더라도 그 일을 흠잡는 것이 그의 특권일 테고 실로 그에게 자연스러운 태도일 테니까. 사람들은 누구나 사촌 여동생의 남편이 마음에 들지 않는다고 말한다. 그것은 흔히 있는 인습적이고 통례적인 일이다. 그런 주장은 사촌 누이를 늘 좋아한다는 주장의 한 부분이기도 하다. 랠프는 늘 비판적인 사람이었다. 그녀는 다른 조건들이 다 대등하다면 누구보다도 그가 기뻐할 결혼을 기꺼이 하고 싶겠지만, 그녀의 선택이 그의 생각과 일치하는지를 중요시하는 것은 터무니없는 일일 것이다. 결국 그의 생각이란 무엇이었던가? 랠프는 그녀가 워버턴 경과 결혼했더라면 좋았을 거라고 생각하는 것 같았다. 하지만 그렇게 생각하는 것은 그저 그녀가 그 훌륭한 남자를 거절했기 때문이다. 만일 그녀가 워버턴 경을 받아들였다면 랠프는 틀림없이 다른 입장을 취했을 것이다. 그는 언제나 반대되는 입장을 취했다. 어떤 결혼에서든지 흠을 찾아낼 수 있다. 결혼의 본질이란 비판받을 소지가 있다는 것이다. 그녀 스스로도 마음만 먹으면 자신의 결혼에 대해서 얼마나 잘 비판할 수 있을 것인가! 하지만 그녀는 다른 할 일이 있었기에 자기 결혼을 흠잡는 일은 할 수 없었고, 랠프가 그녀에게서 그 일을 덜어 준다면 기꺼이 환영할 것이다. 이사벨은 지극한 참을성을 갖고 더없이 너그럽게 들어 줄 용의가 있었다. 그는 틀림없이 그녀의 이런 마음을 알아차렸을 것이다. 그러므로 그가 아무 말도 하지 않자 더욱 기이하게 보였다. 사흘이 지났어도 그는 우리의 아가씨에게 아무 말도 하지 않았고, 그녀는 기다리다가 지치고 말았다. 그 일이 아무리 내키지 않더라도 적어도 그런 시늉이라도 해볼 수 있었을 텐데. 랠프에 대해서 그 사촌 누이보다 더 잘 알고 있는 우리는 그가 팔라초 크레센티니에 도착한 후에 마음속으로 여러 가지 입장을 취해 보았으리라고 쉽게 믿을 수 있을 것이다. 그의 어머니는 말 그대로 그를 보자마자 그 엄청난 소식을 알려 주는 것으로 인사를 대신했다. 그 소식은 터치트 부인의 키스보다도 더 오싹한 기분이 들게 했다. 랠프는 충격과 굴욕감을 느꼈다. 자신의 예측이 빗나갔고, 그가 온 세상에서 가장 큰 관심을 느끼는 사람을 잃었던 것이다. 그는 암석이 많은 바다 위에서 방향타가 없이 둥둥 떠다니는 배처럼 집 주위를 배회했다. 아니면 그 저택의 정원에 있는 큰 등나무 의자에 앉아서 긴 다리를 쭉 뻗고는 머리를 젖히고 모자를 끌어내려 눈을 가리고 있었다. 그는 심장이 차갑게 식어 가는 느낌이었다. 이보다 더 혐오스러운 감정은 느꼈던 적이 없었다. 그가 무엇을 할 수 있을까? 무슨 말을 할 수 있을까? 그 아가씨를 다시 가까이 끌어올 수 없다면, 그 결혼에 찬성하는 척이라도 할 수 있을까? 그녀를 끌어오려고 시도하는 일은 그 시도가 성공하는 경우에만 용납될 수 있다. 음

흉한 술책으로 그녀를 사로잡은 그 남자에게 야비하고 사악한 면이 있다고 그녀를 설득하려 한다면, 그 노력은 그녀가 설득될 경우에만 어지간히 신중한 일이었다고 봐줄 수 있을 것이다. 그렇지 못할 경우에는 그가 스스로를 매도하는 것과 다름없었다. 자기 생각을 솔직히 말하는 것이나 숨기는 것이나 다 같이 힘든 일이었다. 그는 진심으로 동의할 수도 없었고, 또한 희망을 품고 이의를 제기할 수도 없었다. 그러는 동안에 약혼한 두 사람이 날로 서로의 맹세를 새롭게 하고 있다는 것을 알고 있었고, 아니, 그러리라고 생각했다. 이당시 오즈먼드는 팔라초 크레센티니에 거의 모습을 드러내지 않았다. 그러나 공식적으로 약혼 사실을 알린 후에 이사벨은 자유롭게 행동할 수 있었으므로 매일 다른 곳에서 그를 만났다. 그녀는 터치트 부인이 찬성하지 않는 일을 하면서 그 수단을 이모에게 신세 질 수 없었으므로 한 달간 마차를 임대했다. 그리고 오전에 카시네로 마차를 몰고 나갔다. 교외에 있는 이 황량한 공원은 이른 오전 시간에 훼방꾼들이 전혀 없었다. 그래서 우리의 아가씨는 그 공원의 가장 한적한 곳에서 연인을 만나 이탈리아의 잿빛 그늘이 드리워진 곳을 한참 거닐면서 나이팅게일의 노래에 귀를 기울였다.

제34장

어느 날 점심 식사 시간이 되기 약 30분쯤 전에 이사벨은 드라이브에서 돌아와 마차에서 내려서 저택의 안뜰에 들어섰다. 그러고는 큰 계단을 올라가지 않고 안뜰을 가로질러 또 다른 아치 밑을 지나 정원에 들어섰다. 이 순간 이 정원보다 더 감미로운 곳은 상상할 수 없었을 것이다. 한낮의 정적이 그곳에 감돌고 있었고, 벽으로 둘러싸여 고요한 정원의 따스한 그림자 덕분에 나무 밑의 그늘은 널찍한 동굴처럼 보였다. 랠프가 거기 선명한 그늘에 잠겨 테르프시코레[30] 여신상의 발치에 앉아 있었다. 베르니니[31] 양식으로 조각된 춤추는 님프는 손가락 끝이 가늘었고 풍성하게 주름진 옷에 감싸여 있었다. 완전히 늘어진 자세로 보아 랠프가 잠이 든 모양이라고 이사벨은 처음에 생각했다. 잔디밭을 사뿐히 걸어간 그녀의 발소리에도 그는 일어나지 않았다. 그녀는 몸을 돌리기 전에 잠시 서서 그를 바라보았다. 이 순간 그가 눈을 떴기에 그녀는 그가 앉아 있는 의자와 어울리는 투박한 의자

30 춤의 뮤즈.
31 Bernini(1598~1680). 17세기 바로크 조각가.

에 앉았다. 화가 난 기분이었을 때 그녀는 그가 무관심하다고 속으로 비난했지만, 그가 분명 곰곰이 생각해 보아야 할 것이 있다는 사실을 모르지 않았다. 그러나 그가 무관심한 태도를 보여 주고 있는 것은 몸이 더 약해져서 무기력하기 때문이기도 하고 또 부친에게서 상속받은 재산과 관련된 근심 때문이기도 할 거라고 생각했다. 터치트 부인이 이사벨에게 말해 준 바에 따르면 그는 부인이 찬성하지 않은 특이한 방식으로 재산을 처리하여 이제 은행의 다른 파트너들이 그에 반발하고 있다는 것이었다. 그는 피렌체로 올 것이 아니라 영국으로 돌아갔어야 했다고 그의 모친은 말했다. 그는 여러 달 동안 영국에 가지 않았고, 그 은행에 대해서는 파타고니아 지방에 대해서나 마찬가지로 관심을 두지 않았다.

「깨워서 미안해요.」이사벨이 말했다. 「무척 피곤해 보여요.」

「무척 피곤해. 하지만 잠이 든 건 아니었어. 너를 생각하고 있었지.」

「그래서 피곤한가요?」

「그럴 거야. 어떤 결론에도 이르지 못하니까. 길은 멀고 나는 어디에도 이르지 못하고 있어.」

「어디에 도달하고 싶은데요?」그녀는 양산을 접으며 물었다.

「네 약혼에 대한 내 생각을 나 스스로에게 적절히 표현할 수 있는 지점에.」

「그 일에 대해서 너무 생각하지 마세요.」그녀는 가볍게 대답했다.

「그것이 내 일이 아니라는 뜻인가?」

「어떤 점을 넘어서면 그렇죠.」

「바로 그 점을 명확히 하고 싶은 거야. 너는 내가 예의를 차리지 않는다고 느꼈겠지. 네게 축하 인사를 하지 않았으니까.」

「물론 그것을 알았어요. 오빠가 왜 아무 말도 하지 않는지 궁금했어요.」

「아주 많은 이유가 있었어. 이제 말하도록 해보지.」 랠프가 말했다. 그는 모자를 벗어 바닥에 놓았다. 그러고는 그녀를 바라보았다. 그는 베르니니 조각상에 보호받는 듯 등을 기댔고, 대리석 받침대에 머리를 괴고 팔을 양옆으로 떨어뜨려 손을 넓은 의자의 팔걸이에 올려놓고는 어색하고 불편한 표정으로 한참 망설였다. 이사벨은 아무 말도 하지 않았다. 사람들이 곤혹스러워할 때 그녀는 대개 그들에 대해 안타깝게 생각했다. 그러나 자신의 고귀한 결정을 존중해 주지 않는 말을 랠프가 입에 올리도록 도와주지는 않겠다고 결심했다. 「내가 놀라운 충격을 받고 아직 헤어나지 못한 모양이야.」 그가 마침내 말했다. 「너에 대해서 절대로 사로잡힐 사람이 아니라고 생각했으니까.」

「왜 사로잡혔다는 말을 쓰는지 모르겠군요.」

「넌 새장에 갇힐 테니까.」

「내가 내 새장을 좋아한다면, 사촌 오빠가 괴로워할 필요가 없겠죠.」 그녀가 대답했다.

「그것이 놀라운 점이야. 내가 생각해 온 문제이고.」

「그런 생각을 해보셨으면 내가 어떻게 생각했는지 상상하실 수 있겠네요! 나는 잘해 나가고 있다고 만족하고 있어요.」

「네가 무척 많이 변한 모양이구나. 1년 전에 너는 무엇보다도 자유를 소중하게 여겼지. 오로지 인생을 보고 싶어 했고.」

「세상을 많이 둘러보았어요.」 이사벨이 말했다. 「이제는 세상이 아주 유혹적인 광활한 공간처럼 느껴지지 않아요.」

「세상이 그런 곳이라고 주장할 마음은 없어. 다만 난 네가 세상을 기분 좋게 받아들이고 그 전체를 두루 살펴보고 싶어 한다고 생각했지.」

「그렇게 전체적인 일은 할 수 없다는 것을 알게 되었어요. 어떤 구석을 선택해서 그 부분을 개발해야지요.」

「나도 그렇게 생각해. 그러니 가급적 훌륭한 구석을 선택해야지. 겨우내 네 즐거운 편지를 읽으면서 나는 네가 무언가를 선택하고 있다는 것을 알지 못했어. 너는 그 점에 대해서 한 마디도 하지 않았고, 네 침묵 때문에 나는 방심했던 거지.」

「그것은 사촌 오빠에게 써 보낼 문제가 아니었어요. 게다가 나는 장래에 대해서는 아무 생각도 없었고요. 그 일은 모두 최근에 일어났어요. 하지만 오빠가 방심하지 않았더라면, 어떤 일을 했을까요?」 이사벨이 물었다.

「조금 더 기다리라고 말했을 거야.」

「무엇을 기다리라는 거죠?」

「글쎄, 좀 더 많은 빛을.」 손을 다시 호주머니에 집어넣으면서 랠프는 다소 터무니없는 미소를 지었다.

「그 빛은 어디에서 나오는 것이었을까요? 오빠에게서?」

「내가 불꽃 한두 개쯤 일으켰을지도 모르지.」

이사벨은 장갑을 벗고 무릎에 올려놓은 다음 부드럽게 매만졌다. 이 부드러운 동작은 의도적인 것이 아니었다. 그녀는 부드럽게 달래듯이 말하지 않았으므로. 「오빠는 말을 빙빙 돌리고 있는 거예요, 랠프. 오즈먼드 씨를 좋아하지 않는다고 말하고 싶으면서도 그 말을 하기가 겁나는 거죠.」

「〈상처를 주고 싶으면서도 내리치기가 겁난다〉고? 맞아, 나는 그에게 상처를 주고 싶어. 하지만 네게는 상처를 주고 싶지 않아. 나는 너에 대해서 겁이 나는 거야. 그에 대해서가 아니라. 만일 네가 그와 결혼한다면 내가 이런 식으로 말한 것이 달갑지 않겠지.」

「〈만일 결혼한다면〉이라고요? 내 생각을 단념시킬 수 있으리라고 조금이라도 기대하시는 건가요?」

「물론 네게는 너무나 터무니없는 일로 보이겠지.」

「아뇨.」 그녀는 잠시 후에 말했다. 「너무나 애처롭게 보여요.」

「그건 마찬가지 얘기야. 그런 것을 기대하는 내가 너무 우스꽝스럽게 보여서 너는 나를 동정하는 거지.」

그녀는 긴 장갑을 다시 쓰다듬었다. 「오빠가 내게 큰 애정을 갖고 있다는 것을 알고 있어요. 나는 그 애정에서 벗어날 수 없어요.」

「제발 그런 노력은 하지 말아 다오. 그것을 잘 기억해 두고. 네가 잘 해나가기를 내가 얼마나 간절히 바라는지를 확신시켜 줄 테니까.」

「그리고 오빠가 나를 얼마나 믿지 않는지를 확신시켜 주겠지요.」

잠시 침묵이 흘렀다. 따뜻한 한낮의 시간이 귀를 기울이는 것 같았다. 「나는 너를 믿어. 다만 그를 믿지 못하는 거야.」 랠프가 말했다.

그녀는 고개를 들고 큰 눈으로 그를 오래 바라보았다. 「이제 드디어 분명히 말하셨어요. 오빠가 그 점을 분명히 밝혀 줘서 즐거워요. 하지만 오빠는 그 말로 인해서 괴로울 거예요.」

「네가 올바로 판단하면 내가 고통을 받을 일은 없을 거야.」

「나는 매우 올바르게 판단하고 있어요.」 이사벨이 말했다. 「내가 오빠에게 화를 내지 않는다는 것보다 더 나은 증거가

어디 있겠어요? 왜 이런지 모르지만, 나는 화가 나지 않아
요. 오빠가 말을 꺼냈을 때는 화가 났는데, 그 분노가 사라
져 버렸어요. 어쩌면 나는 화를 내야겠지요. 하지만 오즈먼
드 씨는 그렇게 생각하지 않을 거예요. 그분은 내가 모든 것
을 알기를 바라시니까요. 내가 그분을 좋아하는 이유는 바
로 그거예요. 오빠가 말해 봐야 득이 될 것은 전혀 없어요.
나는 확실히 알고 있어요. 나는 내가 처녀로 계속 남아 있기
를 오빠가 바랄 만큼 오빠에게 처녀로서 상냥하게 대한 적
도 없었어요. 오빠는 매우 좋은 충고를 해주었고, 종종 그렇
게 하셨어요. 아니, 나는 지금 무척 차분해요. 난 오빠가 현
명한 사람이라고 늘 믿었어요.」 그녀는 자신의 차분함을 과
시하면서, 그렇지만 의기양양한 기분을 약간 억제하면서 말
했다. 공정하게 판단하려는 욕구가 그녀의 마음속에서 열렬
히 타오르고 있었다. 그것은 랠프의 마음에 와 닿았고, 자신
이 해를 입힌 사람에게서 애무를 받는 듯한 기분을 일으켰
다. 그는 그녀의 말을 가로막고, 안심시켜 주고 싶었다. 잠시
그는 터무니없이 앞뒤가 맞지 않는 감정에 사로잡혔다. 자기
가 한 말을 되돌리고 싶었다. 그러나 그녀는 기회를 주지 않
았다. 자기 생각에 영웅적인 노선으로 여겨지는 것을 흘끗
보고는 그쪽으로 나아가기를 열망하면서 말을 이었다. 「오
빠에게는 특별한 생각이 있는 것 같아요. 그 생각을 꼭 듣고
싶어요. 그것은 사사로운 감정을 벗어난 것이라고 믿고 있고
요. 그렇게 느끼고 있어요. 이런 문제에 대해서 논쟁을 벌이
는 것도 이상하게 보여요. 그리고 물론 명확히 말해 둬야겠
지요. 오빠가 나를 단념시킬 것을 기대한다면 포기하는 편
이 좋겠다고요. 오빠는 나를 한 발도 움직이게 할 수 없어

요. 너무 늦었어요. 오빠가 말했다시피 나는 사로잡혔어요. 분명 기억하기에 유쾌한 일이 아니겠지만 오빠의 고통은 자신의 생각에서 비롯된 것이에요. 나는 오빠를 절대로 비난하지 않겠어요.」

「그럴 거라고 생각해.」 랠프가 말했다. 「나는 네가 그런 결혼을 하게 되리라고는 전혀 생각하지 않았어.」

「내가 어떤 결혼을 하리라고 생각했는데요?」

「글쎄, 분명히 말할 수는 없어. 어떤 결혼이라고 명확하게 생각했던 것은 아니었으니까. 하지만 어떤 결혼은 하지 않으리라고 생각했지. 가령 네가 그런, 그런…… 부류의 남자를 선택하리라고는 생각하지 않았어.」

「오즈먼드 씨와 같은 부류라는 것이 있다면, 대체 그 부류에 무슨 문제가 있다는 거죠? 내가 그에게서 가장 존중하는 점은 그분이 매우 독립적이고 대단히 개성적인 사람이라는 거예요.」 아가씨가 주장했다. 「그분에 대해서 비난할 점을 알고 계세요? 오빠는 그분을 거의 모르잖아요.」

「그래.」 랠프가 말했다. 「나는 그를 아주 조금밖에 알지 못해. 솔직히 말해서 그가 악당이라는 것을 증명할 사실이나 소문을 알고 있는 것도 아니고. 하지만 그런데도 네가 위험한 모험을 하고 있다고 느끼지 않을 수 없어.」

「결혼은 늘 모험이에요. 그분도 나 못지않게 모험을 하는 거고요.」

「그건 그의 문제야! 겁이 난다면 물러나라고 해. 그가 제발 그렇게 하기를 하느님께 빌고 싶으니.」

이사벨은 의자에 등을 기대고 팔짱을 낀 채 잠시 사촌을 바라보았다. 「오빠의 말을 이해하지 못하겠어요.」 그녀가 마침내 차갑게 말했다. 「오빠가 대체 무슨 이야기를 하고 있는지 모르겠어요.」

「나는 네가 더 중요한 사람과 결혼하리라고 믿었어.」

이미 말했듯이 그녀의 어조는 냉정했지만 이 말을 듣자 불꽃처럼 붉은 기운이 그녀의 얼굴에 재빨리 퍼졌다. 「누구에게 더 중요하다는 말이지요? 아내의 눈에 남편이 중요한 사람이라면 그것으로 충분하지 않은가요!」

랠프도 얼굴을 붉혔다. 그는 불편해 보였다. 그는 곧 몸을 움직여 자세를 바꾸려 했고, 등을 쭉 펴고 몸을 앞으로 숙인 다음 무릎에 손을 올려놓았다. 그는 땅바닥을 뚫어지게 바라보면서, 더없이 진지하게 생각에 잠긴 분위기를 띠었다. 「내 말이 무슨 뜻인지 이제 말해 보도록 할게.」 그가 이내 말했다. 그는 흥분했고 강렬한 열망에 사로잡혀 있었다. 이미 그 문제를 꺼냈으므로 자기 속마음을 털어놓고 싶었다. 하지만 또한 더없이 고결한 태도를 유지하고도 싶었다.

이사벨은 조금 기다렸다가 당당하게 말을 이었다. 「호감을 일으키는 모든 점에서 오즈먼드 씨처럼 탁월한 분은 없어요. 그분보다 더 고귀한 성품을 가진 사람이 있을 수야 있겠지요. 하지만 나는 그런 사람을 만날 기회가 없었어요. 오즈먼드 씨는 내가 아는 사람들 중에서 가장 훌륭한 분이에요. 내게는 충분할 정도로 선량하고 흥미롭고 현명한 분이고요. 나는 그분에게 결핍된 것보다는 그분이 갖고 있는 것과 그분이 대변하는 것에 더 깊은 인상을 받았어요.」

「나는 너의 매혹적인 미래를 상상해 보곤 했지.」 랠프는 그녀의 말에 대답하지 않고 자기 생각을 말했다. 「너의 고귀한 운명을 그려 보면서 즐거워했어. 그 고귀한 운명에 이런 부류의 일은 끼어들 여지가 전혀 없었어. 네가 이렇게 쉽사리, 이렇게 빨리 추락해서도 안 되었고.」

「추락한다고요?」

「그 말은 너에게 일어난 일에 대한 내 느낌을 표현하는 거야. 너는 푸른 하늘 높이 솟아오르는 것 같았지. 찬란한 빛을 받고 떠다니면서 사람들의 머리 위로 날아다니는 것 같았어. 그런데 갑자기 누군가 시들어 빠진 장미봉오리를 던져 올리자 네게 절대로 닿지 않았어야 할 그 미사일에 맞아서 너는 곧장 땅바닥에 떨어져 버렸어. 그래서 내 마음이 아픈 거야.」 랠프가 과감하게 말했다. 「마치 내 몸이 떨어져 버린 것처럼 고통스러워!」

이사벨의 얼굴에 고통스럽고 어리둥절한 표정이 굳어졌다. 「오빠의 말을 전혀 이해하지 못하겠어요.」 그녀가 다시 말했다. 「내 인생을 계획하면서 즐거움을 느꼈다고 하셨죠. 그것도 이해하지 못하겠어요. 그런 일로 너무 즐거워하지 마세요. 그렇지 않으면 오빠가 나를 희생양으로 삼아서 재미있어 한다고 생각할 테니까.」

랠프는 고개를 저었다. 「내가 너에 대해서 원대한 생각을 품었다는 것을 네가 믿지 않으리라고는 걱정하지 않는단다.」

「내가 솟아오른다느니 날아다닌다느니 하는 말이 무슨 뜻이지요?」 그녀가 추궁했다. 「지금 내가 움직이고 있는 곳은 그 어느 때보다도 더 높은 차원이에요. 여자에게 있어서 자기가 좋아하는 사람과 결혼하는 것은 그 무엇보다도 숭고한 일이에요.」 가엾게도 이사벨은 진부한 설교조로 빠져들며 말했다.

「내가 감히 비판하고 싶은 것은 우리가 화제로 삼고 있는 그 사람을 네가 좋아한다는 사실이야, 사랑하는 사촌. 네게 적합한 남자는 더 활동적이고 더 넓고 더 자유로운 성품을 지닌 사람일 거라고 말하고 싶었어.」 랠프는 망설이다가 덧붙였다. 「오즈먼드는 어쩐지, 말하자면, 좁은 사람이라는 느낌을 지울 수 없으니까.」 그는 그 중요한 말을 그리 큰 확신이 없는 듯이 말했다. 그녀가 다시 발끈할까 봐 두려웠던 것이다. 그러나 놀랍게도 그녀는 아무 대답도 하지 않았다. 곰곰이 생각하는 눈치였다.

「좁다고요?」 그녀는 그 단어를 방대하게 들리도록 발음했다.

「그는 편협하고 이기적인 사람이라고 생각해. 스스로를 너무 중요한 사람으로 여기고 있지!」

「그분은 스스로에 대해서 상당한 존중심을 갖고 있어요. 나는 그분의 그런 점을 탓하지 않아요.」 이사벨이 말했다. 「그런 자질이 있으면 다른 사람들을 더 확실히 존중하게 되지요.」

랠프는 잠시 그녀의 합리적인 논리에 거의 설득되는 기분이었다. 「그래, 하지만 모든 일은 상대적인 거야. 사람은 자신이 사물과 맺는 관계, 다른 사람들과 맺는 관계를 느껴야 하지. 오즈먼드 씨는 그것을 느끼지 않는다고 생각해.」

「내게 주로 관련된 부분은 그분이 나와 맺는 관계예요. 그 관계에서 그분은 훌륭해요.」

「그는 고상한 취미의 화신이라고 할 만한 사람이지.」 랠프는 길버트 오즈먼드를 상스럽게 묘사함으로써 자신이 부당한 짓을 저지르는 듯이 보이지 않으면서도 그의 사악한 성격을 잘 표현할 수 있을 방법을 열심히 생각하면서 말을 이었다. 그는 개인적 감정을 섞지 않고 합리적으로 오즈먼드를 묘사하고 싶었다. 「그는 오로지 자기 취향에 따라서 판단하고, 평가하고, 인정해 주거나 불량품이라고 단정하지.」

「그렇다면 그분의 취향이 고상한 것이라서 다행이군요.」

「실로 그 취향은 매우 세련된 것이지. 그 덕분에 너를 자기의 신부로 선택하게 되었으니까. 하지만 그런 취향이, 진정으로 절묘한 취향이 분노에 휩싸여 뒤엉킨 것을 본 적이 없었어?」

「나는 내 남편의 취향을 만족시켜 주지 못하는 일이 결코 없기를 바라요.」

이 말을 듣자 랠프의 입에서 갑자기 격렬한 말이 튀어나왔다. 「아, 그건 고집스럽고, 무가치한 말이야. 너는 그런 식으로 평가되도록 태어난 사람이 아니야. 너는 더 나은 운명을 맞아야 할 사람이야. 생명력이 고갈되어 시들어 빠진 아마추어 미술 애호가의 감상이나 지켜보면서 보초를 서는 것보다는!」

이사벨은 재빨리 일어섰고, 그도 그렇게 했다. 그래서 두 사람은 마치 그가 도전장을 내던졌거나 모욕한 듯이 서로를 잠시 바라보았다. 그러나 그녀는 그저 이렇게만 중얼거렸다. 「너무 지나친 말을 하시는군요.」

「내 마음속에 있는 것을 말했을 뿐이야. 그리고 너를 사랑하기 때문에 말한 거고.」

이사벨의 얼굴이 창백해졌다. 그도 역시 그 성가신 구혼자 목록에 끼는 것일까? 그녀는 갑자기 그의 이름을 그 명부에서 삭제하고 싶어졌다. 「아, 그렇다면 오빠는 공정한 판단을 내리고 있는 것이 아니에요.」

「나는 너를 사랑해. 하지만 아무런 희망도 품지 않고 사랑하지.」 랠프는 억지로 미소를 지으며 재빨리 말했고, 그 마지막 말에서 자신의 의도 이상을 표현했다는 느낌이 들었다.

이사벨은 다른 곳으로 걸어가서는 햇빛이 내리비치는 고요한 정원을 들여다보고 있었다. 그러나 잠시 후 다시 그가 있는 쪽으로 몸을 돌렸다. 「그렇다면 유감스럽게도 오빠의 말은 절망에서 나온 무모한 항변이겠군요. 나는 그 말을 이해하지 못하겠어요. 하지만 상관없어요. 오빠와 논쟁을 벌일 생각이 없으니까요. 그건 불가능한 일이에요. 나는 그저 오빠의 말을 들어 주려고 노력했어요. 그렇게 설명해 주려고 해줘서 고마워요.」 그녀는 조금 전에 벌떡 일어섰을 때의 분노가 벌써 사그라진 듯이 부드럽게 말했다. 「오빠가 정말로 불안감을 느꼈다면, 내게 경고해 주려고 애써 줘서 고맙게 생각해요. 하지만 오빠의 말을 생각해 보겠다고는 약속하지 않겠어요. 가급적 빨리 잊어버릴 거예요. 오빠도 잊으려고 애쓰세요. 오빠는 의무를 다했고, 어느 누구도 그 이상은 할 수 없어요. 나는 내가 느끼는 것, 내가 믿는 것을 오빠에게 설명할 수 없어요. 설명할 수 있더라도 하지 않겠어요.」 그녀는 잠시 말을 멈췄다가 다시 말을 이었는데 어딘지 비논리적인 면이 있었다. 랠프는 뭔가 그녀가 양보하는 기색을 찾으려고 열망하는 와중에도 그것을 알아차릴 수 있었다. 「나는 오즈먼드 씨에 대한 오빠의 생각에 공감할 수 없어요. 그 생각을 공정하게 판단할 수 없어요. 나는 그분을 전혀 다른 방식으로 보고 있으니까요. 그분은 중요한 인물이 아니에요. 네, 중요한 인물은 아니지요. 그런 중요성에 대해서 전혀 대수롭지 않게 여기는 분이에요. 오빠가 그분의 마음이 〈좁다〉고 말했을 때의 의미가 그런 거라면, 그렇다면 그분은 오빠가 바라는 만큼 좁다고 할 수 있겠지요. 나는 그것을 〈넓다〉고 말하겠어요. 내가 아는 그 무엇보다도 넓은 마음이에요. 내가 결혼하려는 사람을 두고 오빠와 말다툼을 벌일 생각은 없어요.」 이사벨이 되풀이해서 말했다. 「나는 오즈먼드 씨를 두둔하려는 마음이 전혀 없어요. 그분은 내가 두둔해야 할 만큼 나약한 분이 아니니까요. 내가 그분에 대해서 마치 제삼자라도 되는 것처럼 너무나 차분하고 냉정하게 말하는 것이 오빠에게도 이상하게 보일 거예요. 나는 오빠를 제외한 어느 누구에게도 그분에 대해서 말하지 않겠어요. 그리고 오빠에게도, 오빠가 그런 말을 하셨으니까, 이번 한 번만 대답하겠어요. 말해 보세요. 오빠는 내가 돈을 목적으로 결혼하기를 바라나요? 이른바 야심적인 결혼을 하기 바라세요? 나는 단 한 가지 야심이 있을 뿐이에요. 훌륭한 감정을 철저히 자유롭게 따르는 거죠. 전에는 다른 야심들이 있었지만 모두 사라져 버렸어요. 오즈먼드 씨가 부자가 아니라고 불평하시는 건가요? 바로 그 점 때문에 나는 그분을 좋아해요. 다행히도 내게는 돈이 많이 있으니까요. 오늘처럼 그 돈을 고맙게 여긴 적은 없었어요. 이모부님의 묘소에 가서 무릎을 꿇고 싶은 순간들이 있었어요. 내가 가난한 남자, 그토록 품위 있고 그토록 무심한 마음으로 가난을 견딘 남자와 결혼할 수 있도록 돈을 내 수중에 넣어 주셨을 때 이모부님은 본인의 생각 이상으로 더 좋은 일을 하신 거예요. 오즈먼드 씨는 돈을 얻으려고 다툰 적도, 갈등을 벌인 적도 없어요. 그분은 세속적인 보상에 대해서는 전혀 관심이 없으세요. 만일 그런 것이 좁은 마음이라면, 그것이 이기적인 마음이라면, 그렇다면 좋아요. 나는 그런 말에 겁나지 않고, 불쾌감도 느끼지 않아요. 오빠의 잘못된 판단이 유감스러울 뿐이에요. 다른 사람들이야 잘못 판단할 수 있겠지만, 오빠가 그렇다는 것은 놀라운 일이에요. 오빠는 신사를 보면 신사라는 것을 알아볼 수 있고, 훌륭한 마음을 알 수 있을 텐데. 오즈먼드 씨는 그런 실수를 하지 않아요! 그분은 모든 것을 알고, 모든 것을 이해하고, 세상에서 가장 친절하고, 가장 예의바르고, 가장 고귀한 영혼을 가진 분이에요. 오빠의 생각이 틀렸어요. 유감스러운 일이지만 나로서는 어쩔 수 없어요. 그건 내가 아니라 오빠의 문제니까요.」 이사벨은 잠시 멈추었고, 조심스럽고 조용한 태도와는 상반되는 감정으로 눈을 반짝이며 사촌을 바라보았다. 그 감정에는 그의 말 때문에 일어난 분노의 고통과 자기로서는 오로지 고귀하고 순수한 것으로만 느꼈던 선택을 옳은 것이라고 변명해야 하는 상처받은 자존심이 뒤섞여 있었다. 그녀가 말을 멈추었어도 랠프는 아무 대답도 하지 않았다. 그녀에게 할 말이 더 있을 거라고 생각했다. 그녀는 당당했다. 하지만 무척 간절하게 청하고 있었다. 그녀는 냉담한 태도를 취하고 있었지만 완전히 격정에 사로잡혀 있었다. 「오빠는 내가 어떤 사람과 결혼하면 좋았겠어요?」 그녀가 난데없이 물었다. 「오빠는 높이 솟아오른다든지 날아다닌다고 말했지만, 사람이 결혼하게 되면 땅에 발을 붙이고 살기 마련이에요. 사람에게는 인간적인 감정과 욕구가 있고 가슴속에 애정이 있지요. 그리고 특정한 개인과 결혼할 수밖에 없어요. 이모님은 내가 워버턴 경의 뜻에 따르지 않았다고 나를 용서하지 않으셨어요. 그리고 내가 워버턴 경이 갖고 있는 대단한 장점이 없는 사람에게 만족한다는 사실에 경악하셨어요. 재산도, 귀족 칭호도,

저택도, 토지도, 사회적 지위도, 명성도, 그 어떤 훌륭한 물건도 갖고 있지 않은 사람에게 말이에요. 바로 이런 것들이 그분에게는 전혀 없다는 사실에 나는 기쁨을 느껴요. 오즈먼드 씨는 그저 아주 외롭고, 매우 교양이 높고, 대단히 정직한 분이에요. 그분은 막대한 재산가가 아니에요.」

랠프는 그녀의 말 한 마디 한 마디가 깊이 숙고할 가치가 있는 듯이 매우 주의 깊게 귀를 기울였다. 하지만 실은 그녀의 말을 절반 정도만 생각하고 있었고, 나머지는 자신이 받은 전체적인 인상의 중압감에 적응하고 있었다. 그것은 그녀가 열렬히, 진심으로 믿고 있다는 인상이었다. 그녀의 생각은 틀렸지만, 그녀는 믿고 있었다. 그녀는 그릇된 판단에 현혹되었지만, 그 기만은 우울하게도 일관성이 있었다. 그녀 자신의 상상으로 길버트 오즈먼드에 대한 멋진 이론을 만들어 낸 다음에, 그가 실제로 갖고 있는 것 때문이 아니라 명예로 장식된 그의 결핍들 때문에 그를 사랑하는 것은 놀랍게도 그녀다운 일이었다. 랠프는 부친에게 이사벨의 상상력의 욕구를 충족시킬 수 있도록 힘을 주고 싶다고 말했던 것을 기억했다. 부친은 그렇게 해주었고, 그녀는 그 호사스러운 기회를 최대한 이용했던 것이다. 가엾게도 랠프는 구역감을 느꼈다. 수치스러웠다. 이사벨은 확신에 찬 목소리로 나지막하고 엄숙하게 마지막 말을 입에 올렸고 그 말로 사실상 이야기는 끝나고 말았다. 그녀는 고개를 돌리고 집으로 걸음을 옮김으로써 대화를 형식적으로 종결지었다. 랠프는 그녀의 옆에서 걸었고 그들은 함께 안뜰로 들어가서 큰 계단에 이르렀다. 여기서 그는 걸음을 멈추었고 이사벨은 걸음을 멈추며 의기양양한 얼굴로 그를 돌아보았다. 단호하고 고집스럽게 감사의 뜻을 담은 얼굴이었다. 그의 항의 덕분에 자신의 처신에 대한 생각이 더욱 명료해졌던 것이다. 「아침을 먹으러 올라가지 않겠어요?」 그녀가 물었다.

「아니, 먹고 싶지 않아. 배가 고프지 않으니까.」

「뭘 좀 먹어야 해요.」 아가씨가 말했다. 「오빠는 공기를 먹고 살잖아요.」

「공기를 무척 많이 먹거든. 이제 정원으로 가서 한 입 가득 먹어야겠어. 다만 한 가지 말하고 싶은 것이 있어서 여기까지 따라온 거야. 네가 곤경에 빠지게 된다면 내가 끔찍한 기만에 속아 넘어간 기분이 들 거라고 작년에 말했지. 오늘 내가 바로 그런 기분을 느끼고 있다는 거야.」

「내가 곤경에 빠졌다고 생각하세요?」

「착각에 빠지면 곤경에 빠지게 되지.」

「좋아요.」 이사벨이 말했다. 「내가 곤경에 빠지더라도 오빠에게는 내 곤경에 대해서 절대로 불평하지 않겠어요!」 그런 다음 그녀는 층계를 올라갔다.

랠프는 호주머니에 손을 넣은 채 가만히 서서 그녀의 모습을 눈으로 좇았다. 그 순간 높은 담장에 둘러싸인 안뜰에 깔린 냉기가 몸에 닿자 그는 부르르 몸을 떨었고, 아침 식사로 피렌체의 햇살을 들이마시려고 다시 정원으로 발길을 돌렸다.

제35장

연인과 함께 카시네 공원을 거닐면서 이사벨은 그에게 팔라초 크레센티니에서 거의 호감을 받지 못한다는 사실을 알려 주려는 충동을 느끼지 않았다. 그녀의 결혼에 대해서 이모와 사촌이 제기한 신중한 반대는 대체로 그녀에게 큰 영향을 미치지 않았다. 그 반대의 요지는 그저 그들이 길버트 오즈먼드를 싫어한다는 것이었다. 그 혐오감은 이사벨에게 놀랍게 여겨지지 않았고, 그녀는 그것을 유감스러워하지도 않았다. 왜냐하면 그것은 그녀가 자신의 만족감을 위해서 결혼한다는, 어느 모로 보더라도 대단히 존중할 만한 사실을 더 명확히 드러내 주었기 때문이었다. 다른 사람들을 위해서 어떤 일을 해줄 수야 있겠지만, 결혼이라는 이 일만큼은 개인적 만족감을 위해서 하는 법이다. 그리고 이사벨의 만족감은 애인의 처신이 감탄스러울 만큼 훌륭했기에 더 확고해졌다. 길버트 오즈먼드는 사랑에 빠져 있었고, 자신의 소망이 이뤄지기 전까지 하루하루를 손꼽아 기다리며 조용하고 화창한 날들을 보내는 동안 그 어느 때보다도 랠프 터치트의 가혹한 비난을 받을 까닭이 없도록 처신했다. 그 비판으로 인해서 이사벨의 마음에 각인된 인상은, 사랑의 열정을 품고 있을 때 사랑하는 대상을 제외한 모든 사람들과 사이가 나빠지고 멀어진다는 것이었다. 그녀는 예전에 알던 모든 사람들로부터 분리되었다고 느꼈다. 그녀의 두 언니는 그녀가 행복하기를 바란다는 의무적인 편지를 보냈지만, 그녀가 더욱 얘깃거리가 풍부할 영웅적인 사람을 배우자로 선택하지 않았다는 사실에 놀라운 심정을 약간 모호하게 표현했다. 헨리에타는 항의하고 충고하기 위해서 일부러 유럽에 올 거라고 그녀는 믿었다. 하지만 너무 늦을 것이다. 워버턴 경은 분명 스스로를 위로할 것이다. 캐스퍼 굿우드는 아마도 그렇지 않을 것이다. 이모는 결혼에 대해서 냉정하고 통속적인 생각을 갖고 있었고, 그녀는 그런 결혼관을 경멸하고 있음을 유감없이 보여 주었다. 랠프는 그녀를 위한 훌륭한 미래를 꿈꾸고 있었다고 말했지만 그것은 자신의 사적 실망감을 변덕스럽게 감추는 말에 불과한 것이 분명했다. 분명 랠프는 그녀가 절대로 결혼하지 않기를 바랐고, 그의 말이 실제로는 그런 뜻이었다. 그녀가 독신 여성으로서 많은 경험을 쌓으며 살아가는 것을 기뻐했으니까. 그는 자신의 실망감 때문에 그녀가 자기보다 더 좋아한 남자에 대해 분개한 나머지 비난을 퍼부은 것이다. 이사벨은 랠프가 화를 냈음이 분명하다고 생각하면서 위안을 삼았다. 그렇게 믿는 쪽이 더 편안했다. 왜냐하면, 이미 말했듯이, 그녀는 이제 남들의 사소한 요구에 귀를 기울일 한가한 감정이 거의 남아 있지 않았고, 실제로도 그렇듯이 길버트 오즈먼드를 열렬히 좋아하려면 다른 사람들과의 인연을 부득불 끊어 버릴 수밖에 없다는 것을 자기 운명에 딸린 작은 사건이자, 실은 하나의 장식품 정도로 생각했기 때문이었다. 그녀는 이 사랑의 달콤함을 맛보았다. 이 달콤함으로 인해서, 황홀한 기쁨을 느끼고 매혹에 홀린 상태란 남들의 시샘을 받으며 무자비한 흐름에 휩쓸리게 되는 것이라는 사실을 거의 두려운 심정으로 깨닫게 되었다. 사랑에 빠지는 것은 전통적으로 큰 명예와 미덕이 있는 일로 여겨지지만 말이다. 그것이 행복의 비극적인 부분이었다. 한 사람이 권리를 얻기 위해서는 늘 다른 사람이 손실을 입을 수밖에 없는 것이다.

이제 오즈먼드의 마음속에서 틀림없이 활활 타올랐을 의기양양한 성취감은 그 휘황찬란한 불길에 비해 거의 연기를 내지 않았다. 그에게 있어서 만족감은 천박한 형태로 드러나지 않았다. 누구보다도 자의식이 강한 그 남자에게 흥분이란 황홀한 자기 억제와 같은 것이었다. 하지만 이런 성향 덕분에 그는 애인으로서 감탄스러웠고, 늘 상대방에게 관심을 쏟는 헌신적인 사람으로 보이게 되었다. 말하자면, 그는 분수를 잊는 일이 절대로 없었다. 그래서 그는 세련되고 다정한 태도로 상대를 대할 것을 잊지 않았고, 깊은 감동을 받고 심오한 의도를 품은 듯한 표정을 짓는 것 — 그것은 사실 어려울 것도 없었다 — 도 잊지 않았다. 그는 자신이 얻은 아가씨에게 더없이 만족했다. 마담 멀은 그에게 헤아릴 수 없이 귀중한 선물을 주었던 것이다. 활력적인 정신과 다정한 마음이 조화롭게 어우러진 여자보다 함께 살기에 더 좋은 상대가 어디 있을까? 그 다정함은 오로지 그 자신만을 위한 것이고, 그 활력은 우월한 분위기에 감탄해 마지않는 사교계를 이끌어 가는 데 발휘되지 않을까? 인생의 동반자에게 있어서 두세 번씩 되풀이해서 말하지 않아도 잘 알아듣고 남편의 생각을 반짝이는 우아한 표면에 반사해 줄 만큼 예리하고 상상력이 풍부한 마음보다 더 나은 재능이 뭐가 있을 수 있겠는가? 오즈먼드는 자신의 생각을 다른 사람이 글자 그대로 모방하는 것을 싫어했다. 그렇게 하면 자신의 말이 맥빠지고 어리석게 보이기 때문이었다. 오히려 자신의 생각이 노래의 〈가사〉처럼 새롭게 들리는 것이 더 좋았다. 그는 이기적인 사람이기는 하지만, 그의 이기심은 아둔한 여자를 아내로 맞고 싶어 할 만큼 치졸한 것은 아니었다. 이 아가씨의 지성은 흙으로 빚은 토기가 아니라 은으로 만든 쟁반이 될 것이다. 그 은쟁반에 그가 잘 익은 과일들을 올려놓으면 그 쟁반은 장식적인 가치를 더해 줄 것이고, 그래서 대화를 나누는 것이 그에게는 잘 차려진 디저트가 될 것이다. 그는 이사벨에게 이 은쟁반과 같은 자질이 완벽하게 갖춰져 있음을 알게 되었다. 그녀의 상상력을 자신의 손가락 마디로 가볍게 두드려서 맑은 소리가 울려 퍼지게 할 수 있었다. 어떤 이야기를 들은 것은 아니지만 그는 자기들의 결혼이 그 아가씨의 친척들에게 환영받지 못한다는 것을 아주 잘 알고 있었다. 그러나 그는 언제나 그녀를 완전히 독립적인 인간으로 대해 왔으므로 그 친척들의 태도에 대해 유감스럽다는 말을 할 필요는 없을 것이다. 그럼에도 어느 날 아침 그는 돌연히 그 사실에 대해서 언급했다. 「우리의 재산에 차이가 있기 때문에 그들이 좋아하지 않는 거요.」 그가 말했다. 「그들은 내가 당신의 돈을 좋아한다고 생각하는 거지.」

「이모님에 대해서 말하시는 건가요? 아니면 사촌 오빠에 대해?」 이사벨이 물었다. 「그들이 무슨 생각을 갖고 있는지 어떻게 아세요?」

「그들이 기뻐한다는 말을 당신에게서 들은 적이 없었소. 그리고 일전에 내가 터치트 부인에게 편지를 보냈는데, 부인이 답장을 보내지 않았소. 그들이 기뻐했더라면 그 징후를 알아차릴 수 있었겠지. 그들이 침묵하는 까닭을 명확히 설명하자면 그건 내가 가난하고 당신이 부유하다는 사실 때문이오. 하지만 가난한 남자가 부유한 아가씨와 결혼할 때는 으레 오명을 쓸 각오를 해야겠지. 나는 당신의 친척들에 대해서 조금도 개의치 않소. 내가 염려하는 것은 단 한 가지, 당신이 그 점에 대해서 일말의 의혹도 품지 않는 거요. 내가 무엇이든 요구할 일이 없는 사람들에 대해서는 그들이 뭐라고 생각하든 간에 신경 쓰지 않소. 알고 싶은 마음도 생길 수 없고. 하느님께서 용서해 주시겠지만, 여태껏 그런 문제에 신경을 쓴 적이 한 번도 없었는데, 이제 내가 모든 것에 대한 보상을 받은 시점에 신경을 써야 할 까닭이 어디 있겠소? 당신이 부자라서 유감스럽다고는 말하지 않겠소. 나는 기쁨을 느끼니까. 돈이든, 미덕이든, 당신이 가진 모든 것에 기쁨을 느끼오. 돈이란 쫓아다니자면 끔찍한 것이지만, 우연히 마주친다면 매혹적인 것이지. 하지만 나는 돈에 대한 내 욕망의 한도를 충분히 입증했다고 생각하오. 평생 동전 한 푼 벌려고 애쓴 적이 없었으니까. 그러니 돈을 찾아서 열심히 헤매며 돌아다니고 남의 것을 가로채는 대부분의 사람들보다는 의심받을 소지가 적을 거요. 의심을 품는 것은 그들, 당신 친척들의 문제라고 생각해요. 그들이 의심을 품는 것은 대체로 당연한 일이지. 언젠가는 그들이 나를 지금보다 더 좋아할 거요. 그 문제에 있어서 당신도 그럴 거요. 그동안에 내가 할 일은 스스로 불화를 일으키지 않고, 활기와 사랑을 얻은 것에 대해서 오직 고마워하는 것이오.」 또 다른 경우에는 이렇게 말했다. 「당신을 사랑하면서 나는 더 나은 사람이 되었소. 더 현명해지고 더 느긋해졌거든. 또 더 밝아지고 더 친절하고 더욱 강한 사람이 되었다는 것도 부정할 수 없소. 전에는 무척 많은 것을 바라곤 했고, 그것들을 갖지 못해서 화를 내곤 했지. 전에 당신에게 말했듯이 머릿속으로야 충분히 만족하고 있었지만. 내 욕구를 억제했다고 자부심을 느꼈지만 이따금 짜증이 일곤 했다오. 우울한 마음으로 증오심이 커져서 헛되이 끓어오르는 갈망과 욕망으로 발작을 일으키곤 했소. 하지만 이제는 정말로 만족하고 있소. 이보다 더 좋은 상태를 생각할 수 없기 때문이지. 어스름 속에서 책의 글자를 하나씩 읽어 보려는데 갑자기 등불이 환하게 켜진 것 같다고나 할까. 나는 인생의 책을 골똘히 읽느라 눈이 멀 정도였고 내 노고에 대한 보상을 전혀 받지 못했소. 그런데 지금 그 책을 똑똑히 읽을 수 있게 되어 살펴보니 그 책은 아주 즐거운 이야기를 담고 있군. 사랑하는 아가씨, 우리의 앞날에 어떤 인생이 펼쳐져 있는지 이루 말로 표현할 수 없소. 얼마나 긴 여름날의 오후가 우리를 기다리고 있는지. 마치 황금빛 안개가 끼어 있고 그림자가 길어지기 시작하는 이탈리아의 오후 같다오. 햇빛과 공기와 아름다운 풍경에 감도는 신비롭고 미묘한 분위기를 나는 평생 사랑해 왔고, 이제 당신도 사랑하게 되었소. 맹세코 우리가 행복하게 살아가지 못할 이유는 도무지 생각할 수 없소. 우리는 서로를 소유하고 있을뿐더러 우리가 원하는 것을 갖고 있소. 감탄할 수 있는 능력도 있고, 몇 가지 중요한 확신도 갖고 있지. 우리는 우둔하지도 않고, 비열하지도 않고, 어떤 식으로든 무지하거나 따분한 일에 얽매여 있지도 않소. 당신은 남달리 생기발랄하고 나는 남달리 경험을 많이 쌓았소. 우리를 즐겁게 해줄 내 가엾은 아이도 있고. 우리는 그 애가 약간 활기차게 살아갈 수 있도록 노력할 거요. 이 모든 것이 부드럽고 감미롭소. 이탈리아의 색채를 띠고 있지.」

그들은 많은 계획을 세웠지만 또한 자유롭게 선택할 수 있는 여지도 많이 남겨 두었다. 그래도 당분간은 당연히 이탈리아에 거주해야 했다. 두 사람이 이탈리아에서 만났으므로, 이탈리아는 서로에 대한 첫인상의 한 부분이었고 따라서 그들이 누릴 행복의 한 부분이 되어야 한다. 오즈먼드는 오랫동안 알고 지낸 것에 대한 애착을 갖고 있었고 이사벨은 새로 알게 된 것들에서 자극을 받았다. 그것이 그녀에게는 보다 높은 심미적 의식을 얻을 미래를 보장해 주는 것 같았다. 그녀의 영혼에서 무한한 확장을 추구하려던 욕망은, 힘을 모아 한 곳에 집중해야 할 사적인 의무가 없다면 인생이란 공허한 것이라는 의식으로 바뀌었다. 그녀는 랠프에게 자신이 1~2년 사이에 〈인생을 보았다〉고 말했고, 살아가는 행위가 아니라 관찰하는 행위로 이미 지쳤다고 말했다. 그녀의 온갖 열정과 열망, 숱한 지론들, 자신의 독립성에 대한 자부심, 결코 결혼하지 않겠다던 원래의 확신은 어떻게 된 것일까? 이것들은 전부 다 보다 근원적인 욕구에 흡수되어 버렸다. 그 욕구의 해소책은 수많은 질문들을 털어 버렸지만 무한한 욕망을 충족시켜 주었다. 그것은 상황을 대번에 단순하게 만들었다. 별빛처럼 하늘에서 내려온 것이었으므로 아무런 설명도 필요하지 않았다. 그가 자신의 애인이고, 자신의 것이며, 자신이 그에게 도움이 될 수 있으리라는 사실만으로도 충분한 설명이 되었다. 그녀는 일종의 겸허함을 느끼며 그에게 복종할 수 있을 것이고, 또한 일종의 자부심을 느끼며 그와 결혼할 수 있을 것이다. 그녀는 받고 있을 뿐만 아니라 주고 있었다.

오즈먼드는 카시네 공원에 팬지를 두세 차례 데려왔다. 팬지는 1년 전에 비해 키가 거의 자라지 않았고 그리 성숙해지지도 않았다. 그녀의 부친은 그녀가 늘 어린아이로 남아 있을 거라고 말했고, 딸이 열여섯 살이 되었는데도 딸의 손을 잡고는 자신이 예쁜 숙녀와 잠시 앉아 있는 동안에 가서 놀다 오라고 말했다. 팬지는 짧은 드레스에 긴 코트를 입고 있었다. 그 아이의 모자는 몸에 비해서 언제나 너무 큰 것 같았다. 그녀는 기뻐하면서 재빨리 종종걸음으로 오솔길의 끝까지 걸어갔다가 칭찬을 바라는 듯한 미소를 띠며 돌아왔다. 이사벨은 한껏 칭찬해 주었다. 그 풍부한 칭찬은 아이가 다정한 본성으로 갈망하는 사적인 공감을 담고 있었다. 이사벨은 그 아이가 드러내는 반응에 자신에게도 많은 것이 달려 있는 듯이 아이를 유심히 지켜보았다. 팬지는 이미 자신이 보살펴 주어야 할 대상이었고 자신이 직면해야 할 의무의 한 부분이었다. 그녀의 부친은 딸을 너무 어린아이로 여기고 있었기에 자신과 그 우아한 아처 양이 새로운 관계를 맺었다는 사실을 아직 설명하지 않았다. 「팬지는 모르고 있소.」 그가 이사벨에게 말했다. 「짐작도 못 하고 있소. 당신과 내가 그저 좋은 친구로 여기에서 만나 산책하는 것이 더없이 자연스러운 일이라고 생각하고 있지. 그런 점에는 매혹적으로 순진한 면이 있다고 생각하오. 나는 그 애가 그렇게 커가는 것이 좋소. 아니, 예전에 생각했듯이 내가 순전히 실패한 것만은 아니군. 두 가지 점에서 성공했으니까. 내가 흠모해 마지않는 여자와 결혼하게 되었고, 내 아이를 내가 원하는 옛날 방식으로 키웠으니까 말이오.」

오즈먼드는 모든 일에 있어서 〈옛날 방식〉을 좋아했다. 이사벨은 그것이 그의 섬세하고 조용하며 진실한 성품의 일면이라고 생각했다. 「그 소식을 팬지에게 알려 준 다음에야 당신이 과연 성공하셨는지를 알 수 있을 것 같군요.」 이사벨이 말했다. 「팬지가 그 소식을 어떻게 받아들이는지 지켜보셔야 할 거예요. 팬지가 반감을 느낄 수도 있고, 질투할 수도 있으니까요.」

「그 점에 대해서는 걱정하지 않소. 팬지도 당신을 무척 좋아하니까요. 나는 조금 더 오래 그 소식을 미룰 생각이오. 우리들이 약혼하지 않았다면 약혼해야 한다고 그 애가 과연 생각할 수 있을지 어떨지 보기 위해 말이오.」

이사벨은 오즈먼드가 어떻게 되어서인지 마치 작품을 빚어내듯이 예술적인 관점에서 팬지의 순진함을 바라보고 있다는 데 깊은 인상을 받았다. 그녀 자신은 보다 도덕적인 관점에서 걱정스럽게 받아들이고 있었다. 그랬지만 며칠 후에 오즈먼드가 딸에게 그 사실을 알려 주었다고 말했을 때 그녀는 기뻤다. 그 아이는 〈아, 그러면 예쁜 여동생이 생기겠네요!〉라고 너무나 귀엽게 말했다는 것이었다. 아이는 놀라지도 않았고 겁을 먹지도 않았다. 그가 예상했던 대로, 그 아이는 울지도 않았다는 것이었다.

「어쩌면 팬지가 짐작하고 있었을 거예요.」 이사벨이 말했다.

「그런 말은 하지 마요. 팬지가 짐작하고 있었다면 나는 혐오감을 느낄 거요. 나는 그 일이 그저 작은 충격이 될 거라고 생각했소. 그런데 아이가 그 소식을 받아들이는 태도를 보고 그 애의 매너가 훌륭하다는 것을 알 수 있었소. 그것 또한 내가 바랐던 바이지. 당신이 직접 볼 수 있을 거요. 내일 그 애가 당신에게 직접 축하 인사를 할 테니까.」

이튿날 그들은 제미니 백작 부인의 집에서 만났다. 이사벨과 시누이올케 사이가 된다는 것을 알았을 때 백작 부인이 방문해 준 것에 대한 답례로 이사벨은 오후에 그 집에 들르기로 했다. 그래서 오즈먼드는 팬지를 데리고 그 집으로 왔다. 앞서 터치트 부인의 집을 방문했을 때 백작 부인은 이사벨이 집에 없어서 만나지 못했다. 우리의 아가씨가 안내를 받아 백작 부인의 응접실에 들어서자 팬지가 나와서는 고모가 곧 나올 거라고 전했다. 이제 팬지가 사람들과 교제하며 처신하는 법을 배울 나이가 되었다고 생각한 그 고모는 팬지를 불러 하루를 같이 지내게 했다. 이사벨은 오히려 그 어린 소녀가 자기 고모에게 단정한 품행을 가르쳐 주리라는 생각이 들었다. 함께 백작 부인을 기다리는 동안 팬지가 처신한 태도를 보면 그 확신이 옳다는 것을 잘 알 수 있었다. 바로 전 해에 그녀의 부친은 팬지를 다시 수녀원으로 보내서 마지막으로 세련된 품위를 익히게 해야겠다고 결정했고, 카트린 수녀는 팬지가 넓은 세상에서 살아가는 데 적합한 교육을 받아야 한다는 자기의 주장을 실행에 옮겼음이 분명했다.

「아처 양께서 친절하게도 아빠와 결혼하기로 동의해 주셨다고 아빠가 말해 주셨어요.」 그 탁월한 수녀의 제자가 말했다. 「정말 기쁜 일이에요. 두 분이 아주 잘 어울릴 거라고 생각해요.」

「내가 너와도 잘 어울릴 거라고 생각하니?」

「멋지게 잘 어울리실 거예요. 하지만 제 말은 아처 양과 아빠가 서로 잘 맞으실 거라는 뜻이에요. 두 분 다 아주 조용하고 무척 진지하시니까요. 당신은 아빠나 마담 멀만큼 조용하신 건 아니지만 많은 사람들보다 더 조용하시지요. 아빠는 가령 제 고모님 같은 분은 아내로 맞지 않으실 거예요. 고모님은 늘 움직이시고 늘 들떠 있거든요. 고모님이 들어오시면 아시게 될 거예요. 윗분들에 대해서 판단하는 것은 옳지 않은 일이라고 수녀원에서 배웠지만, 그분들을 좋게 판단하는 것은 해롭지 않을 거라고 생각해요. 아처 양은 아빠에게 즐거운 벗이 되실 거예요.」

「네게도 그렇기를 바란다.」 이사벨이 말했다.

「일부러 아빠에 대해서 먼저 말씀드렸어요. 제가 아처 양을 어떻게 생각하는지는 이미 말씀드렸으니까요. 저는 처음부터 당신이 좋았어요. 당신을 무척 좋아하기 때문에 당신이 늘 옆에 있으면 제게는 큰 행운이라고 생각해요. 저는 당신을 제 모범으로 삼을 거예요. 비록 형편없겠지만 당신을 흉내 내보려고 노력할 테고요. 아빠를 위해서 무척 기쁜 일이에요. 아빠는 저 말고도 다른 것이 필요했거든요. 당신이 없었다면 아빠가 그것을 어떻게 얻을 수 있었을지 모르겠어요. 당신은 내게 새엄마가 되겠지요. 하지만 그 말은 쓰지 말도록 해요. 새엄마는 언제나 잔인한 사람이라고들 하니까요. 하지만 당신이 혹시라도 저를 꼬집거나 밀치거나 하는 일은 없을 거라고 생각해요. 저는 전혀 두렵지 않아요.」

「귀여운 팬지,」 이사벨이 부드럽게 말했다. 「언제나 너를 아주 다정하게 대할 거야.」 팬지가 뭔가 묘한 방식으로 이사벨의 친절을 요구하는 모호한 광경이 뜬금없이 머릿속에 떠오르면서 으스스한 느낌이 들었다.

「그렇다면 아주 좋아요. 저는 두려울 것이 전혀 없어요.」
그 아이는 미리 준비된 목소리로 신속하게 대답했다. 그 태
도는 그 아이가 미리 어떤 훈수를 받았는지를 드러내는 것
같았다. 아니면 그 아이가 연기를 제대로 하지 못할 경우에
어떤 처벌을 받으리라고 두려워하고 있는지를!

그 고모에 대한 아이의 묘사는 틀리지 않았다. 제미니 백
작 부인은 전보다 더 날개를 활짝 펴고 자기 성격을 드러냈
다. 그녀는 옷을 펄럭이면서 방에 들어섰고, 마치 옛날에 정
해진 의식을 따르듯이 먼저 이사벨의 이마에 입을 맞춘 다음
양쪽 뺨에 입을 맞추었다. 손님을 소파로 끌어다 앉히고는,
붓을 들고 이젤 앞에 앉아서 이미 스케치가 그려진 인물의
구도에 심사숙고하며 계속 가필하려는 듯이 고개를 갸웃거
리면서 그녀를 바라보았고, 수다스럽게 이야기를 시작했다.
「내게서 축하 인사를 받으리라고 기대하고 있다면, 날 용서
해 달라고 말해야겠군요. 당신은 내가 축하 인사를 하는지
말든지 개의치 않을 거예요. 당신은 매우 영리한 사람이라서
온갖 잡다한 일에는 신경을 쓰지 않을 테니까요. 하지만 거
짓말을 하는 것에 대해서는 신경을 쓰거든요. 나는 이득을
볼 수 있는 경우가 아니라면 절대로 거짓말을 하지 않아요.
당신에게서는 이득을 볼 수 없을 거라고 생각해요. 더욱이나
당신은 내 말을 믿지 않을 테니까. 나는 허황된 말은 하지 않
아요. 종이 꽃이나 주름진 램프 갓을 만들지 않는 거나 마찬
가지예요. 그런 일을 하는 법을 모르거든요. 내가 램프 갓을
만들면 틀림없이 불이 붙을 테고, 장미꽃을 만들거나 거짓말
을 한다면 실제보다 훨씬 더 클 거예요. 나로서는 당신이 오

즈먼드와 결혼하는 것이 무척 기뻐요. 하지만 당신을 위해서
도 기쁘다고는 말하지 않겠어요. 당신은 매우 훌륭한 아가씨
예요. 사람들이 당신에 대해서 언제나 그렇게 말한다는 것을
알고 있겠죠. 당신은 상당한 재산을 물려받았고, 매우 예쁜
데다가, 진부하지 않고 독창적인 사람이에요. 그러니 당신이
우리 가족이 된다는 것은 좋은 일이죠. 아시다시피 우리 가
문은 매우 훌륭한 집안이에요. 오즈먼드에게서 그 이야기를
들었겠죠. 어머니는 꽤 유명한 여류 문인이셨고 미국의 코린
느라고 불리셨어요. 하지만 우리는 지독히 몰락했어요. 어쩌
면 당신이 우리 집안을 일으켜 주겠지요. 나는 당신을 무척
신뢰해요. 당신에게 해주고 싶은 이야기가 아주 많이 있고
요. 나는 어떤 아가씨에게도 결혼을 축하해 주지 않아요. 어
떻든 결혼이 무시무시한 강철 덫이 되어서는 안 된다고 생각
해요. 팬지가 이런 말을 들어서는 안 되겠지요. 하지만 그 애
가 나에게 와서 배워야 할 것이 바로 그거예요. 사교적 분위
기를 몸에 익히는 거죠. 그 애에게 어떤 끔찍한 일이 닥칠 수
있는지를 미리 알아 두더라도 해로울 것은 없거든요. 오라버
니가 당신을 마음에 두었다는 것을 처음 알았을 때 실은 당
신에게 편지를 보내서 그의 말에 귀를 기울이지 말라고 강력
하게 충고할 생각이었어요. 그런데 그렇게 한다면 오라버니
를 배반하는 일이 된다고 생각했지요. 그런 일은 뭐든지 다
싫거든요. 게다가 이미 말했듯이 나는 무척 기뻤고, 어떻든
나는 이기적이니까요. 여담이지만, 당신은 나를 조금도 존
중하지 않을 테고, 털끝만큼도 존중하지 않겠지요. 우리는
절대로 친해지지 않을 거예요. 나는 당신과 친하게 지내고
싶지만, 당신은 그렇지 않겠지요. 하지만 언젠가는 우리가

당신이 처음에 생각한 것보다 더 좋은 친구가 될 거예요. 남편이 곧 당신을 만나러 올 거예요. 아마 알고 있겠지만 남편은 오즈먼드와 전혀 왕래가 없답니다. 그는 예쁜 여자들을 만나러 가는 것을 무척 좋아하지만, 나는 당신에 대해서는 전혀 걱정하지 않아요. 무엇보다도 남편이 무엇을 하고 다니는지 전혀 관심이 없으니까요. 둘째로, 당신은 그를 조금도 좋아하지 않을 테니까요. 그는 결코 당신의 상대가 되지 못할 사람이에요. 바보처럼 어리석기는 하지만 그래도 당신이 자기 상대가 아니라는 것쯤은 알아차릴 거예요. 언젠가 당신이 참아 줄 수 있다면, 남편에 대한 이야기를 모두 들려줄게요. 조카딸이 밖에 나가 있어야 한다고 생각하지 않아요? 팬지, 고모의 내실(內室)에 가서 피아노를 연습하렴.」

「그냥 여기 있게 해주세요.」 이사벨이 말했다. 「팬지가 들을 수 없는 이야기라면 저도 듣고 싶지 않아요!」

제36장

1876년 가을의 어느 오후에 어스름이 깔릴 무렵 보기 좋게 생긴 한 젊은이가 로마의 한 낡은 집 3층에 있는 작은 아파트의 문을 두드렸다. 문이 열리자 그는 마담 멀이 계신지를 물었다. 그러자 프랑스인처럼 생긴 얼굴에 하녀로 보이는 깨끗하고 평범한 여자가 그를 자그마한 응접실로 안내했고 그의 이름을 알려 주기를 청했다. 「에드워드 로지에입니다.」 그 젊은이는 이렇게 말하고 앉아서 안주인이 나오기를 기다렸다.

독자는 로지에 씨가 파리에 살고 있는 미국인 집단에 광채를 더해 준 사람이었음을 잊지 않았을 것이다. 그가 때로 파리의 지평에서 종적을 감추곤 했다는 것도 기억할 수 있을 것이다. 그는 포에서 여러 해 겨울을 지냈고, 확고한 습관을 가진 신사였으므로 몇 년간 계속해서 이 매력적인 휴양지를 매년 방문했을 것이다. 하지만 1876년 여름에 그의 사고의 흐름뿐 아니라 생활 습관의 흐름을 바꾸어 버린 사건이 일어났다. 고지(高地) 엥가딘에서 한 달을 보내는 동안에 생모리츠에서 한 매력적인 아가씨를 만났던 것이다. 이 자그마한

619

아가씨에게 그는 즉시 특별한 관심을 쏟기 시작했다. 그녀는 그가 오랫동안 고대한 집안의 천사처럼 보였던 것이다. 그는 결코 성급하지 않았고 어디까지나 신중한 청년이었으므로 얼마간은 자신의 열정을 고백하는 일을 자제했다. 하지만 그들이 헤어질 때가 되어서 그 아가씨는 이탈리아로 내려가고 그녀를 흠모하는 청년은 다른 친구들을 만나기로 되어 있던 제네바로 출발하게 되자, 그 아가씨를 다시 볼 수 없다면 자신의 낭만적인 감정이 견딜 수 없는 고통을 겪을 것 같았다. 가장 간단한 방법은 가을에 오즈먼드 양이 가족과 함께 살고 있는 로마로 찾아가는 것이었다. 그래서 로지에 씨는 이탈리아의 수도를 향해 여행을 시작했고 11월 1일에 도착했다. 즐거운 여행이었지만, 그 젊은이에게 그 여행은 용감한 시도이기도 했다. 11월에 잠복하여 기다리고 있는 악명 높은 로마의 말라리아 열병에 적응 기간도 없이 노출될지 모르는 일이었다. 하지만 행운은 용기 있는 자의 편이다. 이 모험가는 키니네를 하루에 세 알씩 먹었고, 한 달쯤 지나자 자신의 만용을 후회할 이유가 없다는 것을 알게 되었다. 그는 그 기간을 어느 정도 잘 이용했다. 팬지 오즈먼드의 성격에서 결함을 찾아내는 데 그 시간을 바쳤으나 허사였던 것이다. 그녀의 완벽함은 경탄스러울 정도였다. 마무리 손질까지 완벽하게 되어 있었다. 그녀는 실로 완벽한 예술품이었다. 사랑에 빠진 그는 드레스덴 도자기에 조각된 양 치는 아가씨를 생각하듯이 그녀에 대해 연모하며 깊이 생각했다. 실로 한창 피어나는 십 대의 오즈먼드 양은 로코코 양식의 맛을 풍겼고, 무엇보다도 그 양식을 좋아하는 로지에는 그 맛을 느끼지 않을 수 없었다. 그가 비교적 경박한 시대의 작품들도 존중한다는 것은 마담 멀의 응접실에 관심을 기울였다는 점으로 미루어 보아 분명히 짐작할 수 있을 것이다. 그 응접실에는 온갖 양식의 표본들이 골고루 갖추어져 있었지만 특히 지난 2백 년간의 미술품들이 많았다. 그는 즉시 외눈 안경을 끼고 주위를 돌아보았다. 그러고는 〈이런, 아주 좋은 물건들도 몇 점 갖고 계시는군!〉이라고 갈망하듯이 중얼거렸다. 작은 응접실에 가구들이 가득 들어차 있었다. 빛바랜 실크와 작은 조각상들이 사람이 움직일 때마다 흔들릴 것 같았다. 로지에는 일어서서 조심스러운 걸음으로 이리저리 돌아보았고, 자질구레한 장신구들이 놓인 탁자와 호화로운 문장(紋章)이 도드라지게 수놓인 쿠션들 위로 몸을 숙여 살펴보았다. 마담 멀이 방 안에 들어섰을 때 그는 벽난로 앞에 서서 벽로 선반 위에 깔린 다마스크 천의 큰 레이스에 코를 들이대고 있었다. 그는 조심스레 레이스를 들어 올려서 냄새를 맡아 보는 것 같았다.

「옛 베네치아 능직이에요.」 그녀가 말했다. 「꽤 괜찮은 물건이죠.」

「여기 깔기에는 너무 좋군요. 옷으로 만들어 입으셔야겠어요.」

「당신의 파리 집에는 이보다 더 좋은 것이 벽난로 선반에 깔려 있다고 하던데요.」

「하지만 저는 그것을 입을 수 없거든요.」 그 방문객이 미소를 지었다.

「입어서는 안 될 이유가 없을 텐데! 옷으로 걸치고 다니려면 저것보다 더 나은 레이스가 있어요.」

그는 천천히 방 안을 다시 돌아보았다. 「매우 훌륭한 물건들을 갖고 계시는군요.」

「그래요, 하지만 나는 저 물건들이 싫어요.」

「처분하고 싶으신가요?」 젊은이가 재빨리 물었다.

「아뇨, 싫어하는 물건들을 갖고 있다는 건 좋은 일이에요. 화가 날 때 그 기분을 떠넘길 수 있으니!」

「저는 제가 가진 물건들을 사랑합니다.」 로지에 씨는 남들에게 인정을 받아 온 자신의 골동품에 의기양양한 기분을 느끼면서 자리에 앉았다. 「하지만 제가 부인을 찾아뵌 것은 제 물건이나 부인의 물건에 대해 말씀드리기 위해서가 아닙니다.」 그는 잠시 말을 멈췄다가 더 부드럽게 말했다. 「저는 유럽의 온갖 골동품보다도 오즈먼드 양을 더 소중하게 생각합니다.」

마담 멀은 눈을 크게 떴다. 「그 이야기를 하러 왔다고요?」

「조언을 청하러 왔습니다.」

그녀는 친근하게 이마를 찡그리고 크고 흰 손으로 턱을 쓰다듬으며 그를 보았다. 「알다시피 사랑에 빠진 남자는 조언을 구하지 않아요.」

「어려운 처지에 빠졌다면 조언을 구하지 않을 이유가 없습니다. 사랑에 빠진 남자들은 종종 그렇지요. 저는 전에도 사랑에 빠진 적이 있었기에 잘 알고 있습니다. 그렇지만 이번처럼 열렬히 사랑에 빠진 적은 없었어요. 정말로 이렇게 사랑한 적은 없었습니다. 부인께서 제게 가능성이 있다고 생각하시는지 특히 알고 싶습니다. 오즈먼드 씨께서 저를, 말하자면, 진품으로 여기시지 않을까 봐 걱정이거든요.」

「내가 중재해 주기를 바라는 건가요?」 마담 멀은 섬세한 두 팔로 팔짱을 끼고 예쁜 입을 왼쪽으로 끌어올리며 물었다.

「저를 위해서 좋은 말씀을 한 마디 해주실 수 있다면 무척 감사하겠습니다. 오즈먼드 씨가 동의하실 거라는 확신이 충분히 서지 않는다면 오즈먼드 양을 성가시게 괴롭혀도 소용이 없으니까요.」

「당신은 매우 사려 깊은 분이군요. 그것은 당신에게 유리한 점이지요. 그런데 내가 당신을 훌륭한 신랑감으로 여길 거라고 당연한 듯이 가정하고 있군요.」

「부인께서는 제게 늘 친절하게 대해 주셨어요.」젊은이가 말했다.「그래서 부인께 온 겁니다.」

「나는 훌륭한 루이 14세 시대 고가구들을 갖고 있는 사람들에게는 늘 친절해요. 그 가구들은 지금 너무 귀해져서 얼마나 받게 될지 모르거든요.」이렇게 말하면서 마담 멀은 왼쪽 입술을 끌어올려 웃으면서 농담이라는 것을 드러냈다.

그러나 농담이라는 것을 알면서도 그는 곧이곧대로 받아들이면서 그에 따라 대답하려는 눈치였다.「아, 부인께서 저를 제 됨됨이 때문에 좋아하시는 줄 알았어요.」

「당신에 대해서 큰 호감을 갖고 있어요. 하지만 제발 이것저것 따지지 말기로 하죠. 내가 윗사람 행세를 하더라도 용서하세요. 나는 당신이 나무랄 데 없는 젊은 신사라고 생각해요. 그렇지만 팬지 오즈먼드의 결혼은 내 소관이 아니라고 말해야겠네요.」

「저도 그렇게 생각한 것은 아닙니다. 다만 부인께서 그녀의 가족과 친하게 지내시는 것 같아서 영향을 미치실 수 있겠다고 생각했어요.」

마담 멀은 생각에 잠겼다.「그녀의 가족이라니 누구를 말하는 건가요?」

「아, 그녀의 아버님과, 영어로는 뭐라고 말하는지 모르겠는데, 그녀의 새엄마bellemère가 계시지요.」

「오즈먼드 씨야 물론 팬지의 부친이죠. 하지만 그분의 아내는 팬지의 가족이라고 불릴 수 없어요. 오즈먼드 부인은 그녀의 결혼과 아무 상관도 없어요.」

「그 말씀을 들으니 유감이군요.」 로지에는 부드럽게 진심으로 한숨을 내쉬며 말했다. 「오즈먼드 부인은 제 편이 되어 주실 거라고 생각했거든요.」

「그럴 거예요. 그 남편이 당신에게 호의를 보이지 않으면.」

그는 눈썹을 치올렸다. 「오즈먼드 부인은 남편분과 반대로 행동하시나요?」

「모든 점에서 그래요. 그 부부는 생각이 전혀 다르거든요.」

「저런,」 로지에가 말했다. 「유감이군요. 하지만 그건 제가 상관할 일이 아니지요. 오즈먼드 부인은 팬지를 무척 좋아하시더군요.」

「그래요, 그녀는 팬지를 좋아해요.」

「그리고 팬지도 그 부인에 대해 큰 애정을 품고 있고요. 그 부인을 마치 친엄마처럼 사랑한다고 제게 말해 주었어요.」

「결국 당신은 그 가엾은 아이와 매우 은밀한 이야기도 나눈 것이 분명하군요.」 마담 멀이 말했다. 「당신의 감정을 고백했나요?」

「그런 일은 없었습니다.」 그는 깨끗한 장갑을 낀 손을 들어 올리면서 소리쳤다. 「부모님의 의사를 확인할 때까지는 절대로 하지 않을 겁니다.」

「당신은 그 의사를 확인할 때까지 기다리나요? 아주 훌륭한 원칙을 갖고 있군요. 예의범절을 잘 지키니 말이에요.」

「부인께서는 저를 비웃고 계시는군요.」 젊은이가 의자에 등을 기대고 작은 콧수염을 쓰다듬으며 중얼거렸다. 「그러실 줄은 몰랐어요, 마담 멀.」

그녀는 곧이곧대로 사물을 보는 사람처럼 조용히 고개를 가로저었다. 「나를 오해하고 있어요. 나는 당신의 처신이 대단히 품위 있고 당신이 택할 수 있는 최선의 방도라고 생각해요. 네, 정말로 그렇게 생각해요.」

「저는 그녀의 마음을 어지럽히지 않을 겁니다. 심란하게 만들지는 않겠어요. 그녀를 너무나 사랑하기에 그럴 수는 없습니다.」 네드 로지에가 말했다.

「어떻든 그 이야기를 해줘서 기뻐요.」 마담 멀이 말을 이었다. 「그 문제를 내게 좀 맡겨 두세요. 어쩌면 당신을 도울 수 있을 거예요.」

「부인께 도움을 청하면 될 거라고 생각했습니다!」 그 손님은 즉시 기분이 좋아져서 소리쳤다.

「당신의 처신은 매우 현명했어요.」 마담 멀은 더욱 냉담하게 대답했다. 「당신을 도울 수 있다는 것은 일단 당신의 청혼이 타당하다는 것을 전제로 한 말이에요. 실제로 그런지를 좀 생각해 봅시다.」

「아시다시피 저는 꽤 괜찮은 사람입니다.」 로지에가 진지하게 말했다. 「제게 결함이 없다고는 말할 수 없지만, 나쁜 점은 없다고 말할 수 있어요.」

「그렇다면 긍정적으로 좋은 자질이라고는 볼 수 없군요. 그리고 또 무엇을 나쁜 점이라고 생각하는가에 달려 있지요. 그러면 긍정적인 자질은 무엇인가요? 어떤 미덕을 갖고 있지요? 스페인제 레이스와 드레스덴 찻잔 외에 무엇을 갖고 있나요?」

「많지는 않지만 충분한 수입이 있습니다. 연간 약 4만 프랑 정도죠. 제게 수입을 관리하는 능력이 있기 때문에 그 수입이면 멋지게 살 수 있습니다.」

「멋지게 살 수는 없죠. 먹고사는 데는 충분하겠지만. 그것도 어디에서 사는가에 따라 다르고.」

「글쎄요, 파리에서 살 겁니다. 파리에서 살림을 시작하고 싶어요.」

마담 멀의 입술이 왼쪽으로 올라갔다. 「대단히 멋진 생활은 아니겠군요. 당신은 그 찻잔들을 사용해야 할 테고, 그것들이 깨지고 말겠죠.」

「우리는 대단히 멋진 생활을 바라지 않습니다. 오즈먼드 양이 예쁜 물건을 모두 소유할 수 있다면 그것으로 충분할 거예요. 그만큼 예쁜 아가씨라면, 글쎄요, 아주 값싼 오지그릇을 사용하더라도 아름답게 보일 겁니다. 그녀는 모슬린 외에는 다른 것을 입을 필요가 없을 겁니다. 잔가지 무늬가 없는 것으로.」 로지에는 생각에 잠겨 말했다.

「당신은 그녀에게 잔가지 무늬가 있는 옷도 해줄 수 없다는 건가요? 어떻든 당신의 그런 생각에 그녀가 무척 고마워하겠군요.」

「정말이지 매우 온당한 생각입니다. 그녀는 제 생각을 이해해 주리라고 믿습니다. 그녀는 그 모든 것을 이해하거든요. 그래서 저는 그녀를 사랑합니다.」

「그녀는 매우 착한 아가씨예요. 무척 깔끔하고 또 대단히 우아하죠. 하지만 그녀의 아버지는, 내가 아는 바로는, 그녀에게 아무것도 해줄 수 없어요.」

로지에는 그 말에 전혀 이의를 제기하지 않았다. 「저는 그분에게서 지참금을 받을 생각이 전혀 없습니다. 하지만, 어떻든 간에, 그분은 부유하게 살고 계신다고 말할 수 있겠지요.」

　「그것은 그분 아내의 돈이에요. 큰 재산을 갖고 시집왔거든요.」

　「그런데 오즈먼드 부인은 의붓딸을 무척 좋아하시더군요. 그러니 뭔가 해주실지도 모르지요.」

　「사랑에 빠진 구혼자치고 주위를 꽤 자세히 살펴봤군요!」 마담 멀이 웃으면서 큰 소리로 말했다.

　「저는 지참금을 매우 중요하게 생각합니다. 지참금을 받지 않아도 살아갈 수 있지만 그래도 중요하게 생각하지요.」

　「오즈먼드 부인은,」 마담 멀이 말을 이었다. 「아마도 자기 자식들을 위해서 자기 돈을 간직하려고 할 거예요.」

　「자기 자식들이라니요? 분명 자식이 없는 것으로 알고 있는데요.」

　「앞으로 생길 수 있겠지요. 가엾게도 어린 아들이 있었는데 2년 전에 태어난 지 6개월 만에 죽었어요. 그러니 다른 자식이 생길 수 있겠지요.」

　「그래서 그 부인이 행복해진다면, 그렇게 되기를 바랍니다. 멋진 여성이시죠.」

　마담 멀은 금방 대답하지 못했다. 「아, 그녀에 대해서는 할 말이 많이 있어요. 당신 말대로 멋진 분이고! 그런데 당신이 이상적인 남편감인지는 아직 엄밀히 판단할 수 없군요. 악덕이 없다는 것은 수입원이 되지 못하죠.」

　「죄송합니다만 그럴 수도 있다고 생각합니다.」 로지에가 아주 분명하게 말했다.

「당신들은 순진함을 먹고 사는 애처로운 부부가 되겠군요!」

「부인께서 저를 과소평가하시는 것 같습니다.」

「당신이 그렇게 순진하지 않다는 말인가요? 진지하게 따져 보자면,」 마담 멀이 말했다. 「물론 연 4만 프랑의 수입과 다정한 성격이 결합되어 있으니 고려해 볼 만한 제안이에요. 흔쾌히 수락할 만한 조건이라고는 할 수 없지만, 그보다 더 못한 청혼도 있을 테니까. 하지만 오즈먼드 씨는 아마도 더 나은 청혼을 받을 수 있다고 믿고 있을 거예요.」

「그분이야 그렇게 믿으실 수 있겠지요. 하지만 그분의 따님은 어떨까요? 그녀에게는 자기가 사랑하는 남자와 결혼하는 것이 최선일 겁니다. 그녀는 저를 사랑하니까요.」 로지에가 열렬히 덧붙였다.

「그래요. 알고 있어요.」

「아,」 젊은이가 소리쳤다. 「부탁을 드릴 만한 분이 바로 부인이라고 생각했습니다.」

「하지만 당신이 그녀에게 물어보지 않았다면서 어떻게 알고 있는지 궁금하군요.」 마담 멀이 덧붙였다.

「이런 점에 대해서는 물어볼 필요도, 대답할 필요도 없습니다. 부인께서 말씀하셨듯이 저희는 순진한 한 쌍이니까요. 그런데 부인은 어떻게 아셨습니까?」

「순진하지 않은 내가 어떻게 알았느냐고요? 매우 교묘한 방법을 써서 알아냈죠. 그 일을 내게 맡겨 두세요. 당신을 위해서 좀 알아보겠어요.」

로지에는 일어서서 모자를 매만졌다. 「그 말씀이 좀 차갑게 들리는군요. 상황이 어떤지를 알아보지만 마시고 그 일이 성사될 수 있도록 애써 주십시오.」

「최선을 다해 보겠어요. 당신의 장점을 최대한 부각시키도록 노력하겠어요.」

「대단히 감사합니다. 그동안에 저는 오즈먼드 부인에게 귀띔해 두겠어요.」

「그런 일은 생각도 하지 마요.」 이렇게 말하며 마담 멀은 벌떡 일어섰다. 「그 부인이 움직이게 되면 모든 일을 그르칠 거예요.」

로지에는 모자 속을 들여다보았다. 과연 그 집주인에게 부탁하러 온 것이 잘한 일이었는지 의심이 들었다. 「무슨 말씀이신지 모르겠군요. 오즈먼드 부인은 저를 오래전부터 알아 왔고, 제 일이 잘되기를 바라실 겁니다.」

「그 부인과는 당신이 원하는 대로 옛 친구로 지내세요. 그 부인에게는 옛 친구가 많을수록 더 좋을 거예요. 새로운 친구들과는 그리 잘 지내지 못하니까. 하지만 당분간은 그녀가 당신을 강력히 두둔하게 만들도록 애쓰지 마세요. 그녀의 남편은 그녀와 생각이 다를지도 모르니까요. 그리고 그녀가 잘되기를 바라는 사람으로서 나는 당신이 그 부부간의 의견 차이를 더 늘려 놓지 않기를 바라요.」

가엾은 로지에는 깜짝 놀란 표정을 지었다. 팬지 오즈먼드를 얻기 위해서 청혼하는 일은 그 적절한 절차로 판단하고 예상했던 것보다 훨씬 더 복잡한 일이었다. 그러나 〈최고의 찻잔 세트〉를 소유하고 있는 신중한 수집가의 표정을 연상시키는 얼굴 밑에 숨어 있던 극도의 분별력이 그에게 도움이 되었다. 「제가 오즈먼드 씨를 그렇게까지 배려해야 하는지 모르겠군요!」 그가 소리쳤다.

「그렇지요. 하지만 그 부인의 입장을 고려해야지요. 당신은 옛 친구라고 했잖아요. 그녀가 고통을 겪게 하고 싶은가요?」

「절대로 그렇지 않습니다.」

「그렇다면 극히 조심하세요. 그리고 내가 몇 번 타진해 볼 때까지 그 문제를 그냥 내버려 두세요.」

「그냥 내버려 두라고요, 마담 멀? 제가 사랑에 빠져 있다는 걸 기억해 주십시오.」

「아, 그렇다고 해서 당신이 사랑의 불길에 타버리지는 않아요! 내 말을 듣지 않을 생각이라면 무엇 때문에 나를 찾아 왔어요?」

「부인께서는 무척 친절하세요. 말씀하시는 대로 하겠습니다.」 젊은이가 약속했다. 「그런데 오즈먼드 씨가 상당히 완고하고 가혹한 분일까 걱정이군요.」 그는 문 쪽으로 걸어가면서 부드러운 목소리로 덧붙였다.

마담 멀은 짧게 웃었다. 「그 말은 전에도 들은 적이 있어요. 하지만 그의 아내도 만만한 사람은 아니에요.」

「아, 그녀는 멋진 여성입니다!」 네드 로지에는 작별 인사로 이 말을 되풀이했다.

그는 이미 모범적인 분별력을 보여 준 청혼자에게 어울리도록 처신하겠다고 결심했다. 하지만 오즈먼드 양의 집을 이따금 방문함으로써 기운을 돋우더라도 마담 멀에게 한 약속에 어긋나는 것은 아니라고 생각했다. 그는 그 조언자의 말을 끊임없이 생각했고, 다소 용의주도한 그녀의 어조에서 받은 인상을 이리저리 생각해 보았다. 그는 파리 사람들의 표현대로 신뢰감을 갖고 *en confiance* 그녀를 찾아갔다. 하지만 그가 경솔했을 수도 있다. 자신이 성급하게 굴었다고 생각하기란 쉽지 않았다. 그런 비판을 받은 적이 거의 없었기 때문이었다. 그러나 그가 마담 멀을 알게 된 것은 이제 고작해야 한 달밖에 되지 않았다. 그리고 그가 그녀를 기분 좋은 여자라고 생각했다고 해서, 곰곰이 따져 볼 때, 그녀가 팬지 오즈먼드를 그의 팔에 안겨 주기 위해서 노력할 거라고 가정할 이유는 전혀 없었다. 그가 그녀를 맞으려고 아무리 우아하게 팔을 벌리고 있더라도 말이다. 그 부인은 실로 그를 호의적으로 대했고, 그 아가씨의 가족들에게서 존중을 받고 있었다. 특이하게도 그 부인은 그 가족과 허물없이 친하게 지내는 것은 아니면서도 깊이 잘 알고 있는 듯이 보였다. (로지에는 그 부인이 어떻게 그런 식으로 관계를 유지할 수 있는지 여러 차례 궁금하게 생각했다.) 하지만 어쩌면 그가 이런 장점들을 과대평가했을 수도 있었다. 그 부인이 그를 위해서 일부러 애를 써줘야 할 특별한 이유는 없었다. 매력적인 여자들은 누구에게나 매력적으로 대한다. 로지에는 그녀가 자신을 특별하게 대했다고 믿고 그녀에게 도움을 청했던 일을 생각하면 스스로가 바보처럼 느껴지곤 했다. 어쩌면 — 농담 삼아 하는 말 같기는 했지만 — 그녀가 속으로 생각하고 있었던 것은 그의 골동품뿐인지도 모른다. 그의 수집품 중에서 진귀한 것 한두 점을 줄 거라고 생각했던 것일까? 오즈먼드 양과 결혼하도록 도와주기만 한다면 자기가 가진 골동품을 그녀에게 전부 다 선사해도 좋을 것이다. 하지만 그녀에게 노골적으로 그렇게 말할 수는 없었다. 너무 상스럽게 뇌물을 제안하는 듯이 보일 테니까. 하지만 그녀가 자신의 그런 마음을 믿어 준다면 좋을 것이다.

이런 생각을 갖고 그는 다시 오즈먼드 부인의 집을 찾아갔다. 오즈먼드 부인은 매주 목요일마다 저녁 모임을 열기 때문에, 그때는 그가 방문하더라도 일상적인 인사치레로 생각될 수 있었다. 로지에 씨의 마음속에 잘 억제되어 있는 애정을 받고 있는 아가씨는 로마 중심부의 큰 저택에 살고 있었다. 파르네세 궁전 근처의 양지바른 광장이 내려다보이는 어둡고 육중한 건물이었다. 작은 팬지가 살고 있는 곳 또한 궁전이었고 — 로마의 기준으로 보자면 궁전이지만, 가엾은 로지에의 불안한 마음에는 지하 감옥이나 다름없었다. 자신에게 과연 호감을 보여 줄지 극히 의심스러운 그 까다로운 부친을 둔 아가씨, 그가 결혼하고 싶은 아가씨가 사설 요새 같은 곳에 감금되어 있다는 것은 불길한 징조로 보였다. 그 큰 건물은 엄숙한 옛 로마의 이름을 달고 있었고, 역사적 행적과 범죄, 음모, 폭력의 냄새를 풍겼다. 이 저택은 머레이의 여행 안내서에도 언급되어 있어서 여행객들이 찾아와서는 건성으로 둘러보고 실망하고 침울한 표정을 지었다. 1층에는 카라바조[32]의 프레스코 벽화가 걸려 있고, 습기 찬 안뜰의 위쪽으로 돌출하도록 우아한 아치가 드리워진 넓은 회랑에는 팔다리가 잘린 조각들과 먼지 낀 항아리들이 줄지어 늘어서 있었다. 안뜰의 이끼 낀 구석에서는 분수가 힘차게 물을 뿜었다. 로지에가 한 가지 생각에 몰두하고 있지 않았더라면 이 저택 팔라초 로카네라를 공정하게 평가할 수도 있었을 것이다. 로마에 정착하려 했을 때 남편과 함께 이 집을 선택한 것은 지방색을 물씬 풍기는 분위기를 사랑했기 때문이라고 말했던 오즈먼드 부인의 감정에 공감할 수도 있었을 것이다. 이 저택은 분명 로마의 분위기를 물씬 풍기고 있었다.

---

32 Caravaggio(?1571~1610). 비극적 폭력을 담은 목판화로 유명한 화가.

로지에는 건축에 대해서는 리모주[33] 도자기에 대해서 만큼 잘 알고 있지 못하지만, 창문의 크기와 벽 윗부분의 배내기 장식까지도 대단히 장중한 분위기를 띠고 있다는 것은 알 수 있었다. 그러나 더욱 화려했던 시절에는 젊은 처녀들이 진정으로 사랑하는 사람을 만나지 못하도록 이 집에 감금되었고 수녀원에 넣겠다는 협박을 받아서 어쩔 수 없이 원치 않는 결혼을 하게 되었으리라는 생각이 로지에의 머릿속에 자꾸 떠올랐다. 하지만 일단 2층에 있는 오즈먼드 부인의 따뜻하고 풍요롭게 보이는 응접실에 들어서면 늘 공정하게 평가할 수 있는 점이 한 가지 있었다. 이 부부가 〈좋은 물건〉을 사들이는 데 있어서 매우 탁월하다는 점은 인정해야 했다. 이사벨은 그것이 자신의 취미가 아니라 오즈먼드의 취미라고 로지에가 처음으로 그 집을 방문했을 때 말했다. 그때 그는 파리에 있는 자기 골동품보다 더 나은 〈프랑스제〉 물건이 있는지를 15분간 살펴보았다. 그런 다음 그런 물건이 매우 많이 있다는 사실을 즉시 인정해야 했고, 신사로서 마땅히 그래야 하듯이 질투심을 억누른 다음에 그 저택의 안주인에게 그녀가 가진 보물들을 순수한 마음으로 칭찬했다. 오즈먼드 부인은 남편이 결혼 전에도 많은 물건들을 수집했고, 지난 3년간 멋진 골동품들을 더 보태기는 했지만 그가 가장 소중하게 여기는 수집품은 그녀의 조언을 듣기 이전에 구입한 것이었다고 말했다. 로지에는 이 말을 자기 나름의 원칙에 따라서 해석했고, 〈조언〉이란 〈현금〉을 뜻한다고 생각했다. 그리고 길버트 오즈먼드가 가난했던 시절에 가장 소중한

---

33 Limoges. 프랑스의 유명한 도자기 생산지.

물건을 손에 넣었다는 사실은 로지에가 중요하게 생각하는 원칙, 즉 수집가는 인내심만 가질 수 있다면 가난하더라도 문제가 되지 않는다는 생각을 확인시켜 주었다. 로지에는 목요일 저녁에 방문할 때마다 대체로 제일 먼저 살롱의 벽을 살펴보았다. 거기에는 그의 눈이 진심으로 갈망하는 골동품이 서너 가지 있었다. 그러나 마담 멀과 이야기를 나눈 후 그는 자신의 처지가 심상치 않다고 느꼈다. 그래서 이제 그 저택을 방문하여 문지방을 넘어설 때 그는 느긋함을 늘 당연시하면서 미소를 짓는 신사의 품위에 벗어나지 않을 정도로만 열렬히 주위를 돌아보며 그 집안의 딸을 찾았다.

제37장

로지에가 처음 들어선 방에는 팬지가 없었다. 천장이 오목하게 들어가 있고 벽에 오래된 붉은색 다마스크가 걸려 있는 넓은 방이었다. 오늘 밤에는 오즈먼드 부인이 늘 습관적으로 앉아 있던 자리에 없었지만 그녀는 대개 이 방에서 시간을 보내곤 했고 특히 가까운 사람들이 난롯불 주위에 모이곤 했다. 그 방은 차분하게 퍼진 밝은 불빛으로 불그스름한 기운이 감돌았고 큰 가구들이 있었으며 거의 언제나 꽃향기를 풍겼다. 이날 팬지는 아마도 바로 옆에 붙어 있는 방에 있는 모양이었다. 차를 대접하는 곳으로, 젊은 손님들이 주로 모이는 방이었다. 오즈먼드는 뒷짐을 지고 등을 뒤로 젖힌 채 벽난로 앞에 서서는 한 발을 들어 밑창을 말리고 있었다. 그의 주위에 여섯 사람이 서서 이야기를 나누고 있었지만 그는 대화에 끼지 않았다. 그의 눈은, 자주 그렇듯이, 실제로 그 눈에 비집고 들어온 형체들보다 더 가치 있는 것에 몰두한 듯한 표정을 띠고 있었다. 로지에가 들어설 때 하인이 그의 방문을 알리지 않았으므로 그는 오즈먼드의 관심을 끌지 못했다. 하지만 격식을 잘 차리는 그 젊은이는 남편이 아니라 그의 아내를 만나러 왔음을 특히 의식하고 있었으면서도 그 남편과 악수를 나누러 다가갔다. 오즈먼드는 자세를 전혀 바꾸지 않은 채 왼손을 내밀었다.

「안녕하시오? 내 아내는 어딘가에 있을 거요.」

「걱정 마십시오. 부인을 찾아보겠습니다.」 로지에는 쾌활하게 대답했다.

하지만 오즈먼드는 그를 뚫어지게 바라보았다. 로지에는 평생 그토록 날카로운 시선을 받은 적이 없었던 것 같았다. 〈마담 멀이 벌써 말했군. 그는 그것이 마음에 들지 않는 거야.〉 로지에는 속으로 이렇게 생각했다. 그는 마담 멀이 그 집에 있기를 바랐지만 그녀는 눈에 띄지 않았다. 아마 다른 방에 있거나 아니면 늦게 올 것이다. 로지에는 길버트 오즈먼드가 잘난 체하는 사람이라고 생각했기 때문에 그를 특히 기분 좋게 여긴 적이 한 번도 없었다. 하지만 로지에는 성급하게 화를 내는 성격이 아니었고, 공손한 태도에 관한 한 늘 올바로 처신해야 한다고 확고하게 생각했다. 그는 주위를 둘러보며 미소를 지었지만 아무 소용도 없었다. 그런 다음 곧 말을 꺼냈다. 「오늘 꽤 훌륭한 카포 디 몬테[34]를 보았습니다.」

오즈먼드는 처음에 아무 대답도 하지 않았다. 그러나 곧 구두의 밑창을 말리면서 말했다. 「카포 디 몬테 같은 것은 전혀 관심 없소!」

「관심을 잃은 것은 아니시기를 바랍니다만?」

「오래된 항아리와 접시에 관해서? 그렇소, 관심을 잃고 있소.」

---

34 귀중한 장식용 자기.

로지에는 잠시 자신의 미묘한 처지를 잊어버렸다. 「한두 점을 파실 생각은 아니시겠지요?」

「아니, 어떤 것도 팔 생각은 없소, 로지에 씨.」 오즈먼드는 여전히 그 손님을 뚫어지게 바라보며 말했다.

「그렇다면 간직하기만 하고 더 보태지는 않을 생각이시군요.」 로지에가 명랑하게 대답했다.

「맞소. 내가 가진 것과 어울릴 만한 것이 전혀 없소.」

가엾은 로지에는 얼굴이 붉어진 것을 의식했다. 그는 뻔뻔스럽지 못한 자신이 고통스러웠다. 「아, 저는 구하고 있습니다!」 그는 이렇게 중얼거릴 수밖에 없었다. 그러면서 몸을 돌렸기에 자신이 중얼거린 소리가 일부 들리지 않았으리라는 것을 알고 있었다. 그는 옆방으로 걸어갔고, 깊숙이 들어간 문간에서 나오는 오즈먼드 부인과 마주쳤다. 그녀는 검은색 벨벳 드레스를 입고 있었다. 그가 말했듯이 그녀는 고상하고 화려하게 보였고, 그러면서도 너무나 찬란하게도 온화한 빛을 발하고 있었다! 우리는 로지에 씨가 그녀를 어떻게 생각하는지, 그리고 마담 멀에게 어떤 말로 찬탄하는 마음을 드러냈는지를 알고 있다. 그것은 그가 그녀의 자그마한 의붓딸의 진가를 알아본 것과 마찬가지로 장식적 기품을 알아보는 그의 안목과 진짜를 알아보는 그의 본능에서 나온 찬사였다. 또한 카탈로그에 기재되지 않은 가치를 알아보는 감각, 손실되었거나 다시 발견되었다고 기록된 가치를 능가하는 신비스러운 〈광택〉을 알아내는 감각에도 기반을 두고 있었다. 깨지기 쉬운 도자기에 전념하고 있으면서도 그는 그런 가치를 알아보는 심미안을 갖고 있었다. 이 시기의 오즈먼드 부인은 그런 심미적 취향을 잘 만족시켜 주었을 것이다. 세월이 흐르면서 그녀는 더욱 풍부해졌을 뿐이었다. 젊음의 꽃은 아직 시들지 않아서 그 줄기에 더 고요히 매달려 있었다. 그 남편이 은근히 반감을 드러냈던 민첩하고 열성적인 태도는 어느 정도 사라졌고 그래서 차분히 기다릴 수 있다는 기색이 더 많이 드러났다. 어떻든 간에 이제 금박이 입혀진 문을 배경으로 서 있는 그녀는 그 젊은이에게 우아한 여인의 초상처럼 강렬한 인상을 주었다. 「보시다시피 저는 꾸준히 참석하고 있습니다.」 그가 말했다. 「그렇지만 제가 그렇게 하지 않으면 누가 그렇게 하겠어요?」

「네, 당신은 여기 있는 누구보다도 더 오랜 벗이에요. 하지만 예전의 다정한 추억에 빠져 있어서는 안 되겠지요. 당신을 어떤 아가씨에게 소개해 주고 싶어요.」

「아, 그렇게 하세요. 어떤 아가씨죠?」 로지에는 무척 사근사근하게 굴었다. 하지만 자기가 방문한 목적은 이것이 아니었다.

「저기 난롯가에 앉아 있는 분홍색 옷을 입은 아가씨예요. 함께 얘기를 나눌 사람이 없죠.」

로지에는 잠시 망설였다. 「오즈먼드 씨가 얘기를 나눠 주실 수 없을까요? 2미터도 떨어져 있지 않으신데요.」

오즈먼드 부인도 망설였다. 「그녀는 그리 발랄하지 않아요. 그리고 남편은 지루한 사람들을 좋아하지 않고요.」

「그러면 저 아가씨가 내 상대로는 충분히 괜찮은 사람이라고요? 아, 좀 너무하시는군요!」

「당신은 두 사람이 나눠도 충분할 만큼 많은 생각을 갖고 있다는 뜻이에요. 그런 데다 당신은 무척 친절한 분이고요.」

「당신의 남편도 친절하시겠죠.」

「아뇨, 그렇지 않아요. 나에게는.」 그리고 오즈먼드 부인은 애매한 미소를 지었다.

「그렇다면 그분이 다른 여자들에게 두 배로 친절하다는 뜻이군요.」

「나도 남편에게 그렇게 말해요.」 그녀가 여전히 미소를 지으며 말했다.

「저는 차를 마시고 싶은데요.」 로지에는 갈망하는 시선으로 그 너머를 바라보며 말했다.

「아주 잘되었군요. 저 아가씨에게 차를 갖다 드리세요.」

「좋습니다. 하지만 그다음에는 저 아가씨를 자기 운명에 맡길 겁니다. 간단히 솔직하게 말하자면 나는 오즈먼드 양과 이야기를 나누고 싶어 참을 수 없을 지경이에요.」

「아,」 이사벨이 얼굴을 돌리며 말했다. 「그 일이라면 내가 도와줄 수 없어요.」

5분 후 그는 분홍색 옷을 입은 아가씨를 다른 방으로 안내해서 찻잔을 건네주었고, 방금 인용했듯이 오즈먼드 부인에게 고백한 말이 마담 멀과의 약속을 어긴 것이 아닌지를 곰곰 생각했다. 이 젊은이의 마음은 그 물음에 한참 사로잡혀 있었다. 하지만 마침내 그의 마음은, 상대적으로 말해서, 무모해졌다. 자신이 어떤 약속을 깨뜨렸던지 간에 개의치 않는 심정이 되었다. 그가 그냥 내버려 두겠다고 을러 댔던 그 분홍색 옷을 입은 처녀는 그리 끔찍한 운명에 처하지 않았다. 그 아가씨에게 대접할 차를 그에게 건네주었던 팬지 오즈먼드가 — 팬지는 여전히 차를 끓이는 것을 좋아했다 — 곧 그녀에게 다가가서 말을 걸었던 것이다. 두 아가씨가 조용히 대화를 나누고 있을 때 에드워드 로지에는 거의 끼어들지 않았다. 그저 우울한 얼굴로 옆에 앉아서 자그마한 자기 애인을 바라보았을 뿐이다. 우리가 지금 그의 눈을 통해서 팬지를 본다면, 3년 전 피렌체의 카시네 공원에서 그녀의 아버지와 아처 양이 어른들의 중요한 문제들을 의논하는 동안 조금 떨어진 곳으로 놀러 가라고 보냈던 그 순종적인 어린 아가씨를 연상시키는 점들이 처음에는 그리 눈에 띄지 않을 것이다. 그러나 조금 지나면 팬지가 열아홉 살의 젊은 아가씨가 되었어도 실로 아가씨의 역할을 해내는 데 뭔가 부족하다는 것을 알 수 있을 것이다. 그녀는 무척 예뻐졌지만 여성들의 외모에서 스타일이라고 불리고 존중되는 자질이 유감스러울 정도로 결핍되어 있었다. 매우 멋진 옷을 입고 있었지만 마치 그때를 위해 빌려 입은 것인 양 옷을 아끼려는 기색을 숨김없이 드러내고 있다는 사실도 알아차릴 수 있을 것이다. 에드워드 로지에는 이런 결함들을 알아차리고도 남을 사람이었다. 사실 이 아가씨에 관한 것이라면 무엇이든 그가 알지 못하는 것이 하나도 없었다. 다만 그는 이런 자질을 자기 나름의 표현으로 묘사했고, 그 가운데 어떤 표현은 매우 만족스러웠다. 〈아니, 그녀는 진기한 사람이야. 비할 데 없이 진기한 아가씨지.〉 그는 이렇게 생각하곤 했다. 그는 그 아가씨에게 스타일이 부족하다고는 단 한순간도 인정하지 않았을 것이다. 스타일이라고? 아니, 그녀에게는 어린 공주와 같은 스타일이 있다. 그것을 알아보지 못하는 사람은 장님이나 다름없다. 그 스타일은 현대적인 것이 아니고, 의식적으로 만들어낸 것도 아니며, 브로드웨이에서는 깊은 인상을 주지 못할 것이다. 작고 뻣뻣한 드레스를 입고 있는 그 자그마하고 진지한 처녀는 바로 벨라스케스[35]가 그린 스페인 공주처럼 보였다. 에드워드 로지에에게는 이것으로 충분했고, 그녀가 아주 보기 좋게 고풍스럽다고 생각했다. 불안해하는 그녀의 눈과 매력적인 입술, 가냘픈 몸매는 어린아이의 기도처럼 감동적이었다. 이제 그는 그녀가 자신을 어느 정도나 좋아하는지를 알고 싶어서 좀이 쑤실 지경이었다. 그 욕구 때문에 그는 의자에 앉아서도 안절부절못하고 있었다. 그 욕구로 몸이 달아올라 손수건으로 이마를 두드려 땀을 닦아내야 했다. 그는 여태껏 이렇게 불안한 심정을 느꼈던 적이 없었다. 그녀는 너무나 완벽한 어린 처녀 *jeune fille*였고, 그런 처녀에게는 그것을 알아내기 위해 필요한 질문을 할 수 없었다. 로지에는 늘 그런 처녀를 꿈꿔 왔다. 하지만 그녀가 프랑스인이어서는 안 되는데, 그 나라 사람들은 그 문제를 복잡하게 만든다고 느꼈기 때문이었다. 그는 팬지가 신문을 읽은 적이 없으며, 소설에 관해서는 월터 스콧 경의 소설을 읽었다면 그게 전부일 거라고 믿었다. 미국인 처녀 — 이보다 더 나은 것이 있을까? 그녀는 솔직하고 명랑할 테고, 그렇지만 혼자 산책하는 일은 없을 것이며, 남자들의 편지를 받은 적도 없고, 통속적인 풍속 희극을 보러 극장에 간 적도 없을 것이다. 지금과 같은 상황에서 이 순진한 아가씨에게 감정을 직접 호소한다면, 그것은 자신이 받은 환대를 배신하는 일이라는 것을 로지에는 모르지 않았다. 하지만 지금 그는 환대라는 것이 세상에서 가장 신성한 것인지 의문을 품을 만큼 절박한 상태에 처해 있었다. 자신이 오즈먼드 양에 대해 품고 있는 감정이 무한히 더 중요한 것이 아닐까? 그래, 그에게

---

35 Velázquez(1599~1660). 스페인의 궁정 화가.

는 훨씬 더 중요하겠지만, 아마 그 집 주인에게는 그렇지 않을 것이다. 한 가지 점에 대해서는 마음을 놓을 수 있었다. 집주인이 마담 멀의 이야기를 듣고 경계심을 품게 되었더라도 팬지에게 경고하지는 않았으리라는 것이었다. 그는 어떤 매력적인 젊은이가 그녀를 사랑하고 있다고 딸에게 말해 주지는 않았을 것이다. 그러나 매력적인 이 젊은이, 그는 그녀를 진정으로 사랑하고 있었고, 이 상황의 온갖 제약들로 인해서 결국은 초조하게 느끼지 않을 수 없었다. 길버트 오즈먼드가 악수를 한답시고 왼 손가락 두 개를 내민 것은 무슨 의도였을까? 오즈먼드가 무례하게 굴려고 작정했다면 로지에도 확실히 대담하게 행동할 것이다. 장밋빛 옷으로 치장해봐야 소용없었던 그 아둔한 아가씨의 어머니가 들어와서 로지에에게 의미 있는 웃음을 보내며 그 아가씨를 다른 사람들에게도 소개시켜 주러 데려가야겠다고 말한 다음에 그는 무척 과감해진 기분이었다. 그 어머니와 딸이 다른 곳으로 갔으므로, 이제 오로지 자신의 의지 여하에 따라서 실로 팬지와 단둘이 있을 수 있었다. 그는 예전에 팬지와 단둘이 있었던 적이 없었다. 어린 처녀와 단둘이 있었던 적이 없었다. 절호의 순간이었다. 가엾게도 로지에는 이마의 땀을 다시 닦기 시작했다. 그들이 서 있는 방 너머에 다른 방이 있었는데, 그 작은 방은 활짝 열려 있고 불이 켜져 있었지만 그날 손님이 많지 않았으므로 저녁 내내 비어 있었다. 아직도 그 방은 텅 빈 채였다. 연노란색 가구들로 꾸며져 있고 램프가 여러 개 있었다. 열린 문을 통해서 보이는 그 방은 공공연히 인정된 사랑의 사원 같았다. 로지에는 열려 있는 문틈으로 한순간 그 방을 바라보았다. 그는 팬지가 달아날까 봐 두려웠고, 손

642

을 내밀어 그녀를 붙잡을 수 있을 것 같기도 했다. 그러나 그녀는 다른 처녀들이 자리를 떴어도 아직 그 자리에서 머뭇거리고 있었고, 방의 다른 쪽 끝에 있는 손님들에게 합류하려는 몸짓도 하지 않았다. 그녀가 겁에 질려 있고, 어쩌면 너무 두려운 마음에 움직이지 못하고 있으리라는 생각이 잠시 그의 머리에 스쳤다. 그러나 그녀를 다시 바라보고 나서는 그렇지 않다고 확신했고, 사실 그녀는 너무 순진하기 때문에 그런 것을 짐작하지 못할 거라고 생각했다. 궁극적인 망설임 끝에 그는 그 노란색 방을 구경해도 괜찮을지를 그녀에게 물어보았다. 그 방은 너무나 매력적이면서도 처녀처럼 너무나 순결하게 보였던 것이다. 그는 이미 전에 오즈먼드와 함께 그 방에 들어가서 프랑스 제1제국 시절의 가구를 둘러본 적이 있었고 특히 그 시대의 고전적 산물인 거대한 시계를 찬탄한(실제로는 감탄할 마음이 없었지만) 적이 있었다. 그러므로 그는 이제 자신이 교묘한 계략을 쓰기 시작했다는 느낌이 들었다.

「물론 들어가셔도 괜찮아요.」 팬지가 말했다. 「원하신다면 제가 보여 드릴게요.」 그녀는 조금도 두려워하는 기색이 없었다.

「그렇게 말씀해 주시기를 바라고 있었습니다. 매우 고맙습니다.」 로지에가 중얼거렸다.

그들은 함께 들어갔다. 사실 로지에는 그 방이 몹시 추하다고 생각했고 냉기가 도는 것 같았다. 팬지도 그런 생각이 든 모양이었다. 「이 방은 겨울밤에는 적합하지 않아요. 여름철에 더 적합하죠.」 그녀가 말했다. 「아빠의 취향에 따른 거예요. 아빠의 취향은 무척 다양하거든요.」

그의 취미는 실로 다양하다고 로지에는 생각했다. 그러나 그중 몇 가지는 형편없었다. 로지에는 주위를 둘러보았다. 이런 상황에서 무슨 말을 해야 할지 알 수 없었다. 「오즈먼드 부인은 자신의 방을 꾸미는 데 관심이 없으신가요? 취향이 없으신가요?」

「아, 취향이 풍부하세요. 하지만 문학에 대한 취향이 더 풍부하신 편이에요.」 팬지가 말했다. 「대화에 대해서도 그렇고요. 그렇지만 아빠도 그런 것들에 대해서 관심을 갖고 계세요. 저는 아빠가 모르시는 것이 없다고 생각해요.」

로지에는 잠시 입을 다물고 있었다. 「아버님께서 한 가지 사실을 분명히 알고 계시다고 믿습니다!」 이내 그가 갑자기 말을 꺼냈다. 「제가 여기 방문한 이유는 그분께 인사드리고 대단히 매력적인 오즈먼드 부인에게 인사를 드리려는 것이지만 실제로는 당신을 보기 위해서라는 것을 알고 계시지요!」 젊은이가 말했다.

「저를 보기 위해서라고요?」 팬지는 막연한 불안감을 담은 눈을 들어 그를 바라보았다.

「당신을 보기 위해서. 오로지 그 이유 때문에 여기 온 겁니다.」 로지에는 권위 있는 것을 타파하며 흥분하여 되풀이했다.

팬지는 순진하게 거리낌 없이 그를 골똘히 쳐다보며 서 있었다. 홍조를 띠지 않았어도 그녀의 얼굴은 이보다 더 정숙하게 보일 수 없었다. 「그럴 거라고 생각했어요.」

「불쾌하지 않으셨겠지요?」

「뭐라 말할 수 없었어요. 확실히 알지 못했으니까요. 당신이 말씀하신 적이 없었지요.」 팬지가 말했다.

「당신에게 불쾌감을 줄까 봐 두려웠습니다.」

「조금도 불쾌하지 않아요.」그 어린 아가씨는 마치 천사의 입맞춤을 받은 듯이 미소를 지으며 중얼거렸다.

「그럼 당신은 나를 좋아하는군요, 팬지?」로지에는 무척 행복한 기분으로 매우 부드럽게 물었다.

「네, 그래요. 당신을 좋아해요.」

그들은 프랑스 제국의 거대하고 차가운 시계가 걸려 있는 벽난로로 걸어갔다. 밖에서는 그들의 모습이 보이지 않을 곳으로 방 안 깊숙이 들어갔다. 그녀가 이 네 단어를 입에 올렸을 때의 목소리는 그에게 자연의 숨결 그 자체로 들렸다. 그는 그저 그녀의 손을 잡고 잠시 쥐고 있는 것으로 답할 수밖에 없었다. 그러고 나서 그 손을 자기 입술에 대었다. 그녀는 여전히 신뢰에 찬 순수한 미소를 띤 채 그가 하는 대로 맡기고 있었다. 그 태도는 이루 말할 수 없이 수동적이었다. 그녀는 그를 좋아했다. 내내 그를 좋아하고 있었다. 이제 어떤 일이든 일어날 수 있을 것이다! 그녀는 마음의 준비가 되어 있었고, 늘 준비가 되어 있었으며, 그가 말을 꺼내기를 기다리고 있었다. 그가 말하지 않았더라면 그녀는 영원히 기다렸을 것이다. 그러나 그의 말을 들었을 때 그녀는 바람에 흔들리는 나무의 복숭아처럼 떨어지고 말았다. 로지에가 그녀를 끌어당겨서 가슴에 꼭 껴안는다면 그녀는 한 마디도 중얼거리지 않고 순응할 것이고 한 마디 질문도 없이 그의 가슴에 안겼을 것이다. 그러나 프랑스 제국풍의 노란색 응접실에서 그런 일을 실험한다면 실로 경솔하기 짝이 없을 것이다. 그녀는 자기를 위해서 그가 방문한다는 것을 알고 있었다. 하지만 그녀는 얼마나 완벽한 어린 숙녀처럼 처신해 온 것인지!

「당신은 내게 매우 소중한 사람이에요.」그는 결국 그녀의 태도가 예의 바른 환대일지도 모른다고 생각하려고 애쓰면서 중얼거렸다.

그녀는 그가 입을 맞춘 자기 손을 잠시 바라보았다. 「아빠가 알고 계신다고 하셨죠?」

「그분은 모르시는 것이 없다고 당신이 조금 전에 말했지요.」

「당신이 확인해 보셔야 할 것 같아요.」 팬지가 말했다.

「아, 사랑스러운 아가씨, 이제는 당신의 마음을 확인했으니까!」 로지에는 그녀의 귀에 대고 중얼거렸다. 그러자 그녀는 몸을 돌려 다른 방들을 바라보았다. 그처럼 일관성이 있는 태도는 그들이 즉시 아버지에게 간청해야 한다고 암시하는 것 같았다.

그동안 다른 방에 있던 사람들은 마담 멀이 도착했음을 알게 되었다. 그녀는 어디를 가든지 그 집에 들어서는 순간 사람들에게 강한 인상을 주었다. 그녀를 매우 주의 깊게 관찰한 사람이라도 어떻게 그럴 수 있는지 그 이유를 알 수 없었을 것이다. 그녀는 큰 소리로 말하지도 않았고, 웃음이 헤픈 것도 아니었고, 재빨리 움직이지도 않았고, 화려한 옷을 차려입은 것도 아니었고, 사람들이 감지할 수 있을 방식으로 마음을 끄는 것도 아니었다. 몸집이 크고 피부가 흰 데다가 잔잔하게 미소를 짓는 그녀의 차분한 태도에는 뭔가 멀리 퍼져 나가는 분위기가 있었다. 사람들이 주위를 돌아본 것은 갑자기 고요해졌기 때문이었다. 지금 그녀는 더할 나위 없이 조용하게 행동했다. 더욱 눈에 띄게 오즈먼드 부인을 포용한 후 그녀는 그 집의 주인과 이야기를 나누려고 작은 소파에 앉았다. 이 두 사람은 잠시 평범한 얘기를 주고받았다. 사람들이 있는 곳에서는 언제나 격식에 맞는 평범한 말을 나누곤 했다. 그런 다음에 마담 멀은 주위를 둘러보다가 로지에 씨가 그날 저녁에 방문했는지를 물었다.

「한 시간 전쯤에 왔소. 그런데 사라져 버렸군.」 오즈먼드가 말했다.

「팬지는 어디 있어요?」

「다른 방에 있소. 거기 다른 사람들도 몇 명 있소.」

「그는 그들 사이에 있겠군요.」 마담 멀이 말했다.

「그를 보고 싶소?」 오즈먼드가 자극하듯이 심드렁한 어조로 물었다.

마담 멀은 순간 그를 보았다. 그녀는 그의 어조를 마지막 음표까지 속속들이 알고 있었다. 「그래요, 그가 원하는 바를 당신에게 전했다는 얘기를 그에게 하고 싶어요. 당신이 관심을 거의 보이지 않았다는 것도요.」

「그런 말은 하지 마시오. 그가 내 관심을 끌려고 더 노력할 테니까. 그건 정말로 원치 않는 일이오. 내가 그의 청혼을 혐오스럽게 생각한다고 말하시오.」

「하지만 당신이 혐오하는 건 아니잖아요.」

「아무래도 상관없소. 마음에 드는 건 아니니까. 오늘 저녁에 그에게 직접 보여 줬소. 일부러 무례하게 대했지. 권태롭기 짝이 없는 일이야. 서둘 필요가 없소.」

「당신이 시간을 두고 생각해 볼 거라고 그에게 말하겠어요.」

「아니, 그렇게 하지 마요. 그러면 그가 매달릴 테니.」

「내가 그를 단념시키더라도 그는 똑같이 행동할 거예요.」

「그렇겠지. 하지만 천천히 생각해 보겠다고 하면, 자기 입장을 설명하려고 애쓰겠지. 그러면 지독히 성가실 테고. 그 청혼이 혐오스럽다고 하면, 아마 입을 다물고 좀 더 교묘한 계략을 꾸미겠지. 그러면 나는 조용히 지낼 수 있을 테고. 멍청한 사람과 이야기하는 건 딱 질색이오.」

「가여운 로지에 씨를 그렇게 생각하세요?」

「아, 그는 성가시기 짝이 없는 사람이오. 늘 마욜리카 도자기 얘기나 하고.」

마담 멀은 눈을 내리깔고 희미한 미소를 지었다. 「그는 신사예요. 성격도 매력적이고요. 그리고 뭐니 뭐니 해도 4만 프랑의 수입이 있어요.」

「그 정도면 가난뱅이지. 〈상류 사회〉의 거지라고나 할까.」 오즈먼드가 불쑥 대답했다. 「내가 팬지를 위해 꿈꾸었던 것은 그런 정도가 아니오.」

「그렇다면 좋아요. 그는 팬지에게 말하지 않겠다고 약속했어요.」

「그 말을 믿소?」 오즈먼드가 건성으로 물었다.

「전적으로 믿어요. 팬지는 그 사람에 대해서 많이 생각해 왔어요. 하지만 당신은 팬지의 감정이 중요하다고 생각하지 않겠죠.」

「전혀 문제가 되지 않는다고 생각해요. 또 그 애가 그 작자를 생각해 왔다는 것도 믿지 않소.」

「그렇게 생각하는 것이 여러모로 더 편리하겠군요.」 마담 멀이 조용히 말했다.

「그 애가 그를 사랑한다고 당신에게 말했소?」

「팬지를 어떻게 보고 하는 말인가요? 그리고 또 나를 어떻게 보기에?」 마담 멀이 잠시 후 덧붙였다.

오즈먼드는 한 발을 들어서 가느다란 발목을 다른 무릎 위에 올려놓았다. 그는 익숙하게 손으로 발목을 잡았고, 길고 섬세한 집게손가락과 엄지로 발목을 고리처럼 둘러싼 채 잠시 앞을 응시했다. 「이런 일에 대해서 무방비 상태인 건 아니오. 바로 이런 일을 위해서 딸애를 교육시켰으니까. 전부 이것을 위해서였소. 이런 일이 생길 경우에 그 애가 내 뜻에 순종할 수 있도록.」

「팬지가 그렇게 하지 않으리라고는 걱정하지 않아요.」

「그럼 됐소. 장애가 될 것이 뭐가 있소?」

「아무것도 없어요. 하지만 어떻든 간에 로지에 씨를 쫓아내지 말라고 충고하고 싶군요. 그를 가까이 두세요. 쓸모가 있을 수도 있으니까요.」

「나는 그렇게 할 수 없소. 당신이 직접 그를 붙잡아 보든지.」

「좋아요. 그를 구석에 몰아넣고 필요한 만큼만 미끼를 주겠어요.」 마담 멀은 그와 이야기를 나누는 동안에 대개 주위를 두리번거리곤 했다. 이번에도 습관적으로 주위를 둘러보았고, 마찬가지로 무표정한 얼굴로 말을 중단하는 것도 그녀의 버릇이었다. 방금 인용한 말이 끝난 후에도 긴 침묵이 이어졌다. 그 침묵이 깨지기 전에 옆방에서 나오는 팬지가 보였다. 에드워드 로지에가 그 뒤를 따르고 있었다. 그 아가씨는 몇 발 걸어오더니 갑자기 걸음을 멈추고 마담 멀과 자기 아버지를 바라보았다.

「로지에 씨가 팬지에게 말했군요.」 마담 멀이 오즈먼드에게 말했다.

그는 고개를 돌리지도 않았다. 「저 작자의 약속을 믿는다더니 꼴좋군. 채찍으로 갈겨 줘야 할 녀석이야.」

「그는 청혼할 생각이에요. 가엾은 사람!」

오즈먼드는 자리에서 일어섰다. 그러고는 이제 딸을 날카롭게 쏘아보았다. 「상관없소.」 그는 이렇게 중얼거리고 다른 곳으로 가버렸다.

잠시 후 팬지는 다정하지 않은 공손한 태도로 마담 멀에게 다가왔다. 그녀를 맞이하는 이 부인의 태도도 더 다정한 것은 아니었다. 그녀는 그저 소파에서 일어나면서 상냥한 미소를 지었을 뿐이었다.

「늦게 오셨네요.」 아가씨가 부드럽게 말했다.

「귀여운 아가씨, 내가 의도한 것보다 더 늦는 적은 없어.」

마담 멀이 자리에서 일어선 것은 팬지에게 다정하게 대하려는 의도에서가 아니었다. 그녀는 에드워드 로지에 쪽으로 걸어갔다. 그는 그녀를 맞으러 다가왔고 마음의 짐을 당장 벗어 버리려는 듯이 〈그녀에게 말했어요!〉라고 재빨리 속삭였다.

「알고 있어요, 로지에 씨.」

「그녀가 말했나요?」

「그래요, 말했어요. 오늘 밤은 예의 바르게 행동하고 내일 5시 15분에 나를 만나러 오세요.」 그녀는 엄하게 말했다. 등을 돌리며 돌아서는 그녀의 동작에서 큰 경멸감이 느껴졌기에 로지에는 점잖게 욕설을 중얼거렸다.

그는 오즈먼드에게 결혼을 허락해 달라고 말할 생각은 아니었다. 그런 말을 하기에는 시간도 장소도 적합하지 않았다. 그러나 그는 본능적으로 이사벨 쪽으로 어슬렁거리며 다가갔고, 어떤 노부인과 이야기를 나누며 앉아 있던 그녀의 다른 편에 가서 앉았다. 그 노부인은 이탈리아인이었으므로 영어를 알아듣지 못할 거라고 생각했다. 「조금 전에 저를 도와주실 수 없다고 말하셨죠.」 그는 오즈먼드 부인에게 말을 꺼냈다. 「어쩌면 마음이 달라지실 수도 있을 겁니다. 그것을 아시면 ―!」

이사벨은 주저하는 그의 말에 대답했다. 「무엇을 알게 된다는 말이죠?」

「그녀에게는 아무 문제도 없다는 것 말입니다.」

「그 말이 무슨 뜻인가요?」

「우리가 서로를 잘 알게 되었다는 뜻입니다.」

「그 애가 잘못 안 거예요.」 이사벨이 말했다. 「그 일은 성사될 수 없어요.」

가엾은 로지에는 반쯤은 간절한 호소를 담고 반쯤은 화가 난 눈으로 그녀를 바라보았다. 갑자기 붉어진 그의 얼굴이 상처를 받은 마음의 고통을 드러냈다. 「나는 이런 대접을 받은 적이 없습니다.」 그가 말했다. 「결국 나에 대해서 반대하는 이유가 도대체 무엇입니까? 나는 지금까지 이런 식으로 평가된 적이 없어요. 원한다면 스무 번이라도 결혼할 수 있었어요.」

「그렇게 하지 않은 것이 유감이에요. 스무 번 결혼하라는 뜻이 아니라, 한 번만 편안하게 결혼하는 것 말이죠.」 이사벨은 친절하게 웃으며 덧붙였다. 「당신은 팬지에게 적합할 만큼 부자가 아니에요.」

「그녀는 돈에 대해서 전혀 개의치 않아요.」

「그래요, 하지만 그 애의 아버지는 신경을 쓰거든요.」

「아, 그래요, 그분은 이미 오래전에 그 사실을 입증하셨죠!」 그 젊은이가 소리쳤다.

이사벨은 그에게서 고개를 돌리고 갑자기 일어서더니 그 노부인에게 인사도 하지 않고 그냥 가버렸다. 그런 다음 10분간 로지에는 길버트 오즈먼드가 수집한 정밀화들을 열심히 구경하는 척하고 있었다. 그 그림들은 작은 벨벳 칸막이 안에 말끔하게 배열되어 있었다. 하지만 열심히 들여다보기는 했어도 그의 눈에는 아무것도 들어오지 않았다. 그의 뺨은 벌겋게 달아올라 있었다. 머릿속은 자신이 받은 모욕감으로 가득했다. 과거에 이런 식의 대접을 받은 적은 분명 한 번도 없었다. 자신이 충분히 훌륭하지 못하다는 평가를 받는 데 익숙지 않았다. 자신이 꽤 괜찮은 사람이라는 것을 알고 있었으므로, 그는 그런 잘못된 판단이 그토록 치명적인 것만 아니었다면 그저 웃어넘길 수 있었을 것이다. 그는 다시 팬지를 찾아 보았지만 그녀는 어딘가로 사라져서 보이지 않았다. 이제 그 집을 나서야겠다는 욕구가 강렬하게 일었다. 그러기 전에 그는 다시 이사벨에게 말을 걸었다. 조금 전에 그녀에게 무례하게 말했던 일을 생각하면 기분이 편치 않았다. 그 일이야말로 그에 대한 낮은 평가를 정당화할 수 있는 단 한 가지 오점이었다.

「조금 전에 오즈먼드 씨에 대해서 해서는 안 될 말을 했어요.」 그가 말을 꺼냈다. 「하지만 내 처지가 어떤지 기억해 주시기 바랍니다.」

「당신이 뭐라고 말했는지 전혀 기억나지 않아요.」 그녀가 쌀쌀맞게 대답했다.

「아, 화가 나셨군요. 그러니 이제 당신은 나를 절대로 도와주시지 않겠군요.」

그녀는 잠시 입을 다물고 있었다. 그러더니 달라진 목소리로 말했다. 「내가 도와주지 않으려는 게 아니에요. 다만 할 수 없는 거죠!」 그녀는 거의 격렬한 어조로 말했다.

「당신이 조금만 도와주실 수 있으면, 앞으로 당신 남편에 대해서 언제나 천사 같은 분이라고 말하겠어요.」

「대단히 큰 동기가 되겠군요.」 이사벨이 침울하게 말했다. 나중에 그가 혼자 돌이켜보았을 때 불가사의하게 여겨지는 어조였다. 그리고 그녀는 의미를 헤아릴 수 없는 눈길로 그의 눈을 똑바로 들여다보았다. 그 얼굴을 보고 있자니 어째서인지 자신이 어린 시절의 그녀를 알고 있었다는 기억이 떠올랐다. 하지만 그 눈길은 그의 마음을 불편하게 할 만큼 예리했다. 그는 작별 인사를 하고 그 집을 나섰다.

제38장

이튿날 로지에가 마담 멀을 만나러 갔을 때, 놀랍게도 그녀는 그리 어렵지 않게 그를 용서해 주었다. 하지만 어떤 일이 결정될 때까지 그가 더 이상은 일을 진척시키지 않겠다는 약속을 하게 만들었다. 오즈먼드 씨의 기대 수준은 더 높다는 것이었다. 그는 자기 딸에게 지참금을 줄 의도가 없으므로 그가 그런 높은 기대를 품는 것은 비판받을 소지가 있고 심지어, 조롱하려는 사람이 있다면, 조롱을 받을 수 있다는 것도 사실이다. 그렇지만 로지에 씨가 그런 태도를 취해서는 안 된다고 그녀는 충고했다. 만일 그가 마음을 편히 먹고 참을성을 발휘한다면 더없이 행복한 날을 맞게 되리라는 것이었다. 오즈먼드 씨가 그의 청혼에 호의적인 것은 아니지만, 그의 생각이 차차 달라질 가능성이 전혀 없는 것은 아니었다. 팬지는 자기 아버지의 뜻에 절대로 거역하지 않을 것이다. 그것은 틀림없는 사실이다. 그러니 경솔하게 행동해서는 아무것도 얻을 수 없다. 오즈먼드 씨는 지금까지 염두에 두지 않았던 그런 종류의 청혼에 익숙해질 필요가 있다. 그런 결과는 저절로 자연스럽게 이루어져야 하고, 억지로 재촉하려고 애써 봐야 무익한 일이다. 로지에는 그 사이에 자신의 상황이 불편하기 그지없으리라고 대답했다. 마담 멀은 그에 대해서 동정심을 느낀다고 말하며 그를 안심시켰다. 하지만 사람이 원하는 것을 모두 가질 수는 없는 법이라고 공정하게 말했다. 그녀는 그 교훈을 스스로 배웠다는 것이었다. 또한 그가 길버트 오즈먼드에게 편지를 보내 봐야 아무 소용도 없을 것이다. 이런 말을 그에게 전해 달라고 오즈먼드가 그녀에게 부탁했다. 오즈먼드는 이 문제를 몇 주간 마음에서 접어 두고 싶어 했고, 로지에 씨가 반갑게 여길 소식이 있을 때 직접 편지를 보내겠다고 했다.

「그분은 당신이 팬지에게 마음을 털어놓은 것을 좋아하지 않았어요. 아, 전혀 기꺼워하지 않더군요.」 마담 멀이 말했다.

「그분이 제게 직접 말씀하실 수 있는 기회를 드리고 싶습니다!」

「그렇게 한다면 그분은 당신이 듣고 싶지 않은 말도 할 거예요. 다음 한 달간 가급적 그 댁을 방문하지 말고, 나머지 일은 내게 맡겨 두세요.」

「가급적 방문하지 말라고요? 그 횟수를 누가 정하는 겁니까?」

「내가 정하도록 할게요. 목요일 저녁에는 다른 사람들처럼 방문하세요. 하지만 아무 때나 찾아가는 일은 절대 없도록 하세요. 그리고 팬지에 대해서 안달하지 말고요. 그 아이에게 이런 사정을 모두 알려 줄게요. 그 애는 조용한 아가씨니까 그 일을 조용히 받아들일 거예요.」

에드워드 로지에는 팬지에 대해서 무척 초조한 심정이었지만 조언을 받은 대로 행동했고, 다음 목요일 저녁에 팔라초 로카네라에 방문할 수 있기를 기다렸다. 그날은 만찬회가 있었다. 그래서 그가 일찍 갔지만 이미 손님들이 꽤 많이 모여 있었다. 평소처럼 오즈먼드는 첫 번째 방의 난롯불 옆에서 똑바로 문을 바라보고 있었다. 그래서 로지에는 유난히 무례하게 보이지 않도록 그에게 가서 말을 걸어야 했다.

「당신이 암시를 잘 알아들을 수 있어 다행이오.」 팬지의 아버지는 날카롭고 자의식적인 눈을 약간 감으며 말했다.

「저는 암시를 받은 적이 없습니다. 제 생각으로는 전갈을 받았지요.」

「전갈을 받았다고? 어디서 받았소?」

가엾은 로지에는 모욕을 당하고 있는 기분이었다. 잠시 아무 말도 하지 않으면서 그는 진정한 연인이라면 어느 정도나 모욕을 참아야 할지를 스스로에게 물어보았다. 「제가 이해하기로는 마담 멀이 당신의 전갈을 전해 주셨습니다. 제가 바라는 기회, 제 바람을 설명드릴 수 있는 기회를 제게 주시지 않겠다는 내용이었지요.」 그리고는 다소 엄숙하게 말했다고 뿌듯하게 생각했다.

「마담 멀이 그 일과 무슨 관련이 있는지 모르겠군. 왜 마담 멀에게 부탁했소?」

「그 부인의 의견을 여쭤 보았을 뿐입니다. 그 이상은 아니었어요. 그 부인이 당신을 매우 잘 아시는 것 같았기 때문에 그렇게 했습니다.」

「그 부인은 본인이 생각하듯이 나를 잘 알고 있는 건 아니오.」 오즈먼드가 말했다.

「그 말씀을 들으니 유감이군요. 부인은 제게 조금 희망을 가질 수 있는 근거를 주셨으니까요.」

오즈먼드는 잠시 난롯불을 들여다보았다. 「나는 내 딸을 굉장히 귀중하게 여기고 있소.」

「저보다 더 소중하게 생각하실 수는 없을 겁니다. 그녀와 결혼하기를 바라는 것이 그 점을 입증하지 않습니까?」

「그 애를 훌륭하게 결혼시킬 생각이오.」 오즈먼드는 냉담하고 무례하게 말을 이었다. 가엾은 로지에는 다른 기분이었더라면 그 말투에 경탄했을 것이다.

「물론 저는 그녀가 저와 결혼하는 것이 훌륭한 결혼이 될 거라고 주장합니다. 그녀를 저보다 더 사랑해 줄 남자와 결혼할 수 없을 테고, 감히 덧붙이자면, 그녀가 저보다 더 사랑할 남자도 없을 겁니다.」

「내 딸이 누구를 사랑하는지에 대한 당신의 이론은 받아들일 의무가 없소.」 오즈먼드는 재빨리 차가운 미소를 띠고 올려다보았다.

「저는 이론을 제기한 것이 아닙니다. 당신의 따님이 직접 말한 것이지요.」

「내게는 말하지 않았소.」 오즈먼드는 이제 몸을 앞으로 숙이고 구두 끝을 바라보며 말을 이었다.

「따님이 제게 약속했습니다!」 로지에는 화가 나서 날카롭게 소리쳤다.

앞서 그들이 매우 낮은 목소리로 이야기를 나누었으므로, 그 날카로운 소리에 손님들 몇 명이 돌아보았다. 오즈먼드는 이 작은 소동이 가라앉을 때까지 기다렸다. 그러고 나서는 조금도 동요되지 않은 목소리로 말했다. 「내 딸은 그런 약속을 했다는 것을 전혀 기억하지 못할 거요.」

그들은 난롯불을 향하고 서 있었는데, 이 마지막 말을 내

뺄고 나서 집주인은 몸을 돌려 다시 방을 바라보았다. 로지에가 대답할 틈도 없이 어떤 낯선 신사가 로마의 관습에 따라 하인의 안내를 받지 않고 방금 방에 들어섰고 집주인에게 인사하려고 다가서는 것이 보였다. 그 주인은 부드럽게 미소를 띠었지만 어쩐지 모호한 표정이었다. 그 손님은 잘생긴 얼굴에 풍성하고 멋진 턱수염이 나 있었고 영국인인 것이 분명했다.

「저를 알아보지 못하시는군요.」 그가 오즈먼드보다 더 풍부한 미소를 지으며 말했다.

「아, 아니요. 이제 알겠습니다. 뵙게 되리라고는 전혀 예상하지 못했기에.」

로지에는 그 자리를 벗어나서 곧장 팬지를 찾으러 갔다. 평소처럼 그녀는 옆방에 있었다. 하지만 그는 그곳으로 가는 길에 또다시 오즈먼드 부인과 마주쳤다. 그는 안주인에게 인사도 하지 않았다. 당연히 너무 화가 나 있었기에 그녀에게 거칠게 말했다. 「당신의 남편은 끔찍한 냉혈한이에요.」

그녀는 전에 그에게 보여 주었던 신비스러운 미소를 다시 지었다. 「누구나 다 당신처럼 열렬하게 타오르고 있기를 기대해서는 안 돼요.」

「나는 지금 냉정하다고는 못 해도 아주 침착한 상태입니다. 그가 자기 딸을 어떻게 했지요?」

「나는 전혀 몰라요.」

「관심이 전혀 없으신 겁니까?」 로지에는 그녀도 자신의 화를 돋우고 있다고 생각하며 다그쳤다.

잠시 그녀는 아무 대답도 하지 않았다. 그러더니 갑자기 〈그래요!〉라고 대답했다. 그녀의 말과 정반대로 그녀의 눈빛이 갑자기 반짝였다.

「내가 그 말씀을 믿지 않더라도 용서하세요. 오즈먼드 양은 어디 있습니까?」

「구석에서 차를 끓이고 있어요. 제발 그 애를 그냥 그곳에 내버려 두세요.」

로지에는 중간에 서 있는 사람들에 가려 있던 그녀를 즉시 찾아냈다. 그는 그녀를 관찰했지만 그녀는 오로지 차를 끓이는 일에 전념하고 있었다. 「대체 그가 자기 딸에게 무슨 일을 한 겁니까?」 그가 다시 호소하듯이 물었다. 「그녀가 나를 단념했다고 내게 말하시더군요.」

「그 애는 당신을 단념하지 않았어요.」 이사벨은 나지막한 목소리로 그를 쳐다보지도 않고 말했다.

「아, 그렇게 말해 주셔서 고맙습니다! 그렇다면 이제 당신이 적절하다고 생각하는 만큼 될 수 있는 대로 오래 그녀에게 가까이 가지 않겠어요.」

이 말을 하자마자 그는 그녀의 안색이 달라지는 것을 알아차렸다. 오즈먼드가 방금 들어온 신사와 함께 그녀 쪽으로 다가오고 있었다. 그 신사는 외모가 준수하고 사교적 경험이 풍부한 사람으로 보였지만 약간 당황한 표정이라고 로지에는 생각했다. 「이사벨, 옛 친구분을 모셔 왔소.」 그녀의 남편이 말했다.

오즈먼드 부인은 얼굴에 미소를 띠었지만 그 옛 친구와 마찬가지로 완벽한 자신감이 없이 당혹스러운 표정이었다. 「워버턴 경을 만나게 되다니 정말 기뻐요.」 그녀가 말했다. 로지에는 돌아섰다. 이제 그녀와의 대화가 중단되었으므로 조금 전에 그녀에게 한 약속에서 풀려난 기분이었다. 자기가 무슨 일을 하든 오즈먼드 부인이 알아차리지 못할 거라는 생각이 재빨리 머릿속에 스쳤다.

그의 생각을 공정하게 평가하자면, 사실 이사벨은 얼마간 로지에를 완전히 잊어버리고 말았다. 그녀는 너무나 놀랐던 것이다. 자신이 기쁨을 느끼고 있는지, 고통을 느끼고 있는지도 알 수 없었다. 하지만 워버턴 경은 이제 그녀를 대면하게 되었으므로 그 점에 있어서 자신의 감정은 어떤 것인지를 확인했음이 분명했다. 하지만 그의 잿빛 눈은 자신의 감정을 인정하고 내보이는 데 엄격하고 진실했던 예전의 섬세한 특징을 여전히 갖고 있었다. 그는 전보다 더 〈건장〉해졌고 나이 들어 보였다. 매우 확고하고 현명하게 보이는 모습으로 그곳에 서 있었다.

「아마 저를 만나리라고는 생각하지 못하셨겠지요.」 그가 말했다. 「방금 도착했습니다. 실은 오늘 저녁에 로마에 도착했어요. 보시다시피 도착하자마자 조금도 지체하지 않고 부인께 인사를 드리러 왔습니다. 목요일마다 집에 계시는 것을 알고 있었거든요.」

「보다시피 당신의 목요일 사교회가 영국에까지 유명해졌구려.」 오즈먼드가 아내에게 말했다.

「이렇게 빨리 와주시다니 워버턴 경께선 무척 친절하세요. 저희에게 큰 영광이에요.」

「아, 형편없는 호텔에 계시는 것보다야 더 낫겠지요.」 오즈먼드가 말을 이었다.

「호텔은 아주 훌륭해 보이더군요. 4년 전에 부인을 만났던 바로 그 호텔인 것 같습니다. 아시다시피 여기 로마에서 우리가 처음 마주쳤지요. 아주 오래전의 일입니다. 제가 부인에게 작별 인사를 했던 곳을 기억하세요?」 워버턴 경은 그 안주인에게 물었다. 「카피톨의 첫 전시실이었지요.」

「그건 저도 기억합니다.」 오즈먼드가 말했다. 「그때 그곳에 있었지요.」

「네, 거기 계셨던 것을 기억합니다. 저는 로마를 떠나는 것이 무척 서운했어요. 너무 섭섭해서 어떻게 되어서인지 그 기억은 차마 돌아볼 수 없이 울적했고, 그래서 오늘까지 로마에 다시 오고 싶은 마음이 들지 않았습니다. 하지만 당신이 여기 살고 계신 것은 알고 있었어요.」 그녀의 옛 친구는 이사벨에게 말을 이었다. 「그리고 정말이지 당신을 종종 생각했습니다. 이 집은 매혹적인 곳이군요.」 그는 그녀가 정착한 집을 둘러보면서 덧붙였다. 그 말에서 그녀는 그의 옛 슬픔의 희미한 그림자를 느낄 수 있었을 것이다.

「저희는 언제라도 뵐 수 있었더라면 기뻤을 겁니다.」 오즈먼드가 예의 바르게 말했다.

「고맙습니다. 그 후에는 영국을 떠나지 않았습니다. 한 달 전만 하더라도 제가 여행하는 일은 더 이상 없을 거라고 생각하고 있었지요.」

「경에 대한 소식은 이따금 들었습니다.」 이사벨이 말했다. 그녀는 그를 다시 만난 것이 자신에게 어떤 의미가 있을지를 이미 간파했다. 그녀는 그런 희귀한 내적 통찰력을 갖고 있었다.

「해가 될 이야기는 듣지 않으셨기를 바랍니다. 제 삶은 놀랍게도 아무런 사건도 없이 평탄하게 흘러왔어요.」

「역사상 태평시대처럼 말이지요.」 오즈먼드가 암시했다. 그는 집주인으로서 자신이 해야 할 의무가 이제 끝났다고 생각하는 것 같았다. 그는 대단히 공들여 그 의무를 다했다. 아내의 옛 친구에 대한 그의 정중한 태도는 그 무엇보다도 적절하고, 정밀하게 계산된 처신이었다. 세심하게 격식을 차리는 태도가 노골적으로 드러났지만 자연스러운 점은 전혀 없었다. 워버턴 경은 대체로 자연스러운 성품을 가진 사람이었으므로 그런 결함을 알아차렸을 것이다. 「오즈먼드 부인과 단둘이 이야기를 나누시게 해드리지요.」 그가 덧붙였다. 「제가 공감하지 못하는 추억이 있으실 테니.」

「그러면 손해가 크실 텐데요!」 워버턴 경은 돌아서는 오즈먼드의 등 뒤에 대고 말했다. 오즈먼드의 너그러운 배려에 대한 감사의 뜻을 지나치게 드러내는 어조였다. 그런 다음 그 손님은 이사벨을 바라보았고, 깊고 한없이 깊은 의식을 담은 그의 눈빛은 차차 더욱 진지해졌다. 「당신을 만나게 되어 진심으로 무척 기쁩니다.」

「저도 매우 기뻐요. 이렇게 와주시다니 정말 친절하세요.」

「당신이 약간 달라졌다는 것을 알고 계세요?」

그녀는 순간 망설였다. 「네, 아주 많이 변했지요.」

「물론 나쁜 쪽으로 달라졌다는 말은 아닙니다. 그렇지만 제가 어떻게 더 좋아졌다는 말을 할 수 있겠어요?」

「저는 경에 대해서 주저 없이 그렇게 말할 수 있습니다.」 이사벨이 용감하게 대답했다.

「아, 네, 제게는. 참으로 긴 시간이 지났지요. 세월의 흐름을 드러내 줄 것이 없다면 안타까울 겁니다.」 그들은 자리에 앉았고, 그녀는 그의 누이들의 안부를 묻고 다른 형식적인 질문들을 던졌다. 그는 그녀의 질문이 흥미로운 듯이 대답했다. 조금 지나자 그녀는 그가 예전처럼 자신의 온 무게로 압박을 가하지 않는다는 것을 알아차렸고, 아니면 그런 면을 보았다고 믿었다. 시간이 그의 마음에 입김을 불어 넣었고, 그 마음을 냉각시킨 것이 아니라 바람을 쐬었다는 안도감을 주었던 것이다. 이사벨은 시간에 대한 예전의 존중심이 단번에 솟아오르는 것을 느꼈다. 워버턴 경은 확실히 인생에 만족하고 있는 사람의 태도를 드러냈고, 사람들이, 적어도 그녀가, 자신을 그런 사람으로 생각해 주기를 바라는 듯했다. 「더 지체하지 말고 말씀드려야 할 일이 있습니다.」그가 다시 말을 꺼냈다. 「제가 랠프 터치트를 데려왔어요.」

「사촌 오빠를 데려오셨다고요?」이사벨은 무척 놀랐다.

「그는 호텔에 있어요. 너무 지쳐서 외출할 수 없기에 잠자리에 들었습니다.」

「오빠를 만나러 가겠어요.」그녀가 즉시 말했다.

「그렇게 해주시기를 바랐습니다. 당신이 결혼하신 후에 그를 많이 만나지 못하셨으리라고 생각했지요. 당신들의 관계가 사실 뭐랄까, 약간 형식적이 되었다고요. 그래서 제가 망설였던 겁니다. 투박한 영국인들처럼 말이지요.」

「저는 예전처럼 랠프를 좋아해요.」이사벨이 대답했다. 「하지만 오빠가 로마에 왜 왔지요?」좋아한다는 고백은 무척 부드러웠지만 질문은 약간 날카로웠다.

「그의 병세가 심각해졌기 때문입니다, 오즈먼드 부인.」

「그렇다면 오빠에게는 로마가 적합하지 않을 텐데요. 오빠가 겨울철을 외국에서 나는 습관을 포기하고 이번에는 영국에서 보내기로 작정했다고 편지를 보냈더군요. 실내에서, 오빠의 말에 따르면, 인공적으로 따뜻한 기후를 만들어서 말이에요.」

「안타깝게도 그는 그 인공적인 기후에도 잘 지내지 못했어요. 3주 전에 그를 만나러 가든코트에 갔었는데 위독한 상태더군요. 그는 매년 더 악화되어 왔고 지금은 기력이 전혀 남아 있지 않아요. 더 이상 담배를 피우지도 못하고요! 정말로 인공적인 기후를 만들어냈더군요. 온 집 안이 콜카타처럼 뜨끈뜨끈했어요. 그런데 그가 갑자기 시칠리아로 떠나겠다고 마음을 먹은 겁니다. 저는 시칠리아가 그의 건강에 도움이 되리라고 생각할 수 없었어요. 의사들도, 그의 다른 친구들도 그렇게 생각했어요. 그런데 아시다시피 그의 모친은 미국에 계시니 그를 막을 사람이 아무도 없었지요. 그는 카타니아에서 겨울을 보내면 나아질 거라는 생각에 집착하더군요. 하인들을 데려가고 가구도 가져가서 편안히 지낼 수 있을 거라고 말했지만, 사실 아무것도 가져오지 않았답니다. 저는 그가 피로를 덜 수 있도록 적어도 배를 타고 가기를 바랐습니다만 그는 바다가 싫다고 하면서 로마에 들르고 싶어했습니다. 그의 말을 들은 후에 저는 그런 계획이 부질없다고 생각하기는 했지만 그와 함께 오기로 마음을 먹었습니다. 저는 지금 ─ 미국에서는 그런 사람을 뭐라고 부릅니까? ─ 일종의 조정자 역할을 하고 있는 셈입니다. 랠프는 지금 매우 기진맥진한 상태입니다. 2주 전에 영국을 출발했는데 오는 도중에 그의 상태가 몹시 나빠졌어요. 따뜻한 상태를 유지할 수 없었고, 남쪽으로 내려올수록 더 한기를 느꼈고요. 꽤 괜찮은 의사의 시중을 받기는 했는데, 유감스럽게도 그는 인간의 도움으로는 어쩔 수 없는 지경에 이른 것 같아요. 나는 그가 영리한 사람을, 영리한 젊은 의사를 데려오기를 바랐어요. 그런데 내 말을 듣지 않더군요. 제가 이런 말을 해도 괜찮다면, 지금은 터치트 부인께서 미국에 계실 때가 아닌 것 같습니다.」

이사벨은 열중해서 귀를 기울였다. 그녀의 얼굴에는 괴롭고 놀라운 심정이 역력히 드러났다. 「이모님께서는 딱 정해진 시기에 미국에 가시고 무슨 일이 있어도 일정을 바꾸지 않으세요. 정해진 날짜가 되면 출발하시죠. 랠프 오빠가 죽어 가고 있더라도 출발하셨을 거예요.」

「그가 실제로 죽어 가고 있다는 생각이 가끔 듭니다.」 워버턴 경이 말했다.

이사벨은 벌떡 일어섰다. 「지금 당장 만나러 가겠어요.」

그는 그녀를 만류했다. 자신의 말이 즉각적인 효과를 내자 조금 당황한 기색이었다. 「오늘 밤에 그럴 거라는 뜻은 아닙니다. 그 반대로 오늘 기차에서는 유난히 괜찮아 보였어요. 로마에 곧 도착한다는 생각 — 아시다시피 그는 로마를 무척 좋아하니까요 — 에 기운을 얻었지요. 한 시간 전에 그에게 잘 자라고 인사했는데 그는 무척 피곤하지만 기분이 아주 좋다고 말하더군요. 내일 아침에 그를 보러 오세요. 제가 하려는 말은 바로 그것입니다. 제가 여기에 온다는 말은 하지 않았습니다. 그의 방에서 나올 때까지도 그럴 생각이 없었으니까요. 그다음에야 당신이 저녁 모임을 연다는 그의 말이 기억났고 오늘이 목요일이라는 생각이 떠올랐지요. 그래서 여기에 와서 그가 도착했다는 사실을 당신에게 알려 드리고 당신이 그가 먼저 방문하기를 기다리지 않는 편이 좋겠다고 말씀드려야겠다는 생각이 든 겁니다.」 이사벨은 워버턴 경이 일러준 대로 하겠다고 말할 필요도 없었다. 그곳에 앉아 있는 그녀의 모습은 날개를 접고 있는 새처럼 보였다.

「그 외에도, 저는 당신을 직접 만나고 싶었습니다.」 그 손님이 호기 있게 덧붙였다.

「랠프 오빠의 계획을 이해하지 못하겠어요. 제가 보기에는 그 계획이 매우 무모한 것 같거든요.」 그녀가 말했다. 「그가 가든코트의 두꺼운 벽들 사이에서 편안히 있을 거라고 생각하면서 저는 다행으로 여기곤 했어요.」

「그곳에서 그는 완전히 혼자 지냈습니다. 그 두꺼운 벽들이 그의 유일한 벗이었지요.」

「당신이 오빠를 만나러 가주셨지요. 정말로 친절하세요.」

「아, 별로 할 일이 없으니까요.」 워버턴 경이 말했다.

「그렇기는커녕, 당신이 위대한 일을 하고 계신다는 소식이 들리던데요. 모두들 당신이 위대한 정치가라고 말하고요. 『타임』에서 당신의 이름을 끊임없이 보고 있어요. 그런데 그 신문은 당신의 이름에 경의를 표하지 않는 것 같더군요. 분명 예전처럼 열광적인 급진주의자이시고요.」

「그렇게 열광적인 것은 아닙니다. 알다시피 세상이 제 의견에 동조하게 되었으니까요. 터치트와 저는 런던에서 여기까지 오는 동안 내내 의회식 토론을 벌였습니다. 제가 그를 최후의 토리당원이라고 부르면 그는 저를 고트족의 왕이라고 부르는 식이었어요. 외모의 세세한 부분에 이르기까지 야만인의 흔적이 제게 다 남아 있다고 놀리더군요. 그러니 그에게 아직은 생기가 남아 있다는 것을 알 수 있지요.」

이사벨은 랠프에 대해서 물어보고 싶은 것이 많았지만 물어보는 일을 자제했다. 이튿날 자기 눈으로 직접 확인할 것이었다. 잠시 후 워버턴 경이 그 주제에 조금 물려서 다른 화젯거리들을 생각하고 있다는 것을 그녀는 알아차렸다. 그녀는 그의 실연의 상처가 완전히 아물었다는 것을 점점 더 분명히 알 수 있었다. 더욱더 중요한 점은 그녀가 그렇게 속으로 생각하면서도 쓰라린 마음을 전혀 느끼지 않았다는 것이었다. 과거의 그는 집요하게 주장하고 강요하는 사람의 이미지를 갖고 있었기에 그녀는 그에게 저항하고 설득해야 했다. 그래서 그가 다시 나타났을 때 처음에 그녀는 새로운 고통을 겪게 되리라는 위협을 느꼈다. 그러나 이제 그녀는 안심했다. 그는 다만 그녀와 좋은 관계가 되기를 바라고 있고, 그녀를 용서했으며, 신랄한 감정을 내비칠 정도로 저열한 사람은 아니라는 것을 알려 주려 하고 있었다. 물론 이런 바람에 보복하려는 의도가 숨겨져 있는 건 아니었다. 그가 환멸감을 과시적으로 드러내면서 그녀에게 벌을 주고 싶어 하리라는 생각은 전혀 들지 않았다. 그녀는 그를 공정하게 평가했고, 자신이 체념했다는 사실에 이제 그녀가 호의적인 관심을 느끼리라는 생각이 그에게 떠올랐을 뿐이라고 믿었다. 그는 건전하고 남자답게 체념했으며, 그런 성격을 가진 사람에게서 감정적인 상처가 곪아 터지는 일은 있을 수 없었다. 영국의 정치가 그를 치유해 주었다. 그녀는 그렇게 되리라고 알고 있었다. 그녀는 치유력이 있는 행동의 물살에 언제든지 자유롭게 뛰어들 수 있는 남자들의 더 나은 운명을 부럽게 생각했다. 워버턴 경은 물론 과거에 있었던 일에 대해서 말하기도 했지만 그런 이야기에 어떤 의미가 내포된 것은 아니었다. 심지어 그는 예전에 로마에서 그들이 만났던 때를 아주 즐거운 시절이었던 듯이 언급하기도 했다. 그리고 그녀의 결혼 소식에 지대한 관심을 느꼈으며 오즈먼드 씨를 알게 되어서 대단히 기쁘다고 말했다. 지난번에 그를 만났을 때는 알게 되었다고 말할 수 없을 정도였다는 것이었다. 그는 그녀의 인생에서 그 중요한 사건이 있었을 때 축하 편지를 보내지 않았지만 그 점에 대해서 사과를 하지는 않았다. 그는 그들이 오랜 벗이고 친한 사이라고 암시했을 뿐이었다. 그러므로 그가 시골의 연회장에서 순진하게 수수께끼 놀이를 하면서 즐거워하는 사람처럼 미소를 띤 얼굴로 주위를 돌아보며 잠시 말을 멈췄다가 갑자기 이런 말을 꺼낸 것은 다정한 친구다웠다.

「자, 그럼, 당신은 무척 행복하고 잘 지내고 계시겠지요?」

이사벨은 재빨리 웃음을 터뜨리며 대답을 대신했다. 그의 말투가 코미디언의 어투처럼 들렸던 것이다. 「행복하지 않다면, 제가 그렇게 말씀드릴 거라고 생각하세요?」

「글쎄, 모르겠어요. 말하지 않을 이유가 없을 것 같은데요.」

「그렇다면 저는 그럴 만한 이유가 있어요. 하지만 다행히도 저는 무척 행복해요.」

「대단히 멋진 집을 갖고 계시는군요.」

「네, 아주 쾌적한 집이에요. 하지만 그건 제 공이 아니라 남편의 공이죠.」

「남편께서 집을 꾸몄다는 뜻입니까?」

「네, 저희가 처음 이 집에 왔을 때는 형편없었어요.」

「재주가 많은 분이군요.」

「실내 장식에 재능이 있어요.」 이사벨이 말했다.

「지금은 그런 것들이 크게 유행하고 있지요. 하지만 당신도 당신 나름의 취향이 있으실 텐데요.」

「저는 다 완성되었을 때 즐기기는 하지만 독창적인 생각은 없어요. 어떤 제안도 할 수 없고요.」

「다른 사람의 제안을 받아들인다는 뜻입니까?」

「대부분 아주 기꺼이 받아들이죠.」

「그걸 알게 되어 잘되었군요. 저도 당신께 뭔가를 제안하겠습니다.」

「그렇게 해주시면 고맙지요. 하지만 제가 몇 가지 사소한 점에서는 어느 정도 주도권이 있다고 말씀드려야겠군요. 가령 당신을 여기 계신 몇몇 분들께 소개해 드리고 싶어요.」

「아, 제발 그렇게 하지 마세요. 여기 앉아 있는 것이 더 좋으니까. 저기 푸른 드레스를 입은 아가씨가 아니라면. 매력적인 얼굴이군요.」

「얼굴이 붉은 청년과 이야기하는 아가씨요? 제 남편의 딸이에요.」

「당신 남편은 운이 좋으시군요. 매우 귀여운 아가씨예요!」

「그 아이와 인사를 나누셔야 해요.」

「조금 이따가, 기꺼이 그렇게 하지요. 여기 앉아서 그녀를 바라보는 것이 좋습니다.」 하지만 그는 곧 팬지에게서 시선을 돌려 버렸다. 그의 눈길은 부단히 오즈먼드 부인에게로 되돌아갔다. 「조금 전에 당신이 변했다고 말했지만 그 말이 틀렸다는 것을 아세요?」 그는 곧 말을 이었다. 「내가 보기에 당신은 어떻든 예전과 똑같습니다.」

「하지만 저는 결혼이 큰 변화를 일으킨다고 생각해요.」 이사벨이 약간 명랑한 어조로 말했다.

「결혼이 대부분의 사람들에게 영향을 미치지만 당신에게는 그렇지 않은 것 같습니다. 아시다시피 저는 결혼을 지지하지 않았습니다.」

「좀 놀라운 말씀인데요.」

「아시는 줄 알았어요, 오즈먼드 부인. 하지만 저도 결혼하고 싶습니다.」 그는 소박하게 덧붙였다.

「매우 쉬운 일일 텐데요.」 이사벨은 이렇게 말하면서 일어섰고, 그런 후에는 자신이 그런 말을 할 수 있는 입장이 아니라는 생각에 역력히 드러날 정도로 괴로운 표정을 지었다. 어쩌면 그 고통을 짐작했기 때문에 워버턴 경은 그녀가 과거에 그처럼 쉬운 일을 도와주지 않았다는 사실을 언급하지 않고 너그럽게 자제했을 것이다.

그동안 에드워드 로지에는 팬지의 차 탁자 옆에 있는 긴 의자에 앉아 있었다. 그는 처음에 사소한 일들에 대해서 이야기하는 척했다. 그녀는 의붓어머니와 이야기를 나누고 있는 새로운 신사가 누구인지를 물었다.

「영국인 귀족입니다.」 로지에가 말했다. 「그 이상은 모르겠어요.」

「저분이 차를 드실지 궁금하군요. 영국인들은 차를 무척 좋아한다죠.」

「그런 걱정은 하지 마세요. 당신에게 특별히 할 이야기가 있어요.」

「너무 크게 말씀하지 마세요. 모두에게 들릴 거예요.」 팬지가 말했다.

「당신이 계속 그쪽을 보고 있으면 사람들이 듣지 못할 겁니다. 찻주전자의 물이 끓기를 바라는 것 외에는 당신이 세상에서 달리 생각할 일이 없는 것처럼 말이죠.」

「이제 막 물을 채웠어요. 하인들은 차를 끓이는 법을 절대 모르거든요!」 그러면서 그녀는 자신의 막중한 책임감에 한숨을 쉬었다.

「당신의 부친께서 조금 전에 내게 뭐라고 말씀하셨는지 알아요? 당신이 1주일 전에 한 말이 진심이 아니었다는 거예요.」

「제가 오로지 진심만 말하는 것은 아니에요. 어린 아가씨가 어떻게 그럴 수 있겠어요? 하지만 당신에게 한 말은 진심이에요.」

「당신의 부친께서는 당신이 나를 잊어버렸다고 말씀하셨어요.」

「아, 아뇨, 저는 잊지 않았어요.」 팬지는 늘 한결같은 미소에 예쁜 이를 드러내며 말했다.

「그렇다면 모든 것이 전과 마찬가지인가요?」

「아, 아뇨, 아주 똑같지는 않아요. 아빠가 몹시 엄하게 야단치셨어요.」

「어떻게 말씀하셨어요?」

「당신이 내게 무슨 말을 하셨는지를 물으셨어요. 그래서 모든 것을 말씀드렸어요. 그러자 아빠는 당신과 결혼하는 것을 금하셨어요.」

「그런 일에 신경 쓸 필요 없어요.」

「아뇨, 신경을 써야 해요. 저는 아빠의 말씀에 거역할 수 없어요.」

「나처럼 당신을 사랑하는 사람을 위해서도 할 수 없다는 말이에요? 당신이 나를 사랑한다고 말하고서도?」

그녀는 찻주전자의 뚜껑을 열고 그 속을 잠시 들여다보았다. 그러고는 향기를 풍기는 그 주전자 바닥에 여섯 단어를 떨어뜨렸다. 「저는 당신을 전과 똑같이 사랑하고 있어요.」

「그렇다면 내게 어떤 도움이 될까요?」

「아,」 팬지는 예쁘고 모호한 눈을 들어 올리며 말했다. 「그건 모르겠어요.」

「나를 실망시키는군요.」 가엾은 로지에가 신음하듯 말했다.

그녀는 잠시 입을 다물고 있다가 하인에게 찻잔을 건네주었다. 「제발 더 이상 말씀하지 말아 주세요.」

「이것으로 만족하라는 겁니까?」

「당신과 이야기를 나누면 안 된다고 아빠가 말씀하셨어요.」

「당신은 나를 그런 식으로 희생시킬 건가요? 아, 이건 너무해요!」

「조금 기다려 주시면 좋겠어요.」 그 아가씨는 떨리는 목소리를 간신히 알 수 있을 만큼 작게 말했다.

「물론 당신이 내게 희망을 준다면 기다릴 겁니다. 하지만 당신은 내 생명을 앗아 가고 있어요.」

「나는 당신을 포기하지 않을 거예요. 아, 그런 일은 없을 거예요!」 팬지가 말을 이었다.

「당신의 부친은 당신을 다른 사람과 결혼시키려고 할 겁니다.」

「절대로 그렇게 하지 않겠어요.」

「그렇다면 우리가 무엇을 기다려야 하지요?」

그녀는 다시 망설였다. 「오즈먼드 부인에게 말해 보겠어요. 부인이 우리를 도와주실 거예요.」 그녀는 의붓어머니를 대개 이런 호칭으로 불렀다.

「그녀는 우리를 그리 도와주시지 않을 겁니다. 두려워하고 있으니까요.」

「무엇을 두려워한다는 거죠?」

「아마도 당신의 부친을.」

팬지는 작은 머리를 가로저었다. 「그분은 아무도 두려워

672

하지 않으세요. 우리는 참을성을 가져야 해요.」

　「아, 참을성이란 무시무시한 말입니다.」 로지에는 신음 소리를 냈다. 그는 몹시 혼란스러운 심정이었다. 사교계의 관습을 망각한 채 그는 앉아서 우울하고 세련된 자세로 양손으로 머리를 감싸 받치면서 카펫을 바라보았다. 곧 주위에서 부산한 움직임이 이는 것이 느껴졌다. 그가 고개를 들었을 때 팬지는 오즈먼드 부인이 소개한 영국 귀족에게 무릎을 굽혀 절하고 있었다. 수녀원에서 배운 귀여운 인사법이었다.

제39장

랠프 터치트가 사촌 여동생의 결혼 후 그 이전보다 그녀를 만날 일이 훨씬 적었으리라는 것은 사려 깊은 독자들에게 그리 놀랍지 않을 것이다. 그 사건에 대한 그의 발언은 두 사람 사이의 친밀감을 더욱 강화시켜 줄 수 없는 것이었다. 우리가 알다시피 그는 자신의 생각을 솔직히 털어놓은 바 있었고, 그 후에는 입을 다물었다. 이사벨은 그들의 관계에 획기적인 변화를 일으킨 그 논의를 다시 꺼내지 않았던 것이다. 그 논의는 엄청난 변화를 일으켰다. 그가 바라지 않았던, 오히려 두려워했던 변화였다. 그 논의는 결혼을 하려는 아가씨의 열망을 냉각시키기는커녕 오히려 그들의 우정에 금이 가도록 만들었던 것이다. 두 사람은 길버트 오즈먼드에 대한 랠프의 의견을 두 번 다시 입에 올리지 않았고, 이 주제를 신성불가침의 침묵으로 에워싸고 나서 간신히 허심탄회하게 보이는 관계를 유지해 왔다. 하지만 랠프가 혼자서 이따금 중얼거렸듯이 그들의 관계는 달라졌다. 큰 차이점이 있었다. 그녀는 그를 용서하지 않았고, 절대로 용서하지 않을 것이다. 그가 얻은 것은 그뿐이었다. 그녀는 그를 용서했다고 생각했다. 그 일에 개의치 않는다고 믿었다. 그녀는 매우 관대하고 또 자존심이 강한 사람이었으므로 이런 확신에는 일말의 진실성이 있었다. 그러나 그 사건이 그의 의견을 정당화해 주었든 그렇지 않았든 간에 그는 실제로 그녀에게 잘못을 저지른 것이고, 그 잘못은 여자들이 결코 잊을 수 없는 종류의 것이었다. 오즈먼드의 아내로서 그녀는 다시는 그의 친구가 될 수 없었다. 아내로서 그녀가 기대했던 행복을 누리게 되었다면, 그녀는 그토록 소중한 축복을 미리 훼손하려 들었던 남자에 대해서 오로지 경멸을 느끼게 될 것이다. 그 반대로 그의 경고가 옳았다는 것이 입증된다면, 그에게 그 사실을 절대로 알려 주지 않겠다는 맹세는 무거운 짐처럼 그녀의 정신을 짓눌러 결국 그를 미워하게 만들 것이다. 사촌 여동생이 결혼한 이듬해에 랠프는 장래에 대해 너무나 우울한 예감에 사로잡혔다. 그의 사색이 병적으로 침울하게 보인다면 우리는 그가 원기왕성한 사람이 아니라는 사실을 기억해야 한다. 그는 (자기 생각으로는) 훌륭하게 처신함으로써 스스로 위안을 삼고자 했고, 이사벨과 오즈먼드 씨의 결혼식에 참석했다. 결혼식은 피렌체에서 6월에 거행되었다. 그의 모친에게서 들은 이야기에 의하면, 이사벨은 처음에 결혼식을 미국에서 치르려고 생각했다. 하지만 무엇보다도 소박한 결혼식을 바랐으므로 오즈먼드 씨가 아무리 먼 곳이라도 기꺼이 여행하겠다고 말했는데도 가장 가까운 시일 내에 가장 가까이 있는 목사의 주례로 식을 올리는 것이 가장 소박하다고 마침내 결정을 내렸다. 그러므로 그 결혼식은 몹시 더운 어느 여름날 터치트 부인과 그녀의 아들, 팬지와 제미니 백작 부인만 참석한 가운데 작은 미국인 교회에서 거행되었다. 지금 말한 그 예식이 이렇게 간소했던 것은, 결혼식을 약간 화려하게 해주었을 두 사람이 참석하지 않았기 때문이기도 했다. 마담 멀은 초대를 받았지만 로마를 떠날 수 없었으므로 정중한 사과의 편지를 보냈다. 헨리에타 스택폴은 초대되지 않았다. 굿우드 씨가 이사벨에게 알려 주었듯이 유럽으로 출발하려던 헨리에타의 계획이 직업상의 의무 때문에 사실 좌절되었기 때문이었다. 그렇지만 그녀는 마담 멀보다 정중하지 못한 편지를 보냈고, 자신이 대서양을 건널 수 있었더라면 단순히 결혼식의 증인으로서가 아니라 비판자로서 참석했을 거라고 암시했다. 그녀는 얼마 후 유럽에 건너왔고, 가을에 파리에서 이사벨과 만나게 되었을 때 비판적 재능을 — 어쩌면 좀 너무 거리낌 없이 — 마음껏 발휘했다. 이 비판의 주 대상이었던 가엾은 오즈먼드가 매우 날카롭게 항의했으므로, 헨리에타는 이사벨에게 그녀의 결혼으로 말미암아 두 사람의 관계에 장벽이 생겼다고 말하지 않을 수 없었다. 「문제가 되는 건 네가 결혼했다는 사실이 아니야. 네가 저 사람과 결혼했다는 거지.」 그녀는 이렇게 말하는 것이 자신의 의무라고 여겼다. 그녀는 랠프 터치트처럼 주저하거나 양심의 가책을 느끼지는 않았지만 스스로 예상했던 것보다 더 그의 의견에 동조했음이 드러날 것이다. 하지만 헨리에타의 두 번째 유럽 방문이 전혀 소득이 없었던 것은 아니었다. 오즈먼드가 그 여기자에 대해서 반감을 가질 수밖에 없다고 이사벨에게 말했고 이사벨은 그가 헨리에타를 너무 가혹하게 받아들이는 것 같다고 대답한 바로 그 시점에 선량한 밴틀링 씨가 나타나서는 그녀에게 스페인 여행을 제안했던 것이다. 헨리에타가 스페인에서 보낸 편지들은 지금까지 그녀가 발표한 기사문들 중에서 가장 호의적인 반응을 얻었다. 특히 알함브라 궁전에서 쓴 〈무어인들과 달빛〉이라는 제목의 글은 대체로 그녀의 걸작이라는 평가를 받았다. 이사벨은 남편이 그 아가씨를 그저 재미있게 받아들이지 못하는 것에 속으로 실망감을 느꼈다. 그에게 즐거움이나 재미를 느끼는 감각 — 바로 그것이 유머 감각이라고 볼 수 있지 않을까? — 이 혹시 부족한 것은 아닐지 의아하기도 했다. 물론 그녀 자신은 현재 느끼고 있는 행복 때문에 헨리에타가 꺼림칙한 말을 한 것에 대해 악감정을 느끼지 않으며 그 문제를 보았다. 하지만 오즈먼드는 이사벨이 헨리에타와 친하게 지내는 것을 괴상한 일이라고 생각했다. 두 사람에게 어떤 공통점이 있는지 상상할 수 없다고 말했다. 그는 밴틀링 씨의 여행 동무가 더없이 천박한 여자라고 생각했고, 또한 이루 말할 수 없이 방탕한 여자라고 단정했다. 이런 의견에 대해서 이사벨이 열렬히 항의했을 때 그는 자기 아내의 취향에 이상야릇한 점이 있지 않은지 의아해했다. 이사벨은 가급적 자신과 다른 사람들을 사귀고 싶다는 말로 설명할 수밖에 없었다. 「그렇다면 당신의 세탁부와 사귀는 것이 어떻겠소?」 오즈먼드가 이렇게 물었다. 이 말에 이사벨은 유감스럽게도 세탁부가 자신을 좋아하지 않을 거라고 대답했다. 하지만 헨리에타는 상당한 애정을 쏟아 주었던 것이다.

   랠프는 그녀가 결혼한 후 2년 동안 그녀를 전혀 만나지 못했다. 그녀가 로마에 정착한 해의 겨울을 그는 다시 산레모에서 지냈고 봄에 그의 어머니가 그곳으로 찾아와서 얼마 후에 은행 일이 어떻게 되어 가고 있는지를 알아보려고 그와 함께 영국으로 갔다. 그의 모친은 그에게 그 일을 맡아 보도록 설득할 수 없었다. 랠프는 산레모에서 셋집을 얻었고, 그 작은 빌라에서 다음 해 겨울을 보냈다. 체류한 지 2년째 되던 해의 4월 말에 그는 로마에 갔다. 이사벨이 결혼하고 나서 처음으로 그녀와 만나게 된 것이었다. 당시 그는 그녀를 보고 싶은 갈망이 한없이 절절했다. 그녀는 이따금 그에게 편지를 보냈지만 그 편지에는 그가 알고 싶은 것들이 전혀 들어 있지 않았다. 그는 그녀가 어떻게 지내고 있는지를 자기 어머니에게 물어보았는데, 그 어머니는 아주 잘 지낼 거라고 대답했을 뿐이었다. 터치트 부인은 눈에 보이지 않는 것을 감지할 수 있는 상상력이 부족한 사람이었고, 이제 거의 만나지도 않는 조카딸에 대해서 친밀감을 느낄 이유도 없었다. 이사벨은 꽤 존중을 받으면서 살고 있는 것 같았지만 터치트 부인은 그녀의 결혼이 형편없는 것이라는 생각을 버릴 수 없었다. 틀림없이 불완전하게 삐걱거릴 이사벨의 신접살림을 생각하면 부인은 전혀 기분이 좋지 않았다. 부인은 어쩌다가 피렌체에서 제미니 백작 부인과 마주쳤지만 가급적 접촉을 피하려고 늘 애를 썼다. 그 백작 부인을 보면 오즈먼드가 생각났고, 그를 생각하면 이사벨을 떠올리게 되었던 것이다. 요즈음 그 백작 부인은 사람들의 입에 오르내리는 일이 예전보다 적었다. 하지만 터치트 부인은 그것을 좋은 징조로 여기지 않았다. 예전에 그 백작 부인에 대한 구설수가 얼마나 많았던가를 반증할 뿐이었다. 마담 멀을 보면 더 곧바로 이사벨 생각이 떠올랐다. 하지만 마담 멀과의 관계는 확연히 달라졌다. 이사벨의 이모는 마담 멀에게 교활한 술책을 부렸다고 노골적으로 질책했던 것이다. 마담 멀은 예전에 누구와도 말다툼을 한 적이 없었고 어느 누구도 말다툼을 할 만한 상대가 아니라고 생각하는 듯했다. 또한 놀랍게도 터치트 부인과 여러 해를 함께 살아오면서 단 한 번도 화가 난 기색을 보인 적이 없었다. 그런데 이번에는 언성을 높이면서 자신은 그런 비난에 대해서 굴욕을 참으며 변명하지 않겠다고 선언했던 것이다. 하지만 그녀는 (굴욕을 참지 않고) 덧붙였는데, 자신은 그저 너무나 순진하게 처신했고 자기의 눈에 보이는 것만을 믿었으며 자기가 보기에 이사벨은 결혼하려는 열망이 없었고 오즈먼드도 이사벨에게 호감을 주려는 열망이 없었다(그가 여러 차례 방문한 것은 아무 의미도 없는 일이었고, 언덕 꼭대기에 있는 자기 집에서 너무 권태로웠기에 그저 기분 전환 삼아 방문한 것이었다)고 주장했다. 이사벨은 속마음을 꼭꼭 숨기고 있었고, 그리스와 이집트를 함께 여행하는 동안에 마담 멀의 눈을 교묘하게 속였다는 것이었다. 마담 멀은 그 결혼을 있는 그대로 받아들였고, 그것이 물의를 일으킬 만한 사건이라고는 생각하지 않았다. 하지만 자신이 그 사건에서 이중적으로든 단독적으로든 어떤 역할을 했다는 비난에 대해서는 당당하게 항의했다. 이 일이 있은 후에 마담 멀은 자기 평판이 조금도 훼손되지 않은 영국에 가서 몇 달을 보냈는데, 그것은 의심할 바 없이 터치트 부인의 태도 때문이었다. 또한 여러 해에 걸쳐서 많은 계절을 즐겁게 함께 지내 오면서 소중해진 습관이 그 부인의 태도 때문에 깨져 버렸기 때문이었다. 터치트 부인은 자신을 몹시 부당하게 비난한 것이고, 도저히 용서할 수 없는 일도 있는 법이다. 그러나 마담 멀은 떠벌리지 않고 그 고통을 참았다. 그녀의 품위에는 늘 어딘가 절묘한 점이 있었다.

　이미 말했듯이 랠프는 자기 눈으로 직접 이사벨을 보고 싶었다. 그러나 이것을 간절히 바라는 동안 그는 자신이 그 아가씨에게 경계심을 일으킨 것이 얼마나 어리석은 일이었는지를 새삼 깨닫지 않을 수 없었다. 그는 잘못된 패를 들고 카드 놀이를 하다가 이제 지고 말았던 것이다. 그는 아무것도 보지 못했고, 어떤 것도 알아낼 수 없었다. 그녀는 늘 가면을 쓴 얼굴을 그에게 보여 줄 것이다. 그가 택했어야 할 올바른 방법은 그녀의 결혼에 기쁘다고 말해 주는 것이었다. 그러면 훗날, 랠프의 표현대로, 그 결혼의 밑바닥이 드러났을 때, 그녀는 그에게 그가 바보였다고 말하는 즐거움이라도 맛볼 수 있었을 것이다. 이사벨의 결혼 생활을 실상 그대로 알 수만 있다면 그는 바보라고 불리는 것을 기꺼이 감수했을 것이다. 그러나 지금 그녀는 그의 생각이 틀렸다고 그를 비웃지도 않았고, 자신의 확신이 옳았다고 주장하지도 않았다. 그녀가 가면을 쓰고 있다면, 그 가면이 그녀의 얼굴을 완전히 덮어 버리고 만 것이다. 그 가면에 그려진 평온한 얼굴에는 확고하고 무감각한 점이 있었다. 그것은 표정이 아니라고 랠프는 생각했다. 그것은 연출이었고, 광고이기도 했다. 그녀는 자기가 낳은 아이를 잃었다. 그것은 슬픈 일이었지만, 그 슬픔에 대해서 그녀는 거의 말을 하지 않았다. 그 일에 대해서 할 말이 있었지만 랠프에게는 말하지 않았다. 더욱이 그것은 이미 과거의 일이었다. 여섯 달 전에 일어난 사건이었고, 그녀는 이미 애도의 흔적을 모두 치워 버렸다. 그녀는 사교적인 생활을 이끌어 가는 것 같았다. 랠프는 그녀가 〈매력적인 지위〉를 갖고 있다는 이야기를 종종 들었다. 그녀는 특히 부러워할 만한 인상을 남들에게 심어 주었으며 많은 사람들이 그녀에게 소개되는 것도 특권으로 여긴다는 것을 그는 알게 되었다. 그녀의 집은 모든 사람에게 개방된 곳이 아니었고, 일주일에 한 번씩 여는 저녁 모임에 사람들이 당연히 초대를 받는 것도 아니었다. 그녀는 상당히 격조 높은 생활을 하고 있었다. 그러나 그런 것을 알 수 있으려면 그녀의 무리에 끼어야 했다. 오즈먼드 부부의 일상생활에는 탐낼 만한 것도, 비판할 것도, 심지어 경탄할 만한 것도 없었던 것이다. 이 모든 것에서 랠프는 그 집 주인의 손길을 느꼈다. 이사벨에게는 미리 의도된 효과를 만들어 내는 능력이 없다는 것을 그는 알고 있었기 때문이었다. 랠프는 그녀가 활동과 명랑함을 무척 좋아하고 밤늦게까지 깨어 있거나 마차를 타고 멀리 드라이브를 나가고 지칠 정도로 피로를 느끼는 것을 무척 좋아한다는 인상을 받았다. 또한 그녀는 사람들의 대접을 받고 새로운 관심을 느끼고 심지어 권태를 느끼고 새로운 사람을 사귀고 세간의 주목을 받는 사람을 만나 보거나 로마의 근방을 답사하고 그 오랜 사교계의 곰팡내 나는 유물이라고 할 만한 사람들과 관계를 맺기를 열망하는 것 같았다. 이 모든 욕망은 랠프가 재치 있게 언급하곤 했던 포괄적 발전에 대한 욕구보다 훨씬 분별력이 떨어지는 것이었다. 그녀의 어떤 충동은 격렬한 면이 있었고 어떤 실험적인 시도는 조잡한 점이 있어서 그를 놀라게 했다. 그녀는 결혼 전보다 더 빨리 말하고, 더 빨리 움직이고, 숨도 더 빨리 쉬는 것 같았다. 그녀가 과장해서 말하는 습관이 생긴 것은 분명했다. 순수한 진실을 그토록 좋아했던 그녀가. 과거에 활발한 논쟁과 지적 유희를 무척 즐거워했던 반면에(논쟁의 열기가 적절히 달아올랐을 때 그녀가 정면으로 강타를 맞고도 그것을 깃털처럼 가볍게 털어 낼 때처럼 매혹적으로 보인 적은 없었

다) 지금은 반대하거나 찬성할 만한 가치가 있는 것이 전혀 없다고 생각하는 것 같았다. 예전에 그녀는 호기심이 강했지만 지금은 무관심했다. 하지만 그렇게 무관심하면서도 전보다 더 활동적이었다. 여전히 호리호리하지만 전보다 더 사랑스러운 그녀의 외모는 그리 원숙해지지 않았다. 그렇지만 풍부하고 화려하게 차려입은 매무새 때문에 그녀의 미모는 약간 오만한 느낌을 주었다. 인간적인 마음을 갖고 있던 가엾은 이사벨, 그녀를 어떤 사악한 심술이 물어뜯은 것일까? 그녀의 가벼운 발걸음은 치렁치렁 늘어진 옷자락을 끌고 다녔다. 그녀의 영리한 머리는 거창한 장식을 떠받치고 있었다. 자유롭고 예리하던 아가씨는 전혀 다른 사람이 되어 있었다. 랠프의 눈앞에 있는 사람은 무언가를 대변하게 된 멋진 숙녀였다. 이사벨은 무엇을 대변하는 것일까? 랠프는 속으로 물어보았다. 그 답은 그녀가 길버트 오즈먼드를 대변한다는 것일 수밖에 없었다. 〈맙소사, 기막힌 역할이군!〉 그는 비참한 심정으로 탄식했다. 세상사의 불가사의한 흐름에 아연할 수밖에 없었다.

이미 말했듯이 그는 그 이면에 버티고 있는 오즈먼드를 알아보았다. 도처에서 그의 존재를 알아볼 수 있었다. 오즈먼드가 매사에 어떻게 경계를 그어 놓았는지, 그들의 생활 방식을 어떤 식으로 조정하고 통제하며 활기를 불어넣는지를 알아볼 수 있었다. 오즈먼드는 자신에게 딱 맞는 본령을 찾았고, 마침내 마음대로 요리할 수 있는 재료를 얻은 것이다. 그는 언제나 효과를 염두에 두었고, 그 효과는 철저히 계산된 것이었다. 그 효과는 결코 천박한 수단으로 얻어진 것이 아니었지만, 그 기교가 엄청난 것이었던 만큼 그 동기는 천박했다. 남들이 부러워할 만한 고귀한 물건들로 온 집 안을 둘러싼다든지, 사람들을 엄선해서 초대한다는 느낌을 주어서 그 집에 들어가고 싶은 갈망으로 목마르게 한다든지, 그의 저택은 남들의 집과는 차원이 다르다고 사람들이 느끼도록 만든다든지, 세상에 내미는 자신의 얼굴에 냉정한 독창성을 박아 놓는다든지 — 이것은 탁월한 도덕성을 갖고 있다고 이사벨이 생각했던 바로 그 인간이 온갖 재능을 발휘해서 만들어 낸 효과였다. 〈그는 탁월한 재료를 갖고 요리하고 있어. 그가 예전에 쓰던 재료들에 비해 훌륭하고 풍부한 재료지.〉 랠프는 속으로 말했다. 랠프는 현명한 사람이었다. 하지만 스스로 느끼기에 자신이 가장 현명한 판단을 내렸던 때는, 오즈먼드가 겉으로는 사물의 본질적 가치만을 좋아하는 듯이 가장하면서도 실은 오로지 세상을 염두에 두고 살아가고 있다고 혼자서 말했던 때였다. 오즈먼드는 스스로 주장하듯이 세상의 주인이기는커녕 세상의 비루한 종이었고, 세상이 그에게 얼마나 관심을 기울여 주는가 하는 것이 그의 성공을 가늠하는 유일한 척도였다. 그는 이른 아침부터 밤 늦게까지 세상을 바라보며 살았고, 세상은 너무 어리석은 나머지 그의 속임수를 전혀 의심하지 않았다. 그의 모든 행동은 포즈였다. 그 포즈는 너무나 교묘하게 계산된 것이라서 경계심을 갖지 않고 보는 사람이라면 충동적인 행동으로 착각할 수밖에 없었다. 랠프는 이토록 남들을 고려하고 의식하면서 사는 사람은 본 적이 없었다. 그의 취미나 연구, 성취, 골동품 수집은 모두 다 한 가지 목적을 위한 것이었다. 피렌체의 언덕 꼭대기에서 지낸 그의 삶은 오랜 세월에 걸친 자의식적인 태도를 보여 주었다. 그의 고독, 권태, 딸에 대한 사랑, 훌륭한 매너, 고약한 매너, 이 모든 것들은 그가 늘 마음에 품고 있던 거만하고 신비스러운 인물의 전형적인 이미지를 보여 주는 여러 특징들이었다. 그의 야심은 세상을 즐겁게 해주려는 것이 아니라, 세상의 호기심을 일으키고 난 다음에 그 호기심을 충족시켜 주지 않음으로써 스스로를 즐겁게 하려는 것이었다. 세상을 속여 먹으면 언제나 스스로를 위대한 인물로 느낄 수 있었다. 그가 지금까지의 삶에서 스스로를 즐겁게 하려고 가장 직접적으로 나섰던 일은 아처 양과 결혼한 것이었다. 하지만 실로 이 경우에도, 한없이 신비로운 미혹에 빠졌던 가엾은 이사벨은 어떤 의미에서 볼 때 속아 넘어가기 잘하는 세상을 구현(具現)하는 인물이라고 말할 수 있었다. 물론 랠프는 자신의 논리가 일관성을 갖는 것이 타당하다고 생각했다. 그는 과거에 하나의 신조를 갖고 있었고 그 때문에 고통을 겪었으므로 도의상 그것을 저버릴 수 없었다. 나는 그 신조의 몇 가지 항목들을 그 당시에 가치 있게 여겨졌던 대로 간단히 기술하고 있다. 분명 그는 사실들을 상당히 솜씨 있게 자기 이론에 꿰어 맞췄다. 이 시기에 그가 로마에서 한 달을 지내는 동안 그가 사랑한 여자의 남편이 그를 조금도 적대시하지 않았다는 사실도 그 이론에 맞춰서 잘 설명할 수 있었다.

길버트 오즈먼드에게 이제 랠프는 그리 중요하지 않은 인물이었던 것이다. 그가 친지로서 중요하지 않았다는 말이 아니라, 아무런 중요성도 없는 존재였다는 뜻이다. 그는 이사벨의 사촌이었고, 상당히 불쾌하게도 환자였다. 이런 판단에 따라 오즈먼드는 그를 대했고, 적절한 질문을 했다. 랠프의 건강과 터치트 부인의 안부, 겨울 날씨에 대해서나 호텔이 편안한지에 대해서 질문을 던졌다. 몇 번 되지 않았지만 랠프를 만났을 때 그는 불필요한 말을 한 마디도 건네지 않았다. 그러나 그의 태도는 실패를 의식하고 있는 사람 앞에서 성공을 의식하고 있는 사람이 취할 만한 세련된 품위를 언제나 내보였다. 이런 점에도 불구하고 랠프는 그들의 교류가 끝나 갈 무렵에 오즈먼드가 그의 아내로 하여금 랠프를 계속 맞아들이는 것을 적지 아니 어렵게 만들었으리라는 사실을 예리하게 꿰뚫어 보았다. 오즈먼드가 질투심을 느낀 것은 아니었다. 그에게는 그런 핑곗거리도 없었다. 어느 누구도 랠프에게는 질투심을 느낄 수 없었다. 하지만 오즈먼드는 이사벨이 아직 많이 남아 있는 애정으로 랠프를 예전처럼 다정하게 대한 것에 대해서 그 대가를 치르게 했다. 랠프는 그녀가 너무 큰 대가를 치른다는 것을 알지 못했으므로, 그 의혹이 뚜렷해졌을 때 스스로 물러났다. 로마를 떠남으로써 그는 이사벨에게서 매우 흥미로운 관심사를 빼앗아 버린 셈이 되었다. 그녀는 그가 어떤 훌륭한 원칙에 기대어 목숨을 부지하고 있는지 늘 궁금했던 것이다. 그것은 그가 대화를 좋아하기 때문일 거라고 그녀는 생각했다. 그의 대화는 전보다 더 훌륭해졌던 것이다. 그는 산책도 포기했기 때문에, 이제는 더 이상 함께 산책하면서 우스운 이야기를 들려줄 수 없었다. 그는 온종일 의자에 앉아 있었고 어떤 의자라도 상관이 없었다. 또 다른 사람들의 시중을 받는 데 전적으로 의존하고 있었기에, 그의 대화가 지극히 사색적인 것이 아니었다면 그는 맹인이나 다름없어 보였을 것이다. 독자들은 이미 랠프에 대해서 이사벨이 도저히 알 수 없을 많은 것을 알고 있으므로 그 수수께끼의 답을 듣게 되더라도 괜찮을 것이다. 랠프가 목숨을 부지해 온 것은 오로지 그가 세상에서 가장 흥미롭게 생각하는 사람을 아직 충분히 보지 못했다는 사실 때문이었다. 그는 아직 만족할 수 없었다. 앞으로 볼 것이 더 많이 생길 것이다. 그러므로 그것을 놓쳐도 좋다고 체념할 수 없었다. 그녀가 자기 남편을 어떻게 만들어 갈 것인지, 그 남편은 그녀를 어떻게 만들어 갈 것인지를 알고 싶었다. 지금은 연극의 1막에 불과했다. 그는 공연이 다 끝날 때까지 앉아 있을 작정이었다. 이런 결심은 효과가 있었다. 그가 워버턴 경과 함께 다시 로마에 갈 때까지 18개월을 버틸 수 있게 해줬던 것이다. 이 결심 덕분에 그는 실로 무한히 살아가려는 의지가 있는 듯한 분위기를 풍겼다. 그래서 터치트 부인은 자신에게 보답을 해주지도 않고 스스로도 보상을 받지 못한 이 기이한 아들에 관해서 전보다 더 혼란스러운 생각에 빠지기는 했어도, 우리가 이미 알다시피, 주저 없이 머나먼 미국으로 출항할 수 있었던 것이다. 랠프가 긴장감으로 목숨을 부지하고 있었다면 그것과 거의 비슷한 감정으로, 다시 말해 그가 과연 어떤 상태에 있을지를 몹시 궁금해하는 긴장된 마음으로 이사벨은 워버턴 경이 그가 로마에 도착했음을 알려 준 다음 날로 그의 숙소를 찾아 계단을 올라갔다.

그녀는 그와 한 시간을 함께 있었고, 그 후 여러 차례 방문했다. 길버트 오즈먼드도 예의를 차려 방문했다. 그들이 랠프를 위해서 마차를 보내 주었으므로 그는 한 번 이상 팔라초 로카네라를 방문했다. 2주일이 지났을 때 그는 결국 시칠리아에 가지 않을 생각이라고 워버턴 경에게 말했다. 워버턴 경이 로마 근교의 평원을 돌아다니며 낮 시간을 보낸 후 두 사람이 함께 식사를 하던 때였다. 그들은 식탁에서 일어섰고, 워버턴은 벽난로 앞에 서서 시가에 불을 붙이다가 즉시 입에서 떼어 냈다.

「시칠리아에 가지 않겠다고? 그럼 어디로 갈 생각인가?」

「글쎄, 어디에도 가지 않을 것 같네.」 랠프는 소파에 앉아서 부끄러운 기색도 없이 말했다.

「영국으로 돌아가겠다는 뜻인가?」

「아, 아닐세. 로마에 머무르겠어.」

「로마는 자네에게 도움이 되지 않을 걸세. 그리 따뜻하지 않으니.」

「어떻게든 되겠지. 내가 적응해 보겠어. 내가 얼마나 잘 지냈는지 보라고.」

워버턴 경은 시가 연기를 내뿜고는 마치 그 말을 확인하려는 듯이 그를 잠시 바라보았다. 「여행하던 때보다는 확실히 더 좋아졌네. 자네가 어떻게 견뎌 냈는지 모르겠어. 하지만 나는 자네의 상태를 잘 몰라. 시칠리아에 가라고 권하고 싶군.」

「그렇게 할 수 없네.」 가엾은 랠프가 말했다. 「이제 그런 시도는 끝났어. 더 이상 움직일 수 없거든. 여행을 감당할 수 없어. 내가 스킬라와 카리브디스[36] 사이에 있다고 상상하게나. 나는 시칠리아의 평원에서 죽고 싶지 않네. 그곳에서 페르세포네[37]처럼 하데스의 저승으로 붙잡혀 가고 싶지 않거든.」

---

36 오디세우스가 고향으로 돌아가기 위해 배를 조종하면서 피해야 했던 신화적 괴물과 소용돌이.

37 그리스의 추수의 여신 데메테르의 딸로, 하데스에게 납치되어 지하 세계의 여왕이 된다.

「그렇다면 대체 자네는 무엇 때문에 떠나온 건가?」 워버턴 경이 물었다.

「그곳에 가겠다는 생각에 사로잡혔기 때문이지. 그런데 그래 봐야 소용이 없다는 걸 알았네. 지금은 내가 어디 있든 사실 아무 문제도 되지 않아. 온갖 치료를 다 해봤고, 온갖 기후의 공기를 마셔 봤거든. 지금 있는 곳에 머물겠네. 시칠리아에는 사촌이 단 한 명도 없으니. 결혼한 사촌은 말할 것도 없고.」

「사촌 여동생이 있으니 분명 로마에 끌리겠지. 그렇지만 의사는 뭐라고 하나?」

「물어보지 않았네. 의사의 의견 따위는 전혀 개의치 않네. 내가 여기에서 죽으면 오즈먼드 부인이 나를 묻어 주겠지. 하지만 나는 여기서 죽지 않을 걸세.」

「그러지 않기를 바라네.」 워버턴 경은 생각에 잠겨 계속 담배를 피웠다. 「자, 그런데 말이지, 나로서는 자네가 시칠리아에 가려고 하지 않아서 매우 기쁘네. 나는 그 여행이 질색이었거든.」

「아, 그건 문제가 되지 않았을 거야. 나는 자네를 내 수행원으로 질질 끌고 다닐 생각이 없었으니까.」

「나는 분명 자네를 혼자 보낼 생각이 없었네.」

「친애하는 워버턴, 나는 자네가 여기 로마보다 더 멀리 가리라고는 기대하지 않았네.」 랠프가 소리쳤다.

「나는 자네와 함께 가서 자네가 정착하는 것을 살펴보았을 걸세.」 워버턴 경이 말했다.

「자네는 매우 훌륭한 기독교인이네. 마음이 매우 다정한 사람이고.」

「그런 다음에 여기로 돌아왔을 걸세.」

「그러고 나서 영국으로 돌아갔겠지.」

「아니, 아니, 여기 머물렀을 거야.」

「자, 우리 둘 다 로마에 머물 생각이라면, 시칠리아 여행은 끼어들 여지가 없겠군!」 랠프가 말했다.

워버턴 경은 잠자코 난롯불을 바라보고 있었다. 그러나 이윽고 고개를 들고 갑자기 말을 꺼냈다. 「자, 말해 주게나. 우리가 영국을 출발했을 때 자네는 정말로 시칠리아에 갈 생각이었나?」

「아, 자네는 너무 많은 것을 묻고 있네. 내가 먼저 질문을 하도록 하지. 자네가 나와 함께 여행에 나선 것은 순전히 정신적인 우정 때문이었나?」

「그 말이 무슨 뜻인지 모르겠네. 나는 외국에 나오고 싶었어.」

「우리 각자 서로를 약간 속이는 것 같군.」

「그럼 자네 생각을 터놓고 말해 보게. 나는 로마에 잠시 머물려는 이유를 숨김없이 말했네.」

「그래, 자네는 외무 수상을 만나고 싶다고 말했지.」

「그를 세 번 만났어. 아주 재미있는 사람이더군.」

「자네가 여기에 왜 왔는지를 잊은 것 같군.」 랠프가 말했다.

「그럴지도 모르지.」 워버턴은 다소 진지하게 말했다.

이 두 신사는 과묵함이 부족하다고는 결코 말할 수 없는 종족의 후손들이었다. 그들은 런던에서 로마로 함께 여행하는 동안 각자의 마음에 숨어 있는 가장 중요한 문제에 대해서는 한 마디도 내비치지 않았다. 예전에 있었던 일에 대해서 이야기를 한 번 나누기는 했지만 그 주제는 과거처럼 생생한 관심을 일으키지는 않았다. 그들이 로마에 도착한 후 많은 일들이 다시 그 주제를 떠올리게 했지만 그들은 여전히 소심하기도 하고 자신만만하기도 하게 침묵을 지켜 왔다.

「어떻든 간에 의사의 동의를 받으라고 권하고 싶네.」 워버턴이 잠시 뜸을 들였다가 갑자기 말을 이었다.

「의사의 동의를 받으려면 매사를 망쳐 버리게 될 걸세. 나는 피할 수만 있으면 절대로 동의를 받지 않네.」

「그럼 오즈먼드 부인은 뭐라고 생각하나?」 친구가 따져 물었다.

「말하지 않았네. 로마가 너무 춥다고 하겠지. 카타니아로 나와 함께 가겠다고 제안할지도 모르고. 그녀는 충분히 그렇게 할 수 있어.」

「내가 자네라면 그렇게 하겠네.」

「그녀의 남편이 좋아하지 않겠지.」

「아, 그래, 그럴 테지. 하지만 그가 좋아하든 그렇지 않든 자네가 신경 쓸 필요는 없을 것 같네. 그건 그의 문제니까.」

「그 부부 사이에 더 이상의 불화는 일으키고 싶지 않아.」 랠프가 말했다.

「벌써 불화가 많다는 말인가?」

「불화가 일어날 조건이 완벽히 갖춰져 있지. 그녀가 나와 함께 떠나면 폭발할 걸세. 오즈먼드는 아내의 사촌 오빠를 좋아하지 않거든.」

「그렇다면 물론 소동을 일으키겠군. 하지만 자네가 여기에 계속 머무른다면 그가 소동을 일으키지 않을까?」

「그것을 보고 싶네. 지난번에 내가 로마에 왔을 때도 그가 소란을 피웠더랬지. 그때는 내가 이곳을 떠날 의무가 있다고 생각했어. 지금은 여기 머물면서 그녀를 보호해 주는 것이 내 의무라고 생각하네.」

「이보게 터치트, 자네에게 보호해 줄 수 있는 힘이 ──!」 워버턴 경은 미소를 띠고 말을 꺼냈지만 친구의 얼굴에서 뭔가 낌새를 채고 말을 중단했다. 「이런 상황에서 자네의 의무를 따지는 것은 좀 미묘한 문제인 것 같네.」

랠프는 잠시 대답하지 않았다. 「내 방어력이 약하다는 것은 사실이야.」 그가 마침내 대답했다. 「하지만 내 공격력은 더 약하니까 오즈먼드는 결국 내게 화약을 터뜨릴 가치가 없다고 생각할 걸세. 그렇지만 어떻든 간에,」 그가 덧붙였다. 「내가 꼭 보고 싶은 것들이 있네.」

「그렇다면 자네는 호기심 때문에 건강을 희생하겠다는 건가?」

「내 건강에는 별 관심이 없어. 오즈먼드 부인에 대해서는 지대한 관심을 느끼고 있지.」

「나도 그래. 하지만 예전만큼은 아니지.」 워버턴 경이 재빨리 덧붙였다. 이 말은 그가 지금까지 기회가 없어서 말하지 못했던 것들 중 하나였다.

「자네는 그녀가 무척 행복다고 생각하나?」 랠프는 워버턴 경의 솔직한 말에 용기를 얻어 물었다.

「글쎄, 잘 모르겠어. 생각해 보지 않았네. 전날 밤에 그녀가 행복하다고 말하더군.」

「아, 물론 자네에게는 그렇게 말했겠지.」 랠프가 미소를 지으며 큰 소리로 말했다.

「잘 모르겠어. 오히려 나 같은 사람에게는 그녀가 불평을 늘어놓을 수도 있을 텐데.」

「불평을 늘어놓는다고? 그녀는 절대로 불평하지 않을걸. 그녀가 그 일을 한 거야. 스스로 벌인 일이지. 그리고 그렇다는 것을 알고 있어. 그러니 그녀는 그 누구보다도 자네에게는 불평하지 않을 걸세. 그녀는 무척 조심하고 있어.」

「그럴 필요가 전혀 없는데. 나는 그녀에게 다시 구애할 생각이 없거든.」

「그 말을 들으니 반갑군. 적어도 자네의 의무에 대해서는 의문의 여지가 없겠군.」

「아, 물론이지.」 워버턴 경이 진지하게 말했다.「전혀 의심할 게 없네!」

「한 가지 물어볼 것이 있네.」 랠프가 말을 이었다.「자네가 그 어린 아가씨에게 무척 친절하게 구는 건 이사벨에게 구애하지 않겠다는 의도를 분명히 드러내려는 것 아닌가?」

워버턴 경은 흠칫 놀랐다. 그는 일어서서 난롯불 앞에 서서 불길을 열심히 들여다보았다.「그것이 자네에게는 무척 우스꽝스럽게 보이나?」

「우습다고? 천만에. 자네가 그 아가씨를 정말 좋아한다면 말이지.」

「아주 귀여운 아가씨라고 생각하네. 그 나이 또래의 소녀가 그렇게 마음에 들었던 적은 없었네.」

「매력적인 아가씨야. 그래, 적어도 그녀는 진짜더군.」

「물론 나이 차가 상당하지. 20년 이상이나 나니까.」

「친애하는 워버턴 경.」 랠프가 말했다.「자네 진심으로 말하는 건가?」

「더할 나위 없이 진심이네. 지금까지는 말일세.」

「매우 기쁘군. 그런데 맙소사, 오즈먼드 영감이 무척 신이

나겠군!」 랠프가 큰 소리로 말했다.

워버턴 경이 이마를 찡그렸다. 「이봐, 그 일을 망쳐 버리지 말게. 그를 기쁘게 해주려고 그의 딸에게 청혼하는 건 아니니까.」

「어찌 되었든 그는 고약하게도 몹시 기뻐할 걸세.」

「그가 나를 그 정도로 좋아하지는 않아.」 워버턴 경이 말했다.

「그 정도로? 이보게, 워버턴, 자네의 지위에 결점이 있다면 그건 바로 사람들이 자네를 좋아하고 말고 할 것도 없이 무조건 자네와 관계를 맺고 싶어 안달이 나도록 만든다는 걸세. 자, 내가 자네와 같은 처지라면 나는 사람들이 나를 좋아한다고 기분 좋게 믿어 버리겠어.」

워버턴 경은 일반적인 통념을 받아들일 기분이 아닌 것 같았다. 그는 특별한 경우를 생각하고 있었다.

「그녀가 기뻐할 거라고 생각하나?」

「그 아가씨 말인가? 물론 기뻐하겠지.」

「아니, 오즈먼드 부인 말이야.」

랠프는 순간 그를 바라보았다. 「이보게, 이사벨이 이 일과 무슨 관련이 있지?」

「그녀가 생각하는 대로 어떤 식이든 관계가 있겠지. 그녀는 팬지를 아주 좋아하거든.」

「맞아, 그건 사실이네.」 이렇게 말하면서 랠프가 천천히 일어섰다. 「그건 흥미로운 문제로군. 팬지를 좋아하는 마음으로 이사벨이 얼마나 멀리 나아가게 될 것인지.」 그는 손을 호주머니에 넣고 이마에 다소 그늘이 드리워진 채 서 있었다. 「나는 자네가 매우 명확하게 확신하기를 바라네. 빌어먹을!」

그가 갑자기 소리쳤다. 「뭐라고 말해야 할지 모르겠군.」

「아니, 자네는 알고 있어. 자네는 무슨 말이든 표현할 줄 아니까.」

「참 말하기 곤란하군. 내 말은, 오즈먼드 양의 가장 큰 매력이 계모와 아주 가까운 사이라는 점이 아니라는 것을 자네가 명확히 인식하기 바란다는 거야.」

「맙소사, 터치트!」 워버턴 경이 화가 나서 소리쳤다. 「자네는 대체 나를 뭘로 보는 건가?」

제40장

이사벨은 결혼한 후 마담 멀을 많이 만나지 못했다. 이 부인이 로마를 떠나 있는 일이 빈번했기 때문이었다. 한번은 영국에서 여섯 달을 머물렀고, 또 다른 때에는 파리에서 겨울을 지냈다. 그녀는 멀리 떨어진 곳의 친구들을 많이 방문하면서 앞으로는 로마에 뿌리를 내리고 지내는 일이 과거처럼 많지 않을 거라는 생각을 내비쳤다. 과거에 그녀가 로마에 뿌리를 내리고 있었다는 말은 그저 핀치안 언덕의 양지바른 지역에 자기 집을 갖고 있다는 의미였으므로, 지금까지도 종종 비어 있었던 그 집은 앞으로 거의 늘 비어 있으리라는 예상을 불러일으켰다. 그 가능성에 대해서 이사벨은 한때 무척 유감스럽게 생각했다. 마담 멀과 친하게 지내면서 그녀에게서 받았던 첫인상이 조금 달라지기는 했지만 근본적으로 달라진 것은 아니었다. 아직까지도 그녀에 대해 놀라워하고 감탄하는 마음이 남아 있었던 것이다. 그 부인은 모든 면에서 빈틈없이 준비를 갖춘 사람이었다. 사교적 전투를 치르기 위해 그토록 완벽하게 무장한 사람을 보는 것은 즐거운 일이었다. 그녀는 조심스럽게 깃발을 들어 올렸지만, 그녀의 무기는 예리하게 날이 선 칼이었다. 그녀가 칼을 휘두르는 솜씨를 보면서 이사벨은 점점 더 베테랑의 노련한 솜씨라고 느끼게 되었다. 마담 멀은 지치는 법도 없었고, 싫증을 내지도 않았고, 휴식이나 위로가 필요한 것 같지도 않았다. 그녀에게는 자기 나름의 의견이 있었다. 그녀는 오래전에 이사벨에게 그 생각들을 많이 알려 주었고, 이사벨은 또한 고도로 세련된 그 친구가 스스로를 더없이 잘 억제하는 듯이 보이지만 그 밑에는 풍부한 감성을 감추고 있다는 것을 알고 있었다. 그러나 마담 멀의 삶을 지배하는 것은 그녀 자신의 강인한 의지였고, 그 삶을 영위하는 방식은 어딘지 씩씩한 면이 있었다. 그녀는 삶의 비결을 알아낸 것 같았고 — 삶의 기술이란 그녀가 짐작했던 어떤 숙련된 요령인 것 같았다. 이사벨은 나이가 들어 가면서 불쾌감이나 혐오감에 익숙해졌다. 세상이 온통 깜깜하게 보여서, 자신이 무엇을 위해 살아가고 있다고 생각하는지 날카롭게 자문한 날들도 있었다. 과거에 그녀는 열정적으로 살았고, 갑자기 깨달은 가능성들이나 새로운 모험에 대한 생각에 열렬히 빠져들곤 했다. 더 젊은 나이였을 때 그녀는 한 가지 작은 흥분에서 다른 흥분으로 나아가곤 했고, 그 사이에 지루할 틈이 거의 없었다. 그러나 마담 멀은 열정을 억눌러 버렸다. 이제 그녀가 열렬히 좋아하는 것은 아무것도 없었다. 그 부인은 전적으로 이성과 지혜에 따라 살고 있었다. 그런 재주를 배울 수만 있다면 무엇이든 다 바쳐도 좋다고 이사벨이 느낀 시간들도 있었다. 만일 그 훌륭한 친구가 옆에 있었더라면 그 재주를 가르쳐 달라고 간청했을 것이다. 이사벨은 그러한 상태, 곧 자신의 자아를 은으로 만든 갑옷처럼 단단한 표면으로 감싼 상태가 이롭다는 것을 전보다 더 의식하게 되었던 것이다.

　그러나 우리가 조금 전에 우리의 여주인공을 다시 만난 그해 겨울에 문제의 그 부인은 다시 로마에 계속 머물렀다. 이제 이사벨은 결혼 후 그 어느 때보다 더 많이 그녀를 만나게 되었다. 하지만 이때쯤 이사벨의 욕구와 성향은 상당한 변화를 겪은 다음이라서, 이제는 마담 멀에게 가르쳐 달라고 간청하려는 마음이 들지 않았을 것이다. 이 부인의 교묘한 재주를 배우고 싶은 욕구가 사라져 버렸다. 고민거리가 있다면 혼자 마음속에 간직해야 하고, 살아가는 것이 힘들더라도 자신이 실패했다고 고백해 봐야 삶이 수월해지는 것도 아닐 터였다. 마담 멀은 물론 그녀에게 큰 도움이 되었고, 어떤 모임에서나 광채를 더해 주는 사람이었다. 그러나 그녀가 미묘한 당혹감에 빠진 다른 사람들을 도와 준 적이 있고, 도와주려는 마음을 갖고 있을까? 그 친구에게서 도움을 받을 수 있는 가장 좋은 방법은 — 실로 이사벨은 늘 이렇게 생각했다 — 그녀를 모방하는 것이었고, 그녀처럼 확고하고 영리하게 처신하는 것이었다. 마담 멀은 당혹감을 절대로 드러내지 않았다. 이런 점을 생각하면서 이사벨은 자신의 곤혹스러운 심정을 떨쳐 버리겠다고 수십 차례 결심했다. 더군다나, 실제로 단절된 것이나 다름없던 교제가 다시 시작되었을 때 그 옛 친구는 달라진 듯이 보였다. 감정적으로 멀어진 것 같았고, 자신이 경솔하게 처신할지 모른다는 다소 부자연스러운 걱정을 지나치게 하고 있었다. 우리가 알고 있다시피 랠프 터치트는 마담 멀이 과장해서 말하는 경향이 있고 자기 목소리를 지나치게 강조하는 경향이 있으며 속된 말로 표현하자면 너무 무리한다고 말했다. 당시 이사벨은 이런 비난을 절대로 인정하지 않았고, 실은 그 비난을 이해하지도 못했다. 그녀가 보기에 마담 멀의 처신은 늘 훌륭한 분별력의 특징을 드러냈고 늘 〈조용〉했다. 그러나 오즈먼드 가족의 내적 생활에 간섭하고 싶지 않다는 점에 있어서 그녀의 태도는 조금 도를 넘었다는 생각이 마침내 이사벨의 머리에 떠올랐다. 그 태도는 물론 뛰어난 분별력을 드러내는 것이 아니었고, 다소 억지에 가까웠다. 그녀는 이사벨이 결혼했다는 것, 그래서 이제는 다른 관심거리가 있으리라는 사실을 지나치게 의식했다. 그리고 자기 자신, 마담 멀은 길버트 오즈먼드와 어린 딸 팬지를 매우 잘 알고 있고 누구보다도 잘 알고 있지만 그래도 자신은 그 가족 구성원이 아니라는 점을 지나치게 의식했다. 그녀는 늘 조심하고 있었다. 그녀의 의견을 알려 달라는 청을 받거나 심지어 재촉을 받아도 그 가족 문제에 대해서 절대로 입을 열지 않았다. 그녀는 참견하는 듯이 보일까 봐 몹시 두려워했다. 우리가 알다시피 마담 멀은 솔직한 사람이었으므로 어느 날 이런 걱정을 이사벨에게 솔직하게 털어놓았다.

「나는 조심해야 해요.」 그녀가 말했다. 「나도 모르는 사이에 쉽게 당신에게 불쾌감을 줄 수 있으니까요. 내 의도는 한없이 순수했어도 당신은 당연히 불쾌감을 느낄 수 있어요. 내가 당신이 만나기 오래전부터 당신 남편을 알고 지냈다는 것을 잊어서는 안 돼요. 그렇기 때문에 까딱 실수를 하면 안 되죠. 당신이 어리석은 여자라면 나를 질투할지도 몰라요. 당신은 어리석은 여자가 아니에요. 나는 그 점을 분명히 알고 있어요. 하지만 나도 어리석은 여자가 아니에요. 그래서 곤란한 처지에 빠지지 않으려고 결심한 거예요. 사소한 해를 끼치는 것은 너무 쉬운 일이고, 알지도 못하는 사이에 실수를 저지르기도 쉽거든요. 물론 내가 당신의 남편에게 사랑을 고백하고 싶었다면, 그렇게 할 수 있는 시간이 10년이나 있었죠. 방해가 될 것도 전혀 없었고요. 그러니 내가 예전보다 매력이 떨어진 지금에 와서 새삼스럽게 그런 일을 시작할 리는 없겠지요. 하지만 내가 내 자리가 아닌 것을 차지한 듯이 보이면서 당신의 속을 태우게 된다면 당신은 그렇게 생각하지 않을 거예요. 당신은 어떤 차이가 있다는 것을 내가 잊고 있다고 말하겠지요. 그래서 그걸 잊지 않겠다고 결심한 거예요. 물론 좋은 친구라면 늘 그런 생각을 하는 건 아니에요. 친구가 자기를 부당하게 대한다고 의심하지도 않고요. 나는 당신을 조금도 의심하지 않아요. 다만 인간의 본성을 의심하는 거지요. 그렇다고 내가 스스로 불편을 자초하고 있다고는 생각하지 마요. 내가 언제나 스스로를 감시하는 것은 아니니까요. 지금처럼 당신에게 이런 이야기를 하는 것을 보면 충분히 알 수 있을 거예요. 하지만 내가 말하고 싶은 것은, 혹시라도 당신이 질투심을 느끼게 된다면 ─ 바로 그런 감정으로 나타날 텐데 ─ 나는 그 일이 틀림없이 약간은 내 잘못이라고 생각할 거예요. 그것은 분명 당신 남편의 잘못은 아닐 거예요.」

　지난 3년간 이사벨은 마담 멀이 길버트 오즈먼드의 결혼을 주선했다는 터치트 부인의 주장에 대해서 생각해 왔다. 그녀가 처음에 그 주장을 어떻게 받아들였는지를 우리는 알고 있다. 마담 멀은 길버트 오즈먼드의 결혼을 성사시켰는지 모른다. 하지만 그녀가 이사벨 아처의 결혼을 성사시킨 것은 아니었다. 이사벨의 결혼은 뭐랄까 ─ 그녀도 알 수 없는 ─

자연이나 신의 섭리, 운명, 혹은 세상사의 영원한 신비가 작용하여 이루어진 것이었다. 이모가 마담 멀의 활약보다는 그녀의 기만적인 이중성에 대해 불만을 토로했던 것은 사실이었다. 마담 멀이 그 희한한 사건을 일으키고는 자기 잘못을 인정하지 않았다는 것이었다. 이사벨의 마음에 그 잘못이라는 것이 엄청난 과실로 여겨졌을 리는 없다. 이사벨은 지금까지 맺어 온 우정 중에서 가장 중요한 우정을 만들어 준 일을 마담 멀의 잘못이라고는 여길 수 없었다. 결혼 직전에 이모와 함께 잠시 논란을 벌인 후에 그녀는 그렇게 생각했다. 그녀가 아직 철학적인 역사학자처럼 자신의 젊은 시절의 연대기를 폭넓게 속으로 살펴볼 수 있을 때였다. 만일 마담 멀이 자신의 결혼을 바랐더라면 그것은 매우 훌륭한 생각이었다고 말할 수 있을 뿐이었다. 더욱이 그 부인은 자신을 대할 때 더없이 솔직했고, 길버트 오즈먼드를 높이 평가한다는 것을 숨긴 적이 없었다. 결혼 후 이사벨은 남편이 마담 멀과 관련된 문제에 있어서 약간 불편해한다는 것을 알았다. 그는 자기들과 교제하는 사람들 중에서 가장 원숙하고 세련된 이 부인에 대해서는 언급하고 싶어 하지 않았다.

「당신은 마담 멀을 좋아하지 않나요?」 이사벨이 한번 그에게 말했다. 「그녀는 당신에 대해서 무척 많이 생각해요.」

「이번 한 번만 말하겠소.」 오즈먼드가 대답했다. 「전에는 지금보다 더 그녀를 좋아했어요. 그렇지만 그녀에게 싫증이 났고, 그래서 좀 부끄럽소. 그녀는 자연스럽지 못할 만큼 무척 좋은 사람이오! 그녀가 지금 이탈리아에 살지 않아서 다행이오. 그래서 긴장을 풀 수 있으니 말이오. 일종의 도덕적 긴장 완화 *détente*라고 할까. 그녀에 대한 이야기를 너무 자주

하지 마요. 그러면 그녀가 돌아올 것 같으니. 시간이 많이 지난 다음에 돌아올 거요.」

사실 마담 멀은 너무 늦기 전에 돌아왔다. 그녀가 잃었을지 모를 어떤 이익이든 되찾는 데 너무 늦지 않았다는 말이다. 그러나 이미 말했듯이 그 사이에 그녀가 눈에 띄게 달라졌다면, 이사벨의 감정 또한 예전 같지 않았다. 그녀의 상황 인식은 예전처럼 예리했지만 그 인식은 전처럼 만족스럽지 않았다. 마음속에서 불만이 자라고 있을 때 다른 것은 몰라도 그 이유가 부족한 경우는 거의 없다. 그 이유들은 6월의 미나리아재비처럼 무성하게 피어난다. 마담 멀이 길버트 오즈먼드의 결혼에 관여했으리라는 사실에 대해서 이제 그녀는 더 이상 깊이 생각하지 않게 되었다. 결국 그 주제는, 그 일에 대해서 마담 멀에게 고마워할 까닭이 별로 없다고 이미 정리되었을 것이다. 시간이 지날수록 고맙게 여길 까닭이 점점 줄어들었다. 언젠가 한번 이사벨은 어쩌면 마담 멀이 아니었더라면 이 일이 일어나지 않았으리라고 생각한 적도 있었다. 그 생각이 떠오르자 그녀는 즉시 짓눌러 버렸고, 그런 생각이 들었다는 것에 당장 공포감을 느꼈다. 〈내게 어떤 일이 일어나더라도, 남들을 부당하게 평가해서는 안 돼.〉 그녀는 생각했다. 〈내 짐을 스스로 지도록 하자. 남들에게 떠넘기지 말고!〉 내가 묘사했듯이 마담 멀이 현재의 자기 처신에 대한 적절한 해명이라고 생각하며 교묘하게 사과하는 말을 늘어놓았을 때 이사벨의 이런 의도는 어떻든 검증을 받게 되었다. 그 부인의 논리정연한 판단과 명료한 확신에는 뭔가 짜증스러운 것, 조롱하는 기색 같은 것이 있었다. 오늘 이사벨의 마음에는 그 무엇도 명료하지 않았다. 후회스러운 일들로 마음이 뒤숭숭했고 두려움으로 복잡했다. 조금 전에 인용한 그 말을 마담 멀이 하고 났을 때 이사벨은 그녀에게서 시선을 돌리며 무력한 기분을 느꼈다. 마담 멀은 이사벨이 무엇을 생각하고 있는지를 거의 모르는 것이다! 더욱이 이사벨 스스로도 설명할 수도 없었다. 그 부인을 질투한다고? 그 부인과 길버트의 관계를 질투한다고? 바로 그때 그 말은 조금도 현실감이 들지 않았다. 이사벨은 질투심을 느낄 수 있었더라면 차라리 좋았을 것이다. 그러면 어떤 점에서는 기분 전환이라도 되었을 것이다. 질투심이란 어떤 식으로 보자면 행복의 한 가지 징표가 아닌가? 하지만 마담 멀은 영리한 여자였다. 너무 영리하기 때문에 그녀는 이사벨을 스스로가 알고 있는 것보다 더 잘 알고 있다고 생각할지도 몰랐다. 이 젊은 여자는 늘 이것저것 여러 가지 결심을 했고, 그중 많은 결심들은 숭고한 것이었다. 그러나 그 어느 때보다도 그날 그녀는 (은밀한 마음속에서) 풍부하게 넘쳐 날 만큼 많은 결심을 했다. 그 결심들이 죄다 한 가족처럼 닮은 점이 있다는 것은 사실이었다. 그 결심들은 만일 그녀가 불행해진다면 자기 자신의 잘못으로 그렇게 되어서는 안 된다는 결심으로 요약될 수 있을 것이다. 날개 달린 그녀의 가여운 영혼은 늘 최선을 다하려는 크나큰 욕망을 갖고 있었고, 아직까지는 그 욕망이 심각하게 저지된 적이 없었다. 그러므로 그 영혼은 공정함을 지켜야 한다고 굳게 결심했고, 쩨쩨한 보복으로 앙갚음하지 않겠다고 결심했다. 자신의 영혼이 느끼는 실망감을 마담 멀과 연관시킨다면 그것은 치졸한 보복에 불과할 것이다. 그런 일로 얻을 수 있는 기쁨은 진실하지 못한 것이기에 더욱이 그러했다. 그래 봐야 자신의 쓰라린 고뇌만

커질 것이고, 자신을 묶어 놓은 속박을 풀 수 있는 것도 아니었다. 자신이 두 눈을 똑바로 뜨고 행동하지 않았다고는 말할 수 없었다. 그녀는 그 어떤 아가씨보다도 자유롭게 행동할 수 있었다. 사랑에 빠진 아가씨는 의심할 바 없이 자유롭게 행동하지 못한다. 그러나 자신이 저지른 과오의 유일한 원천은 바로 자신의 내면에 있었다. 음모라든가 덫 같은 것은 없었다. 그녀는 자기 눈으로 똑바로 바라보고, 심사숙고한 다음에, 선택했던 것이다. 그런 실수를 저지른 여자에게 그것을 보상하는 방법은 한 가지뿐이었다. 그저 끝없이 (아, 한없이 당당하게!) 그 실수를 받아들이는 것이다. 과오는 단한 번만 저질러도 충분하다. 특히 그것이 평생 지속될 과오라면 말이다. 두 번째 과오를 저지른다 해도 첫 번째 과오가 상쇄되지는 못할 것이다. 이런 생각으로 인해 자신의 고통에 대해 침묵을 지키겠다고 맹세했을 때 거기에는 이사벨을 지탱해 주는 어떤 고귀함이 있었다. 하지만, 그렇다 해도, 마담 멀이 조심스럽게 처신하는 것은 옳은 일이었다.

랠프 터치트가 로마에 온 지 한 달쯤 지난 어느 날 이사벨은 팬지와 산책을 마치고 돌아왔다. 그녀는 당시 팬지에게 무척 고맙게 느끼고 있었다. 그 고마운 마음은 올바르게 처신하겠다는 그녀의 전반적인 결심의 일부이기도 했고, 순수하고 연약한 것에 대한 그녀의 애정의 일부이기도 했다. 팬지는 그녀에게 소중한 존재였다. 그녀의 생활에서 그 어린 아가씨의 애정처럼 올바른 것도 없었고, 그 아이처럼 애정을 선명하고 감미롭게 보여 주는 것도 달리 없었다. 그 애정은 부드러운 존재처럼 느껴졌고, 자기 손 안에 쥐어진 작은 손 같았다. 팬지 쪽에서는 그것이 애정 이상의 것으로서, 열렬하고 강제적인 신앙 같은 것이었다. 이사벨 쪽에서 그 소녀가 자기에게 의존하고 있다는 자각은 단순한 기쁨을 능가하는 것이어서, 다른 동기들이 그녀를 저버리게 되었을 때 그 자각이 명확한 동기가 되었다. 이사벨은 자신의 의무를 발견할 수 있는 곳에서 그것을 받아들여야 하고, 가급적 의무를 많이 찾아내야 한다고 생각했다. 팬지의 공감은 직접 전달된 권고와 같았다. 그것은 여기에 기회가 있다고 말하는 것 같았다. 어쩌면 탁월한 기회는 아니겠지만 의심의 여지 없이 명백한 기회였다. 하지만 무엇을 위한 기회인지 이사벨은 말할 수 없었을 것이다. 전체적으로 보면 팬지가 그녀를 위해 존재한다기보다는 그녀가 그 아이를 위해서 존재할 수 있는 기회였다. 이 당시 이사벨은 그 어린 벗에 대해서 한때 모호하게 생각했던 것을 기억하고 미소를 지었을 것이다. 팬지를 모호하게 생각했던 일은 순전히 자기의 눈이 너무 둔감했기 때문이라는 것을 이제는 알아차렸기 때문이다. 이사벨은 다른 사람들을 기쁘게 해주려고 그토록 놀랍게도 마음을 많이 쓰는 사람이 있다는 것을 믿을 수 없었다. 그러나 그 이후에 이사벨은 이 섬세한 능력이 어떻게 발휘되는지를 봐왔으므로 이제는 그 능력을 어떻게 받아들여야 할지 알고 있었다. 그것은 그 아이의 본질 그 자체였고, 일종의 특별한 재능이었다. 팬지에게는 자만심이 없었으므로 이러한 재능은 훼손되지 않았다. 그녀에게 애정을 느끼는 남자들이 점점 늘어나고 있었지만 그런 일을 자랑스럽게 생각하지도 않았다. 이 두 사람은 늘 함께 붙어 다녔다. 오즈먼드 부인이 의붓딸과 함께 있지 않은 경우는 찾아보기 어려웠다. 이사벨은 그 아이와 동무하기를 좋아했는데, 마치 온통 한 가지 꽃으로 만든 꽃다발을 들고 다니는 느낌을 주었다. 팬지를 소홀히 하지 않는 것, 아무리 화가 나는 일이 있어도 그녀를 등한시하지 않는 것 — 이것을 그녀는 일종의 종교적 신조로 삼았다. 이 어린 아가씨는 자기 아버지를 제외하면 그 누구보다도 이사벨과 함께 있을 때 행복하게 느낀다는 것을 여러 모로 드러냈다. 길버트 오즈먼드는 부성애에 남다른 기쁨을 느끼고 있었기에 늘 넘치도록 다정하게 대해 주었으므로 그 아이는 아버지를 흠모하는 마음을 갖고 있었다. 이사벨은 팬지가 자기와 함께 있는 것을 좋아하며 자기를 기쁘게 해줄 방법을 애써 찾으려 한다는 것을 알고 있었다. 그 아이는 이사벨을 기쁘게 해주는 최선의 방법이 수동적인 것이고 그녀에게 걱정을 끼치지 않는 것이라고 생각했다. 분명 그런 확신 때문에 그 아이는 이미 자기 마음속에 있던 걱정거리를 언급할 수 없었을 것이다. 그러므로 그녀는 영리하게 수동적이었고, 풍부한 상상력으로 유순하게 행동했다. 심지어 이사벨의 제안에 동의할 때도 조심스럽게 답변의 열의를 조절했다. 자신이 달리 생각할 수 있으리라는 의미가 내포될 수도 있으므로. 그녀는 상대방의 말을 가로막는 일이 절대로 없었고, 사교적인 질문을 하는 경우도 없었다. 동의를 얻으면 얼굴이 창백해질 정도로 기뻐했지만 동의를 구하려고 손을 내미는 적도 없었다. 그녀는 그저 갈망하는 눈으로 동의를 구했고, 그녀가 성숙해지면서 그런 눈빛 때문에 그녀의 눈은 세상에서 가장 아름답게 보였다. 팔라초 로카네라에서 두 번째로 겨울을 나는 동안에 그녀는 연회며 무도회에 가기 시작했는데 오즈먼드 부인이 피곤하지 않도록 늘 적절한 시간에 돌아가자고 먼저 제안했다. 그녀가 늦은 밤까지 춤추는 것을 단

넘해 주어서 이사벨은 고맙게 생각했다. 그 어린 동무가 춤추는 것을 열정적으로 좋아하고 세심한 요정처럼 음악에 맞춰 스텝을 밟는 것을 알고 있었던 것이다. 게다가 팬지는 사교적 모임의 불편한 점들을 조금도 개의치 않았다. 무도회장의 더운 열기나 지루한 만찬, 붐비는 출입구, 마차를 기다리는 불편한 시간처럼 성가신 일들도 좋아했다. 낮에는 마차를 타고 계모 옆자리에 앉아서 꼼짝 않고 고마워하는 자세로 자그마한 몸을 앞으로 숙인 채 마치 생전 처음 드라이브를 나온 듯이 살짝 미소를 짓고 있었다.

내가 말한 바로 그날 그들은 로마 성문 밖으로 드라이브를 나갔고, 30분쯤 지났을 때 마차를 길가에 세우고 그곳에서 기다리게 한 다음 캄파냐의 짧은 풀들이 우거진 초원으로 걸어갔다. 겨울인데도 그곳에는 섬세한 꽃들이 점점이 피어 있었다. 산책을 좋아하고 재빨리 성큼성큼 걷기를 좋아한 이사벨은 거의 매일 습관처럼 드라이브를 나갔지만 그녀가 처음 유럽에 왔을 때처럼 재빨리 걸음을 옮기지는 못했다. 팬지는 이런 식의 산책이 가장 마음에 들었던 것은 아니었지만, 모든 것을 좋아했으므로 그것도 좋아했다. 그 아이는 계모 옆에서 더 짧은 걸음을 옮기며 나란히 걸었고, 계모는 그 아가씨의 기호를 존중해 주느라 로마 시내로 돌아오는 길에 핀치안 언덕이나 빌라 보르게즈를 한 바퀴 돌아 왔다. 그 아이는 로마 성벽에서 멀리 떨어진 양지바른 계곡에서 꽃을 한 아름 모았고, 팔라초 로카네라에 돌아오자마자 곧장 자기 방으로 올라가서 꽃을 물에 담갔다. 이사벨은 자신이 주로 사용하는 응접실로 들어갔다. 계단을 올라가서 들어갈 수 있는 큰 대기실의 옆방이었다. 그 대기실의 다소 장엄하고 살풍경하게 보이는 모양새는 길버트 오즈먼드의 풍부한 재간으로도 어쩔 수 없었다. 응접실의 문지방을 넘어서자마자 그녀는 갑자기 걸음을 멈추었다. 어떤 느낌이 엄습했기 때문이었다. 엄밀히 말해서 그런 느낌이 전에 없이 새로운 것은 아니었다. 그렇지만 그것은 새롭게 느껴졌다. 그녀는 발소리를 내지 않고 걸어왔기에 눈앞의 광경을 잠시 방해하지 않고 바라볼 수 있었다. 마담 멀이 모자를 쓴 채 거기 있었고, 길버트 오즈먼드는 그녀에게 말하고 있었다. 얼마간 그들은 그녀가 들어온 것을 알아차리지 못하고 있었다. 분명 이사벨은 그런 장면을 전에도 자주 목격했다. 그러나 그녀가 보지 못했던 것은, 아니 적어도 주목하지 못했던 것은, 그들의 대화가 한동안 일종의 친밀한 침묵으로 바뀌어 있었다는 점이었다. 자신이 모습을 드러내면 그 두 사람이 깜짝 놀라 그 침묵에서 벗어나리라는 것을 그녀는 즉시 알아차렸다. 마담 멀은 벽난로에서 조금 떨어진 곳의 양탄자 위에 서 있었고, 오즈먼드는 깊숙한 의자에 앉아서 몸을 뒤로 기댄 채 그녀를 바라보고 있었다. 마담 멀은 평소처럼 머리를 꼿꼿이 세우고 있었지만 눈을 내리떠 그의 눈을 바라보고 있었다. 제일 먼저 이사벨의 관심을 끌었던 점은 마담 멀이 서 있는 반면에 그가 앉아 있다는 사실이었다. 이런 특이한 점이 그녀의 눈길을 끌었다. 그런 다음에 그녀는 그들이 서로 생각을 나누다가 잠시 멈추었으며, 때로 말을 하지 않고도 대화를 나눌 수 있는 옛 친구들처럼 자유롭게 얼굴을 마주하고 생각에 잠겨 있다는 것을 알아차렸다. 그들은 사실 오랜 친구였으므로 이런 것에 충격적이라고 할 만한 점은 없었다. 그러나 그 광경은 선명한 이미지를 만들어 냈고, 갑자기 번쩍이는 빛처럼 그 이미지는 한순간 지속되었다. 그 두 사람의 자세와 서로의 눈길에 폭 빠져 응시하는 모습을 보면서 이사벨은 무언가를 간파한 듯한 느낌이었다. 그러나 그 장면을 얼마간 바라보았을 때 그 광경은 끝나 버리고 말았다. 마담 멀은 이사벨이 들어온 것을 알아차렸고 가만히 그 자리에서 인사했다. 반면에 그녀의 남편은 즉시 벌떡 일어났다. 곧 그는 산책하고 싶다는 둥 뭐라고 중얼거리더니 손님의 양해를 구한 다음에 방에서 나가 버렸다.

「당신이 돌아왔으리라고 생각해서 당신을 만나러 왔어요. 아직 돌아오지 않았기에 당신을 기다렸고요.」 마담 멀이 말했다.

「남편이 앉으시라고 하지 않던가요?」 이사벨은 미소를 지으며 물었다.

마담 멀은 주위를 돌아보았다. 「아, 정말 그렇군요. 막 가려던 참이었어요.」

「이제는 더 계셔야지요.」

「그럼요. 한 가지 이유가 있어서 왔어요. 할 이야기가 있답니다.」

「전에도 말했지만, 특별한 일이 있어야 우리 집에 오시는군요.」 이사벨이 말했다.

「내가 전에 뭐라고 말했는지 알고 있겠죠. 내가 여기에 오든 멀리 떨어져 있든 간에 늘 똑같은 동기를 갖고 있다고요. 당신에 대해 품고 있는 애정이지요.」

「네, 그렇게 말하셨어요.」

「지금은 그 말을 믿지 않는 표정이군요.」 마담 멀이 말했다.

「아,」 이사벨이 대답했다. 「당신의 심오한 동기에 대해서는 절대로 의심하지 않아요.」

「그보다는 내 말의 성실성을 의심하고 있군요.」

이사벨은 진지하게 고개를 가로저었다.「당신이 늘 내게 친절하게 대했다는 것을 알고 있어요.」

「당신이 내게 그렇게 하도록 허락해 주는 한 자주 그렇게 했죠. 당신이 그것을 늘 받아들인 건 아니니까요. 그러면 당신을 내버려 두는 수밖에 없었어요. 그런데 내가 오늘 온 이유는 당신에게 친절을 베풀려는 것이 아니에요. 전혀 다른 문제 때문이에요. 내 걱정거리를 털어 버리려고, 당신에게 그것을 넘겨주려고 온 거예요. 그 문제에 대해서 당신 남편에게 이야기를 하고 있었어요.」

「그건 놀라운 일이군요. 남편은 걱정거리를 좋아하지 않거든요.」

「특히 다른 사람의 걱정거리일 때 그렇죠. 잘 알고 있어요. 하지만 어쩌면 당신도 그렇겠지요. 당신이 남들의 고민거리를 좋아하든 그렇지 않든 간에 어떻든 나를 도와줘야 해요. 가엾은 로지에 씨에 대한 거예요.」

「아,」 이사벨이 생각에 잠겨 말했다.「그렇다면 당신의 문제가 아니라 그의 고민거리군요.」

「그 걱정거리를 내게 넘겨주었거든요. 일주일에 열 번은 찾아와서 팬지에 대한 이야기를 하니까요.」

「그래요, 팬지와 결혼하기를 바라고 있지요. 알고 있어요.」

마담 멀은 주저했다.「당신 남편의 말을 듣고는 당신이 알지 못하는 줄 알았어요.」

「내가 무엇을 알고 있는지 그가 어떻게 알겠어요? 그 문제에 대해서 내게 한 마디도 말하지 않았는데.」

「어쩌면 그 이야기를 어떻게 해야 할지 모르기 때문이겠죠.」

「그렇지만 그건 그가 당황할 만한 그런 문제가 아니에요.」

「그래요. 당신 남편은 대체로 어떻게 생각해야 하는지를 분명히 잘 알고 있으니까요. 하지만 오늘은 잘 모르는 것 같더군요.」

「당신이 남편에게 알려 주지 않았나요?」 이사벨이 물었다.

마담 멀은 일부러 화사하게 미소를 지었다. 「당신이 좀 쌀쌀맞게 구는 것을 알고 있어요?」

「알아요. 하지만 어쩔 수 없어요. 로지에 씨가 내게도 말했어요.」

「그럴 만한 이유가 있지요. 당신은 그 아이와 무척 가까우니까요.」

「아,」 이사벨이 말했다. 「나로서는 그를 위로해 주었는데! 당신이 나를 쌀쌀맞다고 생각한다면, 그는 어떻게 생각할지 궁금하군요.」

「당신이 지금까지 해온 것보다 더 많은 일을 할 수 있다고 생각하겠지요.」

「나는 아무것도 할 수 없어요.」

「당신은 적어도 나보다는 더 많은 일을 할 수 있어요. 그 사람은 나와 팬지 사이에 어떤 신비로운 관계가 있다고 생각했는지 모르겠어요. 어떻든 그는 처음부터 나를 찾아왔어요. 내가 그의 운명을 내 손에 쥐고 있기라도 하듯이. 이제는 계속 찾아와서 재촉하고, 희망이 있는지를 알아내려 하고, 자기 감정을 토로하곤 한답니다.」

「그는 깊은 사랑에 빠져 있군요.」 이사벨이 말했다.

「그로서는 무척 깊이 빠져 있지요.」

「팬지에게 깊이 빠져 있다고 말할 수 있겠지요.」

마담 멀은 잠시 눈을 내리깔았다. 「그 애가 매력적이라고 생각하지 않아요?」

「누구보다도 사랑스러운 작은 아가씨죠. 하지만 무척 제한되어 있지요.」

「그래서 로지에 씨가 그녀를 사랑하는 것이 더 수월했겠죠. 로지에 씨도 제한된 면이 없다고는 할 수 없는 사람이니까.」

「그래요.」 이사벨이 말했다. 「그 사람의 인격의 크기는 손수건만 하죠. 가장자리에 레이스가 달린 작은 손수건요.」 최근에 그녀의 유머는 다분히 냉소적인 경향을 띠었다. 하지만 곧 그녀는 팬지의 구혼자처럼 순진한 사람에 대해 빈정거린 것이 부끄러웠다. 「그렇지만 매우 친절하고 정직한 사람이에요.」 그녀가 곧 덧붙였다. 「겉으로 보이는 것만큼 바보는 아니고요.」

「팬지가 자기를 좋아한다고 장담하더군요.」 마담 멀이 말했다.

「나는 모르겠어요. 팬지에게 물어보지 않았어요.」

「그 애의 의사를 알아본 적이 전혀 없다고요?」

「그건 내 소관이 아니에요. 그 애의 아버지가 할 일이죠.」

「아, 당신은 너무 융통성이 없군요.」 마담 멀이 말했다.

「나는 스스로 판단할 거예요.」

마담 멀은 다시 미소를 지었다. 「당신을 돕는 것이 쉽지 않군요.」

「나를 돕는다고요?」 이사벨이 매우 진지하게 말했다. 「무슨 뜻인가요?」

「당신을 화나게 하는 것이 쉽다는 거예요. 내가 조심하려고 애쓰는 것이 무척 현명한 행동이라는 것을 모르겠어요? 어떻든 오즈먼드에게 이미 밝혔듯이 당신에게도 내 의사를 밝히겠어요. 나는 팬지 양과 에드워드 로지에 씨의 연애 사건에서 손을 뗀다고요. 이 일에 대해서 내가 할 수 있는 일은 전혀 없어요. 팬지에게 로지에 씨에 대한 이야기를 할 수도 없고요. 특히나,」 마담 멀이 덧붙였다. 「나는 로지에 씨를 최고의 남편감으로 생각하지 않으니까요.」

이사벨은 잠시 생각에 잠겼다가 미소를 지으며 말했다. 「그렇다면 부인께서는 손을 떼는 게 아니군요!」 그런 다음에 다시 다른 어조로 덧붙였다. 「부인은 손을 뗄 수도 없어요. 너무 깊숙이 관련되어 있으니까요.」

마담 멀은 천천히 일어섰다. 그녀는 이사벨을 바라보았는데 그 표정은 조금 전에 이사벨의 눈앞에서 번득였던 암시처럼 재빨리 나타났다가 사라졌다. 다만 이번에 이사벨은 아무것도 간파하지 못했다. 「다음에 로지에 씨에게 물어보세요. 그러면 알 수 있을 거예요.」

「나는 물어볼 수 없어요. 로지에 씨가 우리 집에 오지 않거든요. 길버트가 그에게 방문을 원치 않는다고 알려 주었으니까요.」

「아, 그래요.」 마담 멀이 말했다. 「그걸 깜박 잊었군요. 그가 몹시 한탄하던데. 그는 오즈먼드가 자기를 모욕했다고 말하더군요. 하지만,」 그녀가 말을 이었다. 「오즈먼드는 자기가 생각하는 만큼 로지에 씨를 싫어하는 것은 아니에요.」 그녀는 대화를 끝내려는 듯이 일어섰지만 주위를 돌아보면서 꾸물거렸다. 더 할 말이 있음이 분명했다. 이사벨은 그것을 알아차렸고, 그녀가 말하려는 이야기의 요지도 알 수 있었다. 하지만 이사벨은 자기 나름의 이유가 있어서 그 이야기를 꺼내고 싶지 않았다.

「부인께서 그에게 그렇게 말해 주었더라면 그가 무척 기뻐했을 거예요.」 이사벨이 미소를 지으며 대답했다.

「물론 그렇게 말해 줬어요. 그 점에 관해서 그의 용기를 북돋워 주었고요. 참을성을 가지라고 설교했고, 그가 입을 다물고 가만히 있기만 하면 그렇게 절망적인 상황은 아니라고 말해 주었죠. 불행히도 그는 질투심을 품게 되었어요.」

「질투심이라고요?」

「워버턴 경에 대한 질투심이죠. 워버턴 경이 늘 이곳에 온다고 하더군요.」

몸이 피곤해서 지금까지 계속 앉아 있었던 이사벨은 이 말을 듣고 일어섰다. 「아!」 그녀는 그저 이렇게만 소리치고 천천히 벽난로 쪽으로 걸어갔다. 마담 멀은 이사벨이 자기 옆을 지나서 잠시 벽난로의 거울 앞에 서서 흐트러진 머리칼을 다시 밀어 넣는 동안 그녀를 바라보았다.

「가엾게도 로지에 씨는 워버턴 경이 팬지와 사랑에 빠지지 못할 이유가 없다고 계속 말하고 있어요.」 마담 멀이 말을 이었다.

이사벨은 잠시 입을 다물고 있었다. 그러고는 거울에서 몸을 돌렸다. 「맞아요. 불가능할 이유야 없죠.」 그녀는 마침내 진지하고 더욱 부드럽게 말했다.

「나도 로지에 씨에게 그렇다고 인정해야 했어요. 당신의 남편도 그렇게 생각하고요.」

「그건 모르는 일이에요.」

「남편에게 물어보세요. 그럼 알 수 있을 테니.」

「물어보지 않겠어요.」이사벨이 말했다.

「저런. 당신이 이미 그 점에 대해 말했던 것을 잊었네요. 물론.」마담 멀이 덧붙여 말했다. 「당신은 워버턴 경의 행동을 나보다 훨씬 더 많이 관찰했겠지요.」

「그분이 내 의붓딸을 무척 마음에 들어 한다는 것을 말하지 않을 이유는 없겠지요.」

마담 멀은 다시 재빨리 이사벨을 쳐다보았다. 「마음에 들어 한다고요? 그 말은, 로지에 씨의 말대로 그렇다는 뜻인가요?」

「로지에 씨가 무슨 뜻으로 말했는지는 모르겠어요. 그렇지만 워버턴 경은 팬지에게 매혹되었다고 말하더군요.」

「그런데도 당신은 오즈먼드에게 그 말을 하지 않았다는 거예요?」이 말은 줄달음치듯 당장 이어졌다. 마담 멀의 입술에서 저절로 튀어나온 것 같았다.

이사벨은 그녀를 똑바로 쳐다보았다. 「시간이 지나면 남편이 알게 되겠지요. 워버턴 경은 입이 있고 자기 의사를 표현할 줄 아는 사람이니까요.」

마담 멀은 자신이 평소보다 성급하게 말했다는 것을 즉시 의식했고, 그 생각에 얼굴이 붉어졌다. 그녀는 그 위험한 충동이 가라앉도록 조금 뜸을 들였고 그런 다음에 그 일을 약간 심사숙고해 온 듯이 말했다. 「그 편이 가엾은 로지에 씨와 결혼하는 것보다는 나을 거예요.」

「훨씬 낫겠죠.」

「무척 기쁜 일이 될 거예요. 대단한 결혼이 될 테니까요. 그분은 정말로 매우 친절하군요.」

「그분이 매우 친절하다고요?」

「소박한 어린 아가씨에게 눈길을 주다니 말이에요.」

「나는 그렇게 생각하지 않아요.」

「당신은 매우 좋은 사람이에요. 그러나 결국, 팬지 오즈먼드는 ―」

「결국 팬지 오즈먼드는 그분이 지금껏 만나 보지 못한 가장 매력적인 아가씨인 거죠!」 이사벨이 큰 소리로 말했다.

마담 멀은 이사벨을 빤히 응시했다. 사실 그녀가 혼란스럽게 느낀 것은 당연했다. 「조금 전에는 당신이 팬지를 좀 경멸하는 것 같다고 생각했어요.」

「나는 그 애가 제한되어 있다고 말했어요. 사실이 그렇지요. 워버턴 경도 그렇고요.」

「그런 식으로 말하자면 우리 모두 그렇지요. 그런 점에 대해서 팬지가 보상을 받을 만하다면 더 잘된 일이지요. 하지만 그 애가 로지에 씨를 좋아하기로 마음을 굳혔다면, 그 애가 보상을 받을 만하다고 인정하지 않겠어요. 그건 지나친 외고집이니까요.」

「로지에 씨가 성가신 장애로군요!」 이사벨이 갑자기 소리쳤다.

「당신 말에 전적으로 동감이에요. 그리고 그 사람의 열정에 부채질을 하지 않아도 된다는 걸 알게 되어 다행이에요. 앞으로 그가 찾아오면 문을 열어 주지 않겠어요.」 마담 멀은 망토 자락을 여미면서 돌아갈 채비를 했다. 하지만 문으로 걸어가는 도중에 이사벨의 엉뚱한 요구에 걸음을 멈췄다.

「그렇더라도, 아시겠지만, 그에게 친절하게 대해 주세요.」

마담 멀은 어깨를 으쓱했고 눈썹을 치올리며 친구를 바라보았다. 「앞뒤가 맞지 않는 말을 하다니 이해할 수 없군요. 분명히 나는 그에게 친절하게 대하지 않겠어요. 그건 거짓 친절이 될 테니까요. 나는 그 아이가 워버턴 경과 결혼하는 것을 보고 싶어요.」

「그가 청혼할 때까지 기다리는 것이 좋을 거예요.」

「당신의 말이 사실이라면, 워버턴 경은 청혼하겠지요. 특히,」마담 멀이 즉시 말을 이었다. 「그분이 그렇게 하도록 당신이 만든다면.」

「내가 그분을 청혼하게 만든다고요?」

「그 일은 전적으로 당신 손에 달려 있어요. 당신은 그분에게 지대한 영향력을 미치니까요.」

이사벨은 약간 이마를 찌푸렸다. 「어디서 그런 이야기를 들으셨나요?」

「터치트 부인이 말해 주셨어요. 당신에게서 들은 건 아니에요. 전혀 아니었죠!」마담 멀이 미소를 지으며 말했다.

「확실히 나는 그런 이야기를 한 적이 없었어요.」

「당신이 말해 줄 수도 있었겠죠. 기회가 있었을 때. 우리가 서로 솔직히 터놓고 이야기를 나누었을 때 말이에요. 하지만 당신은 사실 내게 들려준 것이 거의 없었어요. 그 후로 나는 종종 그렇게 생각했죠.」

이사벨도 역시 그렇게 생각해 왔고, 그런 사실에 때로 만족감을 느끼기도 했다. 하지만 그녀는 지금 그런 생각을 솔직히 털어놓지 않았다. 그 점에 기뻐하는 듯이 보이고 싶지 않았기 때문이었다. 「이모님에게서 많은 정보를 알아내신 것 같군요.」그녀는 간단히 대답했다.

「당신이 워버턴 경의 청혼을 거절했다고 말씀해 주셨어요. 무척 화가 나신 데다 그 문제에 골몰하고 계셨기 때문이었어요. 물론 나는 당신이 그렇게 한 것이 더 잘한 일이라고 생각해요. 하지만 당신 자신이 워버턴 경과 결혼하고 싶지 않았다면, 그분이 다른 사람과 결혼하도록 도와주면서 보상해 주도록 하세요.」

이사벨은 마담 멀의 화사하고 풍부한 표정이 조금도 반영되지 않은 표정으로 귀를 기울였다. 그러나 곧 그녀는 꽤 합리적으로 부드럽게 말했다. 「팬지에게 그 일이 성사될 수 있다면 나는 정말로 무척 기쁠 거예요.」 그러자 그 친구는 이 말이 좋은 징조를 보여 준다고 생각하는 듯이 이사벨을 기대보다 한층 다정하게 포옹했고 의기양양한 기분으로 물러났다.

제41장

그날 저녁에 처음으로 오즈먼드가 그 문제에 대해서 언급했다. 그녀가 혼자 앉아 있는 응접실에 그가 밤늦게 들어왔다. 그들은 그날 저녁을 집에서 보냈고, 팬지는 이미 잠자리에 든 다음이었다. 저녁 식사 후에 오즈먼드는 자기 책들을 꽂아 놓고 서재라고 부르는 작은 방에 앉아 있었다. 10시가 되었을 때 워버턴 경이 방문했다. 그는 이사벨이 밤에 외출하지 않을 거라고 말한 날에는 늘 찾아왔다. 그는 어딘가 다른 곳에 갈 예정이었으므로 30분간 앉아 있었다. 이사벨은 랠프의 안부를 묻고 난 후 일부러 그에게 거의 말을 걸지 않았다. 그가 자기 의붓딸과 이야기를 나누기를 바랐기 때문이었다. 그녀는 책을 읽는 척했고 잠시 후에는 피아노를 치기도 했다. 자리를 비워 주기 위해 방에서 나가는 것이 더 낫지 않을지 생각하기도 했다. 팬지가 아름다운 로클리의 안주인이 된다고 생각해 보면 조금씩 점점 더 좋아졌다. 처음에 그 생각을 떠올렸을 때는 그리 열의를 느끼지 못했지만 말이다. 그날 오후에 마담 멀은 쌓여 있는 가연성 물질에 성냥불을 붙인 셈이었다. 이사벨은 불행한 기분이 들 때는 늘 주위를 둘러보며 적극적으로 노력을 바칠 일거리를 찾았다. 그것은 충동적인 행동이기도 했고, 자신의 지론에 따른 것이기도 했다. 불행이란 병든 상태, 즉 행동을 하는 것과는 정반대로 질병을 앓는 상태라는 생각을 떨쳐 낼 수 없었다. 〈행동〉을 한다는 것 — 어떤 행동을 하는지는 그리 문제가 되지 않았다 — 은 그러므로 도피이고, 어느 정도로는 치유책이 되기도 할 것이다. 게다가 그녀는 남편을 만족시키기 위해서 자신이 할 수 있는 일을 모두 다 했다고 확신할 수 있기를 바랐다. 남편의 간청을 받았을 때 아내로서 자신이 미적지근하게 반응한 모습을 떠올리며 가책에 시달리지 않겠다고 결심했다. 팬지가 영국의 귀족에게 시집간다면 남편은 대단히 기뻐할 것이다. 그리고 이 귀족은 매우 건전한 인물이었으므로 그가 기뻐하는 것은 당연한 일일 것이다. 그 결혼을 성사시키는 일을 자신의 의무로 여길 수 있다면, 자신은 좋은 아내의 역할을 해야 할 것 같았다. 그녀는 좋은 아내가 되고 싶었다. 자신이 좋은 아내였다는 것을 진심으로, 그리고 확실한 증거를 갖고, 믿을 수 있기를 바랐다. 그리고 그런 일을 시도한다면 또 다른 좋은 점이 있었다. 그 일은 그녀의 마음을 사로잡을 것이다. 그녀는 관심을 쏟을 수 있는 일이 필요했다. 더욱이 그 일에서 재미도 느낄 수 있을 것이다. 그리고 실로 즐거움을 느낄 수 있으면 그녀는 어쩌면 구원을 받을 것이다. 마지막으로 그 일은 워버턴 경을 도와주는 일이 될 것이다. 그는 분명 그 매력적인 아가씨를 무척 마음에 들어 했다. 그가 어떤 사람인지를 생각하면, 그가 그런 호감을 느낀다는 것이 약간 〈묘한〉 일이기는 했다. 하지만 누군가에게서 어떤 인상을 받는 것은 어느 누구도 설명할 수 없는 일이다.

팬지는 누구라도 매혹시킬 수 있겠지만, 그 〈누구라도〉에 적어도 워버턴 경은 제외되어 있었다. 팬지가 너무 왜소하고, 너무 가냘프고, 게다가 어쩌면 너무 일부러 꾸민 듯한 면이 있다고 이사벨은 생각했을 것이다. 팬지에게는 늘 조그마한 인형 같은 면이 있었고, 워버턴 경이 바라던 것은 그런 매력이 아니었다. 하지만 남자들이 진정으로 무엇을 추구하는지 누가 알 수 있겠는가? 남자들은 자신들이 찾아낸 것을 추구했던 것이고, 그들에게 기쁨을 느끼게 해주는 것을 보고 나서야 비로소 자신들이 원하던 것이 무엇이었는지를 알게 된다. 이런 문제에 있어서는 어떤 이론도 들어맞지 않는다. 그리고 이보다 더 설명하기 어려운 일도 없고, 아니 더 자연스러운 일도 없다. 그가 이사벨을 좋아했다면, 그녀와 매우 다른 팬지를 좋아한다는 것이 이상하게 보일 것이다. 그러나 그는 스스로 생각했던 것만큼 이사벨을 많이 좋아하지 않았던 것이다. 혹은, 그가 전에 좋아했다면, 이제는 그 감정을 완전히 극복한 것이다. 그 연애가 실패로 돌아갔으므로 당연히 전혀 다른 부류의 여자와는 잘될 거라고 생각할 것이다. 이미 말했듯이 이사벨이 처음부터 열의를 느낀 것은 아니었지만 그날 그런 열의가 일어나면서 거의 행복한 기분마저 들었다. 남편에게 기쁜 일을 해주겠다는 생각에서 그녀가 아직도 행복을 느낄 수 있다는 것은 놀라운 일이었다. 그렇지만 에드워드 로지에가 그 일에 방해가 된다는 것은 퍽 유감이었다!

로지에에 대한 생각이 떠오르자, 갑자기 그 사건을 비추던 빛나는 광채가 약간 사라졌다. 이사벨은 팬지가 로지에 씨를 세상에서 제일 멋진 청년으로 생각한다는 것을 불행히도 확신하고 있었다. 그 문제에 대해서 팬지와 이야기를 나눠 본 거나 다름없이 확실히 알고 있었다. 그녀 스스로는 그 사실을 알아보지 않으려고 조심했지만 그토록 분명히 확신하고 있다는 것은 매우 성가신 일이었다. 가엾은 로지에 씨의 머리에 그 사실이 똑똑히 박혀 있는 것만큼이나 성가신 일이었다. 그는 분명 워버턴 경보다 훨씬 못한 사람이었다. 재산상의 차이보다는 인격 그 자체에서 차이가 있었다. 그 미국인 청년은 사실 매우 가벼운 사람이었다. 그 영국인 귀족과 비교해 보면 그는 무용지물의 멋진 신사 타입에 속했다. 팬지가 정치가와 결혼해야 할 특별한 이유가 없다는 것은 사실이었다. 하지만 어떤 정치가가 그녀를 좋아한다면 그것은 그의 문제였고, 팬지는 완벽한 작은 진주 같은 귀부인이 될 것이다.

로지에로 인한 어려운 문제는 아마도 해결될 수 있을 거라고 오즈먼드 부인이 속으로 결론을 내렸기에 독자들은 그녀가 갑자기 이상하게도 냉소적이 되었다고 느낄지도 모른다. 가엾은 로지에가 제기하고 있는 장애는 어떻든 간에 위험한 것이라고 생각할 수 없었다. 부차적인 장애를 제거할 수 있는 수단은 언제나 있기 마련이다. 이사벨은 팬지가 얼마나 끈질기게 자기 뜻을 고집할지를 아직 알아보지 않았다는 점을 잊지 않았다. 불편하게도 그 아이는 완강하게 고집을 부릴지도 모를 일이었다. 그러나 그 아이는 남들의 반대를 무릅쓰고 기필코 자신의 뜻을 고집하기보다는 남들이 넌지시 암시하기만 해도 단념할 거라는 생각이 들었다. 왜냐하면 그녀에게는 항의하는 능력보다 동의하는 능력이 훨씬 더 고도로 발달되어 있기 때문이었다. 그 아이는 집착할 것이고, 그래, 분명 집착할 것이다. 하지만 그 아이가 무엇에 집착할지는 그녀에게 그리 중요하지 않았다. 로지에 씨뿐 아니라 워버턴 경이라도 괜찮을 것이다. 더욱이나 그 애는 워버턴 경을 아주 좋아하는 듯이 보였으니까. 그 아이는 조금도 망설이지 않고 그런 마음을 이사벨에게 말한 바 있었다. 그와 나누는 대화가 대단히 흥미롭다고 말했다. 그는 인도에 대한 이야기를 들려주었던 것이다. 그가 팬지를 더없이 적절하고 편안한 태도로 대한다는 것을 이사벨은 알아차렸다. 또한 워버턴 경이 팬지에게 말할 때 그녀의 젊음과 단순함을 염두에 두고 우월한 처지에서 말하는 것이 아니라, 그 아이가 유행하는 오페라의 주제를 잘 알고 있듯이 그가 말하는 주제를 충분히 알아듣는다고 생각하면서 말한다는 것을 주시했다. 그의 이야기는 악보와 바리톤에 대한 관심에 이르기까지 넓은 주제를 망라하고 있었다. 그는 오로지 친절하게 대하려고 세심하게 신경을 썼다. 예전에 가든코트에서 안절부절 못하던 또 다른 어린 아가씨에게 친절하게 대했던 것과 똑같았다. 그런 친절한 태도에 아가씨들의 마음이 움직이는 것은 당연할 것이다. 이사벨은 자신도 얼마나 마음이 동했던가를 기억했고, 자기가 팬지처럼 단순했더라면 그 인상이 더 깊이 파고들었을 거라고 생각했다. 그의 청혼을 거절했을 때 그녀의 마음은 단순하지 않았다. 그것은 후에 오즈먼드를 받아들였을 때처럼 복잡한 것이었다. 팬지는 단순하기는 했어도 실로 그의 말을 이해했고, 워버턴 경이 자기에게 춤 파트너나 꽃다발에 대해서가 아니라 이탈리아의 상황이나 농부들의 사정, 그 유명한 곡물세, 펠라그라 피부병, 로마 사교계에서 받은 자신의 인상에 대해 이야기해 주는 것을 즐거워했다. 그녀는 태피스트리에 수를 놓으며 바늘을 당기면서 귀엽고 순종적인 눈으로 그를 바라보았다. 그리고 눈을 내리깔 때는 조용히 그의 외모와 손, 발, 옷을 조금씩 곁눈질로 바라보면서 그에 대해서 생각하는 것 같았다. 그의 외모도 로지에 씨보다 훨씬 낫다고 이사벨은 그녀에게 말해 줄 수 있었을 것이다. 하지만 그런 생각이 드는 순간이면 로지에 씨가 어디 있을지 의아한 마음에 그만두었다. 그는 팔라초 로카네라를 더 이상 찾아오지 않았다. 이미 말했듯이, 남편이 기뻐하도록 자신이 거들어야 한다는 생각, 그 생각에 그녀가 단단히 사로잡혀 있다는 것은 놀라운 일이었다.

그것이 놀라운 일이라는 것은 여러 가지 이유가 있기 때문이었는데, 그 이유에 대해서는 곧 언급할 것이다. 조금 전에 언급한 그날 저녁에 워버턴 경이 응접실에 앉아 있는 동안 그녀는 두 사람만 남겨 두고 방에서 나가려는 중대한 조치를 취하려 했다. 중대한 조치라는 표현을 쓴 것은, 길버트 오즈먼드가 그 행동을 그런 각도에서 보았을 터이기 때문이다. 그리고 이사벨은 가급적 남편의 관점을 받아들이려고 애쓰고 있었다. 그녀는 그 조치를 취하는 데 어느 정도 성공하기는 했지만, 내가 언급했던 그 정도에는 이르지 못했다. 결국 그녀는 두 사람을 두고 나올 수 없었다. 무엇인가가 그녀를 억눌러서 그렇게 할 수 없도록 만들었던 것이다. 엄밀히 말해서 그것이 비열하거나 교활한 책략이기 때문은 아니었다. 여자들은 대체로 조금도 양심에 거리낌 없이 그런 교묘한 작전을 수행하곤 한다. 그리고 이사벨은 여자들의 공통된 속성을 거역하기보다는 본능적으로 그 속성에 충실한 편이었다. 그 일을 가로막은 것은 막연한 의혹이었다. 완전히 확신할 수 없다는 느낌이었다. 그래서 그녀는 응접실에 계속 앉아 있었다. 잠시 후 워버턴 경은 어떤 파티에 가려고 일어서면서 다음 날 그 파티에 대해 자세히 들려주겠다고 팬지에게 약속했다. 그가 돌아간 후 그녀는 자신이 15분간 자리를 비웠더라면 일어날 수도 있었을 일을 방해한 것이 아니었을지 의심이 들었다. 그런 다음에는 자신이 자리를 비켜 주기를 이 귀족 손님이 바랐더라면 그것을 알려 줄 방법을 쉽게 찾아냈을 거라고 늘 그렇듯 속으로 판단했다. 그가 돌아간 후 팬지는 그에 대해서 아무 말도 하지 않았다. 이사벨은 그가 사랑을 고백할 때까지는 입도 뻥긋하지 않겠다고 마음을 먹었기에 일부러 그에 대한 이야기를 꺼내지 않았다. 그는 이사벨에게 팬지에 대한 자신의 감정을 묘사했던 것과는 어울리지 않게 사랑 고백을 하기까지 오래 뜸을 들이고 있었다. 팬지는 자기 침실로 갔고, 이사벨은 이제 의붓딸이 무엇을 생각하고 있는지를 짐작할 수 없다고 인정해야 했다. 지금은 그 작고 투명한 아가씨를 꿰뚫어 볼 수 없었던 것이다.

그녀는 난롯불을 바라보며 혼자 앉아 있었다. 30분이 지났을 무렵 남편이 들어왔다. 그는 잠시 아무 말 없이 서성이다가 자리에 앉았다. 그도 그녀처럼 난롯불을 바라보았다. 하지만 이제 그녀는 벽난로에서 깜박이는 불꽃에서 시선을 돌려 오즈먼드의 얼굴을 바라보았고, 그가 침묵을 지키는 동안 그를 관찰했다. 은밀히 관찰하는 일이 그녀에게 습관이 되어 있었다. 자기 방어 본능과 관련되어 있다고 말해도 지나치지 않을 어떤 본능이 그런 습관을 만들어 놓았다. 그녀는 그의 생각을 되도록 많이 알고 싶었고, 자기가 답변을 준비해 놓을 수 있도록 그가 어떤 말을 할 것인지를 미리 알고 싶었다. 대답을 준비하는 것은 과거에 그녀가 잘하던 일이 아니었다. 이런 면에서 그녀는 자신이 발설할 수도 있었을 재치 있는 답변을 나중에 가서야 생각해 내는 수준을 넘어서지 못했다. 하지만 그녀는 신중함을 배웠다. 그 신중함을 어느 정도는 바로 남편의 표정에서 배웠던 것이다. 그 얼굴은 그녀가 피렌체에 있는 어떤 빌라의 테라스에서 어쩌면 똑같이 진지한 눈으로, 하지만 통찰력이 부족했던 눈으로 들여다보았던 바로 그 얼굴이었다. 오즈먼드는 결혼한 후 약간 더 살집이 늘었을 뿐이었다. 그러나 여전히 그는 사람들에게 매우 두드러진 인상을 줄 것이다.

「워버턴 경이 여기 왔소?」 그가 곧 물었다.

「그래요, 30분간 있었어요.」

「그가 팬지를 만났소?」

「네, 소파에 팬지와 함께 앉아 있었어요.」

「그 애에게 이야기를 많이 했소?」

「거의 팬지에게만 말했어요.」

「내가 보기에는 그가 관심을 보여 주는 것 같군. 당신도 그렇게 말하지 않겠소?」

「나는 어떻게도 말하지 않겠어요.」 이사벨이 말했다. 「당신이 뭐라고 말해 주기를 기다렸어요.」

「당신에게서 보기 힘든 사려 깊은 마음이군.」 오즈먼드가 잠시 후에 대답했다.

「이번에 나는 당신이 원하는 대로 처신하도록 노력하겠다고 결심했어요. 그렇게 하지 못한 경우가 아주 많았으니까요.」

오즈먼드는 천천히 고개를 돌려 그녀를 바라보았다. 「지금 나와 말다툼을 하려는 거요?」

「아뇨, 나는 평화롭게 살려고 애쓰고 있어요.」

「그보다 더 쉬운 일은 없지. 알다시피 나는 말다툼을 하지 않으니까.」

「그럼 당신이 나를 화내게 하려고 애쓰는 것은 뭐라고 부를 건가요?」

「나는 그렇게 하려고 애쓴 적이 없소. 만일 내가 그렇게 했다면, 그건 세상에서 가장 자연스러운 일이었을 거요. 더욱이 지금은 그럴 마음이 전혀 없소.」

이사벨이 미소를 지었다. 「상관없어요. 나는 다시는 화를 내지 않겠다고 결심했으니까.」

「그건 참 훌륭한 결심이오. 당신은 성미가 좋지 않으니까.」

「그래요, 좋지 않아요.」 그녀는 읽고 있던 책을 밀어 놓고 팬지가 탁자 위에 올려 둔 태피스트리를 집어 들었다.

「내가 내 딸과 관련된 일에 대해서 당신에게 말하지 않은 것은 그런 이유 때문이기도 했소.」 오즈먼드는 팬지를 주로 그런 식으로 부르곤 했다. 「반대 의견에 부딪칠까 봐 걱정이었지. 당신도 그 문제에 대해서 자기 나름대로 의견이 있을 거라고 말이오. 나는 그 쪼끄만 로지에를 자기 일이나 하라고 쫓아 버렸소.」

「내가 로지에 씨를 위해서 간청할까 봐 걱정이었나요? 내가 그에 대해서 당신에게 입도 뻥긋하지 않은 것을 모르셨어요?」

「당신에게 말할 기회도 주지 않았지. 요즘 우리는 대화를 거의 하지 않았으니까. 그가 당신의 옛 친구라는 것은 알고 있소.」

「그래요, 내 옛 친구예요.」 이사벨은 로지에 씨에 대해서 손에 들고 있는 태피스트리만큼이나 관심이 없었다. 하지만 그가 옛 친구이며, 남편 앞에서 그런 유대를 과소평가하지 않으려는 욕구를 느꼈다는 것은 사실이었다. 오즈먼드가 묘하게 아내의 친구들을 경멸하곤 했기에, 지금처럼 그 친구가 그 자체로는 중요하지 않은 사람일 때라도 그들에 대한 그녀의 충실한 마음이 더욱 강해졌다. 때로 그녀는 자신의 처녀 시절에 있었던 일이라는 한 가지 장점 때문에 어떤 일을 떠올리면서 열렬한 애정을 느끼곤 했다. 「하지만 팬지와 관련해서 그에게 용기를 북돋아 준 적은 전혀 없었어요.」

「그건 다행이군.」 오즈먼드가 말했다.

「당신 말은 내게 다행스럽다는 뜻이겠지요. 로지에 씨에게는 그것이 별문제가 되지 않을 테니까.」

「그 남자에 대해서 말해 봐야 전혀 소용없소.」 오즈먼드가 말했다. 「말했듯이, 이미 그를 쫓아냈으니까.」

「그래요, 하지만 바깥으로 쫓겨났어도 연인은 언제나 연인이에요. 때로는 연인 이상이 될 수도 있어요. 로지에 씨는 아직 희망을 갖고 있어요.」

「그 희망에서 마음껏 위안을 얻으라지! 내 딸은 그저 가만히 앉아 있기만 하면 레이디 워버턴이 될 거요.」

「당신은 그렇게 되면 좋겠어요?」 그녀는 단순하게 물었다. 그 단순함은 겉으로 보이기와 달리 그리 가식적인 것이 아니었다. 오즈먼드는 의외로 그녀의 예상을 그녀에게로 돌려서 공격하는 버릇이 있었으므로 그녀는 이미 그 어떤 것도 예상하지 않겠다고 결심했다. 최근에 그녀는 그가 자기 딸을 레이디 워버턴으로 만들고 싶어 하는 강렬한 욕망에 대해서 깊이 생각하곤 했다. 하지만 그것은 혼자서 생각한 일이었고, 오즈먼드가 그것을 말할 때까지는 아무것도 인정하지 않을 것이다. 남편이 워버턴 경을 오즈먼드 가족에게는 흔치 않은 엄청난 노력을 바칠 만한 상으로 생각한다는 것을 남편과 이야기할 때는 당연한 사실로 간주하지 않을 것이다. 길버트는 인생의 그 무엇도 자기에게는 상이 될 수 없다고 끊임없이 암시하곤 했다. 자신은 이 세상의 가장 뛰어난 사람들과도 대등하게 교제할 수 있고, 자기 딸은 주위를 돌아보기만 하면 왕자를 골라잡을 수 있다는 것이었다. 그러므로 그가 워버턴 경을 사로잡기를 갈망하고 있고 이 귀족이 빠져나갈 경우에 그만한 사람을 찾을 수 없으리라고 명백히 말한다면, 그것은 지금까지의 말과 어긋나는 것이었다. 더욱이 그는 그런 암시를 했을 뿐 아니라 또한 자신은 일관성이 없는 사람이 결코 아니라고 끊임없이 암시하곤 했다. 그는 아내가 이 점을 문제 삼지 않고 눈감아 준다면 좋았을 것이다. 그런데 무척 기이하게도, 한 시간 전만 하더라도 남편을 기쁘게 해줄 계획을 세우려고 했지만 이제 남편과 얼굴을 맞대고 앉아 있자 이사벨은 남편의 편의를 봐주려는 마음이 조금도 들지 않고 눈감아 주고 싶은 마음도 생기지 않았다. 하지만 그녀는 자신의 질문이 남편의 마음에 어떤 영향을 미쳤는지를 정확히 알고 있었다. 그것은 그에게 굴욕감을 줄 것이다. 하지만 상관없었다. 그는 그녀에게 소름 끼치는 굴욕감을 줄 수 있었다. 더욱이 그는 지독한 굴욕감을 줄 기회를 기다릴 줄 알았고, 사소한 기회에 대해서는 때로 그 까닭을 알 수 없는 무관심을 드러낼 수도 있었다. 이사벨은 아마도 극심한 굴욕감을 줄 수 있는 기회를 잡을 수 없었기에 작은 기회를 잡았을 것이다.

오즈먼드는 지금은 매우 점잖게 처신했다. 「그렇게 되면 대단히 기쁘겠소. 훌륭한 혼사가 될 거요. 그리고 워버턴 경에게 다른 이점도 있을 테고. 당신의 옛 친구이니 말이지. 우리 가족이 된다면 그에게 기쁜 일일 거요. 참 묘하게도, 팬지를 흠모하는 사람들은 모두 당신의 옛 친구들이군.」

「그들이 나를 만나러 오는 것이 당연한 일이니까요. 나를 만나러 와서는 팬지를 보게 되고, 팬지를 보고 나서 사랑에 빠지는 것은 자연스러운 일이죠.」

「그런 것 같소. 하지만 당신이 그렇게 생각할 필요는 없소.」

「팬지가 워버턴 경과 결혼한다면 나는 무척 기쁠 거예요.」 이사벨이 솔직하게 말했다. 「그는 탁월한 사람이니까요. 그렇지만 당신은 팬지가 조용히 앉아 있기만 하면 된다고 했죠. 어쩌면 그 애는 가만히 앉아 있지 않을 거예요. 로지에 씨를 잃으면 펄쩍 뛸지도 모르죠!」

오즈먼드는 이 말에 전혀 관심을 기울이는 것 같지 않았다. 그는 앉아서 난롯불을 응시하고 있었다. 「팬지는 귀부인이 되는 것을 좋아할 거요.」 그는 잠시 후 부드러운 목소리로 말했다. 「그 애는 무엇보다도 사람들을 기쁘게 해주기를 바라고 있지.」

「어쩌면 로지에 씨를 기쁘게 해주고 싶겠죠.」

「아니, 나를 기쁘게 해주려고 할 거요.」

「나도 조금은 기쁘게 해주고 싶겠죠.」 이사벨이 말했다.

「그래, 그 애는 당신을 존경하고 있소. 하지만 그 애는 내가 원하는 대로 처신할 거요.」

「당신이 그 점에 대해 확신하고 있다면, 잘됐군요.」 그녀가 말을 이었다.

「그런데 그 훌륭한 손님이 말을 해주면 좋겠군.」 오즈먼드가 말했다.

「그는 벌써 말했어요. 내게. 팬지가 자기를 좋아할 수 있다고 믿을 수 있다면 큰 기쁨일 거라고 하더군요.」

오즈먼드는 재빨리 고개를 돌렸지만 처음에는 아무 말도 하지 않았다. 그러고는 〈왜 내게 그 말을 하지 않았소?〉라고 날카롭게 물었다.

「기회가 없었어요. 우리가 어떻게 살고 있는지 잘 아시잖아요. 말할 수 있는 기회가 지금 처음 생긴 거예요.」

「그에게 로지에에 대해서 이야기했소?」

「그래요, 조금.」

「그건 불필요한 일이었소.」

「그가 그 일을 아는 것이 좋겠다고 생각했어요. 그래서, 그래서 ―」이사벨이 말을 멈췄다.

「그래서 어떻다는 거요?」

「그래서 그에 따라서 행동할 수 있도록 말이에요.」

「그래서 그가 물러설 거라는 뜻이오?」

「아뇨, 그래서 아직 시간이 있을 때 앞으로 나아갈 수 있도록 말이에요.」

「그 얘기를 해서 그런 결과가 나왔던 것 같지는 않소.」

「참고 기다리세요.」 이사벨이 말했다. 「알다시피 영국인들은 부끄러움을 잘 타니까요.」

「이 사람은 그렇지 않소. 그가 당신에게 청혼했을 때는 부끄러워하지 않았소.」

이사벨은 아까부터 오즈먼드가 그 일을 언급하지 않을지 걱정이었다. 그것은 몹시 불쾌한 일이었다. 「미안하지만, 그는 몹시 수줍어하는 사람이에요.」 그녀가 대답했다.

그는 잠시 아무 대답도 하지 않았다. 그녀가 말없이 앉아서 팬지의 태피스트리에 몰두하고 있는 동안 그는 책을 집어서 책장을 넘기고 있었다. 「당신은 틀림없이 그에게 큰 영향을 미칠 수 있을 거요.」 오즈먼드가 마침내 말을 이었다. 「당신이 진정으로 그 일을 바란다면, 당장 그가 자기 의사를 밝히도록 만들 수 있소.」

이 말은 더욱 불쾌했다. 하지만 그녀는 그가 그렇게 말하는 것이 매우 자연스럽다고 느꼈다. 그리고 그 말은 결국 자신이 속으로 말했던 것과 대단히 유사했다. 「내가 왜 영향력을 갖고 있다는 거지요?」 그녀가 물었다. 「내가 대체 무엇을 해줬다고 그가 나에 대해서 의무를 느껴야 하나요?」

「당신은 그와 결혼하기를 거절했소.」 오즈먼드는 책을 바라보면서 말했다.

「그 일에 너무 많은 것을 기대해서는 안 돼요.」 그녀가 대답했다.

그는 곧 책을 내던졌고 일어서서 뒷짐을 지고 난롯불 앞에 섰다. 「자, 나는 그 일이 당신 손에 달린 것으로 간주하겠소. 당신에게 맡기겠소. 조금만 선의가 있다면 당신은 그 일을 해낼 거요. 그 점을 생각해 보고, 내가 당신을 얼마나 믿고 있는지 기억하시오.」 그는 그녀에게 대답할 시간을 주려고 잠시 기다렸다. 하지만 그녀가 아무 대답도 하지 않자 곧 어슬렁거리며 방을 나섰다.

제42장

  그녀가 아무 대답도 하지 않았던 것은, 그의 말을 통해서 눈앞에 떠오른 현재의 상황을 바라보느라 얼이 빠져 있었기 때문이었다. 그의 말에 담긴 무엇인가가 갑자기 깊은 전율을 일으켰기에 그녀는 입을 떼는 것조차 믿을 수 없을 정도로 겁이 났다. 그가 나간 후 그녀는 의자에 등을 기대고 눈을 감았다. 그리고 밤이 이슥하도록, 그리고 더 깊어 가도록 오랜 시간을 조용한 응접실에 앉아서 생각에 잠겼다. 하인이 난롯불을 살피러 들어오자 그녀는 새 양초를 갖다 주고 잠자리에 들라고 말했다. 오즈먼드는 자신의 말을 생각해 보라고 그녀에게 말했다. 실로 그녀는 그렇게 했고, 그 외에도 많은 것들을 생각해 보았다. 그녀가 워버턴 경에게 분명 큰 영향력을 갖고 있다는 다른 사람의 암시 — 이 암시에 그녀는 깜짝 놀랐고, 예상치 못했던 것을 인정하게 되었다. 자신과 워버턴 경 사이에 아직도 무엇인가 남아 있어서 팬지에게 사랑을 고백하도록 그를 조종할 수 있는 손잡이가 될 수 있다는 것이 사실일까? 워버턴 경에게는 그녀의 인정을 받고자 하는 감정, 그녀에게 기쁨을 줄 일을 하려는 욕구가 남아 있는

732

것일까? 이사벨은 지금까지 스스로에게 이 질문을 던져 본 적이 없었다. 반드시 물어봐야 할 까닭이 없었기 때문이다. 그러나 이제 바로 눈앞에 그 질문이 떠오르자 그녀는 그 답을 보았고, 그러자 더럭 겁이 났다. 그래, 무엇인가가 워버턴 경에게 있었다. 그가 처음 로마에 도착했을 때 그녀는 그들을 연결했던 고리가 완전히 끊어졌다고 믿었다. 하지만 아직도 감지할 수 있는 고리가 있다는 것을 서서히 조금씩 깨닫게 되었다. 머리카락처럼 가느다란 것이었지만 그것이 진동하는 소리가 들리는 것 같은 순간들이 있었다. 그녀에게는 달라진 것이 전혀 없었다. 그녀는 그에 대해서 과거에 생각했던 대로 언제나 그렇게 생각했다. 이 감정은 달라져야 할 필요가 없었다. 사실 그 감정은 예전보다 더 훌륭한 것으로 여겨졌다. 그러나 워버턴 경은? 그는 아직도 그녀가 다른 여자들보다 더 중요하다고 생각하는 것일까? 그들이 과거에 친하게 어울렸던 단 몇 번의 순간들을 기억하면서 이득을 얻고자 하는 것일까? 이사벨은 그런 의도가 드러난 징후를 몇 가지 감지했던 것을 알고 있었다. 그러나 그는 무엇을 바라고 있고, 어떤 권리를 주장하려는 것일까? 그리고 그런 것들은 그가 가엾은 팬지에 대해 명확히 드러낸 매우 진실한 감정과 어떤 기묘한 방식으로 뒤섞여 있는 것일까? 그는 길버트 오즈먼드의 아내를 사랑하고 있는 것일까? 만일 그렇다면 그는 그 사랑에서 어떤 위안을 얻어 낼 수 있다고 기대하는 것일까? 만일 그가 팬지를 사랑한다면 팬지의 계모를 사랑하지 않을 것이고, 만일 그 계모를 사랑한다면 팬지를 사랑하지 않을 것이다. 그녀는 자신이 가진 이점을 이용해서 그로 하여금 팬지에게 구혼하도록 만들어야 할 것인가? 그가 그 작은 아가씨를 위해서가 아니라 그녀를 위해서 그렇게 하리라는 것을 알면서도? 남편이 그녀에게 요구한 도움이 바로 이것일까? 어떻든 그 옛 친구에게 그녀와 함께 있기를 좋아하는 마음이 아직도 뿌리 뽑히지 않은 채 남아 있음을 그녀가 스스로 인정한 순간부터 그녀가 직면하게 된 의무는 그것이었다. 그것은 유쾌한 임무가 아니었다. 실은 불쾌하기 짝이 없는 일이었다. 그녀는 워버턴 경이 팬지를 사랑하는 척하면서 다른 만족감, 이른바 다른 기회를 찾고 있는 것이 아닌지를 스스로에게 물어보면서 당혹스러웠다. 오래지 않아 그에게는 이런 교묘한 이중성이 없으리라는 생각이 들었다. 그는 나무랄 데 없이 진실한 사람이라고 믿는 쪽이 더 좋았다. 그러나 만일 그가 팬지를 좋아한다는 것이 망상에 불과하다면, 그것은 거짓으로 꾸민 감정보다 더 나을 것도 없었다. 이사벨은 이 추악한 가능성들 사이를 헤매다가 완전히 길을 잃고 말았다. 몇 가지 가능성들을 갑자기 직면하게 되었을 때 실로 그것들은 몹시 추악하게 보였다. 그런 다음에 그녀는 눈을 비비며 그 미로에서 빠져나왔다. 자신이 상상한 것들은 확실히 자신의 면목을 세워 주지 못하는 일이었고 남편의 상상력은 자신의 경우보다도 더 그의 면목을 세우지 못하는 것이었다고 단언했다. 워버턴 경은 마땅히 그래야 할 만큼 사심이 없는 사람이었고, 그에게 있어서 그녀는 그녀 스스로가 바라는 바 이상의 의미 있는 존재가 아니었다. 그 반대가 사실이라는 것이 입증될 때까지, 오즈먼드의 냉소적인 암시보다 더 효과적인 방법으로 입증될 때까지, 그녀는 그렇게 믿을 것이다.

하지만 이렇게 결심했어도 그날 밤 그녀의 마음은 편안하지 못했다. 그녀의 영혼이 공포에 시달렸기 때문이다. 빈틈이 생기기만 하면 두려움이 파고들어 생각의 전면에 떼 지어 몰려들었다. 갑자기 무엇 때문에 격렬한 공포가 일어나는지를 그녀는 알 수 없었다. 그날 오후에 그녀가 막연히 예상했던 것보다 더 직접적인 방식으로 남편이 마담 멀과 대화를 나누고 있었을 때 받았던 그 기이한 인상 때문이 아니라면. 그 인상은 시시로 되살아났고, 이제는 그런 느낌이 예전에 떠오르지 않았던 것이 의아할 정도였다. 이 인상 외에도, 30분 전에 오즈먼드와 잠시 나눈 이야기에서 아주 잘 드러났듯이, 그에게는 그가 손대는 것마다 죄다 시들어 버리게 하고 그가 바라보는 것마다 죄다 그녀가 손댈 수 없이 못쓰게 만드는 능력이 있었다. 남편에게 충실하다는 증거를 보여 주겠다고 시도하는 것은 괜찮았다. 하지만 실은 그가 어떤 일을 기대한다는 것을 알기만 해도, 그 일에 대한 반감을 느낄 이유가 생겨났다. 마치 그에게는 악마의 눈이 있는 것 같았다. 그가 옆에 있기만 해도 모든 것이 황폐해지고, 그의 호의는 재앙을 부르는 것 같았다. 그 결함이 그의 내면에 있는 것일까, 아니면 그녀가 그에 대해서 품게 된 깊은 불신에 있는 것일까? 이제 그들의 짧은 결혼 생활이 빚어 낸 가장 뚜렷한 결과는 바로 이 불신이었다. 이 두 사람 사이에 깊은 심연이 자리 잡고 있어서, 그들은 양쪽 다 기만을 견디고 있다고 주장하는 눈으로 그 심연 너머로 서로를 바라보고 있었다. 그것은 기이한 대립이었다. 그녀는 그런 것을 꿈에도 생각해 본 적이 없었다. 한 사람에게는 지극히 중요한 원칙이 상대방에게는 경멸할 거리에 불과한 대립이었다. 그것은 그녀의 잘못이 아니었다. 그녀는 기만한 적이 없었다. 그녀는 단지 경탄하고 믿었을 뿐이다. 그녀는 더없이 맑고 순수한 믿음으로 첫걸음을 내디뎠다. 그러다가 넓게 확대된 인생의 끝없이 기나긴 길이 실은 막다른 벽으로 가로막힌 어둡고 좁은 골목길이었음을 갑자기 알게 된 것이다. 저 아래 펼쳐져 있는 세상을 의기양양하고 우월한 마음으로 내려다보고 판단하며 선택하고 동정심을 느낄 수 있는 행복의 고지로 이어진 것이 아니라, 그 길은 오히려 아래쪽으로 이어졌고 땅으로 내려가서 구속과 압박의 영역으로 들어가 버렸다. 다른 사람들이 더 편안하고 자유롭게 생활하는 소리가 위쪽에서 들려오면서 실패했다는 느낌을 더욱 깊이 각인시켜 주는 곳이었다. 남편에 대한 깊은 불신, 바로 이것이 세상을 깜깜하게 만들어 놓은 것이었다. 이 감정을 지적하기는 쉬운 일이지만 설명하기란 쉽지 않다. 그 감정에는 여러 가지 요소가 혼합되어 있으므로 그것이 실제로 완전한 형태에 이르려면 더 많은 시간과 더 많은 고통이 필요했다. 이사벨에게 고통은 능동적인 상태였다. 그것은 냉담하거나 망연자실하거나 절망에 빠진 상태가 아니었다. 오히려 열정적으로 생각하고 사색하고 온갖 압력에 반응하는 것이었다. 하지만 그녀는 믿음의 상실을 혼자서 간직해 왔다고, 오즈먼드 외에는 어느 누구도 그것을 의심하지 않는다고 자부해 왔다. 그래, 오즈먼드는 그것을 알고 있었다. 그리고 그가 그것을 즐거워한다고 그녀가 느꼈던 때도 여러 번 있었다. 그 일은 서서히 일어났다. 처음에 경탄스러울 만큼 친밀했던 신혼 생활의 첫해가 지난 다음에야 그녀는 깜짝 놀라서 불안을 느끼게 되었다. 그런 다음에는 어두운 그림자가 서서히 짙어지기 시작했다. 마치 오즈먼드가 의도적으로, 거의 사악한 마음으로, 등불을 하나씩 꺼

버린 것 같았다. 처음에는 옅은 어스름이 희미하게 깔려 있었기에 그녀는 아직 그 안에서 자기 길을 볼 수 있었다. 그러나 그 어스름은 끊임없이 짙어져 갔고, 이따금 어쩌다가 그 어둠이 걷히더라도 그녀가 바라보는 광경의 어떤 귀퉁이들은 꿰뚫을 수 없는 암흑에 뒤덮여 있었다. 이 어둠은 그녀의 마음에서 발산된 것이 아니었다. 그녀는 이 점을 분명히 확신하고 있었다. 그녀는 공정하고 온유하며 오로지 진실을 보려고 최선을 다해 왔다. 그 어둠은 남편이라는 존재 자체의 한 부분이었고, 그 존재가 창조한 것이자 그 결과물이었다. 그 그림자를 드리운 것은 그의 악행이나 비열한 행위가 아니었다. 그녀는 단 한 가지를 제외하면 그에게 어떤 비난도 하지 않았고, 그 한 가지도 범죄는 아니었다. 그가 나쁜 짓을 저지르는 것은 본 적이 없었다. 그는 난폭하지도, 잔인하지도 않았다. 다만 그가 자기를 증오한다고 그녀는 믿었다. 그에 대해서 비난할 수 있는 점은 그것뿐이었고, 엄밀히 말해서 그것은 범죄가 아니었기 때문에 괴로운 일이었다. 그것이 범죄였더라면 그녀는 시정하는 방법을 찾을 수 있었을 테니 말이다. 그는 그녀가 매우 다르다는 것을 알게 되었고, 자신이 생각했던 그런 여자가 아니라는 것을 알게 되었다. 처음에 그는 그녀를 변화시킬 수 있다고 생각했고, 그녀는 그가 바라는 여자가 되기 위해서 최선을 다했다. 그러나 결국 그녀는 그녀일 뿐이었고, 그녀로서도 어쩔 도리가 없었다. 그리고 이제는 가면을 쓰거나 옷을 차려입고 거짓으로 꾸밀 필요도 없었다. 그는 그녀를 알고 있고, 이미 마음을 정해 버렸기 때문이었다. 그녀는 남편을 두려워하지는 않았다. 그가 자기를 해칠 거라는 걱정은 하지 않았다. 그가 그녀에 대해서 품고 있는 악의는 그런 종류의 것이 아니었으므로. 그는 가능하다면 그녀에게 비난할 구실을 전혀 주지 않을 것이고, 잘못을 자신의 탓으로 돌리는 일도 절대로 없을 것이다. 이사벨은 메마른 눈으로 미래를 뚫어지게 응시하면서 그 점에 있어서 남편이 결국 자기를 이길 거라고 생각했다. 그녀 자신은 그에게 많은 구실을 줄 테고 종종 자신의 잘못이라고 스스로를 탓할 것이다. 그녀는 남편에 대해서 동정심을 느낄 때도 있었다. 그녀 자신이 의도에 있어서는 속이지 않았더라도, 실제로는 그를 완전히 속였다는 것을 알게 되었기 때문이다. 그를 처음 만났을 때 그녀는 자신의 존재를 흐릿하게 보여 주었다. 자신의 내면에 있는 것이 실제보다 더 작은 듯이 꾸며서 자신을 작은 인간으로 만들었다. 그것은 그녀가 그의 특별한 매력에 매료되었기 때문이었고, 그는 그 나름대로 그 매력을 한껏 발산하기 위해 애쓰고 있었던 것이다. 그가 변한 것은 아니었다. 연애 시절에 그는 그녀와 달리 자신의 모습을 숨기지 않았다. 하지만 그 당시에 그녀는 달이 지구 그림자에 일부 가려질 때 그 표면의 일부만 볼 수 있듯이 그의 본성을 반쪽만 본 것이었다. 이제 그녀는 보름달을 보았고, 인간 전체를 보았다. 처음에 그녀는 그가 마음대로 자유롭게 자신을 내보일 수 있도록, 말하자면, 가만히 있었지만, 그럼에도 일부를 전체로 착각했던 것이다.

아, 그녀는 그 매력에 무한히 매료되어 있었다! 그 매력이 완전히 사라진 것은 아니었다. 그것은 아직도 거기에 남아 있었다. 오즈먼드가 마음이 내킬 때면 매우 유쾌한 사람으로 보일 수 있는 것이 무엇 때문인지를 그녀는 지금도 분명히 알고 있었다. 그는 사랑을 고백했을 때 그렇게 보이기를 바랐고 그녀는 그렇게 매혹되기를 바랐으므로 그가 목적을 이룬 것은 놀라운 일도 아니었다. 그는 진심이었기에 목적을 이룰 수 있었다. 이제 와서 그런 점을 부정할 생각은 전혀 없었다. 그는 그녀에게 경탄했고, 그 이유를 알려 주었다. 그가 만나 본 여자들 중에서 그녀가 가장 상상력이 풍부한 여자이기 때문이라는 것이었다. 그것은 사실이었을 것이다. 그 몇 달의 구애 기간 동안 그녀는 실체가 없는 사물들로 이루어진 세계를 상상하고 있었으니까. 그녀는 그에 대해서 더욱 경이로운 환상을 품고 있었고, 매혹된 감각과 지나치게 들뜬 상상력으로 그 환상을 키워 갔다! 그녀는 그를 제대로 읽어 내지 못했던 것이다. 그의 몇 가지 특징들이 결합되어 그녀의 마음을 끌었고, 그녀는 거기에서 놀랍도록 멋진 모습을 보았다. 그가 가난하고 고독하게 살고 있지만 어떻든 고귀하다는 것 ─ 그것이 그녀의 관심을 끌었고 그녀에게 기회를 주는 것 같았다. 그에게는, 그의 상황이나 그의 마음, 그의 얼굴에는 뭐라 형언할 수 없는 아름다움이 있었다. 동시에 그가 어쩔 도리 없이 무력하다는 느낌이 들었지만, 그 감정은 다정한 연민의 형태를 띠었다. 마치 존경심이 활짝 피어난 것 같았다. 그는 바닷물이 밀려오기를 기다리면서 해안에서 어슬렁거리는 회의적인 항해자였고, 바다를 열망하면서도 아직은 바다에 나가 보지 못한 사람이었다. 이 모든 점에서 그녀는 자신에게 적합한 기회를 발견했다. 그를 위해서 그의 배를 물에 띄우고, 신을 대신해서 그에게 은총을 베풀어 줄 것이다. 그를 사랑하는 것은 좋은 일이 될 것이다. 그래서 그녀는 그를 사랑했고, 지극히 불안한 마음으로, 하지만 열렬하게 자신을 바쳤다. 그토록 헌신한 것은 그녀가 그의 내면에서 발견한 것을 위해서였지만, 또한 자신이 그에게 가져간 것을 위해서, 그리고 그 선물을 풍부하게 만들어 줄 것을 위해서이기도 했다. 그 충만한 몇 주일의 열정을 되돌아보았을 때 그녀는 그 안에 일종의 모성애적 성향이 있었음을 깨닫게 되었다. 자신이 가족의 삶에 기여하고 있다고 느끼는 여자, 양손에 물건을 잔뜩 들고 왔다고 느끼는 여자의 행복 말이다. 그러나 그녀가 이제 분명히 깨달았듯이, 만일 그녀에게 돈이 없었더라면 그런 일을 절대로 할 수 없었을 것이다. 그러자 그녀의 마음은 영국의 잔디밭 밑에서 잠자고 있는 터치트 씨에게로 나아갔다. 이 무한한 고뇌를 선사한 인정 많은 은인에게로! 터무니없이 보일지라도 그것이 사실이었기 때문이다. 본질적으로 그 돈은 그녀에게 부담스러운 짐이었고, 그녀의 마음을 짓눌렀다. 그녀의 마음은 그 부담감을 다른 양심에게, 준비를 더 잘 갖춘 저장소에 양도하고 싶은 욕구로 가득했던 것이다. 세상에서 가장 고상한 취향을 가진 남자에게 그 돈을 양도하는 것은 그녀의 양심을 가장 효과적으로 가볍게 해줄 수 있는 방법이 아닐까? 병원에 기부하지 않는 한 그 돈을 가장 잘 사용할 수 있는 방법은 그것일 것이다. 그리고 그녀가 자선을 베풀 수 있는 곳으로 길버트 오즈먼드만큼 큰 관심을 느낀 곳도 없었다. 그는 그녀가 그 재산을 더 흐뭇하게 생각할 수 있고 뜻밖의 유산 상속이라는 행운에 부착된 어떤 상스러운 점을 벗겨 낼 수 있도록 그녀의 재산을 사용할 것이다. 7만 파운드의 돈을 상속받는 것은 전혀 우아하지 못한 일이었다. 우아함이 있다면 그것은 그 돈을 그녀에게 물려준 터치트 씨에게 있었다. 그러나 길버트 오즈먼드와 결혼하고 그에게 그 재산을 넘겨준다면, 그렇게 한다면 그녀에게도 우아함이 생길 것이다. 그의 입장에서는 우아함이 줄어들 테고, 그것이 사실이기는 하지만 그것은 그의 문제였다. 그가 진실로 그녀를 사랑한다면 그녀가 부자라는 점에 반감을 느끼지 않을 것이다. 용감하게도 그는 그녀가 부자라서 기쁘다고 말하지 않았던가?

이사벨은 자신이 실은 그 돈을 훌륭하다고 인정할 수 있는 방법으로 처리하려고 허울뿐인 논리를 세워서 결혼한 것이 아니었는지를 스스로에게 물어보고는 얼굴을 붉혔다. 하지만 그것은 절반의 사실에 불과하다고 재빨리 대답할 수 있었다. 그녀가 결혼한 것은 어떤 열정에 사로잡혔기 때문이었다. 그의 애정이 진실하다는 느낌, 그의 개인적 자질에서 느끼는 기쁨 때문이었다. 그는 어느 누구보다도 훌륭한 사람이었다. 이 절대적인 확신이 몇 달간 그녀의 일상을 채워주었고, 자신이 달리 행동할 수 없었으리라는 생각이 들 정도로 그 확신은 지금도 남아 있었다. 그녀가 그때까지 보지 못한 가장 훌륭한 — 가장 섬세하다는 의미에서 — 남성 유기체가 자신의 소유가 되었으며, 그녀가 손을 내밀기만 하면 붙잡을 수 있다는 생각은 처음에 일종의 헌신적 행위와 다름없었다. 그녀는 그의 아름다운 마음에 대해서 착각하지 않았다. 그 마음이라는 기관을 이제는 완벽하게 알고 있었다. 그녀는 그 마음과 함께 살았고, 거의 그 안에서 살아왔다. 그 마음은 그녀의 집이 된 것 같았다. 그녀가 사로잡혔다면, 그녀를 사로잡은 손은 굳건한 것이어야 했다. 이런 생각은 아마도 약간 가치가 있을 것이다. 그의 마음은 그녀가 예전에 본 적이 없었던, 창의력이 풍부하고, 유연하고, 세련되고, 경탄스러울 정도로 잘 훈련된 마음이었다. 그녀가 이제 상대해야 하는 것은 바로 이처럼 정교한 기구와 같은 마음이었다. 그가 그녀에게 얼마나 철저히 속았던가를 생각해 볼 때 그녀는 한없는 경악감에 빠지고 말았다. 그것을 생각해 보면 그가 그녀를 더 미워하지 않는 것이 놀라운 일이라고 볼 수 있었다. 그녀는 그가 처음으로 증오심을 내비쳤던 때를 정확히 기억하고 있었다. 그것은 그들의 인생이라는 실제 드라마의 막을 올리는 종소리 같았다. 어느 날 그는 그녀에게 생각이 너무 많고 그런 생각들을 떨쳐 버려야 한다고 말했다. 결혼 전에도 그는 그런 말을 했다. 하지만 그때는 그녀가 그 말을 귀담아듣지 않았고 나중에야 그 말을 돌이켜 생각했던 것이다. 이번에는 그가 진심으로 말했기 때문에 그 말을 귀담아듣지 않을 수 없었다. 겉으로 보면 그 말은 아무것도 아니었다. 그러나 더 깊이 쌓인 경험으로 그 말을 비춰 보았을 때 그제야 그 말이 불길한 전조로 여겨지게 되었다. 그의 말은 진심이었다. 그는 그녀에게 예쁜 외모를 제외하고는 그녀 나름의 독자적인 면이 전혀 없기를 바랐을 것이다. 그녀는 자기에게 생각이 너무 많다는 것을 알고 있었다. 사실 그가 생각했던 것보다 더 많았고, 그가 구애하던 당시에 그에게 들려주었던 것보다 훨씬 더 많이 갖고 있었다. 맞다. 그녀는 실로 위선적이었다. 그를 너무나 좋아했던 것이다. 그녀에게는 생각이 너무 많았다. 하지만 사람들이 결혼을 하는 이유는 바로 자기 생각을 다른 사람과 나누려는 것이다. 물론 자신의 생각을 억누를 수도 있고 입 밖에 내지 않으려고 조심할 수도 있겠지만 그것을 뿌리째 뽑아 버릴 수는 없는 법이다. 그런데 문제는 이러한 사실, 곧 그가 그녀의 의견에 반감을 가지고 있다는 것이 아니었다. 그것은 아무것도 아니었다.

그녀가 갖고 있는 의견이란 그것을 버림으로써 사랑을 받고 있다는 만족감을 얻을 수만 있다면 얼마든지 기꺼이 희생할 수 있는 것이었다. 그의 말에 담긴 진짜 의도는 보다 전체적인 것으로서 그녀의 성격, 그녀가 느끼는 방식이나 판단하는 방식 같은 그 모든 것을 버려야 한다는 것이었다. 이것은 그녀가 드러내지 않고 숨겨 두었던 것이었다. 그리고 그것은 그가 스스로 찾아낼 때까지, 말하자면 문을 닫고 안으로 들어와서 직면하게 될 때까지 알지 못했던 것이었다. 인생을 바라보는 그녀 나름의 어떤 방식을 그는 자신에 대한 모욕으로 받아들였다. 맹세코 그 당시에 그녀가 드러낸 방식은 적어도 매우 겸손하고 순응적인 것이었는데! 희한한 일은 그의 사고방식이 자신과 너무나 다르다는 것을 그녀가 처음부터 전혀 알지 못했다는 점이었다. 그녀는 그의 사고방식이 너무나 웅대하며, 풍부한 교양을 갖추고 있고, 정직한 사람이자 신사의 인생관에 완벽하게 부합한다고 생각했다. 그는 자신에게 미신적인 면도 없고, 답답한 한계도 없으며, 신선미를 잃어버린 선입견 같은 것도 없다고 그녀에게 장담하지 않았던가? 그는 세상의 탁 트인 대기에서 살아가면서 사소한 일에 무관심하고 오로지 진실과 지식을 사랑하며, 영리한 두 사람이 함께 그런 것들을 추구해야 하고 그들이 찾을 수 있든 그렇지 못하든 간에 적어도 그것을 추구하는 과정에서 어떤 행복을 발견할 거라고 믿는 듯이 보이지 않았던가? 그는 인습적인 것을 좋아한다고 말했다. 하지만 그 말은 어떤 의미에서는 고귀한 선언처럼 들렸다. 그리고 바로 그 의미, 즉 조화와 질서, 예의, 그리고 인생의 온갖 품위 있는 것들을 사랑한다는 의미에서 그녀는 그의 말에 아낌없이 동의했다.

그리고 그 말에 담긴 경고는 불길한 의미를 띠지 않았다. 그러나 몇 달이 지나서 그녀가 그를 따라 더 멀리 나아갔고 그가 그녀를 자신의 집으로 데리고 들어갔을 때, 그때, 바로 그때가 되어서야 비로소 그녀는 자신이 실제로 어디 있는지를 알게 되었다.

그녀는 자기가 살고 있는 집의 크기를 재보았을 때 느꼈던 그 믿을 수 없는 공포를 거듭 되살릴 수 있었다. 그 후로 그녀는 네 개의 벽 사이에서 살아왔다. 그 벽들은 그녀를 평생 둘러쌀 것이다. 그곳은 암흑의 집이자 침묵의 집, 질식의 집이었다. 오즈먼드의 아름다운 마음은 그 집에 빛도 공기도 보내 주지 않았다. 오즈먼드의 아름다운 마음은 실로 높은 곳의 작은 창문에서 슬쩍 내려다보면서 그녀를 조롱하고 있는 것 같았다. 물론 그것이 육체적인 고통을 주는 것은 아니었다. 육체적인 고통이라면 치료약이 있을 것이다. 그녀는 마음대로 나다닐 수 있었고, 자유롭게 행동할 수 있었다. 그녀의 남편은 완벽할 정도로 예의 바르게 처신했다. 그는 자기 자신을 너무나 진지하게 생각했고, 그것은 오싹 소름 돋는 일이었다. 그의 교양과 영리함과 예의 바른 태도 이면에, 그의 온후한 기질과 재능과 세상살이에 대한 지식 이면에, 꽃이 만발한 비탈에 숨어 있는 뱀처럼 그의 이기심이 도사리고 있었다. 그녀는 그를 진지하게 받아들였지만, 그 정도로 진지하게 받아들였던 것은 아니었다. 어떻게 그럴 수 있었겠는가? 더욱이나 그를 더 잘 알게 되었을 때? 그녀는, 그가 스스로에 대해 생각하듯이, 그를 유럽 최고의 신사로 생각해야 했다. 처음에 그녀는 그를 그렇게 생각했고, 실로 그런 이유 때문에 그와 결혼했다. 그러나 그러한 생각에 무엇이 내포되어 있는지를 알게 되었을 때 그녀는 주춤 물러섰다. 결혼 서약서에는 그녀가 동의할 생각이 없었던 많은 것들이 포함되어 있었다. 그 서약서에는 그가 부러워하는 매우 고귀한 사람들 서너 명을 제외한 모든 사람들을 극도로 경멸해야 한다는 것과 그의 생각 대여섯 가지를 제외하고 세상의 모든 것을 경멸해야 한다는 조항까지도 들어 있었다. 그것은 그리 나쁘지 않았다. 그녀는 그런 문제에서라면 아주 멀리까지 나가면서 그의 생각에 동의해 주었을 것이다. 왜냐하면 그가 인생의 비열하고 초라한 면을 매우 많이 지적해 주었고, 인간의 어리석음과 비행, 무지에 대해서도 눈을 뜨게 해줬기 때문에 그녀는 세상사의 무한한 저속함에 대해서 적절히 강한 인상을 받았고, 자신의 자아를 세상사로 인해 오염되지 않도록 간직하는 일이 미덕이라는 것을 알게 되었기 때문이었다. 그러나 이 저속하고 비열한 세계는 어떻든 사람이 살아가는 목적인 것처럼 보였다. 사람은 세상을 끊임없이 자기 눈앞에 두고 있어야 하는데, 세상을 계몽하거나 바꾸거나 구제하기 위해서가 아니라 자신의 우월성에 대한 인정을 세상에서 끌어내기 위해서 말이다. 한편으로 세상은 경멸스러운 것이었지만, 다른 한편으로 세상은 기준을 제시했다. 오즈먼드는 자신이 세상에 대해 체념했고, 무관심하며, 성공을 위한 평범한 도움을 느긋하게 거부해 왔다고 이사벨에게 말해 왔고 이 모든 것들이 그녀에게는 감탄스럽게 보였던 것이다. 그녀는 그것을 숭고한 무관심이자 절묘한 독립심이라고 생각했다. 그러나 무관심이란 사실 그에게서 전혀 찾아 볼 수 없는 자질이었다. 그녀는 타인을 그토록 많이 생각하는 사람을 본 적이 없었다. 확실히 그녀에게 세상은 언제나 홍미진진한 곳이었고 주위 사람들을 관찰하는 것이 늘 그녀의 열렬한 관심사였다. 하지만 만일 개인적인 삶을 위해서 그녀의 호기심과 공감을 모두 버리는 것이 더 유익한 일이라고 남편이 그녀를 설득할 수 있었더라면 그녀는 기꺼이 그것들을 저버렸을 것이다! 적어도 지금 그녀는 그렇게 믿었다. 그렇게 세상에 대한 관심을 버리는 일은 분명 오즈먼드처럼 사회에 지극한 관심을 기울이는 일보다 훨씬 더 쉬웠을 것이다.

그는 사회 없이는 살 수 없는 사람이었다. 그가 실제로는 세상과 동떨어져 산 적이 결코 없었다는 것을 그녀는 알게 되었다. 세상에서 멀리 떨어져 초연한 듯이 보일 때에도 그는 자기 창 너머로 세상을 지켜보고 있었다. 그녀가 자기의 이상을 가지려고 애썼듯이 그도 자기 나름의 이상을 갖고 있었다. 다만 사람들이 정의를 너무나 다른 곳에서 찾는다는 점이 기이할 뿐이다. 그의 이상은 고도의 번영과 예절을 추구하면서 귀족적인 생활을 즐기는 것이었다. 그 스스로는 언제나, 적어도 본질적으로는, 귀족적인 생활을 해왔다고 자부한다는 것을 그녀는 이제 알고 있었다. 그는 단 한 시간도 그런 생활에서 벗어난 적이 없었다. 만일 그런 일이 있었더라면 그는 수치심에서 벗어나지 못했을 것이다. 이런 이상도 그 자체로는 나쁘지 않은 것이다. 이 부분에서도 그녀는 동의했을 것이다. 그러나 그들은 동일한 표현에 상이한 개념들과 서로 다른 연상과 욕구를 결부시켰다. 그녀가 생각하는 귀족적 생활이란 오로지 크나큰 지식과 고귀한 자유가 결합된 것이었다. 지식은 인간에게 의무감을 부여할 것이고 자유는 즐거움을 느끼게 해줄 것이다. 그러나 오즈먼드에게 있어서 귀족적 생활이란 오로지 형식상의 문제였고, 곧 의식적이고 계산된 태도였다. 그는 오래된 것, 귀중한 것, 전승된 것을 좋아했다. 그녀도 그런 것을 좋아하기는 했지만, 자신은 그것을 가지고 자기가 원하는 일을 하겠다고 주장했다. 그는 전통을 무한히 존중했다. 언젠가 그는 세상에서 가장 좋은 일은 전통을 갖고 있는 것이고, 불행히도 전통이 없다면 즉시 그것을 세워 가도록 착수해야 한다고 그녀에게 말한 적이 있었다. 이 말은 그녀에게는 전통이 없지만 자기는 그렇지 않아서 더 우월하다는 의미를 담고 있음을 그녀는 알고 있었다. 그렇지만 그가 자기의 전통을 어떤 원천에서 끌어내 온 것인지는 결코 알 수 없었다. 어떻든 그는 전통적인 것들을 아주 많이 수집해서 소유하고 있었다. 그것은 매우 분명했고, 얼마 후에 그녀는 그 점을 알게 되었다. 중요한 문제는 그 전통에 맞게 행동하는 것이었다. 그것은 그뿐만 아니라 그녀에게도 중요한 문제였다. 이사벨은 전통이 그 소유자가 아닌 다른 사람에게도 도움이 되려면 전적으로 탁월한 것이어야 한다는 막연한 신념을 갖고 있었다. 그러나 그럼에도 그녀는 언제부터인지 알 수 없는 남편의 과거로부터 흘러내려온 장중한 음악에 발맞춰서 그녀도 행진해야 한다는 이런 암시에 동의했다. 오래전에 극히 자유분방한 걸음걸이로 길에서 벗어나 우회하며 돌아다니는 일이 숱하게 많았기에 행렬에 맞춰 행진하는 것과는 정반대였던 그녀였지만 말이다. 그들이 반드시 해야 하는 일이 있었고, 그들이 꼭 취해야 하는 자세가 있었고, 그들이 반드시 만나야 하는 사람과 만나서는 안 되는 사람들이 있었다. 이 굳건한 체제가 자신을 에워싸고 있는 것을 보았을 때, 비록 그것이 그림이 수놓인 태피스트리로 예쁘게 꾸며져 있기는 했지만, 그녀는 내가 앞서 말했듯이 깜깜하고 숨이 막히는 느낌에 짓눌렸다. 곰팡내와 부패의 악취가 진동하는 곳에 갇힌 느낌이었다. 물론 그녀는 저항했다. 처음에는 웃음기를 띠고, 반어적으로, 부드럽게 저항했다. 그러다가 상황이 점점 더 심각해지자 열렬히, 격렬하게, 간청하듯이 저항했다. 그녀는 자유라는 명분을 내세웠다. 그들이 하고 싶은 대로 행동하자고, 그들의 생활이 남들에게 어떻게 보이든지, 어떻게 얘기되든지 신경을 쓰지 말자고 주장했다. 결국 남편의 것과는 다른 본능과 갈망, 전혀 다른 이상을 내세운 셈이었다.

그러자 예전에 그런 저항을 받은 적이 없었던 남편의 인격이 앞으로 걸어 나와서 우뚝 섰다. 그녀의 말에 대한 대답은 오로지 비웃음뿐이었다. 그가 이루 말할 수 없이 그녀를 부끄럽게 생각한다는 것을 그녀는 잘 알 수 있었다. 그는 아내를 어떻게 생각한 것일까? 비열하고, 천박하고, 천한 여자라고? 이제 그는 적어도 그녀에게 전통이 전혀 없다는 것을 확인한 것이다! 그녀가 그 정도로 깊이가 없는 여자일 거라고는 전혀 예상하지 못했다. 그녀의 감정은 급진주의적 신문이나 유니테리언 목사에게나 어울릴 법한 것이었다. 결국에 그녀가 간파한 바로는, 진정으로 그가 기분이 상했던 까닭은 그녀가 조금이라도 그녀 나름의 마음을 갖고 있기 때문이었다. 그녀의 마음은 그의 마음이 되어야 했고, 사슴 사냥터에 붙어 있는 조그만 꽃밭처럼 그의 마음에 붙어 있어야 했다. 그는 꽃밭을 갈퀴로 부드럽게 긁어서 흙을 고르고 꽃에 물을 줄 것이다. 그는 화단의 잡초를 뽑고 이따금 꽃을 꺾어 꽃다발을 만들 것이다. 이미 광대한 토지를 소유하고 있는 사람에게 그 꽃밭은 작고 예쁘장한 재산이 될 것이다. 그는 그녀가 우둔하기를 바라지 않았다. 그 반대로 그녀가 그의 마음에 들었던 것은 그녀가 영리하기 때문이었다. 하지만 그는 그녀의 지능이 자신에게 전적으로 유리하게 작동하기를 기대했다. 그래서 그녀의 마음이 텅 비어 있기를 바라기는커녕 이해력이 풍부한 마음이라고 생각하면서 흐뭇해했다. 그는 아내가 자신과 함께 느끼고, 자신을 위해서 느끼며, 자신의 의견과 야심, 취미에 공감하기를 기대했다. 그리고 대단히 교양이 높은 남자일 뿐만 아니라 적어도 처음에는 매우 다정했던 남편의 입장에서 볼 때 이런 태도가 그리 오만한 것은 아니라고 이사벨은 인정하지 않을 수 없었다. 그러나 그녀가 결코 받아들일 수 없는 몇 가지 점들이 있었다. 우선, 그것들은 소름 끼칠 정도로 외설적이었다. 그녀는 청교도 집안에서 태어난 것은 아니었지만 그럼에도 불구하고 순결이라든가 체면 같은 것을 중요하게 생각했다. 하지만 오즈먼드는 그런 것을 전혀 중요시하지 않는 듯이 보였다. 그가 가진 전통들 중 어떤 것들을 보면 그녀는 스커트 자락을 뒤로 잡아당겨 여미지 않을 수 없었다. 여자들은 누구나 애인이 있는 것일까? 그들은 누구나 거짓말을 하고, 가장 훌륭한 여자라도 돈으로 매수할 수 있는 것일까? 남편을 속이지 않은 여자는 고작해야 서너 명밖에 없는 것일까? 이런 이야기를 들었을 때 이사벨은 동네 사랑방의 쑥덕공론에 대해서 느끼는 것보다 더 큰 경멸을 느꼈다. 그 경멸은 몹시 더럽게 오염된 공기에서 그 자체의 신선함을 간직했다. 그녀의 시누이가 만든 더러운 얼룩도 있었다. 그녀의 남편은 오로지 제미니 백작 부인을 근거로 판단하는 것일까? 그 숙녀는 거짓말을 자주 했고, 말뿐 아니라 다른 식으로도 사람들을 기만했다.

오즈먼드의 전통들 속에서는 이런 일들이 당연시되는 가설이라고 아는 것만으로도 충분했다. 그런 가설을 일반론으로 확대시켜야 할 까닭은 없었다. 그녀는 그의 가설을 경멸했고, 바로 그렇기 때문에 오즈먼드는 오만하게 턱을 쳐들었다. 그는 무엇이든 경멸하기 잘하는 사람이었고, 그러니 그의 아내가 그와 유사한 버릇을 갖게 되리라는 것은 지당한 일이었다. 그러나 그 아내가 뜨겁게 달아오른 경멸의 눈빛으로 자신의 세계관을 응시하리라는 것, 이것은 그가 전혀 예상치 못했던 위험이었다. 그녀가 이 정도로 나아가기 전에 그는 그녀의 감정을 잘 조절했다고 믿었다. 남편이 스스로를 과신하고 있었다는 것을 깨달았을 때 귀가 시뻘게질 정도로 열불이 났으리라는 것을 그녀는 쉽게 상상할 수 있었다. 그런 감정을 느끼게 하는 아내가 있다면, 그 남편은 아내를 미워하지 않을 수 없다.

남편에게 그 증오심은 처음에는 피난처이자 기분 전환거리였지만 이제는 일상의 중요한 일거리이자 위안거리가 되었음을 이사벨은 경험적으로 확신했다. 이 증오심은 진심에서 우러나온 것이었기에 뿌리깊이 파고 들어갔다. 그는 아내가 결국 그의 사고방식을 거부할 수 있다는 뜻밖의 사실을 깨닫게 되었다. 그녀에게도 그 사실은 질겁할 만큼 놀라운 것이고 처음에는 남편에 대한 일종의 배신이자 타락의 가능성으로 보였다면, 그에게는 얼마나 엄청난 영향을 미쳤으리라고 예상할 수 있겠는가? 그 결과는 매우 단순했다. 그는 그저 아내를 경멸했던 것이다. 그녀에게는 아무런 전통도 없었고 기껏해야 유니테리언 목사의 도덕적 식견밖에 없었다. 가엾은 이사벨, 유니테리언주의가 무엇인지도 알지 못하는 그녀였건만! 이제 그녀는 이런 확신을 가지고 살아왔고, 얼마나 오랫동안 그렇게 살아왔는지를 따져 보는 것도 그만두었다. 앞으로 무엇이 다가오고 있고, 그들의 앞날에 무엇이 있는 걸까? 그녀는 끊임없이 이런 질문을 던졌다. 그는 무엇을 하려 하고, 그녀는 무엇을 해야 할까? 남편이 아내를 미워할 때 그것은 어떤 결과로 이어질까? 그녀는 그를 미워하지 않았다. 그 점에 대해서는 확신했다. 간혹 그에게 놀랍고 기쁜 일을 해주고 싶은 열망을 느끼기도 했기 때문이다. 하지만 매우 빈번히 그녀는 두려움을 느꼈고, 이미 암시했듯이, 자신이 처음에 남편을 속였다는 생각이 엄습하곤 했다. 어떻든 간에 그들은 기이하게 결혼했던 것이고, 그들의 결혼생활은 끔찍했다. 바로 그날 아침까지 일주일간 그는 그녀에게 말을 걸지 않았다. 그의 태도는 다 타버린 불처럼 차가웠다. 그녀는 그가 그렇게 행동하는 데 특별한 이유가 있다는 것을 알고 있었다. 랠프 터치트가 로마에 머물고 있는 것이 불쾌했던 것이다. 그는 그녀가 사촌을 너무 많이 만난다고 생각했고, 그녀가 그의 호텔로 찾아가는 것은 점잖지 못한 일이라고 일주일 전에 말했다. 만일 랠프의 병세가 그를 매도하는 것이 야만적으로 보일 만큼 심각하지만 않았더라면 그는 더 심한 말을 많이 쏟아 냈을 것이다. 그러나 하고 싶은 말을 억눌러야 했기에 그의 혐오감은 더 커졌다. 이사벨은 그의 온갖 심리 상태를 시계 문자판의 시침처럼 똑똑히 읽을 수 있었다. 그녀가 사촌 오빠에게 관심을 쏟는 것을 보고 오즈먼드의 마음에 사나운 분노가 들끓었다는 것을 잘 알고 있었다. 마치 그녀를 그녀의 방에 가두고 있었던 것처럼. 실로 그는 자기를 가두고 싶은 심정일 거라고 그녀는 확신했다. 자신은 대체로 남편의 뜻을 거역하는 일이 없었다고 정직하게 믿었지만, 그래도 분명 랠프에게는 무관심하게 대할 수 없었다. 랠프에게 기어이 죽음이 성큼 다가오고 있었고 다시는 만날 수 없으리라고 믿어졌다. 이런 상황이었기 때문에 예전에 느끼지 못했던 그에 대한 애정이 솟아났다. 이제 그녀에게는 즐거운 일이 하나도 없었다. 자기 인생을 포기해 버렸다는 것을 알고 있는 여자에게 즐거울 일이 무엇이 있겠는가? 영원히 사라지지 않을 무거운 짐이 그녀의 가슴을 짓눌렀고, 주위의 온갖 사물은 흙빛을 띠고 있었다. 그러나 랠프가 얼마간 방문하자 암흑을 비춰 주는 등불이 나타난 것 같았다. 그와 함께 앉아 있을 때면 자기 자신에 대한 쓰라린 마음이 어떻게 해서인지 랠프에 대한 아픔으로 바뀌었다. 이제 그는 친오빠처럼 느껴졌다. 그녀는 친오빠가 없었지만, 만일 친오빠가 있고 그녀는 고통에 빠져 있는데 오빠가 죽어 가고 있다면, 그 오빠는 랠프처럼 소중한 존재로 여겨질 것이다. 아, 그래, 길버트가 이 문제에서 그녀에 대해 몹시 마음을 쓰고 있다면, 그럴 만한 이유가 있었다. 랠프와 함께 앉아서 30분간 이야기를 나누다 보면 길버트가 조금도 더 낫게 보이지 않았던 것이다. 두 사람이 길버트에 대한 이야기를 나눈 것도 아니었고, 그녀가 불평을 늘어놓은 것도 아니었다. 그들은 그의 이름도 입에 올리지 않았다. 다만 랠프는 관대한 사람이었고, 그녀의 남편은 그렇지 않았을 뿐이었다. 랠프의 이야기, 그의 미소, 그가 로마에 있다는 사실그 자체만으로도 그녀가 제자리를 맴돌던 황량한 곳이 더 넓게 확장되었다. 그는 그녀에게 세상의 선함을 느끼게 해줬다. 또 지금과 전혀 다를 수 있었던 것을 느끼게 해줬다. 결국 랠프가 오즈먼드 못지않게 영리한 사람이었고, 그보다 훨씬 더 훌륭한 인간이라는 것은 말할 나위도 없었다. 그러므로 그녀는 자신의 비참한 심경을 그에게 숨기는 것이 헌신적 애정을 바치는 행위라고 생각했다. 그녀는 그 사실을 공들여 교묘하게 숨겼다. 이야기를 나누는 도중에도 끊임없이 커튼을 드리우고 칸막이를 설치했다. 피렌체의 정원에서 그가 오즈먼드에 대해 경고했던 그날의 오전 시간이 다시 눈앞에 떠올랐다. 그 기억은 결코 사라진 적이 없었다. 눈을 감기만 하면 그 정원이 다시 보이고, 그의 목소리가 들리고, 그 따뜻하고 감미로운 공기가 느껴졌다. 그는 어떻게 해서 알 수 있었던 것일까? 얼마나 신비롭고도 경이로운 지혜를 갖고 있는 것일까! 길버트 못지않게 영리하다고? 천만에, 그는 훨씬 더 뛰어난 지성을 가진 사람이었다. 그러한 판단에 이르렀다니 말이다. 길버트는 절대로 그토록 깊이 생각하고 그토록 공정한 판단을 내리지 못할 사람이었다. 그때 그 정원에서 이사벨은 랠프의 의견이 옳은지에 대해서 적어도 자기에게서는 아무 말도 듣지 못할 거라고 말했다. 그리고 이제 그녀는 그 말을 실천하고 있었다. 그래서 그녀에게는 할 일이 많아졌고, 그 일에는 열정과 숭고된 기쁨, 종교적인 헌신이 있었다. 여자들은 때로 이상한 일을 하면서 헌신적인 감정을 느끼기도 하는데, 현재 이사벨은 사촌 앞에서 거짓 연기를 하면서 그에게 친절을 베풀어 주고 있다고 생각했던 것이다. 그가 한순간이라도 그 연기에 속아 넘어갔더라면 아마 친절한 행위가 되었을 것이다. 실은 그 친절이란 대체로, 그는 과거에 그녀에게 큰 상처를 주었고 그 사건 때문에 부끄러운 처지에 놓였지만 그녀는 대단히 너그러운 사람이고 그의 병세가 무척 심각하기 때문에 그에게 아무런 유감도 품고 있지 않으며 심지어 깊은 배려에서 자신의 행복을 그의 면전에서 과시하지 않으려고 자제하고 있다고 그를 설득하여 믿게 하려는 것이었다. 랠프는 소파에 누워서 이 특이하기 짝이 없는 배려를 생각하며 혼자 미소를 지었다. 하지만 그는 그녀가 자기를 용서했기에 그녀를 용서했다. 그녀는 자신이 불행하다는 사실을 그가 알게 되어 괴로워하기를 바라지 않았다. 바로 그것이 중요한 점이었다. 그 사실을 알게 되면 그의 의견이 옳았다는 것이 입증되리라는 것은 전혀 중요하지 않았다.

그녀는 난롯불이 꺼진 후에도 오랫동안 정적이 감도는 살롱에 혼자 앉아 있었다. 열에 들떠 있었기에 몸에 한기가 스며들 위험도 없었다. 자정을 넘은 시각을 알리는 시계 소리가 들려왔고 그런 다음에 새벽을 알리는 소리가 들려왔지만 그녀는 시간을 아랑곳하지 않고 밤을 지새웠다. 그녀의 마음에 여러 환영들이 파고들어 비상하게도 활발하게 움직이고 있었다. 그 환영들은 그녀의 베갯머리에 찾아와서 휴식을 조롱하고 잠을 앗아가느니 차라리 그것들을 맞으려고 앉아 있는 곳으로 그녀를 찾아가는 편이 나았을 것이다. 이미 말했듯이, 그녀는 자신이 남편에게 도전적이지 않다고 믿었다. 여기 앉아서 밤을 절반이나 새우면서 우체통에 편지를 던져 넣듯이 팬지를 결혼시켜서는 안 될 이유가 없다고 스스로를 설득하려고 애쓰고 있다는 것보다 더 나은 증거가 어디 있을까? 4시를 알리는 괘종이 울렸을 때 그녀는 일어섰다. 등불은 이미 오래전에 꺼졌고 촛불이 다 타버리고 촛대꽂이에까지 촛농이 흘러내렸기에 이제 마침내 잠자리에 들려고 했다.

그러나 그래도 그녀는 다시 방 한복판에서 걸음을 멈추었고 그곳에서 떠오른 환영을 응시했다. 남편과 마담 멀이 넋을 잃고 친밀하게 결합되어 있던 환영을.

제43장

이후 사흘이 지난 날 밤에 이사벨은 팬지를 데리고 성대한 연회에 갔다. 오즈먼드는 무도회에는 절대로 가지 않았기에 동행하지 않았다. 팬지는 예전처럼 늘 춤을 추고 싶어 했다. 무엇이든 일반적인 법칙으로 만드는 성격이 아니었기에 그녀는 아버지가 사랑의 즐거움에 금지령을 내렸더라도 그 금지령을 다른 즐거움들에까지 확대해서 적용하지 않았다. 만일 그녀가 때를 노리고 있었다든지 아버지의 뜻을 교묘히 어길 수 있기를 바라고 있었다면, 틀림없이 성공을 예감했을 것이다. 이사벨은 그럴 가능성이 없다고 생각했다. 오히려 팬지가 오로지 착한 딸이 되기로 결심했을 가능성이 훨씬 더 많았다. 그녀는 그런 기회가 전혀 없었고, 그런 기회를 적절히 존중했다. 팬지는 평소 못지않게 조심스럽게 처신했고, 넓게 펼쳐진 스커트를 전과 같이 불안한 눈길로 응시했으며, 꽃다발을 꼭 쥐고는 스무 번이 넘도록 꽃들을 세어 보았다. 그런 그녀를 쳐다보면서 이사벨은 자신이 나이를 먹었다고 느끼지 않을 수 없었다. 무도회 때문에 가슴이 두근거렸던 것이 너무도 오래전의 일 같았다. 팬지는 사람들의 찬사를 많이 받았기에 파트너가 부족하지 않았다. 무도회장에 도착하자마자 팬지는 춤을 추지 않을 이사벨에게 꽃다발을 맡겼다. 이사벨이 꽃다발을 들고 서서 몇 분쯤 지났을 때 가까이 있는 에드워드 로지에의 얼굴이 눈에 들어왔다. 그는 그녀에게 다가와서 앞에 섰다. 상냥한 미소도 잃어버린 그의 얼굴은 군인처럼 결의에 찬 표정을 띠고 있었다. 그가 실제로 매우 어려운 상황에 처해 있다는 것을 알지 못했더라면 이사벨은 그의 달라진 모습에 웃음을 터뜨렸을 것이다. 그는 늘 화약 냄새보다는 헬리오트로프 향기를 풍기는 사람이었으니까. 그는 마치 위험 인물이라고 시위하는 듯이 약간 험악한 눈으로 잠시 그녀를 바라보았고, 그러더니 시선을 내려 그녀의 꽃다발을 보았다. 그것을 살펴보고 나서는 부드러워진 눈길로 재빨리 말했다. 「온통 팬지 꽃이군요. 그녀의 꽃다발이겠지요.」

이사벨이 친절하게 미소 지었다. 「그래요, 그 애의 것이에요. 내게 들고 있으라고 맡겼어요.」

「내가 조금 들고 있어도 될까요. 오즈먼드 부인?」 가엾은 젊은이가 물었다.

「아뇨, 당신을 믿을 수 없어요. 돌려주지 않을까 걱정이 돼요.」

「돌려 드릴 거라고 장담할 수는 없습니다. 그것을 들고 즉시 나가 버릴 수도 있으니까요. 하지만 꽃 한 송이만 가질 수 없을까요?」

이사벨은 잠시 망설였다. 그러다가 미소 띤 얼굴로 꽃다발을 내밀었다. 「한 송이를 직접 고르세요. 당신을 위해 이런 일을 하다니, 정말 소름 끼치는 일이에요.」

「아, 이 이상의 일을 해주시지 않는다면 그렇겠죠, 오즈먼드 부인!」 로지에는 한쪽 눈에 안경을 대고 신중하게 꽃을 고르며 말했다.

「꽃을 단춧구멍에 꽂지 마세요.」 그녀가 말했다. 「절대로 그렇게 하지 마세요.」

「그녀에게 이 꽃을 보여 주고 싶습니다. 그녀가 나와 춤추기를 거절했어요. 하지만 내가 여전히 그녀를 믿는다는 것을 보여 주고 싶습니다.」

「팬지에게 꽃을 보여 주는 거야 괜찮겠죠. 하지만 다른 사람들에게 보여 주는 것은 적절하지 않아요. 그 애 아버지가 당신과 춤추지 말라고 팬지에게 말했으니까요.」

「그리고 나를 위해 부인이 해주실 수 있는 일은 그것뿐입니까? 나는 더 많은 것을 기대했어요, 오즈먼드 부인.」 젊은이는 일반적인 일을 언급하듯이 말했다. 「알다시피 우리는 아주 오래전부터 알고 지내왔고, 순진한 어린 시절부터 친한 사이였지요.」

「나를 늙은이 취급하지 마요.」 이사벨은 참을성 있게 대답했다. 「당신은 그 이야기를 너무 자주 하고 있어요. 나는 그 사실을 부정한 적이 없고요. 하지만 옛 친구로서 당신에게 이렇게 말해야겠어요. 당신이 내게 청혼했으면 그 자리에서 거절했을 거라고요.」

「아, 그렇다면 당신은 나를 존중하지 않는군요. 나를 그저 파리의 건달로 생각한다고 솔직히 말하시지 그래요!」

「나는 당신을 무척 존중해요. 다만 당신을 사랑하지 않는 거죠. 물론 그 말은, 내가 팬지와 관련해서 당신을 사랑하지 않는다는 뜻이에요.」

「좋습니다. 알겠어요. 당신은 나를 동정하고 있고, 그뿐이 군요.」에드워드 로지에는 엉뚱하게도 외알박이 안경을 눈에 대고 주위를 돌아보았다. 사람들이 자기를 더 좋아하지 않는다는 것은 그에게 뜻밖의 놀라운 발견이었다. 하지만 그는 적어도 자존심이 강한 사람이었으므로 그런 호감의 결핍이 일반적인 평가라는 생각을 드러내지 않았다.

이사벨은 잠시 아무 말도 하지 않았다. 그의 태도와 외모에는 심오한 비극에서 풍기는 위엄이 전혀 없었다. 무엇보다도 그의 작은 안경이 비극과는 전혀 어울리지 않았다. 그러나 그녀는 갑자기 가슴이 뭉클해졌다. 자신의 불행은 결국 그의 불행과 공유하는 점이 있었다. 그리고 세상에서 가장 감동적인 것이 낭만적이지는 않더라도 명확히 알아볼 수 있는 형태로 여기에 존재한다는 생각이 전보다 더 선명하게 머리를 스쳤다. 즉 역경에 대항해서 싸우고 있는 젊은이의 사랑 말이다. 「당신은 그 애에게 정말로 매우 친절하게 대할 건가요?」그녀가 마침내 나지막한 목소리로 물었다.

그는 경건하게 눈을 내리깔고 손가락으로 쥐고 있던 작은 꽃을 들어 입술에 댔다. 그러고는 그녀를 바라보았다. 「나를 동정하시는군요. 하지만 그녀가 좀 가엾지 않으세요?」

「글쎄요, 모르겠어요. 그 애는 늘 인생을 즐겁게 살아갈 거예요.」

「그건 무엇을 인생이라고 부르는지에 달려 있을 겁니다!」로지에 씨가 인상적으로 대답했다. 「그녀는 고문 받는 일을 즐거워하지 않을 테니까요.」

「그런 일은 없을 거예요.」

「그 말을 들으니 다행이군요. 그녀는 자신이 무엇을 바라는지 알고 있어요. 두고 보세요.」

「그럴 거라고 생각해요. 하지만 그 애는 절대로 아버지의 뜻을 어기지 못할 거예요. 그런데 저 애가 돌아오는군요.」이사벨이 덧붙였다. 「자리를 좀 비켜 달라고 부탁해야겠어요.」

로지에는 춤 상대의 팔에 기댄 팬지의 모습이 보일 때까지 잠시 더 기다렸다. 그는 그녀의 얼굴을 바라볼 수 있을 때까지만 서 있다가 고개를 들고 걸어갔다. 그가 그런 편법에 이처럼 희생을 바치는 태도를 보고 이사벨은 그가 깊은 사랑에 빠져 있다고 확신했다.

팬지는 춤을 추어도 매무새가 흐트러지는 일이 거의 없었기에 지금 춤을 추고 나서도 더없이 싱싱하고 차분하게 보였다. 이사벨은 그녀를 바라보며 그녀가 꽃을 세고 있다는 것을 알았다. 그것을 보면서 그녀는 자신이 알아차리지 못한 강력한 힘이 그들 사이에 확실히 작용하고 있다고 생각했다. 팬지는 로지에가 돌아서서 가는 것을 보았지만 이사벨에게 그에 대한 말을 한 마디도 꺼내지 않았다. 자신의 춤 상대가 절을 하고 물러난 후 그에 대한 이야기만 했을 뿐이었다. 그리고 음악과 마룻바닥에 대해서, 그리고 희한하게도 운이 나쁘게 드레스가 벌써 뜯어졌다고 말했다. 그녀는 자기 애인이 꽃 한 송이를 빼낸 것을 알고 있었다. 하지만 그녀가 다음 춤 상대의 신청에 공손하고 우아하게 대응한 것이 그 사실을 알고 있었기 때문이었다고 설명할 수 있는 것은 아니다. 극심한 속박을 받으면서도 완벽하게 상냥한 태도를 유지하는 것은 더 넓은 체계의 한 부분이었다. 그녀는 얼굴이 붉은 청년에게 이끌려 다시 무도회장으로 나갔고 이번에는 꽃다발을 들고 갔다. 그녀가 걸어간 지 몇 분 지나지 않아 이사벨은 워버턴 경이 사람들 사이를 뚫고 다가오는 것을 볼 수 있었다. 그는 곧 다가와서 인사를 건넸다. 그녀는 전날부터 그를 만나지 못했다. 그는 주위를 둘러보고 〈그 작은 처녀는 어디 있습니까?〉라고 물었다. 그는 오즈먼드 양을 이런 식으로 악의 없이 부르는 습관을 들였다.

「춤추고 있어요.」이사벨이 말했다. 「어딘가에 있을 거예요.」

그는 춤추는 사람들을 바라보았고 마침내 팬지와 눈길을 마주쳤다. 「나를 보았는데 아는 척을 하지 않는군요.」그러고 나서 그가 말했다. 「춤을 추지 않으세요?」

「보시다시피 아무도 제게 청하지 않는군요.」

「저와 추시겠어요?」

「고맙습니다만, 저 작은 처녀와 추시는 편이 더 좋겠어요.」

「다른 사람을 방해할 필요는 없겠지요. 더욱이 그녀는 선약이 되어 있으니까.」

「모든 춤에 약속이 되어 있는 것은 아니에요. 그러니 약속을 하실 수 있을 거예요. 팬지는 매우 열심히 춤추고 있으니, 당신 쪽이 더 생기가 넘치시겠어요.」

「매우 아름답게 춤을 추는군요.」워버턴 경이 팬지를 눈으로 쫓으며 말했다. 「아, 마침내, 내게 미소를 보냈어요.」그가 덧붙였다. 그는 잘생기고 느긋하고 지위가 높은 유명 인사의 얼굴을 드러내며 거기 서 있었다. 그를 관찰하던 이사벨은 그처럼 기개가 있는 사람이 작은 처녀에게 관심을 느끼는 것이 이상하다는 생각을 또다시 떠올렸다. 그것은 대단히 어울리지 않는 일로 여겨졌다. 그 관심을 설명하기 위해서는 팬지의 작은 매력도, 워버턴 경 자신의 친절함도, 그의 선량한 본성도, 심지어 즐거움에 대한 그의 욕구로도 충분하지 않았다.「저는 당신과 춤추고 싶습니다.」그는 곧 이사벨에게로 몸을 돌리며 말을 이었다.「하지만 당신과 이야기를 나누는 편이 더 좋겠다는 생각이 드는군요.」

「네, 그 편이 더 낫겠지요. 당신의 품위에도 더 잘 어울리고요. 위대한 정치가들은 왈츠를 추면 안 되니까요.」

「너무 잔인하시군요. 그럼 왜 오즈먼드 양과 춤을 추라고 권하셨습니까?」

「아, 그건 다른 문제예요. 당신이 저 아이와 춤을 추면, 그건 친절한 행위로 보일 거예요. 그녀를 즐겁게 해주려고 당신이 춤을 추시는 거라고 말이죠. 하지만 당신이 저와 춤을 춘다면 당신 자신의 즐거움을 위해서 춤추는 듯이 보일 겁니다.」

「그럼 나는 나 자신의 즐거움을 누릴 권리가 없다는 겁니까?」

「없지요. 당신이 대영제국의 국사를 책임지고 계시는 한.」

「빌어먹을 대영제국! 당신은 늘 그것을 비웃고 있어요.」

「저와 얘기를 나누면서 즐거움을 누리시지요.」이사벨이 말했다.

「그것은 진정으로 즐거운 일일 것 같지 않군요. 당신은 너무나 신랄해요. 나는 늘 스스로를 변명해야 하고요. 그리고 오늘 밤에는 당신이 평소보다 더 위험하게 느껴지는군요. 춤을 절대로 안 추실 겁니까?」

「저는 이 자리를 떠날 수 없어요. 팬지가 여기로 찾아올 테니까요.」

그는 잠시 입을 다물었다.「당신은 놀라울 정도로 그 아가씨에게 잘해 주는군요.」그가 갑자기 말했다.

이사벨은 잠시 그를 바라보고는 미소를 지었다.「그렇게

하지 않을 사람을 상상하실 수 있으세요?」

「아뇨. 사람들이 그녀에게 큰 매력을 느낀다는 것을 알고 있어요. 하지만 당신은 그녀를 위해서 대단히 많은 일을 하셨을 겁니다.」

「그 아이를 무도회장에 데려왔어요.」 이사벨은 여전히 미소를 지으며 말했다. 「그리고 적절히 옷을 갖춰 입었는지 살펴보았고요.」

「당신과 함께 지내는 것이 저 아가씨에게는 큰 도움이 되었을 겁니다. 당신이 말을 걸고 충고를 해주면서 그녀가 발전하도록 도왔겠지요.」

「아, 네, 그 아이 스스로가 장미가 아니라면, 장미 옆에서 살아온 셈이죠.」

이사벨은 웃었고, 워버턴 경도 따라 웃었다. 하지만 그의 얼굴에 역력히 드러난 어떤 생각 때문에 그는 마음껏 웃지 못했다. 그는 잠시 망설인 후 말했다. 「우리 모두 가급적 그 장미 가까이에서 살려고 노력합니다.」

이사벨은 얼굴을 돌렸다. 팬지가 막 돌아오려 하고 있었기에 이사벨은 관심을 돌릴 수 있게 되어 다행으로 여겼다. 우리는 이사벨이 워버턴 경에 대해 얼마나 큰 호감을 갖고 있는지를 알고 있다. 그녀는 그를 그의 온갖 장점들이 보장해주는 것 이상으로 기분 좋은 사람이라고 생각했다. 그의 우정은 막연히 필요한 경우에 의지할 수 있는 일종의 재원(財源)처럼 보였다. 마치 은행에 거금을 넣어 두고 있는 것 같았다. 그가 방에 있을 때면 그녀는 더 행복한 기분이 들었다. 그가 가까이 오면 안도감이 들었다. 그의 목소리는 자비로운 자연을 연상시켰다. 하지만 이 모든 것에도 불구하고 그가 자기에게 너무 가까이 다가서고 자신의 호감을 너무 당연시하는 것은 마음에 들지 않았다. 그녀는 그런 일이 두려웠고, 그런 것을 보지 않으려 했고, 그가 그렇게 하지 않기를 바랐다. 만일 그가 너무 가까이 다가온다면 발끈 화를 내면서 멀리 떨어지라고 말할 것 같았다. 팬지는 치맛자락이 다시 뜯어진 채 돌아왔다. 앞서 뜯어졌던 부분이 어쩔 수 없이 더 벌어졌고, 팬지는 심각한 눈으로 그것을 이사벨에게 보여주었다. 무도회장에는 군복을 입은 신사들이 많이 있었는데, 그들의 구두에 달린 박차가 어린 아가씨들의 드레스에는 치명적이었다. 이런 일을 처리하는 여자들의 재간은 무궁무진하다는 것이 곧 명백히 드러났다. 이사벨은 팬지의 뜯어진 드레스에 온 관심을 쏟았고, 핀을 찾아서 터진 부분에 꽂으며 미소 띤 얼굴로 팬지의 춤 이야기에 귀를 기울였다. 그녀의 마음속에서 즉시 관심과 공감이 활발하게 일어났고, 이런 감정과 정비례해서 그것과 전혀 무관한 감정 즉 워버턴 경이 자신에게 사랑을 고백하려 했는지에 대한 의혹이 무성하게 일어났다. 문제는 바로 그때 그가 한 말뿐이 아니었다. 다른 말들도 있었고, 그런 말들에 담긴 의미와 연속성도 문제였다. 팬지의 드레스에 핀을 꽂으면서 이사벨이 생각한 것은 바로 그것이었다. 만일 그의 말이, 그녀가 염려했듯이, 사랑을 고백하는 것이었다면, 물론 그것은 의도치 않게 나온 말이었다. 그가 직접 자신의 의도를 설명한 적은 없었다. 하지만 그렇다고 해서 그것이 더 상서로운 말은 아니었고 상황을 덜 불쾌하게 만드는 것도 아니었다. 그가 빨리 올바른 관계로 돌아갈수록 더 나을 것이다. 그는 즉시 팬지와 이야기를 시작했다. 그가 팬지에게 절제된 애정의 미소를 던지는 것을 보면 정녕 이해하기 어려웠다. 팬지는 평소처럼 사람들을 기쁘게 해주려는 소망이 담긴 태도로 대답했다. 그는 대화를 나누면서 그녀 쪽으로 몸을 많이 숙여야 했고, 평소처럼 그녀의 눈은 마치 그녀에게 보여 주려고 제공된 듯 가까이 있는 그의 건장한 몸을 위아래로 바라보았다. 그녀는 늘 약간 겁을 먹은 듯이 보였다. 하지만 그 두려움이 혐오감을 드러내는 고통스러운 것은 아니었다. 오히려 팬지는 그에 대한 자신의 호감을 그가 알고 있다는 사실을 잘 아는 듯이 보였다. 이사벨은 그 두 사람을 남겨 두고 다른 곳으로 걸어가서 다음 춤을 알리는 음악이 시작될 때까지 그 가까이 있던 어떤 친구와 이야기를 나누었다. 팬지가 그 춤에 선약이 되어 있다는 것을 알고 있었다. 그 소녀는 곧 약간 두근거리는 마음에 상기된 얼굴로 그녀에게 가다왔다. 자기 딸이 완벽하게 의존적이라는 오즈먼드의 견해를 진지하게 받아들였던 이사벨은 그녀의 다음 파트너에게 귀중한 대여물을 잠시 맡기듯이 그녀를 넘겨주었다. 이런 온갖 문제에 대해서 이사벨은 자기 나름대로 상상해 보기도 했고 판단을 보류하기도 했다. 팬지가 지나치게 자신에게 달라붙어 있는 것이 그녀의 생각에는 자기들 두 사람을 어리석게 보이도록 만드는 순간도 있었다. 하지만 오즈먼드는 그녀에게 자기 딸의 감독자로서의 임무를 인상적으로 묘사해 주었는데, 그것은 우아하게 번갈아 가며 허용해 주거나 제한하는 일이었다. 그가 지시한 사항들 가운데 그녀가 곧이곧대로 따르고 싶다고 생각한 것들도 있었다. 몇 가지에 대해서 그렇게 순종적으로 따르면 터무니없는 것이 되어 버리기 때문이었다.

팬지가 춤 상대를 따라간 후에 그녀는 워버턴 경이 다시

다가오는 것을 보았다. 그녀는 침착하게 그를 바라보았다. 그의 속마음을 타진하고 싶었다. 하지만 그의 얼굴에는 혼란스러운 기색이 전혀 보이지 않았다. 「그녀와 나중에 춤을 추기로 약속했습니다.」 그가 말했다.

「잘 되었군요. 아마 코티용 춤을 약속하셨겠지요.」

이 말에 그는 약간 난감한 표정을 지었다. 「아뇨, 그 춤을 신청하지 않았어요. 카드리유[38]를 신청했습니다.」

「아, 현명하지 못한 일이군요!」 그녀가 거의 화가 난 듯이 말했다. 「당신이 신청할 경우에 대비해서 코티용은 비워 두라고 그 애에게 말했는데.」

「가엾은 아가씨, 그런 일이 있었다니!」 워버턴 경은 웃음을 터뜨렸다. 「물론 당신이 원하신다면 그 춤을 추겠어요.」

「제가 원한다면? 아, 제가 원하기 때문에 당신이 그 애와 춤을 추시는 거라면 ─!」

「그 아가씨를 지루하게 할까 봐 걱정입니다. 그녀의 수첩에는 젊은이들의 이름이 많이 적혀 있는 것 같았어요.」

이사벨은 눈을 내리깔고 재빨리 생각했다. 워버턴 경은 거기 서서 그녀를 바라보고 있었고, 그녀는 얼굴에 닿은 그의 시선을 느꼈다. 그 시선을 돌려 달라고 부탁하고 싶은 마음이 간절했다. 하지만 그런 말을 하지는 않았고, 잠시 후에 눈을 들고는 이렇게 말했을 뿐이었다. 「제발 말씀해 주세요.」

「무엇을 말입니까?」

「열흘 전에 당신은 제 의붓딸과 결혼하고 싶다고 말씀하셨어요. 그것을 잊지 않으셨겠지요!」

---

38 네 사람이 한 조가 되어 추는 춤. 코티용보다 격식을 차리는 춤.

「잊다니요? 오늘 아침에 그 문제에 대해서 오즈먼드 씨에게 편지를 썼습니다.」

「아,」 이사벨이 말했다. 「남편은 당신의 편지를 받았다는 말을 하지 않았어요.」

워버턴 경은 잠시 말을 더듬었다. 「저, 실은 그 편지를 보내지 않았어요.」

「그 편지를 잊으신 모양이지요.」

「아뇨, 그 편지가 마음에 들지 않았습니다. 아시다시피 그런 편지를 쓰는 일은 무척 거북한 일이지요. 하지만 오늘 밤에 보낼 겁니다.」

「새벽 3시에요?」

「더 늦게, 내일 낮에 보내겠습니다.」

「좋아요. 그럼 당신은 여전히 그 아이와 결혼하기를 바라세요?」

「진심으로 바랍니다.」

「그 아이를 지루하게 할까 봐 걱정되지 않으세요?」 워버턴 경이 이 질문에 그녀를 물끄러미 응시했기에 이사벨은 덧붙여 말했다. 「만일 그 애가 당신과 30분도 춤을 출 수 없다면, 어떻게 당신과 평생을 춤출 수 있겠어요?」

「아,」 워버턴 경이 신속히 대답했다. 「그녀가 다른 사람들과 춤을 추도록 해줄 겁니다! 코티용에 대해서, 사실 내가 생각한 것은 당신이 — 당신이 —」

「제가 당신과 그 춤을 출 거라고요? 저는 춤을 추지 않을 거라고 이미 말씀드렸어요.」

「맞습니다. 그러니 그 춤이 진행되는 동안 어디 조용한 구석에 앉아서 이야기를 나눌 수 있겠지요.」

「오,」이사벨이 엄숙하게 말했다. 「저를 너무나 배려해 주시는군요.」

코티용 춤이 시작되었을 때 워버턴 경이 춤출 의사가 없을 거라고 너무나 겸손하게 생각하고는 팬지가 이미 다른 파트너와 약속을 해놓았다는 것이 드러났다. 이사벨은 워버턴 경에게 다른 파트너를 찾아 보라고 권했지만 그는 그녀가 아니면 누구와도 춤을 추지 않겠다고 말했다. 하지만 이사벨은 그 집 안주인의 항의에도 불구하고 일절 춤을 추지 않겠다는 생각에서 이미 다른 요청들을 거절했기 때문에 워버턴 경을 위해 특별한 예외를 둘 수는 없었다.

「어떻든 저는 춤추는 것을 좋아하지 않습니다.」그가 말했다. 「그건 야만적인 오락이지요. 이야기를 나누는 편이 훨씬 더 좋습니다.」그러고 나서 그는 자신이 찾던 구석 자리를 발견했다고 암시했다. 더 작은 방들 중 한 곳의 조용한 구석 자리로 음악 소리가 희미하게 들려와서 대화를 방해하지 않을 곳이었다. 이사벨은 그가 자기 뜻대로 하도록 내버려 두기로 했다. 상황을 분명히 이해하고 싶었다. 그래서 자신이 의붓딸에게서 눈을 떼지 않기를 남편이 바란다는 것을 알고 있었지만 워버턴 경과 함께 무도회장을 나왔다. 하지만 그의 딸의 구혼자와 함께 나온 것이었으므로 오즈먼드도 뭐라고 할 수 없을 것이다. 무도회장에서 나오는 길에 그녀는 에드워드 로지에와 마주쳤다. 그는 팔짱을 끼고 문간에 서서 환상이 완전히 깨져 버린 청년 같은 얼굴로 춤추는 무리를 바라보고 있었다. 그녀는 잠시 걸음을 멈추고 그에게 춤을 추지 않을 것인지를 물었다.

「그녀와 춤출 수 없으면 물론 안 출 겁니다!」그가 대답했다.

「그럼 돌아가는 편이 좋겠어요.」이사벨은 좋은 충고를 들려주듯이 말했다.

「그녀가 갈 때까지는 나도 가지 않을 겁니다!」그리고 그는 워버턴 경이 지나가도록 비켜 주었지만 한 번도 쳐다보지 않았다.

하지만 이 귀족은 그 우울한 청년을 주목하고는, 그 음울한 친구가 누구인지를 그녀에게 묻고 전에 어디선가 본 적이 있다고 말했다.

「당신에게 말한 적이 있는 그 청년이에요. 팬지를 사랑하고 있는.」

「아, 예, 기억납니다. 꽤 언짢은 표정이군요.」

「그럴 만하지요. 남편이 그의 말을 들어주지 않으려 하니까요.」

「그에게 무슨 문제가 있나요?」워버턴 경이 물었다. 「악의가 전혀 없는 사람으로 보이는데요.」

「그에게 돈이 많지 않고 머리도 그리 좋지 않다는 거예요.」

워버턴 경은 흥미롭게 귀를 기울였다. 에드워드 로지에 대한 이 설명이 인상적이었던 것 같았다. 「저런, 체격이 꽤 좋은 청년으로 보였는데.」

「그래요. 하지만 남편이 무척 까다로워요.」

「아, 그렇군요.」워버턴 경은 잠시 멈추었다가 과감하게 질문을 던졌다. 「재산이 얼마나 됩니까?」

「연간 4만 프랑 정도예요.」

「1천6백 파운드요? 아, 그 정도면 꽤 많은 수입인데.」

「저도 그렇게 생각해요. 하지만 제 남편의 포부는 더 크거든요.」

「네, 남편께서 매우 포부가 크다는 것을 알았습니다. 그런데 저 젊은이가 정말로 백치 같은 사람인가요?」

「백치라고요? 전혀 그렇지 않아요. 매력적인 사람이에요. 그가 열두 살이었을 때 제가 사랑했던 소년이었죠.」

「그는 지금도 열두 살이 넘어 보이지 않는군요.」 워버턴 경이 주위를 돌아보며 모호하게 대답했다. 그러고는 더 분명하게 〈여기 앉아도 되겠어요?〉라고 물었다.

「어디나 좋으실 대로.」 그 방은 일종의 내실이었고 차분한 장미색 빛이 넘쳐흘렀다. 「로지에 씨에게 그런 관심을 느끼시다니 무척 친절하세요.」 이사벨이 말했다.

「그는 다소 무례한 대접을 받은 것 같군요. 얼굴이 무척 시무룩했어요. 왜 괴로워하는지 궁금했습니다.」

「당신은 공정한 분이에요.」 이사벨이 말했다. 「경쟁자에 대해서도 친절하게 생각하시니까요.」

워버턴 경은 갑자기 얼굴을 돌리고 바라보았다. 「경쟁자라고요? 그가 내 경쟁자라는 겁니까?」

「물론이죠. 당신들 두 분이 같은 아가씨와 결혼하기를 바란다면.」

「그렇군요. 하지만 그에게는 가능성이 없으니까!」

「어떻든 간에 당신이 그의 입장에 서보시면 좋겠어요. 상상력을 보여 주는 일이죠.」

「제가 그렇게 하면 좋겠다고요?」 워버턴 경은 확신이 없는 눈으로 그녀를 보았다. 「그렇게 하면 당신이 나를 비웃을 생각이신 것 같군요.」

「네, 당신을 조금 비웃고 있어요. 하지만 비웃을 수 있는 대상으로서 당신을 좋아해요.」

「아, 좋습니다. 그럼 그의 상황을 조금 더 공감적으로 생각해 보기로 하지요. 그를 위해서 무엇을 할 수 있다고 생각하십니까?」

「당신의 상상력을 칭찬해 왔으니, 그것도 스스로 상상하시도록 맡기겠어요.」 이사벨이 말했다. 「팬지도 당신이 그렇게 하시는 걸 좋아할 거예요.」

「오즈먼드 양이? 아, 그녀는 이미 나를 좋아한다고 자부하고 있습니다.」

「매우 좋아하겠지요.」

그는 잠시 기다렸고 질문을 하듯 그녀의 얼굴을 계속 응시했다. 「자, 그런데 당신의 말을 이해하지 못하겠군요. 그녀가 그를 좋아한다는 뜻은 아니겠지요?」

「그렇게 생각한다고 분명히 말씀드렸어요.」

그의 이마가 재빨리 붉어졌다. 「당신이 말씀하신 내용은, 그녀가 자기 아버지의 소망과 동떨어진 것을 바라지 않으리라는 것이었어요. 그리고 그분이 내게 호감을 갖고 있다고 짐작했으므로 —!」 그는 잠시 말을 멈추고는 붉게 상기된 얼굴로 〈모르시겠어요?〉라는 의미를 드러냈다.

「네, 그 아이가 자기 아버지를 기쁘게 해드리기를 몹시 바란다고 말씀드렸어요. 그러기 위해서는 무슨 일이라도 할 거라고요.」

「그것은 대단히 훌륭한 감정이라고 생각합니다.」 워버턴 경이 말했다.

「그럼요. 아주 훌륭한 감정이죠.」 이사벨은 잠시 입을 다물었다. 방에는 다른 사람들이 들어오지 않아서 두 사람뿐이었다. 중간에 끼어 있는 방들 때문에 무도곡의 풍부한 음색이 부드럽게 들려왔다. 마침내 그녀가 말했다. 「하지만 그것은 남편이 아내에게서 고맙게 여기고 싶어 할 감정은 아닌 것 같군요.」

「글쎄요. 그 아내가 선량한 사람이고 그녀가 잘해 나간다고 남편이 생각한다면!」

「네, 물론 그렇게 생각하셔야죠.」

「그렇게 생각합니다. 어쩔 수 없어요. 물론, 당신은 그것이 바로 영국식 사고방식이라고 부르겠지요.」

「아뇨, 그렇지 않아요. 저는 팬지가 당신과 결혼한다면 감탄스럽게도 잘해 나갈 거라고 생각해요. 누구보다도 당신이 그 점을 잘 아시겠지요. 하지만 당신은 사랑에 빠져 있지 않아요.」

「아뇨, 그렇습니다, 오즈먼드 부인!」

이사벨은 고개를 가로저었다. 「여기 저와 함께 앉아 계시는 동안에는 그렇다고 생각하고 싶으시겠지요. 하지만 제게는 당신이 사랑에 빠져 있다는 느낌이 들지 않습니다.」

「나는 문간에 서 있던 그 청년과 다릅니다. 그건 인정해요. 하지만 왜 그런 감정이 자연스럽지 못하다는 겁니까? 세상에 오즈먼드 양보다 더 사랑스러운 아가씨가 있을까요?」

「어쩌면 없겠죠. 하지만 사랑은 훌륭한 이유 따위와는 전혀 상관이 없어요.」

「그 말씀에는 동의하지 않습니다. 나는 훌륭한 이유가 있는 편이 좋습니다.」

「물론 그러시겠지요. 당신이 진정으로 사랑에 빠져 있다면, 훌륭한 이유에 대해서는 전혀 개의치 않으실 테니까요.」

「아, 진정으로 사랑에 빠져 있다면 ― 진정으로 사랑에 빠져 있다면!」 워버턴 경은 머리를 뒤로 기대고 몸을 쭉 뻗으며 팔짱을 끼고 큰 소리로 말했다. 「내가 마흔두 살이라는 것을 기억해 주십시오. 내가 과거의 모습 그대로라고 주장할 생각은 없습니다.」

「글쎄, 당신이 그렇게 확신하신다면야, 다 잘된 일이군요.」 이사벨이 말했다.

그는 아무 대답도 하지 않았다. 거기 앉아서 머리를 뒤로 기댄 채 앞을 바라보고 있었다. 그렇지만 갑자기 자세를 바꾸고는 재빨리 그녀에게로 몸을 돌렸다. 「당신은 왜 그렇게 회의적이고 믿지 않으려 하십니까?」

그녀는 그의 눈을 바라보았다. 한순간 그들은 서로의 눈을 똑바로 응시했다. 그녀가 무언가를 알고 싶어 했다면, 그 욕구를 채워 준 무엇인가를 보았다. 그녀가 그녀 자신 때문에 불안해하고 있고 어쩌면 두려움마저 느끼고 있다는 생각이 그의 표정에 어렴풋이 떠오르는 것을 보았다. 그 표정은 희망이 아니라 의혹을 보여 주었지만, 그 자체로도 그녀가 알고 싶었던 것을 말해 주었다. 그가 그녀의 의붓딸에게 청혼하려는 시도에는 그녀에게 좀 더 가까이 있으려는 의도가 숨어 있음을 그녀가 간파했다든가 아니면 그런 점이 밝혀졌으므로 그 청혼을 불길하게 생각한다는 것을 그가 한순간도 눈치채서는 안 된다. 하지만 그 짧고 대단히 내밀한 시선에서 그들이 그 순간에 의식하지 못했던 더 깊은 의미가 그들 사이에 오갔다.

「워버턴 경,」 그녀가 미소를 지으며 말했다. 「저에 관련해서는, 무엇이든 머릿속에 떠오르는 대로 하셔도 좋습니다.」

이렇게 말하면서 그녀는 일어섰고 옆방으로 걸어갔다. 워버턴 경이 바라볼 수 있는 곳에서 그녀는 즉시 로마 사교계의 명사들인 두 신사와 이야기를 나누었다. 그들은 그녀를 찾고 있었던 듯이 반색하며 그녀를 맞았다. 그들과 이야기를 나누는 동안 그녀는 그 방으로 들어온 것이 슬며시 후회되었다. 마치 도망쳐 온 것처럼 보였던 것이다. 워버턴 경이 그녀를 따라서 그 방으로 들어오지 않았기 때문에 더 그러했다. 하지만 그가 따라오지 않았기에 그녀는 즐거웠고, 어떻든 알고 싶은 것을 알게 되어 만족했다. 그녀는 무척 흡족한 마음이었기에 다시 무도회장으로 들어가면서 에드워드 로지에가 아직 문간에 서 있는 것을 보았을 때 걸음을 멈추고 다시 말을 걸었다. 「돌아가지 않아서 다행이에요. 당신을 조금 위로해 줄 수 있거든요.」

「끔찍하게도 당신이 그 남자와 다정하게 이야기를 나누는 것을 보니 정말로 위로가 필요합니다.」 그 청년은 나지막하게 비탄하듯이 말했다.

「그분에 대해서는 아무 말도 하지 마세요. 당신을 위해서 내가 할 수 있는 일을 하겠어요. 유감스럽지만 그리 큰 일은 아닐 거예요. 하지만 내가 할 수 있는 일이라면 하겠어요.」

그는 우울한 눈으로 그녀를 곁눈질하며 바라보았다. 「갑자기 왜 생각이 바뀌었습니까?」

「불편하게도 당신이 문간을 가로막고 있다는 생각이 들어서요!」 그녀는 미소를 지으며 대답하고 그를 지나쳐 갔다. 30분 후에 그녀는 팬지와 함께 그 집을 나섰고, 출발하는 다른 손님들과 함께 계단 발치에 서서 잠시 그들의 마차를 기다렸다. 마차가 막 도착했을 때 워버턴 경이 그 집에서 나와서 그들이 마차에 타도록 도와주었다. 그는 잠시 마차 문을 잡고 서서 팬지에게 즐거웠는지를 물었다. 팬지는 그에게 대답한 다음에 약간 지친 기색으로 의자에 몸을 기댔다. 그런 다음 이사벨은 창문에서 손가락으로 신호를 보내 그의 걸음을 멈추게 한 후 조용히 중얼거렸다. 「아이의 아버지에게 편지 보내는 것을 잊지 마세요!」

제44장

　제미니 백작 부인은 몹시 지루함을 느끼는 일이 종종 있었다. 그녀의 표현을 쓰자면 지루해서 죽을 지경이라는 것이었다. 하지만 그녀는 죽지 않았고, 자신의 운명과 그럭저럭 용감하게 싸워 나갔다. 그 운명이란 자기 고향에서 살기를 고집하면서 다른 사람을 배려하지 않는 고집쟁이 피렌체 남자와 결혼한 일이었다. 그 고향에서 그는 카드 놀이에서 지는 재주는 있어도 그 재주가 고분고분한 성미와 결합되는 미덕은 갖지 못한 신사가 받을 만한 존중을 받았다. 제미니 백작에게서 돈을 딴 사람들도 그를 좋아하지 않았다. 그의 가문의 이름은 피렌체에서 상당한 명예를 인정받았지만, 옛 이탈리아 도시 국가들의 지방 화폐처럼 그 반도의 다른 지방에서는 유통되지 않았다. 로마에 가면 그는 매우 따분한 피렌체 사람일 뿐이었으므로, 그가 다른 도시들을 자주 여행하고 싶어 하지 않았어도 놀랄 일은 아니었다. 그 도시들에서 태연히 버텨 나가려면 불편할 정도로 자신의 아둔함을 설명해야 했던 것이다. 하지만 백작 부인은 늘 로마를 동경하며 살았다. 로마에 집이 없다는 사실은 그녀의 인생에서 늘 불만스러운 일이었다. 로마를 방문할 기회가 매우 적다고 말하는 것도 부끄러운 일이었다. 피렌체의 다른 귀족들 중에 로마에 가보지 못한 사람도 있다는 것은 전혀 위안이 되지 않았다. 그녀는 기회가 날 때마다 로마에 갔고, 그녀가 할 수 있는 말은 그뿐이었다. 아니, 그것뿐은 아니었겠지만, 그녀가 말할 수 있다고 한 말은 그뿐이었다. 사실 그녀는 그 점에 대해서 할 말이 더 많았고, 자신이 왜 피렌체를 싫어하는지, 왜 성 베드로 성당의 그늘에서 여생의 마지막 나날을 보내고 싶은지 그 이유를 종종 설명하곤 했다. 하지만 그 이유들은 우리의 주 관심사가 아니므로 그것을 간단히 말하자면 로마는 영원한 도시지만 피렌체는 그저 다른 곳들처럼 예쁘장한 소도시에 불과하다는 말로 요약될 수 있다. 백작 부인은 영원성이라는 개념을 자신의 즐거움과 결합시켜야 할 필요를 명확히 느끼고 있었다. 그녀는 로마의 사교계가 무한히 흥미진진하며 겨울철에 열리는 로마의 야회에서는 유명 인사들을 만날 수 있다고 믿었다. 피렌체에는 그런 명사들이 없었다. 적어도 이름을 들어 본 적이 있는 명사는 한 명도 없었다. 오라버니가 결혼한 후 그녀의 조바심은 훨씬 더 커졌고, 오빠의 아내가 자기보다 더 화려한 생활을 하고 있으리라고 확신했다. 그녀는 이사벨처럼 지적인 것은 아니었지만 로마를 공정하게 평가할 수 있을 정도의 머리는 있었다. 폐허가 된 유적지나 지하 묘지, 기념비나 박물관, 교회의 제식이나 풍경의 진가를 인정한 것은 아니었지만 그 나머지 것들에 대해서는 분명 높이 평가했다. 그녀는 올케에 대한 소문을 많이 들었고, 이사벨이 멋지게 생활하고 있다는 것을 잘 알고 있었다. 사실 그녀는 팔라초 로카네라에 딱 한 번 초대되었을 때 직접 자기의 눈으로 보았던 것이다. 오라버니가 결혼한 첫해 겨울에 그녀는 그곳에서 일주일을 머물렀다. 하지만 이 즐거움을 다시 맛볼 수 있도록 초대받지는 못했다. 오즈먼드가 누이동생의 방문을 원하지 않는다는 것을 그녀는 더할 나위 없이 잘 알고 있었다. 하지만 그녀는 오즈먼드에 대해서 전혀 개의치 않았으므로 어떻든 방문하려 했을 것이다. 그녀를 가지 못하게 막은 것은 그녀의 남편이었고, 돈 문제도 늘 골칫거리였다. 이사벨은 매우 친절했다. 처음부터 올케가 마음에 들었던 백작 부인은 질투에 눈이 멀어 이사벨의 좋은 성품을 보지 못한 것은 아니었다. 그녀는 자신이 자기처럼 어리석은 여자들보다는 영리한 여자들과 더 잘 어울린다고 늘 말해 왔다. 어리석은 여자들은 자신의 지혜를 결코 이해하지 못했지만, 반면에 영리한 여자들, 정말로 영리한 여자들은 자신의 어리석음을 늘 이해한다는 것이었다. 이사벨은 외모나 전반적인 생활 방식에 있어서 자기와 매우 달랐지만 그래도 어딘가 공통의 바탕이 있어서 나중에 그곳에 발을 디딜 수 있을 거라고 생각했다. 그 바탕이 매우 넓은 것은 아니지만 확고하기 때문에 일단 그것을 접하기만 하면 두 사람 모두 그 바탕이 있음을 알게 될 것이다. 그리고 그녀는 오즈먼드 부인과 함께 지냈을 때 즐겁고 놀라운 일을 경험했다. 그녀는 이사벨이 자신을 〈경멸〉할 거라고 늘 예상하고 있었지만, 이상하게도 그 일은 계속 지연되었던 것이다. 불꽃놀이나 사순절이나 오페라 시즌처럼 그 일이 과연 언제 시작될 것인지를 백작 부인은 스스로에게 물어보았다. 그녀가 그 일에 신경을 많이 쓴 것은 아니었지만, 왜 그것이 연기되고 있는 것인지 궁금했다. 그녀의 올케는 그저 차분한 눈으로 그녀를 바라보았고, 그 가엾은 백작 부인에 대해서 찬사를 보내지도 않았지만 경멸도 하지 않았다. 사실 이사벨은 귀뚜라미에 대해서 도덕적 판단을 내리지 않는 것처럼 그녀를 경멸하려는 생각도 들지 않았을 것이다. 하지만 그녀가 남편의 누이에게 무관심한 것은 아니었다. 오히려 약간 두려운 마음이 들었다. 그녀를 보면 의아한 심정이었고, 그녀가 매우 특이하다고 생각했다. 백작 부인은 영혼이 없는 여자처럼 보였다. 마치 반짝이는 껍질에 선명한 분홍색의 화려한 입술을 가진 희귀한 조개껍데기처럼 보였고, 그것을 흔들면 뭔가 안에서 덜거덕거릴 것 같았다. 이 덜거덕거리는 것은 분명 백작 부인의 정신적 원칙이었고, 떨어져 나온 작은 견과가 그녀의 내면에서 이리저리 굴러다니는 것 같았다. 그녀는 너무 기묘한 사람이라서 경멸할 수도 없었고, 너무 이례적인 사람이라서 다른 것과 비교할 수도 없었다. 이사벨은 그녀를 다시 초대하려 했지만(그 백작을 초대하는 것에 대해서는 의문의 여지가 없었다) 결혼 후 오즈먼드는 전혀 망설이지 않고 솔직하게 말한 바 있었다. 에이미는 바보 중의 바보이고, 재능을 억누를 수 없듯이 그 어리석음을 억누를 수 없는 바보라고 말이다. 또 다른 때에는 그녀에게 마음이 없다고 말했다. 누이는 자기 마음을 설탕을 입힌 웨딩케이크처럼 작은 조각들로 나누어 모두 주어 버렸다고 조금 후에 덧붙였다. 초대를 받지 못했다는 사실은 물론 백작 부인이 로마를 다시 방문하는 데 또 다른 장애가 되었다. 하지만 이 이야기가 이제 다루려는 시점에서 그녀는 팔라초 로카네라에 와서 몇 주를 보내라는 초대장을 받았다. 오즈먼드가 직접 보낸 것이었는데, 그녀가 매우 조용히 지낼 각오가 되어 있어야 한다고 쓰여 있었다. 이 말에 함축된 그의 의도를 그녀가 모두 알아차렸는지 어떤지는 말할 수 없다. 그녀는 어떤 조건이 붙었더라도 상관없이 그 초대를 받아들였을 것이다. 더욱이 그녀는 호기심을 느끼고 있었다. 예전에 그 집을 방문했을 때 오라버니가 호적수를 만났다는 인상을 받았기 때문이다. 그녀는 그 두 사람이 결혼하기 전에 이사벨에 대해서 안쓰럽게 생각했고, 너무나 동정심을 느낀 나머지 이사벨에게 주의를 주려고 진지하게 — 백작 부인의 생각이 그 무엇에든지 과연 진지할 수 있다면 — 생각한 적이 있었다. 그러나 그 일은 그냥 지나갔고, 얼마 후에는 안심했다. 오즈먼드는 여전히 오만했지만, 그의 아내는 쉽게 희생물이 될 사람이 아니었다. 백작 부인의 판단이 매우 엄밀한 것은 아니었지만 이사벨이 몸을 곧추세우면 그 두 사람 중에서 그녀가 더 클 것처럼 보였다. 그녀가 지금 알고 싶은 것은 이사벨이 과연 꼿꼿이 서 있는가 하는 것이었다. 오즈먼드가 위축되어 있는 모습을 볼 수 있다면 그녀는 한없이 즐거울 것이다.

백작 부인이 로마로 출발하기 며칠 전에 하인이 방문객의 명함을 전해 주었다. 〈헨리에타 C. 스택폴〉이라고만 적힌 명함이었다. 백작 부인은 손가락 끝으로 이마를 눌렀다. 그런 헨리에타라는 사람을 만났던 기억이 나지 않았다. 그러자 하인은 그 숙녀가 백작 부인이 자기 이름을 알지 못하더라도 직접 보면 잘 아실 거라고 전해 달라고 말했다. 그 방문객 앞에 모습을 드러내게 되었을 때 백작 부인은 터치트 부인의 집에 글을 쓰는 숙녀가 있었다는 기억을 떠올렸다. 자기가 만나 본 유일한 여성 작가였다. 말하자면 현대의 작가로서 유일하다는 뜻이었다. 자신의 죽은 모친이 여류 시인이었으므로. 백작 부인은 스택폴 양이 조금도 변하지 않았기에 금세 알아보았다. 백작 부인은 나무랄 데 없이 선량한 성품을 갖고 있었으므로 그런 부류의 각별한 사람의 방문을 받는 것이 꽤 멋진 일이라고 생각했다. 그녀는 스택폴 양이 자기 어머니 때문에 온 것이 아닌지, 미국의 코린느라 불리던 어머니에 대해서 들어 본 적이 있을지 궁금했다. 자신의 어머니는 이사벨의 친구와 조금도 비슷하지 않았다. 이 아가씨는 훨씬 더 현대적인 사람이라는 것을 백작 부인은 대번에 알아보았다. 그리고 주로 먼 나라 여성 문인들의 (전문가적) 특성에 일어나고 있는 진전을 느꼈다. 그녀의 어머니는 몸에 꼭 달라붙는 검은색 벨벳 드레스(아, 무척 낡은 옷이었지만!)를 입었고 소심하게 드러난 양어깨에 로마풍 스카프를 둘렀으며 윤기가 흐르는 곱슬머리에 황금빛 월계관을 쓰곤 했다. 그녀는 늘 고백했듯이 〈크리올〉[39] 조상에게서 물려받은 억양을 구사하며 부드럽고 모호하게 말했고, 한숨을 많이 쉬었으며, 진취적인 데라고는 어디에도 없었다. 그러나 헨리에타는 늘 꼭 맞게 단추를 채운 옷을 입었고 머리칼을 바싹 조여 땋는다는 것을 백작 부인은 알 수 있었다. 헨리에타의 외모는 활동적이고 사무적으로 보였다. 그녀의 태도는 뻔뻔스러울 정도로 친숙했다. 그녀가 모호하게 한숨을 내쉬는 것은 주소 없이 보내진 편지를 상상하기 어려운 것 만큼이나 상상하기 어려운 일이었다. 백작 부인은 『인터뷰어』의 통신원이 미국의 코린느보다 시대 풍조에 잘 맞는다고 느끼

---

39 서인도제도의 혼혈 인종. 이 언급은 〈전통〉에 대한 오즈먼드의 집착의 모순된 면을 드러내 준다.

지 않을 수 없었다. 헨리에타는 피렌체에서 아는 사람이 백작 부인밖에 없기 때문에 그녀를 방문했고, 외국 도시를 여행할 때 자신은 피상적인 여행객들보다 더 많은 것을 보고 싶다고 설명했다. 터치트 부인을 알고 있기는 하지만 그 부인은 지금 미국에 체류 중이고, 그 부인이 피렌체에 있었더라도 부인에 대해서 찬탄하지 않기 때문에 만나러 가지 않았을 거라고 말했다.

「그러면 나에 대해서는 찬탄한다는 뜻인가요?」 백작 부인이 우아하게 물었다.

「네, 그 부인보다는 백작 부인을 더 좋아합니다.」 스택폴 양이 말했다. 「전에 부인을 뵈었을 때 무척 흥미진진하게 느꼈던 것을 기억해요. 우연한 일이었는지 아니면 백작 부인의 평소 스타일 때문이었는지 모르겠어요. 어떻든 그때 부인의 말씀에 깊은 인상을 받았어요. 후에 발표한 글에서 그 말씀을 이용했고요.」

「어머나!」 백작 부인은 약간 겁이 난 듯 뚫어지게 보면서 소리쳤다. 「내가 놀라운 말을 했다는 걸 전혀 몰랐어요! 그때 알았더라면 좋았을걸.」

「이 도시에서 여자들이 차지하는 지위에 대한 말씀이었어요.」 스택폴 양이 말했다. 「그 문제에 대해서 많은 것을 알려 주셨어요.」

「여자들의 지위는 매우 불편하지요. 그것 말인가요? 그것을 써서 발표했다고요?」 백작 부인이 말을 이었다. 「아, 그것 좀 보여 주세요!」

「원하신다면 그 신문을 부인께 보내 드리도록 편지를 쓰겠어요.」 헨리에타가 말했다. 「부인의 이름은 언급하지 않았

782

어요. 다만 신분이 높은 귀부인이라고 썼어요. 그런 다음에 부인의 견해를 인용했고요.」

백작 부인은 몸을 홱 뒤로 젖히고 두 손을 꼭 마주 잡고 들어 올렸다. 「내 이름을 언급하지 않아서 다소 유감스럽다는 걸 알겠어요? 신문에 나온 내 이름을 보았더라면 좋았을 텐데. 그때 내가 어떤 말을 했는지 잊었거든요. 나는 생각이 아주 많으니까요! 하지만 내 견해에 대해서는 조금도 부끄러워하지 않아요. 나는 내 오라버니와 비슷하지 않거든요. 내 오라버니를 알고 있지요? 그는 신문에 실리는 것을 일종의 불명예라고 생각해요. 당신이 그의 말을 인용한다면 당신을 절대로 용서하지 않을 거예요.」

「그분은 그런 걱정을 하실 필요가 없습니다. 제가 그분을 언급하는 일은 절대로 없을 테니까요.」 스택폴 양이 무덤덤하고 냉담하게 말했다. 「제가 당신을 만나러 오고 싶었던 또 다른 이유가 그거예요. 오즈먼드 씨가 제 가장 친한 친구와 결혼한 것을 아시지요.」

「아, 그래요. 당신은 이사벨의 친구였죠. 당신에 대해서 아는 것을 기억해 내려고 애쓰고 있었어요.」

「이사벨의 친구로 생각해 주시면 좋겠어요.」 헨리에타가 말했다. 「하지만 부인의 오라버니께서는 저를 그런 식으로 생각하고 싶어 하지 않으세요. 이사벨과 저의 사이를 끊어 놓으려고 애쓰셨죠.」

「그렇게 하지 못하게 하세요.」 백작 부인이 말했다.

「그 점에 대해서 말씀을 나누고 싶었어요. 저는 로마에 갈 예정이에요.」

「나도 갈 예정인데!」 백작 부인이 소리쳤다. 「함께 가는 것이 어때요?」

「아주 기쁘겠어요. 이번 여행에 대해서 쓸 때 부인의 이름을 넣고 내 동무로 언급하겠어요.」

백작 부인은 의자에서 벌떡 일어나더니 걸어와서 손님 옆의 소파에 앉았다. 「아, 그 신문을 꼭 보내 줘야 해요! 내 남편은 좋아하지 않겠지만, 그것을 볼 필요가 전혀 없을 거예요. 게다가 그는 글을 읽는 법도 몰라요.」

헨리에타의 큰 눈이 휘둥그레졌다. 「읽는 법을 모른다고요? 그것을 제 편지에 넣어도 될까요?」

「당신의 편지에?」

「『인터뷰어』에. 그것이 제가 글을 쓰는 신문이거든요.」

「아, 당신이 좋다면 그렇게 하세요. 그의 이름도 넣고. 그런데 당신은 이사벨과 함께 머물 예정인가요?」

헨리에타는 고개를 들고 잠시 말없이 백작 부인을 바라보았다. 「이사벨이 자기 집에 초대하지 않았어요. 저는 로마에 갈 예정이라고 편지를 보냈죠. 그랬더니 저를 위해서 펜션에 방을 예약해 두겠다고 답장했더군요. 아무 이유도 밝히지 않고요.」

백작 부인은 대단히 흥미롭게 귀를 기울였다. 「그 이유야 물론 오즈먼드 때문이죠.」 그녀는 의미심장하게 말했다.

「이사벨은 그에게 맞서야 해요.」 스택폴 양이 말했다. 「저는 그녀가 많이 변했을까 봐 걱정이에요. 그녀가 변할 거라고 애초에 그녀에게 말했지요.」

「그건 유감이군요. 나는 올케가 자기 뜻대로 할 수 있기를 바랐어요. 내 오라버니가 왜 당신을 좋아하지 않지요?」 백작 부인이 순진하게 덧붙였다.

「모르겠어요. 저는 그런 문제에 마음을 쓰지 않아요. 그분이 저를 싫어하는 것은 그분 마음이지요. 저는 모든 사람이 저를 좋아해 주기를 바라지 않으니까요. 어떤 사람들이 저에게 호감을 갖는다면 저 자신에 대해서 형편없게 생각할 거예요. 기자라는 사람들은 다분히 반감을 사지 않고는 훌륭한 일을 하기를 바랄 수 없거든요. 그처럼 반감을 사는 것을 통해서 자기가 하는 일이 어떻게 나아가고 있는지를 알 수 있답니다. 여기자의 경우에도 마찬가지예요. 하지만 이사벨이 그러리라고는 생각도 못 했어요.」

「올케가 당신을 미워한다는 뜻인가요?」 백작 부인이 물었다.

「모르겠어요. 그걸 알고 싶어서 로마에 가는 겁니다.」

「저런, 무척 속상하겠군요!」 백작 부인이 큰 소리로 말했다.

「그녀는 예전 같은 식으로 편지를 쓰지 않아요. 뭔가 달라졌다는 것을 쉽게 알 수 있죠. 부인께서 혹시 아시는 것이 있으면,」 스택폴 양이 말을 이었다. 「제가 미리 알면 좋겠어요. 어떤 방식으로 행동하는 것이 좋을지를 결정할 수 있도록.」

백작 부인은 아랫입술을 내밀고 천천히 어깨를 으쓱했다. 「나는 아는 일이 거의 없답니다. 오즈먼드를 보는 일도, 소식을 듣는 일도 거의 없거든요. 그는 당신을 좋아하지 않는 것 못지않게 나를 좋아하지 않아요.」

「하지만 부인은 여기자가 아니시잖아요.」 헨리에타가 생각에 잠겨 말했다.

「아, 오라버니가 나를 좋아하지 않는 이유는 많이 있어요. 그런데도 나를 초대했답니다. 그들의 집에서 머물 거예요!」 백작 부인은 거의 사납게 미소를 지었다. 잠시 그녀는 스택폴 양의 실망감을 거의 고려하지 않고 몹시 기뻐했다.

하지만 이 숙녀는 그것을 매우 차분하게 받아들였다. 「이사벨이 초대했더라도 저는 가지 않았을 거예요. 가지 말아야 한다고 생각하니까요. 그리고 그런 결정을 할 필요가 없어서 다행이에요. 그건 매우 어려운 문제였을 테니까요. 저는 그녀를 외면하고 싶지 않았을 겁니다. 하지만 그녀의 집에서 머문다면 즐겁지 않았을 거예요. 펜션이 저에게는 아주 적합할 거예요. 하지만 그것이 전부는 아니죠.」

　「로마는 지금 아주 좋은 곳이지요.」 백작 부인이 말했다. 「온갖 명사들이 많이 있을 거예요. 혹시 워버턴 경이라고 들어 보셨어요?」

　「들어 보았느냐고요? 그분을 아주 잘 알고 있어요. 그분이 명사라고 생각하세요?」 헨리에타가 물었다.

　「그분을 개인적으로 아는 것은 아니지만 엄청난 명문 귀족이라는 말을 들었어요. 그가 이사벨에게 구애하고 있답니다.」

　「구애를 한다고요?」

　「그런 소문을 들었어요. 구체적인 일은 몰라요.」 백작 부인이 가볍게 말했다. 「하지만 이사벨은 꽤 믿을 수 있는 사람이지요.」

　헨리에타는 진지하게 상대방을 바라보았다. 잠시 그녀는 아무 말도 하지 않았다. 「로마에 언제 가시나요?」 그녀가 갑자기 물었다.

　「일주일 후에 갈 거예요.」

　「저는 내일 가겠어요.」 헨리에타가 말했다. 「기다리지 않는 편이 좋겠어요.」

　「저런, 서운하네요. 나는 드레스를 몇 벌 맞췄거든요. 이사벨이 손님들을 많이 초대한다는 말을 들었어요. 하지만 당신을 거기서 만나겠지요. 당신의 펜션으로 찾아가겠어요.」

헨리에타는 가만히 앉아서 깊은 생각에 잠겨 있었다. 갑자기 백작 부인이 소리쳤다. 「아, 당신이 나와 함께 가지 않는다면 우리의 여행에 관한 기사를 쓸 수 없겠군요!」

스택폴 양은 이 말에도 동요되지 않았다. 그녀는 뭔가 다른 것을 생각하고 있었고, 이내 그 생각을 드러냈다. 「워버턴 경에 대한 말씀은 이해하지 못하겠어요.」

「내 말을 이해하지 못하겠다고요? 그가 매우 친절하게 대한다는 뜻이에요. 그게 전부예요.」

「결혼한 여자에게 구애하는 것이 친절한 일이라고 생각하세요?」 헨리에타는 전에 없이 명료하게 따지듯이 물었다.

백작 부인은 눈을 크게 뜨고는 살짝 웃음을 터뜨렸다. 「분명, 멋진 남자들은 다 그렇게 해요. 결혼하면 알게 될 거예요!」 그녀가 덧붙였다.

「정말 그렇다면 결혼할 마음이 싹 사라지겠군요.」 스택폴 양이 말했다. 「저는 제 남편을 원하지, 다른 사람의 남편까지 원하지는 않을 거예요. 그런데 부인 말씀은 이사벨이 죄를 — 죄를 지었다는 —?」 그녀는 잠시 말을 끊고 어떻게 표현할지를 생각하고 있었다.

「이사벨이 잘못을 저질렀다는 말이냐고요? 아, 아뇨, 아직은 아니에요. 내 말은 다만 오즈먼드가 몹시 성가시게 굴고 있고 워버턴 경이 그 집에 자주 들른다는 소문이 있다는 거예요. 유감스럽게도 당신은 분개하고 있군요.」

「아뇨, 저는 다만 걱정하고 있어요.」 헨리에타가 말했다.

「아, 당신은 이사벨을 그리 신뢰하지 않는군요! 더 믿어야지요.」 백작 부인은 재빨리 덧붙였다. 「내가 그 사람을 떼어

놓도록 노력하겠어요. 그렇게 해서 당신 마음이 편해질 수 있다면.」

스택폴 양은 처음에 그저 더 엄숙한 시선으로 응답했다. 「제 말을 이해하지 못하시는군요.」 그녀가 잠시 후에 말했다. 「제가 생각하는 것은 부인께서 생각하시는 그런 일이 아니에요. 제가 이사벨에 대해서 걱정하는 것은 그런 문제가 아니에요. 다만 그녀가 불행하지 않은지 걱정되는 거죠. 그것이 알고 싶은 것이고요.」

백작 부인은 여러 차례 고개를 저었다. 그녀는 조바심이 나고 신랄한 표정이었다. 「그럴 가능성이 꽤 클 거예요. 나는 오즈먼드가 불행하지 않은지 어떤지를 알고 싶어요.」 그녀는 스택폴 양이 조금 지루하게 느껴지기 시작했다.

「이사벨이 정말로 변했다면, 그 바탕에는 틀림없이 불행이 깔려 있을 거예요.」 헨리에타가 말을 이었다.

「알게 되겠지요. 이사벨이 말해 줄 테니까요.」 백작 부인이 말했다.

「아, 그녀는 말하지 않을 거예요. 그것도 두려워요!」

「글쎄요, 오즈먼드가 예전처럼 즐기면서 살아가지 않는다면, 나는 금방 알아낼 거라고 장담할 수 있어요.」 백작 부인이 대답했다.

「저는 그 점에 대해서는 전혀 관심이 없습니다.」 헨리에타가 말했다.

「나는 엄청난 관심을 갖고 있어요. 만일 이사벨이 불행하다면 그녀에 대해서 무척 안쓰럽게 느끼겠지만 나로서는 어쩔 도리가 없어요. 그녀의 상태를 더 나쁘게 만들 이야기는 해줄 수 있겠지만, 그녀에게 위안이 될 말은 하나도 할 수 없거든요. 그런데 그녀는 대체 무엇 때문에 우리 오라버니와 결혼했지요? 그녀가 내 말을 들었더라면 그에게서 벗어났을 텐데. 그래도 그녀가 오라버니를 호되게 몰아쳤다면 그녀를 용서해 주겠어요. 그렇지만 오즈먼드가 자기를 짓밟도록 내 버려 두었다면 그녀를 가엾게 여기지도 않을 거예요. 하지만 그럴 가능성은 없다고 생각해요. 그녀가 비참한 심정이라면 적어도 오즈먼드도 비참하게 느끼도록 만들었을 거라고 기대하고 있어요.」

헨리에타는 일어섰다. 그런 기대는 당연히 매우 끔찍한 것으로 여겨졌다. 그녀는 오즈먼드 씨의 비참한 모습을 보고 싶은 마음은 전혀 없다고 정직하게 믿었다. 그리고 실로 그는 그녀가 상상력을 발휘해서 그려 볼 만한 대상도 될 수 없었다. 헨리에타는 백작 부인에게 전반적으로 실망했다. 그 부인의 마음은 그녀의 기대보다 더 좁은 범위에서 맴돌고 있었고, 더욱이 그 협소한 곳 안에서 상스러워질 소지도 있었다. 「두 사람이 서로를 사랑하면 더 좋겠지요.」 그녀는 교훈적인 의도로 말했다.

「그럴 수 없어요. 오즈먼드는 어느 누구도 사랑할 수 없는 사람이거든요.」

「저도 그럴 거라고 생각했어요. 하지만 그렇다면 이사벨에 대한 걱정이 더 커질 수밖에 없군요. 저는 반드시 내일 출발하겠어요.」

「이사벨에게는 정말로 헌신적인 친구들이 있군요.」 백작 부인이 매우 활기차게 미소를 지으며 말했다. 「정말이지 나는 그녀를 가엾게 여길 수 없겠어요.」

「제가 그녀에게 도움이 될 수 없을지도 모릅니다.」 스택폴 양은 환상을 갖지 않는 편이 낫다는 듯이 덧붙였다.

「어떻든 당신은 도움을 줄 수 있기를 바랐겠지요. 그건 대단한 일이에요. 아마 당신은 그것을 위해서 미국에서 건너왔겠지요.」 백작 부인은 갑자기 덧붙였다.

「네, 그녀를 돌봐 주고 싶었어요.」 헨리에타가 차분하게 대답했다.

그 안주인은 작고 반짝이는 눈과 열성적으로 보이는 코로 미소를 지으며 그녀를 바라보았다. 양쪽 뺨은 발갛게 물들어 있었다. 「아, 그건 무척 아름다운 일이에요. 매우 친절한 일이고요. 그것이 이른바 우정이라는 것 아니에요?」

「그것을 뭐라고 부르든지 상관없습니다. 여기 오는 편이 좋겠다고 생각했어요.」

「이사벨은 매우 행복한 사람이군요. 무척 운이 좋고요.」 백작 부인이 말을 이었다. 「그 외에 다른 것들도 갖고 있죠.」 그런 다음에 그녀는 열렬히 말을 쏟아 냈다. 「그녀는 나보다 훨씬 운이 좋은 사람이에요! 난 그녀 못지않게 불행하거든요. 남편은 몹시 고약한 사람인데, 오즈먼드보다 훨씬 더 고약해요. 그런 데다 내겐 친구도 없어요. 친구가 있다고 생각했는데 모두들 떠나 버렸죠. 당신이 이사벨을 위해서 한 일을 남자건 여자건 어느 누구도 나를 위해 해주지 않을 거예요.」

헨리에타는 가슴이 뭉클해졌다. 이렇게 쓰라린 감정의 토로에는 진실이 담겨 있었다. 그녀는 상대방을 잠시 바라보고 말했다. 「자, 백작 부인, 부인께서 원하시는 일이라면 무엇이든 하겠어요. 좀 기다렸다가 부인과 함께 여행하지요.」

「괜찮아요.」 백작 부인은 재빨리 바뀐 어조로 대답했다. 「다만 내 이야기를 신문에 써주세요!」

하지만 그 집을 나서기 전에 헨리에타는 로마 여행에 대해서 허구적으로 묘사할 수는 없다고 백작 부인을 이해시켜야 했다. 스택폴 양은 엄밀하게 진실만 보도하는 기자였다. 그 집을 나와서 그녀는 아르노 강변의 공원으로 가는 길에 접어들었다. 황금빛 강 옆으로 햇빛이 찬란한 길가에는 여행자들에게 친숙한 여관들이 화려한 정면을 드러내며 일렬로 늘어서 있었다. 그녀는 예전에 피렌체의 거리들을 돌아다니면서 길을 익혀 두었기에(그녀는 그런 일에 매우 기민했다) 산타 트리니타 다리로 이어지는 작은 광장에서 단호한 걸음으로 돌아설 수 있었다. 그녀는 왼쪽으로 돌아서 폰테 베키오 쪽으로 나아갔고, 그 건물을 내려다보는 호텔들 중 한 곳 앞에 서서 걸음을 멈추었다. 여기서 그녀는 작은 수첩을 꺼냈고 카드와 연필을 꺼내서 잠시 생각한 후에 몇 글자를 적었다. 우리가 그녀의 어깨 너머로 슬쩍 넘겨보는 특권을 사용한다면 그 쪽지에서 간단한 질문을 읽을 수 있을 것이다. 〈매우 중요한 문제가 있으니 오늘 저녁에 잠시 뵐 수 있을까요?〉 헨리에타는 내일 로마로 출발한다는 말을 덧붙였다. 이 작은 쪽지를 갖고 그녀는 이제 출입구에서 자리를 지키고 있던 문지기에게 다가가서 굿우드 씨가 안에 계신지를 물었다. 문지기는 문지기들의 일상적인 말투로 굿우드 씨가 20분 전에 외출했다고 대답했다. 그래서 헨리에타는 그 쪽지를 넘겨주고 그가 돌아올 때 전해 달라고 부탁했다. 여관을 나선 그녀는 강변을 따라 걸어서 우피치의 장엄한 주랑 현관으로 갔고, 그곳을 지나 곧 그 유명한 화랑의 입구에 이르렀다. 그곳으로 들어가서 그녀는 위층으로 이어지는 높은 계단을 올라갔다. 한쪽에는 유리가 끼워져 있고 고대의 흉상들로 장식된 긴 복도를 지나서 전시실들로 들어갈 수 있었는데, 그 복도의 대리석 바닥에 화창한 겨울 빛이 반짝이며 텅 빈 공간을 드러냈다. 화랑은 몹시 추웠고 한겨울이라 방문객들이 거의 없었다. 스택폴 양은 지금까지 우리가 그녀에 대해서 받았던 인상 이상으로 예술적인 아름다움을 열성적으로 추구하는 듯이 보일 것이다. 하지만 결국 그녀에게도 매우 좋아하고 찬탄하는 미술품이 있었던 것이다. 그녀가 찬탄해 마지않는 작품들 중의 하나는 트리뷴에 있는 코레조가 그린 작은 그림인데, 성모 마리아가 짚더미에 누워 있는 성스러운 아기 앞에서 무릎을 꿇고 손뼉을 치고 있고 그 아기는 즐겁게 까르륵거리며 웃는 그림이었다. 헨리에타는 이 친밀한 장면에 특별한 애착을 느꼈고, 세상에서 가장 아름다운 그림이라고 생각했다. 뉴욕에서 출발해서 이제 로마로 가는 길에 피렌체에서는 3일밖에 머물지 못하지만, 자기가 좋아하는 그림을 다시 한 번 보지 않고 떠날 수는 없다고 생각했다. 그녀는 모든 면에서 대단한 미적 감각을 갖고 있었고, 그것은 지적인 의무를 다분히 수반하는 것이었다. 그녀가 막 트리뷴으로 들어가려는 순간 어떤 신사가 그곳에서 나왔다. 그러자 그녀는 짧게 감탄사를 발했고 캐스퍼 굿우드 앞에 걸음을 멈췄다.

「방금 당신의 호텔에 다녀왔어요.」 그녀가 말했다. 「당신에게 쪽지를 남겨 놓았고요.」

「큰 영광입니다.」 캐스퍼 굿우드는 진심인 듯이 대답했다.

「당신에게 영광을 베풀려고 그렇게 한 건 아니에요. 전에 당신을 방문했고, 당신이 내 방문을 흔쾌히 여기지 않는 것을 잘 알고 있으니까요. 어떤 일에 대해서 당신과 의논하려는 것이었어요.」

그는 그녀의 모자에 달린 쇠쇠 장식을 잠시 바라보았다. 「하실 말씀을 매우 즐겁게 듣겠습니다.」

「나와 이야기를 나누는 것이 싫으시겠지요.」 헨리에타가 말했다. 「하지만 그런 것은 개의치 않아요. 당신을 즐겁게 해주려고 말하는 건 아니니까요. 나를 만나러 와주십사 하는 말을 남겼어요. 하지만 당신을 만났으니까 지금도 괜찮아요.」

「막 나가려던 참이었습니다.」 굿우드가 말했다. 「하지만 물론 짬을 낼 수 있습니다.」 그는 공손했지만 그리 열성적이지는 않은 어조로 말했다.

하지만 헨리에타는 열렬한 반응을 기대하는 일이 결코 없었다. 그리고 그녀는 무척 진지한 마음이었으므로 그가 어떤 조건에서라도 이야기를 들어 주겠다는 것이 고마웠다. 그럼에도 그녀는 먼저 그가 그림들을 모두 보았는지를 물었다.

「보고 싶은 것은 전부 보았습니다. 여기 온 지 한 시간 되었거든요.」

「내가 좋아하는 코레조 그림을 보셨는지 궁금하군요.」 헨리에타가 말했다. 「그 그림을 보러 일부러 왔어요.」 그녀는 트리뷴으로 들어갔고 그는 천천히 그 뒤를 따랐다.

「그 그림은 본 것 같습니다만, 당신이 좋아하는 그림인지 몰랐어요. 저는 그림들을 잘 기억하지 못해요. 특히 저런 종류의 그림은.」 그녀는 자기가 좋아하는 그림을 가리켜 주었고, 그는 그녀가 이야기하고 싶은 것이 코레조에 대해서인지를 물었다.

「아뇨.」 헨리에타가 말했다. 「그보다 조화롭지 못한 것에 관해서예요.」 보물들이 진열된 그 작고 화려하게 빛나는 방에는 그들 외에 아무도 없었다. 메디치가의 비너스 상 옆에 관리인이 맴돌고 있을 뿐이었다. 「내 부탁을 들어주셨으면 해요.」 스택폴 양이 말을 이었다.

캐스퍼 굿우드는 이마를 약간 찌푸렸지만, 열성적으로 보이지 않는다는 의미에서의 당혹감 같은 것은 드러내지 않았다. 그의 얼굴은 우리가 예전에 알던 사람보다 더 나이 들어 보였다. 「틀림없이 제 마음에 들지 않을 일이겠지요.」 그가 다소 큰 소리로 말했다.

「네, 그럴 거예요. 당신이 좋아할 일이라면 그건 부탁이 아니니까요.」

「글쎄, 무슨 일인지 말씀하시지요.」 그는 자신이 참을성이 있다는 것을 아주 잘 알고 있는 사람의 어조로 말했다.

「당신이 내 부탁을 들어줘야 할 특별한 이유는 없다고 하실 수도 있겠지요. 사실 저는 한 가지 이유를 알고 있어요. 즉 당신이 허락해 준다면 나는 즐겁게 당신의 부탁을 들어드릴 거라는 사실이죠.」 감동을 주려는 의도가 전혀 없는 그녀의 부드럽고 정확한 어조는 더할 나위 없는 진심을 담고 있었다. 그 상대방의 얼굴은 꽤 경직되어 있었지만 그 말에 감동을 받지 않을 수 없었다. 그는 감동을 받더라도 사람들이 흔히 보여 주는 방식으로 감정을 드러내는 일이 거의 없었다. 얼굴을 붉히지도 않았고, 다른 곳을 쳐다보지도 않았고, 겸연쩍어하지도 않았다. 그저 더 곧바로 관심을 집중했을 뿐이었다. 그는 더 확고한 마음으로 생각하는 것 같았다. 그러므로 헨리에타는 유리한 입장을 의식하지 못하고 사심 없이 말을 이었다. 「지금 말해도 괜찮겠지요. 지금이 좋은 기회인 것 같아요. 내가 당신을 성가시게 했다면(이따금 그렇게 했을 거예요.) 그건 당신을 위해서라면 나는 성가신 일을 기꺼이 참으리라는 것을 알고 있었기 때문이고요. 난 당신을 괴롭혔어요. 틀림없이 그랬죠. 하지만 당신을 위해서 나는 기꺼이 고통을 참았을 겁니다.」

굿우드는 망설였다. 「지금도 애를 쓰고 계시는군요.」

「네, 그래요. 조금은. 당신이 로마에 가시려는 계획이 전체적으로 볼 때 과연 좋은 것인지 어떤지를 생각해 주셨으면 해요.」

「그 말씀을 하실 기라고 생각했어요!」 그는 다소 투박하게 말했다.

「그럼 그 점을 고려해 보셨다는 건가요?」

「물론 생각해 보았습니다. 아주 신중하게 두루두루 살펴보았지요. 그러지 않았더라면 여기까지 오지도 않았을 겁니다. 그것 때문에 파리에서 두 달을 머물렀어요. 그것을 심사숙고하느라.」

「당신이 마음 내키는 대로 결정하셨을까 봐 걱정이에요. 마음이 끌리는 것이기 때문에 최선의 방법이라고 결정하셨을 거라고요.」

「누구에게 제일 좋다는 말입니까?」 굿우드가 물었다.

「글쎄요, 첫째로는 당신에게 제일 좋겠지요. 그다음으로는 오즈먼드 부인에게 좋겠고요.」

「아, 그녀에게는 아무 도움도 되지 않을 겁니다! 저는 그런 생각으로 우쭐해하지 않습니다.」

「그녀에게 약간 해가 되지 않을까요? 그게 문제예요.」

「그녀에게 중요한 일이 될 거라고는 생각하지 않습니다. 저는 오즈먼드 부인에게 아무것도 아니니까요. 하지만, 꼭 알고 싶으시다면, 저는 진심으로 그녀를 직접 보고 싶습니다.」

「그래요, 그래서 로마에 가시려는 거죠.」

「물론 그렇습니다. 그보다 더 좋은 이유가 있을까요?」

「그것이 당신에게 어떤 도움이 될까요? 내가 알고 싶은 것은 그겁니다.」 스택폴 양이 말했다.

「그것은 저도 알 수 없습니다. 파리에서 생각했던 것도 바로 그것이었고요.」

「당신은 더욱더 불만을 느끼시게 될 거예요.」

「왜 〈더욱더〉라고 말씀하시지요?」 굿우드가 다소 엄숙하게 물었다. 「내가 불만을 느끼고 있는지 어떻게 아십니까?」

「글쎄요.」 헨리에타가 약간 망설이며 말했다. 「당신은 다른 여자를 좋아해 본 적이 결코 없는 것 같으니까요.」

「제가 무엇을 좋아하는지 어떻게 아십니까?」 그는 몹시 얼굴을 붉히며 소리쳤다. 「지금 저는 로마에 가는 것이 좋습니다.」

헨리에타는 슬픔을 담고 있지만 반짝이는 눈으로 말없이 그를 바라보았다. 「자.」 그녀가 마침내 말했다. 「나는 내 생각을 말하고 싶었을 뿐이에요. 내 마음속에 있던 생각을. 물론 당신은 그 일이 내가 상관할 바가 아니라고 생각하시겠죠. 하지만 그런 견지에서 보자면, 어느 누구도 상관할 일이 전혀 없습니다.」

「당신은 무척 친절하세요. 당신이 관심을 기울여 주어서 무척 고맙게 생각합니다.」 캐스퍼 굿우드가 말했다. 「저는 로마에 갈 겁니다. 그리고 오즈먼드 부인의 마음을 상하게 하지 않을 겁니다.」

「마음을 아프게 하지야 않으시겠지요. 그러나 당신이 그녀를 도울 수 있을까요? 그것이 진짜 문제예요.」

「그녀에게 도움이 필요한가요?」 그는 천천히, 꿰뚫어 보는 눈빛으로 바라보며 말했다.

「대부분의 여자들은 언제나 도움이 필요하거든요.」 헨리에타는 의식적으로 질문을 회피하면서, 평소보다 덜 낙관적인 일반론을 폈다. 「로마에 가신다면,」 그녀가 덧붙였다. 「진정한 친구가 돼주기를 바라요. 이기적인 친구가 아니라!」 그러고 나서 그녀는 몸을 돌려 그림들을 보기 시작했다.

캐스퍼 굿우드는 그녀가 걸음을 옮긴 다음에도 가만히 제자리에 서서 방 안을 돌아다니는 그녀를 지켜보았다. 그러나 얼마 후 그녀에게 다가갔다. 「여기서 그녀에 대한 소문을 들으셨군요.」 그가 말을 꺼냈다. 「무슨 소문을 들으셨는지 알고 싶습니다.」

헨리에타는 평생 단 한 번도 말을 얼버무려 넘긴 적이 없었다. 이 경우에는 그렇게 하는 것이 적절했을 테지만, 몇 분간 생각하고 나서 그녀는 피상적인 예외를 인정하지 않겠다고 마음을 먹었다. 「네, 들었어요.」 그녀가 대답했다. 「하지만 당신이 로마에 가지 않기를 바라기 때문에, 그 소문에 대해서는 말하지 않겠어요.」

「좋으실 대로 하시지요. 제가 직접 볼 겁니다.」 그가 말했다. 그러고는 그 말과 앞뒤가 맞지 않는 말을 덧붙였다. 「그녀가 불행하다는 소문을 들으셨군요!」

「아, 당신은 그런 일을 알아낼 수 없을 거예요!」 헨리에타가 소리쳤다.

「그러기를 바랍니다. 언제 출발하십니까?」

「내일 저녁 기차로요. 당신은요?」

굿우드는 주춤했다. 그는 스택폴 양과 함께 로마로 여행할 마음이 전혀 없었다. 이 좋은 기회에 대한 그의 냉담한 반응은 길버트 오즈먼드의 냉담함과 같은 성질은 아니었지만 이 순간에는 똑같이 뚜렷하게 드러났다. 그것은 스택폴 양의 결점을 시사하는 것이라기보다는 그녀의 미덕에 대한 찬사에 가까웠다. 그는 그녀가 매우 뛰어나고 재기가 반짝인다고 생각했고, 원칙적으로는 그녀가 속한 언론 집단에 대해서 아무런 반감도 없었다. 여성 통신기자란 진보적인 나라의 자연스러운 체제의 일부라고 생각했고, 그들의 통신문을 읽지는 않았지만 그들이 어떻든 사회의 번영에 기여했다고 생각했다. 그러나 바로 이처럼 두드러진 그들의 지위 때문에 스택폴 양이 너무 많은 것을 당연시하는 일이 없으면 좋겠다고 그는 생각했다. 그녀는 그가 언제나 오즈먼드 부인에 대해서 뭔가 이야기할 마음이 있으리라고 가정했다. 그가 유럽에 도착하고 나서 6주 후에 파리에서 만났을 때 그녀는 그 점을 당연시했고, 그 후에도 기회가 있을 때마다 그런 생각을 반복해서 드러냈다. 그는 오즈먼드 부인에 대해서 아무런 말도 하고 싶지 않았다. 그녀를 늘 생각하고 있는 것도 아니었다. 이런 사실을 그는 더할 나위 없이 확신하고 있었다. 그는 누구보다도 과묵하고 말이 없는 남자였다. 그런데 질문을 던지기 좋아하는 이 여성 작가는 그의 영혼의 고요하고 어두운 구석에 번쩍이는 그녀의 등불을 끊임없이 들이대는 것이다. 그는 그녀가 그토록 마음을 많이 써주기를 바라지 않았다. 심지어 그는, 그가 좀 야만적인 인간으로 보일지라도, 그녀가 자기를 그냥 내버려 두기를 바랐다. 하지만 이런 것에도 불구하고 그는 방금 다른 점을 생각했다 ― 이것은 그가 불쾌감을 느낄 때, 길버트 오즈먼드가 불쾌감을 느낄 때와 실제로 얼마나 큰 차이가 있는지를 보여 준다. 그는 즉시 로마에 가고 싶었다. 밤 기차를 타고 혼자 가는 편이 좋았을 것이다. 그는 유럽의 객차를 싫어했다. 객차를 타면 외국인들과 무릎을 맞대고 코를 맞댄 채 꼭 끼어서 몇 시간을 앉아 있어야 했고 게다가 창문을 열고 싶은 욕구가 맹렬히 치밀어 올라서 곧 옆자리에 앉은 사람에게 반감을 품기 마련이었다. 밤 기차를 타면 낮보다 상황이 더 열악하더라도 적어도 밤에는 잠을 자면서 미국의 특별 객차를 꿈꿀 수 있었다. 그러나 스택폴 양이 아침에 출발할 예정인데 자신이 밤 기차를 탈 수는 없었다. 이것은 보호자가 없는 여자를 모욕하는 행위가 되리라는 생각이 들었다. 또한 자신의 인내심이 버틸 수 있는 한도 이상으로 오래 기다리지 못한다면, 그녀가 출발한 다음까지 기다릴 수도 없었다. 그다음 날에 출발하는 것은 생각할 수 없는 일이었다. 그녀는 그를 괴롭혔고, 가슴을 답답하게 했다. 유럽의 객차에서 그녀와 함께 하루를 보낸다는 것은 생각만 해도 짜증이 이는 일이었다. 그렇지만 그녀는 홀로 여행하는 숙녀였다. 그녀를 도와주기 위해서 의도적으로 노력하는 것은 그에게 당연한 의무였다. 그것에 대해서는 이론의 여지가 없었다. 더없이 분명하게도 당연한 일이었다. 잠시 그는 몹시 침통한 표정을 지었고 그런 다음에는 여성에 대한 헌신을 과시하려는 기색이 전혀 없이, 하지만 명확히 들리도록 말했다. 「내일 출발하신다면 물론 저도 함께 가겠습니다. 당신에게 도움이 될 수 있을지 모르니까요.」

「자, 굿우드 씨, 그러기를 바랍니다!」 헨리에타는 태연하게 대답했다.

제45장

랠프의 로마 체류가 길어지면서 남편이 불쾌해하고 있음을 이사벨이 잘 알고 있다고 이미 기술할 만한 이유가 있었다. 이사벨은 워버턴 경에게 진심을 보여 주는 명백한 증거를 보내 달라고 부탁한 그 이튿날에 사촌의 호텔을 찾아갔을 때 그 사실을 잊지 않고 있었다. 다른 때에도 그랬지만 그 순간에도 그녀는 남편이 반감을 품고 있는 이유를 충분히 알고 있었다. 그는 아내가 마음의 자유를 누리지 못하기를 바랐는데, 랠프가 자유의 사도라는 것을 잘 알고 있기 때문이었다. 랠프가 바로 그런 사람이기 때문에 그를 만나면 기분이 상쾌해진다고 이사벨은 혼자 말했다. 독자들이 곧 알게 되겠지만 그녀는 남편이 몹시 싫어하는데도 이 상쾌함을 맛보았으며, 말하자면, 신중하게 절제하며 맛보았다고 자부했다. 그녀는 아직까지 남편이 바라는 것에 노골적으로 대항하는 행동을 해본 적이 없었다. 그는 그녀의 주인으로 정해지고 새겨진 존재였다. 어떤 순간에 그녀는 도무지 믿을 수 없어 멍한 눈으로 그 사실을 응시했다. 하지만 그 사실은 그녀의 상상력을 짓눌렀고, 결혼의 전통적 법도와 신성한 의무에 대한 생각이 그녀의 마음을 떠나지 않았다. 결혼의 의무를 어기는 것을 생각하면 두려울 뿐 아니라 수치스럽기 그지없었다. 그녀는 자신을 남편에게 내맡겼을 때 남편의 의도가 자신의 의도처럼 관대하리라고 철석같이 믿었고, 이런 뜻하지 않은 사태에 대해서는 생각도 해보지 않았기 때문이었다. 그럼에도 스스로 엄숙하게 바친 것을 되찾아야 할 날이 빠르게 다가오고 있다는 것을 예감할 수 있을 것 같았다. 그것을 되찾는 의식(儀式)은 혐오스럽고 무시무시할 것이다. 그녀는 그날이 닥칠 때까지 눈을 감고 그것을 보지 않으려고 애썼다. 오즈먼드가 먼저 나서서 그 파국을 일으키는 일은 결코 없을 것이다. 그는 끝까지 그 부담을 그녀에게 지우려고 할 것이다. 그는 그녀가 랠프를 방문하는 것을 아직 정식으로 금지하지 않았다. 그러나 랠프가 조만간 출발하지 않는다면 그가 금지령을 내릴 거라고 그녀는 확신했다. 가엾은 랠프가 어떻게 떠날 수 있겠는가? 아직은 날씨 때문에 불가능했다. 그가 떠나기를 남편이 바라는 이유를 그녀는 속속들이 이해할 수 있었다. 공정하게 말해서, 그녀가 사촌과 함께 시간을 보내는 것을 남편이 싫어할 수밖에 없는 사정을 그녀는 이해했다. 랠프는 오즈먼드에 대해서 비난하는 말을 한 마디도 하지 않았지만, 그럼에도 오즈먼드가 말없이 성을 내며 항의할 만한 근거는 있었다. 만일 남편이 적극적으로 간섭한다면, 그가 자신의 권위를 내세운다면, 그녀는 결정을 해야 할 테고 그것은 쉽지 않을 것이다. 그런 가능성을 생각하면 그녀의 심장 박동이 빨라졌고 그녀의 뺨은 말하자면 벌써부터 화끈거렸다. 남편과의 관계가 공식적인 결렬에 이르지 않기를 바랐기 때문에 그녀는 때로 랠프가 위험을 무릅쓰면서 로마를 떠나기를 바라기도 했다. 자신이 이런 마음을 갖고 있다는 것을 깨달았을 때 스스로를 나약하고 비겁하다고 비난해 봐야 아무 소용도 없었다. 랠프에 대한 사랑이 적었기 때문이 아니라 자신의 일생에서 가장 진지한 행위, 단 하나의 성스러운 행위를 거부하기보다는 그 외의 무엇이든지 다른 일이 더 나을 것 같았기 때문이다. 그렇게 한다면 자신의 미래가 온통 섬뜩해질 것 같았다. 오즈먼드와의 관계가 일단 끊어진다면 영원히 끊어지고 말 것이다. 서로 용납될 수 없는 욕구들을 공식적으로 인정한다면 자신들의 시도가 완전히 실패했음을 인정하는 꼴이 될 것이다. 두 사람에게 있어서 너그럽게 용서해 주거나 타협하거나 간단히 잊어버리거나 공식적으로 재조정하는 일은 있을 수 없었다. 그들은 오직 한 가지를 시도했는데 그 한 가지는 지극히 절묘한 것이었다. 일단 그들이 그것을 놓친다면, 그 밖의 다른 것으로는 대신할 수 없었다. 그 성취에 대한 대체물은 생각할 수도 없었다. 당분간 이사벨은 스스로 괜찮다고 생각하는 한도 내에서 최대한 자주 파리 호텔에 들렀다. 적절함을 판가름하는 기준은 취향의 규범에 속하는 것이다. 도덕성이란 말하자면 진심으로 느끼고 있는가의 문제라는 것을 그보다 더 잘 입증하는 증거는 없었을 것이다. 이사벨은 오늘 특히 자유롭게 그 기준을 적용했다. 랠프를 혼자 죽도록 내버려 둘 수 없다는 전반적인 진실 외에도 그에게 물어볼 중요한 문제가 있었기 때문이었다. 그 문제는 실로 자신과 관련된 일이기도 하지만 그 못지않게 길버트의 일이기도 했다.

그녀는 곧 말하고 싶었던 문제에 이르렀다. 「내 질문에 대답해 주시면 좋겠어요. 워버턴 경에 대한 일이에요.」

「무슨 문제인지 짐작할 수 있겠군.」랠프는 안락의자에 앉아서 대답했다. 그의 여윈 다리가 전보다 더 길게 의자에서 튀어나와 있었다.

「충분히 짐작하시겠지요. 그럼 대답해 주세요.」

「아니, 대답할 수 있다고 말한 것은 아니야.」

「그분과 친하잖아요.」그녀가 말했다.「그분을 아주 많이 관찰해 오셨고요.」

「그건 맞는 말이야. 하지만 그가 얼마나 시치미를 뗄지 생각해 보라고!」

「그분이 왜 시치미를 떼야 하죠? 그분은 그런 성격이 아니잖아요.」

「아, 워낙 특이한 상황이라는 것을 염두에 두어야지.」랠프는 혼자 재미있다는 듯이 말했다.

「어느 정도로는 그렇죠. 그런데 그분이 정말로 사랑에 빠져 있나요?」

「깊이 빠져 있다고 생각해. 그건 확실히 알 수 있어.」

「아!」이사벨은 약간 냉담하게 말했다.

랠프는 온화하고 명랑한 기분으로 약간 어리둥절한 듯이 그녀를 바라보았다.「실망한 듯이 들리는구나.」

이사벨은 일어섰고 천천히 장갑을 매만지며 생각에 잠겨 바라보았다.

「그건 결국 내 일이 아닌걸요.」

「매우 철학적이군.」사촌이 말했다. 그러고 나서는 곧 덧붙였다.「지금 네가 무엇에 대한 이야기를 하고 있는지 물어봐도 될까?」

이사벨이 그를 응시했다.「오빠가 알고 계시는 줄 알았는데요. 워버턴 경은 팬지와 결혼하는 것을 이 세상 무엇보다도 바란다고 내게 말했어요. 내가 전에 오빠에게 말한 적이 있었지만 오빠는 아무 대답도 하지 않았어요. 오늘 아침에는 큰마음 먹고 대답해 주실 수 있겠죠. 그분이 정말로 팬지를 좋아한다고 믿으세요?」

「아, 팬지라고? 아니!」랠프가 매우 단호하게 소리쳤다.

「방금 그렇다고 말했잖아요.」

랠프는 잠시 기다렸다. 「그건 너, 오즈먼드 부인을 좋아한다고 말한 거였어.」

이사벨은 침통하게 고개를 저었다. 「그건 말도 안 돼요.」

「물론 그렇지. 그렇지만 그 터무니없는 일은 워버턴의 문제지, 내 문제가 아니거든.」

「그건 매우 성가신 일이겠어요.」 그녀는 이렇게 말하면서 꽤 교묘하게 대답했다고 자부했다.

「네게 말해 줘야겠지, 그가 그 사실을 내게는 부인했다는 것을.」랠프가 말을 이었다.

「함께 그런 이야기를 나누다니 아주 좋은 분들이군요! 그분이 팬지를 사랑한다고 오빠에게 말하시던가요?」

「그 아가씨에 대해서는 아주 좋게 말했지. 매우 적절하게. 물론, 그녀가 로클리에서 아주 잘해 나갈 거라고 생각한다더군.」

「그분이 정말로 그렇게 생각하시나요?」

「아, 워버턴이 정말로 무슨 생각을 하고 있는지는 ─!」랠프가 말했다.

이사벨은 다시 장갑의 주름을 펴기 시작했다. 그 길고 늘어진 장갑에 그녀는 마음대로 관심을 쏟을 수 있었다. 하지만 곧 그녀는 고개를 들고 갑자기 격렬하게 소리쳤다. 「아, 랠프, 나를 전혀 도와주지 않는군요!」

그녀가 도움이 필요하다는 말을 하기는 이번이 처음이었고, 그 말은 그녀의 사촌을 격렬하게 흔들어 놓았다. 그는 안도감과 연민과 다정한 애정으로 한참 중얼거렸다. 그들 사이에 패어 있던 깊은 골에 마침내 다리가 놓인 듯이 여겨졌다. 이런 기분이 들었기에 그는 잠시 후 탄식했다. 「네가 얼마나 불행할까!」

이 말을 듣자마자 그녀는 냉정을 되찾았다. 그러고는 그 냉정함을 이용해서 그의 말을 듣지 못한 척했다. 「오빠에게 나를 도와 달라고 한 것은 터무니없는 말이었어요.」 그녀는 재빨리 미소를 지으며 말했다. 「내 집안의 곤혹스러운 문제로 오빠를 괴롭히다니! 그 문제는 아주 간단한 거예요. 워버턴 경은 혼자서 추진해야 해요. 내가 그분을 끝까지 보살펴 줄 수는 없어요.」

「그는 쉽게 성사시킬 거야.」 랠프가 말했다.

이사벨은 깊이 생각했다. 「그래요 — 하지만 그분이 늘 성공한 것은 아니었어요.」

「맞는 말이야. 하지만 알다시피 그 일은 내게 늘 놀라웠지. 오즈먼드 양이 우리를 놀라게 해줄 수 있을까?」

「오히려 그분이 우리를 놀라게 할 거예요. 나는 결국 그분이 그 문제를 포기할 거라고 생각해요.」

「그는 불명예스러운 일은 절대로 하지 않을 거야.」 랠프가 말했다.

「나도 그렇게 믿어요. 그분이 그 가엾은 아이를 그냥 내버려 두는 것이 가장 명예로운 일일 거예요. 그 애는 다른 청년을 좋아하고 있는데, 굉장한 청혼으로 그 애를 매수해서 그 사람을 포기하게 만들려고 하는 것은 잔인한 일이에요.」

「그 다른 사람에게는 잔인한 일이겠지. 그녀가 좋아하는 사람에게는. 하지만 워버턴이 그런 문제에 신경을 써야 할 의무는 없어.」

「아뇨, 그 애에게 잔인한 일이에요.」 이사벨이 말했다. 「그 애는 가엾은 로지에 씨를 포기하도록 강요를 받는다면 몹시 불행할 거예요. 오빠는 그 일에 재미있어 하는 것 같지만, 물론 오빠가 로지에 씨를 사랑하는 것이 아니니까요. 팬지의 입장에서 볼 때 그 사람은 팬지를 사랑하고 있다는 미덕이 있어요. 워버턴 경은 그렇지 않다는 것을 그 애는 한눈에 알아차릴 수 있어요.」

「워버턴은 그 아가씨에게 아주 잘해 줄 거야.」 랠프가 말했다.

「벌써 다정하게 대해 주셨어요. 하지만 다행히도 그분이 그 애를 심란하게 할 말은 아직 하지 않으셨어요. 내일 오셔서 그 애에게 작별 인사를 하더라도 예의에 전혀 어긋나지 않을 거예요.」

「그러면 네 남편이 어떻게 받아들일까?」

「전혀 좋아하지 않겠지요. 남편이 좋아하지 않는 것은 당연할 거예요. 다만 그가 만족감을 얻으려면 직접 나서야 해요.」

「네 남편이 그 만족감을 얻을 수 있도록 네게 맡긴 모양이지?」 랠프는 큰마음 먹고 물어보았다.

「워버턴 경의 옛 친구로서, 길버트보다 더 오래전부터 알고 지낸 친구로서 내가 그의 의도에 관심을 갖는 것은 자연스러운 일이에요.」

「그가 그 의도를 포기하는 데 관심이 있다는 뜻이겠지?」

이사벨은 약간 얼굴을 찌푸리며 망설였다. 「분명히 말해 주세요. 오빠는 워버턴 경이 하려는 일을 옹호하는 건가요?」

「전혀 그렇지 않아. 워버턴이 네 의붓딸의 남편이 되지 않으면 좋겠어. 그렇게 되면 너와 무척 기묘한 관계가 되니까 말이야!」 랠프는 웃으며 말했다. 「하지만 네가 워버턴에게 충분히 압력을 가하지 않았다고 네 남편이 생각할까 봐 좀 걱정이 되는군.」

이사벨은 놀랍게도 랠프처럼 미소를 지을 수 있었다. 「남편은 나를 잘 알고 있기 때문에 내가 워버턴 경에게 압력을 가할 거라고 기대하지 않을 거예요. 내가 알기로는, 남편이 스스로 나서서 일을 추진하려는 생각은 없어요. 내가 내 행동을 정당화할 수 없으리라는 걱정은 하지 않아요!」 그녀는 가볍게 말했다.

한순간 가면이 벗겨졌지만 그녀가 곧 다시 썼기 때문에 랠프는 무척 실망했다. 그녀의 자연스러운 얼굴을 힐끗 보았으므로, 그 속을 들여다보고 싶은 엄청난 욕구를 느꼈던 것이다. 그녀가 남편에 대해서 불평하는 말을 듣고 싶은 욕망이 사납게 끓어올랐고, 워버턴 경이 물러선다면 그녀가 책임을 져야 한다는 말을 듣고 싶었다. 그녀가 바로 이런 상황에 처해 있을 거라고 랠프는 확신했다. 워버턴이 물러날 경우 오즈먼드가 어떤 식으로 불쾌감을 표현할 것인지를 미리 본능적으로 직감할 수 있었다. 오즈먼드는 오로지 한없이 야비하고 잔인한 방법으로 불쾌감을 드러낼 것이다. 랠프는 이런 점에 대해서 이사벨에게 미리 경고해 주고 싶었다. 적어도 그녀의 상황에 대해서 자신이 어떻게 판단하고 있는지 그리고 어떻게 알고 있는지를 보여 주고 싶었다. 이사벨이 훨씬 잘 알고 있으리라는 것은 문제가 되지 않았다. 그녀보다는 자신의 만족감을 위해서 랠프는 자신이 속지 않았음을 그녀에게 알려 주고 싶었다. 그녀가 오즈먼드를 배반하게 하려고 거듭 노력했다. 이렇게 애를 쓰면서 그는 자신이 냉혈한이자 잔인하고 비열하기까지 한 인간이라고 느꼈다. 하지만 그것은 그리 문제가 되지 않았다. 그는 결국 실패했을 뿐이므로. 그렇다면 그녀는 왜 온 것일까? 그녀는 왜 자신들의 묵계를 깨뜨릴 수 있는 기회를 그에게 주는 듯이 보였을까? 그녀가 그에게 마음대로 대답할 수 있는 자유를 허용하지 않는다면, 무엇 때문에 그의 조언을 구한다는 말인가? 핵심적인 요인을 언급할 수 없다면, 그녀가 마음대로 우스꽝스럽게 자기 집안의 곤혹스러운 문제라고 부른 일에 대해서 그들이 어떻게 이야기를 나눌 수 있다는 것인가? 이처럼 앞뒤가 맞지 않는 일은 그 자체가 그녀의 고충을 암시할 뿐이었고, 그가 생각해야 할 단 한 가지는 바로 조금 전에 도움을 청했던 그녀의 외침이었다. 「어떻든 두 사람의 의견이 일치하지 않으리라는 것은 분명해.」 그는 조금 후에 말했다. 그녀가 이해하지 못하겠다는 표정으로 아무 말도 하지 않았기에 그가 말을 이었다. 「두 사람의 생각이 매우 다르다는 것을 알게 되겠지.」

「아주 화목한 부부에게서도 그런 일은 쉽사리 일어날 수 있어요!」 그녀는 양산을 집어 들었다. 그녀가 불안한 마음으로 그가 무슨 말을 할지 두려워하고 있다는 것을 그는 알 수 있었다. 「하지만 그 문제에 대해서 우리는 말다툼을 할 수 없어요.」 그녀가 덧붙였다. 「이해관계가 거의 다 남편에게 걸려 있는 문제니까요. 그건 지극히 당연한 일이죠. 팬지는 결국 그의 딸이지, 내 딸이 아니니까요.」 그러고 나서 그녀는 손을 내밀고 작별 인사를 했다.

랠프는 자신이 모든 것을 알고 있다는 사실을 그녀에게 알려 주지 않은 채 돌려보내서는 안 된다고 속으로 다짐했다. 지금이 절호의 기회라서 놓쳐서는 안 될 것 같았다. 「그 이해관계 때문에 네 남편이 뭐라고 말할지 알고 있니?」 그는 그녀의 손을 잡으면서 물었다. 그녀는 다소 냉담하게 고개를 가로저었지만 그의 말을 억누르려는 것은 아니었다. 「네게 열성이 부족한 것은 질투심 때문이라고 말할 거야.」 그는 순간 말을 멈췄다. 그녀의 얼굴을 보고 겁이 났던 것이다.

「질투심이라고요?」

「그의 딸에 대한 질투심 때문이라고.」

그녀는 얼굴이 새빨개지면서 머리를 뒤로 젖혔다. 「오빠는 친절하지 않군요.」 그녀는 그가 그녀에게서 한 번도 들어 본 적이 없는 목소리로 말했다.

「내게 솔직하게 말해 주면 알게 될 거야.」 그가 대답했다.

그러나 그녀는 대답하지 않았다. 그녀는 그저 그가 계속 붙잡고 있으려 했던 손을 빼내고는 급히 방에서 나가 버렸다. 그녀는 팬지에게 그 일에 대해서 이야기를 꺼내겠다고 마음먹었다. 그래서 바로 그날 기회를 보아서 만찬 시간이 되기 전에 그 소녀의 방으로 갔다. 팬지는 벌써 옷을 갈아입고 있었다. 그녀는 언제나 시간이 되기 전에 준비를 갖추고 있었다. 그것은 그녀의 귀여운 인내심과 우아하고 고요하게 앉아서 기다릴 수 있음을 보여 주는 것 같았다. 지금 그녀는 옷을 갈아입고 침실의 난롯불 앞에 앉아 있었다. 몸에 밴 절약 습관을 이제 전보다 더 조심스럽게 따르려고 몸치장을 끝냈을 때 촛불을 꺼두었다. 그래서 그 방에는 장작 두 개의 불빛만 비치고 있었다. 팔라초 로카네라에는 방들이 많기도 했지만 다 널찍널찍했다. 팬지가 쓰는 침실도 무척 넓었고 천장은 검고 육중한 목재로 받쳐져 있었다. 그 방의 한가운데 앉아 있는 자그마한 여주인은 그저 한 점의 인간처럼 보였다. 그녀가 이사벨을 맞으려고 재빨리 공손하게 일어섰을 때 이사벨은 순수하고 수줍어하는 그녀의 모습에서 더 깊은 인상을 받았다. 이사벨은 이제 어려운 일을 떠맡았고, 중요한 점은 가급적 간단히 그 일을 처리하는 것이었다. 그녀는 괴롭고 분개한 마음이었지만 이런 감정의 열기를 드러내서는 안 된다고 스스로 다짐했다. 너무 진지하거나 아니면 적어도 너무 엄숙하게 보일까 봐 걱정이 되기도 했다. 소녀에게 두려운 마음을 일으킬까 봐 걱정이었다. 하지만 팬지는 이사벨이 고해 신부처럼 이야기를 들어 주려고 왔다는 것을 짐작한 것 같았다. 자신이 앉아 있던 의자를 난롯가 쪽으로 더 가깝게 옮긴 다음에 이사벨을 그 의자에 앉히고, 자기는 그 앞의 쿠션에 무릎 꿇고 앉아서 깍지 낀 양손을 새엄마의 무릎에 올려놓고 올려다보았던 것이다. 이사벨이 원한 것은 그 어린 아가씨가 워버턴 경에게 매료되지 않았다는 말을 그 아가씨의 입에서 직접 듣는 것이었다. 하지만 그런 확언을 듣고 싶었더라도 그 소녀가 그런 말을 하도록 마음대로 유도할 자유는 없다고 느꼈다. 그 소녀의 아버지가 그런 일을 알게 되면 비열한 배신 행위라고 부를 것이다. 그리고 사실 이사벨은 만일 팬지에게 워버턴 경을 조금이라도 고무하려는 마음이 있다면 자신은 입을 다물고 있는 것이 도리라고 생각했다. 무엇인가를 암시하는 듯이 보이지 않으면서 질문을 던지는 것은 쉽지 않은 일이었다. 팬지는 지극히 단순하고 이사벨이 지금껏 생각했던 것보다도 더 완벽하게 순진했기에, 극히 모호하게 물어보는 말도 훈계조로 들렸다. 팬지는 거기 어둑한 불빛을 받으며 무릎을 꿇고 앉아서 예쁜 드레스가 은은하게 빛나는 가운데 절반은 호소하는 듯이, 절반은 순종하는 듯이 양손을 맞잡고, 그 상황의 진지함을 속속들이 의식하면서 부드러운 눈을 들어 응시하고 있었다. 이사벨의 눈에 그 모습은 마치 제물로 바쳐지기 위해서 예쁘게 단장한 어린 순교자처럼 보였다. 그 운명을 피해 보려는 꿈조차 꾸지 못하는. 이사벨은 그녀의 결혼과 관련해서 어떤 일이 일어나고 있는지에 대해 지금까지 아무 말도 하지 않았지만, 그 침묵이 무관심하거나 몰라서가 아니라 오직 그녀를 자유롭게 내버려 두고 싶었기 때문이라고 말했다. 그러자 팬지는 몸을 앞으로 숙이고 얼굴을 이사벨에게 더 가까이 대면서 분명 깊은 갈망을 담은 목소리로 자기는 이사벨이 그 이야기를 꺼내 주기를 무척 바랐고 이제 충고해 주기를 간절히 바란다고 속삭였다.

「네게 충고를 해주는 건 무척 어려운 일이란다.」 이사벨이 대답했다. 「어떻게 충고해야 할지 모르겠어. 충고는 네 아버지가 하실 일이지. 아버지의 충고를 듣고, 그에 따라서 행동해야겠지.」

이 말에 팬지는 눈을 내리깔았고, 한동안 아무 말도 하지 않았다. 「아빠의 충고보다는 새엄마의 충고가 더 좋을 거예요.」

「그래서는 안 되지.」 이사벨이 냉정하게 말했다. 「나는 너를 무척 사랑하지만, 네 아버지는 널 더 사랑하시니까.」

「새엄마가 나를 사랑하기 때문이 아니에요. 여자이기 때문이죠.」 팬지는 매우 합리적인 이야기를 하는 태도로 말했다. 「남자보다 여자가 어린 아가씨에게 더 좋은 충고를 할 수 있으니까요.」

「그렇다면 네 아버지의 소망을 최대한 존중하라고 충고하겠어.」

「아, 네.」 그 아이가 열성적으로 말했다. 「저는 그렇게 해야 해요.」

「하지만 지금 내가 네 결혼 문제에 대해서 이야기하는 것은 너를 위해서가 아니라 나를 위해서란다.」 이사벨이 말을 이었다. 「네가 무엇을 기대하는지, 무엇을 바라는지를 너에게서 들어 보려는 것은, 그건 오로지 그에 따라서 내 행동을 결정하기 위해서야.」

팬지는 빤히 쳐다보더니 갑자기 물었다. 「제가 원하는 것을 모두 해주시겠어요?」

「그러겠다고 말하기 전에 그것이 무엇인지를 알아야겠지.」

이내 팬지는 자신이 세상에서 원하는 단 한 가지는 로지에씨와 결혼하는 것이라고 말했다. 그는 그녀에게 청혼했고, 그녀는 아빠가 허락한다면 청혼을 받아들이겠다고 대답했다는 것이었다. 그런데 이제 아빠가 허락하지 않으려는 것이다.

「그래, 그렇다면 그건 불가능한 일이야.」 이사벨이 단언했다.

「그래요, 불가능한 일이에요.」 팬지는 한숨을 쉬지 않고 그 조그맣고 투명한 얼굴에 똑같이 고도의 집중력을 드러내며 말했다.

「그렇다면 다른 것을 생각해야지.」 이사벨이 말했다. 그러나 팬지는 이 말에 한숨을 쉬면서 그러려고 시도해 보았지만 조금도 성공하지 못했다고 말했다.

「자기를 생각하는 사람들에 대해서 생각하게 되잖아요.」 그녀가 희미하게 미소를 띠고 말했다. 「로지에 씨가 저를 생각하는 것을 알고 있거든요.」

「그분은 그렇게 하면 안 돼.」 이사벨이 고고하게 말했다. 「네 아버지께서 그분에게 그렇게 하지 말라고 딱 부러지게 요구하셨으니까.」

「그분은 어쩔 수 없을 거예요. 제가 그분을 생각하는 것을 그분이 알고 있으니까.」

「너는 그분을 생각하면 안 돼. 어쩌면 그분에게는 구실이 있을지 모르지만, 네게는 전혀 없잖아.」

「새엄마가 구실을 찾아 주시면 좋겠어요.」 그 소녀는 마치 성모 마리아에게 기도하듯이 외쳤다.

「내가 그런 일을 하려고 한다면 무척 유감일 거야.」 그 성모 마리아는 평소답지 않게 쌀쌀맞게 말했다. 「누군가 다른 사람이 너를 생각하고 있다는 것을 알게 되면, 네가 그 사람을 생각할까?」

「어느 누구도 로지에 씨만큼 저를 생각할 수 없어요. 누구에게도 그럴 권리가 없어요.」

「아, 하지만 나는 로지에 씨의 권리를 인정하지 않아!」 이사벨은 위선적으로 소리쳤다.

팬지는 무척 어리둥절한 얼굴로 그녀를 바라볼 뿐이었다. 이사벨은 이 기회를 이용해서 아버지의 뜻을 따르지 않을 때 어떤 비참한 결과가 빚어질 것인지를 설명하기 시작했다. 그러자 팬지는 그녀의 말을 가로막고 자신은 결코 아버지의 뜻에 거역하지 않을 것이고 아버지가 동의하지 않으면 절대로 결혼하지 않을 거라고 장담했다. 그러고는 로지에 씨와 결혼하지 못하게 되더라도 그에 대한 생각을 절대로 버리지 않을 거라고 더없이 차분하고 소박한 목소리로 선언했다. 그녀는 영원히 독신으로 살겠다는 생각을 품고 있는 것 같았다. 그러나 이사벨은 물론 그 소녀가 자기 말의 의미를 이해하지 못하고 있다고 마음대로 생각했다. 그녀의 말은 더할 나위 없는 진심이었고, 그녀는 애인을 포기할 각오를 하고 있었다. 그렇다면 이것은 다른 애인을 받아들일 수 있는 중요한 단계로 보일 수 있지만, 팬지는 그 방향으로 나아가지 못하는 것이 분명했다. 그녀는 아버지에 대해서 조금도 원망을 품지 않았다. 그녀에게는 원망하는 마음이 조금도 없었다. 오직 에드워드 로지에에 대한 감미로운 정절이 있을 뿐이었고, 그와 결혼하는 것보다도 독신으로 남아 있음으로써 그 정절을 오히려 더 잘 입증할 수 있다는 기이하고도 절묘한 암시가 있을 뿐이었다.

「네 아버지는 네가 더 훌륭한 결혼을 하기를 바라실 거야.」 이사벨이 말했다. 「로지에 씨는 재산이 많은 편이 아니야.」

「더 훌륭하다는 것이 무슨 뜻인가요? 로지에 씨와의 결혼이 충분히 훌륭한 것이라면? 그리고 저는 돈이 거의 없어요. 그런데 제가 왜 큰 재산을 바라야 하지요?」

「네게 재산이 거의 없기 때문에 많은 재산을 바라야 하는 거지.」 이 말을 하면서 이사벨은 방 안이 어둠침침한 것이 고마웠다. 자신의 얼굴이 무시무시한 위선자의 얼굴처럼 느껴졌다. 자신이 오즈먼드를 위해서 하고 있는 일은 바로 그런 것이었다. 오즈먼드를 위해서 해야만 하는 일은 바로 그런 위선이었다! 자기의 눈을 뚫어져라 바라보고 있는 팬지의 진지한 눈길이 곤혹스러울 지경이었다. 그녀는 그 소녀의 애정을 너무 가볍게 생각했던 것이 부끄러웠다.

「제가 무엇을 하면 좋으시겠어요?」 그 소녀는 부드럽게 물었다.

그것은 소름 끼치는 질문이었고, 이사벨은 소심하게 모호한 답으로 회피했다. 「네가 아버지에게 드릴 수 있는 온갖 기쁨을 기억하렴.」

「그 말씀은 다른 사람과 결혼하라는 뜻인가요? 아버지께서 그렇게 하라고 하신다면?」

잠시 이사벨은 뜸을 들이며 대답을 하지 못하는 것 같았다. 그러더니 팬지의 집중된 의식이 만들어 낸 듯한 정적 속에서 자신의 목소리가 들려왔다. 「그래, 다른 사람과 결혼하라는 말이야.」

그 아이의 눈이 점점 깊이 꿰뚫고 들어오는 것 같았다. 이사벨은 그 소녀가 자기 말이 진심인지 의심하고 있다고 믿었다. 그 아이가 쿠션에서 천천히 일어나자 그런 인상이 더욱 강렬해졌다. 그 소녀는 작은 손을 깍지 끼고 잠시 서 있다가 떨리는 목소리로 말했다. 「아, 저에게 아무도 청혼하지 않기를 바라요!」

「그런 문제가 있었어. 다른 사람이 네게 청혼할 마음을 갖고 있을 거야.」

「그 사람에게 청혼할 마음이 있었으리라고는 생각하지 않아요.」 팬지가 말했다.

「그렇게 보일 거야. 그가 성공할 거라고 확신했더라면.」

「확신했다면? 그럼 그 사람은 그런 마음을 갖고 있었던 게 아니에요.」

이사벨은 이 말이 꽤 예리하다고 생각했다. 그녀도 일어섰고 잠시 난롯불을 들여다보았다. 「워버턴 경이 네게 큰 관심을 보여 주셨지.」 그녀가 말을 이었다. 「물론 내가 바로 그분에 대해서 말하고 있다는 것을 너도 알고 있겠지.」 그녀는 예상과 달리 자신의 말을 정당화해야 하는 처지라는 것을 알게 되었다. 그렇기 때문에 그녀는 의도했던 것보다 더 투박하게 그 귀족에 관한 이야기를 꺼낼 수밖에 없었다.

「그분은 제게 무척 친절하게 대해 주셨어요. 그리고 저는 그분을 무척 좋아해요. 하지만 그분이 제게 청혼하실 거라는 뜻이라면, 새엄마가 착각하신 거라고 생각해요.」

「어쩌면 그렇겠지. 하지만 네 아버지는 그 결혼을 대단히 기뻐하실 거야.」

팬지는 슬기롭게 보이는 미소를 지으며 고개를 가로저었다. 「워버턴 경은 그저 아빠를 기쁘게 해드릴 생각으로 제게 청혼하시지는 않을 거예요.」

「네 아버지는 네가 그분이 청혼하도록 고무한다면 무척 좋아하실 거야.」 이사벨은 기계적으로 말을 이었다.

「제가 어떻게 그분을 고무할 수 있어요?」

「나는 모르겠어. 네 아버지가 말해 주시겠지.」

팬지는 잠시 아무 말도 하지 않았고, 즐거운 확신을 갖고 있는 듯 계속해서 미소를 짓기만 했다. 「그럴 위험은 전혀 없어요. 조금도 없어요!」 그녀가 마침내 단정적으로 말했다.

그 소녀가 확신을 갖고 이렇게 말했고 기쁜 마음으로 믿고 있었기에 이사벨은 조금 거북한 입장이었다. 정직하지 못하다는 비난을 받은 것 같았고, 그것은 생각만 해도 혐오스러웠다. 자존심을 되살리기 위해서 그녀는 실제로 워버턴 경이 청혼할 마음이 있음을 알려 주었다고 말하려 했다. 하지만 그 말은 하지 않았다. 당혹스러운 마음에서 이야기가 좀 빗나가기는 하지만, 그저 그가 더없이 친절하고 다정한 사람이라고 말했다.

「네, 그분은 매우 친절하게 대해 주셨어요.」팬지가 대답했다.「그래서 제가 그분을 좋아해요.」

「그렇다면 그런 일이 왜 그렇게 어렵다는 거지?」

「저는 늘 믿고 있었어요. 제가 그분을 — 제가 어떻게 해야 한다고 말씀하셨죠? — 고무하고 싶어 하지 않는 것을 그분이 잘 알고 계신다고요. 그분은 제가 그분과의 결혼을 바라지 않는다는 것을 알고 계세요. 그러므로 그분은 저를 곤란한 입장에 빠뜨리지 않을 거라고 제게 알려 주고 싶어하셨어요. 그분이 친절하다는 말은 그런 뜻이에요. 그분은 이렇게 말씀하시는 것 같았어요. 〈나는 너를 무척 좋아하지만, 네가 기뻐하지 않는다면 그 말을 다시는 하지 않겠다.〉저는 그것이 매우 친절하고 매우 고귀한 태도라고 생각해요.」팬지는 점점 더 단정적으로 말을 이었다.「우리가 나눈 이야기는 그것이 전부였어요. 그리고 또한 그분은 저를 사랑하지도 않으세요. 아, 정말이지, 그럴 위험은 전혀 없어요.」

이사벨은 이 순종적인 작은 아가씨가 이토록 깊이 꿰뚫어 볼 수 있다는 데 경이로움을 느꼈다. 팬지의 지혜에 두려운 마음마저 들었기에 그 앞에서 슬슬 뒷걸음질을 치기 시작할 정도였다.「네가 아버지께 그것을 말씀드려야 해.」그녀는 말을 삼가면서 한마디를 던졌다.

「그러지 않는 편이 더 나을 거예요.」팬지는 거리낌 없이 대답했다.

「아버지께서 그릇된 희망을 갖고 계시게 해서는 안 되잖아.」

「그럴지도 모르지요. 하지만 아빠가 희망을 갖고 계시는 편이 제게는 더 좋을 거예요. 워버턴 경이 새엄마가 말씀하신 대로 그런 일을 하실 거라고 아빠가 생각하시는 동안에는, 그 외의 다른 사람과의 결혼 이야기를 꺼내지 않으실 테니까요. 그것이 제게는 유리할 거예요.」 그 아이는 매우 명료하게 말했다.

그 아이의 명료한 말에는 찬란하게 반짝이는 것이 있었고, 그 덕분에 이사벨은 긴 숨을 내쉬었다. 그 덕분에 그녀는 무거운 책임감을 덜 수 있었다. 팬지는 그녀 나름의 지혜로운 빛을 충분히 간직하고 있었고, 이사벨은 자신이야말로 이제 조금이나마 남겨 둘 빛도 없다고 느꼈다. 그럼에도 자신은 오즈먼드에게 충실해야 하고, 자신의 명예를 걸고 그의 딸과 이야기를 나누어야 한다는 생각이 아직도 그녀의 뇌리에 달라붙어 있었다. 이런 감정으로 말미암아 그녀는 문을 나서기 전에 또 다른 암시를 내비쳤다. 그녀로서는 최선을 다해서 내놓은 암시였다. 「아버지께서는 적어도 네가 귀족과의 결혼을 원하리라는 것을 당연한 일로 생각하셔.」

팬지는 열린 문간에 서 있었다. 그녀는 이사벨이 지나가도록 커튼을 뒤로 당겨 놓았다. 「로지에 씨는 귀족처럼 보인다고 생각해요!」 그녀가 매우 엄숙하게 말했다.

제46장

워버턴 경은 오즈먼드 부인의 응접실에 며칠간 모습을 드러내지 않았다. 이사벨은 남편이 그의 편지를 받았다는 말을 하지 않은 것에 주목하지 않을 수 없었다. 또한 오즈먼드가 그 편지를 기다리고 있다는 사실과, 겉으로 드러내는 것이 그에게는 유쾌하지 않은 일이겠지만 그 저명인사가 자기를 너무 오래 기다리게 한다고 생각했다는 사실도 주목하지 않을 수 없었다. 나흘이 지났을 때 오즈먼드는 그 백작이 자기의 집을 찾아오지 않은 것에 대해서 언급했다.

「워버턴은 어떻게 된 거요? 사람을 청구서를 든 장사치처럼 취급하다니 대체 어쩔 생각이지?」

「나는 그에 대해서 아무것도 몰라요.」 이사벨이 말했다. 「지난 금요일에 독일인이 연 무도회에서 그를 보았어요. 그때 그가 당신에게 편지를 보낼 생각이라고 말했어요.」

「편지를 보내지 않았소.」

「그런 모양이라고 짐작했어요. 당신이 아무 말도 하지 않기에.」

「참 묘한 인간이군.」 오즈먼드는 결론을 내리듯이 말했다.

이사벨이 아무 대답도 하지 않자 그는 그 귀족이 편지 한 통 쓰는 데 닷새나 걸리는지 물었다. 「그는 그렇게 힘들여 편지를 쓰는 사람이오?」

「모르겠어요.」 이사벨은 대답하지 않을 수 없었다. 「그에게서 편지를 받아 본 적이 없어요.」

「편지를 받은 적이 없다고? 당신이 한때 그와 친밀하게 편지를 주고받은 줄 알았는데.」

그녀는 사실이 그렇지 않다고 대답하고 그 대화를 끝냈다. 하지만 이튿날 오후 늦게 거실에 들어와서 그녀의 남편은 다시 그 이야기를 꺼냈다.

「워버턴 경이 편지를 쓰겠다고 당신에게 말했을 때 당신은 뭐라고 대답했소?」 그가 물었다.

그녀는 멈칫했다. 「잊지 말고 편지를 보내 달라고 말했던 것 같아요.」

「잊어버릴 위험이 있다고 생각했소?」

「당신 말대로 그는 묘한 사람이에요.」

「분명 그가 잊어버린 모양이군.」 오즈먼드가 말했다. 「당신이 그에게 상기시켜 주면 좋겠소.」

「내가 그분에게 편지를 보내기를 바라세요?」 그녀가 물었다.

「그렇게 하더라도 반대할 생각은 전혀 없소.」

「당신은 나에게 너무 많은 것을 기대해요.」

「그렇소, 당신에게 대단히 많은 것을 기대하고 있소.」

「당신을 실망시킬까 겁이 나요.」 이사벨이 말했다.

「무척 많이 실망했지만 아직 기대가 남아 있소.」

「당신이 실망했다는 것은 물론 잘 알고 있어요. 내가 스스로에게 얼마나 실망했을지 생각해 보세요! 당신이 진심으로 워버턴 경을 붙잡고 싶다면, 당신 스스로 붙잡아야 해요.」

2분간 오즈먼드는 아무 말도 하지 않았다. 그러고 나서 그가 말했다. 「그건 쉽지 않을 거요. 당신이 나에 대해서 방해 공작을 하고 있으니.」

이사벨은 움찔했고, 온몸이 떨리기 시작하는 것이 느껴졌다. 그는 그녀를 생각하고 있지만 그녀가 거의 보이지 않는다는 듯이 반쯤 감은 눈으로 그녀를 쳐다보는 습관이 있었다. 그것은 놀라울 정도로 잔인한 의도를 드러내는 것 같았다. 그 시선은 그녀를 불쾌하지만 어쩔 수 없이 생각해야 하는 생각거리로 간주하는 것 같았고, 그 순간에 인간으로의 그녀를 무시하는 것 같았다. 그 시선이 지금처럼 두드러진 효과를 낸 적도 없었다. 「당신은 내가 매우 비열한 일을 저질렀다고 비난하는 것 같군요.」 그녀가 대답했다.

「나는 당신을 신뢰할 수 없다고 비난하는 거요. 워버턴이 결국 나타나지 않는다면, 그건 당신이 그를 오지 못하게 막았기 때문일 테니까. 그것이 비열한 일인지 어떤지는 모르겠소. 여자들은 늘 그런 일을 저질러도 괜찮다고 생각하니 말이지. 당신이 그 일을 아주 훌륭하게 생각하고 있다는 것은 의심할 여지도 없지.」

「나는 내가 할 수 있는 것을 하겠다고 당신에게 말했어요.」 그녀가 말을 이었다.

「그렇소. 그러면서 당신은 시간을 벌었지.」

남편의 말을 들은 후 그녀는 한때 그를 아름답다고 생각했던 기억이 떠올랐다. 「당신은 워버턴 경을 붙잡기 위해서라면 못 할 일이 없겠군요!」 그녀는 단숨에 말했다.

이 말을 입 밖에 내놓자마자 그녀는 말하는 순간에 의식하지 못했던 그 말의 극단적인 의미를 깨달았다. 그 말은 오즈먼드와 그녀 자신을 대조시켰고, 과거에 자신이 남편이 이처럼 탐내는 보물을 손에 들고는 그것을 버려도 좋을 만큼 풍요롭다고 느꼈던 사실을 떠올리게 했다. 순간적인 희열이 그녀를 사로잡았다. 그에게 상처를 주었다는 무시무시한 기쁨이었다. 그녀의 거센 항의에서 입은 타격이 그의 얼굴에 고스란히 남아 있음을 즉시 알 수 있었던 것이다. 하지만 그는 다른 점에서는 아무것도 드러내지 않고 그저 재빨리 말했다. 「그렇소, 그것을 무한히 원하고 있소.」

이 순간 하인이 손님을 안내하기 위해서 들어왔고 그를 따라서 곧 워버턴 경이 들어섰다. 그는 오즈먼드를 보았을 때 순간 주춤했다. 그러고는 그 집의 주인에게서 안주인에게로 재빨리 시선을 옮겼다. 그 동작은 부부의 대화를 방해하고 싶지 않다는 마음을 나타내는 것 같았고 혹은 험악한 분위기를 알아차렸음을 드러내는 것 같기도 했다. 그리고 나서 그는 앞으로 걸어와서 영국인답게 인사했다. 약간 수줍어하는 그의 태도는 훌륭한 가정 교육을 받았음을 드러내는 것 같았고, 그것의 유일한 결함은 다른 이야기로 옮겨 가는 것이 어렵다는 점이었다. 오즈먼드는 당황하고 있었고 아무 말도 할 수 없었다. 그러나 이사벨은 즉시 자기들이 그 방문객에 대한 이야기를 나누고 있었다고 말했다. 그러자 그녀의 남편은 그의 근황을 알지 못해서 그가 로마를 떠난 것이 아닌지 걱정했다고 덧붙였다. 「아닙니다.」 백작은 미소를 띠고 오즈먼드를 바라보며 설명했다. 「이제 막 떠나려는 참입니다.」 그러고 나서 그는 갑자기 영국으로 돌아갈 일이 생겼다고 말했다. 그는 내일이나 모레 떠날 것이다. 「가엾은 터치트를 두고 떠나서 무척 유감입니다!」 그는 큰 소리로 말을 맺었다.

잠시 그의 말을 듣고 있던 두 사람은 아무 대답도 하지 않았다. 오즈먼드는 의자에 등을 기댄 채 가만히 있었다. 이사벨은 남편을 바라보지 않았다. 그의 표정이 어떨지를 상상할 수 있을 뿐이었다. 그녀는 방문객을 바라보았다. 그녀의 눈길이 더욱 자유로이 그의 얼굴에 머물렀기에 그 귀족은 그녀의 눈길을 조심스럽게 피했다. 하지만 그의 시선과 마주쳤더라면 풍부한 의미가 담겨 있음을 보았을 거라고 이사벨은 믿었다. 「가엾은 터치트를 데리고 가시는 편이 좋겠군요.」 남편이 즉시 가볍게 말하는 소리가 들려왔다.

「날씨가 따뜻해질 때까지 기다리는 것이 좋을 겁니다.」 워버턴 경이 대답했다. 「그에게 지금 여행하도록 권할 수는 없습니다.」

그 자리에 앉아 있던 15분 동안에 그는 당분간 그 부부를 다시 만날 수 없을 듯이 말했다. 그들이 영국에 오지 않는다면 말이다. 그는 그들에게 영국을 방문하라고 강력하게 권했다. 「가을에 영국에 오시는 것이 어떨까요? 아주 좋은 생각인 것 같습니다. 두 분을 위해서 제가 할 수 있는 일을 한다면, 두 분이 저의 집에 와서 한 달을 머무신다면, 무척 기쁠 겁니다. 오즈먼드 씨는 영국에 단 한 번밖에 가본 적이 없다고 하셨는데, 그처럼 여유가 있고 지성이 풍부한 분에게는 터무니없는 일입니다. 영국은 오즈먼드 씨에게 아주 잘 맞는 나라이고, 틀림없이 그곳에 가시면 아주 잘 지내실 겁니다.」 이렇게 말하고 나서 워버턴 경은 이사벨에게 그곳에서 얼마나 즐겁게 지냈는지를 기억하는지, 그곳에 다시 가고 싶지 않은지를 물었다. 「가든코트를 다시 보고 싶지 않으세요? 가든코트는 실로 매우 아름다운 곳입니다. 터치트가 관리를 잘하지는 않았지만, 그곳은 그냥 내버려 두어도 아름다움이 손상되지 않을 곳이지요. 터치트를 방문하러 오시는 것이 어떻습니까? 그가 틀림없이 초대를 했겠지요. 두 분을 초대하지 않았다고요? 정말이지 예의를 차릴 줄 모르는 한심한 친구로군!」 그런 다음에 워버턴 경은 가든코트의 주인에게 틀림없이 한 마디 해두겠다고 말했다. 「초대를 하지 않은 것은 물론 터치트가 우연히 잊어버렸기 때문일 테고, 두 분과 함께 지내면 무척 기뻐할 겁니다. 터치트와 한 달을 보내고 저의 집에서 한 달을 머무시면서 그 지역의 알아 둘 만한 사람들을 만나 보시면 그곳에서 체류하는 것도 그리 나쁘지 않다는 것을 아시게 될 겁니다. 워버턴 경은 오즈먼드 양도 그 여행을 즐거워할 거라고 덧붙였다. 그녀는 영국에 가본 적이 없다고 하더군요. 그래서 영국은 그녀가 구경할 만한 나라라고 장담한 적이 있습니다. 물론 그녀가 남자들의 찬사를 받으러 영국에까지 갈 필요는 없습니다. 어디서나 찬사를 받을 테니까요. 하지만 영국에 간다면 엄청난 찬사를 받으며 인기를 누릴 겁니다. 혹시라도 그런 동기로 영국에 가도록 설득할 수 있다면 말이지요.」 그는 그녀가 집에 있지 않은지를 물었다. 「작별 인사를 할 수 없을까요? 작별 인사를 좋아하는 것은 아닙니다. 작별 인사를 늘 피하는 편이지요. 전에 영국에서 떠나올 때 누구에게도 작별 인사를 하지 않았습니다. 이번에 로마를 떠나면서도 마지막 작별 인사를 한다고 오즈먼드 부인을 성가시게 하지 않고 그냥 떠날 마음도 있었지요. 마지막 만남보다 더 울적한 것이 어디 있겠습니까? 하고 싶었던 말은 하나도 하지 못하고, 한 시간이 지난 다음에야 기억이 나기 마련이지요. 그 반면에 대개 해서는 안 될 이야기를 많이 하게 됩니다. 무언가 말을 해야 한다는 느낌 때문이지요. 그런 느낌 때문에 마음이 어수선해지고 정신이 혼란스러워집니다. 제가 지금 그런 상태이고, 그런 느낌이 제게 미친 결과가 이렇습니다. 오즈먼드 부인께서 제 말이 적절하지 않다고 생각하신다면, 제가 흥분했기 때문이라고 생각해 주시기 바랍니다. 오즈먼드 부인과 헤어지는 것은 결코 마음 편한 일이 아니니까요. 저는 떠나게 되어 몹시 유감입니다. 이렇게 방문하지 말고 부인께 편지를 드릴까도 생각했습니다. 어떻든 부인께 편지를 드려서 이 집을 나서자마자 틀림없이 떠오를 생각들을 알려 드리겠습니다. 두 분께서 로클리를 방문하시는 것을 진지하게 생각해 보시기 바랍니다.」

그가 방문했을 때의 상황이나 영국으로 돌아간다는 소식을 알리는 데 어딘가 부자연스러운 점이 있었더라도 그것은 겉으로 드러나지 않았다. 워버턴 경은 자신이 흥분한 상태라고 말했지만 다른 면에서는 그런 점이 전혀 드러나지 않았다. 이사벨은 그가 물러나기로 결심했고 그 결심을 용감하게 실행에 옮길 수 있다는 것을 알아차렸다. 그를 위해서 그녀는 큰 기쁨을 느꼈다. 그녀는 그가 추진력 있게 밀고 나가는 듯이 보이기를 바랄 정도로 그를 무척 좋아했다. 그는 어떤 경우라도 그렇게 할 것이다. 건방진 성격에서가 아니라 지속적인 성취의 습관으로 그렇게 할 것이다. 이런 재능을 좌절시키는 것은 남편의 능력 밖의 일이라고 이사벨은 느꼈다. 그곳에 앉아서 그녀의 마음은 여러 가지 복합적인 일을 수행하고 있었다. 한편으로는 방문객의 말에 귀를 기울이며 적절한 대답을 했고 그의 말에 숨어 있는 의미를 어느 정도 이해했으며 그녀가 혼자 있었더라면 그가 어떤 말을 했을지 궁금해했다. 다른 한편으로는 오즈먼드의 감정을 속속들이 의식하고 있었다. 남편에 대해서 동정심이 일어날 정도였다. 그는 실패의 날카로운 고통을 맛볼 수밖에 없었지만 저주를 퍼부으며 마음을 풀 수도 없었다. 그가 품었던 큰 희망이 이제 연기 사이로 사라지는 것을 보면서도 어쩔 수 없이 가만히 앉아서 미소를 지으면서 엄지손가락들을 비벼 댈 수밖에 없었다. 그가 밝은 미소를 지으려고 애를 쓴 것은 아니었다. 그는 대체로 그와 같은 영리한 사람이 아주 잘 지을 수 있는 무표정한 얼굴로 손님을 대했다. 체면이 조금도 깎이지 않은 듯이 표정 관리를 잘할 수 있다는 것은 실로 오즈먼드의 영리함을 드러내는 한 부분이었다. 그렇지만 현재 그의 표정이 실망감을 고백하는 것은 아니었다. 그것은 오즈먼드가 실제로 관심을 집중할수록 그에 비례해서 더욱 무관심한 표정을 띠는 습관의 한 부분이었을 뿐이었다. 그는 처음부터 이 상품에 온 관심을 쏟아 왔다. 하지만 그 열망 때문에 그의 섬세한 얼굴이 생기를 띤 적은 한 번도 없었다. 그는 사위가 될지도 모를 그 사람을 다른 사람들과 똑같이 대해 왔다. 이미 모든 것을 너무나 풍부하고 완벽하게 갖추고 있는 길버트 오즈먼드 같은 사람에게 조금이라도 이익이 되어서가 아니라 오로지 그 상대방의 이익을 위해서 선심 쓰듯 관심을 베풀어 주는 태도였다. 이제 이익을 얻을 전망이 사라져 버리자 속으로 분노가 들끓었어도 그는 그 분노를 약간이나마 교묘하게라도 전혀 드러내지 않을 것이다. 이사벨은 그 점을 확신할 수 있었다. 그 점에서 그녀가 조금이라도 만족감을 느낄 수 있는지는 모르지만. 그런데 이상하게도, 무척 희한하게도, 그것은 만족감을 주었다. 그녀는 워버턴 경이 남편 앞에서 승리를 거두기를 바랐다. 그러면서도 동시에 남편이 워버턴 경 앞에서 우월해 보이기를 바랐다. 오즈먼드는 자기 나름의 방식으로 경탄을 자아낼 만하게 처신했다. 그는 그 손님과 마찬가지로 몸에 익힌 습관 덕분에 득을 보았다. 그 것은 성취의 습관은 아니었지만 그 못지않게 유용한 것으로서, 즉 아무것도 하지 않는 습관이었다. 등을 의자에 기대고 앉아서 상대방의 친절한 초대와 감춰진 설명에 그저 건성으로 — 워버턴 경이 기본적으로 아내에게 건넨 말이라고 생각하는 것이 너무나 당연한 듯이 — 귀를 기울이고 있을 때, 그는 자신이 매우 교묘하게도 그 일에 직접 개입한 적이 없었으며 이제 자기 얼굴에 떠올릴 수 있는 무관심한 표정은 일관성의 아름다움을 더해 준다고 생각하면서 적어도 그것으로 위안을(그 외에는 남은 위안이 거의 없었으므로) 삼았다. 작별 인사를 하러 온 사람이 떠나든지 말든지 그 일이 자신과 아무 관계도 없다는 듯이 태연하게 보일 수 있다는 것은 대단한 일이었다. 그 방문객은 분명히 잘 처신했다. 하지만 오즈먼드의 연기는 그 성격상 더 완벽했다. 워버턴 경의 입장은 결국 그리 어려울 것이 없었다. 그가 로마를 떠나지 않아야 할 이유는 전혀 없었다. 그는 너그러운 의도를 품었지만 그것이 결실 단계에 이르지 못한 것이었다. 그는 약속을 한 적이 없었으므로 그의 명예가 손상된 것도 아니었다. 영국의 자기 집에 와서 머물러 달라는 초대와 그들이 방문하면 팬지가 인기를 누릴 거라는 그의 암시에 오즈먼드는 그저 적절한 관심을 느끼는 듯이 보였다. 그는 고맙다고 중얼거렸지만, 그 문제는 진지하게 고려해 보아야 할 일이라고 말하도록 이사벨에게 맡겨 두었다. 이 말을 하는 동안에도 이사벨은 자기 남편의 마음속에 갑자기 펼쳐진 멋진 장관을 볼 수 있었다. 그 한가운데를 팬지의 작은 몸이 당당하게 걸어가고 있었다.

워버턴 경은 팬지에게 작별 인사를 하게 해달라고 부탁했지만 이사벨이나 오즈먼드 두 사람 모두 그녀를 불러오려는 몸짓을 하지 않았다. 그는 금방 돌아갈 듯한 분위기를 풍겼고, 모자를 손에 들고 잠시만 머물 듯이 작은 의자에 앉아 있었다. 그러나 그가 금방 돌아간 것은 아니었다. 이사벨은 그가 무엇을 기다리고 있는지 궁금했다. 팬지를 만나 보려는 것은 아니라고 그녀는 믿었다. 전체적으로 봐서 그는 팬지를 만나지 않는 편을 더 좋아할 것 같았다. 그는 물론 그녀와 단둘이 있으려는 것이었다. 그녀에게 할 말이 있는 것이다. 이사벨은 그의 말을 그다지 듣고 싶지 않았다. 그가 설명을 할까 봐 걱정이 되었고, 그녀는 설명을 듣지 않아도 괜찮았기 때문이다. 하지만 오즈먼드는 그처럼 자주 찾아오던 손님이니 안주인에게 마지막 인사를 하고 싶을 거라는 생각을 떠올린 양식 있는 남편처럼 곧 자리에서 일어났다. 「만찬 전에 써야 할 편지가 있습니다.」 그가 말했다. 「그만 실례해야겠어요. 내 딸이 한가한지 알아보고 시간이 있으면 당신이 와 계신다고 알려 주겠어요. 로마에 들르시면 물론 언제라도 우리 집을 찾아 주시겠지요. 오즈먼드 부인이 영국 방문에 대해서 말씀드릴 겁니다. 그런 일은 모두 아내가 결정하거든요.」

이 짧은 말을 끝내면서 그가 악수를 청하는 대신 고개를 끄덕인 것은 작별 인사치고는 빈약했다. 그러나 그런 태도가 이 경우에는 대체로 적절한 것이었다. 남편이 방을 나선 다음에 이사벨은 워버턴 경이 〈당신 남편께서 무척 화가 나셨군요〉라고 말할 이유가 없으리라고 생각했다. 그렇게 말했더라면 그녀는 극히 불쾌했을 것이다. 그가 그렇게 말했더라면 그녀는 이렇게 대답했을 것이다. 〈아, 걱정 마세요. 그는 당신을 미워하는 것이 아니거든요. 그가 미워하는 사람은 바로 저니까요!〉

두 사람만 남았을 때에야 비로소 그는 약간 어색한 태도를 드러내며 다른 의자에 앉아서는 가까이에 있는 물건들 두세 가지를 만지작거렸다. 「남편께서 오즈먼드 양을 내려오게 해주시면 좋겠어요.」 그는 곧 말했다. 「그녀를 무척 보고 싶거든요.」

「이번이 마지막 만남이라서 기뻐요.」 이사벨이 말했다.

「나도 그렇습니다. 그녀는 나를 좋아하지 않아요.」

「네, 당신을 좋아하지 않습니다.」

「놀라운 일도 아니지요.」 그가 대답했다. 그러고는 난데없이 다른 이야기를 덧붙였다. 「당신은 영국에 오시겠지요?」

「가지 않는 편이 더 나을 것 같아요.」

「아, 우리 집을 방문해 주기로 약속하셨잖아요. 로클리에 한번 오기로 하셨던 것을 기억하지 못하세요? 결국 오시지 않았지요.」

「그 이후로 모든 것이 변했어요.」 이사벨이 말했다.

「분명 더 나쁜 쪽으로 변한 것은 아닙니다. 우리와 관련해서는. 당신을 내 집에서 볼 수 있다면.」 ─ 그는 잠시 동안 좀처럼 입을 열지 못했다 ─ 「대단히 흐뭇할 겁니다.」

그녀는 그가 자기 의도에 대해서 설명하리라고 염려했지만, 설명이라고 할 만한 말은 이것밖에 없었다. 그들은 랠프에 대한 이야기를 조금 나누었다. 곧 팬지가 이미 만찬을 위해 옷을 차려입고 양쪽 뺨이 약간 상기된 상태로 들어섰다. 그녀는 워버턴 경과 악수를 나누었고 굳은 미소를 띠며 그의 얼굴을 올려다보았다. 워버턴 경은 아마 알지 못했겠지만 그 미소는 울음을 터뜨리려는 것에 가깝다는 것을 이사벨은 알고 있었다.

「나는 떠날 거예요.」 그가 말했다. 「작별 인사를 하고 싶어요.」

「안녕히 가세요, 워버턴 경.」 그녀의 목소리는 겉으로 드러날 만큼 떨리고 있었다.

「그리고 아가씨가 매우 행복하기를 진심으로 바란다는 말을 하고 싶어요.」

「감사합니다, 워버턴 경.」 팬지가 대답했다.

그는 잠시 머뭇거리다가 이사벨을 흘끗 바라보았다. 「당신은 무척 행복할 거예요. 당신에게는 수호천사가 있으니.」

「저도 행복할 거라고 믿어요.」 팬지는 늘 유쾌한 것을 확신하는 사람의 목소리로 말했다.

「그런 확신은 당신에게 큰 도움이 될 겁니다. 하지만 혹시라도 그 확신이 도움이 되지 않는다면, 기억해 줘요 — 기억해 줘요 —」 그는 약간 말을 더듬었다. 「나를 때로 생각해 줘요!」 그는 애매한 웃음을 지으며 말했다. 그런 다음에 그는 말없이 이사벨과 악수했고 곧 방을 나섰다.

그가 떠난 후 이사벨은 의붓딸이 눈물을 터뜨릴 거라고 생각했지만 팬지는 전혀 다른 방식으로 그녀를 대했다.

「새엄마는 정말로 제 수호천사라고 생각해요!」 팬지가 매우 다정하게 소리쳤다.

이사벨은 고개를 가로저었다. 「나는 어떤 천사도 아니야. 기껏해야 네 좋은 친구겠지.」

「그럼 새엄마는 아주 좋은 친구예요. 아빠에게 나를 다정하게 대해 주라고 부탁하시고.」

「아버지께 아무 부탁도 드린 적이 없는데.」 이사벨은 의아하게 생각하며 말했다.

「아빠가 제게 방금 응접실로 오라고 하셔서 아주 다정하게 키스를 해주셨어요.」

「아,」 이사벨이 말했다. 「그건 전적으로 아버지께서 혼자 생각하신 일이야!」

이사벨은 남편의 생각을 속속들이 알 수 있었다. 그것은 과연 그 사람다운 생각이었고, 그녀는 앞으로도 그런 일을 무척 많이 목격하게 될 것이다. 그는 심지어 팬지와의 관계에서도 잘못을 조금도 자신의 탓으로 돌릴 수 없었던 것이다. 그들은 그날 다른 집의 만찬에 초대받았고 만찬이 끝난 후 또 다른 곳에서 대접을 받았으므로 이사벨은 밤늦게야 남편과 단둘이 있을 수 있었다. 팬지가 자러 가기 전에 그에게 입을 맞추었을 때 그는 평소보다 더 다정하게 딸을 안아주었다. 그런 태도로 자기 딸이 계모의 음모 때문에 상처를 받았음을 암시하고 있는 것인지 이사벨은 의아했다. 어떻든 그것은 그가 아내에게 계속 기대하고 있는 것을 표현하는 한 가지 방법이었다. 그녀는 팬지를 따라서 방을 나가려고 했지만 그는 그녀가 남아 있기를 바란다고 말했다. 그녀에게 할 말이 있다는 것이었다. 그런 다음 그가 응접실을 조금 서성이는 동안 그녀는 외투를 입은 채 서서 기다렸다.

「나는 당신이 무엇을 하려는지 모르겠소.」그가 곧 말했다. 「그걸 알고 싶소. 그래야 내가 어떻게 행동할 것인지를 알 수 있을 테니.」

「지금 나는 잠자리에 들고 싶어요. 무척 피곤하니까.」

「앉아서 쉬어요. 당신을 오래 붙잡지 않을 테니. 거기가 아니라 — 편안한 자리에 앉아요.」그는 크고 긴 소파에 그림처럼 혼란스럽게 흩어져 있던 쿠션들을 정리했다. 하지만 그녀는 그곳에 앉지 않고 가장 가까이 있던 의자에 털썩 주저앉았다. 난롯불은 이미 꺼졌고, 그 큰 방에는 촛불도 몇 개 되지 않았다. 그녀는 외투를 당겨 몸을 감쌌다. 온몸에 무시무시하게도 냉기가 돌았다. 「당신은 나를 창피하게 하려고 애쓰고 있지.」오즈먼드가 말을 이었다. 「그건 말할 나위 없이 얼빠진 일이오.」

「당신이 무슨 말을 하고 있는지 전혀 모르겠군요.」그녀가 대답했다.

「당신은 아주 교활한 속임수를 썼지. 그것을 멋지게 해냈고.」

「내가 해낸 일이 무엇인데요?」

「하지만 당신이 그것을 완전히 끝낸 건 아니야. 그 사람을 다시 보게 될 테니까.」그는 그녀 앞에서 걸음을 멈추고 양손을 호주머니에 넣은 채 평소와 같은 시선으로 생각에 잠겨 그녀를 내려다보았다. 그 시선에는 그녀가 사고의 대상이 아니라 사고의 불쾌한 부산물에 불과하다는 것을 알려 주려는 의도가 담겨 있는 것 같았다.

「워버턴 경이 돌아올 의무가 있다고 생각하신다면, 그 생각은 잘못이에요.」이사벨이 말했다. 「그는 돌아올 의무가 전혀 없어요.」

「내가 불만스럽게 생각하는 점이 바로 그거요. 하지만 그가 돌아올 거라고 했을 때 그가 의무감에서 돌아올 거라는 뜻은 아니오.」

「그가 돌아와야 할 다른 이유도 전혀 없어요. 그는 로마를 속속들이 다 보았을 테니까요.」

「아, 그건 천박한 판단이오. 로마는 무궁무진한 곳이니까.」 그리고 오즈먼드는 다시 방 안을 서성이기 시작했다. 「하지만 그 일에 대해서 어쩌면 서둘 필요가 없겠지.」 그가 덧붙였다. 「우리더러 영국에 오라는 제안은 꽤 괜찮았소. 그곳에서 당신 사촌을 만날 걱정만 없다면, 당신을 설득할 텐데.」

「아마 당신은 사촌 오빠를 만날 수 없을 거예요.」 이사벨이 말했다.

「그 점을 확신할 수 있다면 좋겠소. 그렇지만 확신할 수 있게 되겠지. 하지만 그의 집은 보고 싶소. 당신이 예전에 그 집에 대한 이야기를 아주 많이 했지. 그 집의 이름이 뭐라고? 가든코트. 매력적인 집이겠지. 그런 데다, 알다시피, 나는 당신 이모부의 영전에 경의를 바치고 있소. 당신 덕분에 그분을 아주 좋아하게 되었지. 그분이 사시다가 돌아가신 곳을 보고 싶소. 실로 이것은 사소한 일이고. 당신 친구의 말이 맞았소. 팬지는 영국을 봐야 해.」

「틀림없이 그 애는 그곳을 좋아할 거예요.」 이사벨이 말했다.

「하지만 앞으로도 긴 시간이 남아 있지. 내년 가을은 아직도 한참 기다려야 하니까.」 오즈먼드가 말을 이었다. 「그리고 그동안에 우리가 관심을 기울여야 할 더 가까운 문제들이 있소. 당신은 내가 매우 오만하다고 생각하고 있소?」

「매우 이상하다고 생각해요.」

「당신은 나를 이해하지 못하고 있소.」

「그래요. 당신이 나를 모욕할 때도 이해하지 못해요.」

「당신을 모욕하는 게 아니오. 나는 그런 일은 할 수 없으니까. 다만 어떤 사실들을 말할 뿐이지. 그런 암시가 당신에게 모욕이 된다면, 그건 내 잘못이 아니지. 당신이 이 문제를 전적으로 당신 손 안에 쥐고 있었다는 건 분명한 사실이오.」

「워버턴 경 이야기로 돌아가는 건가요?」 이사벨이 물었다. 「그 사람 이름만 들어도 지긋지긋해요.」

「우리가 이 문제를 해결하기 전에는 그 이름을 계속 듣게 될 거요.」

그녀는 남편이 자기를 모욕한다고 말했다. 그런데 갑자기 모욕을 당하는 것이 전혀 고통스럽지 않다는 느낌이 들었다. 그는 형편없이 추락하고 있었고 — 점점 더 떨어지고 있었다. 그가 그렇게 추락하는 것을 보게 되자 현기증이 날 정도였다. 그것이 유일한 고통이었다. 그는 너무나 낯설었고, 너무나 달랐다. 그는 그녀의 마음에 와 닿지 않았다. 그래도 그의 병적인 열정은 특이하게 작용하고 있었고, 그녀는 그가 어떤 식으로 자기를 정당화하고 있는지 궁금해졌다. 「당신이 내게 할 말 중에 들을 만한 가치가 있는 것은 전혀 없다고 판단하고 있어요.」 그녀는 곧 대답했다. 「하지만 내 판단이 잘못되었을 거예요. 들을 만한 가치가 있는 것이 한 가지 있으니까요. 당신이 나에 대해서 비난하는 것이 무엇인지 말이에요. 아주 명료한 말로 알 수 있도록요.」

「팬지가 워버턴과 결혼하는 것을 방해했다는 점이오. 이렇게 말하면 대단히 명료한 거요?」

「오히려 나는 그 결혼에 큰 관심을 기울였어요. 당신에게 그렇게 말했고, 당신이 나에게 의지한다고 말했을 때 — 당신이 그렇게 말했다고 생각해요 — 나는 그 의무를 받아들였어요. 그렇게 한 것은 바보 같은 짓이었지만, 그렇게 했어요.」

「당신은 하는 척을 했을 뿐이지. 그리고 내가 당신을 더 믿을 수 있게 하려고 당신은 내키지 않는 척까지 했소. 그러고 나서는 교묘한 재주를 부려서 그를 쫓아 버린 거지.」

「당신 말이 무슨 뜻인지 알 것 같아요.」 이사벨이 말했다.

「그가 썼다고 당신이 말했던 그 편지는 어디 있소?」 남편이 물었다.

「나는 몰라요. 그에게 물어보지 않았어요.」

「당신이 중간에 끼어서 그 편지를 보내지 못하게 가로막은 거야.」 오즈먼드가 말했다.

이사벨은 천천히 일어섰다. 발끝까지 내려오는 흰 외투를 입고 거기 서 있는 그녀는 연민의 천사와 친사촌간인 경멸의 천사를 상징할 수도 있었을 것이다. 「오, 길버트, 너무나 훌륭했던 사람이 —!」 그녀는 천천히 중얼거리며 탄식했다.

「당신만큼 훌륭했던 적은 없었소. 당신은 당신이 원하는 대로 모든 일을 처리했어. 겉으로는 그렇게 보이지 않으면서도 실제로는 그를 쫓아냈고, 나를 당신이 바라던 궁지에 빠뜨렸지. 자기 딸을 귀족에게 시집보내려고 애쓰다가 괴상하게 실패한 남자로 만든 거야.」

「팬지는 그를 좋아하지 않아요. 그 애는 그가 떠난 것을 아주 기뻐하고 있어요.」 이사벨이 말했다.

「그건 그 문제와 아무 상관없소.」

「그리고 그는 팬지를 좋아하지 않아요.」

「그건 말이 되지 않지. 그가 팬지를 좋아한다고 내게 말한 것은 당신이었으니까. 당신이 왜 이런 특이한 만족감을 얻으려 했는지 모르겠군.」 오즈먼드가 말을 이었다. 「다른 만족감을 얻을 수도 있었을 텐데 말이야. 내 생각에 내가 주제넘게 바랐다든가 너무 지나친 것을 당연하게 여긴 적은 없었소. 나는 이 문제에 있어서 매우 겸손했고, 아주 조용히 있었을 뿐이니까. 그 생각을 내가 해낸 것도 아니었어. 내가 그런 생각을 하기도 전에 그가 팬지를 좋아하는 모습을 보여 주기 시작했거든. 나는 그 일을 전부 당신에게 맡겼소.」

「그래요, 당신은 그 일을 내게 맡기면서 무척 즐거워했어요. 앞으로 그런 일은 당신이 직접 관심을 기울여야 해요.」

그는 그녀를 잠시 바라보았고 그러고는 고개를 돌렸다. 「나는 당신이 내 딸을 무척 좋아하는 줄 알았소.」

「오늘처럼 좋아한 적은 없었어요.」

「당신의 애정에는 엄청난 한계가 있소. 하지만, 어쩌면 그게 당연한 일이겠지.」

「당신이 내게 하고 싶은 말은 이제 끝났나요?」 이사벨은 탁자에 있던 촛불을 들면서 물었다.

「이제 마음이 흡족하겠군? 내 실망에 충분히 만족했소?」

「전체적으로 보아 당신이 실망했다고는 생각하지 않아요. 당신은 내 넋을 빼놓을 기회를 또 얻었으니까요.」

「그게 아니오. 이 일로 팬지가 목표를 높이 잡을 수 있다는 것이 입증되었소.」

「가엾은 팬지!」 이사벨은 이렇게 말하며 촛불을 들고 돌아섰다.

제47장

이사벨은 헨리에타 스택폴에게서 캐스퍼 굿우드가 로마에 왔다는 이야기를 들었다. 그가 로마에 온 것은 워버턴 경이 출발한 지 사흘째 되는 날이었다. 워버턴 경이 출발하기 얼마 전에 이사벨에게 약간 중요한 사건이 일어났다. 마담 멀이 로마를 떠나서 포실리포에 빌라를 갖고 있는 친구와 얼마간 함께 지내려고 나폴리로 간 것이다. 마담 멀은 이사벨의 행복에 도움을 주지 못했고, 이사벨은 세상에서 가장 분별력이 뛰어난 이 여자가 혹시 가장 위험한 인물이 아닐까 하는 의구심이 들었다. 때로 밤에 그녀는 이상한 환상을 떠올리곤 했다. 그녀의 남편과 그녀의 친구 — 그의 친구이기도 한 — 가 형체를 구별할 수 없이 결합되어 있는 흐릿한 환상이 보이는 것 같았다. 그녀와의 관계가 완전히 끝난 것이 아니라는 느낌이 들었다. 그 숙녀는 뭔가를 감추고 있었다. 이사벨은 그녀가 숨기고 있는, 포착하기 어려운 것을 잡아 보려고 상상력을 적극적으로 발휘했으나 이따금 이름 붙일 수 없는 두려움 때문에 억제되곤 했다. 그래서 그 매력적인 부인이 로마를 떠났을 때 이사벨은 잠시 휴식을 얻었다는 느낌마저 들었다. 그녀는 캐스퍼 굿우드가 유럽에 있다는 것을 이미 스택폴 양에게서 들은 바 있었다. 헨리에타가 그를 파리에서 만난 직후에 이사벨에게 편지를 보내어 그 사실을 알려 주었던 것이다. 굿우드 자신은 이사벨에게 편지를 보내지 않았으므로, 그가 유럽에 있더라도 자신을 만나고 싶어 하지 않을 수도 있겠다고 그녀는 생각했다. 결혼 전에 마지막으로 만났을 때 그 만남은 완전한 결렬의 성격을 띠었더랬다. 그녀의 기억이 틀리지 않다면, 그때 그는 그녀를 마지막으로 보고 싶다고 말했다. 그 이후로 그녀에게 그는 결혼 전부터 알았던 사람들 중에서 가장 껄끄러운 사람이었고, 사실 영원한 고통과 결부된 유일한 사람이었다. 그날 아침에 그는 불필요한 충격을 남기고 그녀를 떠났던 것이다. 마치 훤한 대낮에 두 척의 배가 충돌한 것 같았다. 그 충돌을 설명할 수 있도록 안개가 끼어 있었던 것도 아니고, 숨겨진 해류가 있었던 것도 아니었다. 그녀 자신은 그저 빈틈없이 키를 조종하기를 바랐을 뿐이다. 하지만 그녀가 키를 잡고 있는 동안에 그는 그녀의 뱃머리에 와서 부딪쳤고 — 이 비유를 완결하자면 — 더 가벼운 배를 뒤틀어 놓았다. 아직도 이따금 희미하게 삐걱거리는 소리가 들리면서 그때 받았던 충격을 드러냈다. 그를 만나는 것은 무시무시한 일이었다. 그 사람이야말로 그녀가 이제껏 살아오면서 해를 입힌 바 있는 유일한(그녀가 믿기로는) 사람이었기 때문이다. 그는 자신이 권리를 누리지 못했다고 그녀에게 주장할 수 있는 유일한 사람이었다. 그녀는 그를 불행하게 만들었고, 이는 그녀로서는 어쩔 수 없는 일이었다. 그리고 그의 불행은 엄연한 현실이었다. 그가 떠난 후에 그녀는 격렬한 울음을 터뜨렸지만, 무엇 때문에 울었는지도 알 수 없었다. 그것은 그에게 배려가 부족했기 때문이라고 생각하려 했다. 그녀가 너무나 완벽한 최고의 행복을 느끼고 있던 순간에 그는 불행한 자기의 모습을 그녀에게 들이밀었던 것이다. 그는 밝게 빛나는 그 순수한 빛을 꺼뜨리려고 최선을 다했다. 그가 폭력적이었던 것은 아니었지만, 그 장면은 폭력적인 인상을 남겼다. 어떻든 어딘가, 무엇엔가 폭력적인 것이 있었다. 어쩌면 그 폭력이란 그저 그녀 스스로가 발작적으로 울어 버린 일과 그 후 삼사일간 지속된 비슷한 감정에 깃들어 있었던 것인지도 모른다.

굿우드의 마지막 호소가 그녀의 마음에 미친 영향은 곧 사라져 버렸다. 결혼 첫해 내내 그가 속한 장(章)은 그녀의 책에서 완전히 떨어져 나갔다. 그는 참고해 주어도 고마워하지 않는 제목이었다. 자기 때문에 고통을 느끼며 우울해하고 있는 사람, 하지만 그 고통을 덜어 줄 길이 없는 사람을 생각해야 한다는 것은 불쾌하기 짝이 없는 일이었다. 그녀가 워버턴 경에 대해서 그랬듯이 굿우드의 고집을 약간이라도 의심할 수 있었다면 사정이 달랐을 것이다. 불행하게도 그의 고집스러운 태도는 의심의 여지가 없었고, 이처럼 공격적이고 비타협적으로 보이기 때문에 그의 태도는 반감을 일으켰다. 그녀는 영국인 구혼자에 대해서 그랬듯이, 여기 이 사람은 고통을 겪으면서 그 보상을 받았다고 말할 수 없었다. 굿우드 씨에게 보상이 될 만한 것이 있으리라고 믿을 수도 없었고, 그것을 중요하게 생각하지도 않았다. 면화 방적 공장은 그 어떤 보상도 될 수 없었다. 적어도 이사벨 아처와 결혼하지 못한 것에 대한 보상은 되지 않았다. 하지만 그 외에 그가 무엇을 가지고 있는지 — 물론 그의 고유한 자질을 제외하고 — 그녀는 거의 아는 바가 없었다. 아, 그는 내면이 단단하게 갖춰진 사람이기 때문에 인위적인 도움을 찾을 거라고는 생각할 수 없었다. 만일 그가 사업을 확장했다면 — 그녀가 아는 바로는, 그가 노력을 기울일 수 있는 단 한 가지 일은 그것이었다 — 그것이 진취적인 일이라든가 아니면 사업에 유리하기 때문이지, 그 일을 통해서 과거를 덮어 버리기를 바랐기 때문은 아니었다. 이러한 이유로 해서 그의 형상은 살풍경하고 황량한 모습을 띠었고, 그래서 이따금 기억을 떠올리거나 불안한 마음으로 그의 모습을 떠올리면 특이한 충격이 느껴지곤 했다. 그 모습에는 고도로 문명화된 사회에서 사람들 사이의 날카로운 접촉을 감싸서 충격을 줄여 주는 사교적 휘장이 결핍되어 있었다. 더욱이 그가 철저히 침묵을 지키고 있다는 점, 그에게서 소식을 들은 적이 없고 그에 대한 이야기도 거의 들은 적이 없다는 사실 때문에 그가 외롭게 지내고 있다는 인상은 더욱 깊어졌다. 그녀는 이따금 릴리 언니에게 그에 관한 소식을 물어보았지만, 릴리는 보스턴에 대해서는 아무것도 몰랐다. 그녀의 상상력은 동쪽 매디슨 가에 한정되어 있었다. 시간이 지나면서 이사벨은 그에 대한 생각을 더 자주 하게 되었고 마음속의 규제도 점점 줄어들었다. 그에게 편지를 써볼까 하는 생각도 한 번 이상 해봤다. 그녀는 남편에게 그에 대해 말한 적이 전혀 없었고, 그가 피렌체로 그녀를 찾아왔던 일도 오즈먼드에게 알려 주지 않았다. 그 초기에 침묵을 지켰던 것은 오즈먼드에 대한 신뢰가 부족했기 때문이 아니었고 다만 그 젊은이의 실망은 그녀의 비밀이 아니라 그의 비밀이라고 생각했기 때문이었다. 그 비밀을 다른 사람에게 전하는 것은 잘못된 일이라고 그녀는 믿었고, 어떻든 굿우드 씨의 연애 사건이 길버트에게 흥미로울 리도 없었다. 막상 편지를 쓰려고 시도해 보았을 때 그녀는 한 줄도 쓰지 못했다. 그의 불만을 생각해 볼 때 그녀가 베풀 수 있는 최소한의 배려는 그를 그대로 내버려 두는 것이라고 여겨졌다. 그렇더라도 그녀는 어떤 식으로든 그에게 좀 더 가까이 다가갔더라면 즐거웠을 것이다. 그와 결혼할 수도 있었으리라는 생각을 한 번이라도 떠올렸던 것은 아니었다. 그녀의 실제 결혼 생활의 결과가 눈앞에 선명하게 드러난 다음에도, 아주 많은 상념에 빠지곤 했지만 그 특정한 생각이 뻔뻔스럽게도 떠오른 적은 없었다. 그러나 자기 자신이 곤경에 빠져 있음을 깨닫게 되었을 때, 관계를 바로잡고 싶었던 몇몇 사람들 중 한 명이 바로 굿우드였다. 이미 언급했듯이 그녀는 자신에게 닥친 불행이 자신의 결함 때문은 아니라는 것을 열렬히 느낄 필요가 있었다. 곧 죽을 가능성이 있는 것은 아니었지만 그래도 그녀는 세상과 화해하고 싶었고, 자신의 정신적 문제를 깨끗이 정리해 두고 싶었다. 캐스퍼와 청산할 문제가 아직 남아 있다는 생각이 이따금 떠올랐고, 이제는 그에게 전보다 더 편안한 조건으로 청산하고 싶었거나 또는 그렇게 할 수 있을 것 같았다. 하지만 그가 로마에 온다는 소식을 들었을 때는 두려움이 앞섰다. 그가 그녀의 혼란스러운 내면을 알아차린다면 — 그는 위조된 대차대조표나 그와 비슷한 것을 알아차리듯이 그 사실을 알아낼 터이므로 — 다른 누구보다도 그에게 더욱 불쾌한 일이 될 것이다. 그녀는 그가 자신의 모든 것을 그녀의 행복에 걸었다고 마음속 깊이 믿고 있었다. 반면에 다른 사람들은 일부만 걸었을 뿐이었다. 그녀는 그에게도 자신의 고충을 숨겨야만 한다. 하지만 그가 로마에 도착한 후에 그녀는 마음을 놓았다. 그가 도착한 지 며칠이 지났지만 그녀를 만나러 오지 않았던 것이다.

헨리에타 스택폴이 전혀 지체하지 않고 찾아왔으리라는 것은 충분히 예상할 수 있을 것이다. 이사벨은 친구와 어울리는 기쁨을 아낌없이 맛볼 수 있었다. 그녀는 친구와 어울리는 데 기꺼이 빠져들었다. 이제 그녀는 자신의 양심을 깨끗하게 정리하겠다고 결심했으므로, 헨리에타와 어울리면서 자신이 피상적인 인간이 아니었다는 것을 입증할 수 있었던 것이다. 더욱이 세월이 흐르면서, 헨리에타에 대해 이사벨만큼 큰 관심을 갖지 않았던 사람들이 익살스럽게 비판했던 그녀의 특이한 성격이 꺾이기보다는 더 풍부해졌기에 더욱 그러했다. 그 특성은 여전히 두드러져서 그녀에게 충실한 애정을 바치려는 행동이 일면 호기를 부리는 것처럼 보일 정도였다. 헨리에타는 예나 다름없이 예리하고 민첩하며 생기발랄했고, 여전히 말끔하고 화사하고 아름다웠다. 눈에 띄게 솔직한 그녀의 눈은 큰 유리창이 달린 기차역처럼 반짝였고 눈꺼풀도 깜박이지 않았다. 그녀의 옷은 예전처럼 빳빳하게 주름이 서 있고, 그녀의 의견은 전과 마찬가지로 미국에 대한 언급이 적지 않았다. 하지만 그녀가 조금도 변하지 않은 것은 아니었다. 이사벨은 그녀가 좀 모호해졌다는 생각이 들었다. 예전에 그녀는 모호한 적이 없었다. 여러 가지를 동시에 조사하기 시작할 때에 그녀는 빠지는 것 없이 전체를 다 다루면서도 각각에 대해서 집중할 수 있었다. 그녀의 행동은 모두 다 이유가 있었고, 동기도 꽤 많았다. 예전에 그녀가 유럽에 왔을 때는 유럽을 보고 싶기 때문이었다. 하지만 이미 유럽을 보았으므로 지금은 그런 구실이 없었다. 그녀는 몰락하는 문명을 조사해 보려는 욕구 때문에 이번 유럽 여행에 착수했다는 식의 말은 전혀 하지 않았다. 오히려 이번 여행에서 구세계에 많은 신세를 졌다는 느낌보다는 구세계에 대해서 독자적이라는 느낌을 표현하고 있었다. 「유럽에 오는 것은 아무것도 아니야.」 그녀가 이사벨에게 말했다. 「유럽에 오는 데 그렇게 많은 이유가 필요한 것 같지 않아. 고국에 머무는 것이 훨씬 의미 있는 일이지. 그것이 더 중요해.」 그러므로 그녀가 다시 로마 여행에 착수한 것은 뭔가 대단히 중요한 일을 하겠다는 생각이 있어서가 아니었다. 그녀는 이미 로마를 구경했고 세밀히 조사한 바 있었다. 그러므로 현재의 여행은 그저 그녀가 로마에 친숙하고 그곳에 대해 모두 잘 알고 있으며 어느 누구 못지않게 로마에 체류할 권리가 있다는 것을 보여 주는 것에 불과했다. 이런 구실은 다 그럴듯했고, 헨리에타는 침착하지 못했다. 그 점을 따져 보자면, 헨리에타는 침착하지 못할 권리도 갖고 있었다. 하지만 어떻든 간에 헨리에타가 로마를 찾아온 데는 로마를 그리 좋아하지 않는다는 것보다 훨씬 더 나은 이유가 있었다. 이사벨은 그 이유를 쉽게 알아차릴 수 있었고, 그와 동시에 그 친구의 충실한 애정의 가치를 깨달을 수 있었다. 그녀는 이사벨이 불행할 거라고 짐작했기 때문에 한겨울에 폭풍이 몰아치는 대양을 건너온 것이었다. 헨리에타는 많은 것을 짐작했지만 그것처럼 짐작이 딱 들어맞았던 적은 없었다. 이제 이사벨은 흐뭇하게 느낄 일이 거의 없었지만, 그럴 일이 많이 있었더라도 자신이 늘 헨리에타에 대해서 높이 평가했던 것이 옳았다는 점에서 그녀 나름의 특별한 기쁨을 느꼈을 것이다. 이사벨은 헨리에타의 많은 부분을 너그러운 마음으로 참아 주었고, 설령 그런 부분들을 다 감안해도 그녀는 매우 가치 있는 벗이라고 주장했더랬다. 그러나 이사벨이 즐겁게 느꼈던 것은 자신의 평가가 옳았다는 의기양양함 때문이 아니었다. 그것은 자신의 마음이 전혀 편하지 않다는 것을 이 막역한 친구에게 처음으로 고백하면서 느낀 홀가분함이었다. 헨리에타는 거의 뜸도 들이지 않고 이 문제에 접근했고, 이사벨의 면전에 대고 그녀가 비참한 생활을 하고 있다고 나무랐다. 헨리에타는 여자고, 자매와 다름없었다. 랠프도 아니고, 워버턴 경도 아니고, 캐스퍼 굿우드도 아니었다. 그렇기 때문에 이사벨은 속마음을 털어놓을 수 있었다.

「그래, 나는 비참하게 살고 있어.」 이사벨이 매우 부드럽게 말했다. 자신이 그런 말을 입에 담는 것이 싫었고, 그래서 될 수 있는 대로 공정하게 말하려고 애썼다.

「그 사람이 네게 어떤 짓을 하지?」 헨리에타는 돌팔이 의사의 수술에 대해서 물어보듯이 얼굴을 찡그리며 물었다.

「아무것도 하지 않아. 다만 나를 미워할 뿐이지.」

「그는 비위를 맞춰 주기 매우 어려운 사람이야!」 스택폴 양이 소리쳤다. 「왜 그 사람을 떠나지 않는 거니?」

「나는 그런 식으로 상황을 바꿀 수 없어.」 이사벨이 말했다.

「왜 못하겠다는 건지 알고 싶은데? 네가 실수를 했다는 고백은 하지 않겠지. 자존심이 너무 강하니까.」

「내가 자존심이 너무 강한지 어떤지는 모르겠어. 하지만 내 실수를 남들에게 널리 알리고 싶지는 않아. 그건 버젓한 행동이 아니라고 생각해. 차라리 죽는 편이 낫지.」

「네가 언제나 그렇게 생각하지는 않을 거야.」 헨리에타가 말했다.

「큰 불행이 닥치면 어떻게 생각하게 될지 모르지. 하지만 늘 수치스러운 마음일 거야. 사람은 자기가 한 행동을 받아들여야 해. 나는 온 세상 앞에서 그 사람과 결혼했어. 순전히 내 자유 의지로 선택했고. 그 무엇보다도 자발적인 행위였어. 그러니 그런 식으로 변할 수는 없어.」 이사벨이 반복해서 말했다.

「변하는 것이 불가능하다고 말하지만, 너는 달라졌어. 설마 네가 그 사람을 사랑한다고 말할 생각은 아니겠지.」

이 말에 이사벨은 잠시 생각했다. 「그래, 그를 사랑하지 않아. 네게 이렇게 말할 수 있는 것은 내가 비밀을 혼자 간직하는 데 지쳤기 때문이야. 하지만 이렇게 말하는 것으로 충분해. 지붕 꼭대기에 올라가서 큰 소리로 외칠 수는 없는 일이니까.」

헨리에타는 웃음을 터뜨렸다. 「네가 좀 지나치게 사려가 깊다고 생각하지 않니?」

「그 사람에 대해 사려가 깊은 건 아니야. 나 자신에 대해서 그렇지.」

길버트 오즈먼드가 스택폴 양을 환영하지 않은 것은 놀라운 일이 아니었다. 그의 아내에게 결혼의 굴레에서 벗어나라고 충고할 수 있는 아가씨에게 그가 본능적으로 반감을 느낀 것은 당연했다. 그녀가 로마에 도착했을 때 그는 이사벨에게 그 통신원 친구를 홀로 내버려 두기 바란다고 말했다. 이사벨은 그가 적어도 헨리에타 때문에 불편할 일은 없을 거라고 대답했다. 그리고 헨리에타에게는 오즈먼드가 그녀를 좋아하지 않기 때문에 만찬에 초대할 수 없다고 말했다. 그러나 그들은 다른 식으로 쉽게 만날 수 있었다. 이사벨은 자기의 거실에서 스택폴 양을 자유롭게 만났고 여러 차례 그녀와 함께 마차를 타고 드라이브를 나갔다. 팬지가 마차의 맞은편 좌석에서 얼굴이 맞닿을 정도로 몸을 앞으로 숙이고 그 유명한 여성 문인을 존경에 찬 눈으로 유심히 바라보았기에 헨리에타는 가끔 성가셔 했다. 오즈먼드 양은 다른 사람의 말을 죄다 기억하는 듯한 표정을 짓고 있다고 헨리에타는 이사벨에게 불평했다. 「나는 그런 식으로 기억되고 싶지 않아.」 스택폴 양이 말했다. 「내가 하는 말은 조간신문처럼 그 순간에만 관련된 것들이야. 네 의붓딸은 가만히 앉아서 묵은 신문들을 다 간직하고 있다가 언젠가는 내게 불리하게 그것들을 끄집어낼 것 같거든.」 헨리에타는 팬지에 대해서 긍정적으로 생각할 수 없었다. 팬지에게 진취적인 마음이나 대화를 끌어 가는 능력이나 개인적인 주장이 없다는 점이 스무 살이나 먹은 아가씨에게는 자연스럽지 못하고 기이한 일이라고 생각했던 것이다. 오래지 않아 이사벨은 자신이 헨리에타를 두둔하면서 그녀를 집에 받아들여 달라고 재촉하기를 남편이 바라고 있다는 것을 알았다. 그는 훌륭한 매너를 위해서 참아 주는 듯이 보이려는 속셈이었다. 그의 반대 의사를 그녀가 곧바로 받아들였기 때문에 그는 비난을 받을 처지에 놓이게 되었던 것이다. 실로 사람들에 대한 경멸을 드러낼 때 불리한 점들 중 하나는 공감을 보여 준다는 찬사를 동시에 받을 수 없다는 것이다. 오즈먼드는 자신의 평판에 집착했고, 그렇지만 자신의 반대 의견에도 집착했다. 이 모든 요소를 조화시키기란 어려운 일이었다. 가장 좋은 방법은 스택폴 양을 팔라초 로카네라에 초대해서 한두 번 정식으로 식사를 함께하는 것이었다. 그래서 그녀가 (겉으로는 늘 대단히 정중한 그의 태도에도 불구하고) 자신의 방문이 그에게는 전혀 즐겁지 않은 일이라는 것을 스스로 깨닫도록 하는 것이었다. 하지만 이런 속셈에 자기 아내와 그 아가씨 둘 다 비협조적이었으므로 오즈먼드가 할 수 있는 일은 뉴욕에서 온 이 아가씨가 떠나기를 바라는 것밖에 없었다. 그가 아내의 친구들에게서 조금도 만족감을 느낄 수 없었다는 것은 놀라운 일이었다. 그래서 그는 기회를 잡아 아내에게 주의를 주었다.

「당신은 분명 절친한 친구를 고르는 데 운이 없었소. 당신이 새로운 사람들을 사귀면 좋겠소.」 어느 날 아침에 그는 그 순간에 당면한 일과 전혀 상관없는 말을 꺼냈다. 하지만 깊은 사색 끝에 나온 듯한 어조였기에 그 말이 돌연히 사납게 튀어나왔다는 인상은 지워졌다. 「마치 당신은 나와 공통점이 전혀 없는 사람들을 고르려고 일부러 애를 쓴 것 같아. 당신의 사촌은 자부심만 가득한 바보라고 난 늘 생각했지. 게다가 그는 내가 아는 사람 중에 가장 못생긴 인간이야. 그런데 그에게 그런 말을 할 수 없으니 참을 수 없이 괴로운 노릇이거든. 그의 건강 때문에 어쩔 수 없이 인정을 베풀어 줘야하니까. 내게 보기에 그에게 제일 좋은 점은 병을 앓고 있다는 거요. 환자이기 때문에 다른 사람들이 누리지 못하는 특권을 누릴 수 있으니. 그가 정말로 중태라면 그것을 증명할 방법은 딱 한 가지뿐이지. 그런데 그는 그걸 증명할 생각이 없는 것 같단 말이야. 그 대단한 워버턴 경에 대해서도 그보다 더 낮게 평가할 수 없소. 그 사람에 대해서 생각해 보면,

그의 냉정하고 무례한 연기는 참으로 보기 드문 희귀한 것이었지! 그는 마치 아파트의 방을 보러 오듯이 남의 딸을 보러 왔단 말이야. 문의 손잡이도 돌려 보고 창밖을 내다보고 벽을 두드려 보기도 하면서 세를 들겠다고 생각하는 것 같지. 계약서를 작정해 주시겠습니까? 이렇게 말해 놓고는 방이 너무 작다고 생각한단 말이야. 3층에서는 살 수 없다든가, 피아노 노빌레[40]가 있는 곳을 찾아야겠다고 말하지. 그러고는 그 작은 아파트에서 한 달간 공짜로 살아 본 후에 그냥 가버린단 말이야. 하지만 당신이 찾아낸 사람들 중에서 가장 놀라운 인간은 스택폴 양이야. 그녀가 내게는 괴물처럼 보이거든. 온몸의 신경을 죄다 떨리게 만들어 놓지. 알다시피 나는 그녀가 여자라고 인정한 적이 한 번도 없소. 그녀가 무엇을 연상시키는지 알고 있소? 새 강철 펜을 연상시키지. 세상에서 가장 불쾌한 거야. 그녀가 말하는 것을 보면 꼭 강철 펜으로 글자를 쓰는 것 같거든. 그런데 그녀는 줄이 그어진 종이에 편지를 쓰지 않소? 그녀의 생각이나 동작, 걸음걸이, 표정, 이 모든 것이 그녀가 말하는 방식과 똑같아. 내가 그녀를 만나지 않는 한 그녀가 나에게 해를 끼칠 수 없다고 당신은 말할지 모르지. 그렇지만 그녀를 보지 않아도 그녀의 목소리가 들리거든. 하루 종일 그녀의 말을 듣는다고. 그 목소리가 내 귀를 휘감아서 떼어내 버릴 수가 없소. 나는 그녀가 뭐라고 말할지 정확히 알고 있고, 그녀가 말할 때의 어조와 억양을 다 알고 있소. 그녀는 나에 대해서 아주 매력적인 이야기를 할 테고 그것이 당신에게는 큰 위안을 주겠지.

40 이탈리아의 큰 저택에서 응접실이나 거실이 있는 주된 층.

그녀가 나에 대해서 말한다고 생각하면 기분이 영 좋지 않아. 마부가 내 모자를 쓰고 있다는 것을 알고 있을 때와 같은 기분이니까.」

그의 아내가 그에게 분명히 말했듯이, 헨리에타가 길버트 오즈먼드에 대해서 이야기하는 일은 그가 생각하는 것보다 훨씬 적었다. 헨리에타에게는 다른 얘깃거리가 아주 많았는데, 그 가운데 두 가지에 대해서 독자들은 특히 흥미롭다고 느낄 것이다. 그녀는 캐스퍼 굿우드가 이사벨이 행복하지 않다는 것을 스스로 알아냈다고 친구에게 알려 주었다. 하지만 실로 그가 로마에 왔으면서도 이사벨을 방문하지 않으면서 그녀에게 어떤 위안을 주려고 하는 것인지 헨리에타는 그 민첩한 머리로도 알 수 없었다. 그들은 거리에서 그와 두 번 마주쳤는데, 그는 그들을 알아본 것 같지 않았다. 그들은 마차를 타고 달리고 있었고 그는 마치 한 번에 한 가지 사물만 받아들이겠다고 결심한 사람처럼 습관적으로 자기 앞만 똑바로 쳐다보고 있었다. 이사벨은 그를 바로 전날 만났다는 생각이 들 지경이었다. 그들이 마지막으로 만났을 때 그는 바로 지금과 똑같은 얼굴과 걸음걸이로 터치트 부인의 집 문을 나섰음이 분명했다. 그는 그날 입었던 것과 똑같은 옷을 입었고, 이사벨은 그의 넥타이 색깔을 기억했다. 그러나 이처럼 낯익은 모습이었음에도 그의 형체에는 낯선 점도 있었고, 그렇기 때문에 그가 로마에 왔다는 사실이 다시금 무시무시하게 느껴졌다. 그는 전보다 키가 더 커 보였고 다른 사람들을 압도하는 것 같았다. 예전에도 그는 분명 상당히 큰 키였다. 그의 옆을 스친 사람들이 그를 돌아보는 것이 보였다. 하지만 그는 사람들의 머리 위로 2월의 하늘처럼 찌푸린 얼굴을 들고 곧바로 앞만 보고 걷고 있었다.

스택폴 양의 또 다른 화제는 이와 전혀 다른 것으로서 밴틀링 씨의 근황에 대한 것이었다. 그는 바로 전해에 미국을 방문했는데, 그녀는 무척 기쁘게도 그에게 많은 관심을 쏟을 수 있었다고 말했다. 그가 미국 여행을 얼마나 즐거워했는지는 모르지만 그래도 그녀는 그 여행이 그에게 도움이 되었다고 장담할 수 있었다. 그는 미국에 도착했을 때와 전혀 다른 사람이 되어 미국을 떠났다. 그 여행은 그의 눈을 뜨게 해줬고 영국만이 전부가 아니라는 사실을 깨닫게 해줬다. 그는 대개 어디를 가든지 무척 큰 호감을 받았고, 매우 소박하다는 평가를 받았다. 사람들이 일반적으로 생각하는 영국인들보다 훨씬 더 소박한 사람이라고 여겨졌다. 그가 가식적이라고 생각한 사람들도 있었다. 그의 소박한 태도가 가식적이라는 것인지 아닌지 그녀로서는 알 수 없었다. 그의 몇 가지 질문들은 너무나 실망스럽기도 했다. 그는 하녀들이 전부 농부의 딸이라고 생각했고, 아니면 농부의 딸들은 모두 하녀가 된다고 생각했다. 어느 쪽인지는 정확히 기억할 수 없다. 그는 미국의 위대한 교육 체계를 파악할 수 없는 것 같았다. 사실 그것은 그가 이해하기 어려운 문제였다. 전반적으로 그는 모든 것이 너무 많은 것처럼, 자신은 그저 작은 부분만 받아들일 수 있는 것처럼 처신했다. 그가 받아들일 수 있었던 부분은 호텔 체계와 선박 운항에 관한 것이었다. 그는 미국의 호텔에 실로 매료된 것 같았고, 들르는 호텔마다 사진을 찍었다. 그러나 그에게 가장 흥미로운 일은 강의 선박 운항이었다. 그는 오로지 큰 배를 타고 항해하고 싶어 했다. 그들은 뉴욕에서 밀워키까지 함께 여행했고 도중에 가장 흥미로운 도시들에 들렀다. 그들이 출발할 때마다 그는 기선을 타고 갈 수 있는지 알고 싶어 했다. 그는 지리에 대해서는 전혀 알지 못했다. 볼티모어가 서부의 도시라고 생각했고 미시시피 강에 도착하기를 늘 기대하고 있었다. 그는 미시시피 강 외에 미국의 다른 강에 대해서 들어 본 적이 없는 것 같았고, 허드슨 강이 있다는 것도 몰랐지만 나중에는 그것이 라인 강에 버금간다는 것을 인정해야 했다. 그들은 호화로운 특별 열차를 타고 즐거운 시간을 보냈고, 그는 늘 흑인에게 아이스크림을 주문했다. 그는 차에서 아이스크림을 먹을 수 있다는 것을 끊임없이 신기해했다. 물론 영국의 기차에서는 아이스크림을 사먹을 수 없고 부채나 사탕, 그 밖의 어떤 것도 살 수 없지만! 그는 미국의 더위가 완전히 진을 뺄 정도라는 것을 알았다. 그녀는 그가 경험한 최고의 더위일 거라고 그에게 말해 주었다. 그는 지금 영국에서 사냥을 하고 있었다. 헨리에타는 그것을 〈사냥 시합〉이라고 불렀다. 그런 오락은 과거 미국의 인디언들이 즐기던 놀이였다. 미국인들은 그런 오락, 사냥의 재미를 이미 오래전에 그만두었다. 영국 사람들은 대체로 미국인들이 토마호크[41]를 들고 깃털을 달고 있다고 믿는 것 같지만, 그런 차림새는 오히려 영국인들의 습관에 더 잘 어울리는 것이다. 밴틀링 씨는 그녀를 만나러 이탈리아에 올 시간이 없지만, 그녀가 다시 파리에 갈 때쯤 그곳으로 가겠다고 기대하고 있었다. 그는 베르사유 궁전을 다시 보고 싶어 했다. 그는 구제도를 무척 좋아했다. 그들은 그 점에 대해서 동의하지 않았지만, 그녀가 베르사유

41 북아메리카 원주민의 전투용 도끼.

궁전을 좋아한 이유는 구제도가 완전히 사라져 버렸음을 알수 있기 때문이었다. 지금은 베르사유 궁전에서 공작이나 후작 같은 사람들을 찾아볼 수 없었다. 그 반대로 어느 날 어떤 미국인 가족 다섯 명이 그 주위를 걸어다니던 것을 그녀는 기억했다. 밴틀링 씨는 그녀가 다시 영국을 주제로 글을 써 주기를 간절히 바라고 있었고, 이제는 그녀가 영국을 더 마음에 들어 할 거라고 생각했다. 영국은 이삼 년 사이에 무척 많이 달라졌다. 그녀가 영국에 가면 그는 자기 누이 레이디 펜슬을 만나러 갈 것이고 이번에는 초대장을 직접 그녀에게 전해 주겠다고 작정하고 있었다. 예전의 초대장에 대한 미스터리는 결코 밝혀지지 않았다.

마침내 캐스퍼 굿우드는 팔라초 로카네라를 방문했다. 그는 미리 이사벨에게 편지를 보내어 방문 허락을 요청했다. 그녀는 즉시 답장을 보냈다. 그날 오후 6시에 집에서 기다릴 것이다. 그녀는 그가 무엇 때문에 온 것인지, 그가 무엇을 얻기를 기대하고 있는지를 궁금해하며 그날을 보냈다. 지금까지 그는 타협하는 능력이 결핍된 사람으로 보였고, 자기가 요구한 것을 받든지 아니면 아무것도 받지 않을 사람 같았다. 하지만 이사벨은 그를 반갑게 맞이하면서 아무 질문도 하지 않았고, 큰 어려움 없이 행복하게 보이면서 그를 속일 수 있었다. 적어도 그녀는 그를 속였다고 생각했고, 그가 잘 못 알고 있었음을 속으로 인정하게 만들었다고 믿었다. 하지만 그녀는 또한 다른 사람들은 그렇지 않았더라도 그는 그녀가 행복하다는 것에 실망하지 않았음을 알 수 있었고 그렇게 믿었다. 그는 기회를 엿보려고 로마에 온 것이 아니었다. 그녀는 그가 왜 왔는지를 도무지 이해할 수 없었다. 그는 그녀에게 아무런 설명도 하지 않았다. 그녀를 보고 싶었다는 매우 단순한 설명 외에는 아무런 설명도 없었다. 다른 말로 하자면 그는 즐거움을 맛보기 위해 온 것이다. 이사벨은 매우 열심히 추리하면서 이렇게 결론을 내렸고, 이 신사가 오래전부터 품어 온 불만의 유령을 잠재울 수 있는 방법을 찾아낸 것을 기뻐했다. 그가 즐거움을 맛보기 위해서 로마에 왔다면, 이것이야말로 그녀가 바라던 바였다. 그가 즐거움을 누리고 싶어 한다면 그는 실연의 아픔을 극복한 것이다. 그가 상심한 마음을 극복했다면 모든 일이 바람직한 방향으로 해결된 것이고 그녀가 져야 할 책임도 끝난 것이다. 그가 기분 전환을 하며 즐거움을 얻으려는 방식이 약간 딱딱한 것은 사실이었다. 하지만 그는 전에도 느긋하거나 여유가 있는 사람이 아니었고, 그녀는 그가 두 눈으로 직접 본 것에 만족했다고 충분히 믿을 수 있었다. 헨리에타는 그에게 속마음을 털어놓았지만 그는 헨리에타에게 자신의 내밀한 심정을 말해 주지 않았고, 그러므로 이사벨은 그의 마음 상태에 대한 간접적인 설명을 들을 수 없었다. 그는 일반적인 화젯거리에 대한 사소한 잡담을 꺼리지 않고 늘어놓았다. 이사벨은 몇 년 전에 그에 대해서 〈굿우드 씨가 말은 많이 하지만 이야기는 하지 않는다〉고 말했던 기억을 떠올렸다. 지금도 그는 말을 많이 했지만 예전과 마찬가지로 이야기는 좀처럼 하지 않았다. 로마에는 이야깃거리가 무척 풍부하다는 점을 고려하면 그러했다. 그가 찾아온 일로 그녀와 남편의 관계가 복잡해지지 않으리라고는 예상할 수 없었다. 오즈먼드 씨는 아내의 친구들을 좋아하지 않았으므로 굿우드 씨는 그 친구들 중에 가장 오래된 친구라는 점을 제외하면 특별히 그의 관심을 끌 소지가 없었기 때문이었다. 그녀는 굿우드 씨에 대해서 가장 오랜 친구라는 것 외에 달리 할 말이 없었다. 다소 부족하지만 종합적인 이 말로 모든 사실을 다 설명한 셈이었다. 그녀는 그를 길버트에게 소개하지 않을 수 없었고, 그를 만찬 모임과 목요일 저녁의 모임에 초대하지 않을 수 없었다. 그 사교회에 그녀는 진저리가 났지만 그녀의 남편은 사람들을 초대하기 위해서라기보다는 초대하지 않을 목적으로 그 사교회에 여전히 집착하고 있었다.

굿우드 씨는 목요일마다 늘 엄숙한 표정으로 다소 일찌감치 찾아왔다. 그는 그 부부를 상당히 엄숙한 표정으로 바라보는 것 같았다. 이사벨은 이따금 화가 치미는 순간들이 있었다. 그에게는 너무나 융통성이 없어 보이는 점들이 있었다. 그녀가 그를 어떻게 대해야 할지 모르고 있다는 것을 그가 아마 알고 있을 거라고 생각했다. 그를 우둔한 사람이라고 부를 수는 없었다. 그는 조금도 우둔하지 않았다. 그는 다만 놀라울 정도로 정직했다. 그처럼 정직하다 보면 다른 사람들과 확연히 차이가 났고, 그래서 그를 대할 때는 거의 똑같이 정직한 태도로 대해야 했다. 이런 생각을 하면서 동시에 그녀는 자신이 세상에 근심걱정이 전혀 없는 여자라고 그가 인정하도록 만들었다고 속으로 자부하고 있었다. 그는 이 점에 관해서 조금도 의심을 품지 않았고, 그녀에게 사적인 질문을 던지지도 않았다. 그와 오즈먼드의 관계는 예상했던 것보다 더 원만했다. 오즈먼드는 남들의 기대를 몹시 싫어했고, 남들이 기대할 경우에 그 기대를 실망시키려는 욕구를 억누르지 못했다. 이러한 원칙 때문에 그는 그에게서 냉대를 받으리라고 예상했던 키가 큰 보스턴 사람에게는 호감을 보이면서 재미있어했다. 그는 이사벨에게 굿우드 씨도 그녀와 결혼하고 싶어 했는지를 물었고, 그녀가 그를 받아들이지 않았다는 사실에 놀라워했다. 그와 결혼했더라면 아주 멋진 일이었을 테고, 매시간 울리는 종소리가 상층부의 공기에 기묘한 진동을 일으키는 높다란 종루 밑에서 사는 것 같았을 것이다. 그는 그 대단한 굿우드 씨와 이야기를 나누는 것이 즐겁다고 말했다. 처음에는 쉽지 않았고, 끝없이 이어지는 가파른 계단으로 올라가서 탑의 꼭대기에 이르러야 했다. 하지만 그 꼭대기에 올라서면 넓은 전망이 펼쳐지고 상쾌한 미풍이 이는 것을 느낄 수 있다. 우리가 알다시피 오즈먼드는 매우 유쾌하게 굴 수 있는 능력이 있는 사람이었으므로, 캐스퍼 굿우드에게 이런 능력을 베풀어 주었다. 이사벨은 굿우드가 이전에 기대했던 것 이상으로 그녀의 남편을 좋게 생각한다는 것을 알 수 있었다. 피렌체에서 그날 아침에 그는 그녀의 남편에 대해 좋은 인상을 품을 수 없다는 느낌을 일으켰던 것이다. 길버트는 그를 거듭 만찬에 초대했고, 굿우드 씨는 만찬 후에 그와 함께 시가를 피우면서 그의 골동품들을 보여 달라고 청하기도 했다. 길버트는 굿우드가 매우 특별한 사람이라고 이사벨에게 말했다. 그는 영국제 여행용 가방처럼 튼튼하고 모양새가 좋고, 절대로 닳지 않을 가죽 끈과 쇳대가 많이 달려 있으며 요긴한 특제 자물쇠가 있다는 것이었다. 캐스퍼 굿우드는 캄파냐에서 승마를 하면서 많은 시간을 보냈기 때문에 이사벨은 주로 저녁 시간에만 그를 볼 수 있었다. 어느 날 그녀는 그에게 괜찮다면 한 가지 부탁을 하고 싶다고 말했다. 그런 다음에 그녀는 미소를 띠고 덧붙였다.

「하지만 내가 당신에게 부탁할 권리는 없다고 생각해요.」

「누구보다도 당신은 큰 권리를 갖고 있습니다.」 그가 대답했다. 「다른 사람에게는 그런 권리를 준 적이 없었다고 당신에게 분명히 말한 적이 있었지요.」

그 부탁은 파리 호텔에서 병상에 누워 혼자 지내는 랠프를 찾아보고 가급적 그에게 친절히 대해 달라는 것이었다. 굿우드 씨는 그를 만난 적이 없었지만 그 가엾은 사람이 누구인지를 알 테고, 그녀의 기억이 틀리지 않는다면 랠프가 그를 한 번 가든코트에 초대한 적이 있었다. 굿우드는 그 초대를 잘 기억하고 있었고, 비록 상상력이 풍부한 사람은 아니었지만 그래도 로마의 호텔에서 죽어 가고 있는 가엾은 신사의 처지에 자신을 놓고 상상해 볼 수는 있었다. 그는 파리 호텔을 찾아갔고, 가든코트의 주인이 머무는 방에 안내되었을 때 그의 소파 옆에 앉아 있는 스택폴 양을 보게 되었다. 이 숙녀와 랠프 터치트의 관계는 실로 특이하게 달라져 있었다. 헨리에타는 이사벨에게서 랠프를 만나러 가달라는 요청을 받은 것은 아니었지만, 그가 너무 아파서 외출할 수 없다는 말을 듣자마자 즉시 자진해서 찾아왔던 것이다. 이런 다음에 그녀는 그를 매일 방문했고, 자기들이 앙숙이라고 늘 굳게 믿고 있었다. 「아, 그래요, 우리는 아주 가까운 앙숙이지.」 랠프는 이렇게 말하곤 했고, 그녀가 찾아와서 자기를 못살게 군다고 거리낌 없이 — 유머를 잃지 않을 정도로 거리낌 없이 — 비난했다. 사실 그들은 절친한 벗이 되어 있었고, 헨리에타는 자신이 그를 전에 좋아하지 않았던 것이 무척 이상하다고 생각했다. 랠프는 언제나 그랬듯이 그녀에 대해서 호감을 갖고 있었고, 그녀가 뛰어난 사람이라는 것을 한순간도 의심하지 않았다. 그들은 모든 것에 대해서 이야기를 나눴고, 언제나 의견이 달랐다. 모든 것에 대해서 이야기를 나누었다지만 사실 이사벨에 대해서는 예외였다. 이사벨이 화제에 오르면 랠프는 늘 가느다란 검지를 입에 대고 입을 다물어 버렸다. 반면에 밴틀링 씨에 대한 얘깃거리는 풍부했다. 랠프는 헨리에타와 함께 밴틀링 씨에 대해서 몇 시간이고 이야기를 나눌 수 있었다. 그 논의는 물론 두 사람의 어쩔 수 없는 의견 차이 때문에 흥미진진했다. 랠프는 그 상냥한 예전의 근위병이 진짜 권모술수에 능한 사람이라는 주장을 펼치면서 재미있어했다. 캐스퍼 굿우드는 이런 논쟁에 전혀 낄 수 없었지만, 그 주인과 단둘이 남게 되었을 때 두 사람이 나눌 이야깃거리가 다양하고 풍부하다는 것을 알았다. 조금 전에 방을 나선 그 숙녀가 화제가 될 수 없다는 점은 분명했다. 캐스퍼는 스택폴 양의 장점을 일찌감치 인정했고 그녀에 대해서 더 이상 말하지 않았다. 또한 두 사람은 오즈먼드 부인에 대해서도 처음에 몇 번 언급한 후에 더 이상 상세한 이야기를 나누지 않았다. 랠프와 마찬가지로 굿우드도 그녀에 대한 이야기를 나누려면 뭔가 위험한 요소가 있다고 느꼈다. 굿우드는 살아 있는 사람이라고 말하기도 어려운 랠프에 대해서 무척 큰 동정심을 느꼈다. 좀 별난 데가 있기는 하지만 매우 유쾌한 사람이 그 정도로 손쓸 수 없는 지경에 처해 있다는 것은 차마 봐주기 어려운 일이었다. 굿우드 자신이야 늘 할 일이 많은 사람이었고, 이번 경우에 그가 할 일이란 파리 호텔을 여러 차례 거듭 드나드는 것이었다. 이사벨은 자신이 매우 영리하게 처신했다는 생각이 들었다. 자기 집을 너무 자주 찾아오는 캐스퍼를 교묘하게 다루어서 그에게 일

거리를 맡겼고 랠프를 돌봐 주는 사람으로 바꾸어 놓은 것이다. 이제 날씨가 풀리기만 하면 캐스퍼를 사촌 오빠와 함께 북쪽으로 여행하도록 만들겠다는 계획도 세웠다. 랠프를 로마에 데려온 사람은 워버턴 경이었지만, 그를 데려가는 사람은 굿우드 씨일 것이다. 이렇게 하면 잘 짜인 대칭 구도가 생기는 것 같았다. 이제 그녀는 랠프가 떠나기를 열렬히 바라고 있었다. 랠프가 로마에서, 자기 눈앞에서 숨을 거둘까 봐 늘 두려웠다. 그가 거의 찾아오지 않았던 그녀의 집도 아니고 그 바깥의 호텔에서 이런 일이 일어날지 모른다고 생각하면 소름이 끼칠 정도였다. 랠프는 자기가 사랑하는 집에서, 반짝이는 창문 주위로 진초록의 담쟁이덩굴이 무성하게 덮여 있는 가든코트의 깊고 어둑한 방에서 마지막 휴식에 들어서야 한다. 이 무렵 이사벨은 가든코트에 무언가 성스러운 것이 있다는 느낌이 들었다. 그곳에서 보낸 시절은 과거의 그 어느 때보다도 돌이킬 수 없이 완전히 사라져 버렸다. 그곳에서 지낸 몇 달을 생각하면 눈에 눈물이 고였다. 이미 말했듯이 그녀는 자신이 교묘하게 재주를 부렸다고 생각했지만, 실은 자신이 부릴 수 있는 온갖 재주가 필요한 시점이었다. 몇 가지 사건들이 일어나서 그녀에게 맞서고 도전하는 것 같았기 때문이었다. 제미니 백작 부인이 피렌체에서 찾아왔다. 트렁크와 드레스, 수다와 거짓말, 경박함, 수많은 애인들에 대한 기이하고도 저열한 추억담을 가지고 도착했던 것이다. 어디론가 멀리 떠나서 팬지조차 어디에 갔는지 알지 못하던 에드워드 로지에가 로마에 다시 나타나서는 그녀에게 긴 편지를 보내기 시작했고, 그녀는 답장을 하지 않았다. 게다가 마담 멀이 나폴리에서 돌아와서 이상한 미소를 띠고 이사벨에게 물었다. 「도대체 당신은 워버턴 경을 어떻게 한 거죠?」 마치 자기 일이나 되는 듯한 말투였다.

제48장

2월이 끝나 갈 무렵의 어느 날 랠프 터치트는 영국으로 돌아가겠다고 마음을 먹었다. 그는 이런 결정을 내릴 만한 자기 나름의 이유가 있었지만 그 이유를 남들에게 알려 줘야 할 이유는 없었다. 하지만 헨리에타 스택폴은 그에게서 귀국하겠다는 말을 들었을 때 그 이유를 짐작할 수 있다고 생각했다. 그래도 그 이유를 입에 올리지는 않았고, 그의 소파 옆에 앉아서 그저 이렇게만 말했다. 「당신이 혼자서 돌아갈 수 없다는 것은 알고 계시겠죠?」

「그럴 생각은 없습니다.」 랠프가 말했다. 「사람들과 함께 갈 거예요.」

「〈사람들〉이란 누구를 말하는 건가요? 당신이 급료를 지불하는 하인들?」

「아,」 랠프는 익살맞게 말했다. 「그들도 결국 사람이거든요.」

「그 사람들 중에 여자들도 있나요?」 스택폴 양은 알고 싶어 했다.

「마치 내가 열두 명 정도는 고용하는 듯이 말하는군요! 아뇨, 솔직히 말하면 그 사람들 중에 하녀는 없습니다.」

「그렇다면,」 헨리에타가 차분하게 대답했다. 「그런 식으로는 영국에 돌아갈 수 없어요. 당신은 여자의 보살핌이 필요해요.」

「지난 2주일간 당신의 보살핌을 너무 많이 받았으니 한동안 그것으로 지탱할 수 있을 겁니다.」

「아직 충분히 받지 못했어요. 내가 함께 가겠어요.」 헨리에타가 말했다.

「나와 함께 간다고요?」 랠프는 천천히 소파에서 몸을 일으켰다.

「네, 당신이 나를 좋아하지 않는 것은 잘 알고 있어요. 그래도 당신과 함께 가겠어요. 다시 자리에 눕는 편이 당신 몸에 좋을 거예요.」

랠프는 그녀를 잠시 바라보았고, 천천히 자리에 누웠다. 「나는 당신을 무척 좋아해요.」 조금 후에 그가 말했다.

스택폴 양은 흔치 않은 폭소를 터뜨렸다. 「그런 말로 나를 매수할 수 있을 거라고 생각하지 마세요. 어떻든 나는 당신과 함께 갈 테고, 더 나아가 당신을 보살필 거예요.」

「당신은 매우 선량한 사람이군요.」 랠프가 말했다.

「그런 말은 내가 당신을 안전하게 집으로 데려간 다음에나 하세요. 그 일은 쉽지 않을 거예요. 그렇지만 어떻든 당신은 집으로 가는 것이 좋겠어요.」

그녀가 자리에서 일어나기 전에 랠프가 그녀에게 물었다. 「정말로 나를 돌봐 줄 작정입니까?」

「네, 그렇게 할 생각이에요.」

「그렇다면 순순히 복종하겠다고 알려 드리죠. 아, 절대 복종입니다!」 그녀가 그를 두고 나간 후 몇 분 지나서 그가 큰 소리로 웃음을 터뜨린 것은 아마도 복종하겠다는 신호였을 것이다. 자신이 스택폴 양의 보호를 받으면서 유럽 횡단 여행을 시작한다는 것은 자신의 기능을 다 포기했고 모든 노력을 단념했음을 보여 주는 너무나 엉뚱하고도 결정적인 증거로 여겨졌다. 그런데 무척이나 이상한 점은, 그 일을 생각하면서 즐거워졌다는 것이었다. 그는 고마운 마음으로 순종하는 데 마음껏 탐닉했다. 그래서 빨리 출발하고 싶은 조급함마저 느꼈다. 실로 자기의 집을 다시 보고 싶은 갈망이 지대했다. 모든 것의 종말이 가까워졌으므로, 그가 팔을 뻗치기만 하면 그 목적지가 손에 닿을 것 같았다. 하지만 그는 자기 집에서 죽고 싶었다. 그에게 남은 단 한 가지 소망은 그것이었다. 마지막으로 아버지가 누워 계셨던 그 크고 조용한 방에서 몸을 쭉 뻗고 어느 여름날 새벽에 눈을 감고 싶었다.

바로 그날 캐스퍼 굿우드가 그를 찾아왔고, 그는 손님에게 스택폴 양이 자기를 떠맡아서 영국으로 데려갈 거라고 알려 주었다. 「아, 그렇다면,」 캐스퍼가 말했다. 「유감스럽게도 제가 불필요하겠지만 저도 그 팀에 끼어야겠군요. 당신과 함께 가겠다고 오즈먼드 부인에게 약속해야 했습니다.」

「맙소사! 황금시대로군! 당신들 모두 너무나 친절합니다.」

「제 편에서는 그녀에게 친절하려는 것이지, 당신에 대해서 그런 것은 아닙니다.」

「그렇다면 그녀가 친절하군요.」 랠프가 미소를 지었다.

「사람들을 당신과 함께 떠나도록 해서요? 네, 일종의 친절이라 할 수 있지요.」 굿우드는 그 농담을 받지 않고 대답했다. 「하지만 저에 대해서 말하자면,」 그가 덧붙였다. 「저는 스택폴 양과 단둘이 여행하는 것보다는 당신과 함께 세 사람이 여행하는 편이 더 좋다고 말씀드릴 수 있습니다.」

「그리고 그 두 가지 경우보다 여기 머물러 있는 편이 더 좋겠지요.」 랠프가 말했다. 「정말이지 당신이 함께 가야 할 필요는 없어요. 헨리에타는 비범하게 유능한 사람이니까.」

「그 점에 대해서는 의심의 여지가 없습니다. 하지만 저는 오즈먼드 부인에게 약속했거든요.」

「약속을 취소하게 해달라고 그녀에게 말하면 쉽게 해결될 수 있습니다.」

「그녀는 절대로 취소해 주지 않을 겁니다. 제가 당신을 돌보기를 바라고 있거든요. 하지만 그 점이 중요한 건 아닙니다. 중요한 점은 제가 로마를 떠나기를 그녀가 바라고 있다는 것이지요.」

「아, 지나치게 생각하시는 겁니다.」 랠프가 제안했다.

「제가 그녀를 지루하게 하거든요.」 굿우드가 말을 이었다. 「그녀는 제게 할 말이 전혀 없습니다. 그래서 그 일을 꾸며 낸 거죠.」

「아, 그렇다면, 그녀의 편의를 위해서라면, 반드시 당신과 함께 가도록 하겠어요. 왜 그것이 그녀에게 편리한 일인지는 모르겠지만.」 랠프가 잠시 후에 덧붙였다.

「글쎄요, 그녀는 제가 자기를 감시하고 있다고 생각합니다.」 캐스퍼 굿우드가 간단히 대답했다.

「감시한다고요?」

「그녀가 행복한지 어떤지를 알아내려 한다고.」

「그거야 쉽게 알아낼 수 있는 일이지요.」 랠프가 말했다. 「겉으로 보기에 그녀는 누구보다도 행복한 여자니까.」

「그렇습니다. 제 의문은 풀렸습니다.」 굿우드가 무뚝뚝하게 말했다. 그렇지만 더 할 말이 남아 있었다. 「저는 그녀를 지켜보았습니다. 오랜 친구니까 그럴 권리가 있는 것 같았지요. 그녀는 행복한 척합니다. 행복한 듯이 보이려고 애를 쓰는 것이지요. 저는 그것이 어떤 결과에 이를지 직접 보고 싶었던 것 같습니다. 그런데 이제 충분히 보았어요.」 그는 거칠게 울리는 목소리로 말을 이었다. 「더 이상은 보고 싶지 않습니다. 이제 저도 떠나야 할 때가 되었어요.」

「내가 보기에도 당신이 떠나야 할 때인 것 같군요.」 랠프가 대답했다. 이 두 신사가 이사벨 오즈먼드에 대해서 이야기를 나누었던 것은 이때뿐이었다.

헨리에타는 영국으로 떠날 준비를 했고, 제미니 백작 부인에게 몇 마디 해주는 것이 출발 준비 중 하나로 적절한 일이라고 생각했다. 백작 부인은 피렌체에서 스택폴 양이 방문했던 것에 대한 답례로 그녀의 펜션을 찾아왔다.

「백작 부인께서는 워버턴 경에 대해서 전혀 잘못 알고 계셨어요.」 그녀가 백작 부인에게 말했다. 「그 점을 아셔야 한다고 생각해요.」

「그가 이사벨에게 사랑을 호소했다는 것 말이에요? 맙소사, 그는 하루에 세 차례나 그 집을 찾아왔대요. 도처에 그가 남긴 흔적이 있더라고요!」 백작 부인이 큰 소리로 말했다.

「그는 부인의 조카딸과 결혼하고 싶어 했어요. 그래서 그 집을 찾아간 거죠.」

백작 부인은 눈을 크게 뜨더니 경솔하게 웃음을 터뜨렸다. 「이사벨이 그렇게 말하던가요? 그런 일이라면야 나쁠 것이 없지요. 그가 내 조카딸과 결혼하기를 바랐다면, 대체 왜 그렇게 하지 않았죠? 어쩌면 결혼반지를 사러 갔기 때문에

864

다음 달에나 돌아올지 모르겠군요. 내가 돌아간 다음에.」

「아뇨, 그는 돌아오지 않을 거예요. 오즈먼드 양은 그와 결혼하기를 원하지 않았어요.」

「그 애는 남의 말을 아주 잘 듣는 애예요! 그 애가 이사벨을 좋아하는 것은 알았지만, 그렇게까지 좋아하는 줄은 몰랐어요.」

「무슨 말씀이신지 모르겠군요.」 헨리에타는 쌀쌀하게 말했고, 백작 부인이 불쾌하게도 성미가 꼬인 사람이라고 생각했다. 「제가 말씀드리려던 요점은 바로 이거예요. 이사벨은 워버턴 경이 자기에게 관심을 보이도록 유도한 적이 전혀 없었다는 거죠.」

「이봐요, 아가씨, 당신이나 나나 그 일에 대해서 무엇을 알겠어요? 우리가 아는 것이라곤 내 오라버니가 무슨 일이든 할 수 있다는 거예요.」

「저는 부인의 오라버니께서 무엇을 하실 수 있는지 모릅니다.」 헨리에타가 당당하게 말했다.

「내가 불만스럽게 생각하는 것은 이사벨이 워버턴의 관심을 끌려고 했다는 것이 아니라 그를 멀리 쫓아 버린 거예요. 나는 꼭 그를 만나고 싶거든요. 이사벨이 그가 나에게 반할 거라고 생각했기 때문일까요?」 백작 부인은 넉살좋게 말을 늘어놓았다. 「하지만 이사벨은 그를 붙잡고 있어요. 나는 그걸 느낄 수 있어요. 그 집은 온통 그 사람으로 가득 차 있거든요. 공기 중에도 배어 있고. 아, 그래, 그는 도처에 흔적을 남겼어요. 틀림없이 나는 앞으로 그를 만나게 될 겁니다.」

「글쎄요,」 잠시 후 헨리에타는 『인터뷰어』에 실리는 그녀의 편지를 유명하게 만들어 주었던 번뜩이는 영감 덕분에 이렇게 대답할 수 있었다. 「어쩌면 워버턴 경은 이사벨보다는 백작 부인과 더 잘될 수도 있겠군요!」

헨리에타가 랠프에게 영국까지 동행하겠다고 제안했다는 말을 들었을 때 이사벨은 그보다 더 기쁜 일은 있을 수 없을 거라고 대답했다. 이사벨은 랠프와 헨리에타가 속으로는 서로를 이해할 거라고 늘 믿어 왔다. 「그 사람이 나를 이해하든지 말든지 상관없어.」 헨리에타가 말했다. 「중요한 것은 그가 열차에서 죽는 일이 없어야 한다는 거야.」

「그런 일은 없을 거야.」 이사벨은 더 큰 믿음을 갖고 고개를 가로저으며 말했다.

「내가 막을 수만 있다면야 그런 일은 없겠지. 너는 우리 모두 떠나 주기를 바라고 있지. 네가 무엇을 하고 싶은지 모르겠구나.」

「나는 혼자 있고 싶어.」 이사벨이 말했다.

「너의 집에 손님들이 그렇게 많이 들락거리는 한 혼자 있을 수 없을 거야.」

「아, 그 사람들은 희극의 배우들이야. 너와 다른 사람들은 관객들이고.」

「그게 희극이라고? 이사벨 아처?」 헨리에타는 다소 엄숙하게 물었다.

「원한다면 비극이라고 하자. 너와 다른 이들은 모두 나를 쳐다보고 있어. 그래서 내 마음이 편치 않아.」

헨리에타는 잠시 비극의 한 장면에 몰입했다. 「너는 마치 상처를 입고 가장 어둡고 깊숙한 그늘을 찾고 있는 사슴 같아. 아, 너를 보면 너무나 무력하다는 느낌이 들어!」 그녀가 큰 소리로 외쳤다.

「나는 전혀 무력하지 않아. 내가 하려는 일들이 많이 있어.」

「너에 대해서 말하는 게 아니야. 나에 대해서 말하는 거지. 일부러 여기까지 찾아와서는 너를 처음 본 상태 그대로 두고 떠나려니 마음이 너무 괴로워.」

「그렇지 않아. 네 덕분에 내 마음이 무척 상쾌해졌어.」 이사벨이 말했다.

「새콤한 레모네이드처럼 가볍기 짝이 없는 상쾌함이겠지! 네가 한 가지를 약속해 주면 좋겠어.」

「약속은 할 수 없어. 다시는 약속을 하지 않을 거야. 4년 전에 무척 엄숙하게 약속했는데 그것을 지키지 못했거든.」

「네가 격려를 받지 못했으니까 그랬지. 이번에는 내가 최대한 격려해 줄게. 최악의 상황이 닥치기 전에 네 남편을 떠나도록 해. 네가 약속해 줬으면 하는 것은 바로 그거야.」

「최악이라고? 최악의 상황이란 어떤 것을 말하는 거니?」

「네 성격이 엉망이 되기 전에.」

「내 성질이라고? 내 성질이 엉망이 되는 일은 없을 거야.」 이사벨이 미소를 지으며 대답했다. 「내 성질을 아주 잘 관리하고 있으니까.」 그녀는 고개를 돌리며 덧붙였다. 「아내가 남편을 떠나는 일에 대해서 그렇게 대수롭지 않게 얘기하다니 너무 놀라워. 네가 결혼한 적이 없다는 것을 쉽게 알 수 있지!」

「글쎄,」 헨리에타는 논쟁을 시작하려는 듯이 말했다. 「우리나라의 서부 도시에서는 이혼이 무엇보다도 흔한 일이야. 그리고 결국 우리는 장래에 그 도시들을 따라가게 될 테고.」 그렇지만 헨리에타의 주장은 이 이야기와 관련이 없고, 이 이야기에는 풀어 나가야 할 실마리들이 너무 많이 있으므로 그 주장에 대해서 더 이상 언급할 필요가 없다. 헨리에타는 랠프에게 그가 결정하는 대로 어느 기차든지 타고 로마를 떠날 준비가 되었다고 말했고, 랠프는 즉시 기운을 내서 출발 준비를 했다. 이사벨이 마지막으로 그를 만나러 갔을 때 그는 헨리에타가 했던 것과 똑같은 말을 했다. 이사벨이 그들 모두를 쫓아 버리면서 매우 기뻐한다는 느낌을 받았다고 말이다.

이 말에 대한 대답으로 그녀는 그저 자기 손을 그의 손에 올려놓고 재빨리 미소를 지으면서 나지막하게 말했다. 「사랑하는 랠프 ─!」

이 대답으로 충분했고, 그는 완전히 만족했다. 하지만 그는 조금 전처럼 익살맞고 솔직하게 말을 이었다. 「내가 바랐던 만큼 너를 자주 보지는 못했구나. 그래도 전혀 보지 못하는 것보다는 나았어. 그리고 너에 대한 이야기를 많이 들었지.」

「이렇게 갇혀 지내시면서 누구에게서 들었는지 모르겠네요.」

「공중에 떠도는 목소리에서 들었지. 다른 사람들에게서 들은 것은 아니야. 너에 대한 얘기를 하지 못하도록 막았거든. 사람들은 늘 네가 〈매력적〉이라고 하는데, 그런 말은 너무 지루하니까.」

「정말이지 오빠를 더 많이 만날 수도 있었을 텐데.」 이사벨이 말했다. 「하지만 결혼한 사람은 할 일이 너무 많거든요.」

「다행히도 나는 결혼하지 않았으니, 네가 영국으로 나를 만나러 오면 독신자의 자유를 한껏 누리면서 너를 즐겁게 해줄 수 있겠지.」 그는 그들이 분명 다시 만날 수 있을 듯이 말했고, 그런 가정이 거의 타당하게 보이도록 만들었다. 그는 자신의 종말이 임박했으며 그해 여름을 넘기지 못할 수 있다는 가능성에 대해서는 전혀 언급하지 않았다. 그가 그런 식으로 말하는 것이 더 좋다면 이사벨은 기꺼이 따를 생각이었다. 실상이 어떠한지 너무도 명백히 드러났기에 그들의 대화에 방향 표시 말뚝을 세울 필요도 없었다. 전에는 그렇게 말하는 것으로 충분했다. 비록 다른 일에서와 마찬가지로 이점에 있어서도 랠프가 자기중심적이었던 적은 한 번도 없었지만 말이다. 이사벨은 그의 여행에 대한 이야기를 꺼냈고, 그가 여행을 몇 단계로 나누어야 한다든지, 무엇을 조심해야 하는지에 대해서 이야기했다. 「헨리에타는 나를 위해서 무척 세심하게 관심을 기울이고 있어.」 그가 말을 이었다. 「그 아가씨의 양심은 숭고할 정도야.」

「확실히 그녀는 매우 양심적으로 보살필 거예요.」

「그럴 거라고? 벌써 양심적으로 행동했단다! 그녀가 나와 함께 가기로 결정한 것은 그것을 자기 의무라고 생각하기 때문이야. 너에 대한 의무감이겠지.」

「네, 너그러운 의무감이에요.」 이사벨이 말했다. 「그리고 나를 몹시 부끄럽게 만들고 있어요. 알다시피, 내가 오빠와 함께 가야 하는데.」

「네 남편이 좋아하지 않겠지.」

「네, 좋아하지 않을 거예요. 하지만 그렇더라도 내가 갈 수도 있을 텐데.」

「그렇게 과감한 상상을 하다니 놀랍구나. 내가 한 숙녀와 그 남편 사이에 불화의 씨앗이 되다니 어이없는 일이야!」

「그래서 못 가는 거예요.」 이사벨은 간단히 대답했지만 말 끝을 흐렸다.

하지만 랠프는 그 말을 충분히 이해했다. 「그렇겠지. 네가 말했듯이 할 일도 많을 테고.」

「그게 문제가 아니에요. 나는 겁이 나요.」 이사벨이 말했다. 잠시 후 그녀는 그에게 말하는 것이 아니라 자신에게 들려주려는 듯이 되풀이해서 말했다. 「나는 겁이 나요.」

랠프는 그녀의 어조가 무슨 의미를 담고 있는지 분명히 알 수 없었다. 그 목소리는 이상하게도 침착했고, 겉으로는 어떤 감정도 드러내지 않았다. 그녀가 아직 깨닫지 못했던 어떤 과오에 대해서 드러내 놓고 참회하고 싶었던 것일까? 아니면 그 말은 사리를 따지면서 자신을 분석하려는 것이었을까? 어떤 경우이든 랠프는 이처럼 좋은 기회를 마다할 수 없었다. 「남편이 두렵다는 말이니?」

「나 자신이 두려워요!」 이사벨은 일어서면서 말했다. 그녀는 잠시 서 있다가 덧붙였다. 「남편이 두렵다면 그것은 내 의무겠지요. 여자들은 당연히 남편을 두려워해야 한다고 하니까요.」

「아, 그래.」 랠프가 웃었다. 「그렇지만 자기 아내를 몹시 두려워하는 남자들도 늘 있기 마련이라서 서로 보완이 될 거야.」

그녀는 이 농담에 관심을 기울이지 않고 갑자기 다른 화제를 꺼냈다. 「헨리에타가 오빠의 일행을 지휘한다면,」 그녀가 갑자기 큰 소리로 말했다. 「굿우드 씨는 할 일이 전혀 없겠군요.」

「아, 사랑하는 이사벨,」 랠프가 대답했다. 「그는 그런 상태에 익숙할 거야. 굿우드 씨에게는 남은 것이 전혀 없으니까.」

이사벨은 얼굴을 붉혔고 돌아가야겠다고 재빨리 말했다. 그들은 두 손을 맞잡고 잠시 서 있었다. 「오빠는 내게 가장 좋은 벗이었어요.」 그녀가 말했다.

「내가 바랐던 것은, 살아 있기를 바랐던 것은 너를 위해서 였어. 그런데 네게 전혀 도움이 되지 않는구나.」

그러자 그를 다시는 보지 못하리라는 생각이 더욱 날카롭게 그녀의 마음을 찔렀다. 그 사실은 도저히 받아들일 수 없었다. 이런 식으로 그와 헤어질 수는 없었다. 「나를 부르신다면 가겠어요.」 그녀가 마침내 말했다.

「네 남편이 동의하지 않을 거야.」

「아, 네, 어떻게든 할 수 있어요.」

「그럼 그것을 내 마지막 기쁨으로 남겨 두겠어!」 랠프가 말했다.

이 말에 대한 대답으로 그녀는 그저 그에게 입을 맞췄다. 그날이 목요일이었으므로 그날 저녁에 캐스퍼 굿우드는 팔라초 로카네라를 방문했다. 그는 제일 먼저 도착해서 길버트 오즈먼드와 약간 이야기를 나누었다. 아내가 손님을 맞을 때 그는 거의 언제나 옆에 있었다. 그들은 함께 자리에 앉았다. 오즈먼드는 수다스럽게 말을 많이 했고 대범하게 굴면서 일종의 지적인 활기를 만끽하고 있는 것 같았다. 그는 의자에 등을 기대고 다리를 꼰 채 앉아서 느긋하게 잡담을 늘어놓았다. 반면에 조금도 명랑하지 않았던 굿우드는 더 불안정한 상태였다. 자세를 자주 바꾸고 모자를 만지작거리면서 앉아 있던 작은 소파에서 삐걱 소리를 내기도 했다. 오즈먼드의 얼굴은 예리하고 공격적인 미소를 띠고 있었다. 좋은 소식을 듣게 되어 감각이 예리해진 사람처럼 보였다. 그는 굿우드에게 헤어지게 되어 섭섭하다고 말했다. 특히 그를 만나지 못해 아쉬울 거라고 말했다. 영리한 사람들을 보게 되는 일이 거의 없고, 로마에는 영리한 사람이 놀랍게도 거의 없다는 것이었다. 그에게 반드시 돌아와 달라고 했다. 자기처럼 오랫동안 이탈리아에서 살아온 사람은 진짜 외부에서 온 사람과 이야기를 나눌 때 매우 신선한 기분을 느낀다는 것이었다.

「나는 로마를 매우 좋아합니다.」 오즈먼드가 말했다. 「하지만 로마에 대한 편애를 갖지 않은 사람들과 만나는 것을 무엇보다도 좋아하지요. 현대 세계도 어떻든 아주 훌륭한 것이니까요. 당신은 철두철미하게 현대적이면서도 조금도 천박하지 않습니다. 우리가 만나 볼 수 있는 많은 현대인들은 매우 보잘것없는 사람들이지요. 그런 사람들이 미래의 주역이라면 우리는 차라리 일찍 죽는 편이 나을 겁니다. 물론 고대인들도 매우 지루할 때가 종종 있습니다. 내 아내와 나는 새로운 척을 하는 것이 아니라 진정으로 새로운 것을 모두 좋아합니다. 불행히도 무지와 우둔함에는 새로움이 전혀 없어요. 진보와 빛을 밝혀 준다고 등장하는 많은 것들에서 무지와 우둔함을 많이 찾아볼 수 있습니다. 실은 저속함을 밝혀 주는 것이지요! 내가 생각하기에 어떤 저속함은 정말로 새로운 것입니다. 예전에는 그런 것이 존재한 적이 없었을 겁니다. 실로 나는 금세기 이전에서는 저속함을 보지 못했어요. 지난 세기에 그런 저속함이 흐릿하게 여기저기에서 위협적으로 드러나기는 했지만, 오늘날에는 저속한 분위기가 너무 농후해져서 섬세한 것은 말 그대로 눈 씻고 찾아도 보기 힘들 지경입니다. 그런데 우리 부부는 정말로 당신에 대해 큰 호감을 갖고 있습니다 ─!」 여기서 오즈먼드는 잠시 망설이다가 굿우드의 무릎에 부드럽게 손을 올려놓고는 확신과 당혹감이 뒤섞인 미소를 지었다. 「대단히 불쾌하고 주제넘게 들릴 말을 하려고 합니다만, 참고 들어 주시기 바랍니다. 우리 부부가 당신을 좋아하는 것은 우리가 미래 사회에 대해서 조금이나마 만족할 수 있게 해주셨기 때문입니다. 당신 같은 사람들이 많이 있다면, 그런 미래라면 신속히 다가와도 좋습니다! 나는 나 자신뿐 아니라 아내를 대변해서 말하고 있습니다. 내 아내는 나를 대변해서 말하니까, 나도 아내를 대변해서 말할 수 있겠지요. 아시다시피 우리는 촛대와 촛불 77개처럼 하나로 결합되어 있으니까요. 당신이 하시는 일을, 음, 상업적인 것으로 이해했다고 말하면 너무 주제넘게 구는 건가요? 아시다시피 사업에는 위험이 따르지요. 당신이 그런 위험을 모면할 수 있었다는 것에서 우리는 깊은 감명을 받았습니다. 내 보잘것없는 칭찬이 고약한 취미로 보인다면 용서하세요. 다행히 아내는 내 말을 듣고 있지 않군요. 내가 하려는 말은 당신이, 음, 내가 방금 언급한 그런 사람, 저속한 사람이 될 수도 있었다는 것입니다. 미국 전체가 당신을 그렇게 만들려고 공모하고 있으니까요. 하지만 당신은 저항했어요. 당신 내면의 어떤 자질이 당신을 구해준 것이지요. 하지만 당신은 매우 현대적이고, 대단히 현대적입니다. 우리가 알고 있는 가장 현대적인 분이지요. 우리는 언제라도 당신을 다시 만나면 기쁠 겁니다.」

이미 말했듯이 오즈먼드는 기분이 좋았고, 이런 말들이 그 점을 충분히 증명할 것이다. 그 말은 평소와 비교할 수 없이 인신공격적이었다. 캐스퍼 굿우드가 그 말을 좀 더 주의 깊게 들었더라면 섬세함을 옹호하는 데 적합하지 않을 기묘한 사람이 그런 일을 하고 있다는 생각이 들었을 것이다. 하지만 우리는 오즈먼드가 무엇을 하려고 하는지 스스로 매우 잘 알고 있으며 평소와 달리 상스럽게 선심 쓰는 척하는 어조를 골라 썼다면 그렇게 제멋대로 굴 만한 타당한 이유가 있었으리라고 믿을 수 있다. 굿우드는 그저 오즈먼드가 웬일인지 지나치게 입에 발린 말을 하고 있다는 막연한 느낌이 들었을 뿐이었다. 그 복합적인 감정이 어떤 이유에서 나온 것인지는 알 수 없었다. 사실 그는 오즈먼드가 무슨 이야기를 하고 있는지도 거의 알지 못했다. 이사벨과 단둘이 있고 싶었고, 그 생각에 사로잡혀 있기 때문에 그녀의 남편이 완벽하게 감정을 넣어 말하는 목소리가 실은 귀에 들어오지도 않았다. 그는 그녀가 다른 사람들과 이야기를 나누는 것을 지켜보았고 그녀가 언제 풀려날 것인지, 다른 방으로 가자고 그녀에게 청할 수 있을 것인지를 궁금해했다. 그는 오즈먼드처럼 기분이 고조된 상태가 아니었다. 주변 상황에 대한 그의 인식에는 침체된 분노 같은 것이 섞여 있었다. 지금까지 그는 오즈먼드를 개인적으로 싫어하지는 않았다. 그는 아는 것이 많고 사근사근하며 예상했던 것 이상으로 이사벨 아처가 당연히 결혼하고 싶어 할 만한 사람이라고 생각해 왔다. 그 집주인은 자유로운 경쟁에서 승리하여 자신보다 우월한 입장을 차지하고 있었고, 굿우드는 정당하게 승부하려는 의식이 너무 강했으므로 그 때문에 그를 낮게 평가할 생각은 전혀 없었다. 오즈먼드를 좋게 생각하려고 적극적으로 노력한 것은 아니었다. 기왕 일어난 일을 체념하며 받아들였을 때도 그렇게 너그럽고 관대한 감정을 품을 수는 없었다. 그는 오즈먼드를 그저 아마추어로서 머리가 좀 좋은 사람이라고 생각했고, 남아도는 한가한 시간에 짓눌려서 약간 세련된 대화로 그 무료함을 달래려 한다고 생각했다. 하지만 그는 오즈먼드를 절반만 신뢰했다. 오즈먼드가 도대체 왜 자기에게 공들여 꾸민 말들을 아낌없이 쏟아 붓고 있는지 이해할 수 없었다. 그가 그렇게 하면서 속으로 즐기고 있다는 의혹이 들었고, 그 의기양양한 맞수의 성격에 비뚤어진 구석이 있다는 전반적인 인상을 받았다. 실로 굿우드는 자신이 잘 못되기를 오즈먼드가 바랄 이유는 전혀 없다는 것을 알고 있었다. 오즈먼드는 굿우드를 두려워할 이유가 조금도 없었다. 오즈먼드는 궁극적으로 유리한 자신의 입장을 과시하면서 모든 것을 잃은 사람에게 친절하게 대할 수 있었다. 굿우드의 마음에 때로 무자비하게도 오즈먼드가 죽기를 바라거나 그를 죽이고 싶은 생각이 들었던 것은 사실이다. 하지만 오즈먼드는 이것을 알 도리가 없었다. 그 젊은이는 부단한 연습을 통해서 이제 어떤 격한 감정에도 근접하지 않는 듯이 보이는 방법을 완벽하게 익혔던 것이다. 그는 스스로를 속이기 위해서 이런 기술을 갈고닦았지만 먼저 다른 사람들을 속이게 되었다. 더욱이 그런 기술을 습득하기는 했지만 그 성공은 제한적이었다. 오즈먼드가 마치 아내를 대변하라는 위임이라도 받은 듯이 아내의 감정에 대해서 말하는 것을 들었을 때 그의 영혼에서 들끓었던 이루 말할 수 없이 강렬한 분노는 그것을 보여 주는 가장 좋은 증거였다.

그날 저녁 그 집주인의 이야기에서 그가 귀담아 들은 것은 그것뿐이었다. 그는 오즈먼드가 팔라초 로카네라를 감싸고 있는 부부간의 조화를 유별나게 강조한다는 것을 알아차렸다. 오즈먼드는 자신과 아내가 모든 점에서 감미롭게 일치하고 있는 듯이, 그리고 그 두 사람에게는 〈나〉라는 말 못지않게 〈우리〉라는 말이 자연스럽다는 듯이 세심한 주의를 기울여 말하고 있었다. 이런 말에는 보스턴 출신의 가엾은 남자를 어리둥절하게 만들고 성을 돋우려는 의도가 담겨 있었다. 하지만 그는 오즈먼드 부인과 그 남편의 관계가 자기와는 전혀 상관없는 일이라고 생각하면서 스스로를 달랠 수밖에 없었다. 그에게는 그 남편이 아내의 입장을 오도하고 있다는 증거가 전혀 없었고, 겉으로 드러나는 모습으로 판단해 볼 때 그녀가 즐겁게 살아가고 있다고 믿을 수밖에 없었다. 그녀는 불만스러워하는 기색을 한 번도 드러낸 적이 없었다. 스택폴 양은 이사벨의 환상이 깨졌다고 그에게 말해 주었지만, 스택폴 양은 신문을 위해 글을 쓰다 보니 선정적으로 묘사하는 버릇이 있었다. 그녀는 시기상조인 소식을 너무 좋아했다. 또한 로마에 도착한 후 그녀는 대단히 신중해졌고, 그에게 환한 등불을 들이대고 비추던 일을 그만두었다. 실로 헨리에타에게 있어서 이런 변화는 그녀의 양심에 전적으로 어긋난 일이었다고 말할 수 있을 것이다. 이제 그녀는 이사벨이 처해 있는 현실의 실상을 알게 되었고, 그렇기 때문에 당연히 입을 다물 수밖에 없었다. 이사벨의 상황을 바로잡기 위해서 어떤 일을 할 수 있든 간에, 그녀가 겪고 있는 부당한 횡포를 그녀의 옛날 애인들에게 알려 주어 자극하는 것은 결코 유익한 도움이 되리라고 볼 수 없었다. 스택폴 양은 굿우드 씨의 감정 상태에 계속 깊은 관심을 갖고 있었지만, 현재로는 미국 잡지에서 오려 낸 재미있는 기사나 의미 있는 기사들을 뽑아서 보내 주는 것으로 관심을 보여 줄 수밖에 없었다. 그녀는 우편물이 도착할 때마다 그런 잡지들을 여러 개 받았고 늘 가위를 손에 들고 기사들을 검토했다. 그렇게 잘라 낸 기사들을 굿우드 씨의 주소가 적힌 봉투에 넣고 직접 그의 호텔에 찾아가서 전했다. 그는 그녀에게 이사벨에 관해서 한 마디도 묻지 않았다. 자기 눈으로 직접 보려고 5천 마일을 달려온 것이 아니던가? 자기 눈으로 보았으므로 이제 오즈먼드 부인이 불행하다고 생각할 만한 타당한 근거는 전혀 없었다. 그러나 근거가 없다는 것 그 자체가 그의 감정을 자극했고, 관심을 이미 끊었다는 자신의 지론에도 불구하고 그녀에 관한 한 그에게는 더 이상 미래가 없다는 것을 이제 확실히 인정하면서 사나운 마음이 일었다. 그는 진실을 알고 있다는 만족감조차 얻지 못한 것이다. 그녀가 실로 불행하다면, 그는 그녀를 존중해 줄 사람이라는 신뢰조차 받을 수 없다는 것이 분명했다. 그는 희망도 없고, 무력하고, 쓸모도 없는 사람이었다. 그녀는 교묘한 계획을 세워서 그가 로마를 떠나도록 함으로써 그가 쓸모없는 사람이라는 사실을 일깨워 주었다. 그는 그녀의 사촌을 위해서라면 아무런 불만 없이 어떤 일이라도 할 수 있었지만, 그녀가 자신에게 부탁할 수 있었을 수많은 일들 가운데 기어코 이 일을 선택했다는 점을 생각하면 치가 떨렸다. 그녀는 그를 로마에 붙잡아 둘 일을 절대로 선택하지 않을 것이다.

그날 밤에 그는 내일이면 그녀를 두고 로마를 떠날 것이고 여기까지 와서 얻은 것이라고는 자신이 예전처럼 불필요한 존재라는 자각뿐이라는 생각에 사로잡혀 있었다. 그녀에 대해서 새롭게 알게 된 것은 전혀 없었다. 그녀는 조금도 흔들림이 없었고 수수께끼처럼 불가사의했기 때문에 꿰뚫어 볼 수 없었다. 과거에 삼켜 버리려고 무진장 애를 썼던 쓰라린 마음이 다시 목구멍에서 올라오는 것이 느껴졌고, 죽음에 이르도록 지속될 실망감이 있다는 것을 깨달았다. 오즈먼드는 계속 말을 이어 가고 있었다. 그가 또다시 아내와의 완벽한 친밀감에 대해 말하고 있다는 것을 굿우드는 어렴풋이 의식했다. 그 순간 저 남자에게는 일종의 악마적 상상력이 있다는 생각이 들었다. 악의가 없다면 이처럼 평소와 전혀 다른 화제를 고를 수 없었을 것이다. 그렇지만 그가 악마적이든 그렇지 않든, 그녀가 남편을 사랑하든 미워하든 무슨 상관이 있겠는가? 그녀가 남편을 죽도록 미워하더라도 자신은 지푸라기 하나 건지지 못할 것이다. 「그러면 곧 랠프 터치트와 여행하시겠군요.」 오즈먼드가 말했다. 「그렇게 되면 천천히 여행할 수밖에 없겠지요?」

「모르겠어요. 그분이 원하시는 대로 할 겁니다.」

「정말로 친절하시군요. 우리는 당신에게 큰 신세를 졌습니다. 이 말을 꼭 해야겠군요. 내 아내가 아마도 우리의 마음을 알려 드렸겠지요. 터치트는 겨울 내내 우리 마음에 걸렸답니다. 그가 로마를 결코 떠나지 못할 듯이 보인 적도 여러 번 있었어요. 그는 여기 오지 않았어야 해요. 그런 상태에 있는 사람이 여행에 나선다는 건 경솔한 정도가 아니라 그보다 훨씬 더 나쁜 일입니다. 일종의 무례함이죠. 터치트가 내 아내와 나에게 신세를 진 것처럼 내가 그에게 신세를 질 일은 절대로 없을 겁니다. 다른 사람들이 어쩔 수 없이 그를 돌봐 주어야 하니까요. 모두가 다 당신처럼 관대한 것은 아닙니다.」

「저는 달리 할 일이 없습니다.」 캐스퍼가 냉담하게 말했다.

오즈먼드는 잠시 곁눈질로 그를 바라보았다. 「결혼을 해야 합니다. 그러면 할 일이 많아질 거예요! 그렇게 되면 당신은 지금처럼 자비로운 행동을 쉽사리 할 수 없을 겁니다.」

「결혼하신 분으로서 당신에게 할 일이 그렇게 많다고 생각하십니까?」젊은이가 기계적으로 물었다.

「아, 알다시피, 결혼은 그 자체가 일이랍니다. 늘 적극적인 것은 아니고 때로 수동적인 일이지요. 하지만 그렇더라도 더 많은 관심이 필요하답니다. 그런 데다 내 아내와 나는 아주 많은 일들을 함께합니다. 우리는 책을 읽고, 연구도 하고, 음악을 연주하기도 하고, 산책도 하고, 마차를 타고 드라이브를 합니다. 게다가 우리가 처음 알게 되었을 때처럼 이야기를 나누지요. 지금도 나는 아내와 대화하는 것을 좋아한답니다. 당신이 혹시 지루함을 느낀다면 내 충고를 받아들여서 결혼하십시오. 그러면 당신의 부인이 당신을 지루하게 할 수는 있더라도 당신이 스스로를 지루하게 할 일은 절대로 없답니다. 늘 혼자서 말할 거리가 있을 테고, 늘 생각할 거리가 있을 테니까요.」

「저는 지루하지 않습니다.」굿우드가 말했다. 「생각할 거리도 많고 혼자서 말할 것도 많으니까요.」

「다른 사람들에게 하기보다 혼자 말하는 일이 더 많겠지요!」오즈먼드는 가볍게 웃으며 말했다. 「그다음에는 어디로 가십니까? 터치트를 원래 보호자에게 인계한 다음에 말입니다. 그의 모친께서 마침내 그를 돌보러 돌아오신다고 알고 있습니다. 그 자그마한 부인은 대단한 분입니다. 자신의 의무를 그렇게나 멋지게 등한시하다니 —! 어쩌면 여름을 영국에서 보내시겠군요?」

「모르겠습니다. 아직 계획이 없습니다.」

「좋으시겠어요. 조금 쓸쓸하기는 하겠지만 매우 자유로울 테니까.」

「그렇습니다. 무척 자유롭지요.」

「자유롭게 로마에 돌아오시기를 바랍니다.」 그는 새 손님들이 방에 들어오는 것을 보면서 말했다. 「로마에 오시거든 방문해 주실 거라고 기대하고 있음을 기억해 주십시오.」

굿우드는 일찍 돌아갈 생각이었지만, 이사벨과 여럿이 함께 어울려 대화를 나누는 것 외에는 별도의 대화를 나누지 못한 채 저녁 시간을 보냈다. 그녀는 고집스럽게도 계속 그를 피했다. 억누를 수 없는 원한 때문에 그는 그렇게 보이지 않는 부분에서도 그녀가 의도적으로 그렇게 행동한다고 생각했다. 그런 의도가 드러나는 곳은 전혀 없었다. 그녀는 그의 눈을 쳐다보며 환대하는 듯이 밝게 미소를 지었고, 그 미소는 몇몇 손님들을 접대하도록 도와 달라고 청하는 것 같았다. 그는 완강하고 조급한 마음으로 그런 암시에 저항했고, 이리저리 걸어다니면서 기다렸다. 자기가 알고 있는 소수의 사람들에게만 말을 걸었는데, 그들은 그를 알게 된 후 처음으로 그가 조금 두서없이 말한다는 인상을 받았다. 캐스퍼 굿우드가 다른 사람들의 말에 반박하는 일은 종종 있었지만 두서없이 말하는 경우는 거의 없었다. 팔라초 로카네라에서는 종종 음악이 연주되었고 대개 매우 훌륭한 연주자들을 초청해서 연주를 들려주었다. 음악을 들으면서 그는 간신히 감정을 억제했다. 하지만 모임이 끝날 무렵 사람들이 돌아가기 시작했을 때 그는 이사벨에게 다가가서 조금 전에 비어 있음을 확인한 방에서 이야기를 나눌 수 있는지를 나지막한 목소리로 물었다. 그녀는 그의 청을 들어주고 싶지만 어쩔 도리가 없다는 듯이 미소를 지었다. 「유감스럽게도 그럴 수 없겠어요. 사람들이 작별 인사를 하고 있는데, 내가 모습을 보여 주어야 하니까요.」

「그럼 모두들 돌아갈 때까지 기다리겠어요.」

그녀는 잠시 망설였다. 「아, 그러면 좋아요!」 그녀가 큰 소리로 말했다.

그래서 그는 시간이 오래 걸렸지만 기다렸다. 카펫에 발이 붙어 있는 듯 몇몇 사람들이 돌아가지 않고 끝까지 남아 있었다. 제미니 백작 부인은 한밤중까지 있는 일이 절대로 없다고 말했지만 연회가 끝났다는 것을 의식하지 못하는 것 같았다. 그녀는 아직도 벽난로 앞에 둥글게 모여 서 있는 몇몇 신사들을 상대하고 있었고, 그 신사들은 이따금 다 같이 웃음을 터뜨렸다. 오즈먼드는 이미 보이지 않았다. 그는 사람들이 돌아갈 때 작별 인사를 하는 법이 없었다. 백작 부인이 늦은 시간에 늘 하던 버릇대로 사람들을 주위에 더 끌어모으고 있었으므로, 이사벨은 팬지를 자러 가게 했다. 이사벨은 약간 떨어진 곳에 앉았다. 시누이가 좀 더 목소리를 낮춰서 마지막으로 능장을 부리는 사람들이 조용히 떠날 수 있게 해주기를 바라는 것 같았다.

「이제 잠시 이야기를 나눌 수 있을까요?」 굿우드가 곧 그녀에게 물었다.

그녀는 미소를 지으며 즉시 일어섰다. 「그럼요. 원하신다면 다른 방으로 가요.」 그들은 백작 부인 일행을 남겨 두고 다른 방으로 갔고, 문지방을 넘은 후 잠시 아무 말도 하지 않았다. 이사벨은 자리에 앉으려 하지 않고 방의 한복판에 서서 천천히 부채질을 하면서 평소처럼 친숙하고 우아하게 대했다. 그녀는 그가 말하기를 기다리는 것 같았다. 이제 그녀와 단둘이 있게 되자 지금껏 억눌렀던 열정이 온몸의 감각에 솟구쳤다. 그것이 눈에서 윙윙거리면서 주위의 사물이 빙빙 돌았다. 환한 조명을 받고 있는 텅 빈 방이 흐릿해지고 부옇게 보였다. 베일이 걷히면서 그의 앞에서 눈빛을 반짝이며 입술을 벌린 채 둥둥 떠다니는 이사벨의 모습이 보였다. 좀 더 똑똑히 보았더라면 그녀가 약간 억지로 떠올린 굳은 미소를 띠고 있다는 것을, 그의 얼굴을 보고 겁을 먹었다는 것을 알 수 있었을 것이다. 「내게 작별 인사를 하시려는 것이겠지요?」

「네. 그렇지만 그렇게 하고 싶지 않아요. 로마를 떠나고 싶지 않으니까.」 그는 호소하듯이 솔직하게 말했다.

「그 마음은 충분히 알 수 있어요. 정말 좋으신 분이세요. 당신의 친절에 대해서 뭐라 말할 수 없군요.」

잠시 그는 아무 말도 하지 않았다. 「그런 말 몇 마디로 나를 떠나보내려 하는군요.」

「언젠가는 돌아오셔야 해요.」 그녀가 밝게 대답했다.

「언젠가는? 가급적 오랜 시간이 지난 후라는 뜻이겠지요.」

「아, 아뇨. 그런 뜻은 전혀 아니에요.」

「그럼 무슨 뜻입니까? 나는 모르겠어요! 하지만 가겠다고 말했으니까 갈 겁니다.」 굿우드가 덧붙였다.

「언제든지 원하실 때 돌아오세요.」 이사벨은 가볍게 말하려고 애썼다.

「나는 당신의 사촌에 대해서는 전혀 관심이 없어요.」 캐스퍼가 불쑥 말을 내뱉었다.

「그 말을 꼭 하고 싶으셨어요?」

「아뇨, 아닙니다. 하고 싶은 말은 아무것도 없어요. 당신에게 묻고 싶었습니다 ──」 그는 잠시 멈추었다가 말했다.

「당신의 삶이 과연 어떠한지?」그는 낮은 목소리로 재빨리 말했다. 그는 대답을 기다리는 듯이 다시 말을 멈추었지만, 그녀가 아무 말도 하지 않자 다시 말을 이었다. 「나는 이해할 수 없어요. 당신을 꿰뚫어 볼 수 없어요! 내가 무엇을 믿어야 하고 ─ 내가 어떻게 생각하기를 바랍니까?」여전히 그녀는 아무 대답도 하지 않았다. 그저 가만히 서서 그를 바라보면서 다만 이제는 마음이 편안한 척하지 않을 뿐이었다. 「당신이 불행하다는 이야기를 들었어요. 실로 그렇다면 나는 그 사실을 확인하고 싶습니다. 내게는 중요한 일이 될 테니까요. 하지만 당신 스스로는 행복하다고 말하고 있고, 어떻든 매우 평온하고, 사근사근하고, 조금도 빈틈이 없이 행동하고 있어요. 당신은 완전히 달라졌어요. 모든 것을 숨기고 있습니다. 나는 당신에게 실로 가까이 다가간 적이 없어요.」

「매우 가까워지셨어요.」이사벨은 부드럽지만 경고하는 목소리로 말했다.

「그래도 당신을 붙잡을 수는 없습니다! 나는 진실을 알고 싶어요. 당신이 잘 살아온 것인지?」

「지나친 질문을 하시네요.」

「그래요. 나는 늘 너무 많은 것을 물어보았어요. 물론 대답하지 않으시겠죠. 피할 수만 있으면 대답을 하지 않으실 테니까요. 그리고 그건 내가 상관할 일도 아니죠.」그가 자제하려는 노력을 드러내며 말했고, 배려심을 베풀 수 없는 마음을 사려 깊게 표현하려고 애썼다. 하지만 이번이 마지막 기회이고, 자신은 그녀를 사랑했지만 결국 그녀를 잃었으며, 자신이 뭐라고 말하든 그녀가 자기를 바보로 생각하리라는 느낌이 들자 갑자기 감정이 격렬해지면서 낮은 목소리가 깊이 떨려 나왔다. 「당신은 도무지 알 수 없는 수수께끼 같아요. 그래서 당신이 뭔가를 숨기고 있다는 생각이 듭니다. 내가 당신 사촌에 대해서 관심이 전혀 없다고 말했지요. 하지만 그를 싫어한다는 말은 아니에요. 내가 그를 좋아하기 때문에 함께 떠나는 것은 아니라는 뜻으로 말한 겁니다. 그가 바보 천치였더라도 당신의 부탁이라면 함께 떠날 겁니다. 당신의 부탁이라면 내일 시베리아에라도 갈 거예요. 그런데 내가 왜 떠나기를 바라는 겁니까? 거기에는 틀림없이 이유가 있을 겁니다. 당신이 겉으로 보여 주듯이 그토록 당신의 생활에 만족하고 있다면, 당신은 내가 여기 있는지 말든지 개의치 않을 겁니다. 여기 와서 아무것도 얻지 못하고 돌아가느니, 아무리 끔찍한 일일지라도 당신에 관한 진실을 알고 싶습니다. 그것 때문에 여기에 온 것은 아니에요. 당신에 대해서 염려해서는 안 된다고 생각했어요. 내가 여기 온 것은 더 이상 당신을 생각할 필요가 없다고 스스로 확인하기 위해서였습니다. 다른 생각은 전혀 없었어요. 내가 떠나기를 당신이 바라는 것은 극히 당연한 일이죠. 하지만 내가 떠나야 한다면, 한순간은 내 감정을 솔직히 털어놓아도 괜찮겠지요. 그렇지 않습니까? 당신이 정말로 고통을 받고 있다면 — 만일 당신 남편이 당신에게 상처를 준다면 — 내 말 때문에 당신이 상처를 받지는 않을 겁니다. 내가 당신을 사랑한다고 말한다면, 여기 온 목적은 바로 그것이었을 겁니다. 다른 목적을 위해서 왔다고 생각했는데 실은 그 말을 하기 위해서였어요. 당신을 다시는 보지 못할 거라고 생각하지 않는다면 그 말을 하지 않을 겁니다. 이번이 마지막입니다. 그러니 꽃 한 송이라도 꺾을 수 있게 해주세요! 내가 그런 말을 할 권리가 없다는 것은 알고 있습니다. 당신도 그런 말을 들을 권리가 없지요. 하지만 당신은 듣지 않는군요. 당신은 절대로 내 말에 귀를 기울이지 않아요. 늘 다른 것을 생각하고 있으니까요. 그 말을 했으니 물론 나는 떠날 겁니다. 그러니 적어도 한 가지 이유는 있는 셈이지요. 당신이 내게 부탁한 것은 이유가 안 됩니다. 진정한 이유는 아니지요. 나는 당신의 남편을 판단할 수 없어요.」그는 무관한 말들을 뒤죽박죽으로 이어 갔다. 「당신 남편을 이해할 수 없어요. 두 사람이 서로를 숭배한다고 말하더군요. 왜 나에게 그런 말을 하시는 겁니까? 그것이 내게 무슨 상관이 있다고요? 내가 이런 말을 하면 당신은 이상한 표정을 지으시지요. 하지만 당신은 늘 이상한 표정을 짓고 있어요. 그래요. 당신은 뭔가를 숨기고 있어요. 그건 내가 상관할 일이 아니지요. 맞습니다. 하지만 나는 당신을 사랑합니다.」캐스퍼 굿우드가 말했다.

그가 이렇게 말하는 동안 그녀는 이상한 표정을 짓고 있었다. 그녀는 그들이 지나온 문을 쳐다보았고, 경고하듯이 부채를 들어 올렸다. 「지금까지 아주 잘 처신하셨는데, 이제 와서 망치지 마세요.」그녀가 나지막하게 속삭였다.

「아무도 내 말을 듣지 않아요. 당신은 나를 쫓아내려고 대단히 기발한 방법을 썼지요. 나는 전과 비교할 수 없이 당신을 사랑합니다.」

「알고 있어요. 당신이 떠나겠다고 동의하셨을 때 알았어요.」

「당신을 사랑하지 않을 수 없어요. 어쩔 수 없는 일입니다. 할 수만 있다면 피하겠지만, 불행히도 그럴 수 없어요. 〈불행히도〉라는 말은 내게 그렇다는 뜻입니다. 나는 아무것도 요구하지 않아요. 말하자면, 요구해서는 안 될 것은 바라지 않습니다. 하지만 단 한 가지 만족감을 주시기 바랍니다. 말해 주시기 바랍니다 ― 한 가지만 말해 주세요 ―!」

「무엇을 말해 달라는 것인가요?」

「내가 당신을 동정해도 될지를.」

「그렇게 하고 싶으세요?」 이사벨은 다시 미소를 지으려 하면서 물었다.

「당신을 동정하고 싶으냐고요? 물론입니다! 그러면 적어도 어떤 일을 하는 것이 되니까요. 그 일에 내 일생을 바치겠습니다.」

그녀는 부채를 들어 눈만 빼고 얼굴을 전부 가렸다. 그녀의 눈이 잠시 그의 눈에 머물렀다. 「그 일에 온 생애를 바치지는 마세요. 그렇지만 이따금 저를 생각해 주세요.」 이 말을 마치고 그녀는 제미니 백작 부인에게로 돌아갔다.

제49장

내가 몇 가지 사건을 묘사한 그 목요일 저녁에 마담 멀은 팔라초 로카네라에 모습을 드러내지 않았다. 이사벨은 그녀가 오지 않은 것을 알았지만 그 사실에 놀라지 않았다. 그들의 친밀한 교제를 고무하지 않을 사건이 몇 가지 일어났는데, 그것을 이해하려면 약간 시간을 거슬러 올라가서 살펴보아야 한다. 이미 언급했듯이 마담 멀은 워버턴 경이 로마를 떠난 직후에 나폴리에서 돌아왔다. 그리고 이사벨을 처음 만났을 때(그녀에 대해 공정하게 말하자면, 그녀는 돌아오자마자 즉시 이사벨을 만나러 왔다) 그녀가 제일 먼저 꺼낸 말은 이 귀족의 행방에 대한 물음이었고, 그 사람에 대해서 이사벨이 책임을 져야 한다고 여기는 것 같았다.

「제발 워버턴 경에 대한 이야기는 하지 마세요.」 이사벨이 이렇게 대답했다. 「최근에 그분에 대한 이야기를 너무 많이 들었거든요.」

마담 멀은 항의하듯이 고개를 약간 갸웃거리면서 왼쪽 입꼬리를 올려 미소 지었다. 「당신이야 물론 많이 들었겠지요. 하지만 나는 나폴리에서 아무 이야기도 듣지 못했다는 것을 기억해 줘요. 나는 그를 여기서 만날 수 있고 팬지에게 축하 인사를 할 수 있기를 바랐어요.」

「그래도 팬지에게 축하를 해주실 수는 있어요. 워버턴 경과의 결혼을 축하하는 것은 아니라도.」

「아니, 어떻게 그런 말을 할 수 있어요! 내가 그 일을 몹시 바랐다는 것을 모르세요?」 마담 멀은 무척 열띤 기세로 물었지만 그래도 기분 좋게 대하려는 목소리였다.

이사벨은 마음이 불편했지만 자기도 기분 좋게 대하려고 결심했다. 「그렇다면 나폴리에 가지 않으셨어야지요. 여기 머물면서 그 일을 지켜보셨어야지요.」

「나는 당신을 너무 믿었어요. 그런데 그 일이 이제는 너무 늦어 버렸다고 생각해요?」

「팬지에게 물어보시는 편이 좋겠어요.」 이사벨이 말했다.

「당신이 팬지에게 뭐라고 말했는지를 물어보겠어요.」

손님의 태도가 비판적이라고 느끼면서 이사벨의 마음속에 일어난 자기 방어의 충동은 마담 멀의 이 말 때문에 정당화되는 것 같았다. 우리가 알다시피 마담 멀은 지금까지 매우 신중하게 처신해 왔다. 그녀는 한 번도 비판한 적이 없었고, 주제넘게 간섭하게 될까 봐 유난히 걱정했다. 그러나 그녀가 그저 자제해 왔을 뿐이라는 사실이 이 순간에 분명히 드러났다. 지금 그녀는 위험할 정도로 날카로운 눈빛에 화가 난 기색을 드러냈고, 감탄스러울 정도로 느긋한 그녀의 평소 태도로도 그 분노를 억누를 수 없었던 것이다. 그녀가 너무나 큰 실망감을 느끼고 있다는 사실에 이사벨은 깜짝 놀랐다. 우리의 여주인공은 마담 멀이 팬지의 결혼에 이토록 열렬한 관심을 갖고 있다는 것을 몰랐던 것이다. 그리고 그 부인이 그 관심을 드러내는 태도에서 오즈먼드 부인은 갑자기 두려움을 느꼈다. 자신을 둘러싸고 있는 어둠침침한 허공에서 울려 퍼지는, 어디에서 나오는지 알 수 없는 차갑고 조롱하는 목소리가 전에 없이 명료하게 들렸다. 그 목소리는 이 영리하고 강하고 단호하고 세속적인 여자, 현실적이고 사적이고 직접적인 것의 화신인 이 여자가 이사벨의 운명을 변화시킨 강력한 동인이라고 선언하고 있었다. 마담 멀은 이사벨이 지금껏 생각했던 것보다 훨씬 더 가까운 곳에 있었고, 그토록 가까이 있다는 것은 오랫동안 그렇게 생각했듯이 즐거운 우연이 아니었다. 이 놀라운 숙녀와 남편이 은밀한 교감을 나누며 함께 앉아 있던 모습에 소스라치게 놀랐던 날 이사벨의 마음속에서는 우연이라는 느낌이 사라져 버렸다. 아직 명확한 의혹이 일어난 것은 아니었다. 하지만 그 사건으로 인해 이사벨은 이 친구를 다른 눈으로 바라보게 되었고, 과거에 이 친구가 보여 준 행위에는 그 당시에 그녀 스스로 인정했던 것 이상의 다른 의도가 숨어 있었다는 생각이 들었다. 아, 그래, 어떤 의도가 있었어. 뭔가 의도가 있었어. 이사벨은 혼자 중얼거렸다. 그러자 긴 악몽에서 깨어나는 것 같았다. 마담 멀의 의도가 선한 것이 아니었다는 확신을 갖게 된 것은 무엇 때문이었을까? 바로 최근에 구체적으로 떠오르기 시작한 불신 때문이었다. 그 불신은 이제 가엾은 팬지의 일에 대해 마담 멀이 거세게 힐난하면서 일어난 갖가지 의혹과 결합되었다. 그 부인의 항의에 담긴 무언가에 자극되어 이사벨은 처음부터 도전적으로 대답할 수밖에 없었다. 뭐라 이름 붙일 수 없는 그 활력적인 비난은 그 친구가 내세웠던 섬세하고 신중한 태도와는 걸맞지 않은 것이었다. 마담 멀이 간섭하고 싶어 하지 않았던 것은 분명했다. 하지만 그 것은 다만 간섭할 일이 전혀 없을 때에 한한 일이었다. 어쩌 면 독자들은 마담 멀이 여러 해에 걸쳐 좋은 일을 해주면서 입증한 진심을 이사벨이 그저 단순한 혐의를 갖고 불신하게 된 것이 너무 성급하다고 생각할지도 모른다. 실로 이사벨은 신속히 의심을 품었고, 그럴 만한 이유가 있었다. 그녀의 영 혼 속으로 기이한 진실이 스며들고 있기 때문이었다. 마담 멀의 관심사가 오즈먼드와 똑같다는 것이었다. 이 사실로 충 분했다. 「팬지가 당신의 화를 더 돋울 말은 하지 않을 거예 요.」 이사벨은 상대의 마지막 말에 대해 이렇게 대답했다.

「나는 전혀 화가 나지 않았어요. 다만 상황을 되돌려 놓을 수 있기를 무척 바라고 있을 뿐이죠. 워버턴이 완전히 떠났 다고 생각하세요?」

「말할 수 없어요. 난 당신을 이해할 수 없어요. 그 일은 완 전히 끝났어요. 제발 그대로 내버려 두세요. 오즈먼드가 그 이야기를 무척 많이 했어요. 나는 더 이상 말할 것도, 들을 것도 없어요. 틀림없이,」 이사벨이 덧붙였다. 「오즈먼드는 당 신과 그 이야기를 나누면 무척 기뻐할 겁니다.」

「그가 어떻게 생각하는지는 알고 있어요. 어젯밤에 나를 찾아왔더군요.」

「당신이 도착하자마자? 그럼 다 아실 테니 내게 물어보실 필요도 없겠군요.」

「내가 알고 싶어 하는 건 사실이 아니에요. 마음속의 공감 을 원하는 거죠. 나는 그 결혼을 몹시 바랐거든요. 그 결혼 은 다른 것들이 채워 주지 못하는 것을 채워 줬어요. 상상력 을 만족시켜 준 거죠.」

「부인의 상상력을 만족시켜 주었겠지요. 당사자들의 상상력이 아니라.」

「그 말은 물론 내가 당사자가 아니란 뜻이겠지요. 물론 직접적인 당사자는 아니에요. 하지만 그토록 오랜 벗으로 지내다 보면 뭔가 관여하지 않을 수 없게 되거든요. 내가 팬지를 얼마나 오래 알고 지냈는지를 당신은 잊어버린 거예요. 물론 당신 말은,」 마담 멀이 덧붙였다. 「당신은 당사자들 중 하나라는 뜻이겠죠.」

「아뇨, 그런 뜻은 전혀 없었어요. 그 일이라면 이제 진저리가 나니까.」

마담 멀은 약간 망설였다. 「아, 그래요, 당신이 의도했던 일은 끝났으니까.」

「말을 조심하시죠.」 이사벨이 매우 엄숙하게 말했다.

「아, 조심하고 있어요. 어쩌면 그렇게 보이지 않을 때 가장 조심하고 있을 거예요. 당신 남편은 당신을 가차없이 판단하더군요.」

이 말에 이사벨은 잠시 아무 대답도 하지 않았다. 견디기 어려운 쓰라린 느낌에 목이 졸리는 것 같았다. 그녀에게 가장 충격적이었던 것은, 오즈먼드가 아내를 적으로 삼은 듯이 마담 멀을 자기편으로 끌어들여서 속마음을 털어놓았다고 그 부인이 무례하게도 말해 주었다는 사실이 아니었다. 당장은 그것이 무례하게 굴려는 의도에서 나온 말이라고 믿을 수 없었다. 마담 멀은 무례하게 구는 일이 거의 없었고, 가장 알맞은 때라고 생각할 때만 그렇게 행동했다. 지금은 알맞은 때가 아니었고, 적어도 아직은 아니었다. 터진 상처에 떨어진 산성 액체 방울처럼 이사벨의 마음을 태워 들어간 것은 오즈먼드가 그의 생각뿐 아니라 말로써 아내에게 굴욕을 주었다는 사실이었다. 「나는 남편을 어떻게 판단하는지 알고 싶으세요?」 마침내 그녀가 이렇게 물었다.

「아뇨, 당신은 내게 절대로 말하지 않을 테니까요. 그리고 그걸 알게 되면 괴로울 거예요.」

잠시 침묵이 이어졌다. 그녀를 알게 된 후 처음으로 이사벨은 마담 멀이 불쾌한 사람이라고 생각했다. 그녀가 곧 돌아가기를 바랐다. 「팬지가 얼마나 매력적인 아가씨인지를 기억하시고, 낙담하지 마세요.」 이 말로 대화를 끝내기를 바라며 그녀가 갑자기 말했다.

하지만 마담 멀의 풍만한 몸은 전혀 위축되지 않았다. 그녀는 그저 망토를 여미어 몸을 감쌌을 뿐이었다. 그 동작으로 상쾌한 향기가 아련히 공중에 퍼져 나갔다. 「나는 낙담하지 않아요. 용기를 얻었으니까요. 그리고 내가 당신을 꾸짖으러 온 것이 아니었어요. 가능하면 진실을 알고 싶어서 온 거죠. 당신에게 물어보면 말해 주리라는 것을 알고 있어요. 그 점을 믿을 수 있다는 것은 당신과의 관계에서 크나큰 축복이죠. 아, 내가 그것에서 얼마나 큰 위안을 얻고 있는지 당신은 모를 거예요.」

「무슨 진실을 말씀하시는 거죠?」 이사벨은 의아한 마음으로 물었다.

「바로 이거예요. 워버턴 경이 마음을 바꾼 것이 전적으로 스스로 원해서 그런 것인지 아니면 당신이 권했기 때문인지 하는 것이지요. 다시 말해서 그가 자신의 즐거움을 찾으려 한 것이었는지, 아니면 당신을 즐겁게 해주려 한 것인지를 알고 싶어요. 당신에 대한 신뢰가 약간 줄기는 했어도 내가 아직 당신을 믿고 있다는 것을 생각해 보세요.」 마담 멀은 미소를 지으며 말을 이었다. 「당신에게 이런 질문을 할 수 있을 정도로 말이죠!」 그녀는 자신의 말이 어떤 영향을 미치고 있는지를 판단하기 위해서 상대를 빤히 응시하며 말을 이었다. 「자, 용감하게 굴려고 하지 말고, 무분별하게 판단하지도 말고, 화를 내지도 마세요. 내가 이런 말을 하는 것은 당신에게 경의를 표하는 거라고 생각해요. 내가 다른 여자들에게는 이렇게 경의를 표하지 않거든요. 당신 외에는 그 어떤 여자도 진실을 말해 주지 않을 거라고 생각하니까요. 당신의 남편이 그 문제에 대해서 명확히 아는 것이 매우 바람직하다는 것을 모르겠어요? 사실 그분은 그 진실을 캐내려고 했을 때 요령이 전혀 없었던 것 같아요. 쓸데없이 마음대로 추측했던 거예요. 하지만 실제로 어떤 일이 일어났는지를 명확히 알게 되면 딸의 장래에 대한 그분의 생각에 큰 차이가 생긴다는 것은 변함이 없죠. 워버턴 경이 그저 그 가엾은 아이에게 싫증이 난 거라면, 그건 한 가지 문제이고, 유감스러운 일이지요. 하지만 만일 그가 당신을 기쁘게 해주려고 그 아이를 포기한 거라면, 그런 전혀 다른 문제예요. 그것도 유감스러운 일이기는 하지만 다른 방식으로 유감스러운 거죠. 그렇다면, 만일 후자의 경우라면, 당신은 어쩌면 당신의 즐거움을 포기하면서 당신의 의붓딸이 결혼하는 것을 봐줄 수도 있겠지요. 그 사람에게서 손을 떼요. 그를 우리에게 넘겨줘요!」

마담 멀은 상대방에게서 눈을 떼지 않고 분명 위험하지 않다고 생각하면서 매우 신중하게 말을 이어 갔다. 그녀가 말하는 동안 이사벨의 얼굴은 점점 새파랗게 질려 갔다. 그녀는 무릎에 올려놓은 양손을 꽉 움켜쥐었다. 그 손님이 마침내 무례하게 굴 만한 알맞은 때가 되었다고 생각했던 것은 아니었다. 극명하게 드러난 것은 무례함이 아니었다. 그보다 더 지독한 공포였다. 「당신은 누구죠? 당신의 정체는 뭔가요?」 이사벨이 중얼거렸다. 「당신은 내 남편과 무슨 관계가 있는 거죠?」 이상하게도 그 순간 그녀는 마치 남편을 사랑하는 듯이 그에게 접근했다.

「아, 그렇다면, 당신은 용감하게 맞서기로 작정했군요! 참으로 유감이에요. 하지만 내가 그렇게 할 거라고는 생각하지 마요.」

「당신이 나와 무슨 관계가 있나요?」 이사벨이 말을 이었다.

마담 멀은 머프를 매만지며 천천히 일어섰지만 이사벨의 얼굴에서 눈을 떼지 않았다. 「모든 면에서 관계가 있어요!」 그녀가 대답했다.

이사벨은 일어서지 않고 앉은 채 그녀를 올려다보았다. 그녀의 얼굴은 의혹을 풀어 달라는 기도 같았다. 그러나 그 부인의 눈빛은 그저 깜깜한 암흑처럼 보였다. 「아, 이렇게 비참할 데가 있나!」 마침내 이사벨은 이렇게 중얼거리면서 등을 의자에 기대고 양손으로 얼굴을 가렸다. 터치트 부인의 말이 옳았다는 생각이 높이 솟구친 파도처럼 그녀를 덮쳤다. 마담 멀이 자신을 결혼하게 만들었던 것이다. 그녀가 얼굴에서 손을 떼기 전에 그 숙녀는 방을 나가 버렸다.

그날 오후에 이사벨은 혼자서 마차를 타고 외출했다. 그녀는 하늘 아래 펼쳐진 초원 멀리까지 나가서 마차에서 내려 데이지 꽃들 속을 걷고 싶었다. 이 일이 일어나기 오래전부터 그녀는 과거 로마의 도시에 속마음을 털어놓고 있었다. 모든 것이 폐허가 되어 버린 세계에서는 부서져 버린 자신의 행복이 그리 이상할 것도 없는 불행으로 보였기 때문이었다. 그녀는 몇백 년 동안 부서져 내렸으면서도 아직 똑바로 서 있는 것들에 자신의 지친 마음을 풀어 놓았고, 고적한 곳의 정적에 자신의 은밀한 슬픔을 떨어뜨려 놓았다. 그런 곳에서는 그 슬픔의 현대적인 성격이 부각되어 객관적으로 보였다. 그래서 그녀는 겨울날의 햇볕이 내려앉는 따스한 곳에 앉아 있거나 아무도 들어오지 않는 곰팡내 나는 교회에 서서 자신의 슬픔을 바라보고 미소를 짓기도 하면서 그것이 얼마나 하찮은 것인지를 생각할 수 있었다. 방대한 로마의 역사를 놓고 보면 실로 자신의 슬픔은 사소하기 짝이 없는 일이었다. 그녀는 장구하게 이어지는 인간의 운명을 계속 뇌리에 떠올리면서 하찮은 것으로부터 더 위대한 것에 대한 생각으로 쉽사리 나아갈 수 있었다. 그녀는 로마를 잘 알게 되면서 깊은 애정을 품게 되었다. 그 도시는 그녀의 격정에 스며들어 감정을 누그러뜨려 주었다. 하지만 로마는 대체로 사람들이 고통을 겪은 곳으로 여겨지게 되었다. 황폐한 교회에서 그녀에게 떠오른 생각은 이런 것이었다. 폐허가 되어 버린 이교도들의 유적지에서 옮겨 온 대리석 기둥들은 그녀에게 인내심을 나눌 친구가 돼준 것 같았고, 곰팡내 나는 향냄새는 오랫동안 답을 얻지 못한 기도들로 이뤄진 것 같았다. 이사벨은 누구보다도 유순하면서도 자기 모순적인 이교도였다. 아무리 확고한 신앙을 가진 신자라도 거무튀튀한 제단의 성화들과 줄줄이 늘어선 촛불들을 바라보면서 이러한 사물들이 보내는 암시를 그녀만큼 친밀하게 느낄 수는 없었을 것이고, 그런 순간에 그녀처럼 정신적인 현시에 쉽게 빠져들 수는 없었을 것이다. 우리가 알고 있다시피, 팬지는 거의 언제나 계모와 함께 다녔고, 최근에는 제미니 백작 부인이 분홍색 양산을 들고 그들의 마차에 화려함을 더해 주었다. 그래도 그녀는 때로 혼자 있고 싶은 기분이 들거나 찾아가려는 장소가 혼자 가기에 적합할 때는 늘 혼자 나서곤 했다. 그런 때에 그녀가 자주 가는 곳이 몇 군데 있었다. 그중 가장 쉽게 갈 수 있는 곳은 성 요한 라테라노 대성전의 높고 차가운 건물 정면 앞으로 넓게 펼쳐진 풀밭의 끄트머리에 있는 나지막한 난간 위의 의자였다. 그곳에서는 평원을 가로질러 멀리 떨어진 곳에 길게 뻗어 있는 알반 산의 산맥과 그 사이의 거대한 평원을 볼 수 있었다. 그곳에는 거기서 사라져 버린 모든 것들의 유물이 아직도 남아 있었다. 사촌 오빠와 그 일행이 떠난 다음에 이사벨은 전보다 더 빈번히 이리저리 배회했다. 그녀는 우울한 마음을 안고 낯익은 한 성지에서 다른 성지로 옮겨 다녔다. 팬지와 백작 부인과 함께 있을 때도 그녀는 사라져 버린 세계의 흔적을 느꼈다. 마차는 로마의 성벽을 뒤로 하고 야생 인동덩굴이 산울타리에 뒤엉켜 자라는 좁은 오솔길을 따라 굴러가거나 아니면 들판 가까운 고요한 곳에서 그녀를 기다렸다. 그동안 그녀는 꽃들이 점점이 피어 있는 풀밭을 배회하며 점점 더 멀리 걸어가거나 옛 건물에 사용되었던 돌 위에 앉아서 개인적인 슬픔의 베일을 통해 그 광경의 찬란한 슬픔을 바라보았다. 사방에 자욱하게 퍼진 따스한 빛과 멀리 부드럽게 뒤섞여서 서서히 달라지는 색깔, 외로이 서서 움직이지 않는 목동들, 구름의 그림자에 가려 붉은 빛으로 물든 언덕들을 바라보았다.

내가 조금 전에 묘사한 그날 오후에 이사벨은 마담 멀에 대해서 아무 생각도 하지 않겠다고 결심했다. 하지만 그렇게 결심해 봐야 전혀 소용이 없었다. 그 부인의 이미지가 끊임없이 눈앞에 떠오르는 것이었다. 그녀는 여러 해 동안 가깝게 지내 온 이 친구에게 〈사악한〉이라는 형용사, 역사적 인물들에게나 붙일 만한 이 엄청난 형용사를 과연 붙여도 좋을지를 미신을 두려워하는 어린애 같은 심정으로 자문해 보았다. 그녀는 성경과 다른 문학 작품들에서만 사악함이라는 단어를 보았을 뿐이었다. 아무리 생각해 보아도 사악함이라는 것을 직접 경험해 본 적은 없었다. 그녀는 일찍이 인간의 삶을 폭넓게 알 수 있기를 바랐고 자신이 어느 정도는 경험을 쌓았다고 자부했지만, 사악함의 경험이라는 이 기본적인 특권은 누린 적이 없었다. 기만이라는 것은 아무리 교묘하더라도 역사적인 의미에서 볼 때 사악하다고 볼 수 없을 것이다. 마담 멀의 행동이 바로 그런 것이었다. 깊이, 철저히, 교묘하게 기만적이었다. 리디아 이모는 오래전에 이 사실을 알아냈고, 조카딸에게 말해 주었다. 하지만 그 당시 이사벨은 사물을 바라보는 자신의 관점이 이모보다 훨씬 더 풍부하다고 자부했고, 사고방식이 답답한 가엾은 터치트 부인보다 자발적으로 뻗어 나는 자신의 삶과 자신의 고귀한 해석이 더 훌륭하다고 생각했다. 마담 멀은 자신이 원하는 바를 행동에 옮겼던 것이다. 그녀는 자신의 친구 두 사람을 결합시켰다. 돌이켜 생각해 볼 때 마담 멀이 두 사람의 결합을 그토록 바랐다는 것은 놀라운 일이 아닐 수 없었다. 〈예술을 위한 예술〉을 열광적으로 지지하는 사람들이 있듯이 중매하는 일에 열광하는 사람들도 있다. 하지만 마담 멀은 대단한 재간이 있기는 해도 그런 중매쟁이는 아니었다. 그녀는 결혼에 대해서 너무나 부정적인 생각을 갖고 있었고, 삶 자체에 대해서도 너무나 부정적으로 생각했다. 그러므로 그녀가 바랐던 것은 일반적인 결혼이 아니라 바로 그 특정한 결혼이었다. 그때 그녀는 뭔가 자신이 얻을 수 있는 이득을 염두에 두었을 것이다. 이사벨은 그녀가 어떤 점에서 이득을 얻을 수 있었을지 스스로에게 물어보았다. 그 답을 찾아내는 데 당연히 꽤 오래 걸렸지만, 그렇더라도 그 답이 정확한 것은 아니었다. 마담 멀은 처음 가든코트에서 만났을 때부터 이사벨에 대해 호감을 가진 것 같았다. 하지만 터치트 씨가 사망하고 나서 젊은 친구가 그 선량한 노인의 자비로운 선물을 받게 되었다는 사실을 안 연후에 그 애정은 두 배로 커진 것 같았다. 그 부인은 돈을 빌려 보겠다는 천박한 계획이 아니라, 새로 큰 재산을 얻은 젊고 순진한 여자에게 자기의 절친한 친구를 소개해 주려는, 보다 세련된 계획에서 자기에게 이득이 될 점을 구했던 것이다. 그녀는 당연히 가장 가깝고 절친한 친구를 골랐고, 길버트가 바로 그런 사람이었다는 것은 이사벨이 이미 명백하게 알고 있는 사실이었다. 이런 식으로 생각을 전개해 볼 때 이사벨은 이 세상에서 가장 탐욕이 없다고 생각한 사람이 실은 야비한 사기꾼처럼 자신의 돈을 위해 자신과 결혼했다는 결론에 이르지 않을 수 없었다. 참으로 이상한 일이지만, 그녀는 예전에 이런 생각을 떠올린 적이 한 번도 없었다. 오즈먼드에 대해서 속으로 많은 비난을 퍼부었지만 특별히 이 점에 대해서 비난한 적은 결코 없었다. 이것은 그녀가 생각해 낼 수 있는 최악의 비난이었고, 그런 지독한 비난을 하게 될 일은 결코 없으리라고 속으로 말해 왔다. 남자가 여자의 돈을 노리고 결혼하는 거야 있을 수 있는 일이다. 그런 일은 흔히 있어 왔다. 하지만 그런 경우에는 적어도 그 점에 대해서 여자에게 알려 주어야 한다. 만일 오즈먼드가 그녀의 돈을 원했다면, 이제 그 돈으로 만족하고 있는지 그녀는 궁금했다. 그는 그녀의 재산만 차지하고 그녀가 자유로이 떠나도록 내버려 둘까? 아, 터치트 씨가 큰 자비심으로 물려준 유산이 이제 그녀가 그 상황에서 벗어나도록 도울 수만 있다면, 실로 그것은 큰 축복이 될 것이다! 오래지 않아 이사벨은 마담 멀이 길버트에게 은혜를 베풀어 주었다면 그 은혜에 대해 고마워하는 마음의 열기는 틀림없이 식었을 거라는 생각을 떠올렸다. 지나치게 열성적으로 은혜를 베풀어 준 그 부인에 대해서 길버트는 지금 어떤 감정을 느끼고 있으며, 그 아이러니의 대가가 자신의 감정을 어떤 말로 표현했을까? 아무 말 없이 고요히 드라이브를 하고 돌아오는 길에 이사벨이 〈가엾은 마담 멀!〉이라고 나지막하게 탄성을 지르며 그 정적을 깨뜨렸다는 사실은 특이하기는 하지만 참으로 그녀다운 일이었다.

만일 이사벨이 이 말로 가리킨 그 숙녀의 작고 흥미로운 살롱에 걸려 있는, 오래되어 부드러워진 그 귀중한 다마스크 커튼 뒤에 몸을 숨기고 살펴볼 수 있었더라면, 그녀가 동정심을 보일 만한 충분한 근거가 있다는 사실이 아마도 밝혀졌을 것이다. 세심하게 정돈된 그 방은 우리가 신중한 로지에 씨와 함께 방문한 적 있는 곳이다. 6시가 가까워지는 시간에 그 방에는 길버트 오즈먼드가 앉아 있었고, 그 집의 안주인이 그의 앞에 서 있었다. 그녀의 자세는 우리가 이 이야기에서 외적인 중요성 때문이 아니라 진정으로 중요한 의미에 걸맞게 적절히 강조하며 기록했던 그 경우에 이사벨이 보았던 자세와 똑같았다.

「당신이 불행하다고는 생각하지 않아요. 오히려 당신은 그것을 즐기고 있다고 생각해요.」마담 멀이 말했다.

「내가 불행하다고 말했소?」오즈먼드는 자신이 불행하다고 암시할 만한 근엄한 얼굴로 말했다.

「아뇨, 하지만 흔히 고마워하면서 말해야 하듯 행복하다는 말도 하지 않았죠.」

「고마움이라니 그런 말은 하지 마요.」그가 냉랭하게 말했다. 「나를 성나게 만들지 말라고.」그가 잠시 후 덧붙였다.

마담 멀은 팔짱을 낀 채 천천히 자리에 앉았고, 한쪽 팔로 다른 팔을 지탱하며 장식하듯이 흰 손을 펼쳤다. 그녀는 극히 고요한 표정이었지만 슬픈 느낌이 역력한 얼굴이었다. 「당신의 입장에서 나를 겁주려고 하지 마세요. 내가 어떤 생각을 하는지 당신이 과연 짐작할 수 있을지 궁금하군요.」

「피할 수만 있다면 당신의 생각을 짐작해 보려는 성가신 일은 하지 않겠소. 내가 생각할 거리만으로도 충분하니까.」

「그건 당신의 생각이 너무 즐거운 것이라서 그렇겠지요.」

오즈먼드는 의자 등받이에 머리를 기대고 냉소적인 눈으로 상대를 똑바로 바라보았고, 그 시선은 부분적으로 피곤해 보이기도 했다. 「당신은 내 화를 돋우고 있소.」그가 잠시 후에 말했다. 「나는 무척 피곤해요.」

「그럼 나는 어떻겠어요!」마담 멀이 말했다.

「당신이야 스스로를 피곤하게 만들기 때문이지. 내가 피곤한 것은 내 탓이 아니오.」

「내가 스스로를 피곤하게 만든다면, 그건 당신을 위해서예요. 나는 당신에게 흥미로운 관심거리를 주었어요. 그건 대단한 선물이에요.」

「그것이 관심거리라는 거요?」 오즈먼드가 초연한 듯이 물었다.

「물론이죠. 당신이 시간을 잘 보내도록 도와주니까.」

「올겨울처럼 시간이 길게 느껴진 적도 없었소.」

「당신이 지금처럼 보기 좋은 적도 없었어요. 그렇게 유쾌하고, 그토록 재기가 반짝인 적도 없었고요.」

「빌어먹을 재기 같으니!」 그는 생각에 잠겨 중얼거렸다. 「결국 당신은 나를 너무나 모르는 거요!」

「당신을 모른다면, 나는 아는 것이 전혀 없는 거죠.」 마담 멀이 미소를 지었다. 「당신은 완전한 성공을 거두었다고 느끼고 있어요.」

「아니, 당신이 나를 판단하지 못하게 할 때까지는 그런 기분이 들지 않을 거요.」

「벌써 오래전에 나는 당신을 판단하는 일을 그만두었어요. 예전에 알던 것으로 말하는 거죠. 하지만 당신도 당신 생각을 더 많이 얘기하고 있어요.」

오즈먼드는 잠시 꾸물거렸다. 「당신은 말을 좀 줄이면 좋겠소!」

「내게 입을 다물라는 선고를 내리고 싶은가요? 내가 수다쟁이였던 적은 없었다는 것을 기억하세요. 어떻든 우선은 몇 가지 일에 대해서 말하고 싶어요. 당신의 아내는 어떻게 해나가야 할지 모르고 있어요.」 그녀는 달라진 어조로 말을 이었다.

「천만의 말씀. 그녀는 완벽하게 잘 알고 있소. 예리하게 선을 그어 놓았지. 그녀는 자기 생각을 실천해 나갈 생각이오.」

「요즘 그녀의 생각은 틀림없이 주목할 만하겠군요.」

「확실히 그렇소. 전보다 더 많은 생각을 하고 있지.」

「오늘 아침에 그녀는 그 어떤 생각도 보여 주지 못했어요.」 마담 멀이 말했다. 「극히 단순하고, 거의 얼빠진 상태인 것 같더군요. 완전히 어리둥절해 있었어요.」

「애처로웠다고 말하는 편이 낫겠군.」

「아, 아뇨, 당신을 너무 기세등등하게 해주고 싶지는 않아요.」

그는 여전히 뒤에 있는 쿠션에 머리를 기대고 있었고, 한쪽 발목을 다른 쪽 무릎에 올려놓고 있었다. 그렇게 그는 잠시 앉아 있었다. 「당신에게 무슨 문제가 있는지 알고 싶군.」 그가 마침내 말했다.

「문제는 — 문제는 —!」 그리고 이 부분에서 마담 멀은 말을 멈추었다. 그러다가 갑자기 맑은 여름날에 벼락이 치듯이 격정적으로 소리를 질렀다. 「문제는, 눈물을 흘릴 수만 있다면 오른손이라도 바치고 싶은데 울 수가 없다는 거예요.」

「우는 것이 당신에게 무슨 도움이 되겠소?」

「그러면 당신을 만나기 전에 느꼈던 감정을 느낄 수 있게 될 거예요.」

「내가 당신의 눈물을 말려 버렸다면, 그건 대단한 일이군. 하지만 당신이 눈물을 흘리는 것을 나는 본 적이 있소.」

「그래요, 당신은 아직도 나를 울게 만들 수 있을 거예요. 내가 늑대처럼 울부짖게 만들 거란 뜻이에요. 나는 몹시 그걸 바라고 있고, 그래야 할 필요가 있어요. 오늘 아침에 나는 비열했어요. 끔찍하게 굴었죠.」 그녀가 말했다.

「당신이 말했듯이 이사벨이 얼빠진 상태였다면 아마 그것을 알아차리지 못했을 거요.」 그가 말했다.

「그녀가 얼이 빠졌던 것은 바로 내 사악한 말 때문이었어요. 나는 어쩔 수 없었어요. 내 마음에 고약한 것들이 가득차 있었으니까. 어쩌면 그것이 좋은 일인지도 모르죠. 모르겠어요. 당신은 내 눈물뿐 아니라 내 영혼도 말려 버렸어요.」

「그렇다면 내 아내의 상태에 책임을 져야 할 사람은 내가 아니로군.」 오즈먼드가 말했다. 「당신이 내 아내에게 영향을 미쳐서 결과적으로 내가 그 혜택을 보게 되리라고 생각하니 기분이 좋군. 영혼이란 불멸의 원칙이라는 것을 모르고 있소? 영혼이 어떻게 변화를 겪을 수 있겠소?」

「그것이 불멸의 원칙이라고는 생각하지 않아요. 영혼은 완전히 파괴될 수도 있다고 생각해요. 내 영혼에 바로 그런 일이 일어났으니까. 처음에 내 영혼은 아주 훌륭했어요. 내 영혼이 파괴된 건 당신 덕분이죠. 당신은 정말 나쁜 사람이에요.」 그녀는 엄숙하게 강조하며 덧붙였다.

「이런 식으로 우리 관계가 끝나는 건가?」 오즈먼드는 전처럼 의도적으로 냉정하게 물었다.

「우리가 어떻게 끝나야 하는지 모르겠어요. 알 수 있다면 좋으련만! 나쁜 사람들은 어떤 식으로 관계를 끝내죠? 특히 함께 저지른 범죄에 대해서. 당신은 나를 당신과 똑같이 나쁜 사람으로 만들었어요.」

「무슨 말인지 모르겠군. 당신은 아주 좋은 사람으로 보이는데.」 오즈먼드는 의식적으로 무관심한 말투로 말하면서 이 말의 효과를 극대화했다.

마담 멀은 그 반대로 침착함을 점점 잃어 갔고, 우리가 보아 온 그 어떤 때보다도 침착함을 잃고 있었다. 그녀의 눈은 우울한 빛을 띠었고, 미소에는 의식적으로 노력하려는 낌새가 엿보였다. 「내가 내 삶을 아무리 엉망진창으로 만들었어도 그런 일을 겪어 마땅할 만큼 좋은 사람이라고요? 당신의 말은 그런 뜻이겠지요.」

「언제나 매력적일 만큼 좋은 사람이라는 말이오!」 오즈먼드도 미소를 지으며 말했다.

「오, 맙소사!」 그녀는 중얼거렸다. 그러고는 원숙하면서도 싱싱한 모습으로 그곳에 앉아서 그녀는 오전에 이사벨을 자극해서 절망적인 몸짓을 취하게 했듯이 자신도 똑같은 몸짓을 취하지 않을 수 없었다. 그녀는 얼굴을 숙이고 양손으로 얼굴을 감쌌다.

「결국 눈물을 흘리려는 거요?」 오즈먼드가 물었다. 그녀가 미동도 하지 않자 그는 말을 이었다. 「내가 당신에게 불평한 적이 있었소?」

그녀는 손을 재빨리 내렸다. 「아뇨, 당신은 다른 식으로 복수했어요. 그녀에게 복수한 거죠.」

오즈먼드는 머리를 더 뒤로 기댔다. 그는 잠시 천장을 바라보았다. 그 모습은 격식을 차리지 않고 하늘의 신들에게 호소하는 듯이 보일 수도 있었을 것이다. 「아, 여자들의 상상력이란! 그 밑바닥은 늘 천박하기 짝이 없단 말이야. 당신은 복수라는 말을 삼류 소설가들처럼 쓰고 있군.」

「물론 당신은 불평하지 않았어요. 승리를 한없이 즐기고 있었으니까.」

「내가 승리했다니 그게 무슨 뜻인지 알고 싶군.」

「당신의 아내가 당신을 두려워하게 만든 거예요.」

오즈먼드는 자세를 바꾸었다. 몸을 앞으로 숙여서 팔꿈치를 무릎에 올려놓고 잠시 발치에 있는 아름답고 오래된 페르시아산 카펫을 바라보았다. 그는 그 무엇에 대해서도, 가령 시간에 대해서도, 타인의 평가를 받아들이지 않고 자신의 평가를 고집하려는 태도를 갖고 있었다. 이 특이한 버릇 때문에 그는 때로 함께 대화를 나누기에 짜증스러운 사람이 되곤 했다. 「이사벨은 나를 두려워하지 않소. 그리고 그건 내가 바라는 바도 아니오.」 그가 마침내 말했다. 「당신은 그런 말로 나를 자극해서 어쩌겠다는 거요?」

「당신이 내게 미칠 수 있는 온갖 해악을 생각해 보았어요.」 마담 멀이 대답했다. 「당신의 아내는 오늘 아침에 나를 두려워했어요. 하지만 그녀가 두려워한 것은 실로 내 안의 당신이었어요.」

「당신이 매우 저속한 말을 했겠지. 그런 말에 대해서 나는 전혀 책임이 없소. 당신이 내 아내를 만나러 갈 필요도 없다고 생각했고. 당신은 그녀 없이도 일을 잘해 나갈 수 있소. 나는 당신이 나를 두려워하도록 만들지 않았소. 그건 잘 알 수 있지.」 그가 말을 이었다. 「그렇다면 내가 어떻게 그녀가 날 두려워하도록 만들었겠소? 당신은 적어도 그녀 못지않게 용감한 사람인데. 당신이 대체 어디서 그런 쓰레기 같은 생각을 갖게 되었는지 모르겠군. 지금쯤이면 당신이 날 잘 알고 있다고 생각했는데.」 그는 이렇게 말하며 일어서서 벽난로 쪽으로 걸어갔고, 그곳에 서서 벽난로 선반에 놓인 희귀하고 섬세한 자기들을 생전 처음 보는 듯이 바라보았다. 그는 작은 잔을 손으로 집어서 그것을 든 채 벽난로 위에 팔을 기대면서 말을 이었다. 「당신은 늘 매사에 너무 많은 것을 보고 있소. 너무 지나쳐. 그래서 실체를 놓치는 거요. 나는 당신이 생각하는 것보다 훨씬 단순해요.」

「당신은 매우 단순한 사람이라고 생각해요.」 마담 멀은 그 잔을 바라보았다. 「시간이 지난 다음에야 알게 되었어요. 예전에는, 이미 말했듯이, 당신을 비판했죠. 하지만 당신이 결혼한 다음에야 비로소 당신을 이해하게 되었어요. 당신에 내게 어떤 사람이었는지를 알 수 있었던 것보다 당신이 당신의 아내에게 어떤 사람이었는지를 훨씬 더 잘 볼 수 있었죠. 제발 그 소중한 물건을 조심스럽게 다루세요.」

「이것은 이미 작은 금이 가 있소.」 오즈먼드는 그것을 내려놓으며 냉담하게 말했다. 「내가 결혼하기 전에 당신이 나를 이해하지 못했다면, 당신이 나를 그런 보잘것없는 틀에 집어넣은 것은 잔인할 정도로 성급한 일이었소. 하지만 나 스스로 그 틀을 좋아했지. 그 틀이 아주 편안하게 내 몸에 딱 맞을 거라고 생각했거든. 나는 요구하는 것도 거의 없었소. 그저 그녀가 나를 좋아하기만을 요구했을 뿐이지.」

「그녀가 당신을 무척 좋아하기를 요구했겠지요.」

「물론 그랬지. 이런 경우에는 최대한을 요구하기 마련이니까. 괜찮다면, 그녀가 나를 숭배하기를 요구했다고 말할 수도 있겠지. 아, 그래, 그것을 원했소.」

「나는 당신을 숭배한 적이 없어요.」 마담 멀이 말했다.

「아, 당신은 그런 척했소!」

「당신이 나를 편안하게 들어맞는 틀이라고 비난한 적이 없었던 것은 사실이에요.」 마담 멀이 말을 이었다.

「내 아내는 거절했소. 그런 종류의 것이라면 죄다 거부해 버렸지.」 오즈먼드가 말했다. 「당신이 그런 것을 비극으로 만들 셈이라면, 그녀에게는 비극이랄 것도 없소.」

「내게는 비극이에요!」 마담 멀은 나지막이 길게 한숨을 내

쉬었고, 그러면서도 동시에 벽난로 선반 위의 물건들을 바라보면서 말했다. 「나는 기만적인 처지의 불이익을 호되게 배우게 될 거예요.」

「당신의 말은 습자 책에 나오는 문장 같군. 사람은 안락함을 구할 수 있는 곳에서 찾아야 해요. 내 아내가 나를 좋아하지 않는다 해도, 적어도 내 아이는 나를 좋아하지. 나는 팬지에게서 보상을 얻을 거요. 다행히 그 애에게는 불만스러운 점이 없으니까.」

「아,」 그녀가 부드럽게 말했다. 「내게 아이가 있다면 —!」

오즈먼드는 잠시 기다리다가 약간 딱딱한 어조로 말했다. 「다른 사람의 아이들이 매우 흥미로운 관심거리가 되겠지!」 그가 말했다.

「당신의 말은 내 말보다 더 습자 책의 문장 같군요. 어떻든 우리 두 사람을 엮어 주는 것이 있어요.」

「내가 당신에게 해를 입힐 거라는 생각이오?」 오즈먼드가 물었다.

「아뇨, 내가 당신에게 도움을 줄 수 있으리라는 생각이에요.」 마담 멀이 말했다. 「내가 이사벨을 무척 질투했던 것은 그것 때문이었어요. 나는 그것이 내 일이기를 바라요.」 그녀는 딱딱하고 침통한 표정을 풀고 평소처럼 사근사근하게 보이는 얼굴로 말했다.

그는 모자와 우산을 집어 들었고, 코트 소맷부리로 모자를 두세 번 탁탁 치고는 말했다. 「전체적으로 보아 당신은 그것을 내게 맡기는 편이 낫겠소.」

그가 나간 후 그녀는 제일 먼저 벽난로로 걸어가서 그가 금이 있다고 말했던 커피 잔을 집어 들었다. 하지만 다소 멍한 눈으로 그것을 바라보았다. 「내가 그토록 지독하게 굴었는데 전부 다 헛일이었다고?」 그녀는 망연히 탄식했다.

제50장

제미니 백작 부인이 고대의 유적들을 잘 알지 못했으므로 이사벨은 이 흥미로운 유적들을 보여 주겠다고 이따금 자청했고, 오후에 함께 마차를 타고 나가서 유적지들을 돌아보곤 했다. 자기 올케를 박학다식한 천재로 생각한다고 말했던 백작 부인은 반대 의견을 내놓는 일이 전혀 없이 따라나섰고, 로마 시대의 벽돌 더미를 마치 현대의 옷감들을 무더기로 쌓아 놓은 것인 양 참을성 있게 바라보았다. 그녀는 어떤 방면의 일화들은 알고 있었지만 역사 의식은 없었다. 그리고 스스로에 대해서 미안해하는 기색을 띠고 있기는 했지만 로마에서 보내는 시간이 너무 즐거운 나머지 일상의 흐름에 따라 둥둥 떠다니기만을 바랐다. 자신이 팔라초 로카네라에 머물 수 있는 조건이었더라면, 그녀는 티투스 황제 시절에 지어진 어둡고 축축한 공중목욕탕에서 매일 한 시간씩을 보내는 것도 마다하지 않았을 것이다. 하지만 이사벨이 엄격한 안내인으로 나선 것은 아니었다. 그녀가 유적지를 돌아다니곤 했던 이유는 주로 백작 부인이 지치지 않고 들려주는 피렌체 숙녀들의 연애 사건에서 벗어나 다른 것들에 대해

909

말할 수 있는 구실이 되기 때문이었다. 유적지들을 돌아볼 때 백작 부인이 적극적으로 탐구하는 자세를 보인 것은 전혀 아니었다는 것을 덧붙여 말해야겠다. 그녀는 그냥 마차에 앉아서 모든 것이 대단히 흥미롭다고 경탄하는 쪽을 더 좋아했다. 지금까지 이런 식으로 콜로세움을 돌아보았기에 그 조카딸은 몹시 유감스러워했다. 고모에 대해 존경심을 품고 있음에도 팬지는 고모가 왜 마차에서 내려서 건물에 들어가 보려고 하지 않는지를 이해할 수 없었다. 팬지는 이리저리 거닐 수 있는 기회가 거의 없었기 때문에, 이 문제에 대한 그녀의 생각이 전적으로 공정하다고는 볼 수 없었다. 그녀는 일단 건물 안으로 들어가면 고모를 설득해서 위층으로 올라가 볼 수 있기를 은밀히 바라고 있었다고 짐작할 수 있을 것이다. 그러던 어느 날 백작 부인이 이 엄청난 일을 시도해 보겠다고 말했다. 바람이 많은 3월이었지만 따뜻한 오후였기에 이따금 산들산들 부는 바람에 봄내음이 느껴졌다. 세 숙녀는 함께 콜로세움에 들어갔지만 이사벨은 두 사람을 두고 혼자서 걸어다녔다. 그녀는 로마의 군중들이 앉아서 큰 소리로 환호를 보내던 황폐한 바위 턱에 전부터 종종 올라갔다. 지금 그곳에는 (뽑지 않고 남아 있는) 야생화들이 깊이 터진 틈 사이로 꽃을 활짝 피우고 있었다. 오늘 그녀는 피로했기 때문에 부서진 투기장에 가만히 앉아 있고 싶었다. 또한 막간의 휴식을 얻고 싶기도 했다. 백작 부인은 상대방에게 관심을 베풀어 주기보다는 상대의 관심을 요구하는 일이 더 많은 사람이었다. 그래서 백작 부인이 조카딸과 단둘이 있으면 아르노 강변에서 오래전에 벌어진 스캔들에 잠시 먼지가 덮일 거라고 이사벨은 생각했다. 그래서 그녀는 아래쪽에 머물러 있었고, 팬지는 분별력이 없는 고모를 이끌고 수위가 열어 준 거대한 목재 문으로 들어가서 가파른 벽돌 계단을 올라갔다. 콜로세움의 거대한 경내는 반쯤 그늘져 있었다. 서쪽으로 기울어 가는 햇살이 거대한 석회암 덩어리의 연붉은 색조를 끌어냈고, 그 거대한 유적에서 살아 있는 단 한 가지 요소는 그 석회암에 내재된 색깔뿐이었다. 여기저기에서 시골 사람들이나 관광객들이 걸어다니며 멀리 하늘과 맞닿은 건물의 끝부분을 올려다보았고, 맑고 고요한 그 높은 곳에서 제비들이 떼를 이루어 빙빙 돌면서 급강하하고 있었다. 이사벨은 투기장의 한가운데 있던 관광객들 중 한 사람이 그녀가 있는 쪽으로 관심을 돌리고 고개를 약간 가로저으면서 자신을 바라보는 것을 이내 알아차렸다. 좌절되었지만 포기할 수 없는 목적을 드러내는 그 특징적인 동작은 몇 주 전에도 목격한 적이 있었다. 오늘도 그런 몸짓을 취할 수 있는 사람은 에드워드 로지에 씨뿐이었다. 사실 이 신사는 그녀에게 말을 걸 것인지를 생각하고 있었음이 드러났다. 그는 그녀에게 일행이 없다는 것을 확인하고는 곧 가까이 다가왔다. 그러고는 그녀가 자기 편지에 답장은 하지 않았어도 자신이 입으로 토하는 열변에 귀를 완전히 닫아 버릴 수는 없을 거라고 말했다. 이사벨은 의붓딸이 가까이 있으며 그에게 시간을 5분만 내줄 수 있다고 대답했다. 그러자 그는 시계를 꺼내 들고 부서진 돌 위에 앉았다.

「금방 이야기를 끝낼 수 있습니다.」 에드워드 로지에가 말했다. 「내 골동품을 모두 팔았어요!」 이사벨은 본능적으로 공포에 질린 탄성을 질렀다. 마치 그가 이빨을 모두 뺐다고 말한 것 같았다. 「호텔 드루오의 경매장에서 팔았어요.」 그가 말을 이었다. 「사흘 전에 판매했는데, 그 결과를 전보로 알려 왔더군요. 상당한 액수입니다.」

「다행이군요. 하지만 당신이 그 예쁜 물건들을 간직했더라면 좋았을 텐데.」

「그 대신 돈이 생긴 거죠. 5만 달러예요. 오즈먼드 씨가 이제는 나를 부자라고 생각할까요?」

「그런 이유 때문에 골동품을 팔았어요?」 이사벨이 나지막하게 물었다.

「그것 외에 무슨 이유가 있을 수 있겠어요? 내가 생각하는 것은 오로지 그 일뿐이에요. 파리에 가서 그렇게 처리했죠. 경매를 지켜보려고 그곳에 머물 수는 없었어요. 내 골동품들이 팔려 나가는 것을 차마 내 눈으로는 볼 수 없으니까. 그것을 지켜보다가는 죽고 말았을 거예요. 하지만 그 물건들을 좋은 사람에게 맡겼고, 그들이 좋은 가격을 받아 줬어요. 법랑 세공품은 남겨 두었다고 말해야겠죠. 이제 내 호주머니에 돈이 있으니, 그는 나를 가난뱅이라고 말할 수 없어요!」 젊은이는 도전하듯이 소리쳤다.

「하지만 이제는 당신이 현명하지 않다고 말할 거예요.」 이사벨은 길버트 오즈먼드가 이미 그런 말을 입에 올린 적이 없었던 듯이 말했다.

로지에는 그녀를 날카롭게 쳐다보았다. 「골동품이 없으니 이제 나는 아무것도 아니란 뜻인가요? 골동품이 나에게 최고의 장점이었다는 뜻입니까? 파리 사람들이 그렇게 말하더군요. 아, 그들은 매우 솔직하게 말했어요. 하지만 그들은 그녀를 본 적이 없었으니까!」

「소중한 친구, 당신은 성공할 만한 자격이 있어요.」 이사벨이 매우 친절하게 말했다.

「그 말은 너무 슬프게 들려서 마치 내가 성공하지 못하리라고 말하는 것 같군요.」 그리고 그는 떨리는 맑은 눈으로 그녀의 눈을 바라보며 물었다. 그는 자신이 일주일간 파리의 화젯거리였다는 것을 알고 있고, 그 결과 키가 반 뼘 정도 더 커졌지만 이렇게 커졌더라도 한두 사람은 고집스럽게도 여전히 그가 왜소하다고 생각하리라는 것을 알고 있는 사람처럼 보였다. 「내가 없는 사이에 여기서 어떤 일이 일어났는지 알고 있습니다.」 그가 말을 이었다. 「그녀가 워버턴 경을 거절한 후 이제 오즈먼드 씨는 무엇을 기대하십니까?」

이사벨은 잠시 생각했다. 「그 애가 다른 귀족과 결혼하기를 바라요.」

「다른 귀족이라면 누구를?」

「남편이 골라 줄 사람이겠지요.」

로지에는 천천히 일어서면서 시계를 조끼 주머니에 넣었다. 「당신은 누군가를 비웃고 있군요. 하지만 이번에는 나를 비웃는 게 아니겠지요.」

「비웃을 생각은 전혀 없었어요.」 이사벨이 말했다. 「나는 웃는 일이 거의 없어요. 자, 이제 가시는 편이 좋겠어요.」

「위험할 일은 없을 것 같은데요!」 로지에는 움직이지 않았다. 그럴 수도 있겠지만, 다소 큰 소리로 그렇게 말하면서 안전하다는 느낌이 더 커졌음은 분명했다. 그는 가뿐히 발꿈치를 약간 들고 균형을 잡으면서 콜로세움에 관중이 가득 들어찬 듯이 주위를 돌아보았다. 갑자기 그의 얼굴빛이 달라지는 것이 보였다. 그가 예상하지 못했던 관중이 있었던 것이다. 그녀는 고개를 돌렸고, 그녀의 두 동행이 답사를 끝내고 돌아오는 것을 보았다. 「정말로 이제는 가셔야겠어요.」 그녀가 재빨리 말했다.

「아, 친애하는 부인, 나를 가엾게 여겨 주세요!」 에드워드 로지에는 조금 전에 내가 기록한 말과는 이상하게도 다른 목소리로 중얼거렸다. 그리고 나서는 불행한 가운데 다행스러운 생각이 스친 사람처럼 열렬히 덧붙였다. 「저 숙녀분이 제미니 백작 부인이신가요? 저분에게 꼭 저를 소개해 주시기 바랍니다.」

이사벨은 한순간 그를 쳐다보았다. 「백작 부인은 자기 오라버니에게 조금도 영향을 미치지 못해요.」

「아, 당신의 말을 들으면 남편 분은 정말이지 괴물 같은 사람이군요!」 그리고 로지에는 백작 부인 쪽을 바라보았다. 백작 부인은 아마도 올케가 무척 잘생긴 젊은이와 이야기를 나누고 있는 것을 보았기 때문인지 활기를 띠고 팬지보다 앞서 걸어오고 있었다.

「당신이 법랑 세공품을 팔지 않아서 다행이에요!」 이사벨은 그를 두고 걸음을 옮기면서 말했다. 그녀는 팬지에게 곧장 다가갔고, 팬지는 에드워드 로지에를 보자마자 그 자리에 우뚝 서서 눈을 내리깔았다. 「마차로 돌아가도록 하자.」 이사벨이 부드럽게 말했다.

「네, 시간이 늦었어요.」 팬지는 더 부드럽게 대답했다. 그런 다음 그녀는 한 마디도 중얼거리지 않고, 머뭇거리지도 않고, 뒤를 돌아보지도 않고 걸어갔다.

하지만 이사벨은 그 세 번째 부분에 있어서는 스스로에게 자유를 허용하면서 뒤를 돌아보았고, 백작 부인과 로지에 씨 사이에 즉시 인사가 오갔다는 것을 알았다. 그는 모자를 벗고 절을 하고 미소를 짓고 있었다. 그가 스스로를 소개했음이 분명했다. 표현이 풍부한 백작 부인의 등은 이사벨이 보기에 호의적인 의도를 드러내고 있었다. 그랬어도, 이러한 장면은 곧 눈앞에서 사라졌다. 이사벨과 팬지는 다시 마차에 타서 자리에 앉았던 것이다. 의붓어머니 쪽을 향해 앉아 있던 팬지는 처음에 자기 무릎을 뚫어지게 바라보고 있었다. 그러고 나서 그녀는 눈을 들어 이사벨의 눈을 바라보았다. 그녀의 두 눈에는 슬픈 빛이 역력했고, 그 소심한 열정의 불꽃이 이사벨의 마음속까지 시리게 했다. 동시에 이 아이의 떨리는 갈망과 확고한 소망이 자신의 메마른 절망과 대조되면서 이사벨의 영혼에 부러운 마음이 파도처럼 밀려왔다 지나갔다. 「가엾은 팬지!」 그녀는 다정하게 말했다.

「아, 괜찮아요!」 팬지는 열심히 변명하는 어조로 대답했다.

그러고 나서는 침묵이 이어졌다. 백작 부인은 꽤 오래도록 돌아오지 않았다. 「고모님께 모든 것을 보여 드렸니? 고모님이 즐거워하셨어?」 그녀가 마침내 물었다.

「네, 전부 다 보여 드렸어요. 무척 즐거워하셨다고 생각해요.」

「피곤하지 않니?」

「아뇨, 감사합니다. 피곤하지 않아요.」

백작 부인이 아직도 뒤에 남아 돌아오지 않았기에 이사벨은 마부에게 콜로세움에 가서 그들이 기다리고 있음을 백작 부인에게 알려 주라고 말했다. 그는 기다리지 말라는 백작 부인의 전갈을 가지고 돌아왔다. 그녀는 승합 마차를 타고 돌아가겠다는 것이었다!

백작 부인이 로지에 씨에게 신속하게 적극적으로 공감을 보여 준 지 일주일쯤 지났을 때 이사벨은 만찬을 위해 옷을 갈아입으려고 다소 늦게 자기 방에 들어갔다가 그곳에 앉아 있던 팬지를 보았다. 그 소녀는 그녀를 기다리고 있었던 것 같았다. 그녀는 앉아 있던 나지막한 의자에서 일어섰다. 「제 마음대로 들어온 것을 용서해 주세요.」 그녀가 작은 목소리로 말했다. 「다시는 이런 일이 없을 거예요. 얼마간은.」

그녀의 목소리가 이상하게 들렸고, 크게 뜬 그녀의 눈은 흥분하고 겁에 질린 표정을 담고 있었다. 「설마 멀리 가는 건 아니겠지!」 이사벨이 큰 소리로 말했다.

「저는 수녀원에 갈 거예요.」

「수녀원에?」

팬지는 가까이 다가와서 이사벨의 목을 팔로 감싸 안고 그녀의 어깨에 자기 머리를 기댔다. 그녀는 이렇게 꼼짝하지 않고 잠시 서 있었다. 하지만 이사벨은 그녀의 온몸이 떨리는 것을 느낄 수 있었다. 그 작은 몸의 떨림은 그녀가 입으로 말할 수 없었던 모든 것을 알려 주었다. 그럼에도 이사벨은 그녀에게 다그쳐 물었다. 「왜 수녀원에 가는 거지?」

「아빠가 그렇게 하는 것이 제일 좋다고 생각하시니까요. 어린 아가씨들은 이따금 피정을 하는 것이 좋다고 하세요. 세상은, 세상은, 어린 아가씨들에게 언제나 무척 나쁜 곳이라는 거예요. 이번은 그저 약간 멀리 떨어진 곳에 가서 잠시 명상을 하는 기회라고요.」 팬지는 자신을 억제할 수 없을까 봐 두려운 듯이 짧게 끊어서 말했다. 그러고 나서 그녀는 스스로를 완벽하게 억제하면서 덧붙였다. 「아빠 말씀이 옳다고 생각해요. 저는 올겨울에 속세에 너무 폭 빠져서 지냈어요.」

그녀의 말은 이사벨에게 기묘한 영향을 미쳤다. 그것은 그 소녀가 알지 못하는 더 큰 의미를 담고 있는 것 같았다.

「이 일이 언제 결정되었지?」 그녀가 물었다. 「나는 그런 이야기를 전혀 듣지 못했어.」

「아빠가 30분 전에 말씀해 주셨어요. 이 일에 대해서 미리 많은 이야기가 오가지 않는 편이 더 낫다고 생각하셨어요. 카트린 수녀님이 7시 15분에 저를 데리러 오실 거예요. 저는 옷을 두 벌만 가지고 갈 거예요. 몇 주일만 머물 테니까요. 그곳에서 생활하면 무척 좋을 거예요. 저에게 매우 친절하게 대해 주시던 수녀님들도 모두 계실 테고요. 교육받고 있는 어린 소녀들도 만날 수 있고요. 저는 어린 소녀들을 무척 좋아해요.」 팬지는 작은 몸에 위엄을 차리면서 말했다. 「그리고 저는 카트린 수녀님도 무척 좋아해요. 저는 아주 조용하게 지내면서 많은 것을 생각할 거예요.」

이사벨은 숨을 죽이고 그녀의 말에 귀를 기울였다. 두려움에 압도될 정도였다. 「때로 나를 생각해 주렴.」

「아, 곧 저를 보러 와주세요!」 팬지가 소리쳤다. 그 외침은 조금 전에 그녀가 입에 올렸던 용감한 말들과 전혀 달랐다.

이사벨은 더 이상 아무 말도 할 수 없었다. 아무것도 이해할 수 없었다. 다만 자신이 아직도 남편을 얼마나 모르고 있는지를 느꼈을 뿐이었다. 그의 딸에게 그녀는 길고 다정하게 키스하는 것으로 대답했다.

30분 후에 이사벨은 카트린 수녀가 승합 마차를 타고 왔고 아가씨와 함께 떠났다는 말을 하녀에게서 들었다. 만찬 전에 응접실에 들어가니 제미니 백작 부인이 혼자 앉아 있었다. 이 부인은 놀랍게도 머리를 흔들면서 〈맙소사, 엄청난 가식이군 *En voilà, ma chère, une pose!*〉이라고 소리치며 그 사건의 성격을 규정했다. 그러나 만일 그것이 가식이라면 그녀의 남편이 무엇을 꾸미려고 했다는 것인지 그녀는 도무지 알 수 없었다. 다만 자신이 예상했던 것보다 남편에게 인습적인 면이 더 많다는 사실을 어렴풋이 깨달을 수 있을 뿐이었다. 그녀는 남편에게 무척 조심스럽게 말을 건네는 것이 습관이 되었기에, 이상하게 들리겠지만 남편이 들어온 다음에 몇 분이 지나도록 그의 딸이 갑자기 떠난 일에 대해서 언급하기를 주저했다. 모두 식탁에 앉은 다음에야 그녀는 그 이야기를 꺼냈다. 하지만 오즈먼드에게 질문은 절대로 하지 않겠다고 결심했다. 그녀가 할 수 있는 일은 그저 자신의 입장을 밝히는 것이었는데, 매우 자연스럽게 한 가지 말이 떠올랐다. 「나는 팬지가 무척 그리울 거예요.」

그는 고개를 약간 갸우뚱하고 식탁 중앙에 놓인 꽃바구니를 잠시 바라보았다. 「아, 그렇소.」 그가 마침내 말했다. 「그 점을 생각해 보았소. 알다시피 당신은 그 애를 보러 가야겠지. 하지만 너무 자주 가지는 마요. 아마 당신은 내가 그 애를 왜 수녀님들에게 보냈는지 궁금하겠지. 하지만 당신이 이해할 수 있을 것 같지 않군. 어떻든 상관없는 일이니 그 문제로 신경 쓰지 마요. 그래서 그 이야기를 미리 하지 않았소. 당신이 찬성하지 않을 거라고 생각했으니까. 하지만 나는 늘 그 생각을 하고 있었소. 그것이 딸의 교육에 있어 한 부분이라고 늘 생각해 왔지. 딸이란 모름지기 싱싱하고 아름다워야 해요. 순진하고 부드러워야 하지. 요즘 시대의 풍속에 물들면 먼지가 묻고 구겨지기 십상이오. 팬지도 약간 먼지가 묻고 좀 지저분해졌소. 너무 지나치게 돌아다녔지. 스스로를 사교계라고 칭하는 이 수선스럽고 밀어제치기 좋아하는 어중이떠중이들, 이런 인간들에게서 그 애를 종종 떼어 놓아야 해요. 수녀원은 아주 조용하고 편리한 데다 매우 유익한 곳이지. 그 애가 거기 오래된 정원의 아치 밑에서 조용하고 덕스러운 여자들과 함께 지내고 있다고 생각하면 기분이 좋소. 그 여자들 중 많은 이들은 양갓집 출신이오. 귀족 출신인 여자들도 몇몇 있고. 팬지는 책도 보고 그림도 그리고 피아노도 칠 거요. 나는 매우 너그럽게 여러 가지를 갖춰 주었소. 금욕적인 요소는 전혀 없을 거요. 그저 좀 은둔하고 있다는 느낌이 들 테지. 생각할 시간이 많이 있을 거야. 나는 그 애가 어떤 문제에 대해서 생각해 보기를 바라고 있소.」오즈먼드는 꽃바구니를 바라보는 듯이 여전히 고개를 한쪽으로 기울인 채 침착하고 조리 있게 말했다. 하지만 그의 말투는 설명을 하는 것이라기보다는 무언가를 말로, 거의 그림으로 표현하면서 그것이 어떻게 보이는지를 알아보려는 사람 같았다. 그는 자기가 만들어 낸 그림을 잠시 생각해 보고 그것에 꽤 만족한 것 같았다. 그러고 나서는 말을 이었다. 「가톨릭 교인들은 어떻든 매우 현명한 사람들이오. 수녀원은 대단히 훌륭한 제도야. 우리는 그런 곳이 없으면 살아갈 수 없소. 가정과 사회의 본질적인 요구에 부응하니까. 수녀원은 훌륭한 매너를 가르치는 곳이고 또 평정을 가르치는 곳이오. 아, 내 딸을 속세에서 떼어 내려는 생각은 아니오.」그가 덧붙였다. 「나는 그 애가 내세나 다른 세상에 대한 생각에 빠지는 건 바라지 않소. 그 애는 이 세상을 받아들여야 하니까 이 세상이야 괜찮은 곳이지. 그 애는 이 세상에 대해 마음껏 생각해도 좋소. 단 올바른 방식으로 생각해야지.」

이사벨은 그가 만들어 낸 이 작은 그림에 최대한 정신을 집중했다. 그것은 실로 극히 흥미로웠다. 그것은 강력한 효과를 얻으려는 남편의 욕망이 어느 정도나 멀리 나아갈 수 있는지를 그녀에게 보여 주는 것 같았다. 그의 딸이라는 섬세한 유기체에 순전히 이론적인 속임수를 쓸 수 있을 정도라는 것을. 그녀는 그의 목적이 무엇인지를 이해할 수 없었다. 완전히 이해할 수 있는 것은 아니었다. 하지만 남편이 예상하거나 바랐던 것보다 더 잘 이해했고, 그 사건 전체가 자신을 겨냥한, 자신의 상상력에 영향을 미치려고 의도한, 정교한 속임수임을 확신하기에 이르렀다. 그는 갑작스럽고 변덕스러운 일, 예상치 못했던 교묘한 일을 하고자 했던 것이다. 그리하여 그 자신과 아내의 생각이 서로 얼마나 다른지를 확연히 드러내고, 그가 자신의 딸을 귀중한 예술 작품으로 생각한다면 당연히 더욱 신중하게 마무리 손질을 해야 한다는 것을 보여 주고자 했던 것이다. 그가 이번 일로 어떤 효과를 얻고자 했다면 그는 큰 성공을 거두었다. 이 사건으로 인해 이사벨은 심장이 얼어붙는 것 같았다. 팬지는 어린 시절을 수녀원에서 지내면서 그곳을 행복한 가정으로 여겨 왔다. 그 아이는 수녀님들을 매우 좋아했고 그들도 그녀를 좋아했다. 그러므로 얼마간 그곳에서 생활하는 데 어려움이 있는 것은 아니었다. 하지만 그런데도 그 아이는 겁을 먹고 있었다. 그 아버지가 딸에게 심어 주려 한 인상은 분명 매우 날카로웠을 것이다. 옛 청교도의 전통은 이사벨의 상상력에서 완전히 퇴색해 버리지 않았다. 그리고 남편의 비상한 자질을 드러낸 이 놀라운 사건을 생각해 보았을 때 — 그녀도 남편과 마찬가지로 꽃바구니를 바라보고 있었다 — 가엾은 팬지는 비극의 여주인공이 된 것 같았다. 오즈먼드는 자신이 그 어떤 것에도 위축되지 않고 마음대로 할 수 있다는 것을 보여 주려 했던 것이다. 그의 아내는 밥을 먹는 시늉조차 하기 힘든 느낌이다. 곧 시누이의 높고 긴장된 목소리가 들려왔을 때 그녀의 말은 어딘지 모르게 마음을 편안하게 해주는 구석이 있었다. 백작 부인도 이 문제에 대해서 곰곰이 생각해 보았음이 분명했고, 이사벨과는 다른 결론을 내렸던 것이다.

「진짜 터무니없는 말이에요, 오즈먼드.」 그녀가 말했다. 「가엾은 팬지를 추방하면서 그렇게나 그럴싸한 이유를 많이 꾸며 내다니. 그 애를 내가 없는 곳으로 보내고 싶었다고 당장 말하지 그래요? 내가 로지에 씨를 무척 좋게 생각한다는 것을 알아낸 것 아니에요? 난 진심으로 그렇게 생각해요. 그는 훌륭한 *simpaticissimo* 청년으로 보여요. 진정한 사랑을 믿을 수 있게 해줬거든요. 전에는 절대로 믿지 못했지만! 물론 오빠는 내가 이렇게 믿고 있으니 팬지에게 아주 나쁜 영향을 끼칠 거라고 생각한 거죠.」

오즈먼드는 포도주를 한 모금 마셨다. 그는 더없이 기분이 좋은 것 같았다. 「자, 에이미,」 그는 여자들에게 친절하게 아부하는 듯이 미소를 지으며 대답했다. 「네가 무엇을 믿고 있는지에 대해서는 아는 바가 전혀 없어. 하지만 그것이 내 확신에 방해가 된다고 생각했으면 너를 쫓아내는 편이 더 간단했을 거야.」

제51장

　백작 부인은 추방되지 않았지만 오빠의 환대를 받아 그 집에서 머물 수 있는 기간이 불확실하다고 느꼈다. 이 사건이 일어나고 일주일쯤 지났을 때 이사벨은 영국에서 온 전보를 받았다. 가든코트에서 보낸 것으로서 터치트 부인이 쓴 흔적이 역력했다. 〈랠프는 앞으로 며칠 더 살 수 없을 게다.〉 전보의 내용은 이러했다. 〈불편하지 않으면 네가 와줬으면 한다. 네게 다른 의무가 없을 경우에만 와달라고 전해 달란다. 나로 말하자면, 네가 그 말을 자주 하곤 했는데 그 의무란 게 대체 무엇인지 궁금하다. 그것을 찾아냈는지 알고 싶다. 랠프는 정말 위독하고 다른 벗이 없다.〉 이사벨은 이런 소식을 듣게 되리라고 각오하고 있었다. 헨리에타 스택폴이 편지를 보내서, 매우 고마워하는 환자와 영국에 도착할 때까지의 여정을 상세히 알려 주었기 때문이다. 영국에 도착했을 때 랠프는 살아 있다기보다는 죽은 사람에 가까웠지만 그래도 어떻든 그녀는 그를 무사히 가든코트에 데려다 주었다. 집에 도착하자마자 그는 당장 자리에 누웠고, 그 침대에서 다시는 일어날 수 없을 것이 분명하다고 스택폴 양은 써 보냈다. 또한 자기 손에 맡겨진 환자가 실은 한 명이 아니라 두 명이었다고 그녀는 덧붙였다. 실제적인 일에 전혀 도움이 되지 않았던 굿우드 씨가 터치트 씨와 다른 식이기는 하지만 그처럼 심각한 병을 앓았다는 것이었다. 그 후에 그녀는 터치트 부인에게 간호를 인계해야 했다고 편지를 보냈다. 부인은 바로 얼마 전에 미국에서 돌아왔고, 가든코트에서는 절대로 인터뷰를 해서는 안 된다고 즉시 헨리에타에게 언질을 주었다. 이사벨은 랠프가 로마에 왔을 때 즉시 이모에게 편지를 보내서 그의 위중한 상태를 알렸고 지체 없이 유럽으로 돌아올 것을 제안했다. 터치트 부인은 이런 권고를 받아들이겠다는 전보를 보냈고, 이사벨이 이후에 이모에게서 받은 소식은 바로 조금 전에 인용한 전보뿐이었다.

이사벨은 이 두 번째 전보를 바라보며 잠시 가만히 서 있었다. 그런 다음에는 전보를 주머니에 넣고 곧장 남편의 서재로 갔다. 문 앞에 서서 잠시 걸음을 멈추었다가 그녀는 문을 열고 들어갔다. 오즈먼드는 창가 옆의 탁자에 쌓인 책 더미에 2절판 책을 기대 놓고 앉아 있었다. 이 책은 채색된 작은 도판들이 인쇄된 면이 펼쳐져 있었고, 이사벨은 그가 거기에 나오는 고대 동전의 그림을 베끼고 있었다는 것을 곧 알 수 있었다. 수채화 물감 상자와 가느다란 붓들이 그의 앞에 놓여 있고, 깨끗한 종이에 그 섬세하고 정교하게 채색된 둥근 동전이 이미 그려져 있었다. 그는 문 쪽을 등지고 있었지만 돌아보지 않아도 아내가 들어온 것을 알았다.

「방해해서 미안해요.」 그녀가 말했다.

「나는 당신의 방에 들어갈 때 언제나 노크를 하는데.」 그가 자기 일을 계속하며 대답했다.

「잊었어요. 다른 것을 생각하느라. 사촌 오빠가 위독하대요.」

「아, 그 말은 믿을 수 없소.」 오즈먼드가 돋보기를 들고 그림을 들여다보면서 말했다. 「우리가 결혼했을 때도 그는 위독하다고 했거든. 아마 우리보다 더 오래 살 거요.」

이사벨은 남편이 공들여 비꼬는 말을 느낄 시간도 없었고, 생각도 하지 않았다. 그저 자신의 의도만 생각하면서 재빨리 말을 이었다. 「이모님께서 전보를 보내셨어요. 나는 가든코트에 가야 해요.」

「당신이 왜 가든코트에 가야 한다는 말이지?」 오즈먼드는 아무 편견도 없이 공정하게 호기심을 느끼는 듯이 물었다.

「랠프 오빠가 죽기 전에 만나려고요.」

그는 얼마간 이 말에 아무 대답도 하지 않았다. 그는 자기 일에 관심을 쏟고 있었고, 그것은 소홀히 할 수 없는 일이었다. 「그럴 필요는 없다고 생각해.」 그가 마침내 말했다. 「그는 당신을 만나러 여기 왔소. 나는 그것이 싫었지. 그가 로마에 있는 것은 극히 잘못된 일이라고 생각했소. 하지만 당신이 그를 마지막으로 보는 거라고 생각해서 참아 줬지. 그런데 당신은 이제 그것이 마지막이 아니었다고 말하는 거요? 아, 당신은 고마운 줄을 모르는군!」

「내가 무엇에 대해서 고마워해야 하나요?」

길버트 오즈먼드는 작은 도구들을 내려놓았고, 입김을 불어 그림에 붙은 먼지를 떼어 내고는 천천히 일어섰다. 그리고는 처음으로 아내를 바라보았다. 「그가 여기 있는 동안에 내가 간섭하지 않은 것에 대해서.」

「아, 그래, 고마워하고 있어요. 당신이 싫어한다고 아주 명확히 알려 줬던 것을 잘 기억하고 있어요. 그래서 그가 떠났을 때 나는 무척 기뻤어요.」

「그렇다면 그를 그냥 내버려 둬요. 그를 쫓아가지 말고.」

이사벨은 그에게서 눈을 돌렸고 그의 작은 그림을 바라보았다. 「나는 영국에 가야 해요.」 그녀는 자신의 어조가 고상한 취미가 있는 성마른 사람에게는 어리석게도 고집스럽게 들리리라는 것을 충분히 의식하면서 말했다.

「당신이 그렇게 한다면 내 마음에 들지 않을 거요.」 오즈먼드가 말했다.

「내가 왜 그것을 고려해야 하지요? 당신은 내가 가지 않더라도 마음에 들지 않을 거예요. 내가 어떤 일을 하든지 하지 않든지 모두 다 당신 마음에 들지 않아요. 당신은 내가 거짓말을 한다고 생각하는 척하죠.」

오즈먼드의 얼굴이 약간 창백해졌다. 그러고는 차갑게 미소를 지었다. 「그럼 당신이 가야 하는 이유가 바로 그거요? 당신 사촌을 만나려는 것이 아니라 내게 보복을 하려고?」

「나는 보복이라는 걸 몰라요.」

「나는 알고 있소.」 오즈먼드가 말했다. 「내게 보복할 수 있는 기회를 주지 마시오.」

「당신은 그 기회를 잡을 수 있기를 너무나 열망하고 있죠. 내가 어리석은 일을 저지르기를 간절히 원하고 있고요.」

「그럴 경우에 당신이 내게 복종하지 않는다면 내가 만족할 수 있겠군.」

「당신에게 복종하지 않는다면?」 이사벨은 부드럽게 들리는 낮은 목소리로 말했다.

「분명히 말해 두지. 만일 당신이 오늘 로마를 떠난다면, 그것은 가장 고의적이고 가장 치밀하게 계획된 반항이 될 거요.」

「어떻게 그것이 계획된 일이라고 말할 수 있어요? 이모님의 전보를 받은 것은 바로 3분 전이었는데.」

「당신은 계산이 빠르니까 말이야. 대단한 능력이지. 이런 얘기를 계속해야 할 이유가 없소. 내가 무엇을 바라는지 당신은 알고 있으니까.」그는 그녀가 물러나는 모습을 보려는 듯이 가만히 서 있었다.

하지만 그녀는 움직이지 않았다. 이상하게 보이겠지만 그녀는 움직일 수 없었다. 그녀는 여전히 스스로를 정당화하고 싶었다. 그는 그녀로 하여금 이런 욕구를 느끼게 만드는 비상한 능력을 갖고 있었다. 그녀의 상상력에는 그가 그녀의 판단력에 맞서서 언제라도 호소할 수 있는 무엇인가가 있었다. 「당신은 그런 것을 바랄 이유가 없어요.」이사벨이 말했다. 「그리고 나는 영국에 가야 할 이유가 얼마든지 있어요. 당신이 얼마나 공정치 못한 사람으로 보이는지 도저히 말로 표현할 수 없어요. 하지만 당신도 알고 있다고 생각해요. 치밀하게 계획된 것은 바로 당신의 반대예요. 악의적인 반대죠.」

그녀는 이전에 남편에게 이처럼 심한 말을 해본 적이 없었다. 그 말을 들었을 때 오즈먼드에게 새로운 느낌이 들었음은 분명했다. 하지만 그는 놀란 기색을 전혀 보이지 않았다. 그의 냉정한 태도는 그녀를 끌어내리려는 그의 교묘한 노력을 아내가 실로 끝까지 버틸 수 없으리라고 굳게 믿고 있음을 보여 주는 확실한 증거였다. 「그렇다면 더더욱 강렬한 반대이지.」그가 대답했다. 그러고 나서 그는 아내에게 친절한 조언이라도 들려주는 듯이 덧붙였다. 「이것은 대단히 중요한 문제요.」그녀는 그 점을 인정했다. 이 사태의 중요성을 충분히 의식하고 있었다. 그들의 관계가 위기를 맞았다는 것을 알고 있었다. 지극히 중대한 일이기에 그녀는 신중해졌고 아무 말도 하지 않았다. 그가 말을 이었다. 「내게 아무런 이유도 없다고? 가장 훌륭한 이유가 있소. 당신이 하려는 일은 내 영혼의 밑바닥에서부터 혐오감을 일으키는 일이라는 거지. 수치스럽고, 상스럽고, 꼴사나운 일이야. 당신의 사촌은 내게 아무것도 아닌 인간이야. 그리고 나는 그에게 무엇이든 양보해 줘야 할 의무가 전혀 없어. 이미 한없이 너그럽게 양보해 주었고. 그가 여기 있는 동안 당신이 그를 만나고 다닐 때 나는 바늘방석에 앉아 있는 기분이었어. 하지만 그 일은 그냥 봐주기로 했지. 그가 떠나기를 한 주, 한 주 기다리고 있었으니까. 나는 그를 좋아한 적이 없었고, 그도 나를 좋아한 적이 없어. 바로 그래서 당신이 그를 좋아하는 거야. 그가 나를 미워하기 때문에.」 오즈먼드는 거의 들리지 않을 정도로 떨리는 목소리로 재빨리 말했다. 「나는 내 아내가 무엇을 해야 하고 무엇을 해서는 안 되는지에 대해서 이상적으로 생각하는 규범이 있어. 내 아내라면 다른 남자의 병상 머리에 앉아 있으려고 내 간절한 소망을 무시하면서 혼자서 유럽 횡단 여행에 나서서는 안 돼. 당신의 사촌은 당신에게 아무것도 아니고, 우리에게도 아무것도 아니야. 내가 〈우리〉라고 말하니까 당신은 의미심장한 미소를 짓는군. 하지만 당신에게 장담하건대, 오즈먼드 부인, 내가 생각하는 것은 오로지 〈우리〉, 〈우리〉뿐이야. 나는 우리의 결혼을 진지하게 생각하고 있어. 당신은 그렇게 생각하지 않을 방법을 찾아낸 것 같지만. 내가 알기로는 우리가 이혼을 한 것도, 별거를 한 것도 아니야. 내 생각에 우리는 떼려야 뗄 수 없이 결합되어 있어. 당신은 내게 그 어떤 인간보다도 가까운 사람이고, 나는 당신에게 가까운 사람이지. 그렇게 가까운 관계가 불쾌한 것일 수도 있겠지만 어떻든 그것은 우리 스스로가 의도적으로 이룬 관계야. 당신은 그 점을 상기시켜 주는 것이 싫겠지. 잘 알고 있소. 하지만 기꺼이 상기시켜 주도록 하지. 왜냐하면 ─ 왜냐하면 ─」 이 부분에서 그는 정확하게 핵심을 찌를 말이 있다는 표정으로 잠시 말을 멈추었다. 「왜냐하면 우리는 우리가 취한 행동의 결과를 받아들여야 한다고 생각하기 때문이야. 내가 세상에서 가장 가치 있게 생각하는 것은 명예를 지키는 일이니까.」

그는 엄숙하고 부드럽게 들리도록 말했다. 빈정거리는 말투는 그의 어조에서 완전히 사라졌다. 그 진지한 목소리 때문에 그 아내의 마음에서 요동치던 감정이 억제되었다. 그 방에 들어섰을 때의 확고한 결심은 엉켜 있는 가느다란 실타래에 뒤얽히고 말았다. 그의 마지막 말은 명령이 아니었고, 일종의 호소였다. 그가 무엇이든지 존중한다는 말을 한다면 그것은 그저 교묘하게 꾸민 이기심일 뿐이라고 그녀는 생각했지만, 그 마지막 말은 십자가 표시나 조국의 국기처럼 뭔가 초월적이고 절대적인 것을 표현하고 있었다. 그는 신성하고 소중한 것의 권위를 빌려 말한 것이다. 훌륭한 형식을 준수해야 한다고. 그들은 감정에 있어서는 서로에게 환멸을 느끼는 그 어떤 연인들보다도 더 멀리 떨어져 있었다. 하지만 행동에 있어서는 아직 갈라서지 않은 것이다. 이사벨은 예전과 달라지지 않았으므로, 공정함에 대한 과거의 열정이 아직 그녀의 내면에 남아 있었다. 그리고 이제 남편의 불경스러운 궤변을 한참 날카롭게 의식하는 와중에도 그 정의감이 잠시 남편에게 승리를 약속해 준 곡조에 맞춰 고동치기 시작했다.

체면을 유지하기를 바라는 그의 마음은 어떻든 진심이고 이것은 그 나름대로 장점이라는 생각이 떠올랐다. 10분 전만 하더라도 그녀는 즉흥적인 행동의 기쁨을 만끽하고 있었다. 그것은 그녀가 아주 오랫동안 맛보지 못한 기쁨이었다. 그러나 오즈먼드의 파괴적인 손에 닿자마자 그 행동은 변질되어 갑자기 무력한 체념으로 바뀌고 말았다. 그러나 만일 그녀가 체념해야 한다면, 자신이 잘 속아 넘어가는 얼뜨기가 아니라 희생양이라는 것을 그에게 알려 줄 것이다. 「나는 당신이 조롱의 대가라는 것을 잘 알고 있어요.」 그녀가 말했다. 「어떻게 당신은 우리가 뗄 수 없이 결합되어 있다고 말할 수 있죠? 당신이 만족하고 있다는 말을 어떻게 할 수 있어요? 나를 위선적이라고 비난하면서, 우리가 결합되어 있다고요? 마음속에 그저 끔찍한 의심만 품고 있으면서 어떤 점에서 만족한다는 말인가요?」

「그런 결함에도 불구하고 우리가 더불어 점잖게 살고 있다는 거요.」

「우리는 점잖게 살고 있지 않아요!」 이사벨이 소리쳤다.

「당신이 영국에 간다면 물론 그렇겠지.」

「그건 아주 사소한 일이에요. 아무것도 아닌 일이에요. 나는 더 엄청난 일도 할 수 있어요.」

그는 눈썹을 치올렸고 어깨도 약간 들썩했다. 그는 이탈리아에서 오래 살았기에 이런 몸짓에 익숙했다. 「아, 당신이 나를 위협하러 온 거라면, 나는 그림을 그리는 편이 더 낫겠군.」 그러고 나서 탁자로 걸어가 자신이 그리던 그림을 집어 들고는 그것을 살펴보았다.

「내가 떠난다면, 당신은 내가 돌아올 거라고 기대하지 않겠지요.」 이사벨이 말했다.

그는 재빨리 몸을 돌렸다. 적어도 이 동작만은 계산된 것이 아니라는 사실을 그녀는 알 수 있었다. 그는 그녀를 잠시 쳐다보고는 말했다. 「당신, 정신 나갔소?」

「내가 떠난다면 그것이 결렬이 아니고 무엇이겠어요?」 그녀가 말을 이었다. 「특히 당신 말이 모두 사실이라면 말이에요.」 그녀는 그것이 어떻게 결렬이 아닐 수 있는지 알 수 없었다. 그 외에 무엇이 될 수 있는지 진심으로 알고 싶었다.

그는 탁자 앞에 앉았다. 「당신이 내게 도전한다고 가정하고는 당신과 말다툼할 수 없소.」 그는 이렇게 말하고 작은 붓을 다시 집어 들었다.

그녀는 잠시 더 그 방에 머물렀다. 무관심하게 보이려 하지만 그래도 감정을 잘 드러내는 그의 모습을 자신의 두 눈으로 똑똑히 바라본 후에 재빨리 그 방을 나왔다. 그녀의 능력과 활력, 열정이 모두 다시 흩어져 버리고 말았다. 차갑고 검은 안개가 갑자기 그녀를 둘러싼 기분이었다. 오즈먼드는 상대방의 약점을 끌어낼 수 있는 최고 수준의 기술을 갖고 있었다. 자기 방으로 돌아가는 길에 이사벨은 잡다한 책들이 조금 꽂혀 있는 작은 응접실의 열린 문 앞에 서 있던 제미니 백작 부인과 마주쳤다. 백작 부인은 책을 펼쳐 들고 있었다. 한 면을 훑어본 모양이었지만 흥미를 느끼지 못한 것 같았다. 이사벨의 발소리에 그녀는 고개를 들었다.

「아, 올케.」 그녀가 말했다. 「올케는 문학에 관심이 많으니까 재미있는 책을 좀 알려 줘요. 여기 있는 책들은 전부 지루하기 짝이 없어! 이 책은 좀 재미있을까?」

이사벨은 그녀가 내민 책의 제목을 힐끗 쳐다보았지만 그

글자가 눈에 들어오지 않았고 이해할 수도 없었다. 「죄송하지만 알려 드릴 수 없겠어요. 나쁜 소식을 들었거든요. 사촌 오빠 랠프 터치트가 위독하대요.」

백작 부인은 책을 내던졌다. 「아, 무척 매력적인 *simpatico* 사람이었는데. 올케가 무척 안되었네요.」

「사정을 아시면 더 유감스러우실 거예요.」

「어떤 사정인데? 올케 안색이 몹시 안 좋아요.」 백작 부인이 덧붙였다. 「오즈먼드와 함께 있었던 게 분명해요.」

30분 전이라면 이사벨은 자신이 시누이의 동정을 받고 싶어 하리라는 말에 매우 차갑게 반응했을 것이다. 그런데 그녀가 지푸라기라도 잡듯이 이 부인의 변덕스러운 동정심에 매달렸다는 것은 지금 그녀가 얼마나 고통스러운 상태에 빠져 있는지를 잘 드러내 줄 것이다. 「네, 오즈먼드와 이야기를 나눴어요.」 그녀가 이렇게 말하자 백작 부인은 반짝이는 눈으로 그녀를 바라보았다.

「오즈먼드가 틀림없이 가증스럽게 굴었겠지!」 백작 부인이 소리쳤다. 「가여운 터치트 씨가 위독해서 기쁘다고 하던가요?」

「제가 영국에 가서는 안 된다고 했어요.」

백작 부인의 마음은 자신의 이해관계가 걸려 있을 때는 민첩하게 돌아갔다. 그녀는 로마에 체류하는 데 있어서 앞으로 밝은 전망을 기대할 수 없다는 사실을 이미 간파했다. 랠프 터치트는 죽을 것이고, 이사벨은 애도하게 될 것이고, 만찬 연회는 열리지 않을 것이다. 그런 생각이 떠오르자 잠시 그녀의 얼굴은 의미심장하게 찌푸려졌다. 하지만 그녀의 실망감은 이처럼 재빨리 달라진 생생한 표정에서만 드러났다. 결국 여흥은 이미 거의 다 끝났다고 그녀는 생각했다. 이미 초대받은 기간을 넘어서 오래 머물렀던 것이다. 그리고 나자 그녀는 자신의 실망감을 잊고 이사벨의 번민에 관심을 기울였고, 이사벨이 깊은 괴로움에 빠져 있음을 알았다. 그것은 그저 사촌의 죽음으로 인한 고통보다 더 깊은 괴로움인 것 같았다. 전혀 망설이지 않고 백작 부인은 올케의 고통스러운 눈빛을 분통 터지게 하는 오빠와 연결시켜 생각했다. 그녀는 즐거운 기대로 가슴이 힘차게 두근거릴 지경이었다. 오즈먼드가 제압되는 꼴을 보고 싶으면 지금이야말로 가장 적절한 상황인 것 같았다. 물론 이사벨이 영국에 간다면 그녀 자신은 당장 팔라초 로카네라를 떠날 것이다. 무슨 일이 있어도 오즈먼드와 단둘이 남아 있지는 않을 것이다. 그래도 그녀는 이사벨이 영국에 가겠다고 말하는 것을 몹시 듣고 싶었다. 「올케는 못 할 일이 전혀 없어요.」 그녀가 애무하듯이 말했다. 「그렇지 않으면 올케가 부유하고 영리하고 좋은 사람이라는 게 무슨 소용이 있겠어요?」

「정말 무슨 소용이 있을까요? 나는 바보처럼 무력한 기분이에요.」

「오즈먼드가 도대체 왜 안 된다고 하는 거죠?」 백작 부인은 도무지 상상할 수 없다는 의미를 충분히 드러내는 어투로 물었다.

하지만 백작 부인이 그렇게 질문을 하기 시작한 순간부터 이사벨은 주춤하고 물러났다. 그녀는 백작 부인이 다정하게 잡고 있던 손을 빼냈다. 하지만 이 질문에 대해서는 솔직히 신랄하게 대답했다. 「우리가 함께 너무나 행복하게 살고 있기 때문에 2주일도 떨어져 있을 수 없다는 거예요.」

「아,」 백작 부인은 이사벨이 몸을 돌리고 가려고 할 때 말했다. 「내가 여행을 하고 싶어 할 때 내 남편은 그저 돈을 한 푼도 주지 않겠다고 말하는데!」

이사벨은 자기 방에 가서 한 시간을 서성거렸다. 어떤 독자들은 이사벨이 사서 고민을 한다고 생각할 수도 있을 것이다. 그리고 활기가 넘치는 여자로서 그녀가 너무 쉽게 억류되고 말았다는 것은 분명하다. 그녀는 이제야 비로소 결혼이라는 그 엄청난 일의 의미를 속속들이 알 수 있게 된 것 같았다. 선택을 해야 하는 이런 경우에, 결혼이란 당연히 자기 남편을 선택해야 한다는 것을 뜻했다. 「무서워. 정말 무서워.」 그녀는 걸음을 멈추고 여러 차례 중얼거렸다. 하지만 그녀가 두려워한 것은 그녀의 남편이 아니었고, 그의 분노나 증오심, 보복도 아니었다. 또한 자신의 행위에 대해서 나중에 스스로 내리게 될 판단이 두려웠던 것도 아니었다. 그런 두려움 때문에 그녀의 행동이 억제된 적도 종종 있었지만. 그녀가 두려워한 것은 오즈먼드가 그녀에게 머물러 있기를 바라는데 그녀가 떠난다면 그것은 그를 해치는 행위가 된다는 점이었다. 그들 사이에 불화의 심연이 벌어져 있었지만 그럼에도 불구하고 그는 그녀가 머물기를 바랐고 그녀가 떠난다는 것은 그에게 소름 끼치도록 혐오스러운 일이었다. 그녀는 그가 섬세한 신경으로 얼마나 지독한 혐오감을 느낄 수 있을지를 알고 있었다. 남편이 자신에 대해서 어떻게 생각하는지를 그녀는 알고 있었고, 그가 아내에게 어떤 말을 할 수 있는지를 그녀는 이미 경험해 왔다. 하지만 그런 것들에도 불구하고 그들은 결혼한 부부였다. 결혼이란 한 여자가 제단 앞에 서서 엄청난 맹세를 나눈 남자에게 충실해야 한다는 것을 뜻했다. 그녀는 마침내 소파에 주저앉아서 쿠션에 머리를 파묻었다.

다시 고개를 들었을 때 눈앞에 제미니 백작 부인이 망설이는 기색으로 서 있었다. 알지 못하는 사이에 그 부인이 방에 들어왔던 것이다. 그녀는 얇은 입술에 묘한 미소를 띠고 있었고, 한 시간 만에 달라진 얼굴로 빛을 내며 뭔가를 암시하고 있었다. 분명 그녀는 자기 영혼의 창가에서 살아왔지만 지금은 창밖 멀리 몸을 내밀고 있다고 말할 수 있을 것이다. 「노크를 했는데 올케가 대답을 하지 않더군요.」 그녀가 말을 꺼냈다. 「그래서 과감하게 들어왔어요. 한 5분간 올케를 지켜보고 있었어요. 무척 괴로워 보이는군요.」

「네, 하지만 위로해 주실 수 없을 거예요.」

「그래도 한번 시도하게 해줄래요?」 그러면서 백작 부인은 이사벨 옆의 소파에 앉았다. 그녀는 계속 미소를 짓고 있었고, 뭔가를 전하려 하면서 의기양양한 표정을 띠고 있었다. 그녀는 할 말이 많은 것 같았다. 이사벨은 시누이가 진정으로 인간적인 이야기를 할 거라는 생각이 처음으로 들었다. 그녀는 반짝이는 눈을 이리저리 굴렸는데, 불쾌하게 보였지만 매력적인 면도 있었다. 「어떻든,」 그녀가 곧 말을 꺼냈다. 「우선 말하고 싶은 것은 내가 올케의 마음을 잘 알지 못한다는 거예요. 올케에게는 망설임이나 이유, 의리, 이런 것들이 너무 많은 것 같아요. 10년 전에 내 남편이 가장 바라는 것은 나를 비참하게 만드는 일이라는 것을 알았을 때 — 요즘에는 나를 그냥 내버려 둬요 — 아, 그러니까 모든 것이 놀랍도록 단순해지더라고요! 가엾은 이사벨, 당신은 단순한 사람이 아니지요.」

「네, 아주 단순하지는 않아요.」이사벨이 말했다.

「당신에게 알려 주고 싶은 것이 있어요.」백작 부인이 말했다. 「왜냐하면 올케가 알아야 한다고 생각하니까요. 어쩌면 알고 있겠죠. 짐작했을지도 모르고. 그런데 올케가 그것을 알고 있다면 내가 할 수 있는 말은, 올케가 왜 자기 마음대로 행동하지 않는지를 더더욱 이해할 수 없다는 거예요.」

「제게 알려 주고 싶은 게 무엇인데요?」뭔가 불길한 예감이 들면서 이사벨의 심장은 더욱 빨리 뛰었다. 백작 부인은 자기의 말을 정당화하려 하고 있었고, 이 한 가지 사실만으로도 불길했다.

하지만 백작 부인은 그럼에도 그 문제를 이리저리 돌려 보고 싶은 마음이 들었다. 「내가 올케의 처지에 있었다면 벌써 오래전에 짐작했을 거예요. 정말이지 조금도 의심이 든 적이 없었어요?」

「아무것도 짐작한 적이 없어요. 내가 무엇을 의심했어야 하나요? 무슨 말을 하시는지 모르겠어요.」

「그건 올케가 너무 순진하기 때문에 그래요. 나는 이렇게 순진한 마음을 가진 여자는 본 적이 없어요!」백작 부인이 소리쳤다.

이사벨은 천천히 자리에서 일어났다. 「뭔가 끔찍한 이야기를 하시려는 거죠.」

「그걸 뭐라고 불러도 상관없어요!」백작 부인도 일어섰고, 그녀의 고집스러운 기색이 점점 선명하고 무시무시하게 드러났다. 그녀는 순간적으로 섬광처럼 번뜩이는 의도를 드러내며 서 있었고, 그 순간에도 이사벨에게는 그 눈빛이 추악하게 보였다. 그런 다음 그녀가 말했다. 「첫 올케에게는 아이가 없었어요.」

이사벨은 그녀를 뻔히 바라보았다. 그것은 터무니없이 맥빠지게 하는 말이었다. 「첫 올케라고요?」

「이런 말을 해도 된다면, 오즈먼드가 예전에 결혼한 적이 있었다는 것쯤은 적어도 알고 있겠지요! 그 아내에 대해서 내가 올케에게 말한 적은 없었어요. 그런 일은 점잖지도 않고 예의 바른 일도 아니라고 생각했으니까요. 하지만 그리 까다롭지 않은 사람들이라면 틀림없이 그 얘기를 들려줬을 거예요. 그 가엾은 자그마한 여자는 3년도 채 살지 못했고 아이도 없이 죽었어요. 팬지가 등장한 것은 올케가 죽은 다음이었고요.」

이사벨은 이마를 찡그렸다. 놀라서 넋이 나간 듯 새파랗게 질린 입술이 벌어졌다. 그녀는 이해를 하려고 애쓰고 있었다. 그녀가 알 수 없는, 이해해야 할 일이 너무 많은 것 같았다. 「그럼 팬지는 내 남편의 아이가 아닌가요?」

「당신 남편의 아이예요. 그건 틀림없는 사실이에요. 하지만 아내가 없는 남편의 아이죠. 다른 남자의 아내의 아이고요. 아, 이사벨.」 백작 부인이 소리쳤다. 「당신에게는 전부 다 일일이 설명해 줘야 하는군요.」

「무슨 말인지 도무지 모르겠어요. 누구의 아내의 아이라고요?」 이사벨이 물었다.

「불쾌하기 짝이 없는 조그만 스위스인의 아내예요. 그 스위스인은, 얼마나 되었더라, 12년, 아니 15년도 더 전에 죽었어요. 그는 팬지를 자식으로 인정한 적이 없었어요. 자기가 무엇을 하려는지 잘 아는 사람이었으니까 그 애에게 할 말도 없었을 거예요. 그가 그렇게 할 이유도 없었죠. 오즈먼드가 자기 자식으로 인정했으니까. 그 편이 더 나았어요. 그렇지만 나중에 오즈먼드는 자기 아내가 출산 중에 죽었고 자기는 너무나 슬프고 두려워서 그 어린애를 가급적 자기 눈에 띄지 않는 곳에 오래 맡겨 두었다가 보모에게서 데려왔다는 둥, 그런 데데한 얘기를 꾸며 내야 했죠. 그의 아내는 실은 전혀 다른 문제로, 전혀 다른 곳에서 죽었어요. 어느 해 8월에 그녀의 건강에 맑은 공기가 필요하다고 해서 부부가 피에몬테 산에 갔는데 그곳에서 갑자기 건강이 악화되어 위독해졌던 거예요. 그 이야기는 그럭저럭 통했죠. 그럴듯하게 꾸며져 있었으니까 관심을 두고 조사해 보려는 사람이 없는 한 아무 문제도 없었어요. 하지만 물론 나는 조사해 보지 않고도 알고 있었어요.」 백작 부인은 명료하게 말을 이어 갔다. 「아시겠지만, 우리 남매 사이에 말 한 마디 오가지 않았어도, 그러니까 오즈먼드와 그 문제에 대해서 이야기를 한 마디도 나누지 않았지만, 알았다는 거예요. 그가 아무 말 없이 그런 식으로 그 문제를 수습하려고 — 그러니까 내가 혹시라도 말을 꺼낸다면 나를 입막음하려고 — 나를 쳐다보는 모습이 상상되지 않아요? 나는 이 말이든 저 말이든 입도 뻥긋하지 않았어요. 누구에게도 말하지 않았죠. 내가 그럴 수 있다는 것을 올케가 믿어 줄 수 있다면 말이에요. 맹세코, 지금까지 단 한 번도 입에 올리지 않았던 얘기를 이렇게 오랜 시간이 지난 후에 올케에게 하고 있는 거예요. 처음부터 내게는 팬지가 내 조카딸이라는 것으로 충분했어요. 그 순간부터 그 애는 내 오빠의 딸이었으니까요. 그 애의 생모에 대해서 말하자면 —!」 그러나 팬지의 놀라운 고모는 이 부분에서 말을 멈췄다. 이사벨의 얼굴에서 자신이 감당할 수 없는 많은 눈들이 자기를 바라보고 있는 것 같은 느낌 때문에 본의 아니게 말을 멈추지 않을 수 없었다.

그녀는 이름을 언급하지 않았지만, 이사벨은 밝혀지지 않은 이름이 자기 입술에서 메아리쳐 나오려는 것을 간신히 억눌렀다. 그녀는 다시 쓰러지듯 주저앉았고 고개를 푹 숙였다. 「왜 내게 이 이야기를 하셨어요?」 이렇게 묻는 그녀의 목소리는 거의 알아들을 수 없을 정도였다.

「올케가 아무것도 모르고 있는 것이 너무 지루했기 때문이에요. 솔직히 말하면, 올케에게 그 이야기를 알려 주지 않고 있으려니 너무 따분해졌어요. 어리석게도 지금까지 그 이야기를 억누를 수 없었던 것처럼 말이죠! 사실 그건 내게 벅찬 일이었어요 *Ça me dépasse.* 이렇게 말해도 괜찮다면, 올케 주위를 빙빙 둘러싸고 있는데도 올케가 용케도 알아차리지 못했던 사실들을 혼자서 꾹꾹 억누르고 있자니 말이에요. 그건 일종의 원조랄까, 순진한 무지를 도와주는 것이었죠. 하지만 그런 도움을 베풀어 주는 데 나는 늘 서툴렀어요. 그리고 오빠를 위해 침묵을 지켜 주려는 것과 관련해서 내 미덕은 어떻든 결국 다 바닥이 나고 말았고요. 더욱이, 이것은 악의적인 거짓말이 아니에요.」 백작 부인은 비길 데 없이 독특한 어조로 덧붙였다. 「내가 올케에게 말한 것은 틀림없는 사실이에요.」

「난 전혀 몰랐어요.」 이사벨이 곧 말했고, 어리석어 보이는 이 고백과 잘 어울리는 얼굴로 백작 부인을 올려다보았다.

「그럴 거라고 생각했어요. 믿기 어려운 일이기는 했지만. 오빠가 6~7년간 그녀의 애인이었다고 생각해 본 적이 없었나요?」

「모르겠어요. 실은 어떤 생각이 든 적이 있었는데, 아마 그런 의미였던 것 같아요.」

「그녀는 팬지에 대해서 놀랍도록 교묘하고 멋지게 처신했죠.」 백작 부인은 그 일을 전체적으로 평가하며 소리쳤다.

「아, 그런 식으로 명확히 생각한 적은 없었어요.」 이사벨이 말했다. 그녀는 전에 어떤 생각이 들었고 어떤 생각이 들지 않았는지를 스스로에게 이해시키려는 것 같았다. 「그리고 지금과 같은 식으로는, 이해하지 못하겠어요.」

그녀는 혼란스럽고 어리둥절한 사람처럼 말했다. 하지만 가여운 백작 부인은 자기가 밝혀 준 사실이 기대했던 효과를 일으키지 못했다고 느끼는 것 같았다. 맹렬한 불길을 일으킬 거라고 기대했지만 간신히 불꽃 하나를 뽑아낸 것이었다. 상상력이 풍부하다고 인정된 여자였지만 이사벨은 공개된 역사의 사악한 사건을 보고 느낄 만한 것 이상의 인상을 받지 않은 것 같았다. 「그 아이가 어째서 그녀의 남편, 즉 멀 씨의 아이로 통할 수 없었는지 모르겠어요?」 백작 부인이 말을 이었다. 「그렇게 하기에는 그들이 너무 오래 별거하고 있었거든요. 그런 데다 그는 이미 먼 나라로 가 있었지요. 아마 남아프리카였을 거예요. 그녀에게 자식들이 있었는지는 잘 모르겠는데, 있었더라도 다 잃은 후였죠. 사정이 이러했기 때문에 오즈먼드가 상황에 쫓겨서(내 말은, 무척 곤란한 처지에 빠져서) 그 어린 여자애를 자기 자식으로 인정하게 된 거예요. 그의 아내는 죽었죠. 그건 사실이지만 죽은 지 그리 오래되지 않았기 때문에 날짜를 조금 바꾸는 것이 큰 문제가 되지 않았어요. 그때부터 의심이 일어나지 않도록 말이에요. 그들은 그 문제에 대단히 신경을 써야 했죠. 멀리 떨어진 곳에서 지내던 가없은 오즈먼드 부인이 자기 목숨을 바치면서 짧았던 행복의 증거를 뒤에 남기고 떠났다는 것은 사소한 일에 신경을 쓰지 않는 세상에서 아주 자연스럽게 받아들여질 만한 일이죠. 오즈먼드는 다른 곳으로 주거지를 옮김으로써 —— 그들이 알프스 산에 머물렀을 때 오즈먼드와 첫 올케는 나폴리에 살고 있었는데 얼마 지나서 그곳을 영원히 떠났죠 —— 그일을 성공적으로 마무리했어요. 무덤에 있는 가없은 올케로서야 어쩔 수 없었을 테고, 그 생모는 자기 체면을 살리기 위해서 아이에 대한 모든 소유권을 포기했어요.」

「아, 가없은 여자!」 이사벨은 큰 소리로 말하며 갑자기 눈물을 흘렸다. 그녀가 울어 본 지 꽤 오랜만이었다. 그녀는 울지 않겠다고 거세게 저항해 왔다. 그러나 지금은 눈물이 하염없이 흘러내렸고 그래서 제미니 백작 부인은 또다시 마음이 불편해졌을 뿐이었다.

「그녀를 동정하다니 올케는 무척 착한 사람이군요!」 그녀는 어울리지 않게 웃음을 터뜨렸다. 「그래, 정말로 올케는 자기 나름의 방식이 있는 모양이에요 —!」

「그는 틀림없이 자기 아내를 배신했을 거예요. 그것도 너무나 빨리!」 이사벨이 갑자기 울음을 자제하며 말했다.

「바로 그것이 빠져 있었군요. 올케가 그 아내의 편을 드는 것 말이죠!」 백작 부인이 말을 이었다. 「하지만 그 점에 있어서는 동의해요. 너무나 일찍 배신했다는 것 말이죠.」

「하지만 나에게는, 내게는 —?」 이사벨은 시누이의 말이 들리지 않은 듯이 망설였다. 마치 그 의문이 그녀의 눈빛에 충분히 담겨 있었지만 오로지 자신에게 던지는 질문인 듯이.

「오빠가 올케에게 충실했느냐고요? 글쎄요, 그건 무엇을 충실하다고 보는가에 따라 다르지요. 오빠가 올케와 결혼했을 때는 다른 여자의 애인이 아니었어요. 그 관계가 지속되는 동안에는 위험을 무릅쓰고 조심하면서 대단히 열성적인 애인이었지요! 그런 식의 연애는 끝났고, 그 숙녀는 후회를 했거나 아니면 어떻든 자기 나름의 이유가 있어서 물러났어요. 그녀는 늘 체면을 지나치게 열렬히 숭배했기 때문에 오즈먼드도 그것에 싫증을 내게 되었지요. 그러니까 그가 특히 좋아하는 것들에 그녀가 숭배하는 것을 편리하게 끼워 맞출 수 없었을 때 그 관계가 어떠했을지 상상할 수 있을 거예요. 하지만 그들의 과거는 고스란히 그들 사이에 남아 있었지요.」

「네.」 이사벨이 기계적으로 따라했다. 「과거가 고스란히 남아 있지요.」

「아, 최근의 과거는 아무것도 아니에요. 그렇지만 6~7년간 그들은 꾸준히 관계를 이어 왔어요.」

이사벨은 잠시 입을 다물었다. 「그렇다면 왜 그녀는 나를 그에게 결혼시키려고 했지요?」

「아, 올케, 그것이 그녀의 놀라운 점이죠. 당신에게 돈이 있었으니까요. 그리고 당신이 팬지에게 잘해 줄 거라고 믿었으니까요.」

「불쌍한 여자! 팬지는 그녀를 좋아하지 않는데!」 이사벨이 소리쳤다.

「바로 그렇기 때문에 팬지가 좋아할 여자를 원했던 거예요. 그녀는 그것을 알고 있고, 모든 것을 알고 있어요.」

「당신이 내게 이 이야기를 들려준 것도 알까요?」

「그건 당신이 그녀에게 말을 하는가에 달려 있겠죠. 그녀는 그 일도 각오하고 있어요. 그리고 자신을 변호하기 위해서 무엇에 의존하고 있는지 알아요? 올케가 내 말을 거짓말로 여길 거라는 점이에요. 어쩌면 올케는 그렇게 믿을지도 모르죠. 그것을 숨기려고 불편해하지 마요. 다만, 우연히도, 이번에는 내 말이 거짓말이 아니에요. 나는 사소한 거짓말들을 많이 해왔어요. 하지만 그 거짓말로 상처를 입은 것은 다른 사람이 아니라 오직 나 자신이었죠.」

이사벨은 어떤 방랑하는 집시가 그녀의 발치에 깔린 카펫에 펼쳐 놓은 멋진 세공품 꾸러미를 바라보듯이 상대방의 이야기를 바라보며 앉아 있었다. 「왜 오즈먼드는 그녀와 결혼하지 않았지요?」 마침내 그녀가 물었다.

「그녀에게 돈이 없었으니까요.」 백작 부인은 어떤 질문에 대해서도 대답이 궁하지 않았다. 그녀의 말이 거짓말이라면, 거짓말을 아주 잘하고 있었다. 「그녀가 어떻게 먹고사는지, 그 예쁜 골동품들을 어떻게 얻었는지 아무도 몰라요. 누구도 알 수 없을 거예요. 오즈먼드도 모를 거라고 생각해요. 게다가 그녀는 그와 결혼할 생각이 없었을 거예요.」

「그렇다면 그녀가 어떻게 그를 사랑할 수 있었지요?」

「그런 식으로 사랑한 것이 아니지요. 아마 처음에는 그렇게 사랑했을 거예요. 그때는 그와 결혼할 마음이 있었겠지요. 하지만 그때는 그녀의 남편이 살아 있었어요. 멀 씨가 죽었을 때 ─ 그의 선조들에게 돌아갔다고는 말하지 않겠어요. 그에게는 조상이 없었으니까 ─ 오즈먼드와 그녀의 관계가 달라졌어요. 그리고 그녀는 더욱 야심이 커졌고요. 게다가 그녀는 오즈먼드에 대해서 조금도 갖고 있지 않았는데,」 백작 부인은 말을 이었고 그 말을 들은 이사벨이 너무나 비참하게 움츠러들도록 내버려 두었다. 「이른바 지성의 환상이라는 것을 전혀 갖고 있지 않았어요. 그녀는 대단한 사람과 결혼하기를 바랐죠. 늘 그런 생각을 품고 있었어요. 그녀는 기회를 기다리고 엿보고 계획을 세우고 기도했죠. 하지만 성공하지 못했어요. 알다시피 마담 멀은 성공한 사람이라고 말할 수 없어요. 앞으로 그녀가 무엇을 이룰지 모르지만 현재로는 내놓을 만한 것이 거의 없으니까요. 그녀가 지금까지 이루었다고 말할 수 있는 단 한 가지 명백한 성취는 — 물론 별별 사람들과 친하게 지내고 그들의 집에서 공짜로 머무는 일을 제외하고 — 당신과 오즈먼드를 결합시킨 일이었어요. 아, 그녀가 그렇게 한 거예요. 의심스럽다는 표정을 지을 필요 없어요. 나는 그 두 사람을 여러 해 동안 지켜봐 왔어요. 그래서 모든 것을 알고 있어요. 모든 것을. 나는 머리가 산만하다는 말을 들어 왔지만 그 두 사람을 철저히 밝혀낼 수 있을 정도로는 머리를 쓸 수 있어요. 그녀는 나를 미워하죠. 그리고 그 증오심을 드러내는 방식은 언제나 나를 두둔하는 척하는 거예요. 사람들이 내게 애인이 열다섯 명 있다고 말하면 그녀는 경악한 표정을 짓고는 그중 절반은 확실히 입증되지 않은 일이라고 말하죠. 그녀는 몇 년간 나를 두려워했어요. 그리고 사람들이 나에 대해서 늘어놓는 비열한 거짓말에서 큰 위안을 느껴 왔고요. 그녀는 내가 자기를 폭로할까 봐 두려웠던 거예요. 그리고 오즈먼드가 당신에게 관심을 보이기 시작한 어느 날에는 나를 협박했죠. 피렌체에 있는 그의 집에서였어요. 그녀가 당신을 데려와서 우리가 정원에서 차를 마셨던 그날 오후를 기억해요? 바로 그날 만일 내가 쓸데없는 이야기를 늘어놓는다면 그쪽도 수가 있다고 하더군요. 자기보다는 나에 대해서 폭로할 얘깃거리가 더 많다고 주장했죠. 그 두 가지를 비교해 보면 재미있겠군요! 나는 그녀가 뭐라고 말할지 전혀 개의치 않아요. 올케가 전혀 개의치 않는다는 것을 알고 있으니까. 올케가 들은들 나 때문에 골치를 썩을 일은 지금과 마찬가지로 별로 없을 거예요. 그러니 그녀에게 마음대로 보복하라고 하지요. 그녀가 올케에게 무섭게 겁을 주지는 않을 거예요. 그녀에게 중요한 것은 비난할 점이 한 군데도 없는, 활짝 피어난 백합꽃 같은 예절의 화신이 되는 것이었지요. 그녀는 예절의 신을 늘 숭배했어요. 카이사르의 아내에게는 추문 같은 것이 있어서는 안 되지요. 그리고 이미 말했듯이, 그녀는 늘 카이사르와 결혼하기를 바랐어요. 그녀가 오즈먼드와 결혼하지 않으려던 한 가지 이유는 그것이었죠. 그녀가 팬지와 같이 있는 것을 보고 사람들이 이것저것을 끼워 맞추고 닮은 점을 찾아낼지도 모른다는 두려움 말이에요. 그녀는 모성애 때문에 정체가 드러날까 봐 몹시 두려워했어요. 그래서 몹시 조심했죠. 모성애 때문에 정체가 밝혀진 적은 없었어요.」

「아뇨, 그런 일이 있었어요.」 더욱 새파랗게 질린 얼굴로 이야기를 듣고 있던 이사벨이 말했다. 「전에 내 앞에서 정체를 드러낸 적이 있었어요. 나는 그것을 알아차리지 못했지만. 팬지가 굉장한 가문에 시집갈 가능성이 있을 것 같았는데 그 일이 성사되지 않자 실망한 나머지 가면을 벗어던질 뻔했어요.」

「아, 바로 그 점에서 그녀가 골탕을 먹었거든요!」 백작 부인이 소리쳤다. 「그녀 자신이 끔찍한 실패를 경험했기 때문에 자기 딸에게서 보상받으려고 마음먹었던 거죠.」

이사벨은 시누이가 아주 익숙하게 내뱉은 〈자기 딸〉이라는 말에 깜짝 놀랐다. 「무척 놀라운 일이네요.」 그녀는 중얼 거렸다. 이 혼란스러운 감정 속에서 자신이 그 이야기로 인해 상처를 받았다는 느낌마저 잊어버릴 정도였다.

「자, 저 가엾고 순진한 아이에게 등을 돌리지 말아 주세요!」 백작 부인이 말을 이었다. 「출생이 유감스럽기는 하지만 아이는 무척 착하니까요. 나는 팬지를 좋아했어요. 물론, 그 아이가 그녀의 딸이라서가 아니라, 당신의 딸이 되었기 때문에요.」

「네, 그 애는 내 딸이 되었어요. 그 가엾은 여자는 나를 보면서 얼마나 고통을 겪었을까 ―!」 이사벨은 큰 소리로 말하며 그 생각에 얼굴을 붉혔다.

「나는 그녀가 괴로워했다고는 생각하지 않아요. 오히려 그녀는 무척 즐거워했어요. 오즈먼드의 결혼으로 그 딸의 지위가 상당히 높아졌거든요. 그 이전에는 형편없는 처지였으니까요. 그 생모가 무엇을 생각했는지 알아요? 올케가 그 아이를 무척 좋아하게 되어서 그 애를 위해 뭔가 해주기를 바란 거예요. 오즈먼드는 물론 그 애에게 지참금을 줄 수 없었죠. 오즈먼드는 사실 굉장히 궁핍했으니까. 하지만 올케는 이런 사실을 모두 알고 있겠죠. 아,」 백작 부인이 소리쳤다. 「대체 올케는 무엇 때문에 유산을 상속받은 거예요?」 그녀는 이사벨의 얼굴에서 특이한 표정을 본 듯 잠시 말을 중단했다. 「이제 그 애에게 지참금을 주겠다는 말 따위는 하지 마요. 올케는 능히 그런 일을 할 수 있는 사람이지만, 나는 그런 것을 믿지 않겠어요. 너무 착하게 굴려고 애쓰지 마요. 조금 느긋하고 자연스럽고 고약하게 굴어 봐요. 평생에 한 번은 조금 악의를 느끼면서 거기서 위안을 찾아 봐요!」

「정말이지 이상한 일이에요. 내가 알아야 할 일이겠죠. 그렇지만 유감이에요.」 이사벨이 말했다. 「무척 고맙습니다.」

「그래요, 대단히 고마워하는 것 같군요!」 백작 부인이 조롱하듯이 웃으며 소리쳤다. 「어쩌면 그럴 수도 있고, 아닐 수도 있겠죠. 당신의 반응은 내가 예상했던 것과 다르군요.」

「내가 어떻게 받아들여야 하지요?」 이사벨이 물었다.

「글쎄요, 이용당한 여자로서 받아들여야겠지요.」 이사벨은 이 말에 아무 대답도 하지 않았다. 그녀는 그저 귀를 기울였고 백작 부인이 말을 이었다. 「그들은 늘 서로에게 결합되어 있는 상태였어요. 그녀가 관계를 끝냈거나 아니면 그가 끝낸 다음에도 그런 상태를 유지해 왔죠. 하지만 오빠가 그녀를 중요하게 생각하기보다는 그녀가 오빠를 중요하게 생각하는 일이 늘 더 많았어요. 열정적인 관계가 끝났을 때 그들은 서로 상대를 완전히 자유롭게 해주지만 각자 상대를 돕기 위해서 할 수 있는 일을 모두 해야 한다는 계약을 맺었어요. 내가 그런 일을 어떻게 아느냐고 올케는 물을지 모르죠. 그들이 처신하는 방식을 보고 알았어요. 그런데 일반적으로 여자들이 남자들보다 훨씬 낫거든요! 그녀는 오즈먼드에게 아내를 얻어 줬지만 오즈먼드는 그녀를 위해 손가락 하나 까딱한 적이 없어요. 그녀는 그를 위해서 애를 쓰고 계획을 짜고 고통을 겪기도 했죠. 그를 위해 여러 번 돈을 마련해 주기도 했어요. 그런데 그 결과 그는 그녀에게 싫증이 난 거예요. 그녀가 오래된 습관처럼 돼버린 거죠. 그가 그녀를 필요로 하는 순간들이 있기는 하지만 그녀가 옆에 없을 때 대체로 그녀를 아쉬워하지도 않을 거예요. 게다가 이제는 그녀도 그런 사실을 알고 있어요, 그러니 올케는 질투할 필요가 없죠!」백작 부인이 익살맞게 덧붙였다.

이사벨은 다시 소파에서 일어났다. 거세게 얻어맞아 숨이 막히는 것 같았다. 새로 알게 된 사실들로 머릿속이 빙빙 돌았다. 「무척 고마워요.」그녀는 다시 말했다. 그러고는 전혀 다른 어조로 갑자기 덧붙였다. 「이 모든 일을 어떻게 알게 되었어요?」

백작 부인은 고맙다는 말에 기쁘기보다는 이 물음에 더 성이 난 것 같았다. 그녀는 대담하게 쏘아보면서 〈내가 이 이야기를 전부 꾸며 냈다고 칩시다!〉라고 소리쳤다. 하지만 그녀는 곧 어조를 바꾸고 이사벨의 팔에 손을 얹으며 예리하게 꿰뚫는 눈으로 화사한 미소를 지으며 말했다. 「그래, 여행을 포기할 생각이에요?」

이사벨은 약간 움찔했다. 그녀는 고개를 돌렸다. 하지만 어지러워서 벽난로 선반에 팔을 올려놓고 기대야 했다. 그녀는 그렇게 잠시 서 있었고 그런 다음에는 눈을 감고 입술은 새파랗게 질린 채 현기증이 나는 머리를 팔에 올려놓았다.

「이런 얘기를 하다니 내가 잘못했어요. 올케가 병이 나게 했으니!」백작 부인이 소리쳤다.

「아, 랠프를 만나야 해요!」이사벨은 울부짖었다. 분노에 찬 비탄도 아니고, 백작 부인이 바랐듯이 치밀어 오르는 울화를 폭발시킨 것도 아니었다. 아주 멀리까지 나아가는 끝없는 슬픔을 담은 목소리였다.

제52장

그날 밤에 토리노와 파리로 가는 기차가 있었다. 백작 부인이 방을 나선 다음에 이사벨은 신중하고 헌신적이며 활동적인 하녀와 서둘러 의논을 마쳤다. 그런 다음에 그녀는 (여행을 제외하고) 오직 한 가지 생각에 몰두했다. 팬지를 만나러 가야 했다. 그 아이에게 등을 돌릴 수는 없었다. 오즈먼드가 그 아이를 방문하기에 너무 이르다고 언질을 주었기에 아직 팬지를 만나러 간 적이 없었다. 5시에 그녀는 마차를 달려 피아자 나보나 지역의 좁은 거리에 있는 높다란 문 앞에 이르렀고 수녀원의 수위로 있는 친절하고 상냥한 여자의 안내를 받아 안에 들어섰다. 이사벨은 전에도 그곳에 와본 적이 있었다. 팬지와 함께 수녀들을 만나러 왔더랬다. 그 수녀들이 좋은 사람들이라는 것은 알고 있었다. 널따란 방들은 깨끗하고 쾌적하며, 자주 이용되는 정원은 겨울에 햇빛이 들고 봄에는 그늘이 지는 것을 알고 있었다. 하지만 그녀는 그곳이 싫었다. 그곳은 그녀에게 항거하며 위협하는 느낌마저 주었다. 그러므로 그녀는 어떤 일이 있어도 그곳에서 단 하룻밤도 지내지 않았을 것이다. 오늘 그곳은 전보다 더 완벽한 감옥 같은 인상을 풍겼다. 팬지가 자유롭게 그곳을 떠날 수 있다고 말할 수 없기 때문이었다. 이사벨은 이 순진한 아가씨를 새롭고 예사롭지 않은 시각으로 바라보게 되었지만, 새로운 사실이 밝혀짐으로써 파생된 결과는 그녀가 그 아이를 향해 손을 내밀게 되었다는 것이었다.

안내인은 이사벨을 응접실에서 기다리게 하고는 그 귀여운 아가씨에게 손님이 찾아왔음을 알리러 갔다. 넓고 차가운 응접실에는 새것처럼 보이는 가구들이 있었다. 흰 도기로 만든 크고 깨끗한 난로에는 불이 지펴져 있지 않았고, 밀랍으로 만든 꽃들이 유리 뚜껑에 덮여 있었으며, 벽에는 성화를 조각한 판화들이 걸려 있었다. 전에 이사벨은 그 응접실이 로마보다는 필라델피아 같은 인상을 풍긴다고 생각했지만 오늘은 아무런 생각도 들지 않았다. 그 방은 그저 텅 비어 있고 너무나 고요하게 느껴질 뿐이었다. 약 5분이 지나자 안내인이 돌아왔는데 다른 사람을 데리고 들어왔다. 이사벨은 수녀들 중 한 사람을 기대하면서 자리에서 일어났다. 하지만 소스라치게 놀랍게도 자기 앞에 선 사람은 마담 멀이었다. 그 대면은 신기한 느낌을 일으켰다. 머릿속에서 마담 멀의 모습이 떠나지 않았기 때문에 그녀가 실제로 나타나자 갑자기 무시무시하게도 살아 움직이는 그림을 보는 것 같았다. 이사벨은 하루 종일 그녀의 위선과 뻔뻔스러움, 능력, 그녀가 겪었을지 모를 고통을 생각했고, 그녀가 방에 들어서자 이 음침한 것들이 갑자기 빛을 받아 번쩍이는 것 같았다. 그녀가 거기 있다는 사실은 추악한 증거를 보여 주는 것 같았다. 법정에 제시되는 친필 서류나 더럽혀진 유물이나 소름 끼치는 물건들처럼. 그렇기 때문에 이사벨은 졸도할 것 같았고, 그 순간에 말을 해야 했다면 도저히 입을 뗄 수 없었을 것이다. 하지만 말을 할 필요는 없는 것 같았다. 실로 자신은 마담 멀에게 할 말이 전혀 없는 것 같은 기분이었다. 하지만 이 부인과의 관계에서 절대적으로 필요한 일은 결코 없었다. 그녀는 자신의 결함뿐 아니라 다른 사람들의 결함까지도 쉽게 다루는 매너를 지니고 있었다. 그러나 오늘 그녀는 평소와 달랐다. 안내인을 따라서 천천히 걸어왔다. 이사벨은 그녀가 평소의 재간을 부리지 않으리라는 것을 즉시 알아차렸다. 마담 멀에게도 이 만남은 너무나 뜻밖이었기에, 순간의 판단에 따라서 대처하기로 마음먹었다. 그래서 그녀는 특이하게 엄숙했다. 미소를 지으려는 시늉조차 하지 않았다. 마담 멀이 전보다 더 연기를 하고 있다는 것을 이사벨은 알아차렸지만 전체적으로 보아 그 놀라운 여자가 이토록 자연스러웠던 적은 없었던 것 같았다. 그 부인은 이사벨을 머리끝부터 발끝까지 훑어보았지만 사납거나 도전적인 시선은 아니었다. 오히려 차갑고 부드러운 눈빛이었고, 지난번의 만남을 암시하는 기색은 전혀 없었다. 마치 그녀는 차이를 분명히 보여 주고 싶어 하는 것 같았다. 그때는 화가 났지만 지금은 마음을 풀었다는 것이었다.

「이제 우리를 두고 나가셔도 돼요.」 마담 멀이 안내인에게 말했다. 「5분 후에 이 숙녀분이 벨을 눌러 당신을 찾으실 거예요.」 그러고 나서 그녀는 이사벨을 바라보았다. 이사벨은 그 말을 들은 후 그쪽을 바라보지 않고 가급적 멀리 방구석으로 눈길을 돌렸다. 그녀는 마담 멀을 다시는 보고 싶지 않았다. 「나를 여기서 만나게 되어 놀랐을 거예요. 유감스럽게도 당신은 반가워하지 않는군요.」 그 부인이 말했다. 「당신은 내가 왜 여기 왔는지 이해하지 못하겠지요. 내가 당신을 앞지른 것처럼 되어 버렸으니. 내가 다소 경솔했다는 점은 솔직히 인정해요. 당신에게서 허락을 받았어야 했는데.」 이 말에 비꼬는 기색은 전혀 없었다. 단순하고 온순한 말투였다. 그러나 이사벨은 의혹과 고통의 바다에서 멀리 표류하고 있었기에 그 말이 어떤 의도를 담고 있는지 도무지 알 수 없었을 것이다. 「하지만 오래 앉아 있었던 것은 아니에요.」 마담 멀이 말을 이었다. 「말하자면 팬지와 오래 얘기를 나눈 것은 아니라는 뜻이죠. 오후에 그 애가 좀 외롭고 어쩌면 비참한 기분일지도 모른다는 생각이 갑자기 들기에 그 애를 보러 왔어요. 찾아와 주는 것이 어린 여자애에게는 좋을 수도 있죠. 나는 어린 아가씨들에 대해서 아는 바가 없기 때문에 잘 모르겠어요. 어떻든 이곳은 좀 쓸쓸한 곳이죠. 그래서 온 거예요. 우연히. 물론 당신이 방문하리라는 것은 알고 있었지요. 아이의 아버지와 함께. 그렇지만 다른 방문객들이 금지되었다는 말은 듣지 못했거든요. 그 선량한 여자, 이름이 뭐였더라? 카트린 수녀님은 전혀 이의를 제기하지 않으셨어요. 팬지와 20분간 함께 있었어요. 그 애의 방은 전혀 수녀원 같지 않더군요. 피아노와 꽃도 있고 아담한 곳이었어요. 말끔하게 정리해 두었더군요. 그 애는 상당히 고상한 취향을 갖고 있어요. 물론 내가 상관할 일은 아니지만요. 하지만 그 애를 보고 나니 기분이 훨씬 좋아졌어요. 그 애는 원한다면 하녀를 둘 수도 있겠지요. 그렇지만 물론 그 애가 옷을 차려입어야 할 일은 없을 거예요. 지금은 검은 드레스를 입고 있는데 아주 예쁘게 보였어요. 그 애를 만난 다음에 카트린 수녀님을 만나러 갔는데 그분의 방도 아주 멋지더군요. 정말이지 이 가엾은 수녀님들은 조금도 금욕적인 생활을 하고 있는 것 같지 않아요. 카트린 수녀님 방에는 아주 깜찍한 화장대가 있었는데 향수병처럼 특이해 보이는 물건도 있었죠. 그분은 팬지에 대해서 기분 좋게 말씀하셨고 그 애가 여기 머물게 되어 모두들 기뻐한다고 하셨어요. 그 애는 작은 성녀와 다름없고 나이 많은 학생들에게 모범이 된다고요. 내가 카트린 수녀님 방에서 나오려고 하는데 안내인이 들어와서 아가씨를 찾아온 부인이 계시다고 말하더군요. 물론 당신일 거라고 생각해서 내가 수녀님 대신 당신을 맞이하겠다고 부탁드렸어요. 수녀님은 무척 난감해하면서 — 이 말은 꼭 해야겠지요 — 원장님께 알려 드려야 할 의무가 있다고 하더군요. 당신을 극진히 대접하는 것이 무척 중요한 일이라고요. 나는 원장님께 아무 말씀도 드리지 말라고 요청했고, 내가 당신을 어떻게 대접할 거라고 생각하느냐고 물었죠!」

이런 식으로 마담 멀은 말을 이어 가면서, 오랜 세월 동안 대화술의 달인이었던 여자로서 화려한 말솜씨를 구사했다. 그러나 그녀의 말은 몇 단계를 거치면서 서서히 달라졌다. 이사벨의 눈은 상대의 얼굴을 외면하고 있었지만 귀는 그 변화를 하나도 놓치지 않았다. 마담 멀이 말을 꺼낸 지 얼마 되지 않아 목소리가 갑자기 갈라지고 말이 끊기는 것을 이사벨은 주목했다. 그것은 그 자체가 한 편의 완벽한 드라마였다. 목소리의 미묘한 변화는 그녀가 중대한 사실을 발견했음을 드러내는 것이었다. 그 말을 듣는 사람의 태도가 완전히 달라졌음을 인식한 것이다. 마담 멀은 그 짧은 순간에 자기들 사이의 모든 관계가 끝났음을 직감했고, 그다음 순간에 그 이유를 짐작했다. 거기 서 있는 여자는 자기가 지금까지 봐온 사람이 아니었고 전혀 다른 사람, 즉 자신의 비밀을 알고 있는 사람인 것이다. 이것은 무시무시한 발견이었고, 그것을 알아차린 순간부터 완벽하게 세련된 그 여자도 말을 더듬기 시작했고 용기를 잃었다. 하지만 오로지 그 순간뿐이 었다. 그다음 순간에는 그녀의 완벽한 매너가 다시 의식에 흘러들어 왔고 더없이 매끄럽게 끝까지 흘러갔다. 그러나 그 녀가 말을 계속 이어 갈 수 있었던 것은 오로지 그 끝을 눈앞 에 두고 있기 때문이었다. 온몸을 떨리게 하는 지점에 닿았 으므로, 흥분과 동요를 억누르기 위해서는 민첩한 의지가 필 요했다. 무사히 넘어갈 수 있으려면 까딱 잘못해서 본심을 드러내는 일이 없도록 하는 것뿐이었다. 그녀는 감정을 드러 내지 않으려고 무진 애를 썼지만, 그녀의 목소리에 드러난 놀란 기색은 나아지지 않았다. 그녀로서도 어쩔 수 없었다. 자기 목소리를 들으면서도 무슨 말을 하고 있는지 알 수 없 었다. 자신감의 조수가 휩쓸려 나가는 바람에 그녀는 밑바 닥을 긁히면서 간신히 항구에 미끄러져 들어갈 수 있었다.

이사벨은 그 모든 것이 커다랗고 투명한 거울에 반사되기 라도 한 듯이 선명하게 볼 수 있었다. 그녀에게는 위대한 순 간이었을 것이다. 승리의 순간이었을 테니까. 마담 멀이 용 기를 잃고 폭로의 유령을 눈앞에서 보았다는 것, 이것은 그 자체로도 복수였고, 그 자체로도 더 밝은 날을 약속하는 것 이나 다름없었다. 그리고 창밖을 내다보는 듯이 등을 반쯤 돌린 채 서 있던 그 순간에 이사벨은 이런 사실을 똑똑히 의 식하고 있었다. 창밖에는 수녀원의 정원이 펼쳐져 있었다. 하지만 그녀는 정원을 바라보지 않았다. 싹트는 식물이나 붉게 물든 저녁노을은 눈에 들어오지도 않았다. 이미 경험의 일부가 되어 버린 그 폭로된 사실, 그리고 그것을 알려 준 그 나약한 여자가 내재적인 가치만 붙였던 그 조야한 사실에 비추어 볼 때, 그녀는 자신이 단순한 모양의 목제나 철제 연장처럼 무감각하고 편리한 도구로 이용되었다가 벽에 걸린 손잡이 달린 기구에 불과했다는 씁쓸한 사실이 자신을 똑바로 응시하고 있음을 보았던 것이다. 이런 사실을 의식하자 쓰라린 고통이 그녀의 영혼 속으로 다시 물밀듯 들이쳤다. 마치 치욕의 쓰디쓴 맛을 입술로 맛보는 것 같았다. 그녀가 몸을 돌려 입을 열었다면 채찍 소리처럼 쉭쉭거리는 소리가 입에서 튀어나왔을 순간도 있었다. 그러나 그녀는 눈을 감았다. 그러자 무시무시한 환영이 눈앞에서 사라졌다. 거기 남아 있는 것은 세상에서 가장 영리한 여자였다. 그녀는 몇 발 떨어진 곳에 서 있었고, 세상의 가장 보잘것없는 사람과 마찬가지로 무엇을 생각해야 할지 모르고 있었다. 이사벨의 유일한 보복은 계속 침묵을 지키면서 마담 멀을 이처럼 유례없는 상황에 그냥 내버려 두는 것이었다. 이사벨은 그녀를 한참 내버려 두었다. 그 시간이 그 부인에게는 무척 길게 여겨졌을 것이다. 그녀는 마침내 무력함을 고백하는 몸짓으로 자리에 앉았다. 그 후 이사벨은 천천히 눈을 돌려 그녀를 내려다보았다. 마담 멀의 얼굴은 하얗게 질려 있었다. 그녀의 눈은 이사벨의 얼굴을 찬찬히 살펴보았다. 자신이 보고 싶은 대로 보았을지 모르지만, 자신에게 위험한 상황은 지나갔다는 것을 알았다. 이사벨은 결코 그녀를 비난하거나 나무라지 않을 것이다. 어쩌면 마담 멀에게 스스로를 변명할 기회를 절대로 주지 않으려 하기 때문일 것이다.

「팬지에게 작별 인사를 하러 왔어요.」 우리의 여주인공이 마침내 입을 뗐다. 「오늘 밤에 영국으로 떠납니다.」

「오늘 밤에 영국으로 간다고요!」 마담 멀은 거기 앉아서 그녀를 올려다보며 말했다.

「가든코트에 갈 거예요. 랠프 터치트가 위독해요.」

「아, 걱정이 많겠군요.」 마담 멀은 원래 상태로 돌아갔고, 공감을 표현할 수 있는 기회를 얻었다. 「혼자 가세요?」

「네, 남편 없이 갈 거예요.」

마담 멀은 모호하고 나지막하게 뭐라고 중얼거렸고 전반적으로 슬픈 상황을 인정하는 것 같았다. 「터치트 씨는 나를 결코 좋아하지 않았어요. 하지만 그가 위독하다니 유감이군요. 그의 모친도 만나나요?」

「네, 미국에서 돌아오셨어요.」

「내게 무척 친절하셨죠. 하지만 달라지셨어요. 다른 사람들도 달라졌지요.」 마담 멀은 조용히 고상하게 비애감을 느끼며 말했다. 그녀는 잠시 멈추었다가 덧붙였다. 「그 소중한 옛 가든코트를 다시 보시겠군요.」

「그곳을 보아도 그리 즐겁지 않을 거예요.」 이사벨이 대답했다.

「당연하죠. 비통한 마음일 테니까. 하지만 내가 알고 있는 저택들 중에서, 무척 많은 저택을 알고 있지만, 가장 살고 싶은 곳이 바로 그곳이에요. 감히 그 댁 분들에게 안부를 전할 수는 없지만,」 마담 멀이 덧붙였다. 「그 저택에 안부를 전하고 싶군요.」

이사벨은 얼굴을 돌렸다. 「팬지에게 가봐야겠어요. 시간이 별로 없어요.」

그녀가 밖으로 나가려고 주위를 돌아보고 있을 때 문이

열리더니 한 수녀가 들어왔고, 신중하게 미소를 띠고 길고 헐렁한 소매 속으로 포동포동한 흰 손을 부드럽게 문지르면서 다가왔다. 이사벨은 이미 만난 적이 있었던 카트린 수녀를 알아보고는 즉시 오즈먼드 양을 만나게 해달라고 말했다. 카트린 수녀는 갑절로 신중한 표정이었지만 매우 부드럽게 미소를 짓고 말했다. 「부인을 만나 뵈면 팬지 양에게 좋을 거예요. 직접 모셔다 드리지요.」 그런 다음에 그녀는 쾌활하고도 신중한 눈으로 마담 멀을 바라보았다.

「여기서 조금 더 머물러 있게 해주시겠어요?」 그 숙녀가 물었다. 「여기 있으니 참 좋군요.」

「원하신다면 언제까지라도 괜찮습니다!」 그 수녀는 뭔가 알고 있는 듯이 웃었다.

수녀는 이사벨을 안내해서 방을 나왔고 여러 복도를 지나긴 계단을 올라갔다. 수녀원의 어느 구역이나 모두 견고하고 아무런 장식도 없이 밝고 깨끗했다. 큰 형무소도 이렇게 생겼을 거라고 이사벨은 생각했다. 카트린 수녀는 팬지의 방문을 조심스럽게 열고 손님을 들여보냈다. 그런 다음에는 두 사람이 만나서 포옹하는 동안 그녀는 팔짱을 끼고 미소를 지으며 서 있었다.

「부인을 만나서 기뻐하는군요.」 수녀가 다시 말했다. 「팬지 양에게 큰 도움이 될 겁니다.」 그리고 그녀는 제일 좋은 의자를 조심스럽게 이사벨에게로 밀어 놓았다. 하지만 이사벨은 앉으려 하지 않았다. 그녀는 돌아갈 준비가 되어 있는 것 같았다. 「이 사랑스러운 아가씨의 얼굴이 어떻습니까?」 수녀가 잠시 머물면서 이사벨에게 물었다.

「창백해 보이는군요.」 이사벨이 대답했다.

「부인을 만나 기뻐서 그럴 거예요. 무척 행복하게 지낸답니다. 온 수녀원을 환하게 밝혀 주지요.」 수녀가 말했다.

마담 멀이 말했듯이 팬지는 몸에 꼭 맞는 검은색 드레스를 입고 있었다. 어쩌면 그 옷 때문에 그녀가 창백하게 보였을 것이다. 「모두들 무척 친절하게 대해 주세요. 이것저것 다 돌봐 주시고요.」 팬지는 평소처럼 남들을 기쁘게 해주려 하면서 말했다.

「우리는 늘 너를 생각한단다. 너는 우리에게 맡겨진 소중한 보물이지.」 카트린 수녀는 습관적으로 선행을 베풀고 어떤 일이든 기꺼이 수용할 의무가 있다고 생각하는 여자의 말투로 말했다. 그 말은 이사벨의 귀에 납덩이처럼 둔중하게 떨어졌다. 그것은 개성의 포기이자 교회의 권위를 나타내는 말 같았다.

카트린 수녀가 두 사람을 두고 나가자 팬지는 무릎을 꿇고 계모의 무릎에 얼굴을 묻었다. 그녀는 잠시 그 자세로 있었고 이사벨은 부드럽게 그녀의 머리칼을 쓰다듬었다. 그런 다음에 그녀는 일어서서 얼굴을 돌리고 방을 둘러보았다. 「제가 방 정리를 아주 잘했다고 생각하지 않으세요? 집에 있던 것들이 다 있어요.」

「무척 예쁘구나. 아주 편안하겠어.」 이사벨은 팬지에게 뭐라고 말해야 할지 알 수 없었다. 그녀를 가엾게 생각하게 되었다는 말을 할 수는 없었다. 그렇다고 그녀와 함께 기뻐하는 척한다면 둔감한 조롱이 되고 말 것이다. 그래서 그녀는 잠시 후에 간단히 덧붙여 말했다. 「작별 인사를 하러 왔단다. 영국으로 떠날 거야.」

팬지의 작고 흰 얼굴이 붉게 물들었다. 「영국으로요? 돌아오시지 않을 건가요?」

「언제 돌아올지 모르겠어.」

「아, 섭섭해요.」 팬지는 숨 막히는 듯이 말했다. 자기에게는 비판할 권리가 없는 듯이 말했지만 그녀의 어조는 깊은 실망감을 드러냈다.

「내 사촌 오빠, 터치트 씨가 위독하단다. 아마 돌아가실 거야. 나는 그 오빠를 보고 싶단다.」 이사벨이 말했다.

「아, 네, 돌아가실지 모른다고 전에 말씀하셨어요. 물론 가셔야지요. 아빠도 가시나요?」

「아니, 혼자 갈 거야.」

잠시 그 소녀는 아무 말도 하지 않았다. 이사벨은 지금까지 그 아이가 자기 아버지와 그 아내 사이의 겉으로 드러난 관계에 대해서 어떻게 생각하고 있는지 종종 궁금하게 여기곤 했다. 그 아이는 그 부부에게 친밀한 분위기가 부족하다고 생각한다는 기색을 눈빛으로나 어떤 암시로도 드러낸 적이 없었다. 그녀가 그 점에 대해서 진지하게 생각해 보았으리라고 이사벨은 믿었다. 그리고 그녀는 자기 부모보다 더 다정한 부부들이 많이 있으리라고 틀림없이 확신했을 것이다. 그러나 팬지는 생각에 있어서도 경솔하지 않았다. 그녀는 당당한 아버지를 감히 비판할 수 없었을 것이고 상냥한 새엄마를 함부로 판단할 수 없었을 것이다. 만일 그렇게 했더라면 그녀의 심장은 멈춰 버리고 말았을 것이다. 수녀원의 성당에 걸린 큰 그림 속의 두 성인이 고개를 돌려 서로에게 고개를 가로젓는 것을 혹시라도 보게 된다면 그랬을 것처럼. 그런 경우에 그녀는 (엄숙함을 지키기 위해서) 그 무서운 현상을 절대로 발설하지 않았을 것이고 마찬가지로 자기보다 더 큰 어른들의 비밀을 알고 있어도 모두 다 지워 버렸을 것이다.

「아주 멀리 떨어진 곳에 계시겠어요.」그녀가 곧 말했다.

「그래, 멀리 떨어져 있을 거야. 하지만 그건 그리 문제가 되지 않을 거야.」이사벨이 설명했다. 「네가 여기 있는 한, 내가 너와 가까이 있다고는 말할 수 없으니까.」

「그래요, 하지만 저를 보러 오실 수 있지요. 자주 오시지는 않았지만.」

「네 아버지께서 못 가게 하셔서 오지 못했어. 오늘 아무것도 가져오지 못했단다. 너를 기쁘게 해줄 수 없겠어.」

「저는 기쁨을 느껴서는 안 돼요. 그건 아빠가 바라시는 바가 아니에요.」

「그렇다면 내가 로마에 있든지 영국에 있든지 문제가 되지 않겠구나.」

「행복하지 않으시군요, 오즈먼드 부인.」팬지가 말했다.

「그리 행복하지 않아. 하지만 상관없어.」

「저도 스스로에게 그렇게 말해요. 행복하지 않아도 상관없다고요. 하지만 여기서 나가고 싶어요.」

「나도 정말 그러기를 바란단다.」

「저를 여기 내버려 두지 마세요.」팬지가 나지막하게 말했다.

이사벨은 잠시 아무 말도 하지 않았다. 심장 박동이 빨라졌다. 「지금 나와 함께 가지 않겠니?」그녀가 물었다.

팬지는 애원하듯이 그녀를 바라보았다. 「저를 데려오라고 아빠가 말하셨어요?」

「아니, 나 혼자의 생각이야.」

「그럼 기다리는 편이 낫다고 생각해요. 아빠가 제게 아무 전갈도 보내지 않으셨어요?」

「내가 여기 오는 것도 모르고 계셔.」

「아빠는 제가 충분히 반성하지 않았다고 생각하세요.」 팬지가 말했다. 「하지만 저는 충분히 반성했어요. 여기 수녀님들은 무척 친절하시고 어린 여자애들도 저를 보러 와요. 아주 작은 여자애들, 무척 귀여운 애들도 있어요. 그리고 제 방도 ─ 직접 보실 수 있으시죠. 전부 다 무척 쾌적해요. 하지만 저는 충분히 겪었어요. 아빠는 제가 조금 생각해 보기를 바라셨고 ─ 그리고 저는 무척 많이 생각했어요.」

「무엇을 생각했는데?」

「저, 절대로 아빠의 뜻을 거역해서는 안 된다고요.」

「그건 전에도 알고 있었잖아.」

「네, 하지만 지금은 더 잘 알아요. 어떤 일이라도 하겠어요 ─ 무엇이든지 하겠어요.」 팬지가 말했다. 그러고는 자기가 한 말을 생각하면서 그녀의 얼굴은 깊고 순수한 홍조로 물들었다. 이사벨은 그 의미를 읽을 수 있었다. 그 가엾은 소녀가 패배했다는 것을 알았다. 에드워드 로지에 씨가 법랑 세공품을 팔지 않은 것은 다행스러운 일이었다! 이사벨은 그녀의 눈을 들여다보았고, 그 눈빛에 가벼운 처벌을 내려 달라는 간청이 역력히 드러나고 있음을 보았다. 이사벨은 자신의 표정이 그 소녀에 대한 존중심이 줄었다는 의미를 담은 것은 아니라는 사실을 알려 주려는 듯이 손을 팬지의 손에 얹었다. 그 소녀의 일시적 저항이 (비록 무언의 온건한 저항이기는 했어도) 실패하고 말았다는 것은 다만 그녀가 진실을 입증한 것이라고 여겨졌기 때문이었다. 그녀는 다른 사람들을 감히 판단하려고 하지 않았고, 자기 자신만을 판단했다. 그러면서 그녀는 실상을 보았던 것이다. 자신에게는 음모에 버티면서 싸워 나갈 소질이 없었다. 더욱이 엄숙한 은 둔 생활에는 그녀를 질리게 하는 무엇인가가 있었다. 그리하 여 그녀는 그 예쁜 머리를 숙여 권위에 굴복했고, 자비를 베 풀어 달라고 권위에 간청했을 뿐이었다. 그래, 에드워드 로 지에가 몇 가지 골동품을 남겨 둔 것은 아주 잘한 일이었다!

이사벨은 일어섰다. 시간이 촉박해지고 있었다. 「그럼 잘 있어. 나는 오늘 밤에 로마를 떠날 거야.」

팬지는 그녀의 옷자락을 잡았다. 그 아이의 얼굴이 갑자 기 달라졌다. 「새엄마의 얼굴이 이상하게 보여요. 무서워요.」

「아, 나는 남들에게 해를 끼치지 않는 사람이야.」이사벨 이 말했다.

「혹시 돌아오시지 않을 건가요?」

「어쩌면 그럴 거야. 모르겠어.」

「아, 오즈먼드 부인, 저를 내버려 두지 마세요!」

이사벨은 이제 그 아이가 모든 것을 짐작했음을 알았다. 「애야, 내가 널 위해 무엇을 해줄 수 있을까?」그녀가 물었다.

「모르겠어요. 하지만 새엄마를 생각할 때는 더 행복해져요.」

「언제라도 나를 생각할 수 있잖아.」

「그렇게 멀리 계시면 생각할 수 없어요. 저는 조금 겁이 나 요.」팬지가 말했다.

「무엇이 두려운데?」

「아빠요. 조금. 그리고 마담 멀도. 그분이 조금 전에 저를 보러 오셨어요.」

「그런 말을 하면 안 돼.」이사벨이 말했다.

「아, 그분들이 원하시는 것을 뭐든지 다 할 거예요. 다만 새 엄마가 여기 계시면, 그런 일을 더 쉽게 할 수 있을 거예요.」

이사벨은 잠시 생각했다. 「너를 저버리지 않을 거야.」 그녀가 마침내 말했다. 「잘 있어!」

그러고 나서 그들은 한순간 두 자매처럼 서로를 말없이 끌어안았다. 그리고 팬지는 손님과 함께 계단 끝까지 복도를 따라 걸었다. 「조금 전에 마담 멀이 여기 오셨어요.」 복도를 걸으면서 그녀가 말했다. 이사벨이 아무 대답도 하지 않자 그녀가 갑자기 덧붙였다. 「저는 마담 멀이 싫어요!」

이사벨은 망설이다가 걸음을 멈추었다. 「그런 말은 하면 안 돼. 마담 멀을 싫어한다는 말은.」

팬지는 어리둥절해서 그녀를 쳐다보았다. 하지만 팬지에게는 이해할 수 없다고 해서 순응하지 않아야 할 이유가 되는 것은 아니었다. 「다시는 그런 말을 하지 않겠어요.」 그녀는 매우 부드럽게 말했다. 계단 꼭대기에서 그들은 헤어져야 했다. 계단을 내려가서는 안 된다는 것이 팬지가 지켜야 하는 가벼우면서도 매우 명확한 규율의 일부인 것 같았다. 이사벨은 계단을 내려갔고, 그녀가 바닥에 닿았을 때도 그 소녀는 여전히 위에 서 있었다. 「돌아오시겠지요?」 그녀가 이렇게 소리쳤을 때의 목소리를 이사벨은 나중에 두고두고 잊을 수 없었다.

「그래, 돌아올 거야.」

밑에서 카트린 수녀는 오즈먼드 부인을 만나 응접실로 안내했고 그 문 밖에서 두 사람은 잠시 서서 이야기를 나누었다. 「저는 들어가지 않겠어요.」 수녀가 말했다. 「마담 멀이 부인을 기다리고 계십니다.」

이 말에 이사벨의 온몸이 뻣뻣하게 굳었다. 하마터면 수녀원을 나갈 수 있는 다른 출입구가 있는지를 물어볼 뻔했다.

하지만 팬지의 또 다른 벗을 피하고 싶은 마음을 그 덕스러운 수녀 앞에서 드러내지 않는 편이 더 낫겠다는 생각이 순간적으로 머리에 스쳤다. 그 수녀는 아주 부드럽게 그녀의 팔을 잡고는 현명하고 너그러운 눈으로 잠시 바라보고 프랑스어로 다정하게 말했다. 「자, 마담, 어떻게 생각하세요 *Eh bien, chère Madame, qu'en pensez-vous*?」

「제 의붓딸에 대해서요? 아, 그 말씀을 드리려면 오래 걸릴 거예요.」

「저희는 이제 충분하다고 생각한답니다.」 카트린 수녀는 명료하게 말하고는 응접실의 문을 열었다.

마담 멀은 이사벨이 방을 나섰을 때와 똑같은 자세로 앉아 있었다. 깊은 생각에 빠져서 새끼손가락 하나도 까딱하지 않은 것 같았다. 카트린 수녀가 문을 닫자 그녀는 일어섰다. 이사벨은 그녀의 사색이 상당히 효과적이었음을 알 수 있었다. 그녀는 마음의 안정을 되찾았고 자신의 재간을 완전히 갖추고 있었다. 「당신을 기다리고 싶다는 생각이 들었어요.」 그녀는 세련되게 말했다. 「하지만 팬지에 대한 이야기를 하려는 건 아니에요.」

이사벨은 대체 무엇에 대한 이야기를 할 수 있을지 궁금했다. 마담 멀이 그렇게 말했음에도 그녀는 잠시 후 이렇게 대답했다. 「카트린 수녀님은 그 정도로 충분하다고 하시더군요.」

「네, 내가 봐도 충분한 것 같더군요. 내가 묻고 싶었던 것은 터치트 씨에 대해서예요.」 마담 멀이 덧붙였다. 「그분이 정말로 임종을 눈앞에 두고 있다고 믿을 만한 이유가 있나요?」

「전보 외에는 다른 소식을 듣지 못했어요. 불행히도 그런 가능성을 확인해 주는 전보였어요.」

「이상하게 들릴 질문을 해야겠어요.」 마담 멀이 말했다. 「당신은 당신의 사촌을 무척 좋아하나요?」 그리고 그녀는 그 질문만큼이나 이상한 미소를 지었다.

「네, 무척 좋아해요. 그런데 왜 이런 말을 하시는지 모르겠군요.」

그녀는 잠시 꾸물거렸다. 「설명하기 좀 어렵군요. 아마도 당신은 생각해 보지 않았을 일을 생각해 본 적이 있었어요. 그래서 그 생각을 알려 드리려고요. 당신의 사촌은 한때 당신에게 엄청난 일을 해줬어요. 그것을 짐작한 적이 없었나요?」

「사촌 오빠는 내게 많은 도움을 주었어요.」

「그래요, 하지만 그 한 가지는 다른 것들과 비교가 되지 않았죠. 그분 덕분에 당신은 부자가 되었으니까요.」

「사촌 오빠 덕분에 내가 —?」

마담 멀은 성공이라도 한 듯이 더욱 의기양양하게 말을 이었다. 「당신이 훌륭한 신붓감이 되기 위해서 꼭 필요했던 찬란한 광채를 당신에게 준 사람이 그분이었어요. 기본적으로 그분에게 당신이 고맙게 생각해야지요.」 그녀가 말을 멈췄다. 이사벨의 눈빛이 달라졌던 것이다.

「무슨 말인지 모르겠군요. 그건 이모부님의 돈이었어요.」

「그래요. 당신 이모부님의 돈이었죠. 하지만 그것을 생각해 낸 것은 당신의 사촌 오빠였죠. 그가 자기 아버지를 설득해서 그렇게 한 거예요. 아, 엄청난 액수였죠!」

이사벨은 멍하니 바라보며 서 있었다. 이날 그녀는 무시무시한 짙붉은 빛들이 번뜩이는 세상에 살고 있는 것 같았다. 「왜 그런 말을 하시는지 모르겠군요. 당신이 무엇을 알고 있는지 모르겠어요.」

「나는 내가 짐작한 것만 알고 있어요. 그리고 그것을 짐작 했죠.」

이사벨은 문으로 다가갔다. 문을 열고는 손잡이에 손을 올려놓은 채 잠시 서 있었다. 그런 다음 그녀는 말했다 ― 이것이 그녀의 유일한 보복이었다. 「내가 고마워해야 할 사람은 바로 당신이었다고 믿어요!」

마담 멀은 눈을 내리깔았다. 그녀는 당당하게 회개하듯이 거기 서 있었다. 「당신은 매우 불행하겠지요. 알고 있어요. 하지만 나는 더 불행해요.」

「네, 그럴 거라고 생각해요. 당신을 다시는 만나고 싶지 않습니다.」

마담 멀은 눈을 들었다. 「난 미국으로 갈 거예요.」 그녀가 조용히 말하는 사이에 이사벨은 밖으로 나갔다.

제53장

　채링크로스 역에 도착하여 파리 급행열차에서 내린 후 헨
리에타 스택폴에게 달려가서 그녀의 팔에 ── 아니면 어떻든
손에 ── 안겼을 때 이사벨은 놀라운 심정은 아니었고 다른
상황이었더라면 큰 기쁨과 비슷했을 감정을 느꼈다. 그녀는
토리노에서 친구에게 전보를 보냈다. 그러므로 헨리에타가
마중을 나오리라고 확신한 것은 아니었어도 전보 덕분에 어
떤 도움을 받을 수 있으리라고 생각했다. 로마에서 출발하
여 긴 여행을 하는 동안 그녀의 마음은 넋이 빠진 듯 몽롱하
기 그지없었다. 앞날에 대해 아무 생각도 떠올릴 수 없었다.
여행을 하는 동안 그녀의 눈에는 아무것도 보이지 않았고,
창밖으로 스쳐 지나가는 시골 마을마다 봄철의 싱싱한 기운
이 풍부하게 넘쳐났지만 그녀는 기쁨을 느낄 수 없었다. 그
녀의 생각은 다른 곳들을 헤매며 그 궤도를 따라가고 있었
다. 그곳은 기괴하고 어둠침침하며 길이 없는 땅, 계절도 바
뀌지 않고 그저 황량한 겨울이 영원히 지속되는 듯이 보이는
곳이었다. 그녀가 생각해야 할 것들이 많이 있었다. 하지만
깊은 사색이나 의식적인 목적이 그녀의 마음을 채운 것은 아

니었다. 서로 동떨어진 광경들이 마음을 스쳐갔고, 기억이나 기대가 갑자기 흐릿한 빛을 비치다가 사라졌다. 과거와 미래가 제멋대로 나타났다가 사라졌지만 그것들은 종잡을 수 없는 이미지로 보였을 뿐이고, 제 나름의 논리에 따라서 솟아났다가 스러졌다. 그녀가 기억한 것들은 특이한 것이었다. 이제 비밀을 알게 되었다. 자신과 너무나 큰 관련이 있었던 비밀을 알게 되었고, 그것이 숨겨져 있을 때 인생은 짝이 맞지 않는 카드를 들고 휘스트 게임을 하려는 것과 마찬가지였음을 알게 되었다. 그러므로 그녀의 눈앞에는 사태의 진상과 그 상호 관계, 그 의미, 그리고 무엇보다도 그 무시무시한 공포가 거대한 건물처럼 솟아올랐다. 그녀는 수없이 많은 사소한 일들을 기억했다. 그런 일들이 스스로 몸서리를 치며 활기를 띠고 일어나기 시작했다. 당시에 그녀는 그런 일들을 사소한 것이라고 생각했다. 하지만 이제 보니 납덩이에 눌려 있던 것들이었다. 하지만 지금도 결국은 사소한 일일 뿐이었다. 그녀가 그것들을 이해한다고 해도 무슨 소용이 있단 말인가? 이제 그녀에게 소용이 있는 것은 아무것도 없었다. 온갖 목적이나 의도, 그 모든 것이 정지되었다. 모든 것을 포용해 주는 안식처에 도달하고 싶은 단 한 가지 욕망을 제외하고는 모든 욕망이 정지되었다. 가든코트는 그녀의 출발점이었으니, 그 고요한 방들로 돌아가는 것은 적어도 일시적인 해결책이 되었다. 그녀는 힘차게 출발했던 것이며 이제 풀이 죽어서 돌아갈 터였다. 예전에 그곳이 휴식처였다면, 지금은 성역이 될 것이다. 그녀는 죽어 가는 랠프가 부러웠다. 휴식을 바라는 사람에게 죽음이야말로 가장 완벽한 휴식이기 때문이다. 완전히 끝나 버리는 것, 모든 것을 포기하는 것, 더 이상 아무것도 알지 못하는 것 — 이것은 열대지방에서 어두운 방의 대리석 욕조에 들어가 찬물에 목욕을 하는 상상처럼 감미로웠다.

사실 로마에서 출발하여 여행하는 도중에 죽은 상태나 다름없었던 순간들도 있었다. 구석 자리에 꼼짝 않고 앉아서 수동적으로 그저 기차에 실려 가고 있다는 느낌만 있을 뿐, 희망이나 후회 같은 것에서도 너무나 멀리 떨어져 있었다. 그래서 그녀는 자기들의 재가 담길 그릇 위에 웅크리고 있는 에트루리아의 인물 조각상들을 떠올리기도 했다. 이제는 후회할 것도 전혀 없었다. 모든 것이 끝난 것이다. 그녀가 어리석은 짓을 저질렀던 시절뿐 아니라 후회의 고통을 겪었던 것도 먼 과거의 일이었다. 단 한 가지 유감스러웠던 것은 마담 멀이 너무나, 글쎄, 그처럼 상상도 할 수 없는 존재였다는 점이었다. 바로 이 부분에서, 마담 멀이 과연 어떤 사람이었는지 그 실체를 뭐라 말할 수 없었기에 이사벨의 사고는 중단되고 말았다. 그녀가 어떤 존재였든 간에 그것에 대해 후회해야 할 사람은 마담 멀이었다. 의심할 바 없이 그녀는 자기가 말한 대로 미국에 가서 후회를 할 것이다. 그 일은 이사벨과 더 이상 관련이 없었다. 이사벨은 마담 멀을 결코 다시 보지 않게 되리라고 느낄 뿐이었다. 이런 느낌으로 인해 앞으로의 일에 생각이 미치게 되었고, 이따금 미래의 쪼개진 파편들을 힐끗 보았다. 머나먼 장래에 아직도 살아 내야 할 인생이 있는 여자로 버티고 있는 자신의 모습을 보았다. 그런 암시적인 이미지는 그 순간의 기분과는 상반되는 것이었다. 멀리, 정말로 멀리, 작은 회록색의 영국보다 더 먼 곳으로 가버릴 수 있다면 얼마나 좋을까. 그러나 이런 특권이 그녀에게 주어지지 않을 것은 분명했다. 그녀의 영혼 깊은 곳에는 ― 모든 것을 체념하려는 욕구보다 더 깊은 곳에 ― 앞으로도 오랫동안 자신이 인생을 감당해야 하리라는 의식이 자리 잡고 있었다. 그리고 그런 확신에는 때로 가슴을 뛰게 하고 생기를 불어넣어 주는 것이 있었다. 그것은 힘이 있다는 증거였고, 그녀가 언젠가는 다시 행복해지리라는 증거였다. 그녀가 순전히 고통만 느끼며 살아갈 수는 없을 것이다. 어떻든 그녀는 아직 젊었고, 그녀에게는 앞으로도 아주 많은 일들이 일어날 수 있을 것이다. 오로지 고통을 경험하며 살아가고 거듭되는 인생의 상처를 점점 더 쓰라리게 느끼는 것 ― 그런 일을 겪기에는 자신이 너무 소중한 존재이고 너무 유능한 인간이라고 여겨졌다. 그리고 나자 자신을 그렇게 좋은 인간으로 생각하는 것은 허영심과 어리석음 때문이 아닐까 하는 생각이 떠올랐다. 소중한 가치가 있다는 것이 그 자체를 보증하는 자질이 되었던 적이 그 언제라도 있었던가? 모든 역사는 귀중한 자질들이 파괴된 잔해로 가득 차 있지 않은가? 훌륭한 사람이라면 고통을 받을 가능성이 더 많지 않았을까? 그렇다면 그 경우에 어쩌면 그 사람에게 어떤 조악한 점이 있었음을 인정해야 할 것이다. 그러나 이사벨은 눈앞에서 재빨리 지나가는 먼 미래의 희미한 그림자를 알아보았다. 그녀는 도피해서는 안 된다. 끝까지 버텨야 한다. 그러자 그 중간에 긴 세월이 그녀를 다시 둘러쌌고, 무관심이라는 잿빛 장막이 그녀를 덮어 버렸다.

헨리에타는 그녀에게 키스했는데, 평소에도 그렇듯이 키스하는 것을 들킬까 봐 겁이 나는 듯이 입을 맞췄다. 이사벨은 사람들 속에 서서 주위를 돌아보며 하녀를 찾았다. 그녀는 아무것도 묻지 않았고 그냥 기다리고 싶었지만 도움을 받아야 한다는 생각이 갑자기 스쳤다. 헨리에타가 마중을 나와 주어서 그녀는 기뻤다. 런던에 도착하자 뭔가 무시무시한 느낌이 들었던 것이다. 그 기차역의 거무칙칙하고 연기에 그을은 높다란 아치형 천장과 기이하고 <u>으스스한</u> 빛, 대합실을 빽빽이 채우며 서로 밀어제치는 음산한 군중, 이런 것들 때문에 그녀는 불안해져서 친구의 팔짱을 끼었다. 과거에 자신이 이런 것들을 좋아했던 기억이 떠올랐다. 그때 그것들은 거대한 장관의 일부로 보였고 그 안에는 그녀의 마음을 설레게 하는 무엇인가가 있었다. 그녀는 5년 전 땅거미가 지던 어느 겨울 저녁에 유스턴 역을 나와서 혼잡한 거리를 걸었던 일을 기억했다. 이제는 그런 행동을 할 수 없을 것이고, 그 사건은 다른 사람의 행동처럼 떠올랐다.

「네가 오게 되어서 너무나 기뻐.」 헨리에타는 이사벨이 마치 그 말에 반박하려는 마음이 있을 거라고 생각하는 듯이 찬찬히 그녀를 뜯어보며 말했다. 「네가 오지 않았더라면, 올 수 없었더라면, 글쎄, 내가 어땠을지 모르겠어.」 스택폴 양은 자신이 얼마나 험악하게 비난할 수 있을지를 암시하면서 말했다.

이사벨은 주위를 돌아보았지만 하녀가 보이지 않았다. 하지만 우연히 시선이 닿은 곳에서 어떤 사람이 보였을 때 예전에 본 적이 있다는 느낌이 들었다. 그러고는 바로 다음 순간에 밴틀링 씨의 다정한 얼굴을 알아보았다. 그는 약간 떨어진 곳에 서 있었다. 주위에서 많은 사람들이 힘차게 밀려들어도 서 있던 자리에서 꿈쩍도 하지 않고, 두 숙녀가 서로 포옹하는 동안 생각에 잠겨 바라보고 있었다.

「저기 밴틀링 씨가 계시네.」 이사벨은 이제 하녀를 찾는 일에 그리 신경을 쓰지 않으면서 부드럽게 말을 꺼냈다.

「아, 그래, 어디든지 나와 함께 다니거든. 이리 오세요, 밴틀링 씨!」 헨리에타가 소리쳤다. 그러자 여자들에게 친절한 그 독신 남자는 미소를 지으며 다가왔는데, 근심스러운 상황에 어울리게 차분한 미소였다. 「이사벨이 오게 되어서 정말 기쁘지 않아요?」 헨리에타가 물었다. 「이분은 사정을 전부 다 알고 계셔.」 그녀가 덧붙였다. 「우리는 논쟁을 벌였다니까. 이분은 네가 오지 못할 거라고 주장하셨고, 나는 올 거라고 말했지.」

「두 분의 의견이 언제나 일치하는 줄 알았는데요.」 이사벨이 미소로 답례했다. 이제는 미소를 지을 수 있다는 느낌이 들었다. 밴틀링 씨의 태연한 눈빛을 보고 이사벨은 즉시 좋은 소식이 있으리라는 것을 알았다. 그 눈빛은 그가 사촌 오빠의 오랜 친구라는 것을 기억해 주기 바라며 모든 것을 이해하고 있고 모두 다 괜찮다고 말하는 것 같았다. 이사벨은 그에게 손을 내밀었다. 그가 결함 한 점 없는 아름다운 기사 같다는 엉뚱한 생각이 들었다.

「아, 저는 늘 동의합니다.」 밴틀링 씨가 말했다. 「그런데 스택폴 양이 동의하지 않는 거지요.」

「하녀란 성가신 존재라고 내가 말하지 않았어?」 헨리에타가 물었다. 「네 하녀는 아마 칼레[42]에 있을지도 몰라.」

「상관없어.」 이사벨은 밴틀링 씨를 보며 말했다. 그가 이렇게 흥미롭게 보인 적은 없었다고 생각했다.

42 프랑스 북부의 항구.

「내가 가서 살펴볼 테니 이사벨과 함께 있으세요.」 헨리에타는 이렇게 명령을 내리고 두 사람을 잠시 남겨 두었다.

그들은 처음에 아무 말도 하지 않았지만 잠시 후에 밴틀링 씨가 해협을 지나올 때 어떠했는지를 물었다.

「아주 평온했어요. 아니, 매우 거친 파도가 일었던 것 같아요.」 그녀가 이렇게 말하는 바람에 그 상대는 약간 놀란 기색이었다. 그런 다음에 그녀가 덧붙였다. 「가든코트에 다녀오셨군요.」

「아니 어떻게 아셨어요?」

「모르겠어요. 다만 가든코트에 다녀오신 분처럼 보여요.」

「제 표정이 몹시 슬퍼 보입니까? 그곳은 몹시 슬픈 분위기입니다.」

「몹시 슬프게 보이지는 않는 것 같아요. 매우 친절하게 보이세요.」 그녀는 전혀 힘들이지 않고 활달하게 말했다. 자신이 피상적인 문제로 당혹감을 느끼는 일은 두 번 다시 없을 것 같았다.

하지만 가엾게도 밴틀링 씨는 그런 열등한 단계를 아직 벗어나지 못한 상태였다. 그는 몹시 얼굴을 붉히며 웃었고, 종종 우울할 때가 있는데 그런 기분일 때는 자기가 몹시 사나워진다고 말했다. 「스택폴 양에게 물어보시면 알 겁니다. 저는 이틀 전에 가든코트에 다녀왔어요.」

「사촌 오빠를 만나 보셨어요?」

「잠깐 동안만 보았어요. 그가 아직은 사람들을 만나고 있어요. 워버턴이 그 전날 찾아왔고요. 랠프는 전과 똑같습니다. 다만 침대에서 일어나지 못하고, 통증이 굉장히 심한 것 같고, 말을 할 수 없어요.」 밴틀링 씨는 말을 이었다. 「그는 늘 아주 명랑하고 익살맞게 굴어요. 예전처럼 머리도 기민하게 돌아가고요. 정말이지 안타까운 일입니다.」

혼잡하고 시끄러운 역사에서도 이 단순한 그림은 선명히 떠올랐다. 「그날 늦게 가셨어요?」

「네, 일부러 갔습니다. 당신이 소식을 듣고 싶으실 거라고 우리는 생각했어요.」

「정말 감사합니다. 오늘 밤에 내려갈 수 있을까요?」

「아, 스택폴 양이 보내 드리지 않을 겁니다.」 밴틀링 씨가 말했다. 「그녀가 오늘은 함께 지내고 싶어 하니까요. 터치트의 시종에게 오늘 전보를 보내 달라고 했는데, 한 시간 전에 제 클럽으로 전보가 왔더군요. 〈조용하고 편안함〉이라고 적혀 있었어요. 2시에 보낸 것이었고요. 그러니 내일까지 기다리셔도 괜찮을 겁니다. 무척 피곤하시지요.」

「네, 몹시 피곤해요. 그리고 다시 한 번 감사드려요.」

「오,」 밴틀링 씨가 말했다. 「우리는 당신이 그 소식에 마음을 놓으실 거라고 생각했어요.」 이 말을 듣고 이사벨은 그와 헨리에타가 결국은 의견의 일치를 보는 모양이라고 어렴풋이 짐작했다. 스택폴 양은 이사벨의 하녀를 데리고 돌아왔다. 자신이 유용한 존재임을 입증하고 있던 하녀를 헨리에타가 찾아낸 것이다. 이 훌륭한 하녀는 혼잡한 무리들 속에서 길을 잃기는커녕 이사벨의 짐을 찾고 있었으므로 이제 이사벨은 당장 역에서 나올 수 있었다. 「오늘 밤에 시골로 가겠다고 생각해서는 안 돼.」 헨리에타가 이사벨에게 말했다. 「기차가 있든지 없든지 그게 문제가 아니야. 윔폴 가의 내 숙소로 곧장 가야 해. 런던에서 구석방 하나 구하기가 어렵기는 하지만 어떻든 네가 머물 방은 마련했어. 로마의 대저택이야 아니지만 하룻밤은 지낼 만할 거야.」

「네가 하자는 대로 할게.」 이사벨이 말했다.

「그럼 나와 함께 가서 몇 가지 질문에 대답해 줘. 난 그걸 바라니까.」

「스택폴 양이 저녁 식사에 대해서는 한 마디도 하지 않았지요, 오즈먼드 부인?」 밴틀링 씨가 익살맞게 물었다.

헨리에타는 생각에 잠긴 눈으로 한순간 그를 뚫어지게 바라보았다. 「서둘러 돌아가고 싶어 하시는 것을 알겠어요. 그럼 내일 아침 10시에 패딩턴 역으로 나오세요.」

「저 때문에 나오시지는 마세요, 밴틀링 씨.」 이사벨이 말했다.

「나 때문에 나올 거야.」 헨리에타는 친구를 마차에 태우면서 말했다. 얼마 후 윔폴 가의 크고 어둑한 응접실에서 — 그녀에 대해서 공정하게 말하자면, 저녁 식사는 충분했다 — 헨리에타는 역에서 암시했던 몇 가지 질문을 던졌다. 「네가 여기 오는 것에 대해서 네 남편이 소동을 벌였니?」 스택폴 양의 첫 번째 질문은 이것이었다.

「아니, 소동을 벌였다고는 할 수 없어.」

「그럼 반대하지 않았다는 말이야?」

「아니, 무척 반대했지. 그렇지만 소동이라고 부를 수는 없어.」

「그럼 뭐라고 불러야 하는데?」

「아주 조용한 대화였지.」

헨리에타는 잠시 친구의 얼굴을 바라보았다. 「틀림없이 섬뜩한 대화였겠지.」 그녀가 말했다. 이사벨은 섬뜩한 대화였다는 것을 부정하지 않았다. 그렇지만 그녀는 헨리에타의 질문에 대답을 하기만 했다. 질문이 꽤 명확했기 때문에 쉽게 대답할 수 있었다. 얼마간 그녀는 새로운 사실들에 대해서 말해 주지 않았다. 「글쎄.」 마침내 모든 사정 이야기를 들었을 때 스택폴 양이 말했다. 「내가 항의하고 싶은 것은 딱 한 가지야. 네가 왜 오즈먼드 양에게 돌아가겠다고 약속했는지 모르겠어.」

「지금은 나도 모르겠어.」 이사벨이 대답했다. 「하지만 그때는 알고 있었어.」

「그 이유를 잊었다면 아마 네가 돌아가지 않겠지.」

이사벨은 잠시 기다렸다. 「어쩌면 다른 이유를 찾아낼지도 모르지.」

「분명히, 좋은 이유를 찾아낼 수 없을 거야.」

「더 좋은 이유가 없으면, 내가 약속을 했다는 것만으로도 충분하겠지.」 이사벨이 말했다.

「그래, 그래서 그 약속이 내 마음에 들지 않는 거야.」

「지금은 그 이야기를 하지 말자. 시간이 있으니까. 떠나오는 데 말썽이 많았어. 하지만 돌아가는 것은 과연 어떨까?」

「어떻든 그가 난리를 치지는 않을 거라고 생각해야겠지.」 헨리에타는 많은 의미를 담고 말했다.

「하지만 그렇게 할걸.」 이사벨이 침통한 얼굴로 대답했다. 「한순간에 끝날 소동은 아닐 거야. 그 소동은 내게 남은 여생 동안 계속될 테니까.」

몇 분간 두 여자는 가만히 앉아서 앞으로의 삶에 대해 곰곰이 생각했다. 그러고 나서 스택폴 양은 이사벨의 부탁에 따라 화제를 바꾸면서 갑자기 말을 꺼냈다. 「나는 레이디 펜슬의 집에 가서 머물다 왔어.」

「아, 그 초대장이 결국 왔구나!」

「그래, 5년이나 걸렸지. 그런데 이번에는 그녀가 나를 보고 싶어 했어.」

「너무나 당연하지.」

「네가 생각하는 것보다 더 당연한 일이었어.」헨리에타는 먼 곳을 응시하며 말했다. 그런 다음에는 갑자기 얼굴을 돌리고 덧붙였다. 「이사벨 아처, 정말 미안해. 왜 미안한지 모르겠니? 내가 너를 마구 비판해 놓고는 너보다 더 멀리 나아갔거든. 오즈먼드 씨는 적어도 미국에서 태어난 사람이었지!」

조금 지나서야 이사벨은 이 말의 의미를 파악할 수 있었다. 그 의미는 매우 조심스럽게, 아니 적어도 매우 교묘하게 베일에 가려 있었다. 이사벨이 당장 그 사건의 우스운 점을 알아차린 것은 아니었지만, 친구가 일으킨 이미지를 재빨리 웃으면서 받아들였다. 하지만 곧 웃음을 억누르고 적절히 열성적인 목소리로 물었다. 「헨리에타 스택폴, 네 조국을 버릴 생각이란 말이야?」

「그래, 이사벨, 그럴 거야. 그걸 부정하지는 않겠어. 그 사실을 정면으로 직시하고 있으니까. 나는 밴틀링 씨와 결혼해서 여기 런던에 정착할 거야.」

「무척 이상하게 보여.」이사벨은 이제 미소를 지으며 말했다.

「그래, 그럴 거라고 생각해. 조금씩 서서히 그런 결정에 이르게 되었어. 내가 무슨 일을 하고 있는지 잘 알고 있다고 생각해. 하지만 어떻게 설명해야 할지 모르겠어.」

「자신의 결혼에 대해서는 설명할 수 없는 법이야.」이사벨이 대답했다. 「그리고 네 결혼은 설명하고 말고 할 것도 없어. 밴틀링 씨는 수수께끼 같은 사람이 아니잖아.」

「그래, 그 사람은 고약한 말장난이나 분방한 미국식 농담처럼 이해하기 어려운 사람이 아니지. 성품이 좋은 사람이야.」 헨리에타가 말을 이었다. 「나는 그 사람을 몇 년간 살펴보았기 때문에 이제는 그를 꿰뚫어 볼 수 있어. 그는 훌륭한 설명서의 문체처럼 명료한 사람이야. 지적인 사람은 아니지만 지성의 진가를 인정하지. 그렇지만 지성의 권리를 과장하지는 않아. 미국인들은 그 권리를 과장한다고 나는 때로 생각해.」

「아,」 이사벨이 말했다. 「네가 정말로 달라졌구나. 네가 미국에 대해서 비판하는 말을 들은 것은 이번이 처음이야.」

「미국인들이 지적 능력에 너무 매료되어 있다고 말한 것뿐이야. 어떻든 그것은 천박한 결함이라고는 할 수 없지. 하지만 정말로 나는 달라졌어. 여자가 결혼하기 위해서는 많이 달라져야 하지.」

「아주 행복하기를 바라. 마침내 여기에서 영국인들의 내적 생활을 볼 수 있겠구나.」

헨리에타는 약간 의미심장하게 한숨을 쉬었다. 「그것이 수수께끼를 푸는 열쇠라고 생각해. 나는 그 안에 들어가지 못하는 걸 견딜 수 없었거든. 이제는 누구 못지않은 권리가 생긴 거지!」 그녀는 꾸밈없이 의기양양하게 말했다.

이사벨은 다분히 즐거운 기분이었지만 스스로 생각하기에 어딘지 모르게 울적한 부분이 있었다. 헨리에타는 결국 그녀 자신도 인간이고 여자라는 사실을 고백한 것이다. 지금까지 밝고 예리한 불꽃이자 육체를 벗어난 목소리로 여겨졌던 헨리에타. 헨리에타가 사적인 감수성을 갖고 있고, 흔히 있는 열정에 지배되었으며, 밴틀링 씨와의 친밀한 관계가 전적으로 색다른 것이 아니라는 사실을 알게 되자 이사벨은 왠지 실망감을 느꼈다. 헨리에타가 밴틀링 씨와 결혼한다는 것은 참신함이 부족했고 심지어 어리석은 부분도 있는 것 같았다. 이사벨은 잠시 세상의 울적함이 더욱 어두운 색조를 띤 듯한 느낌이 들었다. 그러나 조금 지나자 사실 밴틀링 씨 자신은 적어도 기발한 사람이라는 생각이 들었다. 하지만 헨리에타가 어떻게 고국을 포기할 수 있는지는 알 수 없었다. 이사벨 자신도 고국을 붙잡고 있는 손이 느슨해졌지만, 자신이 생각하는 고국과 헨리에타의 생각은 전혀 달랐다. 그녀는 곧 레이디 펜슬의 집을 방문한 것이 즐거웠는지를 물었다.

「아, 그래.」 헨리에타가 말했다. 「그녀는 나를 어떻게 이해해야 할지 모르더라.」

「그것이 무척 재미있었니?」

「그럼. 그 부인은 최고로 지성적인 사람이라고 여겨지고 있거든. 자기가 모든 것을 알고 있다고 생각해. 그런데 나처럼 현대적인 여자를 이해할 수 없는 거야. 내가 조금 더 낮거나 조금 더 못했더라면 그녀가 이해하기 훨씬 쉬웠겠지. 그녀는 무척 어리둥절해하고 있어. 내가 해야 할 의무는 틀림없이 부도덕한 일을 저지르는 것이라고 생각하고 있을걸. 내가 자기 남동생과 결혼하는 것이 부도덕하다고 생각하지만 어떻든 그 정도로는 충분하지 않은 거야. 그러니 그녀는 나처럼 여러 가지 요소가 섞여 있는 사람을 절대로 이해하지 못할 거야. 절대로!」

「그럼 그 부인은 동생만큼 영리한 사람이 아니구나.」 이사벨이 말했다. 「그는 너를 이해하는 것 같은데.」

「아, 천만에! 나를 이해하지 못하고 있어.」 스택폴 양은 단호하게 소리쳤다. 「그가 나와 결혼하려는 이유는 바로 그것 때문일 거야. 미스터리를 밝혀내고 그 크기를 알아내려는 거지. 그건 고정관념이고, 매력적으로 보이는 것이기도 하지.」

「그런 의도에 맞춰 주다니 네가 무척 친절하구나.」

「글쎄.」 헨리에타가 말했다. 「나도 알아내고 싶은 것이 있거든!」 그래서 이사벨은 헨리에타가 고국에 대한 충성심을 포기한 것이 아니라 공격을 계획하고 있음을 알게 되었다. 헨리에타는 마침내 진지하게 영국과 맞붙어 보려는 것이었다.

하지만 다음 날 아침 10시에 패딩턴 역에서 스택폴 양과 밴틀링 씨를 만났을 때 이사벨은 그 신사가 어리둥절한 마음을 잘 견디고 있다는 것을 알았다. 그는 헨리에타의 모든 점을 알아내지는 못했더라도 적어도 가장 중요한 점, 즉 그녀에게 주도권이 부족하지는 않으리라는 점만큼은 알아냈던 것이다. 아내를 선택하는 데 있어서 그가 이런 점이 부족한 여자를 선택하지 않으려고 주의를 기울였으리라는 것은 분명했다.

「헨리에타에게서 들었어요. 정말 기쁜 일이에요.」 이사벨은 그에게 손을 내밀며 말했다.

「틀림없이 무척 특이한 결혼이라고 생각하시겠지요.」 밴틀링 씨는 말끔한 우산에 몸을 기대며 대답했다.

「네, 무척 이상하다고 생각해요.」

「저보다 더 기묘하게 생각하실 수는 없을 겁니다. 하지만 저는 언제나 길을 새로 내는 것을 좋아하는 편이었어요.」 밴틀링 씨는 차분하게 대답했다.

제54장

 이제 이사벨은 가든코트를 두 번째로 방문하게 되었다. 이번 방문은 처음보다 더 조용했다. 랠프 터치트는 몇 명의 하인만으로 살림을 꾸려 가고 있었으므로 새로 온 하인들은 오즈먼드 부인을 알지 못했다. 그래서 그녀는 자기 방으로 안내된 것이 아니라 냉랭하게 응접실로 안내되었고, 그녀의 이름을 이모에게 전하는 동안 그곳에서 기다려야 했다. 그녀는 한참을 기다렸지만 터치트 부인은 서둘러 그녀를 맞으러 내려올 기미를 보이지 않았다. 마침내 그녀는 조바심이 났고, 불안해지면서 두려운 마음이 들었다. 주위의 사물들이 의식을 가진 물건들로 보이기 시작했고, 기괴하게 찌푸린 얼굴로 그녀의 고충을 지켜보는 것 같아서 겁이 났다. 날이 어두워지고 공기는 차가웠다. 갈색이 도는 넓은 방들의 구석구석마다 어둠이 짙게 깔렸다. 집 안은 쥐 죽은 듯이 고요했다. 그 고요함을 이사벨은 잘 기억하고 있었다. 이모부가 돌아가시기 전 며칠 동안 그 고요함이 온 집 안에 깔려 있었다. 그녀는 응접실을 나와서 이리저리 거닐다가 서재에 들어갔고 그림들이 전시된 화랑을 따라서 걸었다. 깊은 정적 속에 그녀의 발소리가 울려 퍼졌다. 변한 것이라고는 아무것도 없었다. 그녀가 몇 년 전에 보았던 것들이 모두 다 그 자리에 있었다. 그녀가 그곳에 서 있었던 것이 마치 어제 일 같았다. 그녀는 귀중한 〈예술품〉들의 확고함이 부러웠다. 그 예술품들의 주인이 젊음을 잃고, 행복도, 아름다움도 조금씩 잃어가는 동안 그것들은 털끝만큼도 변하지 않았고 다만 가치가 더 높아졌을 뿐이었다. 그녀는 이모가 올버니로 그녀를 만나러 왔던 날 주위를 서성거렸듯이 자기도 그렇게 걷고 있음을 깨달았다. 그날 이후로 그녀는 무척 많은 변화를 겪었고, 바로 그날이 변화의 시작점이었다. 만일 리디아 이모가 그날 바로 그런 식으로 찾아와서 혼자 있는 그녀를 만난 일이 없었더라면 모든 것이 달라졌으리라는 생각이 갑자기 뇌리에 스쳤다. 그녀는 다른 방식으로 살았을 테고, 어쩌면 더 많은 축복을 받은 여자가 되었을지도 모른다. 그녀는 화랑에 걸린 작은 그림 앞에서 걸음을 멈추었다. 매력적이고 소중한 보닝턴의 그림이었다. 그녀의 눈길은 한참 그 그림에 머물러 있었다. 하지만 그녀는 그 그림을 보고 있지 않았다. 만일 이모가 그날 올버니에 오지 않았더라면 자신이 캐스퍼 굿우드와 결혼했을지 궁금하게 여기고 있었다.

이사벨이 아무도 없는 큰 응접실에 다시 들어온 직후에 터치트 부인이 마침내 나타났다. 그녀는 무척 늙어 보였지만 눈빛은 전처럼 반짝였고 머리를 여전히 꼿꼿이 들고 있었다. 그녀의 얇은 입술에는 숨겨진 의미가 담겨 있는 것 같았다. 그녀는 아무 장식도 없는 회색 드레스를 입고 있었다. 이사벨은 처음에도 그랬듯이 이 놀라운 친척이 섭정 여왕과 비슷한지 아니면 여자 간수와 더 닮았는지 의아한 마음이 들었다. 이사벨의 뜨거운 뺨에 닿은 그녀의 입술은 실로 무척 얇게 느껴졌다.

「랠프 옆에 앉아 있느라 널 기다리게 했구나.」 터치트 부인이 말했다. 「간호사가 점심을 먹으러 가서 대신 앉아 있었거든. 그 애를 돌봐 주기로 되어 있는 시종이 있는데 그 사람은 아무짝에도 쓸모가 없어. 언제나 창밖이나 내다보고 말이지. 뭐 볼 거라도 있는 듯이! 나는 꼼짝하지 않으려 했어. 랠프가 잠이 든 것 같았는데 소리를 내면 깰까 봐 걱정이었거든. 간호사가 돌아올 때까지 기다렸단다. 네가 집 안을 잘 알고 있어서 괜찮을 거라고 생각했지.」

「생각했던 것보다 더 잘 알고 있다는 걸 알게 되었어요. 온 집 안을 다 돌아보았어요.」 이사벨이 대답했다. 그러고는 랠프가 잠을 많이 잤는지를 물어보았다.

「그 애는 눈을 감고 누워 있어. 움직이지 않고. 하지만 그러면서 잠을 자고 있는지는 모르겠구나.」

「오빠가 저를 보려고 할까요? 제게 말할 수 있을까요?」

터치트 부인은 구태여 대답하려 하지 않았다. 「직접 알아보렴.」 이것이 최대한으로 아량을 베풀어 준 말이었다. 그런 다음에 부인은 이사벨을 그녀의 방으로 데려다 주겠다고 말했다. 「하인들이 너를 네 방으로 안내해 준 줄 알았어. 하지만 여기는 내 집이 아니라 랠프의 집이니까. 하인들이 대체 뭘 하고 있는지 모르겠어. 적어도 네 짐은 옮겨다 놨겠지. 네가 짐을 많이 가져오지는 않았겠지. 어떻든 간에 상관없지만. 네가 전에 쓰던 방을 준비해 놨을 거야. 네가 온다는 소식을 들었을 때 랠프가 네게 그 방을 쓰게 해야 한다고 말했거든.」

「다른 말은 하지 않았나요?」

「아, 그 애는 예전처럼 재잘거리지 않는단다!」 터치트 부인은 조카딸보다 앞장서서 계단을 올라가며 소리쳤다.

그곳은 그녀가 예전에 머물렀던 방이었다. 어쩐지 자신이 그 방을 사용한 다음에 아무도 그곳에서 잠을 자지 않았다는 느낌이 들었다. 그리 크지 않은 그녀의 가방이 거기에 놓여 있었다. 터치트 부인은 그 가방을 바라보며 잠시 앉아 있었다. 「정말로 가망이 없는 건가요?」 이사벨은 이모 앞에 서서 물었다.

「전혀 없단다. 전에도 없었어. 성공적인 삶은 아니었지.」

「네, 그렇지만 아름다운 삶이었어요.」 이사벨은 벌써 자신이 이모의 말에 반론을 펴고 있음을 알게 되었다. 그녀는 이모의 냉정한 태도에 화가 났다.

「그 말이 무슨 뜻인지 모르겠다. 건강하지 않고는 아름다움도 없어. 아주 이상한 드레스를 입고 여행했구나.」

이사벨은 자기 옷을 힐끗 바라보았다. 「떠나겠다고 말하고 나서 한 시간 만에 로마를 출발했어요. 제일 먼저 손에 잡히는 옷을 입었고요.」

「미국에 있는 네 언니들은 네가 어떤 옷을 입는지 궁금해하더구나. 그것이 가장 큰 관심사인 것 같았어. 나는 알려 줄 수 없었지. 그런데 그 애들이 제대로 맞힌 것 같구나. 네가 검은색 브로케이드가 아니면 입지 않을 거라고 했거든.」

「언니들은 제가 실제보다 더 화려하게 차려입는다고 생각해요. 언니들에게 사실을 알려 주기가 겁나요.」 이사벨이 말했다. 「릴리 언니가 이모님과 식사했다고 편지에 썼더군요.」

「그 애가 나를 네 번이나 초대했는데 딱 한 번 갔어. 두 번째로 초대를 한 다음에는 나를 그냥 내버려 두었어야 했는데. 저녁 식사는 아주 훌륭했단다. 꽤 비용이 많이 들었을 거야. 그 애의 남편은 매너가 형편없었어. 미국 여행이 즐거웠느냐고? 즐거워야 할 이유가 어디 있겠니? 재미를 보려고 간 것이 아니었는데.」

이런 것들이 흥미로운 얘깃거리였다. 하지만 터치트 부인은 곧 조카딸을 두고 나왔고 30분 후에 만나서 점심 식사를 하기로 했다. 이 식사를 하기 위해서 두 숙녀는 침울한 식당에 놓인 약식 식탁에서 얼굴을 마주보며 앉았다. 여기 앉아서 조금 시간이 지나자 이사벨은 이모가 겉으로 보이는 것처럼 냉담하지는 않다는 것을 알게 되었고, 그 가엾은 여자의 무표정한 얼굴이나 후회와 실망의 결핍에 대해 예전에 느꼈던 연민이 되살아났다. 틀림없이 이모는 이제 어떤 패배나 실수, 한두 가지 수치심이라도 느낄 수 있다면 축복이라고 여겼을 것이다. 이사벨은 이모가 그런 풍요로운 의식들을 아쉬워하고 있지나 않은지, 그리고 인생의 뒷맛, 잔칫상에 남은 부스러기를 맛보려고 손을 뻗치면서 은밀히 고통을 고백하고 차갑게 번민을 다시 만들어 내고 있지나 않은지 궁금했다. 다른 한편으로 이모는 어쩌면 두려울 것이다. 만일 이모가 이제 후회를 느끼기 시작한다면 그 회한은 너무나 멀리 갈지도 모를 일이었다. 하지만 이사벨은 무언가에서 실패했다는 생각이 어렴풋이 이모에게 엄습했고, 소중히 간직할 추억이 없는 노파로 미래의 자기 모습을 그려 보고 있음을 알아차릴 수 있었다. 자그마하고 날카로운 이모의 얼굴은 비극적으로 보였다. 그녀는 랠프가 아직 움직이지 않았지만 만찬 전에 어쩌면 이사벨을 볼 수 있을 거라고 조카딸에게 말했다. 잠시 후에 그녀는 랠프가 전날 워버턴 경을 만났다고 덧붙였다. 이 말에 이사벨은 약간 놀랐다. 이 유명 인사가 이웃에 머물고 있으며 두 사람이 우연히 마주칠 수 있으리라는 것을 암시하는 것 같았기 때문이었다. 그런 우연은 달갑지 않을 것이다. 그녀는 워버턴 경과 다시 갈등을 벌이려고 영국에 온 것이 아니었다. 그럼에도 곧 그녀는 워버턴 경이 랠프에게 무척 친절하게 대했다고 이모에게 대답했다. 그런 면모를 로마에서 보았던 것이다.

「워버턴 경은 요새 다른 일을 생각하고 있단다.」 터치트 부인이 대답했다. 그러고는 송곳처럼 날카로운 시선으로 이사벨을 바라보며 말을 멈췄다.

이사벨은 이모의 말에 뭔가 특별한 의미가 담겨 있음을 알아차렸고 무슨 의미인지를 곧 추측했다. 그러나 짐작한 바를 숨기고 대답했다. 심장이 빠르게 뛰었고 그녀는 시간을 벌고 싶었다. 「아, 네, 상원이나 그런 문제들이겠지요.」

「상원을 생각하는 게 아니라 여자들에 대해 생각하고 있어. 적어도 여자들 중 한 명을 생각하고 있지. 그가 약혼했다고 랠프에게 말했다더구나.」

「아, 결혼한다고요!」 이사벨은 부드럽게 탄성을 질렀다.

「파혼하지 않는다면 말이지. 그는 랠프가 그 소식을 듣고 좋아할 거라고 생각하는 것 같더구나. 가엾게도 랠프는 결혼식에 참석할 수 없겠지. 내가 알기로는 오래지 않아 결혼식이 있을 테지만.」

「신부가 될 아가씨는 누구인가요?」

「귀족 집안의 아가씨야. 레이디 플로라인지 레이디 펠리시어인지, 그런 이름이었어.」

「무척 잘됐군요.」이사벨이 말했다. 「갑작스러운 결정인 것 같아요.」

「급작스럽게 이루어진 결정이었지. 구애 기간이 3주일이었다던가? 바로 얼마 전에 발표되었단다.」

「무척 기뻐요.」이사벨은 더욱 강조하며 되풀이했다. 그녀는 이모가 자기를 바라보면서 쓰라린 마음의 흔적을 찾고 있다는 것을 알고 있었다. 이모가 이런 감정을 볼 수 없기를 바랐기 때문에 그녀는 재빨리 만족스러운 어조로, 한시름 놓았다는 듯이 말할 수 있었다. 물론 터치트 부인은 여자들이, 결혼한 여자라 하더라도, 옛 애인의 결혼을 자신들에 대한 모욕으로 받아들인다는 인습적 관념을 갖고 있었다. 그러므로 이사벨에게 첫 번째 관심사는 그런 일이 일반적으로 어떻게 여겨지든 간에 자신은 지금 전혀 모욕감을 느끼지 않는다는 것을 보여 주는 일이었다. 하지만 그러는 동안, 이미 말했듯이, 그녀의 심장은 더욱 빨리 뛰었다. 그리고 그녀가 몇 분간 깊은 생각에 잠겼다면 ─ 그녀는 터치트 부인이 지켜보고 있다는 것도 이내 잊어버렸다 ─ 그것은 그녀가 숭배자 한 사람을 잃었기 때문이 아니었다. 그녀의 상상력은 재빨리 날아서 유럽 대륙의 절반을 횡단했고, 숨을 헐떡이며 약간 몸을 떨기도 하면서 로마에서 멈췄다. 워버턴 경이 신부를 제단으로 이끌어 갈 거라고 남편에게 알려 주는 자신의 모습을 상상했다. 물론 이런 지적인 노력을 기울이는 동안에 자신의 얼굴이 얼마나 창백하게 보이는지는 의식하지 못하고 있었다. 마침내 그녀는 정신을 차리고 이모에게 말했다. 「그는 언젠가는 결혼할 사람이었어요.」

터치트 부인은 아무 대답도 하지 않았고 날카롭게 고개를 한 번 가로저었다. 「아, 너는 도무지 알 수 없는 애야!」 부인이 갑자기 소리쳤다. 그들은 말없이 점심 식사를 계속했다. 이사벨은 마치 워버턴 경의 사망 소식을 들은 기분이었다. 그녀는 그를 오로지 구혼자로 생각해 왔는데, 이제 그것이 완전히 끝나 버린 것이다. 가엾은 팬지에게 그는 죽은 사람이나 다름없었다. 그가 팬지 옆에 있었더라면 계속 살아 있었을 텐데. 마침내 터치트 부인은 옆에서 시중들던 하인에게 두 사람만 있게 해달라고 말했다. 그녀는 식사를 끝냈고 양손을 포개어 식탁 모서리에 올려놓았다. 「네게 물어보고 싶은 것이 세 가지 있단다.」 하인이 나가자 부인이 말을 꺼냈다.

「세 가지라면 너무 많은데요.」

「더 줄일 수는 없어. 계속 생각해 왔으니까. 모두 다 훌륭한 질문이야.」

「제가 두려워하는 것이 바로 그 점이에요. 가장 훌륭한 질문이 가장 나쁘니까요.」 이사벨이 대답했다. 터치트 부인은 의자를 뒤로 밀었다. 그 조카딸은 식탁에서 일어나 다소 자의식적인 태도로 낮게 내려진 창문들 중 한 곳으로 걸어가면서 자기를 뒤따르는 이모의 시선을 느꼈다.

「워버턴 경과 결혼하지 않은 것을 한 번이라도 후회한 적이 있었니?」 터치트 부인이 물었다.

이사벨은 천천히 그러나 침울하지 않게 고개를 저었다. 「아뇨, 이모님.」

「좋아. 네 말을 믿어 주겠다고 말해야겠지.」

「이모님이 믿어 주신다는 것은 굉장한 유혹이에요.」 그녀가 계속 미소를 지으며 말했다.

「거짓말을 하게 하는 유혹이라고? 그렇게 하지 말라고 충고해야겠다. 나는 거짓말을 들으면 독약을 먹은 쥐처럼 위험해질 수 있거든. 나는 너와 싸워서 이겼다고 의기양양해 할 생각이 없어.」

「저와 잘 지내지 못하는 사람은 바로 제 남편이에요.」 이사벨이 말했다.

「그럴 거라고 네 남편에게 일러 줄 수도 있었는데. 그렇다고 해서 너한테 이겼다고 의기양양해 하는 건 아니야.」 터치트 부인이 덧붙였다. 「아직도 마담 멀을 좋아하니?」 그녀가 말을 이었다.

「예전처럼 좋아하지는 않아요. 하지만 상관없는 일이에요. 그 부인은 미국으로 떠나니까요.」

「미국으로? 틀림없이 매우 고약한 일을 저지른 모양이구나.」

「네, 무척 고약한 일이에요.」

「무슨 일인지 물어봐도 되겠니?」

「저를 제멋대로 이용했어요.」

「아,」 터치트 부인이 소리쳤다. 「그녀는 나도 이용했단다! 누구든지 다 이용해 먹지.」

「아마 그녀는 미국도 자기 마음대로 이용할 거예요.」 이사벨은 다시 미소를 지으며 말했고, 이모의 질문이 끝나서 후련한 기분이었다.

그날 밤이 되어서야 그녀는 랠프를 볼 수 있었다. 그는 하루 종일 졸고 있었다. 적어도 아무 의식도 없이 누워 있었다. 의사가 옆에 있었지만 얼마 지나서 돌아갔다. 그의 부친을 보살펴 주었고 랠프가 좋아했던 그 지역의 의사였다. 그는 하루에 서너 번씩 들렀고, 그 환자에게 깊은 관심을 갖고 있었다. 랠프는 매튜 호프 경의 진찰도 받았지만 이 유명한 의사에게 넌더리가 나서 이제 자기가 죽었으니 더 이상 의학적 조언이 필요하지 않다는 전갈을 그에게 보내 달라고 어머니에게 부탁했다. 터치트 부인은 그저 자기 아들이 그 의사를 좋아하지 않는다는 간단한 편지를 매튜 경에게 보냈다. 이사벨이 도착한 날 랠프는 이미 말했듯이 몇 시간 동안 아무 기척도 없었다. 그러나 저녁이 될 무렵에 그는 몸을 일으켰고 그녀가 도착한 것을 알고 있다고 말했다. 그가 흥분할까 봐 걱정되어 아무도 그 사실을 알려 주지 않았는데, 그가 어떻게 알고 있는지는 분명치 않았다. 이사벨은 그 방에 들어가서 어둠침침한 가운데 그의 침대 옆에 앉았다. 방의 한쪽 구석에 갓이 달린 촛불 하나만 있었다. 그녀는 간호사에게 가서 쉬어도 좋다고 말했다. 자신이 밤새 그의 옆에 앉아서 지켜볼 것이다. 그는 눈을 뜨고 그녀를 알아보았고, 옆에 힘없이 놓여 있던 손을 움직여 그녀에게 손을 잡게 했다. 그러나 그는 말을 할 수 없었다. 그는 다시 눈을 감았고 그저 그녀의 손을 잡은 채 미동도 하지 않고 누워 있었다. 그녀는 간호사가 돌아올 때까지 긴 시간을 그의 옆에 앉아 있었다. 그러나 그는 더는 아무런 기척도 보이지 않았다. 그녀가 그를 바라보고 있는 동안에 숨이 멎을 수도 있었을 것이다. 그는 이미 죽은 사람의 모습이었다. 그녀는 그가 로마에 있을 때도 빈사 상태에 있다고 생각했지만 지금은 더 나빴다. 이제 가능한 변화는 단 한 가지뿐이었다. 그의 얼굴은 신기하게도 평온했고 관 뚜껑처럼 고요했다. 그와 더불어 그의 몸은 그저 뼈를 격자 모양으로 붙여 놓은 것처럼 보였다. 그가 그녀를 환영하려고 눈을 떴을 때, 그녀는 헤아릴 수 없이 광대한 공간을 들여다보는 것 같았다. 한밤중이 되어서야 간호사가 돌아왔다. 하지만 이사벨에게는 그 시간이 길게 여겨지지 않았다. 그녀가 찾아온 것은 바로 그것을 위해서였다. 그녀가 오로지 기다리기 위해서 온 것이었다면, 그럴 기회는 충분히 있었다. 그는 3일간 고마워하며 그런 식으로 말없이 누워 있었던 것이다. 그는 그녀를 알아보았고 때로 말을 하고 싶어 하는 것 같았지만 목소리가 나오지 않았다. 그러고 나서 다시 눈을 감았다. 마치 그도 무언가를, 틀림없이 다가올 무언가를 기다리는 듯이. 그가 너무도 고요했기에 그녀는 다가올 것이 이미 와버렸다는 느낌이 들었다. 하지만 그래도 아직은 그와 함께 있다는 느낌을 잃지 않았다. 그래도 그들이 늘 함께 있는 것은 아니었다. 그녀는 텅 빈 집 안을 돌아다니면서 가엾은 랠프의 목소리가 아닌 다른 목소리를 들으며 시간을 보내기도 했다. 그녀는 늘 두려웠다. 남편이 편지를 보낼 수도 있으리라고 생각했다. 하지만 남편은 침묵을 지켰고, 그녀가 받은 단 한 통의 편지는 피렌체에서 제미니 백작 부인이 보낸 것이었다. 그러나 랠프는 마침내 — 사흘째 되는 날 저녁에 — 입을 열었다.

「오늘 밤에는 기분이 좋구나.」 그녀가 조용한 어둠 속에서 밤샘을 하고 있을 때 그가 갑자기 중얼거렸다. 「이야기를 할 수 있을 것 같아.」 그녀는 그의 베갯머리 옆에 무릎을 꿇고는 그의 여읜 손을 잡았다. 그러고는 그에게 애쓰지 말라고, 몸을 지치게 하지 말라고 부탁했다. 그의 얼굴은 당연히 정색을 하고 있었다. 근육을 움직일 수 없어 미소를 지을 수 없었던 것이다. 하지만 그 얼굴의 주인은 부조리에 대한 인식을 잃지 않았음이 분명했다. 「나는 영원히 쉬게 될 텐데 좀 지친다 한들 무슨 상관이 있겠어? 이제 막바지에 이르러 좀 애를 쓰더라도 해로울 건 없어. 종말이 오기 직전에 사람들은 늘 기분이 좋아진다고 하잖아? 그런 얘기를 종종 들었거든. 나는 그것을 기다리고 있었어. 네가 여기 도착한 다음부터 그런 때가 오리라고 생각했지. 두세 번 시도를 하기도 했고. 네가 여기 앉아 있으면서 지루해 할까 두려웠어.」 그는 천천히 말했고, 통증으로 인해 말이 끊어지거나 오래 중단하기도 했다. 그의 목소리는 아주 멀리 떨어진 곳에서 들려오는 것 같았다. 말을 멈추고 그는 이사벨에게로 얼굴을 돌렸고 깜빡거리지 않는 큰 눈으로 그녀의 눈을 바라보았다. 「와줘서 무척 고마워.」 그가 말을 이었다. 「오리라고 생각은 했지만 확신은 할 수 없었어.」

「나도 여기 올 때까지 확신하지 못했어요.」 이사벨이 말했다.

「너는 내 침대맡을 지키고 있는 천사 같았어. 사람들은 죽음의 천사에 대해 말하지. 가장 아름다운 천사라고. 너는 그 천사 같았어. 네가 나를 기다리고 있는 것 같았지.」

「나는 오빠의 죽음을 기다리고 있었던 게 아니에요. 내가 기다린 것은 바로 이거였어요. 이것은 죽음이 아니에요, 랠프.」

「물론 네게는 아니지. 다른 사람들의 죽음을 목격할 때처럼 살아 있음을 생생하게 실감하는 때도 없어. 그것은 생명감이고, 살아 있다는 느낌이지. 나는 그런 감각을 느낀 적이 있어. 나조차도. 하지만 이제 나는 그런 감각을 다른 사람들에게 느끼게 해주는 것 외에는 아무 쓸모도 없어. 내게는 모든 것이 끝났으니까.」 그런 다음 그는 말을 멈추었다. 이사벨은 그의 손을 잡고 있는 양손에 고개가 닿도록 머리를 숙였다. 이제 그를 바라볼 수는 없었지만 멀리 떨어진 곳에서 울리는 듯한 그의 목소리가 귀에 가까이 들려왔다. 「이사벨.」 그가 갑자기 말했다. 「네게도 모든 것이 다 끝나 버리면 좋겠구나.」 그녀는 아무 대답도 하지 않고 울음을 터뜨렸다. 얼굴을 파묻은 채 흐느껴 울었다. 그는 말없이 누워서 그녀가 흐느끼는 소리를 듣고 있었다. 마침내 그가 긴 신음 소리를 냈다. 「아, 네가 나에게 해준 것이 무엇일까?」

「오빠가 내게 해준 것은 무엇이지요?」 이제 극도로 흥분한 마음이 고개를 숙인 자세 때문에 반쯤 억제된 상태로 그녀가 소리쳤다. 그녀는 수치심도, 모든 것을 숨기겠다는 욕구도 다 잊었다. 이제 그는 알아야 한다. 그녀는 그에게 알려 주고 싶었다. 그것이 그들을 궁극적으로 결합시켜 주었으니까. 그리고 그는 고통이 닿지 않을 곳에 있으니까. 「오빠는 예전에 무언가를 해줬어요. 오빠도 알고 있죠. 오, 랠프, 오빠가 가장 소중한 사람이었어요! 나는 오빠를 위해서 무엇을 했지요? 지금은 무엇을 할 수 있을까요? 오빠가 살 수만 있다면 나는 기꺼이 죽겠어요. 하지만 오빠가 살기를 바라지 않아요. 오빠를 잃지 않기 위해 나도 죽고 싶어요.」 그녀의 목소리는 그의 목소리처럼 띄엄띄엄 이어졌고, 눈물과 고뇌로 가득 차 있었다.

「너는 나를 잃지 않을 거야. 나를 간직할 테니까. 네 가슴속에 나를 간직해 줘. 지금까지보다 더 가까이 있을 거야. 사랑하는 이사벨, 삶이 더 좋은 거란다. 삶에는 사랑이 있으니까. 죽음도 좋지. 하지만 거기에는 사랑이 없어.」

「난 오빠에게 고마워한 적도 없어요. 말한 적도 없고, 마땅히 해야 할 일을 한 적도 없었어요!」 이사벨은 말을 이었다. 그녀는 열정적으로 소리 지르고, 스스로를 비난하고, 슬픔에 완전히 빠져 버리고 싶은 욕구를 느꼈다. 그 순간 그녀의 온갖 괴로움이 하나로 녹아들어 현재의 이 고통이 되었다. 「오빠가 나를 어떻게 생각했겠어요? 하지만 내가 어떻게 알 수 있었겠어요? 나는 전혀 몰랐어요. 이제야 알게 된 것도 나보다 어리석지 않은 사람들이 있기 때문이에요.」

「사람들에 대해서는 신경 쓰지 마라.」 랠프가 말했다. 「나는 사람들을 떠나게 되어 기쁘단다.」

그녀는 고개를 들고 꼭 쥔 양손을 들어 올렸다. 그 순간 그녀는 그에게 기도를 하는 것 같았다. 「그것이 사실이에요? 정말이에요?」 그녀가 물었다.

「네가 어리석었다는 것이 사실이냐고? 아, 아니.」 랠프는 재치 있는 답변을 하려는 의도를 드러내며 말했다.

「오빠가 나를 부자로 만들어 줬다는 것, 내가 가진 재산이 모두 오빠의 소유였다는 것 말이에요.」

그는 고개를 돌렸고 얼마간 아무 말도 하지 않았다. 그러다가 마침내 말했다. 「아, 그 이야기는 하지 말자. 그건 좋은 일이 아니었어.」 그는 천천히 다시 그녀 쪽으로 얼굴을 돌렸다. 그들은 다시 서로를 바라보았다. 「그것만 아니었더라면 — 그것만 아니었더라면 —!」 그리고 그는 말을 멈췄다. 「내가 너를 파멸시키고 말았어.」 그가 슬프게 탄식했다.

그녀는 그가 이제 고통이 닿을 수 없는 곳에 있다고 생각했다. 그는 이미 이 세상 사람이 아닌 것 같았다. 하지만 그런 느낌이 들지 않았더라도, 그래도 그녀는 말했을 것이다. 이제 중요한 것은 단 한 가지 사실을 아는 것이었다. 순전히 고뇌인 것만은 아닌, 바로 두 사람이 함께 진실을 바라보고 있다는 사실을 아는 것이었다. 「그는 돈을 위해서 나와 결혼했어요.」 그녀가 말했다. 그녀는 모든 것을 말하고 싶었다.

말을 다하기 전에 그가 죽을까 봐 두려웠다.

그는 그녀를 잠시 바라보았다. 그러고는 똑바로 응시하던 눈의 눈꺼풀을 처음으로 닫았다. 하지만 곧 눈꺼풀을 올리고는 대답했다. 「그는 너를 무척 사랑했어.」

「네, 나를 사랑했어요. 하지만 내가 가난했더라면 나와 결혼하지 않았을 거예요. 이런 말을 한다고 오빠에게 상처를 주는 건 아니겠죠. 어떻게 내가 오빠에게 상처를 줄 수 있겠어요? 나는 그저 오빠가 이해하기를 바라요. 나는 늘 오빠가 모르도록 속이려고 애썼어요. 하지만 그것도 다 끝났어요.」

「나는 늘 알고 있었어.」 랠프가 말했다.

「그럴 거라고 생각했어요. 그것이 싫었어요. 하지만 지금은 그게 좋아요.」

「너는 내 마음에 상처를 준 것이 아니라, 무척 행복하게 해주고 있어.」 이렇게 말했을 때 랠프의 목소리에는 특별한 기쁨이 어려 있었다. 그녀는 다시 고개를 숙였고 그의 손등에 입술을 댔다. 「나는 늘 이해하고 있었어.」 그가 말을 이었다. 「너무나 기이하고, 너무 애처로운 일이었지만. 너는 스스로 인생을 보고 싶어 했지. 그런데 그렇게 하도록 허용되지 않았어. 네 소망 때문에 벌을 받았어. 바로 인습의 맷돌에 끼어서 부서지고 말았어!」

「아, 그래요, 나는 벌을 받았어요.」 이사벨이 흐느껴 울었다.

그는 그 울음소리를 조금 듣다가 말을 이었다. 「네가 여기 오는 것 때문에 그가 몹시 고약하게 굴던?」

「몹시 힘들게 했어요. 하지만 개의치 않아요.」

「그럼 두 사람의 관계가 모두 끝난 건가?」

「아, 아뇨, 아무것도 끝나지 않았다고 생각해요.」

「그에게 돌아갈 생각이니?」랠프가 숨을 헐떡였다.

「모르겠어요. 말할 수 없어요. 가급적 오래 여기 머물 거예요. 생각하고 싶지 않아요. 생각할 필요도 없고요. 오빠 외에는 그 어떤 일이든 상관없어요. 지금은 오빠와 함께 있는 것으로 충분해요. 아직 시간이 조금 더 있을 거예요. 여기 무릎을 꿇고 두 팔로 죽어 가는 오빠를 안고 있으니 오랫동안 느껴 보지 못한 행복한 기분이에요. 오빠도 행복하기를 바라요. 슬픈 일은 생각하지 말고. 오로지 내가 오빠 옆에 있고 오빠를 사랑한다는 것만 느끼기를 바라요. 무엇 때문에 고통을 느껴야 해요? 이런 시간에 고통이 우리와 무슨 상관이 있어요? 가장 강렬한 것은 고통이 아니에요. 더 깊은 것이 있어요.」

랠프에게는 이따금 말을 하는 것이 몹시 힘겨운 일이었음이 분명했다. 그는 기력을 찾느라 오래 기다려야 했다. 처음에는 이 마지막 말에 대답을 하지 않는 것 같았고, 시간이 한참 지나도록 가만히 있었다. 그러다가 간단히 중얼거렸다. 「너는 여기 머물러야 해.」

「그러고 싶어요. 도리에 어긋나지 않는 한 가급적 오래.」

「도리에 어긋나지 않는 한? 어긋나지 않는 한이라고?」그가 그녀의 말을 따라했다. 「그래, 너는 그 점에 대해서 많이 생각하는구나.」

「물론 그렇게 해야지요. 오빠는 무척 지쳤어요.」이사벨이 말했다.

「그래, 무척 피곤해. 네가 방금 고통이 가장 강렬한 것이 아니라고 말했지. 그래, 맞아. 하지만 그것은 매우 강렬한 것이야. 내가 머물 수 있다면 ─」

「나에게 오빠는 언제나 여기 있을 거예요.」 그녀는 부드럽게 가로막았다. 그의 말을 가로막기는 쉬운 일이었다.

그러나 그는 잠시 후 말을 이었다. 「결국 모든 것이 지나가 버리지. 지금도 지나가고 있고. 하지만 사랑이 남아. 우리가 왜 그렇게 많은 고통을 받아야 하는지 모르겠어. 어쩌면 알아낼 수 있겠지. 인생에는 많은 것들이 있어. 너는 아주 젊고.」

「나는 무척 늙은 기분이에요.」 이사벨이 말했다.

「다시 젊어질 거야. 나는 너를 그렇게 생각하고 있어. 내가 믿을 수 없는 것은 — 믿지 못하는 것은 —」 그러나 그는 다시 중단했다. 힘에 부쳐서 말을 할 수 없었다.

그녀는 이제 말을 하지 말라고 간청했다. 「우리는 말을 하지 않아도 서로를 이해하고 있어요.」 그녀가 말했다.

「네가 저지른 그토록 너그러운 실수가 네게 오래도록 고통을 주리라고는 믿을 수 없어.」

「오, 랠프, 지금 나는 무척 행복해요.」 그녀는 눈물을 흘리며 소리쳤다.

「그리고 이것을 기억해.」 그가 말을 이었다. 「네가 미움을 받았다면, 사랑도 또한 받았다는 것을. 아, 그리고, 이사벨, 숭배를 받았다는 것을!」 그는 오래 끌면서 들릴락 말락 하게 숨을 쉬었다.

「아, 오빠!」 그녀는 몸을 더 깊이 숙이며 울부짖었다.

제55장

이사벨이 가든코트에 처음 도착했던 날 밤에 랠프는 그녀가 살아가는 동안에 큰 고통을 겪으면 언젠가는 고가(古家)에 떠돌기 마련인 유령을 보게 될 거라고 말한 적이 있었다. 그녀는 유령을 보기 위해 필요한 조건을 갖췄음이 분명하다. 다음 날 차갑고 어둠침침한 새벽녘에 한 유령이 침대 옆에 서 있는 것을 느꼈기 때문이다. 그녀는 랠프가 그날 밤을 넘기지 못하리라고 생각했기에 옷도 벗지 않고 자리에 누웠다. 잠을 자려는 생각도 없었다. 그녀는 기다렸고, 그렇게 기다리려니 잠을 이룰 수 없었다. 하지만 그녀는 눈을 감았다. 밤이 깊으면 문을 두드리는 소리가 들릴 거라고 믿었다. 노크 소리는 들리지 않았다. 그러나 짙은 어둠이 희미한 잿빛으로 변하고 있을 때 그녀는 갑자기 호출이라도 받은 듯이 베개에서 벌떡 일어났다. 그 순간 그가 거기 서 있는 것 같았다. 희미한 어둠이 깔린 방 안에 떠 있는 희미한 형체였다. 그녀는 한순간 응시했다. 그의 흰 얼굴과 다정한 눈을 보았다. 그런 다음에는 아무것도 없다는 것을 알았다. 그녀는 겁이 나지 않았다. 그저 틀림없다는 생각이 들었을 뿐이었다. 그녀는 자기 침실을 나왔고, 확신을 느끼면서 어두운 복도를 지나 홀의 창문을 통해 들어온 희미한 빛으로 반짝이는 참나무 계단을 내려갔다. 랠프의 방문 앞에서 그녀는 잠시 걸음을 멈추고 귀를 기울였다. 그러나 방 안에 감도는 정적 외에 아무 소리도 들리지 않는 것 같았다. 그녀는 죽은 사람의 얼굴에서 베일을 들어 올리듯이 부드러운 손길로 문을 열었다. 터치트 부인이 아들의 침대 옆에서 그의 한 손을 잡은 채 꼼짝도 하지 않고 꼿꼿이 앉아 있었다. 맞은편에는 의사가 맥을 짚어 보느라 가엾은 랠프의 손목을 잡고 서 있었다. 그 두 사람 사이의 침대 발치에는 간호사 두 명이 있었다. 터치트 부인은 이사벨을 돌아보지 않았지만 그 의사는 몹시 사나운 눈으로 그녀를 바라보았다. 그러고 나서 그는 랠프의 손을 몸 가까이 적절한 곳에 살며시 내려놓았다. 간호사들도 그녀를 사납게 바라보았지만 아무 말도 하지 않았다. 하지만 이사벨은 자기가 보러 온 것을 보았을 뿐이었다. 랠프는 생전의 그 어느 때보다도 아름다웠다. 그리고 6년 전에 똑같은 베개 위에 누워 있었던 그의 아버지의 얼굴과 희한하게도 닮아 보였다. 그녀는 이모에게 다가가서 팔로 그러안았다. 대체로 애무를 바라지도 않고 달가워하지도 않았던 터치트 부인은 잠시 그 애무에 몸을 맡겼고, 아마도 그 포옹을 받으려고 일어섰을 것이다. 그러나 그녀의 몸은 뻣뻣하게 굳어 있었고 눈물 한 방울 흘러내리지 않았다. 날카롭고 창백한 그 얼굴은 무시무시했다.

「리디아 이모님,」 이사벨이 중얼거렸다.

「네게 자식이 없는 것을 신에게 감사드려라.」 터치트 부인은 몸을 떼어 내며 말했다.

그로부터 3일이 지난 후 런던의 〈사교철〉이 한창인데도 꽤 많은 사람들이 아침 기차를 타고 와서 버크셔의 조용한 역에 내렸다. 그들은 쉽게 걸어갈 수 있는 작은 회색 교회에 모여 30분을 보냈다. 터치트 부인은 이 교회의 풀밭에 있는 묘지에 자기 아들을 매장했다. 그녀는 무덤가에 서 있었고 이사벨도 그 옆에 섰다. 터치트 부인은 그 장례식에 교회 관리인보다도 더 많은 실제적 관심을 드러냈다. 엄숙한 장례식이었지만 엄격하거나 무거운 분위기는 아니었다. 전체적으로 온화하게 보였다. 날이 맑아졌고, 변덕스러운 5월이 끝자락에 이른 그날은 따뜻하고 바람도 불지 않았다. 꽃이 활짝 핀 산사나무와 지빠귀의 노랫소리로 공기는 화사했다. 가엾은 터치트를 생각하면 슬픈 일이기는 했어도, 그에게 있어서 죽음은 돌연한 사건이 아니었으므로 지나치게 슬픈 일은 아니었다. 그는 너무나 오래 죽음을 예상하면서 대비해 왔다. 모든 것이 예정되고 준비되어 있었다. 이사벨의 눈에 눈물이 고였지만 앞을 가릴 정도로 흘러내린 것은 아니었다. 눈물 어린 눈으로 그녀는 그 아름다운 날씨와 화사한 자연, 오래된 영국 묘지의 애틋한 분위기와 고개를 숙이고 있는 좋은 친구들을 보았다. 워버턴 경이 거기 서 있었다. 그녀가 알지 못하는 신사들 가운데 몇 명은, 후에 들은 바로는, 은행과 관련된 사람들이었다. 그리고 그녀가 알고 있는 사람들도 있었다. 스택폴 양은 제일 먼저 찾아와 정직한 밴틀링 씨와 나란히 서 있었다. 캐스퍼 굿우드는 다른 사람들보다 높이 머리를 들고, 아니, 고개를 덜 숙이고 있었다. 장례식이 진행되는 동안 이사벨은 굿우드 씨의 시선을 의식했다. 다른 사람들이 교회 묘지의 풀밭을 응시하고 있는 동안 그는 평소 사람들

속에 끼어 있을 때보다 약간 더 맹렬한 시선으로 그녀를 바라보았다. 하지만 그녀는 그를 알아보았다는 기색을 드러내지 않았다. 그를 보았을 때 그가 아직도 영국에 있다는 사실이 놀라웠을 뿐이다. 그가 랠프를 가든코트에 데려다 주고는 당연히 영국을 떠났으리라고 생각했던 것이다. 그녀는 그가 영국을 얼마나 싫어했는지를 기억했다. 하지만 그는 그곳에 있었고, 매우 눈에 띄게 서 있었다. 그의 자세는 어딘지 모르게 그가 복합적인 의도를 가지고 왔다고 말해 주는 것 같았다. 그의 눈은 물론 애도의 뜻을 담고 있겠지만 그녀는 그와 눈길이 마주치지 않도록 애쓸 것이다. 작은 무리의 사람들이 뿔뿔이 흩어지면서 그도 시야에서 사라졌다. 그녀에게 다가와서 말을 건 사람은 — 터치트 부인에게 말을 건 사람은 몇몇 있었지만 — 헨리에타 스택폴뿐이었다. 헨리에타는 펑펑 울고 있었다.

랠프는 이사벨에게 가든코트에 머물기를 바란다고 말했고, 그녀는 그곳을 즉시 떠날 생각이 없었다. 이모와 얼마간 함께 지내는 것이 당연한 배려라고 스스로에게 말했다. 그렇게 훌륭한 명분이 있다는 것은 다행스러운 일이었다. 그렇지 않았더라면 명분을 찾아내려고 몹시 애썼을 테니까. 그녀가 할 일은 끝났다. 남편을 두고 떠나오면서 하려고 마음먹었던 일을 다 했다. 그녀에게는 먼 외국의 한 도시에서 그녀가 집을 비운 시간을 세고 있을 남편이 있었다. 이런 경우에는 집을 비우는 데 아주 훌륭한 이유가 있어야 했다. 그는 최고의 남편이라고 불리지 못할 사람이지만, 그렇다고 해서 사정이 달라지는 것은 아니었다. 결혼이라는 사실 그 자체에는 어떤 의무가 포함되어 있고, 그 의무는 결혼에서 얼마나 큰 즐거움을 얻을 수 있는가와는 전혀 무관한 것이었다. 그녀는 남편에 대해서 가급적 생각하지 않았다. 그러나 이제 그 도시의 마력이 미치지 않는 멀리 떨어진 곳에 있었으므로, 로마를 생각하면 마음에 몸서리가 쳐졌다. 로마를 떠올리면 냉기가 가슴을 꿰뚫었으므로 그녀는 가든코트의 가장 어두운 곳으로 물러났다. 그녀는 하루하루 미루면서 살았고 눈을 감고 생각하지 않으려고 애썼다. 결정을 해야 한다는 것은 알고 있었지만, 아무것도 결정하지 못했다. 영국에 왔다는 사실 그 자체는 결정이 아니었다. 그때는 그저 떠나온 것이다. 오즈먼드는 아무 소식도 보내지 않았고, 이제 그가 결코 연락하지 않으리라는 것이 분명했다. 그는 모든 일을 그녀에게 맡길 것이다. 팬지에게서도 아무 연락이 없었지만, 그 이유는 분명했다. 그녀의 아버지가 편지를 보내지 못하도록 금지했을 것이다.

터치트 부인은 이사벨이 함께 말벗으로 지내는 것을 받아들이기는 했지만 그녀에게 도움을 주지는 않았다. 부인은 자신의 상황에서 새롭고 편리한 점들을 생각하는 데 몰두하는 것 같았고, 열성적이지는 않지만 대단히 명료하게 생각했다. 터치트 부인은 낙관주의자는 아니었지만 고통스러운 사건들에서도 유용한 점을 끌어낼 수 있었다. 그것은 결국 그런 일들이 자신이 아니라 다른 사람들에게 일어났다는 사실에서 찾아낸 것이었다. 죽음은 불쾌한 일이지만 이번 경우에 죽음을 맞은 것은 아들이었지 자신이 아니었다. 그녀는 자신의 죽음이 당사자인 터치트 부인을 제외하면 어느 누구에게도 불쾌한 일이 되지 않으리라고 자부했다. 그녀는 세상의 온갖 재물과 실로 모든 유가증권을 남기고 떠난 가엾은 랠프보다는 형편이 더 나았다. 터치트 부인이 생각하기에 죽음에서 가장 나쁜 점은 다른 사람들에게 이용당할 처지가 된다는 것이었기 때문이다. 그녀 자신으로 보자면 그녀는 이용당할 틈을 남기지 않았다. 그것처럼 좋은 일은 없었다. 그녀는 이사벨에게 랠프가 유언한 사항들을 지체 없이 — 자기 아들이 땅에 묻힌 바로 그날 저녁에 — 알려 주었다. 그는 어머니에게 모든 것을 이야기했고 모든 것에 대해서 상의했다. 그는 어머니에게 돈을 남기지 않았는데, 물론 그 어머니는 돈이 전혀 필요하지 않았다. 그는 그림과 서적을 제외한 가든코트의 가구 일체를 어머니에게 물려주었고, 그 저택을 1년간 보유한 후에 팔도록 했다. 저택을 매매하여 얻은 돈은 그의 목숨을 앗아간 질병으로 고통받는 가난한 사람들을 위한 병원 설립 기금으로 기증될 것이다. 유서의 이 부분을 집행할 사람으로 워버턴 경이 지명되었다. 은행에서 인출될 그의 나머지 재산은 다양한 사람들에게 돌아갔고, 그중에는 그의 부친이 이미 풍족하게 베풀어 주었던 버몬트의 사촌들에게 상속되는 몫도 있었다. 그 외에도 소소하게 물려주는 유산이 많이 있었다.

「그중 어떤 것들은 아주 특이했어.」 터치트 부인이 말했다. 「내가 이름도 들어 보지 못한 사람들에게 상당한 돈을 남겼단다. 내게 그 명단을 보여 주기에, 그중 몇 명이 누구인지를 물어보았지. 그랬더니 이러저러한 때에 자기를 좋아하는 것 같았던 사람들이라는 거야. 네가 자기를 좋아하지 않았다고 생각한 모양이더구나. 네게는 돈을 한 푼도 남기지 않았으니 말이지. 너는 자기 아버지에게서 풍족하게 물려받았다고 생각하더구나. 나 역시 그렇게 생각한다고 말해야겠지. 물론 그 애가 그것에 대해 불평하는 말을 들었다는 것은 아니야. 그림들도 처분해야 했는데, 그 애는 그 그림들을 하나씩 작은 유품으로 나눠 주었어. 그 소장품 중에서 가장 귀한 그림은 워버턴 경에게 선사했지. 그런데 그 애가 서재를 어떻게 했는지 아니? 정말 농담처럼 늘리겠지만, 서재에 있는 것들을 네 친구 스택폴 양에게 물려주었단다. 〈그녀가 문학에 공헌한 바를 치하하여〉 남긴다고 하더라. 그 아가씨가 로마에서 그 애를 따라오며 돌봐 준 일을 뜻하는 걸까? 그것이 문학에 대한 공헌이냐? 서재에는 희귀본들과 귀중한 책들이 아주 많이 있단다. 그런데 랠프는 그 책들을 가방에 넣어서 들고 온 세상을 돌아다닐 수는 없을 테니 그것들을 경매에서 팔라고 그 아가씨에게 권했어. 물론 그 아가씨는 크리스티 골동품상에서 그 서적들을 팔겠지. 그리고 그 수익금으로 신문사를 차리겠지. 그렇게 하면 문학에 공헌하는 것이냐?」

이 질문에 이사벨은 대답을 하지 않았다. 그것은 그녀가 가든코트에 도착했을 때 그 이모가 꼭 물어봐야겠다고 생각했던 몇 가지 질문을 넘어선 것이었기 때문이다. 게다가 그즈음에 그녀는 그 어느 때보다도 문학에 관심을 느끼지 못했다. 그녀는 터치트 부인이 언급한 희귀본들과 귀중한 서적들을 이따금 하나씩 서가에서 꺼내 보다가 그것을 알게 되었다. 도무지 글자들을 읽어 나갈 수 없었던 것이다. 이처럼 주의를 집중할 수 없었던 때도 없었다. 교회 묘지에서 장례식을 치른 지 일주일쯤 지난 어느 날 오후에 그녀는 주의를 집중하려고 한 시간 동안 애를 썼다. 하지만 그녀의 눈은 손에 들고 있는 책에서 벗어나 열려 있는 창문으로 향하곤 했다. 그 창문에서는 긴 가로수 길이 내다보였다. 이렇게 해서 그

녀는 그 저택으로 다가오는 수수한 마차와 그 구석에 다소
불편해 보이는 자세로 앉아 있는 워버턴 경을 보게 되었다.
그는 언제나 지극히 정중하게 예의를 차리는 사람이었으므
로, 이런 상황에서 터치트 부인에게 문상하기 위해 수고를
아끼지 않고 일부러 런던에서 내려온 것은 놀랍지 않은 일이
었다. 물론 그가 찾아온 사람은 터치트 부인이지, 오즈먼드
부인이 아니었다. 이 가설이 옳다는 것을 스스로에게 증명하
려고 이사벨은 곧 집 밖으로 나와서 정원으로 들어섰다. 가
든코트에 온 후로 그녀는 집을 나선 적이 거의 없었다. 정원
을 산책하기에는 날씨가 좋지 않았던 것이다. 하지만 이날
저녁은 날이 맑았기에, 처음에는 밖에 나오기를 아주 잘했다
는 생각이 들었다. 내가 조금 전에 언급한 가설은 다분히 그
럴듯했지만 그녀는 그 가설에 그리 안심할 수 없었다. 그녀
가 이리저리 거니는 것을 보았더라면 여러분은 그녀의 마음
이 몹시 불편하다고 생각했을 것이다. 15분쯤 지나서 저택을
바라보다가 터치트 부인이 손님과 함께 주랑 현관에 나오는
것을 보았을 때 그녀의 마음은 차분히 진정되지 않았다. 그
녀의 이모가 워버턴 경에게 그녀를 찾으러 나가 보자고 제안
했음이 분명했다. 그녀는 손님을 맞이할 기분이 아니었고,
기회만 있었더라면 큰 나무들 뒤로 숨었을 것이다. 그러나
자신의 모습이 눈에 띄었다는 것을 알았기에 앞으로 걸어갈
수밖에 없었다. 가든코트의 잔디밭은 매우 넓었으므로 그들
에게 다가가는 데 꽤 시간이 걸렸다. 그 사이에 그녀는 워버
턴 경이 안주인 옆에서 걸음을 옮기면서 다소 굳은 자세로
뒷짐을 지고 잔디밭을 바라보고 있는 것을 관찰했다. 두 사
람 모두 입을 다물고 있음이 분명했다. 하지만 이사벨 쪽을

향했을 때 터치트 부인의 메마른 시선에는 어떤 감정이 담겨 있음을 멀리 떨어진 곳에서도 볼 수 있었다. 그 눈빛은 살을 찌를 듯이 날카롭게 말하고 있는 것 같았다. 〈네가 여기 있는 이 탁월하고도 유순한 귀족과 결혼할 수도 있었는데!〉 하지만 워버턴 경이 눈을 들었을 때 그의 눈에 담긴 의미는 그런 것이 아니었다. 그 눈빛은 다만 이렇게 말했다. 〈다소 거북한 상황이군요. 당신이 도와주기를 기대합니다.〉 그는 매우 침울한 얼굴로 매우 적절하게 처신했으며 이사벨이 그를 알게 된 이후 처음으로 미소를 띠지 않고 인사를 건넸다. 번민으로 괴로워하던 때에도 그는 언제나 미소를 지으며 그녀에게 인사했더랬다. 그는 매우 겸연쩍은 표정이었다.

「워버턴 경이 친절하게도 나를 보러 오셨단다.」 터치트 부인이 말했다. 「네가 지금도 여기에 머물고 있는 것을 몰랐다고 하시는구나. 너와 오래전부터 잘 알고 지내던 분이라는 것을 알고 있기에, 네가 집에 없다는 말을 듣고는 직접 너를 찾아보자고 함께 나왔단다.」

「아, 6시 40분에 출발하는 기차가 있더군요. 그것을 타면 만찬에 늦지 않게 돌아갈 수 있을 겁니다.」 워버턴 경은 뜬금 없는 이야기를 꺼냈다. 「당신이 돌아가지 않은 것을 알게 되어 기쁩니다.」

「여기 오래 머물지는 않을 거예요.」 이사벨이 약간 열렬히 말했다.

「그러시겠지요. 하지만 몇 주 계시기를 바랍니다. 예상보다 영국에 빨리 오시게 되었지요?」

「네, 무척 갑작스러웠어요.」

터치트 부인은 저택 주위의 상태를 알아보려는 듯이 고개를 돌렸다. 사실 그것은 바람직한 상태가 아니었다. 그동안 워버턴 경은 약간 망설였다. 이사벨은 그가 그녀의 남편 안부를 물으려고 하다가 다소 당황하여 그만두었다고 생각했다. 그의 엄숙한 표정은 전혀 누그러지지 않았다. 상을 당한 지 얼마 되지 않은 곳에서는 그런 표정을 짓는 것이 적절하다고 생각했기 때문이든지 아니면 더 개인적인 이유가 있기 때문일 것이다. 만일 그가 개인적인 이유를 의식하고 있었다면, 첫 번째 이유를 구실로 삼을 수 있어서 매우 다행이었다. 그는 그 이유를 최대한 이용할 수 있을 것이다. 이사벨은 이런 점들을 모두 생각했다. 그가 슬픈 표정을 짓고 있었던 것은 아니었다. 슬픔이란 전혀 다른 문제니까. 그게 아니라 그의 표정은 낯설게도 무표정했다.

「당신이 여기 계시는 것을 알았더라면 내 누이들이 무척 반가워하며 방문했을 겁니다. 당신이 그들을 만나 주실 거라고 생각했으면 말이지요.」워버턴 경이 말을 이었다. 「영국을 떠나기 전에 동생들을 만나 주시면 기쁘겠습니다.」

「저도 무척 기쁠 거예요. 누이분들에 대해서 아주 다정하게 기억하고 있어요.」

「하루나 이틀 정도 로클리에 오실 생각이 있으신지 모르겠군요? 아시다시피 예전에 약속을 해주셨으니까요.」그 귀족은 이렇게 제안하면서 약간 얼굴을 붉혔고, 그러면서 그의 얼굴은 약간 친숙한 모습을 드러냈다. 「어쩌면 지금은 이런 제안을 하기에 좋은 형편이 아니겠지요. 물론 방문하실 생각을 하지 않으실 테고요. 하지만 제가 말하려던 것은 방문이랄 것도 없을 겁니다. 누이들이 성령 강림절 주간에 닷새 동안 로클리에 와서 지낼 겁니다. 영국에 오래 머물지 않으실 거라고 하시니, 그때 오실 수 있다면 말 그대로 다른 사람은 아무도 없도록 해놓겠습니다.」

이사벨은 그와 결혼할 아가씨도 그 모친과 함께 방문하지 않을 것인지 궁금했다. 하지만 그녀는 이 생각을 입에 올리지 않고 이렇게 말했다. 「대단히 감사합니다. 하지만 성령 강림절에는 어떻게 될지 모르겠어요.」

「그렇지만 언젠가 다른 때에 오시기로 약속하신 겁니다. 그렇지요?」

이 말은 질문을 담고 있었지만 이사벨은 대답하지 않았다. 그녀는 상대방을 잠시 바라보았고, 그러자 전에도 그랬듯이 그에 대해 안쓰러운 마음이 들었다. 「기차를 놓치지 않도록 주의하셔야지요.」 그녀가 말했다. 그러고 나서 덧붙였다. 「결혼을 축하드려요.」

그는 전보다 더 얼굴을 붉혔고 시계를 바라보았다. 「아, 네, 6시 40분 기차였죠. 시간이 많이 남지는 않았지만 문 앞에 삯마차를 대기시켜 놓았어요. 매우 고맙습니다.」 고맙다는 인사가 기차를 타야 할 일을 상기시켜 주어서인지 아니면 축하한다는 더욱 감상적인 발언에 대한 것인지는 명확하지 않았다. 「안녕히 계십시오, 오즈먼드 부인. 안녕히.」 그는 그녀의 눈을 바라보지 않고 악수했고, 그런 다음에 다른 곳을 돌아보다가 돌아온 터치트 부인에게로 몸을 돌렸다. 그는 부인과도 똑같이 신속하게 작별 인사를 나누었다. 다음 순간에 두 숙녀는 그가 큰 걸음으로 잔디밭을 가로지르는 것을 보았다.

「워버턴 경이 결혼할 예정이라고 확신하세요?」 이사벨이 이모에게 물었다.

「내가 당사자보다 더 확신할 수야 없겠지. 그는 확신하는 것 같더구나. 그에게 축하한다고 말했더니 그 인사를 받아들였어.」

「아,」이사벨이 말했다.「저는 도저히 모르겠어요!」그 사이에 터치트 부인은 집으로 돌아가서 손님 때문에 중단되었던 일을 하려고 몸을 돌렸다.

그녀는 그 생각을 그만두기로 했지만 그래도 계속 그 생각이 떠올랐다. 드넓게 펼쳐진 잔디밭 위에 긴 그림자를 드리운 커다란 참나무 밑을 다시 거닐면서 그 일에 대해 생각했다. 몇 분 지난 후 그녀는 녹슨 긴 의자에 다가서게 되었다. 그 의자를 바라보고 있으려니 잠시 후 그 의자를 알고 있다는 생각이 떠올랐다. 그 의자를 전에 본 적이 있었다거나, 그 위에 앉아 본 적이 있다는 것은 아니었다. 바로 그 의자에서 중요한 일이 벌어졌고, 무언가를 연상시키는 분위기가 그곳에 감돌고 있었던 것이다. 그러자 6년 전에 그곳에 앉아 있을 때 하인이 다가와서 그녀를 따라 유럽에 왔음을 알리는 캐스퍼 굿우드의 편지를 전해 주었고, 그 편지를 읽고 고개를 들었을 때 워버턴 경이 다가와서 결혼하고 싶다고 선언했던 일이 떠올랐다. 그 긴 의자는 실로 역사적으로 중요하고 흥미로운 곳이었다. 그녀는 그 긴 의자가 자신에게 할 말이 있기라도 한 듯이 그것을 바라보았다. 이제는 그곳에 앉지 않을 것이다. 어쩐지 그 긴 의자가 두려워졌다. 그녀는 그저 그 앞에 서 있었다. 그렇게 서 있는 동안 감수성이 예민한 사람들에게 아무 때나 들이닥치는 격정의 파도처럼 과거의 일들이 밀려왔다. 이 감정의 동요 때문에 그녀는 갑자기 몹시 피곤하다는 생각이 들었고, 그래서 망설임을 억누르고 녹슨 긴 의자에 주저앉았다. 이미 말했듯이 그녀는 불안했고 마음을 가다듬을 수 없었다. 만일 여러분이 그곳에 있는 그녀를 보았더라면, 불안하다는 형용사가 적절하다고 생각하든 그렇지 않았든 간에 적어도 이 순간은 그녀가 나태함에 젖은 인물로 보인다고 인정했을 것이다. 그녀의 자세는 희한하게도 아무 목적도 없는 사람처럼 보였다. 그녀의 손은 옆으로 축 늘어져 검은색 드레스의 주름 속에 파묻혀 버렸다. 눈은 멍하니 앞을 바라보았다. 그녀가 집으로 들어가야 할 일도 없었다. 사람들과 교류하지 않고 집 안에 틀어박혀 지내면서 두 숙녀는 일찍 식사를 했고 일정치 않은 시간에 차를 마셨다. 자신이 이런 자세로 얼마나 오래 앉아 있었는지 그녀는 알 수 없을 것이다. 그러나 어스름이 점점 짙어졌을 때 자기 혼자 있는 것이 아니라는 느낌이 들었다. 그녀는 급히 몸을 똑바로 펴고 주위를 돌아보고는 자신이 홀로 누리고 있던 고적함이 달라졌다는 것을 알았다. 캐스퍼 굿우드와 함께 나누고 있었던 것이다. 그는 몇 미터 떨어진 곳에서 그녀를 바라보며 서 있었다. 가까이 다가오는 발소리가 잔디밭에 흡수되어 들리지 않았던 것이다. 이 와중에도 그녀의 머릿속에는 예전에 바로 이런 식으로 워버턴 경이 걸어와서 자신을 깜짝 놀라게 했던 일이 스쳤다.

그녀는 즉시 일어섰다. 굿우드는 그녀가 자기 모습을 보았다는 것을 알게 되자 성큼 앞으로 걸어 나왔다. 그녀가 일어서자마자 그는 그녀의 손목을 붙잡아서 다시 의자에 주저앉혔다. 그 동작은 난폭하게 보였지만 그녀에게 뭐라 말할 수 없는 느낌을 일으켰다. 그녀는 눈을 감았다. 그가 그녀를 다치게 한 것은 아니었다. 그저 가볍게 붙잡아 앉힌 것이었고 그녀는 순순히 그에 따랐다. 그러나 그의 얼굴에는 그녀가 보고 싶지 않았던 무엇인가가 어려 있었다. 그것은 얼마 전 교회 묘지에서 그녀를 바라보던 때의 눈빛과 똑같았다. 다만 지금은 그 눈빛이 더 고약해졌을 뿐이었다. 그는 처음에 아무 말도 하지 않았다. 그녀는 다만 그가 가까이 있다는, 긴 의자의 옆자리에 앉아서 간절히 그녀를 향하고 있다는 것을 느낄 수 있을 뿐이었다. 어느 누구도 이렇게 가까이 있었던 적은 없다는 느낌이 들기도 했다. 하지만 이 모든 것이 순식간에 일어난 일이었다. 그녀는 곧 손목을 빼면서 그 손님을 바라보고 말했다. 「당신 때문에 깜짝 놀랐어요.」

「그럴 생각은 없었어요.」 그가 대답했다. 「그렇지만 당신을 좀 놀라게 했더라도 상관없습니다. 런던에서 기차를 타고 온 지 꽤 되었지만 곧장 여기로 올 수 없었어요. 기차역에서 어떤 사람이 나를 앞질렀거든요. 그가 거기 있던 삯마차를 타더니 여기로 가자고 말하더군요. 그가 누구인지 모릅니다만 그 사람과 함께 오고 싶지 않았어요. 당신과 단둘이 만나고 싶었으니까요. 그래서 걸어다니면서 기다렸습니다. 여기까지 걸어왔고, 저택 안으로 막 들어서려던 순간에 여기 있는 당신을 보았어요. 문지기를 만나기는 했지만 그건 상관없었습니다. 당신의 사촌과 함께 여기 왔을 때 그 사람과 안면을 터두었으니까요. 그 신사는 돌아갔습니까? 정말 혼자 있는 겁니까? 당신에게 말하고 싶었습니다.」 굿우드는 매우 빨리 말했다. 그는 로마에서 헤어졌을 때처럼 무척 흥분한 상태였다. 이사벨은 그런 상태가 차차 진정되기를 바랐다. 그러나 그 흥분이 오히려 더욱 고조되었을 뿐임을 알고 그녀는 움츠러들었다. 그녀는 예전에 알지 못했던 새로운 느낌이 들었다. 그가 전에는 그런 기세를 내보인 적이 없었다. 그것은 위험한 감정이었다. 실로 그의 결의는 참으로 무시무시하게 보였다. 그녀는 똑바로 앞을 바라보았다. 그는 양 무릎에 손을 올려놓고 몸을 앞으로 숙인 채 그녀의 얼굴을 깊이 들여다보았다. 어스름이 그들의 주위에서 더욱 짙어지는 것 같았다. 「당신에게 말하고 싶었어요.」 그가 되풀이해서 말했다. 「특히 말하고 싶은 것이 있습니다. 나는 당신을 괴롭히고 싶지 않아요. 전에 로마에서는 그랬지만 말이죠. 그래 봐야 아무 소용도 없었어요. 그저 당신을 괴롭혔을 뿐이지. 나는 어쩔 수 없었어요. 내가 잘못하고 있다는 것을 알고 있었어요. 하지만 지금은 잘못된 것이 아닙니다. 내가 잘못하고 있다고 생각하지 마세요.」 말을 이어 가는 동안 그의 거친 저음의 목소리는 한순간 간청으로 변했다. 「내가 오늘 여기 온 것은 목적이 있어서입니다. 전과는 전혀 다르지요. 그때는 당신에게 말해 봐야 허사였어요. 하지만 지금은 당신을 도울 수 있습니다.」

자신이 겁을 먹었기 때문인지 아니면 어둠 속에서 울리는 그런 목소리가 당연히 은혜롭게 들리기 때문인지 알 수 없겠지만 이사벨은 예전과 달리 온 정신을 집중해서 그의 말에 귀를 기울였다. 그의 말은 그녀의 영혼에 깊이 파고들었고, 그녀의 몸과 마음을 고요하게 만들어 주었다. 조금 후에 그녀는 어렵사리 대답했다. 「당신이 나를 어떻게 도울 수 있다는 건가요?」 그녀는 나지막한 목소리로 물었다. 마치 그의 말을 무척 진지하게 받아들여서 신뢰하는 마음으로 물어볼 수 있는 것 같았다.

「당신이 나를 신뢰하게 함으로써 도울 수 있습니다. 이제

나는 알고 있어요. 이제는 알고 있습니다. 전에 로마에서 당신에게 무엇을 물어보았는지 기억해요? 그때는 정말 아무것도 몰랐어요. 하지만 이제는 확실한 소식통에게 들어서 알고 있어요. 지금은 모든 일이 명료합니다. 당신이 내게 당신 사촌과 함께 떠나도록 한 것은 좋은 일이었어요. 그는 좋은 분이고, 훌륭한 분이고, 단연 최고에 속하는 분입니다. 그분이 당신의 사정이 어떤지를 말해 주셨어요. 모든 것을 설명해 주셨지요. 내 감정을 짐작하셨고요. 당신의 가족으로서 그분은 당신을 — 당신이 영국에 머물러 있는 한 — 돌봐 달라고 내게 맡기셨어요.」 굿우드는 마치 중요한 점을 강조하듯이 말했다. 「그분을 마지막으로 뵈었을 때 뭐라고 말씀하셨는지 아세요? 거기 임종을 맞을 자리에 누워 계시면서. 이렇게 말하셨어요. 〈그녀를 위해서 당신이 할 수 있는 일을 전부 다 하십시오. 그녀가 허락하는 한 모두 다 하십시오.〉」

이사벨은 벌떡 일어섰다. 「당신들은 나에 대해서 의논할 권리가 없었어요!」

「왜 없다는 말입니까? 우리가 그런 식으로 이야기했는데, 왜 안 된다는 말입니까?」 그는 그녀를 따라 곧 일어서며 따져 물었다. 「그런 데다 그분은 죽어 가고 있었어요. 임종을 맞는 사람의 말은 특별합니다.」 그녀는 그를 두고 가버리려던 몸짓을 억제했다. 그녀는 전보다 더 열중해서 귀를 기울였다. 그가 지난번과 같지 않다는 것은 사실이었다. 전에는 목적도 없고 결실도 없는 열정이었지만 지금 그는 어떤 생각을 갖고 있었다. 그것을 그녀는 온몸으로 감지했다. 「하지만 그건 중요하지 않아요!」 그는 지금 그녀의 옷자락 끝도 건드리지 않았지만 그녀를 더욱 세차게 압박하며 소리쳤다. 「터치트 씨가 입을 열지 않았더라도 나는 어떻든 알았을 겁니다. 당신 사촌의 장례식에서 당신을 보기만 했어도 당신에게 어떤 문제가 있는지 알았을 겁니다. 당신은 더 이상 나를 속일 수 없어요. 제발 당신에게 정직한 남자에게 솔직하게 대해 주세요. 당신은 세상에서 가장 불행한 여자이고 당신 남편은 가장 지독한 악마입니다.」

그녀는 그가 뺨이라도 후려친 듯이 그를 바라보았다. 「당신 미쳤어요?」 그녀가 소리쳤다.

「이처럼 정신이 말짱했던 적은 없습니다. 이제 모든 것을 명확히 보게 되었어요. 당신 남편을 변명해 줘야 한다고 생각하지 마세요. 하지만 이제 그를 비판하는 말은 일절 삼가겠어요. 오로지 당신에 대해서만 말할 겁니다.」 굿우드가 재빨리 덧붙였다. 「당신이 비탄에 빠져 있지 않다고 말할 수 있겠어요? 당신은 무엇을 해야 할지도 모르고, 어디를 바라봐야 할지도 모릅니다. 연기를 하기에는 너무 늦었어요. 연기 따위는 전부 로마에 두고 오지 않았나요? 터치트 씨는 모두 알고 있었어요. 나도 알고 있었지요. 당신이 여기 오기 위해서 어떤 대가를 치러야 하는지를. 목숨을 잃을 수도 있었겠지요? 그랬다고 말해 줘요.」 이 부분에서 그는 불끈 화를 냈다. 「한 마디라도 진실을 말해 줘요! 그런 끔찍한 일을 알게 되었을 때, 당신을 구하고 싶은 마음이 들지 않을 수 있겠어요? 당신이 그 보복을 받으러 돌아가는 것을 가만히 서서 바라보고만 있다면, 당신은 나를 어떻게 생각하겠어요? 〈이사벨은 그 대가로 무시무시한 일을 치러야 할 겁니다!〉 터치트 씨가 바로 이렇게 말하셨어요. 이 말을 당신에게 들려줘도 괜찮겠죠. 그렇지 않아요? 그분은 아주 가까운 친척이었으니까요!」굿우드는 기이하고도 완강하게 그 점을 다시 강조하면서 소리쳤다. 「나는 다른 사람이 그런 말을 하도록 내버려 두는 것보다는 차라리 총에 맞는 편을 택했을 겁니다. 하지만 그분은 달랐죠. 내 생각에 그분은 그런 말을 할 권리가 있었어요. 자기 집에 도착한 다음에, 자신의 죽음이 임박했다는 사실을 본인도 알고 나도 알 수 있었을 때, 그렇게 말씀하시더군요. 나는 모든 것을 이해합니다. 당신은 돌아가기를 두려워하고 있어요. 당신은 완전히 홀로 내던져진 처지입니다. 어디를 바라보아야 할지를 모르고 있어요. 어디로도 향할 수 없고요. 당신은 그런 사실을 더할 나위 없이 잘 알고 있습니다. 자, 그러니 나를 생각해 주기 바랍니다.」

「당신을 생각하라고요?」이사벨은 어둠 속 그의 앞에 선 채 말했다. 그녀가 조금 전에 언뜻 포착한 생각이 이제 점점 거대해지며 어렴풋이 드러났다. 그녀는 고개를 약간 뒤로 젖혔고, 마치 하늘에 나타난 혜성이라도 되는 듯 그 생각을 응시했다.

「당신은 어디로 향해야 할지 모르고 있어요. 곧바로 나를 향해 돌아서 주세요. 나를 믿어 달라고 설득하고 싶습니다.」굿우드는 되풀이해서 말했다. 그러고 나서 눈을 반짝이며 잠시 멈추었다. 「당신이 왜 돌아가야 합니까? 왜 그런 소름 끼치는 일을 겪어야 하는 겁니까?」

「당신에게서 달아나기 위해서!」그녀가 대답했다. 그러나 이 말은 그녀가 느낀 감정의 일부를 표현한 것에 불과했다. 그 나머지는 그녀가 전에 사랑을 받은 적이 없었다는 느낌이었다. 그녀는 사랑을 받았다고 믿었지만 이번은 달랐다. 이 사랑은 사막의 뜨거운 바람이었고, 그 바람이 접근하자 다른 사랑들은 정원의 감미로운 공기처럼 자취를 감추고 말았다. 그 바람은 그녀를 감싸서 공중으로 들어 올렸고, 그 사이에 특효약처럼 역하고 독특한 그 맛이 악물었던 그녀의 이를 억지로 벌려 놓았다.

처음에는 그녀의 말에 대한 대답으로 그가 더 거칠게 소리를 지를 것 같았다. 그러나 금세 그는 더없이 차분해졌다. 그는 정신이 말짱하다는 것을 입증하고 싶었으므로 차분하게 논리적으로 이야기했다. 「나는 그런 일을 막고 싶고, 그렇게 할 수 있다고 생각합니다. 당신이 한 번만 내 말에 귀를 기울여 주면 말이지요. 당신이 그 비참한 상태에 다시 빠지고 당신의 입으로 그 유독한 공기를 마시겠다고 생각한다면 너무도 어처구니없는 일입니다. 정신이 나간 사람은 바로 당신이에요. 내게 당신을 보살필 권리가 있는 듯이 나를 믿어 주십시오. 왜 우리가 행복해서는 안 됩니까? 행복이 여기 우리 앞에 있고, 너무나 쉽게 손에 넣을 수 있는데? 나는 영원히 당신 것입니다. 영원히, 언제까지나. 이 자리에 나는 바위처럼 확고하게 버티고 있습니다. 당신이 걱정할 것이 뭐가 있습니까? 당신에게는 아이가 없어요. 아이가 있었다면 아마 장애가 되었겠지요. 현재로서는 당신이 고려해야 할 일이 아무것도 없습니다. 될 수 있는 대로 당신의 생명을 구해야 해요. 한 부분을 잃었다고 해서 전체를 잃어서는 안 됩니다. 당신이 체면을 염려한다든지 사람들이 수군거리는 말이나 한없이 바보 같은 세상의 평판을 걱정할 거라고 생각한다면 당신에 대한 모욕이 되겠지요. 우리는 그런 것들을 상관할 필요가 없습니다. 그런 것들에서 완전히 벗어났으니까요. 우리는 있는 그대로 사물을 보고 있습니다. 당신이 로마를 떠나온 것은 대단한 결단이었어요. 그다음은 별것 아닙니다. 자연스럽게 이어지는 것이지요. 누군가에게서 고의적인 고통을 받은 여자는 그 어떤 일을 하더라도 정당하다고 나는 여기서 맹세할 수 있습니다. 본인에게 도움이 된다면 창녀가 된다 하더라도 말이지요. 나는 당신이 어떻게 고통을 받고 있는지 알고 있고, 그래서 지금 이 자리에 있는 겁니다. 우리는 완전히 우리가 원하는 대로 할 수 있어요. 이 세상 누구에게도 신세를 지지 않았으니까요. 우리를 억누르는 것이나, 이런 문제에 조금이라도 간섭할 권리를 가진 것이 있을까요? 이것은 우리 두 사람만의 문제입니다. 이 말은 곧 결정을 내리는 것이나 다름없어요! 우리가 이 세상에 태어나서 비참한 마음으로 썩어 가야 합니까? 두려움에 시달리도록 태어났을까요? 나는 당신이 두려움에 떠는 모습을 한 번도 본 적이 없었어요! 당신이 나를 믿어 주기만 한다면, 당신은 실망하지 않을 겁니다! 우리 앞에 온 세상이 펼쳐져 있어요. 그리고 세상은 대단히 넓습니다. 나는 세상에 대해 좀 알고 있어요.」

이사벨은 상처를 입은 동물처럼 한참 중얼거렸다. 마치 그녀의 아픈 상처를 그가 눌러 대고 있는 것 같았다. 「세상은 무척 좁아요.」 그녀가 되는 대로 말했다. 그의 말에 저항하는 듯이 보이기를 무척이나 바랐다. 그 말은 뭐라고 대답하기 위해서 아무렇게나 발설한 것이었지, 진심이 담긴 대답은 아니었다. 사실 세상이 이토록 넓어 보인 적은 없었다. 세상은 그녀의 주위에 넓게 펼쳐지는 거대한 바다의 이미지로 떠오르는 것 같았고, 바닥 모를 그 깊은 물속에서 그녀는 표류하고 있었다. 그녀는 도움을 원했고, 여기 그녀에게 내밀어진 도움의 손길이 있었다. 그것은 세찬 급류에 실려 다가 왔다. 나는 그녀가 그의 말을 전부 믿었는지 어떤지는 모르겠다. 하지만 바로 그 순간에 그녀는 죽음 다음으로 좋은 일은 그가 자신을 끌어안도록 그냥 내버려 두는 것이라고 믿었다. 잠시 이 믿음은 황홀한 기쁨이었고, 그녀는 그 기쁨 속으로 점점 침잠하는 자신을 느꼈다. 그렇게 가라앉으면서 몸을 바로잡고 발 디딜 곳을 찾기 위해서 발로 여기저기를 차보는 것 같았다.

「아, 내가 당신 것이듯이 내 사람이 돼주십시오!」 상대방이 외치는 소리가 들려왔다. 그는 갑자기 설득을 중단했고, 그의 목소리는 더 희미하고 혼란스러운 소리들 사이로 거칠고 무시무시하게 들려오는 것 같았다.

하지만 이것은 물론 형이상학자들이 말하는 주관적 사실일 뿐이다. 이 혼란스러운 소음과 요란한 물결 소리, 그 외의 것들 모두 그녀의 어지러운 머릿속에서 일어난 일이었다. 「제발 내 부탁을 들어 주세요.」 그녀가 숨을 헐떡이며 말했다. 「돌아가 주시기를 간절히 바랍니다!」

「아, 그런 말은 하지 마요. 나를 죽이는 일이니까!」 그가 소리쳤다.

그녀는 양손을 꽉 움켜쥐었다. 두 눈에서 눈물이 흘러내리고 있었다. 「당신이 나를 사랑하니까, 나를 동정하니까, 나를 그냥 내버려 두세요!」

그는 어둠 속에서 번득이는 눈으로 한순간 그녀를 바라보았다. 다음 순간에 그녀는 자기를 그러안은 그의 팔과 자신의 입술에 닿은 그의 입술을 느꼈다. 그의 키스는 흰빛으로 번득이는 번개 같았다. 그 섬광은 산산이 퍼지고, 또다시 퍼져 나가고, 그리고 잠시 중단되었다. 그의 키스를 받는 동안 희한하게도 그의 견고한 남성성에서 가장 마음에 들지 않던 것들, 즉 그의 얼굴과 몸과 존재의 공격적인 점들이 각각 그 강렬한 본성을 정당화했고 이 소유의 행위와 일체를 이뤘다는 느낌이 든 것 같았다. 난파된 사람들이 물속에서 가라앉기 전에 일련의 이미지들을 보게 된다는 이야기를 들은 적이 있었다. 그러나 번개가 멎고 다시 어두워졌을 때 그녀는 자유로웠다. 그녀는 주위를 전혀 돌아보지 않았다. 그저 그 자리에서 쏜살같이 달아났을 뿐이었다. 저택의 창문에서 새어 나온 불빛이 잔디밭을 가로질러 멀리까지 비추고 있었다. 놀랍게도 짧은 시간에 ― 그 거리가 상당했으므로 ― 그녀는 (아무것도 보이지 않았으므로) 어둠을 뚫고 달려서 현관문에 이르렀다. 그곳에 이르러서야 숨을 돌렸다. 주위를 돌아보고 잠시 귀를 기울였다. 그러고는 빗장에 손을 올려놓았다. 그녀는 어디로 방향을 돌려야 할지를 알지 못했다. 하지만 이제는 알고 있었다. 일직선으로 곧게 나 있는 길이 있었다.

이틀 후 캐스퍼 굿우드는 헨리에타가 가구 딸린 방을 얻어서 지내고 있는 웜폴 가의 집 문을 두드렸다. 그가 노커에서 손을 떼기가 무섭게 문이 열렸고 바로 스택폴 양이 그의 앞에 모습을 드러냈다. 그녀는 모자를 쓰고 재킷을 입고 있었고 막 외출하려던 참이었다. 「아, 안녕하세요.」 그가 말했다. 「오즈먼드 부인을 만나려고 찾아왔습니다.」

헨리에타가 곧 대답을 하지 않았기에 그는 기다려야 했다. 하지만 입을 다물고 있어도 스택폴 양의 얼굴은 표정이 풍부했다. 「아니, 어떻게 이사벨이 여기 있을 거라고 생각하셨어요?」

「오늘 아침에 가든코트에 내려갔는데, 그녀가 런던으로 떠났다고 하인이 알려 주더군요. 당신을 찾아갔을 거라고 그가 말했습니다.」

또다시 스택폴 양은 더없이 친절한 의도로 그의 애를 태웠다. 「이사벨이 어제 여기 왔어요. 하룻밤을 보냈죠. 그렇지만 오늘 아침에 로마로 떠났어요.」

캐스퍼 굿우드는 그녀를 쳐다보지 않았고, 그의 시선은 계단에 고착되어 있었다. 「아, 그녀가 떠났다고 —?」 그는 말을 더듬었다. 그러더니 말을 끝내지도 않고 올려다보지도 않으며 뻣뻣하게 굳은 자세로 몸을 돌렸다. 그러나 더 이상은 움직일 수 없었다.

헨리에타는 집을 나와서 문을 닫았다. 그러고는 손을 내밀어 그의 팔을 잡았다. 「저, 굿우드 씨,」 그녀가 말했다. 「그저 기다리세요!」

그 말에 그는 그녀를 올려다보았다. 그러나 그녀의 얼굴에서 짐작할 수 있었던 것은, 몹시 불쾌하게도, 그저 그가 젊다는 뜻으로 말했다는 것이었다. 그녀는 그렇게 값싼 위로의 빛을 던져 주며 서 있었고, 그러자 그 순간 그의 인생에 30년의 세월이 더해진 것 같았다. 하지만 그녀는 이제 그에게 참을성의 비결을 알려 주기라도 한 듯이 그와 함께 걸어갔다.

역자 해설
자유로운 의식을 향한
갈망의 드라마

  헨리 제임스의 걸작으로 일컬어지는 소설 『여인의 초상』
은 해가 기울어 가는 여름날에 고요하고 아름다운 영국 시골
대저택의 잔디밭에서 한가롭게 차를 마시며 담소를 나누는
세 남자를 묘사한 장면으로 시작한다. 한 편의 그림처럼 목
가적인 풍경에 갑자기 나타나서 마치 소설 같다고, 이토록
아름다운 곳은 본 적이 없다고 말하는 미국인 아가씨 이사벨
아처의 몇 년간의 행적이 이 소설의 주된 내용을 이룬다.

  이 작품은 미국판 신데렐라가 최악의 선택을 함으로써 자
유롭게 살아가려던 꿈을 이루지 못하고 지극히 타산적인 인
간들의 덫에 갇혀 꼼짝달싹할 수 없는 질곡에 빠진 운명을
그린 멜로드라마처럼 보인다. 하지만 대중소설적이고 선정
적인 요소를 담고 있음에도 이 소설의 의미는 결코 명쾌하지
않아서 오히려 독자들을 혼란스럽기 그지없게 만들고 숱한
의문을 남기는 것이 사실이다. 출간 당시부터 독자들이 스
토리를 즐길 수 있는 게 아니라 연구를 해야 하는 작품에 만
족할 수 있겠느냐는 비판이 제기되어 왔고, 이후 이 작품에
대한 무수한 논평과 비평이 쏟아져 나온 것도 그만큼 그 의

미를 포착하기 어렵기 때문일 것이다.

　이 작품의 의미가 명료하지 않은 것은 무엇보다도 이 소설이 여러 인물의 복잡 미묘한 내면의 세계를 암시적이고 상징적인 서술 방식과 함축적 대화로 그려 내기 때문일 것이다. 제임스는 조지 엘리엇에 대해 평가하면서, 그녀가 자신의 인물들을 너무 잘 알고 있어서 자신의 논평 안에 인물들을 가두었다고 비판했고 인물을 실제 생활에서와 마찬가지로 독자가 보고 추리할 수 있도록 유연한 방식으로 〈보여 주어야〉 한다고 주장했다. 그러므로 그의 소설은 인물과 사건에 대한 친절한 설명을 들려주는 것이 아니라 탐정 소설의 미스터리처럼 여러 암시를 곳곳에 심어 두고, 독자로 하여금 퍼즐을 맞추듯이 그 암시를 단서로 삼아 인물의 성격과 의미를 찾아내게 한다. 이런 서술 방식이 독자의 호기심과 긴장감, 스릴을 유발하는 미덕은 있겠지만 서로 상충하는 복잡다단한 암시들이 공존할 때는 독자의 혼란을 야기할 수밖에 없을 것이다.

　이 소설에서 가장 큰 미스터리는 이사벨이 어떤 동기로 워버턴 경과 굿우드의 청혼을 거절하는가, 반면에 오즈먼드의 청혼은 왜 받아들이는가, 그리고 작품의 결말에서 자신의 결혼이 완전한 실패였음을 자각한 후에도 왜 로마로 돌아가는가, 하는 문제일 것이다. 결국 이 의문들은 이사벨 아처가 과연 누구이고, 무엇을 원하며 어떠한 삶을 살고자 했는가, 하는 문제로 귀결될 수 있을 것이다. 이 작품의 의미가 모호하게 여겨지는 가장 큰 이유는 바로 여주인공의 정체가 확연히 새겨지지 않기 때문이다.

　작품 초반부의 6장에서 제임스는 이사벨이 놀랄 정도로

상상력이 풍부하고 자기 나름의 이론이 많은 아가씨라고 묘사한다.

이 아가씨는 어떤 고귀한 상상력을 갖고 있었고, 그 상상력이 그녀에게 많은 도움을 주기도 했지만 그녀를 기만하는 일도 많았다. 그녀는 아름다움과 용감함, 관대함을 상상하면서 자기 시간의 절반을 보냈다. 그러면서 세상을 밝은 곳, 자유롭게 확장되는 곳, 매혹적인 행동을 할 수 있는 곳으로 간주하겠다고 확고히 결심했다. 겁을 내거나 부끄러워하는 것은 혐오스럽기 그지없다고 생각했다. 자신이 그릇된 일을 저지르는 경우는 절대로 없기를 끝없이 바랐다. (본문 106면)

때로 그녀는 언젠가 어려운 상황에 처하기를 바라기도 했다. 그러면 그 상황에 필요한 대로 얼마든지 영웅적인 인물이 되면서 기쁨을 누릴 수 있으리라고 생각해서였다. 전체적으로 볼 때 그녀의 지식은 빈약했고 이상은 잔뜩 부풀어 있었다. 그녀의 자신감은 순진하면서도 독단적이었고, 기질은 엄격하면서도 너그러웠다. 또한 호기심이 강하면서도 까다로웠고, 쾌활하면서 동시에 냉담하기도 했다. 매우 멋지게 보이기를 바라고 가능하면 더 나아지기를 바랐으며, 자신이 직접 보고 시도하고 지식을 쌓겠다고 결심하고 있었다. 그녀의 섬세하고 변덕스러운 불꽃 같은 정신은 상황에서 빚어진 열성적이고 개인적 성격과 결합되어 있었다. 만일 이사벨이 독자들에게 더욱 다정하고 더 순수한 기대에 찬 충동을 일깨우도록 의도된 인물이 아니라면 그녀는 엄정한 비판을 받기 십상이리라. (본문 107~108면)

풍부한 상상력으로 이상적인 것을 꿈꾸는 이 아가씨에 대해서 제임스는 아이러니한 시선으로 그녀의 빈약한 지식이며 과장된 이상, 순진하면서도 독단적인 자신감을 지적한다. 그녀는 책벌레이면서도 그렇게 여겨지는 것을 싫어하고, 사람들이 자신을 우월한 존재로 대하는 것이 옳다고 생각하기도 하며, 자신의 의견이 옳다고 여기는 일이 많기 때문에 〈자만심의 죄를 저지를 가능성〉이 있고 또 자신을 대단하게 생각하기에 이기주의자라고 불릴지 모른다고 염려하기도 한다. 또한 남들의 마음에 들게 행동하려는 억누를 수 없는 욕망을 갖고 있다. 이처럼 서로 모순되기도 하는 다양한 특성의 서술적 나열을 통해 드러나는 이사벨 아처의 모습은 그리 선명치 않고, 다만 낭만적 열망을 지닌 아가씨로서 앞으로의 경험을 통해 검증되어야 할 무정형의 자아라는 인상을 준다.

영국의 비평가들은 영국 문학 작품에 등장하는 여주인공들과 이사벨 아처의 공통점에 주목했고, F. R. 리비스는 이 작품이 조지 엘리엇의 『대니얼 데론다 *Daniel Deronda*』에 등장하는 그웬덜린 할레스 이야기의 변주라고 말하기도 했다. 자신을 우월한 존재로 여기고 자기중심적으로 세상을 재단한다는 점에서 이사벨은 그웬덜린과 비슷하고, 이 두 여성모두 결혼 후 상대의 의지를 말살하려는 마키아벨리적 남편으로 인해 덫에 갇힌 동물처럼 대상화, 사물화된다는 점에서 그들의 운명에는 공통점이 있다. 그러나 그웬덜린과 달리 이사벨이 갖고 있는 이상적 열망은 오히려 조지 엘리엇의 『미들마치 *Middlemarch*』의 여주인공 도로시아 브룩의 정신적 열망을 연상시킨다. 자신의 열망을 구현해 줄 듯한 남자와 결혼하지만 그것이 결정적인 착오였음을 알게 되는 점에 있어서도 둘의 운명은 다분히 유사하다. 또한 자신의 판단에 대한 독단적 믿음과 인식의 오류에 있어서 이사벨은 제인 오스틴의 『엠마』의 여주인공을 연상시키기도 한다. 더욱이 소설 초반에 유령에 대해 질문을 던지는 이사벨의 모습은 제인 오스틴의 『노생거 수도원』의 캐서린 몰런드를 떠올리게 하기도 한다. 이렇게 보면 이사벨 아처라는 아가씨는 19세기 영국의 중요한 소설가 제인 오스틴과 조지 엘리엇의 여러 여주인공들의 특성을 결합시켜 놓은 듯하다.

그러나 영국 소설의 여주인공들과 달리 이사벨의 고유한 특성이라고 볼 수 있는 것은 자기가 독립적인 존재이며 자유를 사랑한다고 누차 강조한다는 점이다. 그녀는 이모가 자신을 양녀로 삼은 모양이라는 랠프의 농담에 정색을 하며 자신은 독립적인 존재이지 양녀로 들어갈 사람이 아니라고 반박한다. 그녀가 워버턴 경의 청혼을 받았을 때 물질적, 세속적 가치에 흔들리지 않고 거부하는 것은 자신의 독립적이고 자유로운 의지를 보여 준다고 볼 수 있다. 하지만 그녀의 독립성과 자유가 과연 어떤 내용을 담고 있고 무엇을 지향하는가라는 문제는 이 소설에서 모호한 암시로 가려져 있어 의미의 혼란을 가중시킨다.

자유와 독립성의 의미에 대해서 중요한 단서를 제공하는 것은 미국 비평가들인데, 토니 태너와 해럴드 블룸을 위시한 미국의 비평가들은 R. W. 에머슨에서 이어지는 미국 초절주의 전통과 헨리 제임스 소설의 연관성을 지적하며 이사벨을 〈에머슨의 딸〉이라고 부르기도 한다. 미국 여성으로서 이사벨의 열망은 미국 초절주의 사상의 정신적 가치에 물들어 있을 수 있다. 작품 초반, 비가 내리는 울적한 날에 이사벨이 올버니의 집에서 독일 관념주의 철학자들(초절주의 사상의 기반을 형성한)의 책을 읽고 있는 장면은 이런 점에서 시사적이다. 그녀는 이런 책들을 읽으며 이상적 아름다움을 꿈꾸고 저열한 현실을 멀리하려는 성향을 갖게 되었을 것이다. 현실에 초연하며 관조하는 고립된 자아를 숭상하는 에머슨의 이상주의 철학을 통해 이사벨은 고통스럽고 혼란스러운 열정으로 얼룩진 현실에서 벗어나 독자적이고 숭고한 정신세계를 구축하려는 열망을 갖게 되었을 것이다. 자칫 공허하고 내용이 없는 듯이 들리는 이사벨의 자유와 독립심에 대한 주장은 에머슨의 자립*self-reliance* 개념과 연결될 때 당대의 정신적 풍조에서 그 의미를 짐작할 수 있다.

미국 초절주의 사상이 이사벨이라는 인물을 만들어 낸 창조력의 만만치 않은 동력이자 보이지 않는 의미의 연결고리이고 어렴풋한 암시라고 간주할 때, 이 소설에서 이해하기 어렵고 모호한 많은 부분들이 설명될 수 있다. 가령 유럽에서 〈삶에 대한 전반적 인상〉을 얻고 싶다는 이사벨의 말에 대해 랠프가 경험의 잔을 들이켜 보고 싶은 것인지를 묻는데, 이때 이사벨은 경험이란 독이기에 접하고 싶지 않고 직접 보기를 원할 뿐이라고 대답한다. 이 아리송한 말은 현실에 개입되지 않고 멀리서 관조하려는 특징적인 제스처로 이해될 수 있다.

이사벨이 갈망하는 것이 이처럼 이상적 아름다움을 추구하는 정신의 세계라면, 그녀가 워버턴 경과 굿우드의 청혼을 거절하고 오즈먼드와 결혼하는 것은 너무도 당연한 귀결로 보인다. 워버턴 경은 영국 귀족 사회의 제도화된 체제와 관습 안에 자신을 끌어들이려 함으로써 그녀의 독자적인 세계를 〈모욕〉하고, 굿우드 또한 뉴잉글랜드에서 방적 공장을 운영하는 사업가로서 조야하고 저급한 물질세계에 그녀를 귀속시키려는 것이다. 반면에 오즈먼드는 지위나 재산, 명예 등 아무것도 없는 존재이고(그렇기 때문에 그가 마음에 든다고 그녀는 말한다) 세상에서 물러나 관조적인 심미의식에 고취되어 있는 듯이 보이기 때문이다. 그녀가 오즈먼드와 함께 이상적 아름다움을 추구하며 순수한 정신의 교류를 이루리라 믿으며 결혼하는 것은 그녀가 나름대로 자신의 이상에 대단히 충실하다는 것을 보여 준다.

숭고한 아름다움을 추구하는 정신의 세계가 현실을 곡해할 위험성이 언제나 있는 것처럼 이사벨의 현실 인식은 대단히 제한되어 있다. 독립성이라는 말이 경제적 자립과 자립적인 정신이라는, 서로 분리될 수 없는 두 가지 의미를 갖고 있음에도 이사벨은 자신의 여행 경비를 실제로 자신이 대고 있지 않다는 사실을 깊이 인식하지 못한다. 7만 파운드의 유산을 받았을 때 그녀가 그 돈을 부담스러운 짐으로 여기면서 얼마 후 그 돈에 〈이상적 아름다움〉이 있다고 생각하는 것은 그녀의 특징적 사고방식을 보여 준다. 마담 멀이 몸에 걸친 옷과 같이 우리가 소유하고 있는 물건이 우리를 보여 준다고 말할 때 이사벨이 정반대의 견해를 주장하며 외적 사물은 방해물일 뿐 우리의 본질을 드러내지 않는다고 말하는 것도 극도로 단순한 관념적 사고를 드러낸다. 이분법적 사고와 현실에 대한 순진한 관념은 곧 터무니없는 무지를 내포하고 있는 것이다.

이사벨의 이상주의에 내재된 결함, 혹은 미국 초절주의 사상의 결함은 곧 현실에 대한 인식의 결함이라 볼 수 있는데 그것은 그녀의 결혼을 통해 적나라하게 드러난다. 처음에 오즈먼드는 이사벨을 자신이 정선한 수집품에 끼워 넣을 만한 세련되고 우아한 여성으로 간주하고, 이사벨은 혼란스러운 현실을 초월한 진귀한 미술품 중 하나로 기꺼이 자신을 내주고 승화시키려 하며 기뻐한다. 이사벨은 그들의 결혼 생활이 절묘한 아름다움을 추구하려는 단 한 가지 목적을 갖고 있다고 말하지만, 오래지 않아 깨닫게 되었듯이, 오즈먼드의 심미주의적 태도는 사물의 본질적 가치를 음미하려는 것이 아니라 그 형식이나 양식에 관심을 쏟아 자신이 의도한 효과를 내기 위한 것이다. 더 나아가 그는 딸 팬지를 자신의 의도대로 순진무구하고 순종적인 아가씨로 만들기 위해 아이의 자발적 생명력이나 의지를 거의 말살하고 이사벨 또한 자신의 세련된 취향을 반영하고 드러내는 장식품으로 만들어 간다. 오즈먼드는 이처럼 물건이나 사람을 교묘히 조종해 자신이 원하는 효과를 냄으로써 세상에 자신의 우월성을 과시하고자 한다. 이는 곧 세상의 인정을 받으려는 욕구의 소산이다. 랠프가 말하듯이 오즈먼드는 〈불모의 예술 애호가 *sterile dilettante*〉로서 본질적 가치를 추구하는 척하지만 실은 〈세상의 매우 비천한 하인〉으로서 세상의 인정과 주목을 받는 데 급급하며 살아온 것이다.

세상에 담을 쌓고 세상을 경멸하면서, 동시에 세상에서 우월성을 인정받으려는 오즈먼드의 비틀린 의식은 로마의 대저택에 살면서 〈사람들을 초대하기 위해서〉가 아닌 〈가급적 초대하지 않으려고〉 파티를 열어 자신에 대한 명성을 높이고 욕구를 채우려는 계산에서도 찾아볼 수 있다. 자신의 좁은 자아 속에서 오로지 우월성을 주장하고 강요하려는 목적에 따라 세련된 품위와 체통을 과시하는 감옥에서는 생명력이 고갈될 수밖에 없다. 극도로 이기적인 오즈먼드의 자아는 주위의 모든 사물과 사람을 자신의 우월성을 확보하는 수단으로만 인식하며 자기 행동의 도덕성에 대해서는 추호의 의문도 없다. 그는 마담 멀과 협력하여 이사벨을 〈이용〉했을 뿐 아니라, 자신을 위해 오랫동안 애써 온 마담 멀이 더 이상 이용 가치가 없어지자 가차 없이 버린다. 교황이나 러시아 차르, 터키의 술탄을 부러워하는 그의 과대망상적, 폭군적 자아는 로마에 머물고 있는 랠프를 찾아가도록 허용해 준 것을 〈고마워하지 않는다〉며 이사벨을 비난하고 외출을 금지하겠다는 위협을 내비치기도 한다. 자신이 누리는 화려하고 호화로운 생활이 랠프의 자비로운 호의에서 나온 것임을 오즈먼드가 알고 있으리라고 가정해 보면, 그의 비틀린 이기심에 대해서는 더 이상 언급할 필요가 없을 것이다.

이런 인간에 대한 이사벨의 맹목적 인식과 판단력의 결함을 과연 어떻게 받아들여야 할 것인가? 대체로 작가의 관점을 대변하고 있는 랠프는 이사벨이 오즈먼드의 숭고한 정신을 진심으로 믿고 결혼했으므로 그것이 〈너무나 너그러운 착오〉라고 말한다. 그러나 리비스는 제임스가 무지한 외고집을 지닌 이사벨을 동정을 받아야 할 고귀한 희생양으로 그려 낸 것에는 그녀를 이상화하려는 의도가 있다고 주장한다. 반면에 해럴드 블룸은 이사벨의 과오가 그녀의 심미적이고 인도적인 열망의 결과이고 따라서 그녀의 상상력의 약점보다는 강점을 반영한다고 말한다. 이런 상반된 평가들 사이에서 독자의 판단은 결국 이사벨의 감정과 사고에 어느 정도까지 공감할 수 있고 그녀의 운명을 동정할 수 있는지에 달려 있을 것이다.

랠프의 사망 후 영국에 있던 이사벨이 오즈먼드에게 돌아가는 것으로 종결된 이 작품의 열린 결말은 평자들 사이에 숱한 논란과 해석을 일으켜 왔다. 이사벨이 정원에 앉아 있다가 굿우드의 강렬한 구애와 키스를 받고 돌연히 집으로 달려가 문고리를 잡고는 곧바로 난 길이 있다는 것을 알았다고 생각하며 문고리를 돌리는 것이 독자에게 보이는 그녀의 마지막 모습이다. 곧은 길이 무엇인지, 이사벨이 왜 로마로 돌아가겠다고 결정하는지는 독자의 추측과 판단에 맡겨져 있다. 당시에는 이혼이 쉽지 않았다거나 돌아와 달라는 팬지와의 약속을 지키기 위해서라든지, 아니면 사회적 체면이나 품위를 손상시킬 수 없고 결혼의 맹세를 지켜야 하기 때문이라든지, 혹은 굿우드의 강력한 성적 도발에 두려움을 느꼈거나 성적 에너지에 휘둘리는 삶은 자신이 갈 길이 아니라고 깨달았든지, 자신의 선택에 책임을 지겠다는 태도라든지 하는 등의 여러 가지 추측이 가능할 것이다.

그러나 이사벨이 삶의 고귀한 목적을 열망하는 인물이고, 결혼 전에 오즈먼드가 기대하는 모습을 보여 주려고 애썼으므로 오즈먼드도 자신에게 속은 바가 있다고 공정하게 판단하는 만큼, 자신이 엄청난 판단의 과오를 저지른 바로 그곳에서 과오와 더불어 살며 그것을 넘어서려는 결의에 이르렀으리라는 추측이 가능하다. 블룸은 그녀가 남편에게 돌아가는 것이 결코 체념에서 나온 행위가 아니라 〈그녀 자신의 의지를 무서울 정도로 다시 확인한 것이고 그녀의 당당하고 정당한 자부심을 비범하게 주장한〉 행동이라고 평가한다. 그녀는 고통을 통해 더 깊은 이해를 갖게 되었으므로 이제는 미망에서 벗어난 더욱 자유로운 의식으로 살아갈 수 있을 것이다. 이 부분은 19세기 미국 소설의 위대한 여주인공 헤스터 프린이 수치와 모욕, 배척을 당했던 곳으로 되돌아가 지혜롭고 자비로운 인물로 거듭나는 결말을 연상시킨다. 너대니얼 호손의 『주홍 글자』의 헤스터 프린이 비극적 장엄미를 풍기는 숭고한 인물이라면 이사벨은 그에 비해 장엄미가 떨어지지만, 무지하면서도 삶에 자신만만했던 〈경박한〉 미국 아가씨의 정신적 역경과 편력은 이렇게 마무리되어 숙녀 *lady*로 자리 매김하는 것이다.

이른바 국제적 주제*international theme*를 다룬 초기의 작품들에서 헨리 제임스는 소위 세련되고 타락한 유럽의 문화를 배경으로 천재 조각가(『로더릭 허드슨』), 성공한 사업가(『미국인』), 순진한 아가씨(『데이지 밀러』) 등 다양한 미국인들이 유럽 사회에서 겪는 경험과 그 결과를 섬세하게 보여 준다. 『여인의 초상』에서는 워버턴 경과 그의 친구 밴틀링을 제외하면 모두 유럽에 정착한 미국 이주민을 다루며 그들의 삶의 양태를 다각도로 보여 준다. 파리에 살고 있는 미국인들은 지배 문화에서 벗어난 소수자 무리로, 미국식 생활 방식을 고수하면서 자신들만의 교류를 이어 가기도 하고 에드워드 로지에나 오즈먼드처럼 골동품 수집에 열을 올리기도 한다. 이사벨을 덫에 빠뜨린 두 인물, 대화술의 달인이자 사교술의 여왕인 마담 멀과 세련되고 느긋한 태도로 정신적 우월성을 과시하는 오즈먼드는 과거 미국에서의 수상쩍은 혈통을 지워 버리고 유럽에서 그럴듯한 새로운 정체를 만들어 실리를 얻으려는 기회주의자들이다. 이들이 〈유럽인화〉되면서 미국적 가치를 상실했다면, 미국인다운 면모를 간직하면서도 영국 사회에서 조화롭게 살아간 터치트 씨 같은 인물도 있다.

국제적 주제라기보다 유럽에 거주하는 미국 이주민의 문제라고 부르는 것이 더 적합할 이 문제는 거의 평생을 유럽에서 살았던 제임스에게 첨예하게 인식될 수밖에 없었을 것이다. 신문사의 통신원으로서 유럽의 〈내적 생활〉을 취재하기 위해 유럽에 온 이사벨의 친구 헨리에타 스택폴은 오랫동안 좌절을 느끼다가 결국 영국인과 결혼함으로써 그 내적 생활을 알 수 있기를 기대하는데, 그녀의 욕구는 모든 이주민들이 공유하리라고 볼 수 있다. 랠프 터치트는 유럽과 미국 어느 쪽도 이상화하지 않으며 자유주의적 개혁을 부르짖는 귀족 워버턴 경의 딜레마를 동정할 수 있을 만큼 영국의 내적 생활을 잘 알고 있는 인물이다. 미국인으로서의 자의식을 넘어선 랠프의 섬세하면서도 관대하고 균형 잡힌 의식은 작가의 의식을 대변한다고 볼 수 있다. 이 소설에 대해 제임스는 영국인이 미국에 대해 쓴 것인지 미국인이 영국에 대해 쓴 것인지를 알 수 없을 작품을 쓰려 했다는 편지를 자신의 형에게 보냈고, 이 작품에서 서로 다른 문명과 사회를 열린 마음으로 관조할 수 있는 경지의 의식에 이르렀다고 볼 수 있다.

이처럼 서로 다른 문명의 다양한 충동과 경향 사이의 평형을 이룬 조화로운 의식에 주목하며 리비스는 이 작품이 여러 문제점을 가지고 있음에도 불구하고 〈여러 언어권의 소설들 가운데 가장 위대한 작품 중 하나〉라고 평가한다. 헨리 제임스만이 다룰 수 있었던 여러 문명에 대한 고찰 외에도, 인식과 의식의 문제 및 내밀한 감정과 심리의 영역을 섬세하게 파헤치고 정교하게 묘사한 점에서 제임스는 독보적인 업적을 이루었고, 그의 심리적 사실주의 소설은 빅토리아 소설과 현대 소설의 중요한 분수령을 이루고 있다고 하겠다.

『여인의 초상』은 1880년부터 이듬해에 걸쳐 영국『맥밀란 매거진』과 미국『애틀랜틱 먼슬리』에 연재되었고 1881년에 단행본으로 출간되었다. 1908년 뉴욕판 전집을 내면서 제임스는 5천 군데 이상을 수정하고 비유적인 표현을 많이 첨가했으며 저자 서문을 덧붙였다. 본 번역서는 수정된 뉴욕 판본을 사용한 옥스퍼드 세계 고전 시리즈의 『*The Portrait of a Lady*』(2009)를 원서로 삼았음을 밝혀 둔다.

정상준

『여인의 초상』 줄거리

결말을 미리 알고 싶지 않은 독자들은 나중에 읽어 주시기 바랍니다.

　스물한 살의 아름답고 영리하며 예민한 미국 뉴욕 주 올버니 출신의 이사벨 아처는 방종하지만 자식에게는 너그러웠던 아버지가 죽은 후 (작품에서 그녀의 어머니에 대한 언급은 한 마디도 없다) 앞날이 막연하고 불확실한 상태에서 돌연히 찾아온 이모의 제안에 따라 유럽 여행길에 나선다. 영국으로 이주하여 은행가로 성공하고 은퇴한 이모부 터치트 씨의 대저택 가든코트에서 이사벨은 영국인 귀족 워버턴 경과 사촌 오빠 랠프 터치트를 알게 되고 그들로부터 비상한 관심과 애정을 받는다. 여섯 채의 대저택과 막대한 토지를 소유하고 정치인으로서도 막강한 영향력을 갖고 있는 워버턴 경이 돌연 그녀에게 청혼하고, 폐병으로 죽음을 앞두고 있는 사촌 오빠 랠프는 그녀가 원하는 자유로운 삶을 추구할 수 있도록 자기 몫의 유산을 그녀에게 나눠 주도록 부친을 설득한다. 이사벨은 미국판 신데렐라처럼 높은 지위와 명예를 누릴 수 있는 기회를 얻지만 워버턴 경의 청혼을 거절하고 또한 미국에서 청혼하기 위해 찾아온 실업가 캐스퍼 굿우드의 청혼도 거절한다. 이후 그녀는 파리와 피렌체, 로마 등지를 여행한, 이모의 친구 마담 멀을 통해 알게 된 미술품 수집가 길버트 오즈먼드와 결혼한다. 마흔 살 홀아비에 십대 딸이 있고 어릴 때 미국에서 건너와 이탈리아에서 살아온 오즈먼드는 경제적이거나 사회적 이득을 얻기 위한 천박한 몸부림을 경멸한다. 그는 세상사에 초연하고 달관한 듯한 태도를 견지하고 삶을 예술 작품으로 만들어야 한다고 주장하는 심미주의자이다. 작품에서 서술되지 않은 삼 년간의 결혼 생활을 통해 이사벨은 맑고 청량한 정신의 고지에서 세상을 내려다보며 감식하고 판단할 수 있으리라 기대했던 결혼 생활이 벽으로 막힌 비좁고 숨 막히는 감옥으로 바뀌었음을 깨닫게 된다. 더욱이 친밀한 영혼들의 자유로운 결합으로 여겼던 결혼이 자신의 돈을 노린 마담 멀과 오즈먼드의 은밀한 결탁의 결과였음을 알게 되면서 이사벨은 더할 수 없는 충격을 받는다. 그녀는 남편 오즈먼드의 반대를 무릅쓰고 랠프의 임종을 지키기 위해 영국으로 향하고, 이후 굿우드가 가든코트로 찾아와 그녀를 죽음과 다를 바 없는 결혼 상태에서 구해 주겠다고 강력하게 호소하지만 소설은 그녀가 로마로 돌아가는 것으로 끝을 맺는다.

헨리 제임스 연보

1843년 출생 실업가이자 은행가였던 조부 덕분에 부유한 집안에서 신학자인 아버지 헨리 제임스 1세와 어머니 메리 로버트슨 웰시 사이에 4남 1녀 중 차남으로 뉴욕 시에서 태어남.

1844년 1세 초절주의 철학자 랠프 월도 에머슨Ralph Waldo Emerson과 가까운 사이였고 신비주의자 스베덴보리Swedenborg의 가르침에 몰입했던 부친이 종교적 환상을 체험하고 나서 특이한 종교적 관점과 믿음을 자녀들의 교육에 적용하면서 불안정한 성향으로 가정생활에 끊임없는 혼란을 초래함.

1845~1855년 2~12세 유럽에서 돌아와 뉴욕에서 유년 시절을 보냄. 누이동생 앨리스Alice 출생(1848). 아버지 헨리 제임스 1세가 너대니얼 호손Nathaniel Hawthorne, 에머슨 등 당대 중요한 철학자 및 작가들과 교류.

1855년 12세 이해부터 1858년까지 가족이 제네바, 파리, 런던 등 유럽 도시들을 전전하고, 헨리 제임스는 가정 교사의 지도를 받음.

1858년 15세 제임스 가족 로드 아일랜드 주 뉴포트에 정착.

1859년 16세 가족이 다시 유럽에 정착하려다 미국으로 돌아오고 제임스는 제네바와 본에서 잠시 학교에 다님.

1861년 18세 남북전쟁 발발. 제임스는 어린 시절부터 앓아 온 등의 고통을 호소하며 참전하지 않음.

1862년 19세 하버드 대학에서 법학을 공부하려다 자신의 적성에 맞지 않음을 알고 이듬해에 자퇴함.

1864년 21세 첫 단편소설 「실수의 비극A Tragedy of Error」을 『콘티넨털 먼슬리Continental Monthly』에 익명으로 발표하고 『노스 아메리칸 리뷰North American Review』와 『네이션The Nation』에 평론과 에세이를 기고하며 작가 생활을 시작함.

1865년 22세 여동생 앨리스의 신경쇠약증이 시작됨. 『애틀랜틱 먼슬리Atlantic Monthly』에 단편소설을 발표함.

1866년 23세 『애틀랜틱 먼슬리』의 편집인이자 작가인 윌리엄 딘 하월스와 교분을 맺음.

1867년 24세 형 윌리엄 제임스가 심각한 우울증을 앓고 유럽을 여행함.

1868년 25세 몇 달간 신경쇠약 증세로 고통을 겪음.

1869년 26세 처음으로 혼자 유럽을 여행하며 런던에서 존 러스킨, 윌리엄 모리스, 조지 엘리엇을 만났고, 제네바와 알프스, 베네치아와 로마를 여행함.

1870년 27세 사촌 미니 템플이 이십 대 초반에 결핵으로 사망. 첫 소설 『주야 감시Watch and Ward』 집필.

1872년 29세 여동생 앨리스와 유럽 여행.

1874년 31세 뉴욕에서 신문에 글을 기고하고 『대서양 횡단 스케치Transatlantic Sketches』, 『열렬한 순례자A Passionate Pilgrim』, 『로더릭 허드슨Roderick Hudson』 발표.

1875년 32세 이해부터 1876년까지 뉴욕 트리뷴 신문사의 통신원으로 파리에 거주하며 플로베르의 응접실에서 열린 문인 모임을 통해 당대의 주요 작가인 이반 투르게네프, 에밀 졸라, 알퐁스 도데 등을 만남. 『미국인*The American*』 연재.

1876년 33세 런던에 정착하고 로버트 브라우닝을 만남. 이해부터 1882년까지 창조력이 가장 왕성한 시기에 들어 수백 편의 에세이와 논평을 쓰고 다수의 작품을 발표함. 프랑스 문학과 너대니얼 호손의 작품을 연구하고 영국 문학계의 중심에 자리 잡음.

1878년 35세 『데이지 밀러*Daisy Miller*』 출간. 미국과 유럽에서 호평받음. 『프랑스 문인들*French Poets and Novelists*』, 『유럽인들*The Europeans*』 발표.

1879년 36세 『비밀*Confidence*』 발표. 『호손 평전*Hawthorne*』에서 미국을 문화의 불모지로 묘사해 논란.

1880년 37세 이해부터 이듬해에 걸쳐 『여인의 초상*The Portrait of a Lady*』을 영국의 『맥밀란 매거진*Macmillan's Magazine*』과 미국의 『애틀랜틱 먼슬리』에 연재.

1881년 38세 베니스, 밀라노, 로마, 스위스, 스코틀랜드 방문. 『여인의 초상』 출간.

1882년 39세 부모 사망. 뉴욕과 워싱턴 D. C. 방문 중 오스카 와일드와 짧은 만남.

1883년 40세 남동생 윌키 사망.

1884년 41세 중증 정신 질환을 앓던 여동생 앨리스가 오빠와 함께 지내기 위해 런던으로 이주함. 에밀 졸라의 『나나: 리얼리즘 소설』을 번역하여 사회적 격분을 일으킴.

1885년 42세 『보스턴 사람들*The Bostonians*』 발표. 기대만큼 좋은 반응을 얻지 못했고, 조지 무어는 이 소설 형식의 도덕적 보수성을 공격함.

1886년 43세 『카사마시마 공작 부인*The Princess Casamassima*』 발표. 상업적으로는 실패함.

1887년 ^{44세} 피렌체에서 여성 작가 콘스탄스 페니모어 울슨의 빌라를 일부 임대하여 거주하면서 『애스펀의 러브레터*The Aspern Papers*』집필.

1888년 ^{45세} 금전적인 우려 때문에 『반사등*The Reverberator*』, 『비극적 뮤즈*The Tragic Muse*』, 『런던 생활기*A London Life*』, 『애스펀의 러브레터』와 에세이 및 단편소설들을 발표함. 『비극적 뮤즈』의 실패로 인해 10년 이상 장편소설의 집필을 포기함.

1890년 ^{47세} 금전적 안정을 위해 희곡을 시도하고 『미국인』을 개작하여 약간 인기를 얻음. 형 윌리엄 제임스가 『심리학의 원리*The Principle of Psychology*』 발표.

1892년 ^{49세} 여동생 앨리스의 사망.

1895년 ^{52세} 런던에서 공연한 희곡 「가이 돔빌Guy Domville」의 처참한 흥행 실패. 관객의 야유에 크게 충격받음.

1896~1897년 ^{53~54세} 『포인턴의 소장품*The Spoils of Poynton*』, 『메이지의 자각*What Maisie Knew*』 발표.

1898년 ^{55세} 런던에서 서섹스 주의 라이로 이사함. 근방에 H. G. 웰스, 러디어드 키플링, 스티븐 크레인, 조셉 콘래드가 거주. 『나사의 회전*The Turn of the Screw*』 발표. 대중적 인기 얻음.

1899년 ^{56세} 이탈리아 여행. 『사춘기*The Awkward Age*』 발표.

1901년 ^{58세} 『성자의 샘*The Sacred Fount*』 발표.

1902~1904년 ^{59~61세} 『대사들*The Ambassadors*』, 『비둘기 날개*The Wings of the Dove*』, 『황금 주발*The Golden Bowl*』 발표.

1905년 ^{62세} 20년 만에 고국을 방문해 뉴욕, 필라델피아, 워싱턴, 시카고 등 방문함. 『미국 기행*The American Scene*』 집필 시작. 이해부터 1908년까지 뉴욕판 전집 24권을 수정, 편집하고 서문을 집필함. 큰 수익을 기대했으나 판매가 극히 부진했음.

1909년 66세 『이탈리아 기행*Italian Hours*』 발표.

1910년 67세 형 윌리엄과 동생 밥의 사망. 2년간 질병과 우울증을 앓음.

1913년 70세 자서전 『소년과 다른 사람들*A Small Boy and Others*』 발표.

1914년 71세 자서전 두 번째 권 『아들과 아우의 노트*Notes of a Son and Brother*』 발표. 『작가론*Notes on Novelists*』 발표. H. G. 웰스와 소설의 미래에 관한 논쟁을 벌임. 제1차 세계 대전이 발발하자 앰뷸런스 자원자로 나서 부상병들을 돕고 미국의 참전을 촉구하는 운동을 벌임.

1915년 72세 건강 악화. 영국의 참전을 지지하는 의사 표시로 영국 시민권을 얻음.

1916년 73세 영국 조지 5세로부터 메리트 훈위를 받음. 2월 28일 런던 첼시에서 뇌출혈로 사망. 첼시 교회에서 장례식이 거행되고, 유해는 매사추세츠 주 케임브리지의 가족묘에 안장됨.

1917년 미완성 유작으로 자서전 세 번째 권 『중년의 세월*The Middle Years*』, 『상아탑*The Ivory Tower*』과 『과거의 느낌*The Sense of the Past*』 출간.

1976년 웨스트 민스터 사원의 〈시인들의 방〉에 기념비 제막.

열린책들 세계문학 231 여인의 초상 하

옮긴이 정상준 서울대학교 영문학과 졸업 후 텍사스 주립대학교에서 미국학 석사 학위, 하와이 주립대학에서 미국학 박사 학위를 받았다. 현재 서울대학교 영어영문학과 교수로 재직 중이다. 역서로 『아들과 연인』, 『나사의 회전』, 『다니엘서』 등이 있다.

지은이 헨리 제임스 **옮긴이** 정상준 **발행인** 홍예빈·홍유진 **발행처** 주식회사 열린책들 **주소** 경기도 파주시 문발로 253 파주출판도시 **전화** 031-955-4000 **팩스** 031-955-4004 **홈페이지** www.openbooks.co.kr Copyright (C) 주식회사 열린책들, 2014, *Printed in Korea.* **ISBN** 978-89-329-1231-8 03840 **발행일** 2014년 11월 25일 세계문학판 1쇄 2022년 5월 10일 세계문학판 2쇄

이 도서의 국립중앙도서관 출판예정도서목록(CIP)은 서지정보유통지원시스템 홈페이지(http://seoji.nl.go.kr)와 국가자료종합목록시스템(http://www.nl.go.kr/kolisnet)에서 이용하실 수 있습니다.(CIP제어번호 : CIP2014032025)

열린책들 세계문학
Open Books World Literature

각 권 8,800~15,800원